suhrkamp taschenbuch 4383

Fortunas Tochter erzählt die bewegte Geschichte der Eliza Sommers, einer lebenshungrigen jungen Frau, die zwischen zwei Kulturen lebt und einen abenteuerlichen Weg geht. Als chilenisches Findelkind in der Obhut einer englischen Familie aufgewachsen, bricht sie, kaum 17jährig, aus ihrer wohlbehüteten Welt aus und stürzt sich auf der Suche nach ihrem Geliebten in die Wirren des kalifornischen Goldrauschs.

»Das Buch hat einen Charme, der verführt.« *Stuttgarter Zeitung*

Isabel Allende, 1942 geboren, hat ab ihrem achtzehnten Lebensjahr als Journalistin in Chile gearbeitet. Nach Pinochets Militärputsch ging sie 1973 ins Exil, wo sie ihren Weltbestseller *Das Geisterhaus* schrieb. Heute lebt sie mit ihrer Familie in Kalifornien.

Zuletzt erschienen im Suhrkamp Verlag die Romane *Mayas Tagebuch* (2012) und *Die Insel unter dem Meer* (2010).

Isabel Allende

Fortunas Tochter

Roman

Aus dem Spanischen von
Lieselotte Kolanoske

Suhrkamp

Die Originalausgabe erschien 1999 unter dem Titel
Hija de la fortuna
bei Plaza & Janés, Barcelona.

Erste Auflage 2012
suhrkamp taschenbuch 4383

Satz: Hümmer, Waldbüttelbrunn
Druck und Bindung: CPI – Ebner & Spiegel, Ulm
Umschlag: cornelia niere, münchen
Printed in Germany
ISBN 978-3-518-46383-3

Fortunas Tochter

ERSTER TEIL

1843-1848

Valparaíso

Jeder Mensch wird mit einer besonderen Begabung geboren, und Eliza Sommers entdeckte frühzeitig, daß sie über deren zwei verfügte: einen guten Geruchssinn und ein gutes Gedächtnis. Die erste war ihr nützlich, ihr Brot damit zu verdienen, und die zweite, um sich zu erinnern, wenn auch nicht mit größter Genauigkeit, so doch zumindest poetisch astrologisch verschwommen. Was man vergißt, scheint nie gewesen zu sein, aber sie hatte viele wirkliche oder trügerische Erinnerungen, und das war, als hätte man zweimal gelebt. Sie sagte oft zu ihrem treuen Freund, dem weisen Tao Chi'en, ihr Gedächtnis sei wie der Schiffsbauch, in dem sie sich kennengelernt hatten, geräumig und dämmrig und voll von Kisten, Fässern und Säcken, in denen sich die Geschehnisse ihres ganzen Daseins häuften. Im Wachen fiel es ihr nicht leicht, in dem riesigen Durcheinander etwas zu finden, aber es gelang ihr immer im Schlaf, wie Mama Fresia es sie gelehrt hatte in den süßen Jahren ihrer Kindheit, als die Konturen der Wirklichkeit nur mit einem blassen Strich gezeichnet waren. Sie betrat den Raum ihrer Träume durch einen oft gegangenen Weg und kehrte mit äußerster Behutsamkeit zurück, damit die zarten Gesichte nicht am harten Licht des Bewußtseins zerschellten. Sie vertraute auf dieses Mittel, wie andere an Zahlen glauben, und hatte die Kunst des Erinnerns so sehr verfeinert, daß sie Miss Rose sehen konnte, wie sie sich über den Marseiller Seifenkarton beugte, der ihr, Elizas, erstes Bettchen gewesen war.

»Daran kannst du dich unmöglich erinnern, Eliza. Neugeborene sind wie Katzen, sie haben weder Gefühle noch ein Gedächtnis«, beharrte Miss Rose bei den seltenen Malen, wo sie über dieses Thema sprachen.

Dennoch, diese Frau, die da auf sie heruntergesehen hatte in ihrem topasfarbenen Kleid, ein paar aus dem Haarknoten gelöste Strähnen im Wind wehend, war in Elizas Gedächtnis eingegraben, deshalb konnte sie nicht hinnehmen, was ihr zu ihrer Herkunft erzählt wurde.

»Du hast englisches Blut, genau wie wir«, versicherte ihr Miss Rose, als Eliza alt genug war, zu verstehen. »Nur jemand aus der britischen Kolonie konnte es sich einfallen lassen, dich in einem Korb vor der Tür der *British Trading Company* abzustellen. Derjenige hat bestimmt gewußt, was mein Bruder Jeremy für ein gutes Herz hat, und konnte sich denken, daß er dich aufnehmen würde. Zu jener Zeit war ich ganz verrückt danach, ein Kind zu haben, und da fielst du mir in die Arme, vom Herrgott geschickt, damit du nach den soliden Prinzipien des protestantischen Glaubens und der englischen Sprache erzogen werdest.«

»Engländerin, du? Kind, bild dir bloß nichts ein, du hast Indiohaar, genau wie ich«, widersprach Mama Fresia hinter dem Rücken ihrer Dienstherrin. Elizas Abstammung war tabu in diesem Hause, und das Kind gewöhnte sich an das Geheimnis. Wie auch andere heikle Themen erwähnte sie es nie vor Rose und Jeremy Sommers, besprach es aber flüsternd in der Küche mit Mama Fresia, die unerschütterlich an ihrer Beschreibung des Seifenkartons festhielt, während Miss Roses Lesart mit den Jahren immer blumiger ausgeschmückt wurde, bis sie sich in ein Feenmärchen verwandelte. Danach war der Korb, nunmehr im Kontor gefunden, aus feinstem Weidengeflecht gefertigt und mit Batist gefüttert, Elizas Hemdchen war bestickt und die Bettwäsche mit Brüsseler Spitze gesäumt, darüber war zudem eine Decke aus Nerz gebreitet, eine in Chile noch nie gesehene Extravaganz. Mit der Zeit kamen noch sechs in ein seidenes Taschentuch gewickelte Goldmünzen hinzu sowie ein Kärtchen, auf dem in englischer Sprache versichert wurde, dieses Kind sei, wiewohl unehelich, doch von sehr guter Abstammung, aber Eliza bekam nichts davon je zu Gesicht. Der Nerz, die Münzen und das Kärtchen waren passenderweise verschwunden, und von Elizas Herkunft blieb keine Spur. Mama Fresias Fassung jedoch kam ihren eigenen Erinnerungen schon sehr viel näher: als sie eines Märzmorgens, der chilenische Herbst hatte schon begonnen, die Tür öffneten, fanden sie ein Neugeborenes weiblichen Geschlechts, das nackt in einem Karton lag.

»Von wegen Nerzdeckchen und Goldmünzen! Ich war dabei, und ich weiß es noch sehr gut. Du lagst bibbernd vor Kälte in einer Männerweste, nicht einmal eine Windel hatten sie dir umgewikkelt, und du warst von oben bis unten vollgekackt. Du warst ein wertloses kleines Nichts, rot wie eine gekochte Languste, mit ein bißchen Flaum auf dem Kopf. Das warst du. Mach dir nichts vor, du bist nicht als Prinzessin geboren, und wenn du damals schon so schwarzes Haar gehabt hättest wie jetzt, hätte die Herrschaft dich mitsamt dem Karton in den Müll geschmissen«, beharrte Mama Fresia.

Wenigstens stimmten alle darin überein, daß das Kind am 15. März 1832 in ihr Leben eingezogen war, eineinhalb Jahre nach der Ankunft der Sommers in

Chile, und deshalb ernannten sie dieses Datum zu Elizas Geburtstag. Das übrige war ein Haufen Widersprüche, und Eliza kam endlich zu dem Schluß, es lohne nicht, darin herumzustochern, denn was auch immer die Wahrheit sein mochte, zu ändern war jetzt doch nichts mehr. Wichtig ist, was einer tut in dieser Welt, nicht, wie er darauf gekommen ist, sagte sie oft zu Tao Chi'en, aber dem konnte er nicht zustimmen, ihm war es unmöglich, sich sein eigenes Leben getrennt von der langen Reihe seiner Vorfahren vorzustellen, die nicht nur zu seinen körperlichen und geistigen Eigenschaften beigetragen, sondern ihm auch das Karma vererbt hatten. Sein Schicksal, glaubte er, war bestimmt durch die Handlungen der Anverwandten, die vor ihm gelebt hatten, deshalb mußte man sie mit täglichen Gebeten ehren und sie fürchten, wenn sie einem in gespenstischer Gewandung erschienen, um ihre Rechte einzufordern. Tao Chi'en konnte die Namen all seiner Ahnen hersagen bis zu den fernsten und verehrungswürdigsten Ururgroßvätern, die schon weit mehr als ein Jahrhundert tot waren. Seine größte Sorge in der Zeit des Goldfiebers war es, zum Sterben in sein Dorf in China zurückzukehren, um neben den Seinen bestattet zu werden; andernfalls würde seine Seele ewig ziellos auf fremder Erde umherirren. Eliza liebäugelte natürlich mit der Geschichte des reizenden Körbchens – kein Mensch mit gesundem Verstand möchte gern in einem gewöhnlichen Seifenkarton auftauchen –, aber der Wahrheit zu Ehren konnte sie sie nicht anerkennen. Ihre feine Hühnerhundnase erinnerte sich sehr gut an den ersten Geruch in ihrem Leben – es war nicht der von sauberer Batistbettwäsche, sondern von Wolle, Männerschweiß und Tabak. Der zweite war deftiger Ziegengestank.

Eliza konnte vom Balkon ihrer Adoptiveltern auf den Pazifischen Ozean sehen. Das Haus, auf dem Hang eines Hügels hoch über dem Hafen von Valparaíso erbaut, wollte ursprünglich den damals in London bevorzugten Georgian Style nachahmen, aber das schwierige Gelände, das Klima und das Leben in Chile überhaupt zwangen die Sommers, wesentliche Veränderungen vorzunehmen, und das Ergebnis war eine Monstrosität. Im Patio wuchsen wie Geschwülste mehrere fensterlose Schuppen mit Stahltüren, wo Jeremy Sommers die wertvollere Fracht seiner Gesellschaft lagerte, Dinge, die in den Läden am Hafen zu verschwinden pflegten.

»Dies ist ein Land der Diebe, nirgendwo auf der Welt muß die Firma so viel Geld verschleudern, um die Ware zu versichern, wie hier. Alles stehlen sie, und was man vor diesen Gaunern rettet, das wird im Winter überschwemmt oder verbrennt im Sommer, oder ein Erdbeben quetscht es platt«, wiederholte er jedesmal, wenn die Maultiergespanne neue Bündel herankarrten, damit sie im Patio seines Hauses abgeladen wurden.

Weil Eliza so oft am Fenster saß, um aufs Meer hinauszusehen und die Schiffe und die Wale am Horizont zu zählen, redete sie sich schließlich ein, sie sei die Tochter eines Schiffbrüchigen und nicht das Kind einer unnatürlichen Mutter, die fähig gewesen war, ihr nacktes Neugeborenes in der Ungewißheit eines Märztages zu verlassen. Sie schrieb in ihr Tagebuch, ein Fischer habe sie am Strand zwischen den Wrackresten eines gescheiterten Schiffes gefunden, habe sie in seine Weste gewickelt und vor dem größten Haus des englischen Viertels niedergelegt. Mit den Jahren kam sie zu dem Schluß, diese Geschichte sei ganz und gar nicht übel: immer hängt dem, was das Meer wiedergibt, etwas Poetisches und Geheimnisvolles an. Wenn der Ozean sich zurückzöge, würde der preisgegebene sandige Grund eine weite, nasse Wüste sein, übersät mit Sirenen und sterbenden Fischen, sagte John Sommers, der Bruder von Jeremy und Rose, der alle Meere dieser Erde befahren hatte und sehr lebendig beschrieb, wie das Wasser in einer tiefen, friedhöflichen Stille zurücktrat, um sich dann in eine einzige riesige Woge zu verwandeln, die alles auf ihrem Wege mitriß. Entsetzlich, erklärte er, aber wenigstens habe man Zeit, sich auf die Anhöhen zu flüchten, bei Erdbeben dagegen kündigten die Kirchenglocken die Katastrophe erst an, wenn alle Welt schon aus den Trümmern zu kriechen versuche.

Zu der Zeit, als Eliza auftauchte, war Jeremy Sommers dreißig Jahre alt und hatte begonnen, sich in der *British Trading Company* eine brillante Zukunft zu erarbeiten. In den Kreisen der Geschäftsleute und Bankiers genoß er den Ruf eines Ehrenmannes: sein Wort und ein Händedruck galten soviel wie ein unterschriebener Vertrag, ein unschätzbarer Vorzug bei jeder Transaktion, denn die Bestätigungsschreiben brauchten Monate, um die Ozeane zu überqueren. Für ihn, der kein Vermögen besaß, war sein guter Name wichtiger als das Leben selbst. Unter Opfern war es ihm gelungen, einen sicheren Posten in dem fernen Hafen von Valparaíso zu erlangen, und das letzte, was er sich in seinem wohlgeregelten Dasein gewünscht hätte, war ein neugeborener Säugling, der ihn in seinen Gewohnheiten stören würde, aber als Eliza ihnen ins Haus fiel, konnte er nicht anders, er mußte sie aufnehmen, denn seine Schwester Rose war von dem kleinen Ding einfach nicht abzubringen, und so gab er nach.

Damals war Rose gerade erst zwanzig, aber sie war bereits eine Frau mit Vergangenheit, und ihre Aussichten, noch eine gute Partie zu machen, waren gering. Andererseits hatte sie ihre Schlüsse gezogen und entschieden, eine Ehe wäre, selbst im günstigsten Fall, ein schlechtes Geschäft für sie; bei ihrem Bruder Jeremy genoß sie eine Unabhängigkeit, die ein Ehemann ihr nie zugestehen würde. Sie hatte es geschafft, sich ihr Leben angenehm einzurichten, und ließ sich vom Stigma der Sitzengebliebenen nicht schrecken, im Gegenteil, sie war entschlossen, der Neid aller Ehefrauen zu werden trotz der gängigen Überzeugung, daß den unweiblichen Geschöpfen, die sich von ihrer Rolle als Gattin und Mutter abwandten, ein Schnurrbart wuchs wie den Blaustrümpfen; aber sie hätte gern Kinder gehabt, und das war der einzige Kummer, den sie auch durch noch so viele Manöver der Einbildungskraft nicht in einen Sieg verwandeln konnte. Manchmal träumte sie, die Wände ihres Zimmers wären voller Blut, Blut tränkte den Teppich, Blut spritzte bis hinauf zur Decke, und mitten darin sie, nackt und bis zum Wahnsinn verwirrt einen Salamander gebärend. Sie erwachte schreiend und war den ganzen

Tag verstört, ohne sich von dem Albdruck lösen zu können. Jeremy beobachtete sie, sorgte sich um ihre Nerven und fühlte sich schuldig, weil er sie so weit von England mit fortgeschleppt hatte, obwohl er sich eine gewisse Befriedigung über das Arrangement, das sie getroffen hatten, nicht versagen konnte. Da der Gedanke an eine Ehe sein Herz nie berührt hatte, löste Roses Anwesenheit die häuslichen und die gesellschaftlichen Probleme, zwei wichtige Gesichtspunkte seiner Karriere. Seine Schwester wirkte ausgleichend auf seine introvertierte und einsiedlerische Natur, deshalb ertrug er gutwillig ihre wechselnden Launen und ihre unnötigen Ausgaben. Als Eliza auftauchte und Rose darauf bestand, sie zu behalten, wagte Jeremy nicht, sich zu widersetzen oder kleinliche Bedenken zu äußern, und verlor großmütig alle um das Großziehen des Kindes geführten Kämpfe. Das begann, als es darum ging, ihm einen Namen zu geben.

»Sie wird Eliza heißen wie unsere Mutter und unseren Familiennamen tragen«, entschied Rose, nachdem sie den winzigen Findling gefüttert, gebadet und in ein Umschlagtuch gehüllt hatte.

»Auf keinen Fall, Rose! Was glaubst du wohl, was die Leute sagen werden!«

»Das erledige ich. Die Leute werden sagen, du

bist ein Heiliger, weil du dieses arme Waisenkind aufnimmst, Jeremy. Es gibt kein schlimmeres Schicksal, als keine Familie zu haben. Was würde aus mir, wenn ich nicht einen Bruder wie dich hätte?« erwiderte sie, sich wohl bewußt, wie sehr ihm schon vor einem Anflug von Sentimentalität graute.

Der Klatsch war unvermeidlich, auch damit mußte sich Jeremy Sommers abfinden, wie er es auch hinnahm, daß die Kleine den Namen seiner Mutter erhielt, in den ersten Jahren im Zimmer seiner Schwester schlief und für Trubel im Haus sorgte. Rose verbreitete das unglaubliche Märchen von dem prächtigen Körbchen, das unbekannte Hände in das Kontor der *British Trading Company* gestellt hatten, und keiner schluckte es, aber da auch keiner ihr einen Fehltritt nachweisen konnte – denn man sah und hörte sie jeden Sonntag beim anglikanischen Gottesdienst, und ihre überschlanke Taille spottete allen Gesetzen einer schwangeren Anatomie –, sagten sie schließlich, das Baby sei wohl einem Verhältnis ihres Bruders mit irgendeinem Flittchen entsprungen und deshalb zögen sie es als Tochter der Familie auf. Jeremy machte sich nicht die Mühe, dem boshaften Gerede entgegenzutreten. Das unvernünftige Treiben von Kindern verwirrte ihn, aber Eliza brachte es fertig, ihn zu erobern. Wiewohl er es nicht zugab, sah er sie doch gern zu seinen Füßen spielen, wenn er sich abends in seinen Sessel setzte, um die veraltete Zeitung aus London zu lesen. Freilich gab es keine Bekundungen der Zuneigung zwischen ihnen beiden, er versteifte sich schon vor der bloßen Möglichkeit, eine mitfühlende Hand zu reichen, die Vorstellung einer innigen Berührung stürzte ihn in Panik.

Als an jenem 15. März das Neugeborene im Haus der Sommers erschien, meinte Mama Fresia, die das Amt einer Köchin und Haushälterin versah, sie müßten es sich vom Halse schaffen. »Wenn die eigene Mutter es im Stich gelassen hat, dann weil es verflucht ist, und da ist es sicherer, es gar nicht erst anzufassen«, sagte sie, aber gegen den Beschluß ihrer Dienstherrin konnte sie nichts machen.

Kaum hatte Rose das kleine Geschöpf auf den Arm genommen, fing es aus vollem Halse so zu schreien an, daß es durchs ganze Haus drang. Außerstande, es zu beruhigen, machte Rose ihm ein behelfsmäßiges Bettchen in einer Schublade ihrer Kommode und deckte es zu, worauf sie Hals über Kopf davonstürzte, um eine Amme zu suchen. Sie kehrte sehr bald mit einer Frau zurück, die sie auf dem Markt aufgetan hatte, ihr war nur nicht eingefallen, sie sich genauer anzusehen, ihr genügten die großen Brüste, die fast die Bluse sprengten, um sie eiligst einzustellen. Sie erwies sich als eine etwas zurückgebliebene Frau vom Lande, die mit ihrem Säugling das Haus betrat, einem armen Würmchen und genauso schmutzig wie seine Mutter. Sie mußten das Kleine lange in warmem Wasser einweichen, um den Dreck abzulösen, der ihm den Hintern verklebte, und die Frau tauchten sie in einen Bottich mit Seifenlauge, um sie von den Läusen zu befreien. Die beiden Säuglinge, Eliza und das Söhnchen der Frau, fielen von einer Kolik in die andere, sie litten an einer biliösen Diarrhöe, wie der Hausarzt sagte, gegen die er ebenso machtlos war wie der deutsche Apotheker. Überwältigt vom Wimmern der Kinder, das nicht nur vom Hunger herrührte, sondern auch von Schmerzen oder vielleicht von Traurigkeit, weinte Miss Rose mit ihnen. Am dritten Tag endlich mischte Mama Fresia sich widerwillig ein.

»Sehen Sie nicht, daß diese Frau ganz vergammelte Brustwarzen hat? Kaufen Sie eine Ziege, um die Kleine zu füttern, und geben Sie ihr einen Tee aus Zimtrinde; und machen Sie schnell, denn wenn Sie das bis Freitag nicht schaffen ...« Sie wandte sich mürrisch brummelnd ab.

Damals konnte Miss Rose das Spanische nur eben radebrechen, aber das Wort »Ziege« verstand sie, schickte sogleich den Kutscher los, eine zu kaufen, und entließ die Amme. Kaum war das Tier zur Stelle, legte Mama Fresia, die erfahrene India, Eliza schlankweg unter das volle Euter, zum Entsetzen von Miss Rose, die noch nie etwas so Ordinäres und Ekliges gesehen hatte, aber die warme Milch und die Zimtaufgüsse brachten schnell Linderung, die Kleine hörte auf zu weinen, schlief sieben Stunden hintereinanderweg und wachte schmatzend auf. Nach wenigen Tagen zeigte sie den friedlichen Gesichtsausdruck gesunder Säuglinge und nahm offensichtlich an Gewicht zu. Miss Rose kaufte ein Fläschchen, als sie merkte, daß Eliza, wenn die Ziege im Patio meckerte, schnüffelnd die Zitzen suchte. Sie wollte das Kind nicht mit der verqueren Vorstellung aufwachsen sehen, dieses Tier sei seine Mutter. Die glücklich überstandenen Koliken gehörten zu den wenigen Kinderkrankheiten, die Eliza durchmachen mußte, die übrigen erlagen den Kräutern und Beschwörungen Mama Fresias schon bei den ersten Anzeichen, einschließlich der grausamen Seuche der afrikanischen Masern, die ein griechischer Matrose nach Valparaíso eingeschleppt hatte. Solange die Gefahr andauerte, packte Mama Fresia der Kleinen für die Nacht ein Stück rohes Fleisch auf den Bauch und band es mit einem Tuch aus roter Wolle darauf fest, ein geheimes Naturheilmittel, um die Ansteckung zu verhindern.

In den folgenden Jahren machte Miss Rose Eliza zu ihrem Spielzeug. Sie verbrachte vergnügt ganze Stunden damit, sie singen und tanzen zu lehren, sagte ihr Gedichte vor, die das kleine Mädchen mühelos im Gedächtnis behielt, flocht ihr Zöpfe und zog ihr wunderhübsche Kleidchen an, aber kaum tauchte eine andere Zerstreuung auf oder ihre Kopfschmerzen meldeten sich, schickte sie sie in die Küche zu Mama Fresia. Das Kind wuchs auf zwischen dem Nähstübchen und den rückwärtigen Hofräumen, sprach Englisch in einem Teil des Hauses und im anderen eine Mischung aus Spanisch und Mapuche, der Indiosprache ihrer Kinderfrau, war den einen Tag angezogen wie eine kleine Herzogin und spielte den andern Tag barfuß und mit einer Schürze nur dürftig bekleidet mit den Hühnern und den Hunden. Miss Rose präsentierte sie auf ihren musikalischen Abendgesellschaften, nahm sie in der Kutsche mit zur Schokolade in der besten Konditorei, zu Einkäufen oder zum Anschauen der Schiffe im Hafen, aber ebenso konnte sie auch mehrere Tage hintereinander damit verbringen, tief versunken in ihre geheimnisvollen Hefte zu schreiben oder einen Roman zu lesen, ohne an ihren Schützling zu denken. Wenn ihr dann Eliza wieder einfiel, sprang sie schuldbewußt auf und lief, sie zu suchen, überschüttete sie mit Küssen, stopfte sie mit Näschereien voll, zog ihr wieder ihren Puppenputz an und fuhr mit ihr spazieren. Sie bemühte sich, ihr eine so umfassende Bildung wie nur möglich zukommen zu lassen, ohne die einer Señorita angemessenen Fertigkeiten zu vernachlässigen. Als Eliza einmal wütend mit dem Fuß aufstampfte – es ging um das Üben einer Klavierlektion –, packte sie sie beim Arm, und ohne auf den Kutscher zu warten, zerrte sie sie eine Meile hügelabwärts zu einem Kloster. Über dem schweren, mit Eisen beschlagenen Eichenportal las man die unter dem salzigen Seewind verblaßten Worte: »Haus der Findelkinder«.

»Sei froh und dankbar, daß mein Bruder und ich dich aufgenommen haben. Hier werden die unehelichen und die ausgesetzten Kinder untergebracht. Möchtest du etwa gerne hierher?«

Stumm schüttelte das Kind den Kopf.

»Dann ist es wohl besser, du lernst Klavierspielen wie ein braves Mädchen. Hast du mich verstanden?«

Eliza lernte Klavierspielen, zwar ohne Talent oder Feingefühl, aber durch »immer tüchtig üben« konnte sie mit zwölf Jahren Miss Rose auf den musikalischen Abendgesellschaften begleiten. Diese Fertigkeit ging ihr nie verloren, obwohl sie sie lange Zeit nicht ausübte, und manches Jahr später konnte sie sich damit in einem Wanderbordell ihr Brot verdienen, ein Ziel, das freilich Miss Rose nie in den Sinn gekommen war, als sie sich bemühte, ihr die edle Kunst der Musik beizubringen.

Viele Jahre später, an einem der stillen Nachmittage, an denen Eliza mit ihrem Freund Tao Chi'en plaudernd und chinesischen Tee trinkend in dem lieblichen Garten saß, um den sie sich beide kümmerten, kam sie zu dem Schluß, daß jene absonderliche Engländerin eine sehr gute Mutter gewesen war, und sie war ihr dankbar für die großen inneren Freiräume, die sie ihr gewährt hatte. Mama Fresia war die zweite Stütze ihrer Kindheit. Sie hängte sich an ihre weiten schwarzen Röcke, leistete ihr bei den häuslichen Arbeiten Gesellschaft und machte sie nebenbei verrückt mit tausend Fragen. So wurde sie mit Legenden und Mythen der Indios vertraut, lernte die Merkmale der Tiere und die Sturmzeichen des Meeres kennen ebenso wie die Gewohnheiten der Geister und die Botschaften der Träume, und lernte sogar kochen. Dank ihrem unfehlbaren Geruchssinn war sie imstande, mit geschlossenen Augen Zutaten, Kräuter und Gewürze zu unterscheiden und sich augenblicklich zu erinnern – genau wie sie Gedichte im Gedächtnis behielt –, welche man wozu verwendete. Schon bald verloren die komplizierten einheimischen Gerichte Mama Fresias und die lekkere Kuchenbäckerei von Miss Rose ihr Geheimnis. Sie besaß eine seltene kulinarische Begabung, und als Siebenjährige konnte sie, ohne sich zu ekeln, einer Ochsenzunge die Haut abziehen oder ein Huhn ausnehmen, konnte den Teig für zwanzig Empanadas kneten, ohne zu ermüden, und ganze Stunden mit dem Aushülsen von Bohnen verbringen, während sie mit offenem Mund den grausamen Indiolegenden Mama Fresias lauschte oder ihren farbigen Darstellungen vom Leben der Heiligen.

Rose und ihr Bruder John waren von ihrer Kindheit an unzertrennlich gewesen. Sie strickte im Winter Pullover und Strümpfe für den Kapitän, und er scheute keine Mühe, um ihr von jeder Fahrt Koffer voller Geschenke mitbringen zu können und große Kisten mit Büchern, von denen mehrere unter Verschluß in Roses Schrank verwahrt wurden. Jeremy, als Hausherr und Haupt der Familie, war befugt, den Briefwechsel seiner Schwester einzusehen, ihr Tagebuch zu lesen und Zweitschlüssel für ihre Möbel zu verlangen, aber er zeigte keinerlei Neigung, das zu tun. Jeremys und Roses familiäre Beziehung war auf Zuverlässigkeit gegründet, sie hatten wenig gemein außer der gegenseitigen Abhängigkeit, die ihnen bisweilen wie eine geheime Form des Hasses erschien. Jeremy kam für die Lebenshaltung auf, aber er finanzierte weder ihre kapriziösen Einfalle, noch fragte er, woher das Geld dafür stammte, er nahm an, daß John es ihr gab. Rose ihrerseits führte den Haushalt tatkräftig und mit Stil, ihre Buchführung war stets in Ordnung, und sie belästigte ihn nicht mit läppischen Kleinigkeiten. Sie besaß einen guten, sicheren Geschmack, brachte Glanz in ihrer beider Leben und widerlegte mit ihrer Gegenwart den in jenen Ländern weit verbreiteten Glauben, daß einem Mann ohne Familie nicht zu trauen sei.

»Die Natur des Mannes ist roh und ungesittet; die Bestimmung der Frau ist es, die moralischen Werte zu bewahren und auf den guten Lebenswandel zu achten«, behauptete Jeremy.

»Ach Bruder! Du und ich, wir wissen doch, daß meine Natur ungesitteter ist als deine«, spöttelte Rose.

Jacob Todd, ein gewinnender Rotschopf mit der schönsten Predigerstimme, die man in diesen Breiten je gehört hatte, ging 1843 in Valparaíso an Land, in seinem Gepäck dreihundert Exemplare der Bibel auf spanisch. Niemand wunderte sich über sein Kommen: er war halt ein Missionar mehr unter den vielen, die überall herumwanderten und den protestantischen Glauben predigten. In seinem Fall jedoch war die Reise aus schierer Abenteuerlust geboren und nicht aus religiösem Eifer. Mit der nicht unüblichen Großsprecherei des Lebemannes, der zuviel Bier im Leibe hat, wettete er an einem Spieltisch in seinem Londoner Club, er könne Bibeln an jedem Punkt des Planeten verkaufen. Seine Freunde banden ihm die Augen zu, ließen einen Globus kreisen, und sein Finger fiel auf eine Kolonie des spanischen Königreiches, die verloren auf der unteren Hälfte der Erde lag, wo keiner der fröhlichen Zechkumpane menschliches Leben vermutete. Er stellte bald fest, daß der Globus etwas ältlich war, die Kolonie war schon seit über dreißig Jahren unabhängig und war nun die stolze Republik Chile, ein katholisches Land, wo die protestantischen Ideen keinen Eingang fanden, aber die Wette stand, und er war nicht gesonnen, sich zu drücken. Er war Junggeselle ohne zarte oder berufliche Bindungen, und das Verrückte einer solchen Reise zog ihn mächtig an. Bedenkt man die drei Monate für die Hinfahrt und weitere drei Monate für die Rückkehr, immerhin ging es über zwei Ozeane, dann war das ein Plan von langem Atem. Bejubelt von seinen Freunden, die ihm ein tragisches Ende unter den Händen der Papisten jenes unbekannten barbarischen Landes prophezeiten, und mit der finanziellen Unterstützung durch die *Bibelgesellschaft Britanniens und des Auslandes*, die ihm die Bibeln zur Verfügung stellte und die Passage bezahlte, machte er sich auf die lange Schiffsreise mit Kurs auf Valparaíso. Der Wette zufolge mußte er die Bibeln verkaufen und binnen einem Jahr mit unterschriebener Quittung für jede einzelne zurückkommen. In den Archiven der Bibliothek hatte er Briefe von berühmten Männern, von Seeleuten und von Kaufleuten gelesen, die in Chile gewesen waren und über eine Mestizenbevölkerung von wenig mehr als einer Million Seelen berichteten und über eine fremdartige Geographie mit eindrucksvollen Gebirgen, schroffen Küsten, fruchtbaren Tälern, Wäldern mit uralten Bäumen und im ewigen Eis erstarrten Gebieten. Es stand in dem Ruf, in religiösen Dingen das unduldsamste Land des ganzen amerikanischen Kontinents zu sein, wie alle versicherten, die es besucht hatten. Trotzdem hatten fromme Missionare sich berufen gefühlt, den Protestantismus zu verbreiten, und ohne ein Wort Spanisch oder Indiosprache zu können, waren sie bis nach Patagonien gekommen, wo das Festland sich in einen Rosenkranz von Inseln auflöst. Manche starben vor Hunger oder Kälte oder, wie man argwöhnte, aufgefressen von ihren eigenen Glaubensschäfchen. In den Städten hatten sie genausowenig Erfolg. Die Gastfreundschaft, die den Chilenen heilig ist, war stärker als die religiöse Intoleranz, und aus Höflichkeit erlaubten sie ihnen, zu predigen, beachteten sie aber nicht sonderlich. Wenn sie die Vorträge der wenigen Pastoren besuchten, taten sie das mit der gleichen Einstellung, mit der sie zu einem beliebigen Spektakel gingen, und waren höchlich belustigt von ihrer Besonderheit, Ketzer zu sein. Aber nichts von alldem konnte Jacob Todd entmutigen, denn er kam ja nicht als Missionar, sondern als Bibelverkäufer.

In den Archiven der Bibliothek erfuhr er, daß Chile seit seiner Unabhängigkeitserklärung 1810 den Einwanderern die Tore geöffnet hatte, und sie kamen zu Hunderten und ließen sich in dem schmalen Land nieder, das in seiner ganzen Länge vom Pazifischen Ozean bespült wird. Die Engländer machten schnell ihr Glück als Handelsleute und Schiffsausrüster; viele brachten ihre Familien mit und blieben. Sie bildeten eine kleine Nation innerhalb des

Staates mit ihren Bräuchen, Gottesdiensten, Zeitungen, Clubs, Schulen und Krankenhäusern, aber sie taten es mit so viel Anstand, daß sie, weit davon entfernt, Mißtrauen zu erregen, als Muster an Höflichkeit und Bildung angesehen wurden. Sie machten Valparaíso zu einem ihrer Stützpunkte, um den Überseehandel auf dem Pazifik zu kontrollieren, und so wurde aus einem in den Anfängen der Republik ärmlichen Häuserhaufen ohne Zukunft in weniger als zwanzig Jahren ein wichtiger Hafen, den die Segelschiffe anliefen, die um das Kap Horn herum aus dem Atlantik kamen, und später die Dampfschiffe, die durch die enge Magalhãesstraße fuhren. Valparaíso war das Handelszentrum des Pazifiks, in seinen Lagerhäusern waren Metalle, Wolle vom Schaf oder vom Alpaka, Getreide und Leder für die Märkte der Welt gespeichert.

So war es jedesmal eine Überraschung für den müden Reisenden, wenn Valparaíso in Sicht kam. Da lagen über hundert Schiffe mit Flaggen aus der halben Welt im Hafen. Die Berge mit den verschneiten Gipfeln schienen so nah, als stiegen sie geradewegs aus einem tintenblauen Meer auf, dem ein Duft nach Sirenen zu entströmen schien. Daß unter diesem Schein von tiefem Frieden eine ganze Stadt voller versunkener spanischer Segelschiffe lag und

Skelette von Patrioten, die von den Soldaten des Statthalters mit Felssteinen an den Fußknöcheln ertränkt worden waren – Jacob Todd wollte es nicht wahrhaben.

Das Schiff ging in der Bucht vor Anker, zwischen Tausenden von Möwen, die mit ihren kraftvollen Flügeln und ihren hungrigen Schreien die Luft aufwirbelten. Fischerkähne tanzten auf den Wellen, einige mit riesigen noch lebenden Meeraalen und Seebarschen beladen, die an der Luft verzweifelt zappelten. Mehrere Boote beförderten die Passagiere und die Fracht des Seglers an Land. Als er zwischen Seeleuten, Stauern, Mitreisenden, Eseln und Schubkarren auf den Kai stieg, war er in einer Stadt angekommen, die, von steilen Hügeln wie ein Amphitheater umschlossen, ebenso dicht bevölkert und schmutzig war wie viele namhafte europäische Städte auch. Architektonisch jedoch kam sie ihm vor wie selbstmörderischer Schwachsinn mit ihren Häusern aus Luftziegeln und Holz in den viel zu engen Straßen – der kleinste Brand konnte sie in wenigen Stunden in Asche verwandeln. Eine von zwei geschundenen Pferden gezogene Kutsche brachte ihn und die Koffer und Kisten seines Gepäcks zum Hotel Inglés. Er fuhr vorbei an Gebäuden, die sehr hübsch um einen Platz herum gebaut waren, vorbei an mehreren eher plumpen Kirchen und an einstökkigen Wohnhäusern, die von großen Gärten umgeben waren. Er schätzte die Stadt auf etwa hundert Häuserblocks, aber er sah bald, daß sie den Blick täuschte, sie war ein Labyrinth von Gassen und Passagen. In der Ferne erspähte er ein Fischerviertel mit ärmlichen, dem scharfen Seewind ausgesetzten Hütten, neben denen Netze wie riesige Spinnweben hingen, und dahinter lagen fruchtbare Felder, die mit Gemüse und Obstbäumen bepflanzt waren. Sie begegneten Kutschen, die so modern waren wie die in London, Landauern, Droschken und Kaleschen, auch von zerlumpten Kindern gelenkten Maultiergespannen und von Ochsen gezogenen Karren mitten im Zentrum der Stadt. An den Straßenecken bettelten Mönche und Nonnen zwischen streunenden Hunden und verirrten Hühnern um Almosen für die Armen. Er beobachtete einige Frauen, beladen mit Beuteln und Körben, die Kinder am Rockzipfel, barfuß, aber mit schwarzem Tuch um den Kopf, und er sah viele Männer mit kegelförmigen Hüten müßig auf Türschwellen sitzen oder in Gruppen schwatzen.

Eine Stunde nachdem er an Land gegangen war, saß Jacob Todd in dem eleganten Salon des Hotel Inglés, rauchte aus Kairo importierte schwarze Zigaretten und blätterte in einer britischen Zeitschrift, deren Neuigkeiten ziemlich veraltet waren. Er seufzte dankbar: offensichtlich würde er keine Anpassungsprobleme haben, und wenn er sein Geld gut verwaltete, würde er hier fast so angenehm wie in London leben können. Er wartete, daß jemand zur Bedienung herbeieilte – offenbar hielt man nichts von Hast in diesen Breiten –, als John Sommers, der Kapitän des Schiffes, mit dem er gekommen war, zu ihm trat. Er war ein Hüne von Mann, dunkelhaarig, die Haut von der Sonne verbrannt wie Schuhleder, der gern mit seinen Fähigkeiten als tüchtiger Trinker, Frauenheld und ausdauernder Spieler prahlte, sei es mit Karten, sei es mit Würfeln. Sie waren gute Freunde geworden, und das Spiel hatte sie in den vielen langen Nächten auf hoher See unterhalten und an den stürmischen, eisigen Tagen, als sie das Kap Horn im Süden der Welt umschifften. John Sommers wurde von einem bleichen Mann mit gutgeschnittenem Bart begleitet, der von Kopf bis Fuß schwarz gekleidet war und den er als seinen Bruder Jeremy vorstellte. Es würde schwerfallen, zwei verschiedenartigere Menschentypen zu finden. John wirkte wie das Urbild von Kraft und Gesundheit, freimütig, lärmig, liebenswert, während sein Bruder aussah wie ein in ewigem Winter gefangenes Gespenst. Er war einer jener Menschen, die niemals ganz anwesend sind und an die man sich nur schwer erinnert, weil ihnen feste Konturen fehlen, dachte Jacob Todd. Ohne eine Einladung abzuwarten, setzten sich beide an seinen Tisch mit der Ungezwungenheit von Landsleuten auf fremder Erde. Endlich erschien nun eine Kellnerin, und Kapitän John Sommers ließ eine Flasche Whisky kommen, während sein Bruder Tee bestellte in dem Kauderwelsch, das die Briten erfunden haben, um sich mit der Dienerschaft zu verständigen.

»Wie stehen die Dinge zu Hause?« fragte Jeremy. Er sprach leise, fast murmelnd, kaum die Lippen bewegend und mit einem etwas gekünstelten Akzent.

»Seit dreihundert Jahren passiert nichts in England«, sagte der Kapitän.

»Entschuldigen Sie meine Neugier, Mr. Todd, aber ich sah Sie das Hotel betreten und konnte nicht umhin, Ihr Gepäck zu bemerken. Mir schien, da waren mehrere Kisten mit der Aufschrift ›Bibeln‹ dabei … Habe ich mich geirrt?« fragte Jeremy Sommers.

»Es sind tatsächlich Bibeln.«

»Niemand hat uns mitgeteilt, daß uns noch ein Pastor geschickt würde …«

»Da sind wir drei Monate zusammen gesegelt,

und ich habe nicht gemerkt, daß Sie ein Pastor sind, Mr. Todd!« polterte der Kapitän.

»Das bin ich in Wirklichkeit auch nicht«, erwiderte Jacob Todd und verbarg seine Verlegenheit hinter einer Rauchwolke aus seiner Zigarette.

»Ein Missionar also. Sie wollen nach Feuerland, nehme ich an. Die patagonischen Indios sind bereit für die Evangelisierung. Die Araukaner vergessen Sie besser, guter Mann, die haben die Katholiken schon für sich eingefangen«, sagte Jeremy Sommers.

»Da kann doch nur noch eine Handvoll Araukaner übrig sein. Die Burschen haben den Drang, sich massakrieren zu lassen«, fügte sein Bruder hinzu.

»Sie waren die wildesten Indios von ganz Amerika, Mr. Todd. Die meisten starben im Kampf gegen die Spanier. Sie waren Kannibalen.«

»Schnitten sich Stücke aus den lebenden Gefangenen: sie hatten ihr Mittagessen gern frisch«, erklärte der Kapitän. »Und das würden Sie und ich genauso machen, wenn uns einer die Familie umbringt, das Dorf verbrennt und das Land raubt.«

»Vortrefflich, John, jetzt verteidigst du schon den Kannibalismus!« erwiderte sein Bruder unwillig. »Auf jeden Fall, Mr. Todd, muß ich Sie warnen, kommen Sie nicht den Katholiken ins Gehege. Wir dürfen die Einheimischen nicht provozieren. Diese Leute sind sehr abergläubisch.«

»Der fremde Glaube ist Aberglaube, Mr. Todd. Der unsere heißt Religion. Die Indios von Feuerland, die Patagonier, unterscheiden sich beträchtlich von den Araukanern.«

»Genau die gleichen Wilden. Leben nackt in einem fürchterlichen Klima«, sagte Jeremy.

»Bringen Sie ihnen Ihre Religion, Mr. Todd, vielleicht lernen sie wenigstens Hosen zu tragen«, bemerkte der Kapitän.

Todd hatte noch nie von jenen Indios gehört, und etwas zu predigen, woran er selbst nicht glaubte, war das letzte, was er wollte, aber er getraute sich nicht, ihnen zu gestehen, daß seine Reise das Ergebnis einer Besäufniswette war. Er antwortete ausweichend, er gedenke eine missionarische Expedition auszurüsten, müsse aber erst noch entscheiden, wie die zu finanzieren sei.

»Hätte ich gewußt, daß Sie unterwegs sind, um diesen guten Leutchen die Absichten eines tyrannischen Gottes zu predigen, dann hätte ich Sie mitten im Atlantik über Bord geworfen, Mr. Todd.«

Sie wurden von der Kellnerin unterbrochen, die den Whisky und den Tee brachte. Sie war ein blühendes junges Mädchen und steckte in einem schwarzen Kleid, Häubchen und Schürze waren weiß und gestärkt. Als sie sich mit dem Tablett vorbeugte, verbreitete sich ein verwirrender Duft nach zerriebenen Blumen und Kohleplätteisen. Jacob Todd hatte in den letzten Monaten keine Frau zu Gesicht bekommen und starrte sie an mit einem würgenden Gefühl der Verlassenheit. John Sommers wartete, bis sich das Mädchen zurückgezogen hatte.

»Vorsicht, Mann, die Chileninnen sind gefährlich«, sagte er.

»Kann ich mir nicht vorstellen. Sie sind klein, haben breite Hüften und eine unangenehme Stimme«, erklärte Jeremy Sommers, seine Teetasse balancierend.

»Die Matrosen desertieren ihretwegen!« rief der Kapitän.

»Ich gebe zu, mit Frauen kenne ich mich nicht so aus. Dafür habe ich keine Zeit. Ich muß mich um meine Geschäfte kümmern und um unsere Schwester, hast du das vergessen?«

»Nicht einen Augenblick, du erinnerst mich ja ständig dran. Sehen Sie, Mr. Todd, ich bin das schwarze Schaf der Familie, ein Windhund. Wenn der gute Jeremy nicht wäre ...«

»Das Mädchen scheint Spanierin zu sein«, unterbrach ihn Jacob Todd, der ihr mit den Blicken gefolgt war, während sie jetzt einen anderen Tisch bediente. »Ich habe zwei Monate in Madrid gelebt und viele Frauen wie sie gesehen.«

»Hier sind alle Mestizen, die oberen Klassen eingeschlossen. Sie geben es natürlich nicht zu. Das Indioblut wird verheimlicht wie eine Seuche. Ich kann sie deswegen nicht tadeln, die Indios haben den Ruf, schmutzig, trunksüchtig und faul zu sein. Die Regierung versucht, die Rasse zu verbessern, indem sie europäische Einwanderer hereinholt. Im Süden schenken sie den Siedlern Land.«

»Das ist ihr Lieblingssport: Indios umbringen, damit sie ihr Land einstreichen können.«

»Du übertreibst, John.«

»Man muß sie nicht unbedingt immer mit einer Kugel beseitigen, es genügt auch, sie zu Trinkern zu machen. Aber umbringen ist viel vergnüglicher, versteht sich. Immerhin nehmen wir Briten nicht teil an diesem Zeitvertreib, Mr. Todd. Uns interessiert das Land nicht. Wozu Kartoffeln anpflanzen, wenn wir unser Glück machen können, ohne die Handschuhe auszuziehen?«

»Hier fehlt es nicht an Möglichkeiten für einen unternehmungslustigen Mann. In diesem Land liegt alles bereit, man braucht es sich nur nehmen. Wenn

Sie reüssieren wollen, gehen Sie in den Norden. Dort gibt es Silber, Kupfer, Salpeter, Guano ...«

»Guano?«

»Vogelscheiße«, erklärte der Seemann.

»Von alldem verstehe ich nichts, Mr. Sommers.«

»Ein Vermögen zu machen interessiert Mr. Todd nicht, Jeremy. Seine Sache ist der christliche Glaube, nicht wahr?«

»Die protestantische Kolonie ist zahlreich und wohlhabend, sie wird Ihnen helfen. Kommen Sie morgen in mein Haus. Mittwochs gibt meine Schwester Rose immer eine musikalische Gesellschaft, das ist eine gute Gelegenheit, Bekanntschaften zu schließen. Meine Kutsche wird Sie um fünf Uhr nachmittags abholen. Sie werden sich angenehm unterhalten«, sagte Jeremy und verabschiedete sich.

Am folgenden Tag, erfrischt von einer traumlosen Nacht und einem langen Bad, um all das Salz loszuwerden, das ihm noch in der verborgensten Falte klebte, aber immer noch mit dem schwankenden Gang, den er sich auf dem Schiff angewöhnt hatte, ging Jacob Todd aus, um durch den Hafen zu spazieren. Er schritt ohne Eile durch die Hauptstraße, die parallel zum Meer verlief und dem Ufer so nah, daß die Wellen sie besprühten, trank ein paar Glas in einem Café und aß in einem Gasthaus am Markt.

Er hatte England an einem frostigen Februartag verlassen, und nachdem er eine endlose Wüste aus Wasser und Sternen überquert hatte, auf der er sich sogar beim Nachzählen seiner verflossenen Liebschaften verhedderte, war er auf der südlichen Halbkugel in den Beginn eines weiteren, erbarmungslosen Winters geraten. Er war vor seiner Abreise überhaupt nicht auf den Gedanken gekommen, sich nach dem Klima zu erkundigen. Chile hatte er sich heiß und feucht wie Indien vorgestellt, denn so, glaubte er, seien nun einmal die Länder der Armen, und nun sah er sich einem eisigen Wind ausgeliefert, der ihn bis auf die Knochen durchdrang und Wolken von Sand und Unrat aufwirbelte. Er verirrte sich mehrmals in gewundenen Straßen, ging zurück und ging abermals zurück, um wieder dort zu landen, wo er angefangen hatte. Er stieg von endlosen Treppen geplagte Gassen hinauf, die von absurden, im Nirgendwo hängenden Häusern gesäumt waren, und war diskret bemüht, nicht durch die Fenster in fremde Häuslichkeiten zu spähen. Er stieß auf romantische, europäisch anmutende, von Laubengängen umgebene Plätze, wo Militärkapellen Musik für müßige Milchmädchen und ähnliche Verliebte spielten, und lief durch bescheidene, von Eseln niedergetrampelte Grünanlagen. Am Rande der Hauptstraßen wuchsen prächtige Bäume, genährt von den übelriechenden Wässern, die offen von den Hügeln herunterrannen. Im Geschäftsviertel war die Gegenwart der Briten so augenscheinlich, daß man meinte, die Luft anderer Breiten zu atmen. Die Aufschriften an verschiedenen Läden waren englisch, und die vorübergehenden britischen Landsleute waren gekleidet wie in London und trugen sogar die gleichen Leichenbestatterschirme. Kaum entfernte er sich aber von den Straßen des Zentrums, als die Armut mit der Wucht eines Faustschlages auf ihn eindrang; die Menschen wirkten matt und unterernährt, er sah Soldaten in fadenscheinigen Uniformen und Bettler an den Kirchentüren. Um zwölf Uhr mittags fingen auf allen Kirchtürmen die Glocken gleichzeitig zu läuten an, und augenblicklich verstummte der Lärm, die Leute blieben stehen, die Männer nahmen den Hut ab, die wenigen Frauen knieten nieder, und alle bekreuzigten sich. Das Bild stand zwölf Glockenschläge lang still, dann belebte sich die Straße wieder wie zuvor.

Die Engländer

Die Kutsche der Sommers fuhr mit einer halben Stunde Verspätung beim Hotel vor. Der Kutscher hatte reichlich Alkohol geladen, aber Jacob Todd konnte nicht wählerisch sein. Sie fuhren in Richtung Süden. Es hatte ein paar Stunden geregnet, und die Straßen waren an einigen Stellen fast unpassierbar geworden, wo sich unter Pfützen und Schlamm verhängnisvolle Löcher verbargen, groß genug, ein unachtsames Pferd zu schlucken. Am Rand der Straße warteten Kinder mit Ochsengespannen, bereit, im Morast steckengebliebene Kutschen für eine Kupfermünze herauszuziehen, aber trotz seiner Säuferkurzsichtigkeit schaffte es der Kutscher, alle Fallen zu vermeiden, und schließlich fuhren sie eine Anhöhe hinauf. Als sie auf dem Cerro Alegre ankamen, wo die meisten Angehörigen der Ausländerkolonie wohnten, änderte sich das Aussehen der Stadt schlagartig, und die ärmlichen Hütten und elenden Mietshäuser blieben unten zurück. Der Kutscher hielt vor einem Landhaus von beträchtlichen Ausmaßen, aber peinlich häßlichem Aussehen, eine Mißgeburt voller prätentiöser Türmchen und nutzloser Treppen, in das unebene Gelände gepflanzt und von so vielen Fackeln beleuchtet, daß die Nacht zurückgewichen war. Ein Indiodiener in einer Livree, die ihm zu groß war, öffnete Jacob Todd die Tür, nahm seinen Mantel und Hut entgegen und führte ihn in einen weiträumigen Saal, der mit edlen Möbeln und ein wenig theatralischen Vorhängen aus grünem Samt ausgestattet und mit allem möglichen Zierat überladen war, ohne einen Zentimeter Weiß, an dem sich das Auge hätte erholen können. Er nahm an, daß in Chile wie in Europa eine nackte Wand als Zeichen der Armut angesehen wurde, und erkannte seinen Irrtum erst sehr viel später, als er die nüchternen Häuser der Chilenen besuchte. Die Gemälde hingen leicht nach vorn geneigt, damit man sie von unten besser würdigen konnte, und der Blick verlor sich im Halbdunkel der hohen Dekke. Der große Kamin mit seinen dicken Holzscheiten und mehrere Kohlebecken verbreiteten eine ungleichmäßige Hitze, in der die Füße kalt blieben und der Kopf fiebrig heiß wurde. Es gab ein gutes Dutzend nach europäischer Mode gekleidete Personen in dem Raum und mehrere Mädchen in Dienstbotenkleidung, die mit Tabletts herumgingen. Jeremy und John kamen heran, um ihn zu begrüßen.

»Ich möchte Sie meiner Schwester Rose vorstellen«, sagte Jeremy und führte ihn zum hinteren Teil des Saales. Und da sah Jacob Todd neben dem Kamin die Frau sitzen, die den Frieden seiner Seele zunichte machen sollte. Rose Sommers bezauberte ihn augenblicklich, nicht so sehr, weil sie schön, sondern weil sie selbstsicher und fröhlich war. Sie hatte nichts von der etwas grob geratenen überschäumenden Lebenskraft des Kapitäns und nichts von der langweiligen Feierlichkeit ihres Bruders Jeremy, sie war eine Frau, in deren Augen es sprühte, als wäre sie jederzeit bereit, in ein reizendes Lachen auszubrechen. Und wenn sie lachte, erschien um ihre Augwinkel ein Netz feiner Fältchen, und es war gerade das, was Jacob Todd am meisten anzog. Ihr Alter vermochte er nicht einzuschätzen, zwischen zwanzig und dreißig vermutlich, aber er nahm an, daß sie in zehn Jahren noch genauso aussehen werde, sie war schlank und rank und hatte die Haltung einer Königin. Sie war hinreißend in pfirsichfarbenen Taft gekleidet und trug keinen Schmuck außer einem Paar schlichter Korallenohrringe. Die elementarste Höflichkeit gebot, daß er sich darauf beschränkte, den Handkuß nur vorzutäuschen, aber inzwischen war sein Verstand hinreichend verwirrt, und ohne zu begreifen, was er tat, vollbrachten seine Lippen einen kräftigen Kuß. So unpassend war diese Begrüßung, daß beide einen endlosen Augenblick lang in Unschlüssigkeit verharrten – er hielt ihre Hand fest, als hätte er einen Degen gepackt, sie betrachtete das bißchen Spucke, wagte aber nicht, es abzuwischen, um den Gast nicht zu beleidigen –, bis ein kleines, wie eine Prinzessin gekleidetes Mädchen die Szene unterbrach. Todd kam zu sich, und als er sich aufrichtete, nahm er eben noch ein spöttisches Grinsen von einem Bruder Sommers zum anderen wahr. Bemüht, sich nichts anmerken zu lassen, wandte er sich mit übertriebener Aufmerksamkeit dem Kind zu, fest entschlossen, es für sich zu gewinnen.

»Das ist Eliza, unser Schützling«, sagte Jeremy Sommers.

Jacob Todd beging seinen zweiten Schnitzer. »Was soll das heißen, Schützling?« fragte er.

»Das heißt, ich gehöre nicht zu dieser Familie«, erklärte Eliza geduldig in einem Ton, als spräche sie zu einem Trottel.

»Nein?«

»Wenn ich mich schlecht benehme, schicken sie mich zu den papistischen Nonnen.«

»Was sagst du da, Eliza! Beachten Sie das nicht, Mr. Todd. Kindern fallen oft die seltsamsten Dinge ein. Selbstverständlich gehört Eliza zu unserer Familie«, mischte Rose sich ein und erhob sich.

Eliza hatte den Tag bei Mama Fresia verbracht und ihr beim Kochen geholfen. Die Küche lag im Patio, aber Miss Rose hatte sie durch einen überdachten Gang mit dem Haus verbinden lassen, um die Peinlichkeit zu vermeiden, daß die Gerichte etwa kalt oder von Taubendreck bespritzt auf den Tisch kämen. Dieser von Fett und Ruß geschwärzte Raum war das unumstrittene Reich Mama Fresias. Katzen, Hunde, Gänse und Hühner spazierten nach Lust und Laune über den ungewachsten Steinfußboden; hier verbrachte die Ziege, die Eliza genährt hatte, wiederkäuend den Winter, und wenn sie auch schon sehr alt war, wagte niemand sie zu schlachten, denn das wäre gewesen, als ermordete man eine Mutter. Das Kind liebte den Geruch aus den Backtrögen, wenn der Sauerteig unter Seufzen den geheimnisvollen Vorgang des Treibens verrichtet; es liebte das Aroma von karamelisiertem Zucker, wenn er zur Verzierung von Torten geschlagen wird, und den Duft von Schokolade, wenn sie sich in der Milch auflöst. An den Gesellschaftsmittwochen traten die Mucamas in Tätigkeit, zwei halbwüchsige Indias, die mit im Haus wohnten und für ihr Essen arbeiteten. Sie polierten das Silber, bügelten die Tischdekken und zauberten Glanz auf das Kristall. Am Mittag wurde der Kutscher zur Konditorei geschickt, um Süßigkeiten zu kaufen, deren Rezepte eifersüchtig gehütet wurden, seit die Kolonie bestand. Mama Fresia nutzte die Gelegenheit und hängte an das Geschirr der Pferde eine lederne Flasche mit frischer Milch, die sich bei dem Trab hin und zurück in Butter verwandelte.

Um drei Uhr nachmittags rief Miss Rose Eliza in ihr Zimmer, wo der Kutscher und der Diener eine auf Löwenfüßen stehende bronzene Badewanne aufgestellt hatten, die die Mucamas mit einem Laken auslegten und mit heißem, mit Minze und Rosmarinblättern parfümiertem Wasser füllten. Rose planschte mit Eliza in der Wanne, als wäre sie selbst noch ein Kind, bis das Wasser zu kühl wurde und die Dienstmädchen wiederkamen, die Arme mit Kleidungsstücken beladen, um ihnen beim Ankleiden zu helfen: Strümpfe anziehen, Unterhosen, die bis zum Knie reichten, ein Batisthemd, dann ein kurzer Unterrock, über den Hüften gepolstert, um die Schlankheit der Taille zu betonen, darüber drei gestärkte Unterröcke und schließlich das Kleid, das den Körper völlig einhüllte und nur den Kopf und die Hände freiließ. Miss Rose trug außerdem ein steifes Korsett aus Fischbein, das so eng war, daß sie weder tief atmen noch die Arme über Schulterhöhe heben konnte, sie konnte sich auch nicht allein anziehen oder sich bücken, weil dann die Fischbeinstäbe brechen und sich ihr wie Nadeln ins Fleisch bohren würden. Dieses Bad war übrigens das einzige in der Woche, eine Zeremonie vergleichbar nur der Haarwäsche am Samstag, die jeder Vorwand umstoßen konnte, weil sie als gefährlich für die Gesundheit angesehen wurde. An den anderen Wochentagen benutzte Miss Rose Seife mit Vorsicht, sie zog es vor, sich mit einem mit Milch getränkten Schwamm abzureiben und sich mit einem Eau de toilette zu erfrischen, das mit Vanille parfümiert war und das sich, wie sie gehört hatte, seit den Tagen der Madame Pompadour in Frankreich unverminderter Beliebtheit erfreute; Eliza hätte sie mit geschlossenen Augen aus einer Menschenmenge herausgefunden, weil sie so schön nach Dessert duftete. Auch als sie die dreißig überschritten hatte, behielt sie noch diese zarte, durchsichtige Haut, wie viele junge Engländerinnen sie haben, bevor sie im Licht der Welt und unter der eigenen Arroganz zu Pergament wird. Sie pflegte ihre Erscheinung mit Rosenwasser und Zitrone, um die Haut aufzuhellen, verwendete Hamamelissalbe, um sie geschmeidig zu machen, Kamille, um den Haaren Glanz zu geben, und eine Auswahl von exotischen Balsamen und Lotionen, die Bruder John ihr aus dem Fernen

Osten mitgebracht hatte, wo die schönsten Frauen der Welt lebten, wie er sagte. Sie erfand Kleider, zu denen sie sich von den Modezeitschriften aus London anregen ließ, und schneiderte sie selbst in ihrem Nähstübchen; mit Intuition und Witz veränderte sie ihre Kleidung mit immer denselben Bändern, Blumen und Federn, die ihr jahrelang dienten, ohne veraltet zu wirken. Sie benutzte keinen schwarzen Umhang, wenn sie ausging, wie die Chileninnen es tun, eine Sitte, die sie für eine Verirrung hielt, sie zog ihr kurzes Cape und ihre Sammlung von Hüten vor, obwohl sie auf der Straße angesehen wurde, als wäre sie eine Halbweltdame.

Entzückt, ein neues Gesicht auf der allwöchentlichen Gesellschaft zu sehen, verzieh Miss Rose den unverschämten Kuß, nahm Jacob Todds Arm und führte ihn zu einem runden Tisch, der in einer Ecke des Saales stand. Sie ließ ihn zwischen verschiedenen alkoholischen Getränken wählen und bestand darauf, er müsse ihren *Mistela* kosten, ein eigenartiges Gebräu aus Branntwein, Zimt und Zucker, das zu schlucken er sich außerstande sah, weshalb er es heimlich in einen Blumentopf kippte. Dann stellte sie ihn den übrigen Gästen vor: Mr. Applegren, Möbelfabrikant, begleitet von seiner Tochter, einem farblosen, schüchternen jungen Ding; Madame Colbert, Leiterin einer englischen Mädchenschule; Mr. Ebeling, Besitzer des besten Geschäfts für Herrenhüte, und seine Gattin, die sich auf Todd stürzte und ihn dringlich um Nachrichten von der englischen königlichen Familie bat, als handelte es sich um ihre Verwandten. Er lernte auch die Chirurgen Page und Poett kennen.

»Die Ärzte arbeiten mit Chloroform!« klärte Miss Rose ihn bewundernd auf.

»Hier ist das noch eine Neuheit, aber in Europa hat das Chloroform die medizinische Praxis revolutioniert«, erläuterte einer der Chirurgen.

»Soviel ich weiß, wendet man es in England regelmäßig bei der Geburtshilfe an. Hat man es nicht auch bei Königin Viktoria benutzt?« fragte Todd, nur um etwas zu sagen, denn er hatte von dem Thema keine Ahnung.

»Hier sträuben sich die Katholiken heftig dagegen. Der biblische Fluch, der über der Frau hängt, heißt unter Schmerzen gebären, Mr. Todd.«

»Finden Sie das nicht ungerecht, meine Herren? Der Fluch des Mannes ist es, im Schweiße seines Angesichts zu arbeiten, aber in diesem Salon, da braucht man gar nicht weit zu gehen, verdienen sich die Herren ihren Lebensunterhalt mit dem Schweiß anderer«, entgegnete Miss Rose und errötete tief.

Die beiden Chirurgen lächelten unbehaglich, aber Todd beobachtete Miss Rose hingerissen. Er wäre am liebsten die ganze Nacht an ihrer Seite geblieben, obwohl es auf einer Gesellschaft in London korrekt war, wie Jacob Todd sich erinnerte, um Mitternacht zu gehen. Er merkte aber, daß bei diesem Zusammensein die Gäste zum Bleiben entschlossen sein schienen, und er vermutete, daß der gesellschaftliche Kreis sehr begrenzt sein mußte und die wöchentliche Abendunterhaltung der Sommers vielleicht die einzige dieser Art war. Während er noch überlegte, klatschte Miss Rose in die Hände und kündigte den musikalischen Teil des Abends an. Die Dienstmädchen brachten noch mehr Kandelaber herbei, die den Saal taghell erleuchteten, und bauten Stühle im Halbkreis um ein Klavier, eine Laute und eine Harfe auf, die Damen nahmen Platz, und die Herren stellten sich hinter sie. Ein pausbäkkiger Mensch setzte sich ans Klavier, und unter seinen Fleischerhänden erklang eine bezaubernde Melodie, wozu die Tochter des Möbelfabrikanten eine alte schottische Ballade sang, mit einer so makellos schönen Stimme, daß Todd völlig vergaß, wie sehr sie ihn anfangs an eine verschreckte Maus erinnert hatte; die Leiterin der Mädchenschule rezitierte ein unnötig langes patriotisches Gedicht; Rose sang ein paar Schelmenlieder im Duett mit ihrem Bruder John, trotz Jeremys offensichtlicher Mißbilligung, und forderte dann Jacob Todd auf, die Gesellschaft mit etwas aus seinem Repertoire zu erfreuen. Das gab dem neuen Gast Gelegenheit, seine gute Stimme zur Geltung zu bringen.

»Sie sind ja eine echte Errungenschaft, Mr. Todd! Sie lassen wir nicht wieder los! Sie sind jetzt dazu verurteilt, jeden Mittwoch zu kommen!« rief sie aus, als der Applaus verstummte, und beachtete den törichten Gesichtsausdruck nicht, mit dem der Gast sie ansah.

Todd fühlte, wie seine Zähne vom Zucker klebten, der Kopf drehte sich ihm, er wußte nicht, was mehr schuld daran war: Roses Bewunderung oder die genossenen Alkoholika und die starke kubanische Zigarre, die er im Gespräch mit Kapitän Sommers geraucht hatte. In diesem Haus konnte man kein Glas und keine Speise ablehnen, ohne den Gastgeber zu beleidigen; er würde bald entdecken, daß dies eine nationale Eigentümlichkeit in Chile war, wo die Gastfreundschaft sich darin äußerte, daß man die Geladenen nötigte, weit über menschliches Fassungsvermögen hinaus zu essen und zu trinken. Um neun Uhr wurde zu Tisch gebeten, sie zogen alle ins Speisezimmer, wo eine weitere Serie von üppigen Gerichten und neuen Desserts sie erwartete. Gegen Mitternacht erhoben sich die Damen und zogen sich plaudernd in den Salon zurück, während die Männer im Speisezimmer rauchten und Brandy tranken. Dann endlich, als Todd schon drauf und dran war, ohnmächtig zu werden, begannen die Gäste nach ihren Mänteln und ihren Kutschen zu fragen. Die Ebelings, die an seiner vermeintlichen Evangelisierungsmission auf Feuerland lebhaft interessiert waren, boten ihm an, ihn zu seinem Hotel zu bringen, und er nahm sofort an, weil ihn die Vorstellung schreckte, sich in tiefster Dunkelheit von dem betrunkenen Kutscher der Sommers über diese Albtraumstraßen schaukeln zu lassen. Die Fahrt kam ihm endlos vor, er fühlte sich außerstande, sich auf die Unterhaltung zu konzentrieren, so übel wie ihm war mit seinem revoltierenden Magen.

»Meine Frau wurde in Afrika geboren, sie ist die Tochter eines Missionarsehepaares, das dort den wahren Glauben verbreitet; wir wissen, wie viele Opfer das mit sich bringt, Mr. Todd. Wir hoffen, Sie gewähren uns das Privileg, Sie bei Ihrem edlen Wirken unter den Eingeborenen zu unterstützen«, sagte Mr. Ebeling feierlich beim Abschied.

In dieser Nacht konnte Jacob Todd nicht schlafen, Rose Sommers' Bild verfolgte ihn unbarmherzig, und als der Morgen graute, hatte er beschlossen, ihr ernsthaft den Hof zu machen. Er wußte nichts von ihr, aber das kümmerte ihn nicht, vielleicht war es sein Schicksal, eine Wette zu verlieren und bis nach Chile zu reisen, nur um seine zukünftige Ehefrau kennenzulernen. Er wäre schon am gleichen Tag zur Tat geschritten, aber er kam vom Bett nicht hoch, weil schwere Koliken ihn heimsuchten. So lag er einen Tag und eine Nacht, abwechselnd bewußtlos oder von Schmerzen gepeinigt, bis er es, alle Kraft zusammennehmend, endlich schaffte, sich zur Tür zu schleppen und um Hilfe zu rufen. Auf seine Bitte schickte der Geschäftsführer des Hotels einen Boten zu den Sommers, Todds einzigen näheren Bekannten in der Stadt, und hieß einen Diener das Zimmer säubern, das wie ein Maultierstall roch. Gegen Mittag erschien Jeremy Sommers im Hotel, begleitet von dem bekanntesten Bader von Valparaíso, der über einige Kenntnisse des Englischen verfügte und der Todd erklärte, nachdem er ihn an Armen und Beinen bis zum Weißbluten zur Ader gelassen hatte, daß alle Ausländer, die zum erstenmal den Boden Chiles beträten, krank würden.

»Kein Grund zur Panik, soviel ich weiß, sterben nur wenige dran«, beruhigte er ihn.

Er gab ihm einige Oblaten aus Reispapier, die Chinin enthielten, aber Todd konnte sie vor lauter Übelkeit nicht schlucken. Er war in Indien gewesen und kannte die Symptome der Malaria und anderer Tropenkrankheiten, die mit Chinin behandelt wurden, aber diese Qualen ähnelten ihnen nicht einmal entfernt. Kaum war der Bader gegangen, kam wieder der Diener, um die blutigen Tücher fortzubringen und das Zimmer noch einmal aufzuwischen. Jeremy Sommers hatte die Adressen der Ärzte Page und Poett dagelassen, aber bevor Todd nach ihnen schicken konnte, erschien eine wohlbeleibte Matrone in dem Hotel und verlangte den Kranken zu besuchen. An der Hand hielt sie ein in blauen Samt gekleidetes kleines Mädchen, das weiße Stiefelchen und ein mit Blumen besticktes Hütchen trug und aussah wie ein Märchenwesen. Es waren Mama Fresia und Eliza, von Rose Sommers geschickt, die ein sehr geringes Vertrauen in die Aderlasserei hatte. Die beiden brachen so zielsicher in das Zimmer ein, daß der geschwächte Jacob Todd nicht zu protestieren wagte. Die erste kam in ihrer Eigenschaft als Heilerin und die Kleine als Übersetzerin.

»Meine Mamita sagt, sie wird Ihnen den Pyjama

ausziehen. Ich gucke nicht hin«, erklärte das Kind und drehte sich zur Wand, während die India ihn mit zwei kräftigen Griffen auszog und sich daran machte, ihn von Kopf bis Fuß mit Branntwein abzureiben.

Sie packten heiße Ziegel in sein Bett, wickelten ihn in Decken und gaben ihm löffelweise einen mit Honig gesüßten bitteren Blätteraufguß ein, um die Schmerzen zu lindern.

»Jetzt wird meine Mamita die Krankheit besprechen«, sagte die Kleine.

»Was ist denn das?«

»Haben Sie keine Angst, es tut nicht weh.«

Mama Fresia schloß die Augen und begann, ihm mit den Händen über Oberkörper und Bauch zu streichen, wobei sie in der Mapuchesprache Beschwörungen murmelte. Jacob Todd fühlte, wie ihn eine unwiderstehliche bleierne Müdigkeit überkam, und noch bevor die India geendet hatte, schlief er tief und fest und merkte nicht mehr, wann seine beiden Krankenschwestern verschwanden. Er schlief achtzehn Stunden und erwachte in Schweiß gebadet. Am folgenden Morgen kehrten Mama Fresia und Eliza zurück, um ihm eine weitere kräftige Abreibung und eine große Tasse Hühnerbrühe angedeihen zu lassen.

»Meine Mamita sagt, Sie dürfen nie mehr Wasser trinken. Bloß schön heißen Tee, und essen Sie kein Obst, sonst möchten Sie wieder am liebsten sterben«, übersetzte das kleine Mädchen.

Ein paar Tage danach, als er aufstehen konnte und sich im Spiegel betrachtete, begriff er, daß er sich mit diesem Aussehen nicht vor Miss Rose zeigen konnte: er hatte mehrere Kilo verloren, war abgemagert und konnte keine zwei Schritte gehen, ohne keuchend auf den nächsten Stuhl zu fallen. Als er wieder imstande war, ihr ein Briefchen zu schreiben, um sich zu bedanken, daß sie ihm das Leben gerettet hatte, und Schokolade für Mama Fresia und Eliza mitschickte, erfuhr er, daß die junge Frau mit einer Freundin und ihrer Mucama nach Santiago aufgebrochen war, eine riskante Reise bei dem Klima und dem schlechten Zustand der Straßen. Miss Rose unternahm diese strapaziöse Fahrt über vierunddreißig spanische Meilen einmal jedes Jahr und immer zu Beginn des Herbstes oder mitten im Frühling, um ins Theater zu gehen, gute Musik zu hören und ihre jährlichen Einkäufe im *Gran Almacén Japonés* zu tätigen, dem großen japanischen Warenhaus, das nach Jasmin duftete und von Gaslampen mit rosafarbenen Glaskugeln erleuchtet wurde und in dem sie die hübschen Nichtigkeiten erstand, die in der vom Luxus nicht verwöhnten Provinzstadt nur schwer zu bekommen waren. Diesmal jedoch gab es einen guten Grund, im Winter zu fahren: sie würde für ein Porträt sitzen. Der berühmte französische Maler Monvoisin war nach Chile gekommen, eingeladen von der Regierung, um unter den Künstlern des Landes Schule zu machen. Der Meister malte lediglich den Kopf, der Rest war das Werk seiner Gehilfen, und die klebten sogar, um Zeit zu sparen, den Spitzenbesatz des Kleides unmittelbar auf die Leinwand, aber trotz solcher Schwindeleien gab einem nichts soviel Ansehen wie ein von ihm signiertes Porträt. Jeremy Sommers bestand darauf, eines von seiner Schwester malen zu lassen, das dann den Salon schmücken sollte. Das Gemälde kostete sechs Unzen Gold und noch eine mehr für jeden Helfer, aber in einem solchen Fall kam Sparen überhaupt nicht in Frage. Die Möglichkeit, ein authentisches Werk des großen Monvoisin zu besitzen, bot sich nicht zweimal im Leben, wie seine Kunden sagten.

»Wenn die Kosten kein Problem sind, dann wünsche ich, daß er mich mit drei Händen malt. Das wird dann sein berühmtestes Bild und wird schließlich in einem Museum hängen statt über unserem Kamin«, erklärte Miss Rose.

Es war das Jahr der großen Überschwemmungen,

die in den Schulbüchern und in der Erinnerung der Alten aufgezeichnet blieben. Die Sintflut zerstörte Hunderte von Wohnstätten, und als das Unwetter endlich nachließ und die Wasser zu fallen begannen, setzte eine Reihe von kleineren Erdbeben ein, die sich anhörten wie Beilhiebe Gottes und verwüsteten, was die Regengüsse übriggelassen hatten. Üble Gestalten durchstöberten die Trümmer, Diebe nutzten die Verwirrung und raubten die Häuser aus, die Soldaten erhielten Befehl, jeden ohne Umstände zu erschießen, den sie bei solcherart Gewalttaten erwischten, aber einmal dabei, teilten sie Säbelhiebe nach links und rechts aus, ohne Rücksicht auf Verluste, und der Befehl mußte widerrufen werden, bevor sie auch die Unschuldigen umbrachten. Jacob Todd, der in seinem Hotel mit einer Erkältung festsaß und immer noch geschwächt war nach der kolikengeplagten Woche, horchte verzweifelt auf das unaufhörliche Getöse der Kirchenglocken, die zur Buße aufriefen, las uralte Zeitungen und suchte Gesellschaft zum Kartenspielen. Einmal ging er aus, um sich in einer Apotheke ein Stärkungsmittel für seinen Magen zu besorgen, aber der Laden erwies sich als chaotische Bruchbude, vollgestopft mit verstaubten blauen und grünen Flaschen, und der deutsche Handlungsgehilfe bot ihm Skorpionöl und

Wurmspiritus an. Zum erstenmal beklagte er es, so weit von London entfernt zu sein.

In den Nächten kam er kaum zum Schlafen wegen der Betrunkenen, die auf der Straße krakeelten und sich prügelten, aber auch wegen der Beerdigungen, die zwischen zwei und drei Uhr nachts stattfanden. Der neue Friedhof lag auf einem Hügel oberhalb der Stadt. Das Unwetter hatte die Erde aufgerissen, Gräber hatten sich geöffnet und die Gebeine freigegeben, die den Abhang heruntergerollt waren in wüstem Durcheinander, in dem alle Toten in der gleichen Würdelosigkeit vereint waren. Viele meinten, zehn Jahre früher wären die Verstorbenen besser untergebracht gewesen, als nämlich die wohlhabenden Leute in den Kirchen beigesetzt, die Armen in die Schluchten geworfen und die Ausländer am Strand verscharrt wurden. Dies ist ein wunderliches Land, schloß Todd, der sich ein Tuch vors Gesicht gebunden hatte, weil der Wind den ekelerregenden Gestank der Katastrophe herantrug, den die Stadtväter mit großen Feuern aus Eukalyptusholz bekämpften. Kaum fühlte er sich besser, wagte er sich hinaus, um sich die Prozessionen anzusehen. Was sonst ein frommes Ritual an den sieben Tagen der heiligen Woche und zu anderen religiösen Festen war, verwandelte sich nun in Massenaufzüge, die den Himmel anflehten, dem Unwetter ein Ende zu machen. In langen Reihen kamen die Gläubigen aus der Kirche, voran die schwarzgekleideten Männer der Laienbruderschaften, die auf Tragen die Statuen der Heiligen in ihren prächtigen, mit Gold und edlen Steinen bestickten Gewändern mit sich führten. Eine andere Kolonne trug einen gekreuzigten Christus, dessen Dornenkrone ihm um den Hals hing. Man hatte Todd erklärt, das sei der Christus von Mayo, der für diesen Anlaß eigens aus Santiago herbeigeholt worden sei, denn er sei die wundertätigste Heiligenstatue der Welt und als einzige fähig, dem Wetter zu gebieten. Vor zweihundert Jahren hatte ein schreckliches Erdbeben die Hauptstadt verheert, und die Kirche San Agustín lag in Trümmern, nur nicht der Altar, auf dem jener Christus stand. Die Dornenkrone war vom Kopf auf den Hals gerutscht, und dort blieb sie auch, denn jedesmal, wenn man versuchte, sie an ihren richtigen Platz zu schieben, begann sie wieder zu zittern. Die Prozessionen vereinten zahllose Mönche und Nonnen, vom vielen Fasten ausgezehrte fromme Frauen, aus voller Kehle betende und singende einfache Leute, reuige Sünder in groben Büßerhemden, Flagellanten, die sich mit ledernen, an den Enden mit scharfgeschliffenen Metallrosetten versehenen Geißeln den nackten Rücken peitschten. Einige fielen ohnmächtig zu Boden, und Frauen kümmerten sich um sie, wuschen ihnen das wunde Fleisch und gaben ihnen zu trinken, aber kaum hatten sich die Männer erholt, schoben sie sie zurück in die Prozession. Kolonnen von Indios, die sich mit beängstigender Inbrunst kasteiten, und Musikkapellen, die religiöse Hymnen spielten, zogen vorbei. Der rauschende Schwall der wehklagenden Gebete glich dem Tosen eines Wildwasserstromes, und die feuchte Luft roch nach Weihrauch und Schweiß. Es gab Prozessionen von Aristokraten, vornehm dunkel gekleidet und ohne Schmuck, und andere von barfüßigem, zerlumptem Elendsvolk, die sich bisweilen kreuzten, aber ohne sich zu berühren oder zu vermischen. Mit der Zeit wuchs das Wehgeschrei mehr und mehr an, die Gläubigen flehten heulend um Vergebung für ihre Sünden, sie waren sicher, daß das schlimme Wetter die göttliche Strafe für ihre Verfehlungen war. Die reuigen Büßer liefen in Massen herbei, die Kirchen konnten sie nicht mehr fassen, und so richteten sich ganze Reihen von Priestern unter Marktzelten und Schirmen ein, um die Beichten abzunehmen. Der Engländer Todd war fasziniert von dem Schauspiel, auf keiner seiner Reisen hatte er etwas so Exotisches und gleichzeitig Unheimliches mit angesehen. An protestantische Nüchternheit gewöhnt, war ihm, als wäre er ins tiefste Mittelalter zurückversetzt; seine Londoner Freunde würden ihm dies niemals glauben. Selbst aus weiser Entfernung konnte er das Zittern des leidenden Tieres spüren, das in Wellen durch die Menschenmasse lief. Er stemmte sich mit einiger Mühe hoch auf den Sockel eines Denkmals, das auf dem kleinen Platz gegenüber der Kathedrale stand und von wo er einen umfassenden Überblick über die Menge hatte. Plötzlich fühlte er, daß ihn jemand am Hosenbein zupfte, er sah hinunter, und da stand ein kleines Mädchen mit einem Umhang über dem Kopf und einem von Blut und Tränen verschmierten Gesicht. Er zog unwirsch sein Bein hoch, aber zu spät, sie hatte ihm die Hose schon beschmutzt. Er fluchte und versuchte sie durch Gesten wegzuscheuchen, an die passenden spanischen Worte konnte er sich nicht erinnern, aber zu seiner Verblüffung erklärte sie ihm in perfektem Englisch, sie habe sich verlaufen und ob er sie vielleicht nach Hause bringen könne. Da sah er sie genauer an.

»Ich bin Eliza Sommers. Erinnern Sie sich an mich?« sagte das Kind schüchtern.

Die Tatsache ausnutzend, daß Miss Rose in Santiago für das Porträt saß und Jeremy in diesen Tagen selten zu Hause erschien, weil die Warenschuppen seiner Firma überschwemmt waren, hatte sie Mama Fresia vorgeschlagen, zur Prozession zu gehen, und hatte der Armen so zugesetzt, daß die schließlich nachgegeben hatte. Ihre Herrschaft hatte ihr verboten, katholische oder Indioriten vor dem Kind zu erwähnen oder es gar der Möglichkeit auszusetzen, dergleichen zu sehen, aber auch sie starb vor Verlangen, den Christus von Mayo wenigstens einmal im Leben zu erblicken. Die Geschwister Sommers würden es ja nie erfahren, beruhigte sie sich. So schlichen sich also die beiden heimlich aus dem Haus, wanderten den Berg hinunter, bestiegen einen Ochsenkarren, ließen sich in der Nähe des Hauptplatzes absetzen und schlossen sich einer Reihe bußwilliger Indios an. Alles wäre gut gegangen, hätte Eliza sich nicht von Mama Fresias Hand losgemacht, die, angesteckt von der allgemeinen Hysterie, nichts merkte und sich von der Menge mitschieben ließ. Eliza sah sich plötzlich allein gelassen und fing an zu schreien, aber ihre Stimme verlor sich im Lärm der Gebete und der trübseligen Trommeln der Bruderschaften. Sie lief los, ihre Nana zu suchen, aber alle Frauen sahen gleich aus unter den dunklen Umhängen, und sie rutschte dauernd aus auf dem von Schlamm, Kerzenwachs und Blut bedeckten Pflaster. Inzwischen hatten sich die verschiedenen Kolonnen zu einer einzigen Masse vereint, die sich wie ein verwundetes Tier dahinschleppte, während die Glocken wie wahnsinnig läuteten und die Schiffe im Hafen tuteten. Sie wußte nicht, wie lange sie von Entsetzen gelähmt war, bis nach und nach ihre Gedanken wieder klar wurden. Inzwischen war die Prozession zur Ruhe gekommen, alle waren in die Knie gesunken, und auf einer Estrade gegenüber der Kirche zelebrierte der Bischof persönlich ein feierliches Hochamt. Eliza dachte daran, zum Cerro Alegre zu Fuß zu gehen, aber sie hatte Angst, daß die Dunkelheit sie unterwegs überraschen werde, sie war noch nie allein ausgegangen und wußte nicht, wie sie sich zurechtfinden sollte. Sie beschloß, sich nicht von der Stelle zu rühren, bis die Menge sich auflöste, vielleicht würde Mama Fresia sie dann finden. Da fiel ihr Blick auf einen hochgewachsenen Rotschopf, der sich an das Denkmal des Platzes klammerte, und erkannte den Kranken, den ihre Nana und sie gepflegt hatten. Ohne Zögern drängte sie sich zu ihm durch.

»Was tust du hier? Bist du verletzt?« rief der Mann von oben.

»Ich bin verlorengegangen, können Sie mich nach Hause bringen?«

Jacob Todd stieg herab, wischte ihr das Gesicht mit seinem Taschentuch ab, musterte sie kurz und stellte fest, daß sie keinen sichtbaren Schaden davongetragen hatte. Er schloß daraus, daß das Blut wohl von den Flagellanten stammte.

»Ich werde dich ins Kontor zu Mr. Sommers bringen.« Aber sie bat ihn, das ja nicht zu tun, denn wenn der Hausherr erführe, daß sie bei der Prozession gewesen war, würde er Mama Fresia entlassen. Todd ging also eine Mietkutsche suchen, die unter diesen Umständen nicht leicht zu finden war, während die Kleine schweigend neben ihm trottete und seine Hand keinen Augenblick losließ. Der Engländer verspürte zum erstenmal in seinem Leben einen Schauer der Zärtlichkeit für eine Kinderhand, für die kleine, feuchte Hand, die sich an seine klammerte. Von Zeit zu Zeit betrachtete er Miss Roses Ziehtochter verstohlen und war gerührt von diesem Kindergesicht mit den schwarzen mandelförmigen Augen. Endlich stießen sie auf einen von zwei Maultieren gezogenen Karren, und der Kutscher willigte ein, sie hügelan zu fahren, für das Doppelte des üblichen Preises. Sie legten die Fahrt schweigend zurück, und eine Stunde später setzte Todd die Kleine vor dem Sommersschen Hause ab. Sie verabschiedete sich mit einem Knicks, lud ihn aber nicht ein, hereinzukommen. Er sah ihr nach, wie sie davonging, klein und zart, bis zu den Füßen von dem schwarzen Umhang verhüllt. Plötzlich blieb sie stehen, wandte sich um, kam zurückgelaufen, warf ihm die Arme um den Hals und drückte ihm einen Kuß auf die Wange. »Danke«, sagte sie, »noch mal danke!« Jacob Todd kehrte im selben Karren zurück zu seinem Hotel. Von Zeit zu Zeit berührte er seine Wange, überrascht von der süßen und traurigen Empfindung, die dieses kleine Mädchen ihm einflößte.

Mochten die Prozessionen in ihrer aufgeschaukelten Frömmigkeit einen Zweck schon in sich selbst haben, so brachten sie es aber auch fertig, wie Jacob Todd staunend sehen konnte, den Regen abzustellen, und rechtfertigten somit einmal mehr den strahlenden Ruhm des Christus von Mayo. In weniger als achtundvierzig Stunden klarte der Himmel auf, und eine schüchterne Sonne schien auf all den Jammer herab. Der Unwetter und der Epidemien wegen waren geschlagene neun Wochen vergangen, ehe sich die Mittwochsgesellschaften im Hause Sommers wieder zusammenfanden, und noch ein paar mehr, ehe Jacob Todd sich getraute, Miss Rose seine Gefühle zu offenbaren. Als er es endlich schaffte, tat sie, als hätte sie es nicht gehört, aber da er beharrlich blieb, bekam er eine verblüffende Antwort.

»Das einzig Gute am Heiraten ist das Witwe-Werden«, sagte sie.

»Ein Ehemann, und mag er noch so vertrottelt sein, steht jeder Frau gut«, gab er zurück, ohne gekränkt zu sein.

»Das kümmert mich nicht. Ein Ehemann wäre nichts als lästig, und er könnte mir nichts geben, was ich nicht schon hätte.«

»Kinder vielleicht?«

»Aber was glauben Sie eigentlich, wie alt ich bin, Mr. Todd?«

»Nicht älter als siebzehn.«

»Machen Sie sich nur lustig. Zum Glück habe ich Eliza.«

»Ich bin ein Starrkopf, Miss Rose, ich gebe mich nie geschlagen.«

»Ich danke Ihnen, Mr. Todd. Nicht der Ehemann ist es, der einer Frau gut steht, sondern viele Bewerber.«

Jedenfalls war Rose der Grund, weshalb Jacob Todd sehr viel länger in Chile blieb als die wenigen Monate, die er sich für den Verkauf seiner Bibeln vorgenommen hatte. Die Sommers waren für ihn der perfekte gesellschaftliche Kontakt, durch sie öffneten sich ihm sperrangelweit die Türen der wohlhabenden ausländischen Kolonie, die bereit war, ihn bei der vermeintlichen frommen Mission auf Feuerland zu unterstützen. Er beschloß, sich einige Kenntnisse über die patagonischen Indios anzueignen, aber nach einem müden Blick in ein paar alte Schwarten, die er aufstöbern konnte, begriff er, daß es gleich war, ob er nun etwas darüber wußte oder nicht, denn die Ahnungslosigkeit in dieser Hinsicht war unter den Bewohnern der Kolonie allgemein. Es genügte, das zu sagen, was die Leute hören wollten, und für den Zweck verließ er sich auf seine gewandte Zunge. Um aber die Ladung Bibeln an potentielle chilenische Kunden loszuwerden, mußte er sein miserables Spanisch verbessern. Durch die zwei Monate, die er in Spanien verbracht hatte, und dank seinem guten Gehör lernte er es schneller und besser sprechen als mancher Brite, der schon vor zwanzig Jahren ins Land gekommen war. Seine recht liberalen politischen Vorstellungen hatte er anfangs für sich behalten, aber dann kam es so, daß er bei jedem gesellschaftlichen Treffen mit Fragen bestürmt wurde, und immer umgab ihn eine Gruppe staunender oder bestürzter Zuhörer. Seine demokratischen Reden, in denen er für Aufhebung der Sklaverei und Gleichheit der Menschen eintrat, erschütterten die

Verschlafenheit dieser guten Leute, gaben Anlaß für endlose Diskussionen unter den Männern und entsetzte Ausrufe unter den reifen Damen, zogen aber die Jugend unwiderstehlich an. Allgemein galt er als ein bißchen verrückt, und seine aufrührerischen Ideen waren ja recht amüsant, aber seine spöttischen Witze über die königliche Familie wurden von den Mitgliedern der englischen Kolonie als höchst unschicklich angesehen, denn für sie war Königin Viktoria unantastbar wie Gott und das Empire. Seine bescheidenen, aber nicht zu verachtenden Einkünfte erlaubten ihm, in einer gewissen Wohlhabenheit zu leben, ohne je gearbeitet zu haben, und das stufte ihn in die Klasse der Gentlemen ein. Kaum hatte man entdeckt, daß er frei von zarten Banden war, fehlte es nicht an heiratsfähigen Mädchen, die sich große Mühe gaben, ihn einzufangen, aber seit er Rose Sommers kannte, hatte er kein Auge für andere weibliche Wesen. Er fragte sich wohl tausendmal, weshalb sie ledig blieb, und die einzige Antwort, die diesem agnostischen Verstandesmenschen einfiel, war, daß der Himmel sie ihm bestimmt habe.

»Wie lange werden Sie mich noch quälen, Miss Rose? Befürchten Sie nicht, daß ich es satt bekommen könnte, Ihnen hinterherzulaufen?«

»Sie werden es nicht satt bekommen, Mr. Todd.

Der Katze hinterherzulaufen ist viel vergnüglicher, als sie zu fangen«, entgegnete sie.

Die Redegewandtheit des falschen Missionars war etwas ganz Neues in jenem Milieu, und da sie annahmen, daß er die Heilige Schrift gewissenhaft studiert hatte, trugen sie ihm an, darüber zu predigen. In Valparaíso gab es eine kleine anglikanische Kirche, von der katholischen Obrigkeit schief angesehen, aber die protestantische Gemeinde traf sich auch in Privathäusern. »Wo hat man je eine Kirche ohne Jungfrauen und Teufel gesehen? Die Gringos sind alle Ketzer, sie glauben nicht an den Papst, können nicht beten, singen bloß und empfangen nicht mal die heilige Kommunion«, murrte Mama Fresia, als das Haus der Sommers für den Gottesdienst an der Reihe war. Todd bereitete sich darauf vor, er wollte aus der Bibel den Auszug der Kinder Israel aus Ägypten vorlesen und dann auf die Situation der Einwanderer eingehen, die sich wie die biblischen Juden in fremdem Land anpassen mußten, aber Jeremy Sommers stellte ihn den Versammelten als Missionar vor und bat ihn, über die Indios auf Feuerland zu sprechen. Jacob Todd wußte nicht einmal, wo genau er die Gegend auf der Karte finden sollte, noch, woher sie diesen bildhaften Namen hatte, aber er vermochte die Zuhörer zu Tränen zu rühren mit der Geschichte von drei Wilden, die ein englischer Kapitän eingefangen hatte, um sie nach England zu entführen. In weniger als drei Jahren, erzählte er, waren diese unglücklichen Geschöpfe, die nackt in eisiger Kälte gelebt und dem Kannibalismus gefrönt hatten, nunmehr anständig gekleidet, hatten sich zu guten Christen gewandelt und zivilisierte Sitten angenommen, ja, sie vertrugen sogar das englische Essen. Was er nicht erzählte, war, daß sie, kaum in ihre Heimat zurückbefördert, augenblicklich wieder in ihre alten Bräuche fielen, als wären sie niemals mit England oder dem Worte Jesu in Berührung gekommen. Auf Jeremy Sommers' Anregung wurde auf der Stelle eine Kollekte für die Verbreitung des Glaubens durchgeführt, mit so gutem Ergebnis, daß Jacob Todd gleich am nächsten Tag auf der Zweigstelle der Bank von London in Valparaíso ein Konto eröffnen konnte. Das Konto wurde von den wöchentlichen Beiträgen der Protestanten genährt und wuchs trotz der häufigen Abhebungen, die Todd tätigte, um seine eigenen Ausgaben zu dekken, wenn seine Einkünfte dafür nicht ausreichten. Je mehr Geld einkam, um so mehr nahmen die Hindernisse und Vorwände zu, die Evangelisierungsmission aufzuschieben. So vergingen zwei Jahre.

Jacob Todd fühlte sich inzwischen so wohl in Valparaíso, als wäre er hier geboren. Chilenen und Engländer hatten verschiedene Charakterzüge gemeinsam: sie entschieden alles über Bevollmächtigte und Anwälte; sie hegten eine absurde Verbundenheit mit der Tradition, mit vaterländischen Symbolen und eingefahrenen Gebräuchen; sie brüsteten sich, Individualisten zu sein und Feinde jeder Zurschaustellung, die sie als Zeichen sozialen Parvenütums verachteten; sie traten liebenswürdig und beherrscht auf, aber sie waren großer Grausamkeit fähig. Doch im Gegensatz zu den Engländern empfanden die Chilenen Abscheu vor allem Exzentrischen und fürchteten nichts mehr, als sich lächerlich zu machen. Wenn ich ein korrektes Spanisch spräche, dachte Jacob Todd, wäre ich hier wie zu Hause. Er hatte sich in der Pension einer englischen Witwe häuslich eingerichtet, die Katzen liebte und die berühmtesten Torten der Hafenstadt zu backen verstand. Er schlief mit vier Katzen in seinem Bett, einer besseren Gesellschaft, als er sie je vorher genossen hatte, und aß täglich zum Frühstück die verführerischen Torten seiner Wirtin. Er schloß Bekanntschaft mit Chilenen aller Klassen, von den armen, die er auf seinen Spaziergängen durch die Elendsviertel des Hafens kennenlernte, bis zu den vornehmsten. Jeremy Sommers führte ihn in den *Club de la Unión* ein, wo er als eingeladenes Mitglied akzeptiert wurde. Nur Ausländer von anerkannter gesellschaftlicher Bedeutung konnten sich solchen Vorzugs rühmen, denn der Club war eine Enklave von Grundbesitzern und konservativen Politikern, wo der Wert der Mitglieder am klangvollen Namen gemessen wurde. Ihm öffneten sich die Türen dank seiner Geschicklichkeit mit Karten und Würfeln; er verlor mit so viel Grazie, daß nur wenige merkten, wieviel er gewann. Hier freundete er sich mit Agustín del Valle an, dem Herrn über große Ländereien im Umland und über Schafherden tief im Süden, wohin er noch nie den Fuß gesetzt hatte, dafür hatte er seine eigens aus Schottland geholten Aufseher. Diese neue Freundschaft gab ihm Gelegenheit, die strengen Häuser chilenischer Aristokraten kennenzulernen, quadratische, dunkle Gebäude mit großen, fast leeren Zimmern, die ohne jede Finesse mit schweren Möbeln, trüb brennenden Kandelabern und blutigen Kruzifixen ausgestattet waren und mit einer ganzen Korona gipserner Jungfrauen und wie spanische Edelleute vergangener Zeiten gekleideter Heiliger. Es waren nach innen gekehrte Häuser, mit hohen eisernen Gittern gegen die Straße abgeschlossen, unbequem und ungefüge, aber sie hatten kühle Galerien und

Patios voller Jasminsträucher, Orangenbäume und Rosenbüsche.

Als der Frühling sich zeigte, lud Agustín del Valle die Sommers und Jacob Todd auf eines seiner Landgüter ein. Der Weg war eine Plage; ein Reiter hätte ihn zu Pferde in vier, fünf Stunden geschafft, aber die Karawane, als welche die Familie mit ihren Gästen reiste, brach im Morgengrauen auf und erreichte erst am späten Abend ihr Ziel. Die del Valles zogen mit Ochsenkarren um, die mit Tischen und plüschbezogenen Diwanen beladen waren. Darauf folgte ein Zug Maultiere mit dem Gepäck und Knechte zu Pferde, mit primitiven Flinten bewaffnet zur Verteidigung gegen Räuber, die in den Bergen hinter den Wegbiegungen zu lauern pflegten. Zu der entnervenden Langsamkeit der Tiere kamen die Unebenheiten des Weges, in denen die Karren steckenblieben, und die häufigen Rastpausen, in denen die Diener in ganzen Wolken von Fliegen die Speisen aus den Körben servierten. Todd verstand nichts von Landwirtschaft, aber ein Blick genügte, um zu begreifen, daß auf dieser fruchtbaren Erde alles im Überfluß gedieh; die Früchte fielen von den Bäumen und verfaulten auf dem Boden, weil niemand sich die Mühe machte, sie aufzuheben. Auf der Hazienda fand er den gleichen Lebensstil, den er Jahre zuvor in Spanien beobachtet hatte: eine vielköpfige Familie, durch verwickelte Blutsbande und einen unerbittlichen Ehrenkodex vereint. Sein Gastgeber war ein mächtiger feudaler Patriarch, der die Geschicke seiner Sippe mit eiserner Hand lenkte und sich arrogant einer Ahnenreihe rühmte, die sich bis auf die ersten spanischen Eroberer zurückverfolgen ließ. »Meine Ururgroßväter«, erzählte er, »legten in schwere eiserne Rüstungen gezwängt mehr als tausend Kilometer zurück, überstiegen Berge, durchquerten Flüsse und die dürrste Wüste der Welt, um die Stadt Santiago zu gründen.« Unter den Seinen war er die Verkörperung von Autorität und Ehrbarkeit, aber außerhalb seiner Klasse kannte man ihn als Teufelskerl. Man sagte ihm ein ganzes Rudel Bastarde nach, aber auch den üblen Ruf, in seinen legendären Wutanfällen mehr als einen seiner Pächter erschlagen zu haben, doch diese Toten wie so viele andere Sünden wurden nie näher untersucht. Seine Frau war in den Vierzigern, aber sie wirkte wie eine zittrige, verzagte Greisin, ging immer trauerschwarz gekleidet wegen ihrer frühzeitig verstorbenen Kinder und schien zu ersticken unter dem Gewicht des Korsetts, der Religion und dieses Ehemannes, den das Schicksal ihr beschert hatte. Die Söhne verbrachten ihr müßiges Dasein zwischen Messen,

Spazierfahrten, Siestas, Spielen und Festivitäten, während die Töchter wie geheimnisvolle Nymphen durch Zimmer und Gärten schwebten, mit raschelnden Unterröcken und immer unter dem wachsamen Auge ihrer Anstandsdamen. Sie wurden von Kindheit an auf ein Leben in Tugend, Glauben und Entsagung vorbereitet, ihr Los war eine standesgemäße Ehe und Mutterschaft.

Während ihres Aufenthalts auf dem Lande besuchten sie eine Corrida, die auch nicht entfernt dem glanzvollen Schauspiel von Kühnheit und Tod glich, wie es Todd in Spanien gesehen hatte; keine prunkvollen Trachten, keine hochfahrenden Ritter der Leidenschaft und des Ruhms, sondern eine Prügelszene von betrunkenen Rüpeln, die den Stier mit Spießen quälten und verhöhnten und sich unter Flüchen und Gelächter auf dem Boden wälzten, wenn er sie mit seinen stumpfgeschliffenen Hörnern umgeworfen hatte. Das Gefährlichste an dieser Corrida bestand darin, das wütende, mißhandelte, aber am Leben gelassene Tier aus der Arena zu befördern. Todd war froh, daß sie dem Stier die letzte Erniedrigung einer öffentlichen Exekution ersparten, denn sein braves englisches Herz hätte lieber den Torero als das Tier tot gesehen. An den Nachmittagen spielten die Männer ihre Kartenspiele, *Tresillo* und *Ro-*

cambor, wobei ihnen wie Fürsten von einem wahren Heer dunkelhäutiger, unterwürfiger Diener aufgewartet wurde, die den Blick nicht vom Boden hoben und deren Stimmen nicht über ein Murmeln hinausgingen. Sie waren keine Sklaven und schienen es doch zu sein. Sie arbeiteten im Tausch gegen ein Dach über dem Kopf und einen Anteil an der Aussaat; theoretisch waren sie frei, aber sie blieben bei ihrem Patrón, so despotisch er auch sein mochte und wie hart die Bedingungen auch waren, weil sie sonst nichts hatten, wohin sie hätten gehen können. Die Sklaverei war vor mehr als zehn Jahren ohne viel Aufhebens abgeschafft worden. Der Handel mit Afrikanern war in diesen Breiten nie einträglich gewesen, wo es keine großen Plantagen gab, aber niemand erwähnte das Schicksal der Indios, die ihres Landes beraubt und ins Elend gestürzt wurden, noch das der Pächter, die sich verkauften und mit den Landgütern weiter vererbt wurden wie das Vieh. Und niemand sprach auch über die Schiffsladungen chinesischer und polynesischer Sklaven, die für die Verarbeitung der Guanovorkommen auf den Chinchasinseln bestimmt waren. Solange sie nicht das Festland betraten, gab es keine Schwierigkeiten: das Gesetz verbot die Sklaverei, gewiß, aber vom Meer sagte es nichts.

Während die Männer Karten spielten, langweilte Miss Rose sich diskret in der Gesellschaft der Señora del Valle und ihrer zahlreichen Töchter. Eliza dagegen galoppierte querfeldein mit Paulina, der einzigen Tochter Agustín del Valles, die dem flügellahmen Muster der Frauen dieser Familie frühzeitig entwischt war. Sie war einige Jahre älter als Eliza, aber in diesen Tagen tobte sie mit ihr, als wären sie gleichaltrig; das Haar im Wind flatternd, die Gesichter der Sonne zugewandt, spornten sie ihre Reittiere.

Eliza Sommers war ein mageres kleines Mädchen mit einem Gesicht so fein wie eine Federzeichnung. 1845, als sie dreizehn wurde und Brüste und Taille sich andeuteten, war sie zwar immer noch eine Göre, aber in ihren Bewegungen lag schon jetzt jene Anmut, die ihr oberstes Schönheitsmerkmal bleiben sollte. Miss Roses unerbittliche Fürsorge verschaffte ihrem Rückgrat die Geradheit einer Lanze: ein am Rücken befestigter Eisenstab hielt sie aufrecht während der endlosen Stunden, in denen sie zum Üben am Klavier oder an einer Stickerei saß. Sie wuchs nur langsam und behielt das täuschende kindliche Aussehen bei, das ihr mehr als einmal das Leben rettete. So sehr war sie im tiefsten Innern ein Kind, daß sie in der Pubertät immer noch im selben Bettchen schlief, von ihren Puppen umgeben und am Daumen lutschend. Sie ahmte Jeremy Sommers' überdrüssigen Gesichtsausdruck nach, weil sie glaubte, das sei ein Zeichen innerer Stärke. Mit den Jahren wurde sie es müde, sich gelangweilt zu geben, aber die Übung war ihr nützlich, ihren quirligen Charakter zu beherrschen. Sie beteiligte sich an den Aufgaben der Dienerschaft: einen Tag beim Brotbacken, einen andern beim Maismahlen, einen Tag dabei, Bettzeug zu sonnen, den andern beim Kochen der Weißwäsche. Stundenlang kauerte sie hinter dem Vorhang des Empfangssaales und verschlang nacheinander die Werke von Fielding oder Walter Scott aus der Bibliothek von Jeremy Sommers, die empfindsamen Romane von Laurence Sterne oder Jane Austen aus Miss Roses Bücherschrank, veraltete Zeitungen und was sonst an Lesbarem in ihre Reichweite kam, mochte es auch noch so fade oder befremdlich sein. Sie brachte Jacob Todd dazu, ihr eine seiner spanischen Bibeln zu schenken, und mühte sich mit unendlicher Geduld, sie zu entziffern, denn ihr Schulunterricht war in Englisch erfolgt. Sie vertiefte sich in das Alte Testament, fast krankhaft fasziniert von den Lastern und Leidenschaften der Könige, die fremde Ehefrauen verführten, von Propheten, die mit furchtbaren Strahlen züchtigten, und von Stammvätern, denen ihre Töchter heimlich beilagen. In einem Abstellraum, wo allerlei altes Gerümpel sich türmte, fand sie Landkarten, Fahrtenbücher und Navigationsdokumente ihres Onkels John, die ihr halfen, sich die Länder dieser Erde genauer vorzustellen. Die Hauslehrer, die Miss Rose für sie angestellt hatte, unterrichteten sie in Französisch, Schreibkunst, Geschichte, Geographie und ein wenig Latein, und das war erheblich mehr als das, was in den besten Mädchenschulen der Hauptstadt den Kindern beigebracht wurde und wo Gebete und gute Manieren das einzige waren, was letztlich dabei herauskam. Der regellos verschlungene Lesestoff ebenso wie die Geschichten von Kapitän Sommers beflügelten ihre Einbildungskraft. Dieser seefahrende Onkel erschien stets mit einer Ladung Geschenke und erregte ihre Phantasie mit unerhörten Geschichten von schwarzen Herrschern auf Thronen aus massivem Gold, von malaiischen Piraten, die Menschenaugen in Perlmutterdöschen setzten, von Prinzessinnen, die zusammen mit ihren verstorbenen alten Männern auf dem Scheiterhaufen verbrannt wurden. Jedesmal, wenn er zu Besuch kam, wurde alles aufgeschoben, von den Schulaufgaben bis zu den Klavierstunden. Das Jahr verging ihr damit, auf ihn zu warten, Stecknadeln in die Seekarte zu stecken und sich vorzustellen, auf welchen Meeresbreiten sein Schiff gerade segeln mochte. Eliza hatte wenig Berührung mit anderen Kindern ihres Alters, sie lebte in der abgeschlossenen Welt des Hauses ihrer Wohltäter, wo man sich in der ewigen Illusion wiegte, nicht hier, sondern in England zu sein. Jeremy Sommers bestellte alles über Katalog, von der Seife bis zu den Schuhen, und trug im Winter leichte Kleidung und im Sommer einen Mantel, denn er richtete sich nach dem Kalender der nördlichen Halbkugel. Die Kleine hörte und beobachtete aufmerksam, hatte ein fröhliches und unabhängiges Temperament, bat nie um Hilfe und besaß die seltene Gabe, sich nach Belieben unsichtbar zu machen, indem sie sich zwischen den Möbeln, den Vorhängen oder den Tapetenblumen verlor. An dem Tag, an dem sie beim Erwachen eine rötliche Flüssigkeit auf ihrem Nachthemd entdeckte, ging sie zu Miss Rose, um ihr mitzuteilen, daß sie unten blutete.

»Sprich mit niemandem darüber, das ist streng persönlich. Du bist jetzt eine Frau und mußt dich auch so benehmen, mit den Kindereien ist Schluß. Es ist Zeit, dich auf die Mädchenschule von Madame Colbert zu schicken«, das war die ganze Erklärung, die ihre Adoptivmutter ohne Atem zu holen und ohne sie anzusehen ihr gab, worauf sie zum Schrank ging und ihm ein Dutzend kleiner, von ihr selbst gesäumter Handtücher entnahm.

»Jetzt hast du die Plage, Kind, dein Körper wird sich verändern, deine Gedanken werden verschwimmen, und jeder Mann wird mit dir machen können, wozu er Lust hat«, warnte später Mama Fresia, der Eliza die Neuigkeit nicht verbergen konnte.

Die India kannte Pflanzen, die den Menstruationsfluß hemmen konnten, aber aus Angst vor ihrer Herrschaft hütete sie sich, sie ihr zu geben. Eliza nahm die Warnung ernst und beschloß, immer wachsam zu bleiben, damit sie sich nicht erfüllte. Sie umwickelte sich den Oberkörper fest mit einer seidenen Binde, denn sie war sicher, wenn diese Methode seit Jahrhunderten wirksam war, die Füße der Chinesinnen klein zu halten, wie Onkel John erzählte, dann gab es keinen Grund, weshalb sie jetzt dabei versagen sollte, ihr die Brüste plattzudrücken. Sie nahm sich auch vor, zu schreiben; jahrelang hatte sie Miss Rose in ihre Hefte schreiben sehen und vermutete, sie wolle damit den Fluch der verschwommenen Gedanken bekämpfen. Was den letzten Teil der Prophezeiung anging – nämlich daß jeder Mann mit ihr machen könne, wozu er Lust hatte –, so hielt sie ihn für ganz und gar unwichtig, weil sie schlicht außerstande war, sich vorzustellen, daß es in ihrer Zukunft Männer geben sollte. Alle Männer, die sie kannte, waren alt, mindestens zwanzig Jahre, die Welt hatte in ihrer eigenen Generation einfach keine Wesen männlichen Geschlechts aufzuweisen. Die einzigen, die ihr als Ehemann gefallen hätten, Kapitän John Sommers und Jacob Todd, waren für sie nicht erreichbar, der erste war ihr Onkel und der zweite in Miss Rose verliebt, wie ganz Valparaíso wußte.

Jacob Todd ließ keine Gelegenheit aus, seine Beziehungen zu den Sommers warmzuhalten, es gab keinen eifrigeren und pünktlicheren Gast bei den Musikabenden, keinen aufmerksameren, wenn Miss Rose ihre hinreißenden Koloraturen sang, und keinen, der mehr bereit gewesen wäre, ihren witzigen Einfällen zu applaudieren, selbst jenen etwas grausamen, mit denen sie ihn zu quälen pflegte. Sie war eine Person voller Widersprüche, aber war er das nicht selber auch? War er vielleicht kein Atheist, verkaufte aber fröhlich Bibeln und beschwatzte die halbe Welt mit dem Märchen einer Evangelisierungsmission? Er fragte sich, weshalb sie, die so reizvoll war, nie geheiratet hatte; eine unverheiratete Frau hatte keinen leichten Stand in der Gesellschaft. Innerhalb der englischen Kolonie munkelte man über einen Skandal, den es vor Jahren in England gegeben habe, das würde ihre Anwesenheit in Chile erklären, wo sie nun die Haushälterin für ihren Bruder spielte, aber er wollte die Einzelheiten nie ergründen, er zog das Geheimnis dem Wissen über Dinge vor, die er vielleicht nicht hätte ertragen können. Die Vergangenheit zählte nicht viel, wiederholte er sich gern. Ein einziger Verstoß gegen Diskretion oder eine Fehleinschätzung genügten, um den Ruf einer Frau zu beflecken oder ihr die Aussichten auf eine gute Heirat zu verderben. Er hätte Jahre seines Lebens dafür gegeben, seine Neigung erwidert zu sehen, aber sie ließ durch nichts erkennen, daß sie bereit gewesen wäre, seiner Belagerung zu erliegen, obwohl sie auch nicht vorhatte, ihn zu entmutigen, sie hatte Spaß an dem Spiel, ihm hin und wieder die Zügel zu lockern, um sie dann scharf wieder anzuziehen.

»Mr. Todd ist ein großer häßlicher Unglücksvogel mit komischen Ideen, Pferdezähnen und schweißigen Händen. Ich werde ihn niemals heiraten, und wenn er der letzte Junggeselle auf der Welt wäre«, vertraute sie Eliza lachend an.

Dem Mädchen gefiel die Bemerkung ganz und gar nicht. Sie fühlte sich in Todds Schuld, nicht nur, weil er sie bei der Prozession des Christus von Mayo gerettet hatte, er hatte auch über den Vorfall geschwiegen, als wäre er nie geschehen. Sie mochte diesen merkwürdigen Verbündeten: er roch nach großem Hund genau wie ihr Onkel John. Eines Tages hörte sie, versteckt zwischen den Falten des schweren Samtvorhanges im Saal, ein Gespräch zwischen ihm und Jeremy Sommers mit an.

»Ich muß einen Entschluß fassen, was Eliza betrifft, Jacob. Sie hat nicht den mindesten Begriff von ihrem Platz in der Gesellschaft. Die Leute beginnen Fragen zu stellen, und Eliza bildet sich sicherlich eine Zukunft ein, die ihr nicht zukommt. Es gibt nichts Gefährlicheres als den Dämon der Phantasie, wenn er sich der weiblichen Seele bemächtigt hat.«

»Übertreiben Sie nicht, mein Freund. Eliza ist noch ein kleines Mädchen, aber sie ist intelligent und wird gewiß ihren Platz finden.«

»Intelligenz ist ein Hindernis bei einer Frau. Rose möchte sie auf Madame Colberts Schule für junge Damen schicken, aber ich bin nicht dafür, Mädchen zu gründlich zu unterrichten, sie werden unlenksam. Jeder auf seinem Platz, ist mein Wahlspruch.«

»Die Welt wandelt sich, Jeremy. In den Vereinigten Staaten sind die freien Männer vor dem Gesetz gleich. Es gelten keine Klassenschranken mehr.«

»Wir sprechen von Frauen, nicht von Männern. Zudem sind die Vereinigten Staaten ein Land von Händlern und Pionieren, ohne Tradition und ohne Geschichtssinn. Gleichheit gibt es nirgendwo, nicht einmal unter den Tieren, und schon gar nicht in Chile.«

»Wir sind Fremde, Jeremy, wir können das Spanische gerade mal radebrechen. Was gehen uns die sozialen Klassen Chiles an? Wir werden in diesem Land nie dazugehören.«

»Wir müssen ein gutes Beispiel geben. Wenn wir Briten unfähig sind, unser eigenes Haus in Ordnung zu halten, was kann man da von den anderen erwarten?«

»Eliza ist in dieser Familie aufgewachsen. Ich glaube nicht, daß Miss Rose einwilligen wird, sie fortzuschicken, nur weil sie wächst.«

So war es denn auch. Rose trotzte ihrem Bruder mit dem gesamten Repertoire ihrer Unpäßlichkeiten. Zuerst kamen Koliken und dann eine alarmierende Migräne, die sie über Nacht blind machte. Mehrere Tage ruhte alle Geschäftigkeit im Haus: die Vorhänge wurden zugezogen, alles ging auf Zehenspitzen und flüsterte nur noch. Es wurde nicht mehr gekocht, weil der Essensgeruch alles noch schlimmer machte. Jeremy aß im Club und kehrte mit dem verlegenen, schüchternen Gehaben eines Mannes heim, der ein Krankenhaus besucht. Roses ungewöhnliche Blindheit und ihre weiteren zahlreichen Beschwerden wie auch das eigensinnige Schweigen der Hausangestellten unterhöhlten seine Festigkeit. Zu allem Überfluß entpuppte sich Mama Fresia, die mysteriöserweise von den privaten Streitgesprächen der Geschwister unterrichtet war, als fürchterliche Verbündete ihrer Brotherrin. Jeremy Sommers betrachtete sich als aufgeklärten und pragmatischen Mann, gefeit gegen die Einschüchterungsversuche einer abergläubischen Hexe wie Mama Fresia, aber als die India schwarze Kerzen anzündete und alle Räume mit Salbei ausräucherte unter dem Vorwand, die Stechmücken verscheuchen zu wollen, da schloß er sich verschreckt und wütend in der Bibliothek ein. In den Nächten hörte er sie mit nackten Füßen an seiner Tür vorbeipatschen und in halblautem Singsang Beschwörungen und Verwünschungen leiern. Am dritten Tag fand er eine tote Eidechse in seiner Brandyflasche und beschloß grimmig, nun aber ein für allemal zu handeln. Er klopfte zum ersten Mal an die Tür zum Zimmer seiner Schwester und wurde eingelassen in das Heiligtum weiblicher Geheimnisse, das er sonst zu ignorieren vorzog, ebenso wie er das Nähstübchen, die Küche, die Waschküche, die düsteren Zellen des Dachgeschosses, wo die Dienstmädchen schliefen, und Mama Fresias Hütte hinten im Patio ignorierte; seine Welt waren die Salons, die Bibliothek mit den Regalen aus poliertem Mahagoni und seiner Sammlung von Stichen mit Jagdszenen, der Billardsaal mit dem prächtigen geschnitzten Tisch, sein eigenes, mit spartanischer Einfachheit eingerichtetes Zimmer und ein kleiner Raum mit italienischen Fliesen für seine Körperpflege, wo er eines Tages ein modernes Wasserklosett wie die in den Katalogen aus New York einzubauen gedachte, denn er hatte gelesen, daß die Nachttopfmethode und das Sammeln der menschlichen Exkremente in Eimern, um sie als Dünger zu verwenden, eine Quelle von Epidemien seien.

Während er wartete, bis sich seine Augen an das Halbdunkel gewöhnt hatten, stieg ihm der Geruch nach Medikamenten und ein beharrlicher Vanilleduft verwirrend in die Nase. Rose konnte er nur undeutlich sehen, sie lag, hohlwangig und leidend, ohne Kopfkissen ausgestreckt im Bett, die Arme über der Brust gekreuzt, als übte sie ihren eigenen Tod. Eliza stand neben ihr und drückte ein mit grünem Tee getränktes Tuch aus, um es ihr auf die Augen zu legen.

»Laß uns allein, Kind«, sagte Jeremy Sommers und setzte sich auf einen Stuhl neben dem Bett.

Eliza machte eine kleine Verbeugung und ging, aber sie kannte alle Schwachstellen des Hauses gut genug, und das Ohr an die dünne Zwischenwand gepreßt, konnte sie die Unterhaltung deutlich verstehen, die sie später vor Mama Fresia wiederholte und in ihr Tagebuch eintrug.

»Also schön, Rose. Wir können nicht ewig im Krieg liegen. Einigen wir uns doch. Was möchtest du also?« fragte Jeremy, von Anfang an besiegt.

»Nichts, Jeremy«, seufzte sie mit kaum hörbarer Stimme.

»Sie werden Eliza niemals in Madame Colberts Schule aufnehmen. Dort kommen nur die Mädchen aus der Oberklasse und von untadeliger Herkunft hinein. Alle Welt weiß, daß Eliza adoptiert ist.«

»Ich werde schon dafür sorgen, daß sie sie aufnehmen!« rief sie mit einer Leidenschaft aus, die man bei einer Todkranken nicht erwartet hätte.

»Hör mir zu, Rose, Eliza braucht nicht noch mehr Erziehung. Sie muß eine Stellung annehmen, um sich ihren Lebensunterhalt zu verdienen. Was soll aus ihr werden, wenn du und ich nicht mehr da sind, um sie zu beschützen?«

»Wenn sie gut erzogen ist, wird sie sich auch gut verheiraten«, sagte Rose, warf die Tee-Kompresse auf den Boden und setzte sich im Bett auf.

»Eliza ist nicht gerade eine Schönheit, Rose.«

»Du hast sie nur noch nicht genau angesehen, Jeremy. Man kann es von Tag zu Tag verfolgen, sie wird sehr hübsch werden, glaub mir nur. Sie wird mehr als genug Bewerber haben.«

»Eine Waise ohne Mitgift?«

»Sie wird eine Mitgift haben!« erwiderte Miss Rose, erhob sich schwankend und zerzaust aus dem Bett und tat barfuß ein paar tastende Schritte.

»Wieso denn das? Darüber haben wir ja noch nie gesprochen ...«

»Weil der Augenblick noch nie gekommen war, Jeremy. Ein heiratsfähiges Mädchen braucht Schmuck, eine Aussteuer mit genügend Wäsche für mehrere Jahre und all den unentbehrlichen Dingen für den Haushalt, außerdem eine ordentliche Summe, mit der das Paar sich etwas aufbauen kann.«

»Und darf man fragen, was der Bräutigam dazu beiträgt?«

»Die Wohnung, und außerdem wird er die Frau für den Rest ihrer Tage unterhalten müssen. Jedenfalls braucht es noch ein paar Jahre, bis Eliza im heiratsfähigen Alter ist, und bis dahin wird sie eine Mitgift haben. John und ich werden es auf uns nehmen, sie ihr zu verschaffen, wir werden dich um keinen Real dafür bitten, aber es lohnt nicht, die Zeit mit Gerede darüber zu verschwenden. Du mußt Eliza als deine Tochter ansehen.«

»Aber sie ist es nicht, Rose.«

»Dann behandle sie so, als wäre sie meine Tochter. Bist du wenigstens damit einverstanden?«

»Ja, meinetwegen«, sagte Jeremy Sommers ergeben.

Die Teeaufgüsse bewährten sich aufs wunderbarste. Die Kranke genas vollkommen, und nach achtundvierzig Stunden hatte sie ihre Sehkraft wiedergewonnen und strahlte vor Freude. Sie widmete sich ihrem Bruder mit bezauberndem Eifer, nie war sie sanfter und freundlicher mit ihm umgegangen. Das Haus kehrte zu seinem gewohnten Rhythmus zurück, und aus der Küche kamen Mama Fresias köstliche kreolische Gerichte auf den Tisch, dazu die von Eliza gebackenen duftenden Brote und die feinen Pasteten, die soviel zum Ruhme der Sommers als gute Gastgeber beigetragen hatten. Von diesem Tag an änderte Miss Rose drastisch ihr bislang so unstetes Verhalten gegenüber Eliza und bemühte sich mit einer nie zuvor gezeigten mütterlichen Hingabe, sie für die Schule vorzubereiten, während sie gleichzeitig begann, Madame Colbert mit unwiderstehlicher Liebenswürdigkeit einzukreisen. Sie hatte beschlossen, daß Eliza über Bildung und Mitgift verfügen und als schön anerkannt sein würde, auch wenn sie es nicht war, denn Schönheit war für Miss Rose eine Frage des Stils. Jede Frau, die sich mit der souveränen Sicherheit einer Schönheit bewegt, wird schließlich alle Welt überzeugen, daß sie es ist, behauptete sie. Der wichtigste Schritt, um Eliza sozial gleichzustellen, wäre eine gute Heirat, da das Mädchen keinen älteren Bruder hatte, der ihr, wie in ihrem eigenen Fall, als Abschirmung dienen konnte.

Miss Rose selbst sah keinen Nutzen darin, zu heiraten, eine Ehefrau war Eigentum ihres Mannes mit weniger Rechten als ein Dienstbote oder ein Kind, andererseits aber war eine alleinstehende Frau ohne Vermögen den schlimmsten Zumutungen und Belästigungen ausgeliefert. Eine verheiratete Frau, wenn sie es schlau anfing, könnte immerhin den Ehemann am Gängelband führen, und mit ein bißchen Glück könnte sie sogar frühzeitig Witwe werden ...

»Ich würde gern die Hälfte meines Lebens hingeben, wenn ich über die gleiche Freiheit verfügen könnte wie ein Mann, Eliza. Aber wir sind Frauen, und damit sind wir die Dummen. Das einzige, was wir tun können, ist, das bißchen zu nutzen, das wir haben.«

Sie erzählte Eliza nicht, daß sie selbst das eine einzige Mal, als sie versucht hatte davonzufliegen, sich nur die Nase an der Wirklichkeit gestoßen hatte – sie wollte dem Mädchen keine aufrührerischen Ideen in den Kopf setzen. Sie würde sie in den Künsten der Verstellung, der Manipulation und der Raffinesse ausbilden, denn die waren nützlicher als Aufrichtigkeit, dessen war sie sicher. Drei Stunden vormittags und drei Stunden nachmittags schloß sie sich mit ihr ein, um die aus England importierten Schulbücher zu studieren; mit einem Lehrer zusammen vertiefte sie den Französischunterricht, denn jedes wohlerzogene Mädchen mußte diese Sprache können. In der übrigen Zeit überwachte sie persönlich jeden Nadelstich Elizas an ihrer Brautausstattung, Bettwäsche, Handtücher, Tischwäsche und wunderschön bestickte Leibwäsche, die sie dann, in Leinwand gehüllt und mit Lavendel parfümiert, in Koffern aufbewahrten. Alle drei Monate öffneten sie die Koffer und breiteten den Inhalt in der Sonne aus, damit er in den Jahren des Wartens auf die Hochzeit nicht durch Feuchtigkeit und Motten zerstört wurde. Miss Rose kaufte eine Schatulle für den Schmuck der Mitgift und trug ihrem Bruder John auf, sie mit Kostbarkeiten von seinen Fahrten zu füllen. Darin sammelten sich bald Saphire aus Indien, Smaragde und Amethyste aus Brasilien, Halsketten und Armbänder aus venezianischem Gold und sogar eine kleine Diamantbrosche. Jeremy Sommers erfuhr keinerlei Einzelheiten und hatte nicht die geringste Ahnung, auf welche Weise seine Geschwister derartige Extravaganzen bezahlten.

Die Klavierstunden – jetzt bei einem Lehrer aus Belgien, der eine Rute benutzte, um die schwerfälligen Finger seiner Schüler zu ermuntern – wurden ein tägliches Martyrium für Eliza. Sie hatte auch Tanzunterricht, und auf Anregung des Maestro zwang Miss Rose sie, stundenlang ein Buch auf dem Kopf balancierend herumzugehen, damit sie in gerader Haltung heranwuchs. Sie erfüllte alle Aufgaben, machte ihre Klavierübungen und wanderte gerade wie eine Kerze durchs Haus, auch ohne Buch auf dem Kopf, aber nachts schlüpfte sie barfuß in den Dienerpatio, und oft fand der heraufziehende Morgen sie schlafend auf einem Strohsack in den Armen von Mama Fresia.

Im Norden des Landes waren reiche Vorkommen von Gold und Silber entdeckt worden. In den Zeiten der Conquista, als die Spanier Amerika nach diesen Metallen abgrasten und alles mitnahmen, was sie auf dem Wege fanden, wurde Chile als das Hinterletzte der Welt angesehen, denn verglichen mit den Reichtümern des übrigen Kontinents hatte es nur wenig zu bieten. Auf dem Gewaltmarsch über seine himmelhohen Berge und durch die mondkahle Wüste im Norden erschöpfte sich die Gier im Herzen der Eroberer, und wenn sie sich doch noch etwas regte, übernahmen es die unbezähmbaren Indios, sie in Reue zu verwandeln. Die Conquistadoren, ausgelaugt und elend, verfluchten dieses Land, wo sie weiter nichts tun konnten, als ihre Fahnen aufzupflanzen und sich zum Sterben hinzulegen, denn ohne Ruhm heimzukehren war schlimmer. Dreihundert Jahre später waren diese Minen, die den Augen der begehrlichen Soldaten Spaniens verborgen geblieben waren und nun plötzlich wie durch einen Zauber ans Licht traten, ein unerwartetes Geschenk für ihre Nachkommen. So entstanden neue Vermögen in Bergbau, Industrie und Handel, und der alte Landadel, der immer das Heft in den Händen gehabt hatte, fühlte sich in seinen Privilegien bedroht; Verachtung für die Emporkömmlinge galt als ein Zeichen von Vornehmheit.

Einer dieser Neureichen verliebte sich in Paulina, die älteste Tochter Agustín del Valles. Feliciano Rodríguez de Santa Cruz hatte in wenigen Jahren ein Vermögen angesammelt dank einer Goldmine, die er gemeinsam mit seinem Bruder ausgebeutet hatte. Über seine Herkunft war wenig bekannt, es wurde nur gemunkelt, seine Vorfahren seien konvertierte Juden gewesen und der wohlklingende christliche Nachname sei nur angenommen als Schutz vor der Inquisition – ein Grund mehr für die hochmütigen del Valles, ihn entschieden zurückzuweisen. Jacob Todd mochte Paulina lieber als die vier anderen Töchter Agustíns, weil ihr keckes, fröhliches Wesen ihn an Miss Rose erinnerte. Das junge Mädchen hatte eine Art, frei herauszulachen, die sich sehr von dem hinter Fächern und Mantillas versteckten Lächeln ihrer Schwestern unterschied. Als er von der Absicht ihres Vaters erfuhr, sie in ein Kloster zu sperren, um diese Liebelei zu unterbinden, beschloß er gegen alle Vernunft, ihr zu helfen. Es gelang ihm durch eine Unaufmerksamkeit ihrer Anstandsdame, allein ein paar Worte mit ihr zu wechseln. Paulina wußte, daß sie keine Zeit für lange Mitteilungen hatte, sie zog rasch aus dem Halsausschnitt einen Brief, der so oft und fest zusammengefaltet war, daß er eher wie ein harter Würfel aussah, und bat Todd, ihn ihrem Liebsten zukommen zu lassen. Am folgenden Tag wurde Paulina von ihrem Vater gezwungen, mit ihm zu der tagelangen Reise aufzubrechen, die über unmögliche Straßen nach Concepción führte, einer Stadt im Süden nahe den Indioreservaten, wo die Nonnen die Aufgabe erfüllen würden, sie durch Beten und Fasten wieder zu Verstand zu bringen. Um zu verhindern, daß ihr der unvorstellbare Gedanke kommen könnte, sich zu widersetzen oder auszureißen, ordnete ihr Vater an, sie kahlzuscheren. Die Mutter Oberin nahm die Zöpfe an sich, wickelte sie in ein besticktes Batisttuch und schickte sie den Laienschwestern von der Mutterkirche, damit sie sie für Perücken von Heiligenstatuen verwendeten. Inzwischen hatte Todd nicht nur den Brief abliefern können, er hatte auch aus Paulinas Brüdern die genaue Lage des Klosters herausgefragt und gab sein Wissen an den betrübten Feliciano Rodríguez de Santa Cruz weiter. Der dankbare Freier nahm seine Taschenuhr mit der Kette aus purem Gold ab und wollte sie dem freundlichen Liebesboten schenken, aber der wies sie gekränkt zurück.

»Ich weiß nicht, wie ich Ihnen das bezahlen soll, was Sie für mich getan haben«, murmelte Feliciano verlegen.

»Das brauchen Sie auch nicht.«

Eine gute Zeit lang hörte Jacob Todd nichts von dem unglücklichen Paar, aber zwei Monate später war die begierig aufgenommene Neuigkeit von der Flucht der jungen Dame das bevorzugte Thema bei allen gesellschaftlichen Zusammenkünften, und der stolze Agustín del Valle konnte nicht verhindern, daß der Geschichte immer weitere malerische Einzelheiten hinzugefügt wurden, die ihn lächerlich machten. Jacob Todd erfuhr erst viel später von Paulina, wie es sich abgespielt hatte. An einem Tag im Juni, einem dieser früh dunkelnden, verregneten Winternachmittage, gelang es ihr, die Überwachung zu überlisten und im Habit der Novizin, die silbernen Leuchter vom Hauptaltar unter dem Arm, aus dem Kloster zu fliehen. Dank Todds Information hatte sich Feliciano Rodríguez de Santa Cruz in den Süden begeben, stellte über den Klostergärtner einen heimlichen Kontakt mit ihr her und wartete auf die Gelegenheit, sie wiederzusehen. An jenem Nachmittag hatte er sich in der Nähe des Klosters postiert, und als er sie sah, brauchte er einige Sekunden, um in dieser stoppelhaarigen Novizin, die sich ihm in die Arme warf, ohne die Leuchter loszulassen, Paulina zu erkennen.

»Sieh mich nicht so an, Mann, die Haare wachsen nach«, sagte sie und küßte ihn voll auf den Mund.

Feliciano fuhr mit ihr in einer geschlossenen Kutsche zurück nach Valparaíso und brachte sie zeitweilig im Haus seiner verwitweten Mutter unter, dem honorigsten Versteck, das er sich vorstellen konnte, um ihre Ehre so lange wie möglich zu schützen, wenn es auch nicht ganz zu vermeiden war, daß der Skandal den Namen der Familie beschmutzte. Agustíns erster Impuls war, dem Verführer seiner Tochter im Duell entgegenzutreten, aber dann erfuhr er, daß der in Geschäften nach Santiago gefahren war. Also setzte er sich die Aufgabe, Paulina zu finden, unterstützt von seinen Söhnen und Neffen, alle bewaffnet und wild entschlossen, die Ehre der Familie zu rächen, während Mutter und Schwestern im Chor den Rosenkranz für die verirrte Tochter beteten. Der Bischof, sein Cousin, der empfohlen hatte, Paulina zu den Nonnen zu schicken, versuchte den Gemütern ein wenig Besonnenheit einzureden, aber diese Erzmachos waren nicht in der Stimmung für brav christliche Predigten. Die Reise Felicianos war ein Teil der Strategie, die sein Bruder und Jacob Todd entworfen hatten. Er fuhr ohne Aufsehen in die Hauptstadt, während die beiden anderen in Valparaíso den Aktionsplan abrollen ließen und in einer liberalen Zeitung das Verschwinden der Señorita Paulina del Valle bekanntgaben, eine Nachricht, die zu verbreiten die Familie sich gehütet hatte. Das rettete den Liebenden das Leben.

Agustín del Valle mußte endlich hinnehmen, daß die Zeiten vorbei waren, in denen man dem Gesetz trotzen konnte, und daß es sinnvoller war, die Ehre statt mit einem Doppelmord mit einer öffentlichen Hochzeit reinzuwaschen. Man handelte die Grundlagen für einen erzwungenen Frieden aus, und eine Woche später, als alles vorbereitet war, kehrte Feliciano zurück. Die Flüchtlinge stellten sich im Haus der del Valles vor, begleitet vom Bruder des Bräutigams, einem Notar und dem Bischof. Jacob Todd hielt sich diskret fern. Paulina erschien in einem sehr einfachen Kleid, aber als sie das Umschlagtuch abnahm, konnte jeder sehen, daß sie im kurzen Haar herausfordernd ein Diadem trug, das einer Königin angestanden hätte. Sie ging am Arm ihrer zukünftigen Schwiegermutter, die bereit war, für ihre Tugend zu bürgen, aber sie kam ohnedies nicht zu Worte. Da eine weitere Nachricht in der Zeitung das letzte war, was die Familie wünschte, blieb Agustín del Valle nichts anderes übrig, als die rebellische Tochter und ihren unerwünschten Freier zu empfangen. Er tat dies umgeben von seinen Söhnen und Neffen im Speisesaal, der für die Gelegenheit in ein Tribunal verwandelt worden war, während die Frauen der Familie sich in das andere Ende des Hauses zurückgezogen hatten, aber alles bis in die Einzelheiten von den Dienstmädchen erfuhren, die an den Türen lauschten und im Hin- und Herlaufen jedes Wort überbrachten. Sie erzählten, das Mädchen habe sich mit all diesen Diamanten präsentiert, die in ihrem Stoppelhaar funkelten, und sei ihrem Vater ohne die geringste Spur von Bescheidenheit oder Angst entgegengetreten, und dann habe sie verkündet, die Leuchter seien noch da, in Wirklichkeit habe sie sie nur genommen, um die Nonnen zu ärgern. Agustín del Valle, berichteten die Dienstmädchen atemlos, hob eine Reitpeitsche, aber der Bräutigam stellte sich vor seine Braut, um die Strafe abzufangen, und der Bischof, sehr müde, aber mit dem ganzen Gewicht seiner Autorität, mischte sich mit dem unwiderleglichen Argument ein, daß aus der öffentlichen Hochzeit, die die Klatschmäuler zum Schweigen bringen sollte, nichts würde, wenn die Brautleute mit zerschlagenen Gesichtern vor den Altar träten.

»Laß uns eine Tasse Schokolade servieren, Agustín, und setzen wir uns, um die Angelegenheit wie gesittete Menschen zu besprechen«, schlug der kirchliche Würdenträger vor.

So geschah es. Die Tochter und die Witwe Rodríguez de Santa Cruz mußten draußen warten, weil dies eine Sache nur für Männer war, und nachdem diese mehrere Krüge schaumiger Schokolade geleert hatten, kamen sie zu einer Übereinkunft. Sie setzten ein Schriftstück auf, durch das die finanziellen Dinge geregelt und die Ehre beider Seiten gerettet wurde, unterzeichneten es in Gegenwart des Notars und machten sich daran, die Einzelheiten der Hochzeit zu planen. Einen Monat später wohnte Jacob Todd einem unvergeßlichen Fest bei, auf dem die Gastfreundschaft der Familie del Valle überfloß; es gab Tanz, Gesang und Schlemmerei bis zum nächsten

Morgen, und als die Gäste gingen, redeten sie noch lange über die Schönheit der Braut, die beachtlich guten Manieren des Bräutigams und das Glück seiner Schwiegereltern, die ihre Tochter mit einem soliden, wenn auch neuen Vermögen verheiratet hatten. Das junge Ehepaar reiste unmittelbar darauf in den Norden des Landes.

Jacob Todd bedauerte Paulinas und Felicianos Abreise, er hatte mit dem Minenmillionär und seiner lebensprühenden Frau Freundschaft geschlossen. So unbehaglich es ihm unter den Mitgliedern des *Club de la Unión* zu werden begann, so wohl fühlte er sich unter den jungen Unternehmern. Wie er waren sie von europäischen Ideen geprägt, sie waren modern und liberal im Unterschied zu der alten Landoligarchie, die um ein halbes Jahrhundert zurückgeblieben war. Hundertsiebzig Bibeln waren noch in seinem Besitz, er hatte sie irgendwann unter dem Bett verstaut und dachte kaum mehr an sie, die Wette war ohnedies längst verloren. Das Spanische beherrschte er inzwischen so weit, daß er sich ohne Hilfe verständlich machen konnte, und obwohl Rose Sommers ihn bislang hatte abblitzen lassen, war er immer noch beharrlich in sie verliebt, zwei gute Gründe, in Chile zu bleiben. Die fortgesetzten Kränkungen, die er von ihr erfuhr, waren eine liebe Gewohnheit geworden und konnten ihn nicht mehr verletzen. Er hatte gelernt, sie mit Ironie über sich ergehen zu lassen und ohne Bosheit zurückzugeben wie in einem Ballspiel, dessen Regeln nur sie beide kannten. Er schloß Bekanntschaft mit einer Gruppe Intellektueller und verbrachte ganze Nächte damit, über die Fortschrittsphilosophie französischer und deutscher Schule zu diskutieren ebenso wie über die neuesten wissenschaftlichen Entdeckungen aus London und Leipzig, die dem menschlichen Forschergeist neue Horizonte öffneten. Zeit genug zum Lesen, Nachdenken und Diskutieren hatte er ja. Ideen, die ihm zusagten, schrieb er in einem dicken, vom vielen Gebrauch schon ganz abgegriffenen Heft nieder, und er gab eine Menge Geld für Bücher aus, manche ließ er sich aus England schicken, andere kaufte er in der Buchhandlung Santos Tornero im Viertel El Almendral, wo auch die Franzosen wohnten und wo das beste Bordell Valparaísos betrieben wurde. Die Buchhandlung war der Treffpunkt von Intellektuellen und angehenden Schriftstellern. Todd konnte ganze Tage hintereinander mit Lesen zubringen, danach gab er die Bücher seinen Freunden, die sie eher schlecht als recht übersetzten und als bescheidene Broschüren verbreiteten.

Der Jüngste in der Gruppe war Joaquín Andieta, gerade achtzehn Jahre alt, aber den Mangel an Erfahrung machte sein Draufgängertum wett. Joaquín liebte es nicht, viele Worte zu machen, er war ein Mann der Tat, einer der wenigen, die genügend Klarheit und Mut aufbrachten, um die Ideen aus den Büchern in revolutionäre Impulse zu verwandeln, die übrigen zogen es vor, sie bei einer Flasche Pisco im Hinterzimmer der Buchhandlung endlos zu diskutieren. Todd mochte Andieta von Anfang an, dieser Junge hatte etwas Beunruhigendes und Rührendes an sich, das ihn anzog. Er hatte seine armselige Aktenmappe bemerkt und den Stoff seines Anzugs, dünn wie eine Zwiebelschale. Um die Löcher in seinen Schuhsohlen zu verbergen, stellte er die Füße beim Sitzen immer fest auf den Boden, er zog auch nie das Jackett aus, weil, wie Todd annahm, sein Hemd voller Flicken und Stopfstellen sein mußte. Er besaß keinen anständigen Mantel, aber im Winter war er der erste, der in aller Frühe schon unterwegs war, um Pamphlete zu verteilen und Plakate an die Wände zu kleben, in denen die Arbeiter zum Aufstand gegen die ausbeuterischen Fabrikherren aufgerufen wurden oder die Matrosen gegen die Kapitäne und die Reedereien – eine oft nutzlose Mühe, weil die Angesprochenen in der Mehrheit Analphabeten waren. Sein Ruf nach Gerechtigkeit verhallte und scheiterte an der menschlichen Gleichgültigkeit.

Zu seiner nicht geringen Überraschung kam Jacob Todd dahinter, daß sein Freund in der *British*

Trading Company angestellt war. Gegen eine erbärmliche Entlohnung und bei einem kaum zu bewältigenden Stundenplan registrierte er die Artikel, die durch das Kontor des Hafens gingen. Natürlich wurden von ihm ein gestärkter Kragen und blankgeputzte Schuhe verlangt. Sein Leben spielte sich in einem schlecht beleuchteten Raum ohne Lüftung ab, wo sich Schreibpulte bis ins Endlose hintereinanderreihten und sich verstaubte Aktenbündel und alte Rechnungsbücher stapelten, in die seit Jahren niemand mehr hineingesehen hatte. Jacob Todd fragte Jeremy Sommers nach Andieta, aber der wußte gar nicht, um wen es sich handelte; bestimmt sehe er ihn jeden Tag, sagte er, aber er habe keine persönliche Beziehung zu seinen Untergebenen und könne sie nur selten dem Namen nach identifizieren. Aus anderer Quelle hörte Todd, daß der junge Mann bei seiner Mutter wohnte, aber über den Vater konnte er nichts erfahren; er nahm an, er sei ein Seemann auf Landurlaub gewesen und die Mutter wohl eine jener unglücklichen Frauen, die in keine soziale Klasse passen, vielleicht unehelich geboren oder von der Familie verstoßen. Joaquín Andieta hatte andalusische Gesichtszüge und die männliche Anmut eines Toreros; alles an ihm sprach von Festigkeit, Spannkraft und Selbstbeherrschung; seine Bewegungen waren präzis, sein Blick intensiv und sein Stolz rührend. Den utopischen Idealen Todds setzte er einen eisernen Wirklichkeitssinn entgegen. Todd sprach sich für eine Gesellschaft brüderlicher Gleichheit aus, ohne Priester und ohne Polizei, demokratisch regiert nach einem einzigen und unanfechtbaren Gesetz.

»Sie träumen ja, Mr. Todd. Wir haben viel zu tun, es bringt nichts ein, die Zeit mit dem Erörtern von Phantastereien zu vergeuden«, unterbrach ihn Joaquín Andieta.

»Aber wenn wir nicht damit anfangen, uns die vollkommene Gesellschaft vorzustellen, wie wollen wir sie dann schaffen?« erwiderte Todd, sein Heft schwenkend, das mehr und mehr anschwoll, weil er ihm inzwischen Pläne von idealen Städten hinzugefügt hatte, wo jeder Einwohner seine Nahrung selbst anbaute und die Kinder gesund und glücklich heranwuchsen, von der Gemeinschaft aufgezogen, denn wo es kein Privateigentum gab, konnte man auch den Besitz von Kindern nicht beanspruchen.

»Wir müssen die unhaltbaren Zustände bekämpfen, in denen wir hier leben. Als erstes muß man die Arbeiter, die Armen und die Indios vereinigen, den Bauern Land geben und den Priestern die Macht nehmen. Die Verfassung muß geändert werden, Mr. Todd. Hier wählen nur die Besitzenden, das heißt, die Reichen regieren. Die Armen zählen nicht.«

Anfangs dachte sich Jacob Todd allerlei Listen aus, wie er seinem Freund helfen konnte, aber er mußte bald wieder davon absehen, weil seine Bemühungen den Jungen kränkten. Er übertrug ihm kleine Besorgungen, um einen Vorwand zu haben, ihm Geld zu geben, aber Andieta erledigte alles gewissenhaft und wies dann jegliche Art der Bezahlung zurück. Wenn Todd ihm Tabak, ein Glas Brandy oder auch nur in einer stürmischen Nacht seinen Regenschirm anbot, reagierte Andieta mit so eisigem Hochmut, daß Todd verstört und bisweilen beleidigt aufgab. Der Junge erwähnte niemals seine Herkunft, er schien Gestalt anzunehmen, um ein paar Stunden mit revolutionären Gesprächen oder mit zündendem Lesestoff in der Buchhandlung zu verbringen, und sich am Ende dieser gemeinsamen Abende in Luft aufzulösen. Er hatte nicht genug Geld, um mit den andern in die Kneipe zu ziehen, und nahm keine Einladung an, die er doch nicht erwidern konnte.

Eines Abends konnte Todd die Ungewißheit nicht länger ertragen und folgte ihm durch das Labyrinth der Straßen am Hafen, wo man sich im Dunkel der

Torgänge verstecken konnte und an den Ecken der abenteuerlich krummen Gassen, die nach Meinung der Leute absichtlich so gewunden waren, damit der Teufel sich darin nicht festsetzen konnte. Er sah, wie Andieta sich die Hosenbeine hochkrempelte, die Schuhe auszog, sie in Zeitungspapier wickelte und achtsam in seiner abgeschabten Aktentasche verstaute, aus der er ein Paar Holzpantoffeln zog und über die Füße streifte. Um diese späte Stunde waren außer streunenden Katzen, die im Unrat nach Freßbarem stöberten, nur noch einige wenige verlorene Seelen unterwegs. Todd kam sich vor wie ein Dieb, als er dem Freund im Dunkeln fast auf dem Fuße folgte, er konnte seinen hastigen Atem hören und das trockene Geräusch, mit dem er sich unaufhörlich die Hände rieb, die unter der eisigen Kälte zu erstarren drohten. Seine Schritte führten ihn zu einem schäbigen Mietshaus. Gestank nach Urin und Exkrementen schlug ihm entgegen; durch diese Viertel kamen die Straßenkehrer mit ihren langen Haken zum Freimachen der Abflüsse nur selten. Todd begriff, weshalb Andieta sich vorsichtshalber seine einzigen Schuhe ausgezogen hatte: er wußte nicht mehr, worauf er trat, seine Füße versanken in einer pestilenzialisch stinkenden Brühe. In der mondlosen Nacht sickerte spärliches Licht durch die windschiefen Fenster, von denen viele kein Glas mehr hatten und mit Pappe oder Brettern vernagelt waren. Durch die Spalten konnte man ins Innere elender, von Kerzen kümmerlich erhellter Wohnungen sehen. Feiner Nebel gab der Szene einen Anflug von Unwirklichkeit. Todd sah, wie Andieta ein Streichholz anriß, einen Schlüssel aus der Tasche zog und bei dem flackernden Licht der kleinen Flamme eine Tür aufschloß. »Bist du es, Junge?« hörte er deutlich eine weibliche Stimme fragen, die viel klarer und jünger klang, als er erwartet hätte. Dann schloß sich die Tür. Todd stand lange in der Dunkelheit, starrte auf das schäbige Haus und verspürte den unbändigen Wunsch, an die Tür zu klopfen, nicht nur aus Neugier, sondern aus einer überwältigenden Zuneigung für seinen Freund. »Verdammt, ich werde langsam zum Idioten«, murmelte er schließlich.

Er wandte sich um und machte sich auf zum *Club de la Unión*, um einen Schluck zu trinken und die Zeitungen zu lesen, aber bevor er dort war, besann er sich reuevoll – er fühlte sich außerstande, nach der Armut, die er gerade verlassen hatte, diese Salons mit den Ledersesseln und Kristalleuchtern zu betreten, und kehrte zurück in seine Wohnung.

So standen die Dinge Ende 1845, als die Handelsflotte Großbritanniens einen Geistlichen nach Valparaíso schickte, der sich um die religiösen Bedürfnisse der Protestanten kümmern sollte. Der Mann kam, willens, den Katholiken die Stirn zu bieten, eine solide anglikanische Kirche zu bauen und seiner Gemeinde neuen Auftrieb zu geben. Seine erste offizielle Handlung war, die Ausgaben für das Missionierungsvorhaben auf Feuerland zu überprüfen, von dessen Ergebnissen nirgendwo etwas zu sehen war. Jacob Todd ließ sich von Agustín del Valle auf die Hazienda einladen in der Hoffnung, so würde der neue Pastor sich allmählich wieder beruhigen, aber als er zwei Wochen später nach Valparaíso zurückkam, mußte er feststellen, daß der die Angelegenheit noch keineswegs vergessen hatte. Eine Zeitlang fand Todd immer neue Vorwände, dem Mann aus dem Weg zu gehen, aber schließlich mußte er sich doch einem Buchprüfer und danach einer Kommission der anglikanischen Kirche stellen. Er verwickelte sich in Erklärungen, die immer phantastischer wurden, während die Zahlen den begangenen Unterschleif sonnenklar bewiesen. Er gab das Geld zurück, soviel davon noch auf seinem Konto war, aber sein Ruf erlitt einen irreparablen Schaden. Aus war es für ihn mit den musikalischen Gesellschaften im

Haus der Sommers, und niemand in der Ausländerkolonie lud ihn jemals wieder ein, und auf der Straße wurde er übersehen. Die Nachricht von dem Betrug erreichte auch seine chilenischen Freunde, die ihm diskret, aber fest zu verstehen gaben, daß er besser nicht mehr im *Club de la Unión* erscheine, wenn er sich die Schande ersparen wolle, hinausgeworfen zu werden. Bei Kricketpartien war er künftig ebensowenig erwünscht wie an der Bar des Hotel Inglés, und bald war er von allen verlassen, denn selbst seine intellektuellen Freunde kehrten ihm den Rücken. Und die Familie del Valle schnitt ihn einhellig, außer Paulina, mit der er gelegentlich Briefe wechselte.

Paulina hatte oben im Norden ihren ersten Sohn zur Welt gebracht, und ihren Briefen nach war sie sehr zufrieden mit ihrem Leben als Ehefrau. Feliciano Rodríguez de Santa Cruz, der von Tag zu Tag reicher wurde, wie die Leute sagten, erwies sich als ein ungewöhnlicher Ehemann. Er war überzeugt, die Kühnheit, mit der Paulina aus dem Kloster geflohen war und ihre Familie unter Druck gesetzt hatte, um ihn heiraten zu können, sollte sich nicht in häuslichen Aufgaben erschöpfen, sondern zu ihrer beider Wohl genutzt werden. Seine Frau, als junge Dame erzogen, konnte nicht sonderlich gut lesen und rechnen, hatte aber eine echte Leidenschaft für geschäftliche Dinge entwickelt. Anfangs war Feliciano noch verwundert gewesen, mit welchem Interesse sie nach Einzelheiten beim Abbau und Transport der Mineralien fragte ebenso wie nach dem Auf und Ab der Handelsbörse, aber bald lernte er ihre außerordentliche Intuition schätzen. Im siebenten Monat ihrer Ehe erzielte er einen beträchtlichen Gewinn durch Spekulieren mit Zucker, wozu sie ihm geraten hatte. Dankbar schenkte er ihr ein in Peru gearbeitetes silbernes Teeservice, das neunzehn Kilo wog. Paulina, die sich mit dem schweren Brocken, ihrem ersten Sohn, im Leib kaum bewegen konnte, wies das Geschenk zurück, ohne den Blick von den Strümpfchen zu heben, die sie gerade strickte.

»Ich möchte lieber, daß du auf einer Londoner Bank ein Konto auf meinen Namen eröffnest und von jetzt an zwanzig Prozent dahin überweist von allen Einnahmen, die ich für dich erziele.«

»Wozu? Gebe ich dir nicht alles, was du wünschst, und noch viel mehr?« fragte Feliciano gekränkt.

»Das Leben ist lang und voller Überraschungen. Ich will niemals eine arme Witwe sein, noch dazu mit Kindern«, erklärte sie und strich sich über den Bauch.

Feliciano ging hinaus und schlug die Tür hinter sich zu, aber sein angeborener Sinn für Gerechtigkeit war stärker als der Ärger des verstimmten Ehemanns. Außerdem wären diese zwanzig Prozent ein mächtiger Anreiz für Paulina, entschied er. Er tat, worum sie ihn gebeten hatte, obwohl er noch nie von einer verheirateten Frau mit eigenem Geld gehört hatte. Wenn eine Ehefrau ohne die Erlaubnis ihres Mannes nicht allein verreisen, Dokumente unterschreiben, das Recht anrufen, etwas kaufen oder verkaufen durfte, konnte sie schon gar nicht über ein eigenes Bankkonto verfügen und es nach ihrem Belieben verwenden. Wie sollte man das der Bank und den Teilhabern erklären?

»Kommen Sie mit zu uns in den Norden, die Zukunft liegt in den Minen, und dort können Sie neu anfangen«, schlug Paulina Jacob Todd vor, als sie bei einem ihrer kurzen Besuche in Valparaíso erfuhr, daß er in Ungnade gefallen war.

»Was könnte ich da schon tun, verehrte Freundin?« murmelte er.

»Ihre Bibeln verkaufen«, spöttelte Paulina, aber dann war sie doch gerührt von der abgrundtiefen Traurigkeit, mit der er sie ansah, und bot ihm augenblicklich ihr Haus, ihre Freundschaft und Arbeit in den Unternehmungen ihres Mannes an.

Aber Todd war von seinem Pech und der öffentlichen Schande so entmutigt, daß er nicht die Kraft aufbrachte, sich im Norden in ein neues Abenteuer zu wagen. Wißbegier und Ruhelosigkeit, die ihn früher angetrieben hatten, waren dem besessenen Wunsch gewichen, seinen guten Namen zurückzugewinnen.

»Ich bin ruiniert, Señora, sehen Sie das nicht? Ein Mann ohne Ehre ist ein toter Mann.«

»Die Zeiten haben sich geändert«, tröstete ihn Paulina.

»Früher konnte die befleckte Ehre einer Frau nur mit Blut reingewaschen werden. Aber wie Sie wissen, Mr. Todd, genügte in meinem Fall eine Kanne Schokolade. Die Ehre der Männer ist viel widerstandsfähiger als unsere. Verzweifeln Sie nicht.«

Feliciano Rodríguez de Santa Cruz, der Todds Vermittlungsrolle bei seiner Liebesgeschichte mit Paulina nicht vergessen hatte, wollte ihm Geld leihen, damit er die Missionsgelder bis auf den letzten Centavo zurückzahlen konnte, aber vor die Wahl gestellt, es einem Freund oder dem protestantischen Pastor zu schulden, zog Todd letzteren vor, denn sein Ruf war so oder so zerstört. Inzwischen hatte er sich auch von den Katzen und den Torten verabschieden müssen, weil die englische Witwe ihn unter einer Flut von Vorwürfen vor die Tür setzte. Die gute Frau hatte ihre Anstrengungen in der Küche verdoppelt, um durch den Verkauf ihrer Torten die Verbreitung ihres Glaubens in jenen Regionen des ewigen Winters zu finanzieren, wo Tag und Nacht ein gespenstischer Wind heulte, wie Jacob Todd ihr erzählt hatte, berauscht von seiner eignen Redekunst. Als sie erfuhr, welches Schicksal ihren Ersparnissen in den Händen des falschen Missionars zuteil geworden war, geriet sie in heiligen Zorn und warf ihn aus dem Haus. Durch Joaquín Andietas Hilfe konnte er ein Zimmer in einer halbwegs anständigen Gegend des Hafenviertels beziehen, das zwar klein war, aber ihm freien Blick auf das Meer gestattete. Das Haus gehörte einer chilenischen Familie und hatte nicht die europäischen Prätentionen des Ausländerviertels, es war nach alter Weise aus weißgekalkten Luftziegeln gebaut, hatte ein rotes Ziegeldach und bestand aus einem Eingangsflur, einem großen Raum fast ohne Möbel, der als Wohnzimmer, Eßzimmer und Elternschlafzimmer diente, einem kleineren, fensterlosen, wo alle Kinder schliefen, und einem Hinterzimmer, das vermietet wurde. Der Besitzer arbeitete als Volksschullehrer, und seine Frau trug zum Haushalt bei, indem sie in der Küche Kerzen herstellte. Der Wachsgeruch hatte sich im ganzen Haus festgesetzt. Todd konnte dieses süßliche Aroma in seinen Büchern, seiner Kleidung, seinem Haar und sogar in seiner Seele riechen; so sehr war es ihm unter die Haut gedrungen, daß er noch viele Jahre später am anderen Ende der Welt nach Kerzen roch. Er bewegte sich nur in dem schäbigen Hafenviertel, wo niemanden der gute oder schlechte Ruf eines rothaarigen Gringos kümmerte. Er aß in den Kneipen der Armen und verbrachte ganze Tage mit den Fischern, arbeitete eifrig mit an Netzen und Booten. Die körperliche Anstrengung tat ihm gut, und für ein paar Stunden konnte er seinen verletzten Stolz vergessen. Joaquín Andieta besuchte ihn oft. Sie schlossen sich ein, um über Politik zu diskutieren und Texte französischer Philosophen zu tauschen, während auf der anderen Seite der Tür die Kinder des Lehrers rannten und spielten und wie ein Faden geschmolzenen Goldes das Wachs der Kerzen flöß. Joaquín Andieta kam nie auf das Missionsgeld zu sprechen, obwohl er davon wissen mußte, denn der Skandal wurde wochenlang lebhaft durchgehechelt. Als Todd ihm erklären wollte, daß es nie seine Absicht gewesen sei, zu betrügen, und daß alles nur an seinem miserablen Kopf für Zahlen, seiner sprichwörtlichen Unordnung und seinem Pech gelegen habe, legte Andieta den Zeigefinger an die Lippen, die Geste, die man überall kennt. Von Scham und Zuneigung getrieben, umarmte Jacob Todd ihn linkisch, und Andieta drückte ihn an sich, machte sich aber augenblicklich schroff wieder los, rot bis über die Ohren. Beide traten gleichzeitig verwirrt einen Schritt zurück, ohne zu verstehen, wie sie die elementare Verhaltensregel verletzen konnten, die körperlichen Kontakt zwischen Männern verbietet außer in der Schlacht oder in brutalen Sportarten. In den folgenden Monaten kam der Engländer gefährlich vom Kurs ab, vernachlässigte sein Äußeres, strich mit einem Sieben-Tage-Bart durch die Gassen und roch nach Kerzen und Alkohol. Wenn er sich mit dem Gin dann doch übernommen hatte, wetterte er wie ein Wahnsinniger atemlos und pausenlos gegen alle Regierungen, das englische Königshaus, die Militärs und Polizisten, das System der Klassenprivilegien, das er mit den Kasten Indiens verglich, die Religion im allgemeinen und das Christentum im besonderen.

»Sie müssen hier weg, Mr. Todd, Sie drehen ja völlig durch«, wagte Joaquín Andieta eines Tages zu ihm zu sagen, als er ihn von einem Platz fortholte, wo die Polizei schon drauf und dran war, ihn festzunehmen.

Genau so, wie ein Narr auf offener Straße Reden schwingend, traf ihn Kapitän John Sommers an, der schon vor mehreren Wochen von seinem Segler an

Land gegangen war. Das Schiff war bei der Fahrt ums Kap Hörn so gebeutelt worden, daß langwierige Reparaturen daran vorgenommen werden mußten. John Sommers hatte einen ganzen Monat im Haus seiner Geschwister Jeremy und Rose verbracht. Das bestimmte ihn, auf einem der modernen Dampfschiffe Arbeit zu suchen, sowie er nach England zurückgekehrt sein würde, denn er war nicht bereit, das Erlebnis ›Gefangener im Familienkäfig‹ je zu wiederholen. Er liebte die Seinen, aber am liebsten aus sicherer Distanz. Er hatte sich bislang gesträubt, an die Dampfer auch nur zu denken, weil er sich das Abenteuer des Meeres nicht vorstellen konnte ohne die Herausforderung von Wetter und Takelage, an denen ein Kapitän sein Können bewies, aber er mußte doch endlich zugeben, daß die Zukunft den neuen Schiffen gehörte, weil sie größer, sicherer und schneller waren. Als er merkte, daß ihm die Haare ausgingen, schob er die Schuld natürlich auf das seßhafte Leben. Bald fühlte er sich von der Langeweile wie in eine Rüstung eingezwängt, und er floh aus dem Haus, um rastlos wie ein gefangenes Raubtier im Hafen auf und ab zu traben. Als Jacob Todd den Kapitän erkannte, zog er sich die Krempe seines Hutes tief ins Gesicht und tat, als sähe er ihn nicht, um sich die Demütigung einer neuen Zurückweisung zu ersparen, aber der Seemann hielt ihn an und schlug ihm zur Begrüßung herzlich auf die Schulter.

»Kommen Sie, trinken wir einen Schluck!«, und damit zog er ihn in eine nahe gelegene Schenke.

Es war einer dieser Schlupfwinkel im Hafen, wo man noch anständige Getränke bekam, außerdem boten sie dort als einziges und zu Recht berühmtes Gericht gebratenen Meeraal mit Kartoffeln und Salat aus rohen Zwiebeln an. Todd, der in diesen Tagen gewöhnlich zu essen vergaß und ohnehin nie genug Geld in der Tasche hatte, roch den köstlichen Duft der Speise und glaubte ohnmächtig zu werden. Eine Woge von Dankbarkeit und Wohlgefühl trieb ihm die Tränen in die Augen. John Sommers wandte höflich den Blick ab, während Todd alles bis zum letzten Krümchen hinunterschlang.

»Ich hab diese Idee mit der Missioniererei unter den Indios von Anfang an nicht gut gefunden«, sagte er, als Todd sich eben fragte, ob der Kapitän überhaupt von dem Finanzskandal wußte. »Die armen Leute da haben das Unglück nicht verdient, evangelisiert zu werden. Was haben Sie denn jetzt vor?«

»Ich habe alles zurückgegeben, was noch auf dem Konto war, aber ich bin noch eine ganze Menge schuldig.«

»Und Sie können nicht bezahlen, was?«

»Im Augenblick nicht, aber ...«

»Nichts aber, Mann. Erst haben Sie diesen guten Christen einen Vorwand geliefert, sich tugendhaft zu fühlen, und jetzt haben Sie ihnen auch noch einen hübschen Anlaß zur Entrüstung geliefert. Das Vergnügen haben sie billig gekriegt. Als ich Sie fragte, was Sie jetzt vorhaben, dachte ich an Ihre Zukunft, nicht an Ihre Schulden.«

»Ich habe keine Pläne.«

»Kommen Sie mit mir zurück nach England. Hier ist kein Platz für Sie. Wie viele Ausländer gibt es in diesem Hafenviertel? Ein paar arme Schlucker, und alle kennen sich. Glauben Sie mir, man wird Sie nicht in Frieden lassen. In England dagegen können Sie sich in der Masse verlieren.«

Jacob Todd blickte mit so verzweifeltem Gesicht in sein Glas, daß der Kapitän in schallendes Gelächter ausbrach.

»Sagen Sie mir bloß nicht, Sie bleiben wegen meiner Schwester Rose hier!«

Aber genau das war es. Die allgemeine Ablehnung wäre etwas erträglicher für Todd gewesen, wenn Miss Rose nur ein kleines bißchen Loyalität oder Verständnis gezeigt hätte, aber sie weigerte sich, ihn zu empfangen, und schickte seine Briefe, in denen er versuchte, seinen Namen reinzuwaschen, ungeöffnet zurück. Was er nicht wußte, war, daß seine Botschaften ihre Empfängerin gar nicht erreichten, weil Jeremy Sommers – und damit verletzte er die zwischen ihm und seiner Schwester bestehende Übereinkunft gegenseitiger Achtung – beschlossen hatte, sie vor ihrem eigenen guten Herzen zu schützen und zu vermeiden, daß sie eine weitere irreparable Torheit beging. Der Kapitän wußte das auch nicht, aber er ahnte Jeremys Vorsichtsmaßnahmen und bedachte, daß er unter solchen Umständen sicherlich das gleiche getan hätte. Die Vorstellung, den jammervollen Bibelverkäufer als Bewerber um die Hand seiner Schwester Rose zu sehen, erschien ihm fürchterlich, dieses eine Mal war er völlig eines Sinnes mit Jeremy.

»Sind denn meine Absichten auf Miss Rose so offensichtlich gewesen?« fragte Jacob Todd bestürzt.

»Sagen wir, sie sind kein Geheimnis, mein Freund.«

»Ich fürchte, es besteht nicht die geringste Hoffnung, daß sie meine Werbung eines Tages annimmt ...«

»Das fürchte ich auch.«

»Würden Sie mir den ungeheuren Gefallen tun, sich für mich zu verwenden, Kapitän? Wenn Miss

Rose mich nur einmal empfangen wollte, würde ich ihr erklären können ...«

»Verlangen Sie nicht von mir, den Kuppler zu spielen, Todd. Wenn Rose Ihre Gefühle erwiderte, würden Sie das längst wissen. Meine Schwester ist nicht schüchtern, das kann ich Ihnen versichern. Ich wiederhole, Mann, Sie müssen raus aus diesem verfluchten Hafen, das ist das einzige, was Ihnen übrigbleibt, hier werden Sie schließlich als Bettler herumtrotten. Mein Schiff legt in drei Tagen ab Richtung Hongkong und von da nach England. Die Überfahrt wird lang werden, aber Sie haben ja keine Eile. Frische Luft und harte Arbeit sind unfehlbare Mittel gegen den Blödsinn Liebe. Das sage ich Ihnen, der sich in jedem Hafen verliebt und auf See sofort wieder gesund wird.«

»Ich habe kein Geld für die Passage.«

»Sie werden als Seemann arbeiten müssen und abends mit mir Karten spielen. Wenn Sie die Falschspielertricks nicht vergessen haben, die Sie so gut beherrschten, als ich Sie vor drei Jahren nach Chile brachte, werden Sie mich unterwegs todsicher bis aufs Hemd ausplündern.« Drei Tage später ging Todd an Bord, erheblich ärmer als bei seiner Ankunft. Der einzige, der ihn zum Kai begleitete, war Joaquín Andieta. Der düster blickende junge Mann hatte im Kontor um die Erlaubnis gebeten, sich für eine Stunde entfernen zu dürfen. Er verabschiedete sich mit einem festen Händedruck von Todd.

»Wir werden uns wiedersehen, mein Freund«, sagte der Engländer.

»Das glaube ich nicht«, entgegnete der Chilene, der eine klarere Witterung für das Schicksal hatte.

Die Bewerber

Zwei Jahre nach Jacob Todds Abreise vollzog sich die endgültige Metamorphose der Eliza Sommers. Aus dem eckigen Grashüpfer, der sie in der Kindheit gewesen war, verwandelte sie sich in ein junges Mädchen mit sanften Formen und lieblichen Gesichtszügen. Unter Miss Roses Aufsicht verbrachte sie die unangenehmen Jahre der Pubertät ein Buch auf dem Kopf balancierend und am Klavier Etüden übend, während sie gleichzeitig die heimischen Kräuter in Mama Fresias Garten pflegte und die alten Heilmittel gegen bekannte und andere noch unbekannte Leiden lernte; dazu gehörten Senfsamen für die Gelassenheit gegenüber den täglichen Ärgernissen, Hortensienblätter, um eitrige Geschwüre reif zu machen und das Lachen zurückzubringen, Veilchen, um die Einsamkeit zu ertragen, und Verbene, die Miss Rose ihrer Seife beimengte, denn diese edle Pflanze kuriert die Anfälle von schlechter Laune. Miss Rose gelang es nicht, den Hang ihres Schützlings zu Küche und Kochkunst zu unterbinden, und schließlich fand sie sich damit ab, daß Eliza kostbare Stunden zwischen Mama Fresias schwarzen Töpfen vergeudete. Sie betrachtete kulinarische

Kenntnisse lediglich als schmückendes Beiwerk in der Erziehung eines jungen Mädchens, weil sie ihr ermöglichten, den Dienstboten Befehle zu erteilen, so wie sie es tat, aber diese Fähigkeit war denn doch weit entfernt von dem ungenierten Umgang mit schmutzigen Pfannen und Tiegeln. Eine Dame durfte nicht nach Zwiebeln und Knoblauch riechen, aber Eliza zog die Praxis der Theorie vor, und so graste sie die befreundeten Haushalte ab auf der Suche nach neuen Rezepten, die sie sich in ein Heft schrieb und dann in ihrer Küche verbesserte. Sie konnte ganze Tage damit verbringen, Gewürze und Nüsse für Kuchen oder Mais für die beliebten Pasteten zu mahlen, Tauben zum Marinieren auszunehmen und Obst zum Einmachen zu schälen oder zu entsteinen. Mit vierzehn hatte sie Miss Rose bei ihrer bescheidenen Pastetenbäckerei überflügelt und Mama Fresias gesamtes Repertoire gelernt, mit fünfzehn war sie verantwortlich für den Festschmaus an den Mittwochgesellschaften, und als die chilenischen Gerichte keine Herausforderung mehr für sie waren, interessierte sie sich für die verfeinerte französische Küche, die Madame Colbert sie lehrte, und für die exotischen Gewürze, die ihr Onkel John mitzubringen pflegte und die sie am Geruch erkannte, auch wenn sie nicht wußte, wie sie hießen. Wenn der Kutscher Freunden der Sommers eine Nachricht zu bringen hatte, überreichte er zusammen mit dem Briefchen einen gerade erst aus Elizas Händen hervorgegangenen Leckerbissen, sie hatte den lokalen Brauch, Gerichte und Desserts auszutauschen, zur Kunst erhoben. So groß war ihre Hingabe an die Backerei, daß Jeremy Sommers sie sich schon als Herrin ihres eigenen Cafés vorstellte, ein Plan, den Miss Rose genau wie alle anderen Vorschläge ihres Bruders zu Elizas Zukunft verwarf, ohne auch nur eine Sekunde darüber nachzudenken. Eine Frau, die sich ihren Lebensunterhalt selbst verdient, sagte sie, steigt auf der gesellschaftlichen Leiter ab, so achtbar ihr Beruf auch sein mag. Sie dagegen wollte einen guten Ehemann für ihren Schützling und hatte sich zwei Jahre Frist vorgegeben, um in Chile einen zu finden, danach würde sie Eliza nach England mitnehmen, sie konnte nicht riskieren, daß sie ohne Bräutigam zwanzig würde und ledig bliebe. Der Kandidat mußte ein Mann sein, der ihre dunkle Herkunft vergessen und sich für ihre Vorzüge begeistern konnte. An einen Chilenen war gar nicht erst zu denken, da heiratete die Aristokratie unter sich, und die Mittelklasse interessierte Miss Rose nicht, sie wollte Eliza nicht in Geldnöten sehen. Von Zeit zu Zeit lernte sie Handelsherren oder Minenbesitzer kennen, die mit ihrem Bruder Jeremy Geschäfte machten, aber die waren nur hinter den Nachnamen und Wappen der Oligarchie her. Es war unwahrscheinlich, daß einer von ihnen auf Eliza aufmerksam würde, denn an ihrem Äußeren war nur wenig, was Leidenschaften entzünden konnte: sie war klein und zart, die milchige Blässe und die Üppigkeit von Busen und Hüften, die so in Mode waren, gingen ihr völlig ab. Erst auf den zweiten Blick entdeckte man ihre unaufdringliche Schönheit, die Anmut ihrer Bewegungen und den ausdrucksvollen Blick ihrer schwarzen Augen. Miss Rose suchte einen Heiratskandidaten, der den klaren Verstand ihrer Adoptivtochter ebenso zu würdigen wußte wie ihren festen Charakter und ihre Geschicklichkeit, Situationen zu ihren Gunsten umzukehren, das, was Mama Fresia Glück nannte und was sie lieber als Intelligenz bezeichnete; einen Mann mit gutem Charakter und wirtschaftlich wohlsituiert, der Eliza Sicherheit und Achtung bieten würde, den sie aber mit Leichtigkeit lenken konnte. Miss Rose gedachte sie zu gegebener Zeit in der subtilen Wissenschaft der täglichen Aufmerksamkeiten zu unterweisen, die im Mann die Gewöhnung an das häusliche Leben nähren; in dem System kühner Liebkosungen, um ihn zu belohnen, und kalten Schweigens, um ihn zu bestrafen; in dem

Geheimnis, wie man einem Mann den Willen raubt, das anzuwenden sie selbst keine Gelegenheit hatte; und endlich auch in der uralten Kunst der körperlichen Liebe. Niemals hätte sie gewagt, darüber mit ihr zu sprechen, aber sie verließ sich auf mehrere Bücher, die unter doppeltem Verschluß in ihrem Schrank ruhten und die sie ihr leihen würde, wenn der Augenblick gekommen war. Geschrieben konnte man alles sagen, lautete ihre Theorie, und in puncto Theorie war sie jedem über. Sie hätte über alle möglichen und unmöglichen Formen des Liebemachens Vorlesungen halten können.

»Du mußt Eliza legal adoptieren, damit sie unseren Namen trägt«, forderte sie Jeremy auf.

»Sie hat ihn jahrelang benutzt, was willst du denn noch, Rose.«

»Ich will, daß sie den Kopf hoch tragen kann, wenn sie heiratet.«

»Heiratet, wen?«

Miss Rose sagte es ihm diesmal noch nicht, aber sie hatte schon jemanden im Sinn. Das war Michael Steward, achtundzwanzig Jahre, Offizier des englischen Flottengeschwaders, das im Hafen von Valparaíso stationiert war. Sie hatte durch ihren Bruder John erfahren, daß der Seeoffizier aus einer angesehenen alten Familie stammte. Sie würden es nicht gern sehen, wenn ihr ältester Sohn und Haupterbe mit einer Unbekannten ohne Vermögen verlobt wäre, die aus einem Land stammte, dessen Namen sie stets für den eines Gewürzes gehalten hatten. Es war also unabdingbar, daß Eliza auf eine attraktive Mitgift bauen konnte und daß Jerry sie adoptierte, so wäre wenigstens die Frage ihrer Herkunft kein Hindernis.

Michael Steward war athletisch gebaut, hatte unschuldig blickende blaue Augen, blonden Backenbart und Schnurrbart, gute Zähne und eine aristokratische Nase. Das fliehende Kinn schmälerte das hübsche Gesamtbild ein wenig, und Miss Rose hoffte, so vertraut mit ihm zu werden, daß sie ihn überreden konnte, sich auch dort einen Bart wachsen zu lassen, um es zu verstecken. Nach dem, was Kapitän Sommers sagte, war die Moral des jungen Mannes beispielhaft, und seine tadellose Akte garantierte ihm eine brillante Laufbahn in der Marine. In den Augen von Miss Rose stellte die Tatsache, daß er soviel Zeit auf See verbrachte, einen beträchtlichen Vorteil für die Frau dar, die er heiraten würde. Je mehr sie darüber nachdachte, um so sicherer war sie, den idealen Mann gefunden zu haben, aber so, wie Eliza geartet war, würde sie ihn nicht bloßer Konvention wegen nehmen, sie mußte sich in ihn verlieben. Aber da konnte man hoffen, der Mann sah bildhübsch aus in seiner Uniform, und ohne sie hatte ihn bisher noch niemand gesehen.

»Steward ist nur ein Trottel mit guten Manieren. Eliza würde eingehen vor Langeweile, wenn sie mit ihm verheiratet wäre«, meinte Kapitän John, als sie ihm von ihren Plänen erzählte.

»Alle Ehemänner sind langweilig, John. Keine Frau mit zwei Fingerbreit Stirn unterm Pony heiratet, weil es unterhaltsam ist, sondern weil sie unterhalten werden will.«

Mochte Eliza immer noch sehr mädchenhaft wirken, so war ihre Erziehung doch abgeschlossen, und bald würde sie im heiratsfähigen Alter sein. Es blieb ja noch ein wenig Zeit, überlegte Miss Rose, dennoch hieß es zielgerichtet handeln, damit nicht inzwischen eine andere, Aufgewecktere den Kandidaten wegschnappte. Einmal entschlossen, setzte sie alles daran, den Offizier ins Haus zu locken unter jedem Vorwand, der ihr einfiel. Sie verlegte die musikalischen Gesellschaften so, daß sie mit den Tagen zusammenfielen, an denen Michael Steward Landurlaub hatte, ohne Rücksicht auf die übrigen Teilnehmer, die seit Jahren den Mittwoch für diese geheiligten Geselligkeiten freigehalten hatten. Verärgert stellten einige ihre Besuche ein. Genau das aber hatte sie beabsichtigt, so konnte sie die etwas steifen musikalischen Unterhaltungen in fröhliche Festlichkeiten umwandeln und die Liste der Gäste mit unverheirateten jungen Männern und heiratsfähigen jungen Damen aus der Ausländerkolonie auffrischen an Stelle der langweiligen Ebeling, Scott und Applegren, die schon ein wenig an Fossilien erinnerten. Die Darbietungen von Gedichten und Liedern wichen munteren Gesellschaftsspielen, zwanglosen Tänzen und Scharaden. Sie veranstaltete ländliche Picknicks und Spazierfahrten zum Strand. Früh am Morgen setzten sich zuerst schwere Karren mit Lederboden und Strohdach in Bewegung, auf denen die Dienstboten saßen, die beauftragt waren, die Eßwaren in den unzähligen Körben unter Zelten und Sonnenschirmen anzurichten; die Gesellschaft folgte in Kutschen. Vor ihren Blicken zogen fruchtbare, mit Obstbäumen bepflanzte Täler, Weinberge, Felder mit Weizen und Mais vorbei, sie sahen schroffe Küsten, gegen die der Pazifik brandete, Wolken von Schaum hochschleudernd, und in der Ferne den erhabenen Umriß der schneebedeckten Kordilleren. Irgendwie brachte Miss Rose es immer zustande, daß Eliza und Steward in derselben Kutsche fuhren, nebeneinander saßen und natürliche Partner bei den Ballspielen und den Pantomimen waren, aber beim Kartenspiel und beim Domino mußte sie sie trennen, weil Eliza sich rundweg weigerte, sich besiegen zu lassen.

»Du mußt dafür sorgen, daß der Mann sich immer überlegen fühlt, Kind«, erklärte Miss Rose ihr geduldig.

»Das kostet aber viel Arbeit«, erklärte Eliza unbewegt. Jeremy Sommers gelang es nicht, die Ausgabenflut seiner Schwester zu dämmen. Miss Rose kaufte Stoffe en gros ein und stellte zwei Dienstmädchen dazu an, den ganzen Tag aus den Zeitschriften kopierte Kleider nach neuester Mode zu nähen. Sie stürzte sich aufs unvernünftigste bei schmuggelnden Seeleuten in Unkosten, damit es ihr nie fehlte an Parfüms, am karminfarbenen Türkischrot, Belladonna und Khol für den geheimnisvollen Blick und Creme aus echten Perlen, um die Haut zu bleichen. Zum erstenmal hatte sie keine Zeit zum Schreiben, sie war vollauf beschäftigt mit Aufmerksamkeiten für den englischen Offizier, einschließlich Kuchen und eingemachte Früchte, die er auf See mitnehmen sollte, alles hausgemacht und in hübschen Gefäßen gereicht.

»Eliza hat das für Sie gebacken, aber sie ist zu

scheu, es Ihnen persönlich zu übergeben«, sagte sie, ohne freilich zu erwähnen, daß Eliza kochte oder buk, worum sie gebeten wurde, auch nicht lange fragte, für wen, weshalb sie sich auch wunderte, wenn er sich bei ihr bedankte.

Michael Steward war nicht unempfänglich für die Verführungskampagne. Sparsam mit Worten wie er war, bezeigte er seine Dankbarkeit mit kurzen Briefen, formell auf Marinepostpapier geschrieben, und wenn er wieder an Land war, stellte er sich mit Blumensträußen ein. Er hatte sich in der Blumensprache kundig gemacht, aber diese Feinheit fiel hier auf dürren Boden, denn weder Miss Rose noch sonst jemand in diesen Breiten so fern von England hatte je von dem Unterschied zwischen einer geschenkten Rose und einer geschenkten Nelke gehört oder ahnte gar, was die Farbe der Bukettschleife bedeutete. Stewards Bemühungen, Blumen aufzutreiben, die gradweise im Farbton stärker wurden, von der blaßrosa Rose über alle Abwandlungen von hellrot und hochrot bis zum brennendsten Rot als Zeichen seiner wachsenden Leidenschaft, verpufften im Leeren. Mit der Zeit gelang es ihm, seine Schüchternheit so weit zu überwinden, daß er von dem peinlichen Schweigen, das ihn anfangs kennzeichnete, geradezu in Geschwätzigkeit verfiel. Er trug euphorisch seine moralischen Ansichten über Nichtigkeiten vor und erging sich in nutzlosen Erklärungen zu Meeresströmungen und Navigationskarten. Worin er sich wirklich hervortat, das waren Sportarten, die seine Verwegenheit und seine gute Muskulatur offenbarten. Miss Rose brachte ihn dazu, an einem Ast im Garten hängend akrobatische Kunststücke vorzuführen, sie schaffte es sogar mit einiger Beharrlichkeit, daß er sie und Eliza mit Füßestampfen, Kniebeugen und Überschlagsprüngen eines ukrainischen Tanzes verblüffte, den er von einem Matrosen gelernt hatte. Miss Rose applaudierte ihm mit übertriebener Begeisterung, während Eliza schweigend und ernst zusah, ohne sich zu äußern. So vergingen Wochen, in denen Michael Steward die Konsequenzen des Schrittes abwog und abmaß, den er zu gehen wünschte, und dieserhalb an seinen Vater schrieb, um seine Pläne zu besprechen. Die unvermeidbaren Verzögerungen der Postzustellung verlängerten die Ungewißheit um mehrere Monate. Schließlich ging es um die wichtigste Entscheidung seines Lebens, und um sie zu treffen, brauchte er wesentlich mehr Mut, als wenn er gegen etwaige Feinde des Britischen Weltreiches im Pazifik kämpfte. An einem der Gesellschaftsabende endlich und nach hundert Proben vor dem Spiegel gelang es ihm, allen

Mut zusammennehmend und seine Stimme festigend, daß sie nicht überschnappte, Miss Rose im Korridor abzufangen.

»Ich muß privat mit Ihnen sprechen«, flüsterte er.

Sie führte ihn in das Nähstübchen. Sie ahnte, was sie gleich hören würde, und wunderte sich über ihre Aufregung. Sie fühlte, daß ihr die Wangen brannten und das Herz raste. Sie ordnete eine Strähne, die sich aus dem Haarknoten gelöst hatte, und wischte sich dabei unauffällig den Schweiß von der Stirn. Michael Steward dachte, so schön habe er sie noch nie gesehen.

»Ich glaube, Sie ahnen schon, was ich Ihnen sagen will, Miss Rose.«

»Ahnungen sind gefährlich, Mr. Steward. Ich höre Ihnen zu ...«

»Es handelt sich um meine Gefühle. Sie wissen sicherlich, wovon ich spreche. Ich möchte Ihnen erklären, daß meine Absichten von lauterster Redlichkeit sind.«

»Von einer Persönlichkeit, wie Sie es sind, erwarte ich nichts weniger. Glauben Sie, daß Ihre Gefühle erwidert werden?«

»Nur Sie können das beantworten«, stammelte der junge Offizier.

Sie standen und sahen einander an, sie mit erwartungsvoll hochgeschobenen Brauen, er in banger Furcht, gleich würde die Decke über ihm einstürzen. Wild entschlossen, zu handeln, ehe ihn sein bißchen Mut verließe, packte er sie bei den Schultern und beugte sich vor, um sie zu küssen. In eisiger Verblüffung erstarrt, stand Miss Rose regungslos. Sie fühlte die feuchten Lippen und den weichen Schnurrbart des jungen Mannes auf ihrem Mund, ohne zu begreifen, was denn zum Teufel schiefgegangen war, bis sie sich endlich rühren konnte und ihn schroff von sich stieß.

»Was tun Sie? Sehen Sie nicht, daß ich viele Jahre älter bin als Sie?« rief sie aus und wischte sich den Mund mit dem Handrücken ab.

»Wen kümmert das Alter?« stotterte er verdutzt, denn er hatte Miss Rose eigentlich für nicht älter als siebenundzwanzig gehalten.

»Wie können Sie es wagen! Haben Sie den Verstand verloren?«

»Aber Sie ... Sie haben mir zu verstehen gegeben ... Ich kann mich doch nicht so geirrt haben!« murmelte er ratlos und vor Scham wie betäubt.

»Ich wollte Sie für Eliza, nicht für mich!« schrie sie ihn entsetzt an und rannte davon, um sich in ihrem Zimmer einzuschließen, während der unglückliche Bewerber sich Cape und Mütze geben ließ und ging, ohne sich von irgend jemandem zu verabschieden, ging, um dieses Haus nie wieder zu betreten.

Von einer Nische im Flur hatte Eliza durch die halboffene Tür des Nähstübchens alles mit angehört. Auch sie hatte sich über all die dem jungen Offizier erwiesenen Aufmerksamkeiten gewundert. Miss Rose hatte immer so viel Gleichgültigkeit gegenüber ihren Bewerbern gezeigt, daß Eliza sich angewöhnt hatte, sie als ältere Frau zu betrachten, die das alles nichts mehr anging. Erst in den letzten Monaten, als ihre Adoptivmutter sich mit Leib und Seele den Verführungsspielchen widmete, hatte sie ihren prachtvollen Wuchs und die strahlende Haut wahrgenommen. Sie hatte geglaubt, Miss Rose sei unsterblich verliebt in Michael Steward, und ihr war überhaupt nicht in den Sinn gekommen, daß die bukolischen Picknicks unter japanischen Sonnenschirmen und die Butterkekse zur Linderung der Unannehmlichkeiten auf hoher See nur Strategie gewesen waren, um den Offizier für sie, Eliza, einzufangen und ihr auf dem Tablett zu überreichen. Die Enthüllung traf sie wie ein Faustschlag in die Brust und benahm ihr den Atem, denn das letzte, was sie sich auf dieser Welt wünschte, war eine hinter ihrem Rücken abgesprochene Heirat. Eliza war vom Wirbelwind der ersten Liebe erfaßt worden und hatte mit unwiderruflicher Bestimmtheit geschworen, daß sie keinen anderen heiraten würde.

Eliza Sommers sah Joaquín Andieta zum erstenmal an einem kalten Maitag des Jahres 1848, als er mit einem von mehreren Maultieren gezogenen und hoch mit Kisten und Warenballen für die *British Trading Company* beladenen Karren ins Haus Sommers kam. Die Frachtstücke enthielten persische Teppiche, Kristallüster und eine Sammlung Elfenbeinfiguren, ein Auftrag von Feliciano Rodríguez de Santa Cruz, um das Haus damit zu schmücken, das er sich im Norden gebaut hatte; es war eine jener wertvollen Ladungen, die im Hafen gefährdet waren, und es wurde für sicherer erachtet, sie im Haus der Sommers zu lagern bis zu dem Augenblick, wenn sie an ihren Bestimmungsort geschickt wurden. Wenn der Rest der Reise über Land führte, pflegte Jeremy Sommers zu ihrem Schutz bewaffnete Wachen anzustellen, aber in diesem Fall würde er sie in einem chilenischen Schoner zu ihrem Ziel schicken, der in einer Woche die Anker lichten würde. Andieta trug seinen einzigen, aus der Mode gekommenen, abgetragenen dunklen Anzug und hatte weder Hut noch Schirm. Flammend blickten seine Augen in der leichenhaften Blässe seines Gesichts, und sein schwarzes Haar glänzte feucht von einem der ersten Herbstregen. Miss Rose kam heraus, um die Fracht in Empfang zu nehmen, und Mama Fresia, die immer die Schlüssel des ganzen Hauses an einem Ring am Gürtel trug, führte ihn zu den Güterschuppen im letzten Patio. Der junge Mann stellte die mitgebrachten indianischen Arbeiter in einer Reihe auf, und sie reichten die Frachtstücke von Hand zu Hand über das schwierige Gelände – die gewundenen Treppen, die aufgesetzten Terrassen und die überflüssigen Laubengänge. Während er zählte, markierte und notierte, machte sich Eliza ihre Fähigkeit zunutze, unsichtbar zu werden, und konnte ihn so nach Lust und Laune beobachten. Zwei Monate zuvor war sie sechzehn geworden, bereit für die Liebe. Als sie Joaquín Andietas Hände mit den langen, tintenbefleckten Fingern sah und seine tiefe, dabei wie Flußrauschen klare und frische Stimme hörte, mit der er den Arbeitern kurze Anweisungen gab, da fühlte sie sich bis ins Innerste angerührt, und ein unbezwingbares Verlangen, sich ihm zu nähern und ihn zu riechen, trieb sie, aus ihrem Versteck hinter dem mit Palmen bepflanzten großen Blumentopf hervorzukommen. Mama Fresia, die schimpfte, weil die Maultiere die Einfahrt verschmutzt hatten, und im übrigen mit den Schlüsseln beschäftigt war, bemerkte nichts, aber Miss Rose sah zufällig aus dem Augenwinkel das gerötete Gesicht des Mädchens. Sie schenkte dem keine Beachtung, der Angestellte ihres Bruders war für sie nur ein Schatten mehr unter den vielen Schatten dieses trüben Tages. Eliza verschwand in der Küche und kam nach wenigen Minuten mit Gläsern und einem Krug Orangensaft zurück, der mit Honig gesüßt war. Sie, die jahrelang ein Buch auf dem Kopf balanciert hatte, ohne sich etwas dabei zu denken, war sich zum ersten Mal in ihrem Leben ihres Ganges bewußt, des Schwungs ihrer Hüften, des genauen Winkels ihrer Arme, des Abstandes zwischen Schultern und Kinn. Sie wollte so schön sein wie Miss Rose damals, als sie, eine strahlende junge Frau, den Findling aus der behelfsmäßigen Wiege eines Marseiller Seifenkartons gehoben hatte; sie wollte singen mit Nachtigallenstimme wie Miss Applegren, wenn sie ihre schottischen Balladen vortrug; sie wollte tanzen mit der unglaublichen Leichtigkeit ihrer Tanzlehrerin, und sie wollte auf der Stelle sterben, vernichtet von einem Gefühl so schneidend und unaufhaltbar wie ein Schwert, das ihr den Mund mit heißem Blut füllte und das sie, noch ehe sie es in Worte fassen konnte, mit dem furchtbaren Gewicht der ersten Liebe niederdrückte.

Eliza stellte das Tablett auf eine Bank und bot die Erfrischung zuerst den Arbeitern an, um Zeit zu gewinnen, bis ihr die Knie nicht mehr zitterten und sie der Starre Herr geworden war, die ihr die Brust lahmte und den Atem raubte, und dann ging sie zu Joaquín Andieta, der von seiner Aufgabe in Anspruch genommen war und kaum den Blick hob, als sie ihm das Glas hinhielt. Dabei trat sie so nahe wie möglich an ihn heran, die Richtung der leichten Brise berechnend, damit sie ihr den Geruch des Mannes brächte, der, so hatte sie beschlossen, der ihre war. Mit halb geschlossenen Augen sog sie seinen Geruch nach feuchter Kleidung, gewöhnlicher Seife und frischem Schweiß ein. Ein Strom glühender Lava durchfuhr sie, ihre Beine drohten nachzugeben, und in einem Augenblick der Panik glaubte sie, sie müsse wirklich sterben. Diese Sekunden waren von solcher Intensität, daß Joaquín Andieta das Heft aus den Händen fiel, als hätte eine fremde Kraft es ihm entrissen, während die Hitze des Feuers auch ihn erreichte und ihn mit dem Widerschein verbrannte. Er blickte Eliza an, ohne sie zu sehen, das Gesicht des Mädchens war ein bleicher Spiegel, in dem er schemenhaft sein eigenes Bild zu erkennen glaubte. Er hatte nur einen vagen Eindruck von ihrer Gestalt und der dunklen Aureole ihres Haars, und erst bei ihrer zweiten Begegnung einige Tage später würde er endlich eintauchen in das Verderben ihrer schwarzen Augen und sich verlieren in der fließenden Anmut ihrer Bewegungen. Beide bückten sich gleichzeitig, um das Heft aufzuheben, ihre Schultern stießen zusammen, und der Inhalt des Glases ergoß sich über ihr Kleid.

»Paß doch auf, was du tust, Eliza!« rief Miss Rose aus – bestürzt, denn der Blitzschlag dieser plötzlichen Liebe hatte auch sie gestreift.

»Geh dich umziehen und wasch das Kleid in kaltem Wasser, vielleicht geht der Fleck ja raus«, fügte sie trocken hinzu.

Aber Eliza, zitternd, von Joaquín Andietas Augen gefangen, rührte sich nicht, stand mit geweiteten Nüstern und sog unverhohlen seinen Geruch ein, bis Miss Rose sie beim Arm packte und mit ins Haus nahm.

»Ich hab dir ja gesagt, Kind, jeder Mann, und wenn er noch so armselig ist, kann mit dir machen, was er will«, erinnerte die India sie an diesem Abend.

»Ich weiß nicht, wovon du sprichst, Mama Fresia«, erwiderte Eliza.

An jenem Herbstmorgen im Patio ihres Hauses glaubte Eliza in Joaquín Andieta ihrem Schicksal zu begegnen: sie würde für immer seine Sklavin sein. Sie hatte noch nicht lange genug gelebt, um das Geschehene zu begreifen, den inneren Aufruhr, der sie schüttelte, in Worte zu kleiden oder einen Plan zu fassen, aber ihr Spürsinn für das Unvermeidliche versagte nicht. Unbestimmt, aber schmerzlich war ihr bewußt, daß sie gefangen war, und ihr Körper reagierte, als hätte eine Seuche sie befallen. Eine Woche lang, bis sie ihn wiedersah, wurde sie von Krämpfen geplagt, gegen die weder Mama Fresias Wunderkräuter noch das in Kirschlikör aufgelöste Arsenpulver des deutschen Apothekers halfen. Sie verlor Gewicht und wurde so leicht wie eine Taube, zum Schrecken von Mama Fresia, die alle Fenster ringsum schloß, damit nicht ein Wind das Mädchen mitriß und über das Meer zum Horizont davontrug. Sie gab ihr alle möglichen Mixturen ein, verbunden mit Beschwörungen aus ihrem umfassenden Repertoire, und als sie begriff, daß nichts fruchten wollte, suchte sie Hilfe bei den katholischen Heiligen. Der Tiefe ihres Koffers entnahm sie einige Münzen von ihren kümmerlichen Ersparnissen, kaufte zwölf Kerzen und machte sich auf, mit dem Pfarrer zu verhandeln. Nachdem sie die Kerzen im sonntäglichen

Hochamt hatte segnen lassen, entzündete sie vor jedem Heiligen in den Seitenkapellen der Kirche eine, im ganzen acht, und stellte drei vor dem Bildnis des heiligen Antonius auf, des Beschützers der ledigen Mädchen ohne Hoffnung, der untreuen Ehefrauen und anderer verlorener Fälle. Die letzte nahm sie zusammen mit einer Haarsträhne und einem Hemd von Eliza mit zu der weit und breit angesehensten Machi. Das war eine alte, von Geburt an blinde Mapuche, Zauberin der weißen Magie, berühmt für ihre unanfechtbaren Weissagungen und ihr gutes Urteil, wenn es galt, Krankheiten des Körpers und Leiden der Seele zu heilen. Mama Fresia hatte ihre Jugendjahre als Lehrling und Dienerin bei dieser Frau verbracht, aber sie konnte nicht in ihre Fußstapfen treten, so heiß sie es sich auch wünschte, weil sie die Gabe nicht hatte. Da war nichts zu machen: entweder man wird mit der Gabe geboren, oder man wird ohne sie geboren. Sie hatte einmal versucht, es Eliza zu erklären, aber ihr fiel einzig dieses ein: die Gabe sei die Fähigkeit, zu sehen, was hinter den Spiegeln ist. Da sie selbst das geheimnisvolle Talent nicht besaß, mußte Mama Fresia ihrem Ehrgeiz, eine Heilerin zu werden, entsagen und bei den Engländern in Dienst gehen.

Die Machi lebte allein in einer Schlucht zwischen

zwei Hügeln in einer Lehmhütte mit Strohdach, die aussah, als könnte sie jeden Augenblick zusammenfallen. Rings um ihre Behausung lagen Felstrümmer und Baumstämme in wirrem Übereinander, in Blechbüchsen wucherten Pflanzen, dazwischen scharrten und kratzten knochendürre Hunde und große schwarze Vögel vergeblich den Boden nach etwas Eßbarem auf. Auf dem Weg zur Hütte erhob sich ein kleiner Hain aus Stöcken, behängt mit Geschenken und Amuletten und aufgepflanzt von zufriedenen Kunden, die damit für erwiesene Hilfe danken wollten. Die alte Frau roch nach allen Heiltränken und Tinkturen und Balsamen, die sie in ihrem Leben zubereitet hatte, sie trug einen Umhang von derselben undefinierbaren Farbe wie der trockene Boden der Landschaft, ihre bloßen Füße waren schmutzig, aber sie war geschmückt mit einer Unzahl Halsketten aus Silbermünzen. Ihr Gesicht war eine verrunzelte dunkle Maske, sie hatte nur noch zwei Zähne im Mund, ihre Augen waren erloschen. Sie empfing ihre ehemalige Schülerin ohne ein Zeichen des Erkennens, nahm die Geschenke, Speisen und eine Flasche Anislikör, entgegen, machte ihr ein Zeichen, sich ihr gegenüberzusetzen, und wartete schweigend. In der Mitte der Hütte glosten ein paar Holzscheite, und der Rauch zog durch ein Loch im Dach ab. An den rußschwarzen Wänden hingen Töpfe aus Ton und Messing, getrocknete Pflanzen und allerlei ausgestopftes Kleingetier. Der schwere Geruch von Kräutern und Heilrinden mischte sich mit dem Gestank toter Tiere. Sie redeten in Mapudungo, der Sprache der Mapuche. Lange lauschte die Magierin der Geschichte Elizas, von ihrer Ankunft im Marseiller Seifenkarton bis zu der jüngst eingetretenen Krise, dann nahm sie die Kerze, die Haarsträhne und das Hemd und verabschiedete die Besucherin mit der Weisung, zurückzukehren, wenn sie ihre Zauber und Wahrsageriten vollendet haben würde.

»Es steht fest, daß es dafür keine Heilung gibt«, verkündete sie zwei Tage später, als Mama Fresia eben über die Schwelle der Hütte trat.

»Wird meine Kleine etwa sterben?«

»Darüber kann ich nichts sagen, aber sie wird viel leiden müssen, da habe ich keinen Zweifel.«

»Was fehlt ihr denn?«

»Versessenheit in der Liebe. Das ist ein sehr beständiges Leiden. Sicherlich hat sie einmal in einer klaren Nacht das Fenster offenstehen lassen, und es ist ihr, während sie schlief, in den Körper gelangt. Dagegen gibt es keine Beschwörung.«

Mama Fresia ging betrübt nach Hause: wenn die

Kunst dieser weisen Machi nicht ausreichte, Elizas Schicksal zu wenden, wieviel weniger konnten dann ihre schwachen Kenntnisse oder die Kerzen der Heiligen nützen.

Miss Rose beobachtete Eliza mit mehr Neugier als Mitgefühl, denn diese Symptome kannte sie gut, und ihrer Erfahrung nach löschten die Zeit und Hindernisse aller Art auch die ärgsten Liebesgluten. Sie war gerade erst siebzehn gewesen, als sie sich unsterblich in einen Wiener Tenor verliebte. Damals lebte sie in England und träumte davon, eine Operndiva zu werden, gegen den hartnäckigen Widerstand ihrer Mutter und ihres Bruders Jeremy, seit dem Tod des Vaters Familienoberhaupt. Keiner der beiden betrachtete das Ariensingen als wünschenswerte Beschäftigung für eine junge Dame, zumal es auf Theaterbühnen, am Abend und in tief ausgeschnittenen Kleidern betrieben wurde. Sie konnte auch nicht mit der Unterstützung durch Bruder John rechnen, der sich der Handelsmarine verschrieben hatte und nur ein paarmal im Jahr und dann stets in Eile zu Hause auftauchte. Er kam und stellte den Alltagstrott der kleinen Familie auf den Kopf, strotzend vor guter Laune und von der Sonne anderer Breiten gebräunt, und führte stolz eine neue Narbe oder Tätowierung vor. Er verteilte Geschenke, traktierte sie mit seinen exotischen Geschichten und verschwand ganz plötzlich mit Kurs aufs East End und seine Hurenhäuser, wo er blieb, bis er wieder an Bord gehen mußte. Die Sommers gehörten zum kleinen Landadel und hegten keine besonderen Ambitionen. Sie besaßen Land, das seit Generationen im Besitz der Familie war, aber der Vater, der stumpfsinnigen Schafe und kümmerlichen Ernten überdrüssig, zog es vor, in London sein Glück zu versuchen. Er liebte die Bücher so sehr, daß er imstande war, Frau und Kindern das Brot vorzuenthalten und sich zu verschulden, um Erstausgaben von seinen Lieblingsautoren zu erwerben, aber ihm mangelte es an der Habgier der echten Sammler. Nach fruchtlosen Versuchen im Geschäftsleben beschloß er, seiner wahren Berufung nachzugeben, und eröffnete einen Laden mit gebrauchten und anderen, von ihm selbst herausgegebenen Büchern. Im rückwärtigen Teil der Buchhandlung richtete er eine kleine Druckerei ein, in der er mit zwei Helfern werkelte, und im Obergeschoß desselben Ladens gedieh im Schildkrötengang sein Geschäft mit seltenen Ausgaben. Von seinen drei Kindern nahm nur Rose Anteil an seiner Arbeit, sie war mit der Leidenschaft für die Musik und für die Bücher aufgewachsen, und wenn sie nicht gerade am Klavier saß oder ihre Stimmübungen machte, konnte man sie in einem Winkel beim Lesen finden. Den Vater jammerte, daß sie die einzige war, die die Bücher liebte, und nicht John oder Jeremy, denen er sein Geschäft hätte vererben können. Nach seinem Tod gaben die Söhne die Buchhandlung und die Druckerei auf, John wandte sich der Seefahrt zu, und Jeremy übernahm die Sorge für seine verwitwete Mutter und seine Schwester. Er bezog ein bescheidenes Gehalt als Angestellter der *British Trading Company* und vom Vater hinterlassene niedrige Pachterträge, hinzu kamen die gelegentlichen Beiträge von Bruder John, die nicht immer in sicherer klingender Münze eintrafen, sondern oft als Schmuggelgut. Jeremy, darob entrüstet, verwahrte diese frevelhaften Kisten ungeöffnet in der Bodenkammer bis zum nächsten Besuch seines Bruders, der es dann selbst übernahm, ihren Inhalt zu verkaufen. Die Familie zog um in eine kleinere Wohnung, die zwar für ihre Verhältnisse zu teuer war, dafür aber günstig im Herzen Londons gelegen, also eine gute Investition – Rose mußte günstig verheiratet werden.

Mit siebzehn Jahren war das junge Mädchen eine erblühende Schönheit, und es fanden sich übergenug gutsituierte Bewerber, die bereit waren, vor Liebe zu sterben, aber während ihre Freundinnen eifrig bemüht waren, einen Ehemann zu suchen, suchte sie einen Gesangslehrer. So lernte sie Karl Bretzner kennen, einen Wiener Tenor, der nach London gekommen war, um in verschiedenen Mozartopern zu singen. Die Aufführungen erreichten ihren Höhepunkt an einem Gala-Abend mit der *Zauberflöte* in Anwesenheit der königlichen Familie. Bretzners Äußeres verriet nichts von seiner großen Begabung: er sah aus wie ein Fleischer. Seinem Körper, behäbiger Bauch und schwächliche Knie, ging jede Eleganz ab, und sein vollblütiges Gesicht mit dem Busch blasser Kräusellocken darüber war eher vulgär, aber wenn er den Mund aufmachte, dann verwandelte er sich in ein anderes Wesen, er wuchs zusehends, der Wanst verschwand in der Breite der Brust, das teutonenrote Gesicht strahlte in olympischem Glanz, und seine mächtige Stimme entzückte alle Welt. So wenigstens sah ihn Rose Sommers, die es schaffte, für jede Vorstellung Eintrittskarten zu ergattern. Sie stand schon lange vor Einlaß am Theater, und den entrüsteten Blicken der Vorübergehenden trotzend, die es nicht gewohnt waren, ein junges Mädchen ihres Standes ohne Begleitung zu sehen, wartete sie stundenlang vor dem Bühneneingang, bis der Maestro aus der Kutsche stieg. Am Abend der Galavorstellung bemerkte der Tenor die auf der Straße stehende Schönheit und ging zu ihr, um sie anzusprechen.

Zitternd beantwortete sie seine Fragen und gestand ihre Bewunderung für ihn und ihren Wunsch, seinen Schritten zu folgen auf dem beschwerlichen, aber göttlichen Weg des Belcanto, wie sie wörtlich sagte.

»Kommen Sie nach der Vorstellung in meine Garderobe, da werden wir sehen, was ich für Sie tun kann«, sagte er mit seiner kostbaren Stimme und einem gerollten R.

Das tat sie dann auch, außer sich vor Seligkeit. Nach den stehenden Ovationen, die das Publikum den Sängern darbrachte, führte ein von Karl Bretzner geschickter Türhüter sie hinter die Kulissen. Sie hatte noch nie hinter die Bühne eines Theaters geblickt, aber sie verlor keine Zeit damit, die sinnreichen Maschinen zum Vortäuschen von Stürmen zu bestaunen oder die gemalten Landschaften auf den Soffitten, ihr einziges Ziel war, ihr Idol kennenzulernen. Sie fand ihn in einem Hausrock aus königsblauem, goldpaspeliertem Samt, sein Gesicht war noch geschminkt, und er trug auch noch die weiße Lockenperücke. Der Türhüter ließ sie allein. Der Raum, voll von Spiegeln, dürftigen Möbelstükken und Vorhängen, roch nach Tabak, Schminke und Moder. In einer Ecke stand ein Paravent, bemalt mit üppigen Frauen in einem türkischen Harem, und an den Wänden hingen auf Bügeln die Kostüme des Tenors. Als Rose ihr Idol so dasitzen sah, sank ihr Enthusiasmus in sich zusammen, aber schon nach wenigen Augenblicken blähte er sich prächtig wieder auf. Bretzner nahm ihre beiden Hände in die seinen, führte sie an die Lippen und küßte sie lange, dann schmetterte er ein hohes C aus voller Brust, daß der Wandschirm mit den Odalisken ins Wackeln geriet. Roses letzte Reste von Prüderie zerfielen in einer Puderwolke, als der Sänger sich mit einer leidenschaftlichen, männlichen Geste die Perücke vom Kopf riß und auf einen Sessel warf, wo sie wie ein totes Kaninchen liegenblieb. Sein Haar wurde von einem dichten Netz plattgedrückt, und mit dem dick geschminkten Gesicht darunter wäre er jedem anderen als Rose wie eine abgelebte Kurtisane vorgekommen.

In ebenjenem Sessel, auf den die Perücke gefallen war, sollte Rose ihm ein paar Tage später, genau um ein Viertel nach drei nachmittags, ihre Jungfräulichkeit opfern. Der Wiener Tenor hatte sie unter dem Vorwand dorthin gelockt, er wolle ihr das Theater zeigen, weil an dem Tag keine Vorstellung sei. Sie trafen sich heimlich in einer Konditorei, wo er sich an fünf Eclairs und zwei Tassen Schokolade delektierte, während sie in ihrem Tee rührte, den sie vor freudig banger Vorahnung nicht schlucken konnte. Dann gingen sie ins Theater. Um diese Zeit waren nur ein paar Frauen zum Saubermachen dort sowie ein Beleuchter, der Öllampen, Fackeln und Kerzen für den folgenden Tag vorbereitete. Karl Bretzner, erfahren in den Gefechten der Liebe, zauberte eine Flasche Champagner hervor und goß jedem ein Glas voll ein, das sie Mozart und Rossini weihten und auf einen Zug leerten. Darauf ließ er das junge Mädchen in der Königsloge Platz nehmen, die von oben bis unten mit Plüsch und pausbäckigen Amoretten und Rosen aus Stuck verziert war, er selbst ging auf die Bühne. Auf einem Säulenstumpf aus bemaltem Pappmaché stehend, beleuchtet von den gerade angezündeten Fackeln, sang er allein für sie eine Arie aus dem *Barbier von Sevilla* und ließ die ganze Geschmeidigkeit und den weichen Schmelz seiner Stimme in endlosen Fiorituren erstrahlen. Als die letzte Note seiner Huldigung erstarb, hörte er Rose schluchzen. Da rannte er los, zu ihr, durchquerte mit verblüffender Behendigkeit den Zuschauersaal, grätschte über die Logenbrüstung und fiel zu ihren Füßen auf die Knie. Atemlos legte er den Kopf auf ihren Schoß und verbarg das Gesicht zwischen den Falten ihres moosfarbenen Seidenrocks. Er weinte mit ihr, denn ganz unerwartet hatte auch er sich verliebt; aus etwas, was wie eine weitere flüchtige Eroberung begonnen hatte, war über Nacht eine glühende Leidenschaft geworden.

Rose und Karl erhoben sich, einander stützend, stolpernd, bestürzt und beglückt angesichts des Unvermeidlichen, und gingen ohne recht zu wissen wie durch einen langen, halbdunklen Gang, stiegen eine kurze Treppe hinauf und standen auf einem Korridor, von dem die Garderoben abgingen. Der Name des Tenors stand in Kursivlettern an einer der Türen. Sie betraten den mit Mobiliar und verstaubten und verschwitzten Gewändern vollgestopften Raum, in dem sie zwei Tage zuvor zum erstenmal allein zusammengewesen waren. Er hatte keine Fenster, und einen Augenblick tauchten sie ein in den Schutz der Dunkelheit, wo sie den in Schluchzern und Seufzern verlorenen Atem zurückgewannen, während er ein Zündholz und dann die fünf Kerzen eines Kandelabers anzündete. In dem gelben Flackerlicht sahen sie sich an, verwirrt und töricht, von einem Sturzbach der Gefühle erfaßt, die nach Ausdruck verlangten, und doch vermochten sie kein Wort zu sprechen. Rose konnte seinem durchdringenden Blick nicht standhalten und verbarg das Gesicht in den Händen, aber er zog sie ihr sacht beiseite, mit der gleichen Zartheit, mit der er morgens seine Brezeln zerkrümelt hatte. Sie begannen sich verweinte Küßchen wie Taubenpicken auf das Gesicht zu geben, die ganz natürlich zu ernsthaften Küssen überleiteten. Rose hatte romantische, aber flüchtige Begegnungen mit einigen ihrer Bewerber gehabt, und einige von ihnen hatten ihre Wangen mit den Lippen gestreift, aber niemals hätte sie sich vorgestellt, daß man zu einem solchen Grad der Intimität gelangen könne – daß eine andere Zunge sich so mit der ihren verschlingen werde wie eine mutwillige Schlange und der fremde Speichel sie außen benetzen und innen durchfluten werde, aber der anfängliche Widerwille wurde bald von dem Drängen ihrer Jugend und ihrer Begeisterung für die Oper besiegt. Nicht nur, daß sie die Liebkosungen mit gleicher Inbrunst zurückgab, sie übernahm nun die Initiative, legte ihren Hut ab und das kleine graue Persianercape, das ihre Schultern bedeckte. Daß sie sich die Jacke aufknöpfen ließ und dann die Bluse, verstand sich schon von selbst. Das junge Mädchen wußte Schritt für Schritt dem Tanz der Vereinigung zu folgen, geleitet vom Instinkt und der hitzigen Lektüre verbotener Bücher, die sie verstohlen aus den Bücherregalen ihres Vaters entwendet hatte. Dies war der denkwürdigste Tag ihres Lebens, und sie würde in den kommenden Jahren noch die geringsten Kleinigkeiten, ausgeschmückt und überhöht, im Gedächtnis parat halten. Es sollte ihre einzige Quelle sein, aus der sie Erfahrung und Wissen schöpfte, der einzige Antrieb, aus dem sie ihre Phantasien nährte und Jahre später die geheime Kunst schuf, die sie in bestimmten Kreisen berühmt machte. Dieser wunderbare Tag konnte an Stärke nur mit jenem Märzmorgen zwei Jahre später in Valparaíso verglichen werden, als sie die neugeborene Eliza in die Arme nahm als Trost für die Kinder, die sie nicht haben, für die Männer, die sie nicht lieben, und für das Heim, das sie nie gründen würde.

Der Wiener Tenor erwies sich als erfahrener Liebhaber. Er liebte und kannte die Frauen von Grund auf, aber er war fähig, die vielfältigen Liebschaften der Vergangenheit aus der Erinnerung zu löschen, die Ernüchterung zahlreicher Abschiede, die Eifersüchteleien, Ausschweifungen, Lügen und Täuschungen anderer Beziehungen, um sich in völliger Unschuld der kurzen Leidenschaft für Rose Sommers auszuliefern. Seine Erfahrung rührte nicht aus kläglichen Umarmungen mit billigen Huren; Bretzner war stolz darauf, daß er nie für das Vergnügen hatte bezahlen müssen, Frauen aller Schattierungen, von hochmütigen Stubenmädchen bis zu bescheidenen Komtessen, gaben sich ihm bedingungslos hin, wenn sie ihn singen gehört hatten. Er lernte die Künste der Liebe zur gleichen Zeit, wie er die des Gesanges lernte. Zehn Jahre zählte er, als sich die Frau in ihn verliebte, die seine Mentorin werden sollte, eine Französin mit den Augen eines Tigers und Brüsten aus purem Alabaster und alt genug, daß sie seine Mutter hätte sein können. Sie selbst war mit dreizehn Jahren in Frankreich durch Donatien-Alphonse-François de Sade eingeweiht worden. Als Tochter eines Kerkermeisters der Bastille hatte sie den berühmten Marquis in einer schmutzigen Zelle kennengelernt, wo er beim Schein einer Kerze seine perversen Geschichten schrieb. Sie beobachtete ihn gern aus reiner kindlicher Neugier durch das Guckloch in der Tür, ohne zu ahnen, daß ihr Vater sie für eine goldene Uhr verkauft hatte, den letzten Besitz des verarmten Adligen. Eines Morgens, als sie wieder einmal durch das Guckloch spähte, nahm ihr Vater den großen Schlüsselbund vom Gürtel, schloß die Tür auf und stieß das Mädchen in die Zelle, wie man einem Löwen Futter hinwirft. Was dort geschah, blieb ihr immer im irrealen Licht eines wüsten Traums, aber jedenfalls harrte sie bei Sade aus, folgte ihm aus dem Kerker in das schlimmere Elend der Freiheit und lernte alles, was er sie lehren konnte. Als der Marquis 1801 in die Irrenanstalt von Charenton gesperrt wurde, stand sie auf der Straße, ohne einen Franc, aber im Besitz umfassender Kenntnisse des Liebesspiels, die ihr zu einem zweiundfünfzig Jahre älteren und sehr reichen Ehemann verhalfen. Der Mann starb schon nach kurzem Eheleben, ausgehöhlt von den Exzessen seiner jungen Frau, und sie war endlich nicht nur frei, sondern hatte auch genügend Geld, um zu tun, wozu sie Lust hatte. Sie war vierunddreißig Jahre alt, hatte die Lehrzeit bei dem Marquis überlebt, Armut und Hunger ihrer Jugend, die Wirren der französischen Revolution, den Schrekken der napoleonischen Kriege, und nun mußte sie die diktatorischen Härten des Empire ertragen. Sie hatte es satt, und ihr Geist verlangte nach Ruhe. Sie beschloß, sich einen sicheren Ort zu suchen, wo sie den Rest ihrer Tage in Frieden verbringen konnte, und entschied sich für Wien. Dort lernte sie Karl Bretzner kennen, den Sohn ihrer Nachbarn, ein Kind von kaum zehn Jahren, aber er sang damals schon im Kirchenchor wie eine Nachtigall. Ihr, Freundin und Vertraute der Familie Bretzner, hatte der Kleine es zu verdanken, daß er in jenem Jahr nicht kastriert wurde, um seine Cherubstimme zu erhalten, wie der Kantor vorgeschlagen hatte.

»Rührt ihn nicht an, und in kurzer Zeit wird er der strahlendste Tenor Europas sein«, prophezeite die schöne Nachbarin. Sie irrte sich nicht.

Trotz des riesigen Altersunterschiedes wuchs zwischen ihr und dem kleinen Karl eine ungewöhnliche Beziehung. Sie bewunderte seine Reinheit der Gefühle und die Hingabe an die Musik; er hatte in ihr die Muse gefunden, die ihm nicht nur die Männlichkeit gerettet hatte, sondern ihn auch lehrte, sie zu gebrauchen. In der Zeit, in der er endgültig die Stimme wechselte und anfing, sich zu rasieren, hatte er die sprichwörtliche Geschicklichkeit ehemaliger Sängerknaben entwickelt, eine Frau in Formen zu befriedigen, von denen wackere Ehemänner nur träumen. Bei Rose Sommers ging er es sanft an. Kein feuriger Angriff in einem Wirbel allzu gewagter Liebkosungen, denn hier verbot es sich, mit Tricks aus dem Serail zu schocken, entschied er, ohne zu ahnen, daß seine Schülerin ihn in weniger als drei einprägsamen Lektionen an Erfindungsgabe übertreffen würde. Er pflegte die Einzelheiten sehr sorgfältig zu behandeln und kannte die betörende Macht des richtigen Wortes in der Stunde der Liebe. Mit der linken Hand knöpfte er ihr einen nach dem anderen die kleinen Perlmuttknöpfe im Rücken auf, während er ihr mit der rechten die Haarnadeln löste, ohne dabei mit den Küssen aus dem Rhythmus zu geraten, die er mit Schmeicheleien durchwob. Er sprach zu ihr von ihrer niedlichen Figur, der durchsichtigen Weiße ihrer Haut, der klassischen Rundung von Hals und Schultern, die in ihm einen Brand entfachten, eine hemmungslose Tollheit.

»Du machst mich verrückt. Ich weiß nicht, was mit mir geschieht, niemals habe ich eine Frau so geliebt wie dich, niemals werde ich wieder so lieben. Diese Begegnung haben die Götter gewollt, wir sind dazu bestimmt, uns zu lieben«, flüsterte er ihr eins ums andere Mal ins Ohr.

Er sagte ihr sein komplettes Repertoire her, aber er tat es ohne Hintergedanken, zutiefst überzeugt von seiner eigenen Ehrlichkeit und staunend entzückt von Rose. Er löste die Schlaufen des Korsetts und befreite sie von ihren Unterröcken, bis sie nur noch die langen Batistunterhosen und ein Nichts von einem Hemdchen trug, das die Erdbeeren ihrer Brüste durchscheinen ließ. Er zog ihr weder die korduanledernen Stiefel mit den geschwungenen Absätzen aus noch die weißen, an den Knien mit bestickten Bändern gehaltenen Strümpfe. Hier hielt er inne, keuchend, mit einem mächtigen Tosen in der Brust, überzeugt, daß Rose Sommers die schönste Frau des Universums war, ein Engel war, und daß sein Herz in Stücke zerspringen würde, wenn er sich nicht beruhigte. Er hob sie mühelos auf die Arme, ging durch den Raum und stellte sie vor einen großen Spiegel mit vergoldetem Rahmen. Das gelbe Licht der Kerzen und die Theaterkostüme, die in einem Durcheinander von Brokatgewändern, Federbüschen, Samtumhängen und ausgebleichten Spitzenfichus an den Wänden hingen, gaben der Szene einen Anflug von Unwirklichkeit.

Wehrlos, trunken vor Erregung, betrachtete Rose sich im Spiegel und erkannte diese Frau nicht, die da in der Unterwäsche stand, mit zerwühltem Haar und tränennassen Wangen, und der ein ebenfalls unbekannter Mann den Nacken küßte und die zarten Brüste liebkoste. Diese Atempause gab dem Tenor Zeit, ein wenig von der im ersten Ansturm verlorengegangenen Klarheit zurückzugewinnen. Er begann sich vor dem Spiegel auszuziehen, ohne Scham, und das muß man sagen – er sah nackt viel besser aus als angekleidet. Er braucht einen guten Schneider, dachte Rose, die noch nie einen nackten Mann gesehen hatte, nicht einmal als Kind ihre Brüder, und ihre Kenntnis aus den übertriebenen Beschreibungen der pikanten Bücher und einigen japanischen Ansichtskarten bezogen hatte, die sie einmal in Johns Gepäck entdeckte und wo die männlichen Organe schlicht optimistische Proportionen besaßen. Der steife rosafarbene Zapfen, der vor ihren Augen erschien, erschreckte sie nicht, wie Karl Bretzner gefürchtet hatte, sondern reizte sie zu einem nicht zu unterdrückenden fröhlichen Gelächter. Das gab allem, was nun folgte, den Ton an. Statt der feierlichen und eher schmerzvollen Zeremonie, die eine Entjungferung zu sein pflegt, ergötzten sie sich an spielerischen Bocksprüngen, verfolgten einander durch den Raum, sprangen wie die Kinder über die Möbel, tranken den Rest Champagner und öffneten eine neue Flasche, um sich mit dem schäumenden Strahl zu bespritzen, sagten sich lachend Unflätigkeiten und flüsternd Liebesschwüre, bissen sich und leckten sich und wühlten gewaltig in dem Sumpf der brandneuen Liebe, den ganzen Nachmittag und bis in den Abend, und dachten weder an die Zeit noch an das übrige Weltall. Nur sie allein existierten. Der Wiener Tenor führte Rose zu epischen Höhen, und sie, strebsame Schülerin, folgte ihm, ohne zu schwanken, und einmal auf dem Gipfel, fing sie an, ein überraschendes Naturtalent, selber zu fliegen, ließ sich von Anzeichen leiten, fragte, was sie nicht erraten konnte, blendete den Maestro und besiegte ihn schließlich mit ihrer improvisierten Geschicklichkeit und dem verwirrenden Geschenk ihrer Liebe.

Als es ihnen endlich gelang, sich voneinander zu lösen und wieder in der Wirklichkeit zu landen, war es zehn Uhr abends. Das Theater war leer, draußen herrschte Dunkelheit, und zum Überfluß hatte sich ein Nebel so dick wie Eierschnee breitgemacht.

Nun begann zwischen den Liebenden ein frenetischer Austausch von kleinen Botschaften, Blumen, Süßigkeiten, abgeschriebenen Versen und kleinen sentimentalen Reliquien, solange die Theatersaison in London dauerte. Sie trafen sich, wo sie nur konnten, die Leidenschaft vertrieb alle Vorsicht. Um Zeit zu gewinnen, suchten sie sich Hotelzimmer in der Nähe des Theaters, gleichgültig gegen die Möglichkeit, erkannt zu werden. Rose schlüpfte unter lächerlichen Vorwänden aus dem Haus, und ihre tief besorgte Mutter sagte Jeremy nichts von ihrem Verdacht und betete, daß das hemmungslose Treiben ihrer Tochter nur vorübergehend sein und ohne Spuren wieder verschwinden möge. Karl Bretzner kam zu spät zu den Proben, und vom vielen Nacktausziehen zu jeder Stunde erkältete er sich und konnte in zwei Vorstellungen nicht singen, aber weit davon entfernt, es zu beklagen, nutzte er die Zeit zum Lieben, eine durch die Fieberschauer gesteigerte Liebe. Er erschien in dem gemieteten Zimmer mit Blumen für Rose, Champagner zum Anstoßen und

Bespritzen, Cremekuchen, in Eile geschriebenen und im Bett zu lesenden Gedichten, aromatischen Ölen, um bislang versiegelt gewesene Zonen damit einzureiben, erotischen Büchern, die sie durchblätterten auf der Suche nach den inspiriertesten Stellen, Straußenfedern, sich damit zu kitzeln, und einer Unmenge weiterer Kleinigkeiten und Hilfsmittelchen für ihre Spiele. Die junge Frau fühlte, daß sie sich wie eine fleischfressende Pflanze öffnete, sie strömte sündige Düfte aus, um den Mann anzulocken wie ein Insekt, ihn zu zerquetschen, zu verschlucken, zu verdauen und schließlich seine zersplitterten Knöchelchen auszuspucken. Unerträgliche Energie beherrschte sie, würgte sie, nicht einen Augenblick konnte sie ruhig sein, die Ungeduld verzehrte sie. Währenddessen plätscherte Karl Bretzner in zielloser Konfusion, einmal berauscht bis zur Raserei, dann wieder ausgeblutet, bemüht, seine musikalischen Verpflichtungen zu erfüllen, aber er verschlechterte sich unüberhörbar, und die Kritiker, unbarmherzig, wie sie sind, sagten, Mozart drehe sich im Grabe herum, wenn er höre, wie der Wiener Tenor seine Musik behandle oder besser verschandle.

Die Liebenden sahen in panischer Angst den Augenblick der Trennung und eine erste Gefährdung ihrer Liebe herannahen. Sie redeten hin und her, wollten nach Brasilien fliehen, wollten gemeinsam Selbstmord begehen, aber nie erwähnten sie die Möglichkeit einer Heirat. Schließlich war das Verlangen zu leben stärker als die Verlockung des Liebestodes, und nach der letzten Vorstellung nahmen sie eine Kutsche und fuhren in den Norden Englands, um in einem ländlichen Gasthaus Urlaub zu machen. Sie hatten beschlossen, diese Tage in der Anonymität zu genießen, bevor Karl nach Italien abreiste, wo er weiteren Verpflichtungen nachkommen mußte. Rose würde mit ihm in Wien wieder zusammentreffen, wenn er eine passende Wohnung gefunden, seine Angelegenheiten geordnet und ihr Geld für die Reise geschickt hätte.

Sie waren beim Frühstück unter einem Vordach auf dem Balkon des kleinen Gasthauses, die Beine unter einer Wolldecke, denn die Luft an der Küste war schneidend kalt, als Jeremy Sommers über sie hereinbrach, entrüstet und feierlich wie ein Prophet. Rose hatte so viele Spuren hinterlassen, daß es für ihren älteren Bruder ein leichtes gewesen war, ihren Aufenthaltsort ausfindig zu machen und ihr in dieses abgelegene Seebad zu folgen. Als sie ihn sah, stieß sie einen Schrei eher der Überraschung als des Schreckens aus, denn die Liebe machte sie mutig. In diesem Augenblick ging ihr zum erstenmal auf, was sie getan hatte, und sie begriff, daß erhebliche Konsequenzen auf sie zukamen. Sie sprang auf, entschlossen, ihr Recht auf ein Leben nach ihrem Belieben zu verteidigen, aber ihr Bruder ließ sie nicht zu Worte kommen und wandte sich direkt an den Tenor.

»Sie schulden meiner Schwester eine Erklärung. Ich vermute, Sie haben ihr nicht gesagt, daß Sie verheiratet sind und zwei Kinder haben«, herrschte er den Verführer an.

Das war das einzige, was Karl Bretzner Rose zu erzählen unterlassen hatte. Sie hatten geredet bis zur Übersättigung, er hatte ihr bis in die intimsten Einzelheiten alles über seine früheren Amouren anvertraut, ohne die Extravaganzen des Marquis de Sade zu vergessen, die ihm seine Mentorin, die Französin mit den Tigeraugen, erzählt hatte, denn Rose zeigte eine unbändige Neugier und wollte alles wissen – wann mit wem und vor allem wie er geliebt hatte, von seinem zehnten Lebensjahr an bis einen Tag bevor er sie kennenlernte. Und er sagte ihr alles ohne Skrupel, als er gewahr wurde, wie gern sie es hörte und wie sie es in die eigene Theorie und Praxis einbezog. Aber von der Ehefrau und den Kindern hatte er kein Wort verloren – aus Mitgefühl mit dieser schönen Jungfrau, die sich ihm bedingungslos dargeboten hatte. Er hatte den Zauber dieser Begegnung nicht zerstören wollen: Rose Sommers verdiente es, ihre erste Liebe voll zu genießen.

»Sie schulden mir Genugtuung«, sagte Jeremy Sommers herausfordernd und schlug ihm den Handschuh ins Gesicht.

Karl Bretzner war ein Mann von Welt und würde nicht die Barbarei begehen, sich zu duellieren. Er begriff, daß der Augenblick gekommen war, sich zurückzuziehen, und es schmerzte ihn, daß er nicht ein paar Minuten allein mit Rose sprechen und versuchen konnte, ihr die Dinge zu erklären. Er wollte sie nicht so verlassen, mit gebrochenem Herzen und dem Gedanken, er hätte sie gewissenlos verführt, um sie danach zu verlassen. Er mußte ihr unbedingt noch einmal sagen, wie sehr er sie wirklich liebte, und es tat ihm bitter leid, daß er nicht frei war, um ihrer beider Träume zu erfüllen, aber er las in Jeremy Sommers' Gesicht, daß der es ihm nicht erlauben würde. Jeremy nahm seine Schwester, die wie betäubt aussah, beim Arm und führte sie mit festem Griff zur Kutsche, ohne ihr die Möglichkeit zu geben, von ihrem Liebhaber Abschied zu nehmen oder ihr bißchen Gepäck zu holen. Er brachte sie in das Haus einer Tante in Schottland, wo sie bleiben sollte, bis Klarheit über ihren Zustand herrschte. Wenn das schlimmste Unheil, wie er die Schwangerschaft nannte, wahr werden sollte, wären ihr Leben wie die Ehre der Familie für immer ruiniert.

»Zu niemandem ein Wort darüber, nicht einmal zu Mama oder zu John, hast du verstanden?« war das einzige, was er während der Fahrt sagte.

Rose lebte ein paar Wochen in Ängsten, bis sich herausstellte, daß sie nicht schwanger war. Die Tatsache entrang ihr einen Seufzer unendlicher Erleichterung, als hätte der Himmel sie losgesprochen. Drei weitere Monate verbrachte sie in Selbstkasteiung, strickte für die Armen, las und schrieb heimlich und vergoß nicht eine einzige Träne. Während dieser Zeit dachte sie über ihr Schicksal nach, und etwas in ihr verwandelte sich, und als sie ihre Klausur im Haus der Tante beendet hatte, war sie ein anderer Mensch. Nur sie war sich der Veränderung bewußt. Sie kehrte zurück nach London, wie sie fortgegangen war, heiter, ruhig, interessiert an Gesang und an Lektüre wie vor ihrer großen Affäre, ohne ein Wort des Grolls gegen Jeremy, weil er sie aus den Armen des Geliebten gerissen hatte, ohne Sehnsucht nach dem Mann zu äußern, der sie betrogen hatte, olympisch in ihrer Haltung gegenüber dem Klatsch im Bekanntenkreis und den Trauergesichtern ihrer Familie. An der Oberfläche schien sie dasselbe Mädchen wie zuvor zu sein, und nicht einmal ihre Mutter konnte in ihrem vollendeten Betragen einen Riß entdecken, der ihr einen Vorwurf oder einen Rat erlaubt hätte. Die einzige Veränderung in Roses Verhalten war die Laune, sich stundenlang in ihrem Zimmer einzuschließen und zu schreiben. Mit ihrer winzig kleinen Schrift füllte sie Dutzende von Heften, die sie streng unter Verschluß hielt. Aber sie versuchte niemals, einen Brief fortzuschicken, wie Jeremy feststellte, und da er nichts mehr fürchtete, als ausgelacht zu werden, machte er sich weiter keine Sorgen wegen dieser neuen Schreiberei und nahm an, seine Schwester sei vernünftig geworden und habe den unseligen Wiener Tenor vergessen. Aber sie hatte ihn nicht nur nicht vergessen, sie erinnerte sich sogar mit tagheller Klarheit an jede Einzelheit des Geschehenen und an jedes gesprochene oder geflüsterte Wort. Das einzige, was sie gänzlich aus ihrem Gedächtnis auslöschte, war der Betrug und ihre Enttäuschung. Karl Bretzners Frau und Kinder verschwanden ganz einfach, sie hatten nun einmal keinen Platz auf dem riesigen Fresko ihrer Liebeserinnerungen.

Ihr Aufenthalt im Haus der Tante hatte nicht ausgereicht, dem Gerede entgegenzuwirken, aber da die Gerüchte nicht bestätigt werden konnten, wagte niemand, die Familie ins Gesicht hinein zu kränken. Einer nach dem anderen kehrten die Verehrer zurück, die Rose vorher so stürmisch umworben hatten, aber sie schickte alle fort und redete sich mit der Krankheit ihrer Mutter heraus, die an einem Krebsgeschwür litt. Was man verschweigt, das ist, als wäre es nie gewesen, behauptete Jeremy, entschlossen, mit Schweigen jede Spur dieser Affäre zu tilgen. Roses peinliche Eskapade hing im Limbus der nichtgenannten Dinge, wenn auch die Geschwister bisweilen dahingehende Anspielungen machten, die den Groll frisch erhielten, sie aber auch in dem geteilten Geheimnis vereinten. Jahre später, als es niemanden mehr berührte, wagte Rose, die ganze Sache ihrem Bruder John zu erzählen, vor dem sie immer die Rolle des verhätschelten, unschuldigen kleinen Mädchens gespielt hatte. Kurz nach dem Tode der Mutter wurde Jeremy Sommers die Leitung des Kontors der *British Trading Company* in Chile angeboten. Er reiste ab mit seiner Schwester Rose, und sie nahmen das Geheimnis mit ans andere Ende der Welt.

Sie kamen 1830 zum Ende des Winters in Valparaíso an, als es noch ein Dorf war, aber es gab schon europäische Handelsgesellschaften und Familien. Rose betrachtete Chile als ihre Strafe und nahm sie stoisch an, sie fügte sich darein, ihren Fehltritt mit dieser unwiderruflichen Verbannung zu bezahlen, und sie ließ nicht zu, daß irgend jemand, schon gar nicht ihr Bruder Jeremy, etwas von ihrer Verzweiflung ahnte. Ihre Disziplin, die ihr nicht erlaubte, sich zu beklagen oder auch nur im Schlaf von dem verlorenen Geliebten zu sprechen, hielt sie aufrecht, wenn Schwierigkeiten sie niederzudrücken drohten. Sie richtete sich in dem Hotel, das sie anfangs bewohnten, so gut wie möglich ein und war entschlossen, sich vor starkem Wind und Feuchtigkeit zu hüten, denn in Valparaíso hatte sich die Diphtherie ausgebreitet, und die örtlichen Bader bekämpften sie mit grausamen und nutzlosen Operationen, dazu mit ungeeigneten Messern. Der Frühling und dann der Sommer sänftigten ein wenig den schlechten Eindruck, den sie von dem fremden Land bekommen hatte. Sie entschied sich, London zu vergessen und das Beste aus ihrer neuen Situation zu machen, trotz der provinziellen Umgebung und des Seewindes, der sie bis auf die Knochen durchdrang selbst an sonnigen Mittagen. Sie überzeugte ihren Bruder – und der das Kontor – von der Notwendigkeit, ein anständiges Haus auf den Namen der Firma zu erwerben und Möbel aus London kommen zu lassen. Sie stellte es als eine Frage der Autorität und des Prestiges dar: es gehe wirklich nicht an, daß der Repräsentant einer so bedeutenden Firma in einem so erbärmlichen Hotel untergebracht sei. Achtzehn Monate später, als die kleine Eliza in ihrem Leben auftauchte, lebten die Geschwister in dem großen Haus auf dem Cerro Alegre, Miss Rose hatte den verflossenen Geliebten in ein Fach ihres Gedächtnisses verbannt und ging ganz darin auf, einen Vorzugsplatz in der Gesellschaft zu erobern. In den folgenden Jahren wuchs Valparaíso und modernisierte sich mit der gleichen Schnelligkeit, mit der Rose die Vergangenheit hinter sich ließ und sich in die hinreißende und anscheinend glückliche Frau verwandelte, die elf Jahre später Jacob Todd erobern sollte. Der falsche Missionar war nicht der erste, den sie abwies, sie war einfach nicht daran interessiert, zu heiraten. Sie hatte eine ungewöhnliche Lösung gefunden, wie sie in ihrem amour fou mit Karl Bretzner verbleiben konnte: indem sie jeden einzelnen Augenblick ihrer feurigen Leidenschaft wieder aufleben ließ und manchen anderen in der Stille ihrer einsamen Nächte erfundenen Taumel.

Niemand konnte besser wissen als Miss Rose, was in Elizas liebeskranker Seele vor sich ging. Sie erriet sofort, um welchen Mann es ging, nur ein Blinder konnte die Verbindung zwischen den Fieberkrämpfen des Mädchens und dem Angestellten ihres Bruders übersehen, der die Schatzkisten für Feliciano Rodríguez de Santa Cruz bei ihnen abgeliefert hatte. Im ersten Impuls wollte sie den Jungen als unbedeutenden armen Schlucker abtun, aber sehr schnell erinnerte sie sich, daß auch sie seine gefährliche Anziehungskraft verspürt hatte. Gewiß, sie hatte als erstes auf seinen geflickten Anzug und seine unheimliche Blässe geachtet, aber ein zweiter Blick genügte, um die in ihm brennende leidenschaftliche Unbedingtheit zu erkennen. Während sie im Nähstübchen saß und wütend auf ihre Stickerei einstach, grübelte sie erbittert über diese Ohrfeige des Schicksals, die ihre Pläne, für Eliza einen netten, vermögenden Mann zu finden, einfach zerschlug. In ihren Gedanken lief eine ganze Kette von Intrigen ab, um diese Liebe zu vernichten, noch ehe sie begonnen hatte, von der Möglichkeit, Eliza nach England in ein Internat für junge Mädchen oder nach Schottland zu ihrer alten

Tante zu schicken, bis zu dem Einfall, ihrem Bruder die Wahrheit hinzuknallen, damit er seinen Angestellten vor die Tür setzte. Dennoch, im Grunde ihres Herzens keimte ganz gegen ihren Willen der heimliche Wunsch, Eliza würde ihre Leidenschaft ausleben, bis sie sie voll ausgeschöpft hatte, um die ungeheure Leere wettzumachen, die vor achtzehn Jahren der Tenor in ihrem eigenen Leben hinterlassen hatte.

Inzwischen schlichen für Eliza die Stunden mit erdrückender Langsamkeit, während in ihrem Herzen wirre Gefühle tobten. Sie wußte nicht, ob es Tag, ob es Nacht war, ob Dienstag oder Freitag, ob ein paar Stunden vergangen waren oder Jahre, seit sie diesen jungen Mann kennengelernt hatte. Manchmal war ihr, als würde ihr Blut plötzlich zu Schaum und als bedeckte ihre Haut sich mit Pusteln – Empfindungen, die ebenso schnell und unerklärlich wieder verschwanden, wie sie gekommen waren. Sie sah den Geliebten überall: in dunklen Winkeln, in den Formen der Wolken, in der Tasse Tee und vor allem im Traum. Sie wußte nicht, wie er hieß, und getraute sich nicht, Jeremy Sommers danach zu fragen, weil sie fürchtete, befremdetes Stirnrunzeln zu ernten, aber sie unterhielt sich stundenlang damit, sich einen Namen auszudenken, der zu ihm passen würde.

Sie brauchte verzweifelt einen Menschen, mit dem sie über ihre Liebe sprechen konnte, jede Einzelheit seines kurzen Besuches zerpflücken, bereden und überlegen, was sie verschwiegen hatten, was sie sich hätten sagen müssen und was sie sich mit Blicken und Erröten gesagt hatten und über Absichten nachdenken, aber da war niemand, dem sie vertrauen konnte. Sie wünschte sehnlichst einen Besuch von Kapitän John Sommers herbei, diesem Onkel mit dem Hang zum Freibeuter, der die faszinierendste Persönlichkeit ihrer Kindheit gewesen war, dem einzigen, der sie verstehen und ihr in dieser Not helfen könnte. Sie zweifelte nicht, daß Jeremy Sommers, wenn er je etwas erfahren sollte, dem kleinen Angestellten seiner Firma einen gnadenlosen Krieg liefern würde, und wie Miss Rose sich verhalten würde, war nicht vorauszusehen. Je weniger man hier im Hause wußte, entschied sie, um so mehr Handlungsfreiheit würden sie und ihr zukünftiger Bräutigam haben. Niemals stellte sie sich vor, wie es wäre, wenn ihre Gefühle nicht mit der gleichen Stärke erwidert würden, denn für sie war es einfach unmöglich, daß eine so überwältigende Liebe nur sie allein erschüttern sollte. Einfachste Logik und simple Gerechtigkeit sprachen dafür, daß irgendwo in der Stadt er die gleichen köstlichen Qualen litt.

Eliza versteckte sich, um ihren Körper an geheimen, vorher nie erforschten Stellen zu berühren. Sie schloß die Augen, und da war es seine Hand, die sie mit vogelleichter Zartheit liebkoste, es waren seine Lippen, die sie im Spiegel berührte, sein Körper, den sie mit dem Kopfkissen umarmte, sein Liebesflüstern, das der Wind zu ihr trug. Nicht einmal ihre Träume konnten der Macht Joaquín Andietas entgehen. Sie sah ihn wie einen riesigen Schatten erscheinen, der sich über sie warf und sie auf tausend aberwitzige und verwirrende Arten verschlang. Liebender, Dämon, Erzengel, sie wußte es nicht. Sie wollte nicht aufwachen und wendete mit fanatischer Entschlossenheit die von Mama Fresia gelernte Fähigkeit an, nach Wunsch und Willen in einen Traum einzutreten oder ihn zu verlassen. Sie beherrschte diese Kunst schließlich in einem solchen Grad, daß ihr illusorischer Geliebter leiblich gegenwärtig wurde und sie ihn berühren und beriechen konnte und ganz klar und ganz nah seine Stimme hörte. Wenn sie nur immer schlafen könnte, würde sie nichts weiter brauchen: sie würde ihn von ihrem Bett aus für immer lieben können. Sie wäre im Fieberwahn dieser Leidenschaft zugrunde gegangen, wenn nicht Joaquín Andieta eine Woche später im Haus vorgesprochen hätte, um die bewußte kostbare Fracht abzuholen und an den Kunden im Norden zu schikken.

In der Nacht davor hatte sie gewußt, daß er kommen würde, aber nicht aus Instinkt oder Vorahnung, wie sie Jahre später andeutete, als sie es Tao Chi'en erzählte, sondern weil sie am Abend gehört hatte, wie Jeremy Sommers es seiner Schwester und Mama Fresia mitteilte.

»Die Fracht wird von demselben Angestellten abgeholt werden, der sie gebracht hat«, fügte er beim Hinausgehen hinzu und ahnte nicht, welchen Sturm von Emotionen seine Worte aus verschiedenen Gründen bei den drei Frauen entfesselten.

Eliza verbrachte den Morgen auf der Terrasse und ließ den Weg nicht aus den Augen, der bergauf zum Haus führte. Gegen Mittag sah sie den Karren kommen, von sechs Maultieren gezogen und gefolgt von berittenen und bewaffneten Peones. Eine eisige Ruhe kam über sie, ihr war, als wäre sie gestorben. Sie merkte nicht, daß Miss Rose und Mama Fresia sie vom Haus aus beobachteten.

»Mit soviel Mühe großgezogen, und sie verliebt sich in den erstbesten Kerl, der ihr über den Weg läuft!« murmelte Miss Rose.

Sie hatte beschlossen, ihr möglichstes zu tun, um das Unheil abzuwenden, allerdings ohne rechte Überzeugung, denn sie kannte nur allzugut die Verstockheit der ersten Liebe.

»Ich werde die Ladung übergeben. Sag Eliza, sie soll ins Haus kommen, und laß sie nicht hinaus, unter keiner Begründung«, ordnete sie an.

»Und wie soll ich das machen?« fragte Mama Fresia verdrossen.

»Notfalls schließt du sie ein.«

»Schließen Sie sie ein, wenn Sie können. Packen Sie das nicht mir auf«, antwortete Mama Fresia und schlurfte hinaus.

Es stellte sich als unmöglich heraus, das Mädchen daran zu hindern, daß sie auf Joaquín Andieta zuging und ihm einen Brief aushändigte. Sie tat es ganz offen und sah ihm dabei in die Augen, und das mit so wilder Entschlossenheit, daß Miss Rose nicht den Mut aufbrachte, sie festzuhalten, und ebensowenig Mama Fresia wagte, sich dazwischenzustellen. Da begriffen die Frauen, daß der Zauber unvorstellbar viel stärker war und daß es weder genügend verschlossene Türen noch geweihte Kerzen geben werde, um ihn zu beschwören.

Auch den jungen Mann hatte die ganze Woche lang die Erinnerung an das Mädchen nicht losgelassen, die er für die Tochter seines Vorgesetzten Jeremy Sommers hielt, weshalb sie für ihn absolut unerreichbar war. Er ahnte nicht, welchen Eindruck er auf sie gemacht hatte, und ihm kam auch gar nicht in den Sinn, daß sie ihm neulich, als sie ihm jenes denkwürdige Glas Orangensaft anbot, ihre Liebe erklärt hatte, und deshalb erschrak er jetzt fürchterlich, als sie ihm einen geschlossenen Briefumschlag überreichte. Verlegen steckte er ihn in die Tasche und überwachte weiter das Verladen der Kisten auf den Karren, während ihm die Ohren brannten, sein Hemd sich mit Schweiß tränkte und ein Fieberschauer ihm über den Rücken lief. Aufrecht, regungslos, schweigend beobachtete Eliza ihn wenige Schritte entfernt, sie gab nicht zu erkennen, ob sie Miss Roses wütendes Gesicht bemerkte oder Mama Fresias betrübtes. Als die letzte Kiste auf dem Karren festgeschnallt war und die Maultiere zum Abstieg gewendet wurden, entschuldigte Joaquín Andieta sich bei Miss Rose für die Unannehmlichkeiten, grüßte Eliza mit einem kurzen Neigen des Kopfes und machte sich davon, so schnell er konnte.

Elizas Brief enthielt nur zwei Zeilen mit der Angabe, wann und wo sie sich treffen sollten. Die Strategie war von solcher Einfachheit und Kühnheit, daß man hätte meinen können, das Mädchen sei äußerst erfahren in schamloser Direktheit: Joaquín sollte sich in drei Tagen um neun Uhr abends in der

Maríahilfkapelle einfinden, die auf dem Cerro Alegre nicht weit vom Haus der Sommers errichtet worden war als Schutz für Wanderer. Eliza wählte die Kapelle der Nähe wegen und das Datum, weil es auf einen Mittwoch fiel. Miss Rose, Mama Fresia und die Dienstboten würden mit dem Abendessen beschäftigt sein, und niemand würde es merken, wenn sie für eine Weile verschwand. Seit dem Abgang des vergrämten Michael Steward gab es keinen Grund mehr für Lustbarkeiten, und der vorzeitig hereingebrochene Winter eignete sich auch nicht dafür, aber Miss Rose hielt am Brauch der musikalischen Abendgesellschaften fest, um die Gerüchte zu entschärfen, die auf ihre Kosten die Runde machten. Die geselligen Abende nach dem Fortbleiben Stewards aufzukündigen wäre dem Eingeständnis gleichgekommen, daß er zuletzt der einzige Grund dafür gewesen war.

Schon um sieben Uhr abends hatte Joaquín Andieta sich am angegebenen Ort eingestellt und wartete ungeduldig. Von weitem sah er das strahlend erleuchtete Haus, den Vorbeizug der Wagen mit den Gästen und die brennenden Laternen der Kutscher. Ein paarmal mußte er sich verstecken, wenn er das

Nachtwächterduo heranstapfen hörte, das die vom Wind immer wieder ausgeblasenen Lampen der Kapelle überprüfte. Der kleine rechteckige Ziegelbau mit dem bemalten Holzkreuz darauf war nur wenig größer als ein Beichtstuhl und beherbergte ein gipsernes Standbild der Jungfrau. Auf einer Platte standen Reihen erloschener Votivkerzen und eine Amphore mit verwelkten Blumen. Es war eine Vollmondnacht, aber schwere Wolken zogen über den Himmel und schwärzten immer wieder die Mondhelle. Pünktlich um neun Uhr spürte er die Gegenwart des Mädchens und erblickte ihre Gestalt, die vom Kopf bis zu den Füßen in einen dunklen Umhang gehüllt war.

»Ich habe auf Sie gewartet, Señorita«, war das einzige, was ihm zu stottern einfiel, und er kam sich dabei vor wie ein Idiot.

»Ich habe immer auf dich gewartet«, erwiderte sie, ohne auch nur einen Augenblick zu zögern.

Sie nahm den Umhang ab, und Joaquín sah, daß sie festlich gekleidet war. Den Rock hatte sie aufgeschürzt und trug Pantöffelchen an den Füßen, und ihre weißen Strümpfe und die wildledernen Schuhe hielt sie in der Hand, um sie auf dem Weg nicht zu beschmutzen. Das schwarze, in der Mitte gescheitelte Haar war zu zwei Zöpfen geflochten, die von

Atlasschleifen zusammengehalten wurden. Sie setzten sich hinten in der Kapelle auf den Umhang, den sie über den Boden gebreitet hatte, verborgen hinter der Statue, schweigend, dicht nebeneinander, doch ohne sich zu berühren. In dem sanften Halbdunkel wagten sie lange Zeit nicht, einander anzusehen, verwirrt durch die plötzliche Nähe, die gleiche Luft atmend und gleichermaßen brennend trotz der schon kühlen Nacht.

»Ich heiße Eliza Sommers«, sagte sie endlich.

»Und ich Joaquín Andieta«, erwiderte er.

»Ich hab mir eingebildet, du heißt Sebastián.«

»Wieso?«

»Weil du dem heiligen Sebastian ähnelst, dem Märtyrer. Ich geh nicht in die Papistenkirche, ich bin protestantisch, aber Mama Fresia hat mich ein paarmal mitgenommen, um ihr Gelübde zu halten.«

Hiermit endete die Unterhaltung, weil sie sich weiter nichts zu sagen wußten; sie warfen sich aus dem Augwinkel Blicke zu, und beide erröteten gleichzeitig. Eliza nahm seinen Geruch nach Seife und Schweiß wahr, aber sie traute sich nicht, mit der Nase näher heranzugehen, wie sie es gern getan hätte. Die einzigen Geräusche in der Kapelle waren das Sausen des Windes und das aufgeregte Atmen der beiden. Nach wenigen Minuten erklärte sie, sie müsse wieder nach Hause, bevor man ihr Fehlen bemerkte, und sie drückten sich zum Abschied die Hände. So trafen sie sich auch an den folgenden Mittwochabenden, immer zu verschiedenen Zeiten und für wenige Minuten. Bei jeder dieser kurzen Begegnungen kamen sie mit Riesenschritten weiter voran in der Trunkenheit und den Qualen der Liebe. Sie erzählten sich hastig das Nötigste, denn Worte schienen nur Zeitverlust, und bald schon nahmen sie sich bei der Hand und redeten so weiter, immer enger zusammengerückt, je näher die Seelen einander kamen, bis sie sich am fünften Mittwochabend auf die Lippen küßten, anfangs probend, dann erkundend und endlich ganz an die Lust verloren, die sie innerlich verzehrte. Bislang hatten sie nur gedrängte Zusammenfassungen von Elizas sechzehn und Joaquíns einundzwanzig Jahren getauscht. Sie unterhielten sich über das unwahrscheinliche Körbchen mit den Batistlaken und dem Nerzdeckchen ebenso wie über den Marseiller Seifenkarton, und Joaquín war ungeheuer erleichtert, daß sie nicht die Tochter von einem der Sommers war, sondern von ungewisser Herkunft wie er selber auch, wenn auch gesellschaftlich ein Abgrund sie trennte. Eliza erfuhr, daß Joaquín die Frucht einer schnellen Liebe war, der Vater machte sich aus dem Staub mit der gleichen Geschwindigkeit, mit der er seinen Samen eingepflanzt hatte, und der Junge wuchs auf mit dem Nachnamen seiner Mutter – den seines Vaters kannte er nicht – und als Bastard gezeichnet, was jedem Schritt auf seinem Wege Schranken setzte. Die Familie verstieß die entehrte Tochter aus ihrem Schoß und wollte von dem unehelichen Kind nichts wissen. Die Großeltern und die Onkel und Tanten, Geschäftsleute und Beamte einer in Vorurteilen festgefahrenen Mittelklasse, lebten in derselben Stadt nur wenige Straßen entfernt, doch sie begegneten sich nie. Sie gingen am Sonntag in dieselbe Kirche, aber zu verschiedenen Zeiten, denn die Armen besuchten die Mittagsmesse nicht. Mit dem Schandmal behaftet, spielte Joaquín nicht auf denselben Spielplätzen, noch ging er in dieselben Schulen wie seine Vettern, doch er trug ihre abgelegten Anzüge und vergnügte sich mit ihren alten Spielsachen, die eine mitleidige Tante über gewundene Umwege der verstoßenen Schwester zukommen ließ. Joaquíns Mutter hatte weniger Glück gehabt als Miss Rose und bezahlte ihre Schwäche sehr viel teurer. Beide Frauen waren fast gleichaltrig, aber während die Engländerin blühend jung aussah, war die andere verbraucht vom Elend, von Auszehrung und von der trübsinnigen Beschäftigung, beim Licht einer

Kerze Aussteuern für Bräute zu besticken. Das Unglück hatte ihre Würde nicht geschmälert, und sie erzog ihren Sohn in den unverbrüchlichen Grundsätzen der Ehre. Joaquín hatte sehr früh gelernt, den Kopf hoch zu tragen und jedem Anzeichen von Verhöhnung oder herablassendem Mitleid die Stirn zu bieten.

»Eines Tages werde ich meine Mutter aus diesem elenden Loch herausholen«, versprach Joaquín bei ihren Flüstergesprächen in der Kapelle. »Ich werde ihr ein anständiges Leben verschaffen wie das, was sie hatte, bevor sie alles verlor...«

»Sie hat nicht alles verloren. Sie hat einen Sohn«, entgegnete Eliza.

»Ich war ihr Unglück.«

»Ihr Unglück war, daß sie sich in einen schlechten Mann verliebte. Du bist ihre Erlösung«, entschied Eliza.

Da die Treffen der jungen Leute so kurz waren und nie zur gleichen Zeit stattfanden, konnte Miss Rose nicht Tag und Nacht ununterbrochen Wache halten. Sie wußte, daß etwas hinter ihrem Rücken vor sich ging, aber sie brachte nicht die Niedertracht auf, Eliza einzuschließen oder aufs Land zu schikken, wie es die Pflicht gebot, und sie verzichtete auch darauf, zu Jeremy von ihrem Verdacht zu sprechen. Sie nahm an, daß Eliza und ihr Liebster Briefe wechselten, aber es gelang ihr nicht, auch nur einen abzufangen, obwohl sie die gesamte Dienerschaft mobil machte. Die Briefe existierten und waren von solchem Feuer, daß Miss Rose, wenn sie sie gelesen hätte, sich ganz klein vorgekommen wäre. Joaquín schickte sie nicht, sondern übergab sie Eliza bei jedem ihrer Treffen. Darin sagte er ihr in den fiebrigsten Worten, was er von Angesicht zu Angesicht aus Stolz und aus Scham nicht auszusprechen wagte. Sie versteckte sie in einer Blechdose dreißig Zentimeter unter der Erde in dem kleinen Gemüsegarten, wo sie täglich Mama Fresias Heilkräuter zu versorgen vorgab. Diese Blätter, tausendmal in gestohlenen Augenblicken gelesen, waren die Hauptnahrung für ihre Leidenschaft, denn sie enthüllten eine Seite in Joaquín Andieta, die nie zum Vorschein kam, wenn sie zusammen waren. Es war, als wären sie von einem anderen Menschen geschrieben. Dieser stolze, immer abwehrbereite, finstere und zerquälte junge Mann, der sie wie rasend umarmte und dann von sich stieß, als verbrennte ihn die Berührung, öffnete beim Schreiben die Schleusen seiner Seele und schilderte seine Gefühle wie ein Dichter. Später, wenn Eliza Jahre hindurch die ungewissen Spuren Joaquín Andietas verfolgen würde, sollten ihr die Briefe den einzigen Anhaltspunkt für die Wahrheit bieten, den unwiderlegbaren Beweis, daß diese ungestüme Liebe nicht eine Ausgeburt ihrer Jungmädchenphantasie gewesen war, sondern daß sie existierte, ein kurzer Segen und eine lange Qual.

Seit jenem ersten Mittwochabend in der Kapelle waren Elizas Koliken spurlos verflogen, und nichts in ihrem Verhalten oder ihrem Aussehen verriet ihr Geheimnis außer dem abgründigen Glanz ihrer Augen und dem immer häufiger angewandten Talent, sich unsichtbar zu machen. Bisweilen schien es, als wäre sie an verschiedenen Orten gleichzeitig, und alle Welt war verwirrt, oder besser, niemand konnte sich erinnern, wann oder wo er sie zum letztenmal gesehen hatte, und gerade dann, wenn alle nach ihr rufen wollten, materialisierte sie sich und benahm sich so, als ahnte sie gar nicht, daß sie gesucht wurde. Ein andermal war sie mit Miss Rose im Nähstübchen oder bereitete mit Mama Fresia das Essen zu, aber sie war so schweigsam und durchsichtig geworden, daß keine der beiden Frauen das Gefühl hatte, sie wirklich zu sehen. Ihre Gegenwart war in ihrer Zartheit kaum wahrnehmbar, und wenn sie verschwand, wurde sie erst Stunden später vermißt.

»Du bist wie ein Geist! Ich habe es satt, nach dir zu suchen. Ich wünsche nicht, daß du aus dem Haus gehst oder dich weiter entfernst, als ich dich sehen kann«, befahl Miss Rose ihr wiederholt.

»Mach doch Lärm, Kind, um Gottes willen! Wie soll ich dich denn sehen, wenn du so still bist wie ein Kaninchen?« zankte Mama Fresia.

Eliza sagte zu allem ja, sicher, und tat dann, wozu sie Lust hatte, wußte es aber so einzurichten, daß sie dem Anschein nach gehorchte und keiner böse auf sie wurde. In wenigen Tagen entwickelte sie eine verblüffende Geschicklichkeit, die Wirklichkeit zu verwirren, als hätte sie sich ihr Leben lang in der Kunst der Magier geübt. Angesichts der Unmöglichkeit, sie bei einer Widersprüchlichkeit oder einer beweisbaren Lüge zu ertappen, entschied Miss Rose sich dafür, ihr Vertrauen zu gewinnen, und kam bei jeder sich nur bietenden Gelegenheit auf das Thema Liebe zu sprechen. Anlässe dazu gab es mehr als genug: Klatsch über Freundinnen, romantische Romane, die sie beide gelesen hatten, oder Libretti der neuen italienischen Opern, die sie auswendig lernten, aber Eliza ließ kein Wort fallen, das ihre Gefühle verraten hätte. Miss Rose suchte vergeblich das Haus nach verräterischen Spuren ab, durchwühlte die Wäsche und das Zimmer des jungen Mädchens, kehrte ihre Sammlung von Puppen und Spieldosen, ihre Bücher und Hefte um und um, konnte aber ihr Tagebuch nicht finden. Hätte sie es entdeckt, wäre sie um eine Enttäuschung reicher gewesen, denn auf seinen Seiten war Joaquín Andieta nicht einmal dem Namen nach erwähnt. Eliza schrieb nur, um ihre Erinnerung zu stützen. Dieses Tagebuch enthielt so ziemlich alles, von ihren immer wiederkehrenden Träumen bis zu der unendlichen Liste von Kochrezepten und Ratschlägen für den Haushalt, etwa wie man ein Huhn mästet oder einen Fettfleck beseitigt. Darin standen auch Gedanken über ihre Herkunft, das prächtige Körbchen und den Marseiller Seifenkarton, aber nicht ein Wort über Joaquín Andieta. Sie brauchte kein Tagebuch, um sich an ihn zu erinnern. Erst manche Jahre später würde sie darin von ihrer Mittwochsliebe erzählen.

Dann endlich in einer Nacht trafen sich die jungen Leute nicht in der Kapelle, sondern im Haus der Sommers. Bis es dazu kam, war Eliza durch die Folter unzähliger Zweifel gegangen, denn sie begriff, daß dies ein endgültiger Schritt war. Schon allein dadurch, daß sie heimlich ohne Aufsicht zusammen waren, verlor sie die Ehre, den kostbarsten Schatz eines Mädchens, ohne den für sie keine Zukunft mehr möglich war. »Eine Frau ohne Anstand ist nichts wert, sie wird nie eine Ehefrau und Mutter sein können, besser, sie bindet sich gleich einen Stein um den Hals und geht ins Wasser«, hatte man ihr eingehämmert. Sie wußte, es gab keinen Milderungsgrund für den Fehler, den sie begehen würde, was sie tat, tat sie planvoll und mit Vorbedacht. Um zwei Uhr nachts, als in der Stadt alles schlief und nur die Nachtwächter in der Dunkelheit ihre Runden gingen, schlich sich Joaquín Andieta wie ein Dieb über die Terrasse durchs Fenster in die Bibliothek, wo Eliza barfuß und im Nachthemd ihn erwartete, zitternd vor Kälte und Angst. Sie nahm ihn bei der Hand und führte ihn durch das stockfinstere Haus zu einem Hinterzimmer, wo in großen Schränken die Kleidung der Familie aufbewahrt wurde und in verschiedenen Truhen die Materialien für Kleider und Hüte, die Miss Rose im Verlauf der Jahre abgetragen und wieder tragbar gemacht hatte. Auf dem Fußboden lagen, von Leintüchern bedeckt und in Form gehalten, die Vorhänge aus dem Salon und dem Speisezimmer und warteten auf die nächste Saison. Eliza schien es der sicherste Ort zu sein, weit entfernt von den Schlafzimmern. Auf alle Fälle hatte sie vorsorglich Baldrian in das Gläschen Anislikör getan, das Miss Rose vor dem Schlafengehen trank, und in den Brandy, an dem Jeremy sich labte, wenn er nach dem Abendessen seine kubanische Zigarre rauchte. Sie kannte jeden Zentimeter des Hauses, wußte genau, wo der Fußboden knarrte und wie man die Türen öffnete, damit sie nicht quietschten, sie hätte Joaquín mit geschlossenen Augen führen können, und er folgte ihr, gehorsam und bleich vor Furcht, und überhörte die Stimme des Gewissens ebenso wie die seiner Mutter, die ihm unerbittlich den Ehrenkodex eines anständigen Mannes vorhielt. Niemals werde ich Eliza antun, was mein Vater meiner Mutter antat, sagte er sich, während er an der Hand des Mädchens vorwärtstappte, und wußte doch, daß alle Überlegung nutzlos war, denn er war bereits besiegt von dem ungestümen Verlangen, das ihm keine Ruhe ließ, seit er sie das erste Mal gesehen hatte. Eliza schlug sich inzwischen mit den mahnenden Stimmen herum, die ihr im Kopf dröhnten, gegen den Drang des Instinkts mit seinen wunderbaren Tricks. Sie hatte keine klare Vorstellung davon, was in dem Schrankzimmer geschehen würde, aber ergeben hatte sie sich so und so.

Das Haus der Sommers, das in der Luft hing wie eine der Gnade des Windes ausgelieferte Spinne, war unmöglich warm zu halten, trotz der Kohlebekken, die die Dienstboten sieben Monate lang im Jahr entzündeten. Die Laken waren ständig feucht von dem durchdringenden Hauch des Meeres, und man schlief mit heißen Wärmflaschen an den Füßen. Der einzige immer warme Raum war die Küche, wo der mit Holz beheizte Herd, ein Monstrum zu vielfältigem Gebrauch, niemals ausging. In den Stürmen des Winters krachte es im Gebälk, Bretter und Dielen lösten sich, und das Skelett des Hauses schien drauf und dran, davonzusegeln wie eine alte Fregatte. Miss Rose gewöhnte sich nie an die Pazifikstürme, ebensowenig, wie sie sich an die fast täglichen Erdstöße gewöhnte. Die echten Erdbeben, solche, die die Welt auf den Kopf stellten, ereigneten sich rund alle sechs Jahre, und jedesmal bewies sie eine erstaunliche Kaltblütigkeit, aber das dauernde Gezitter verdarb ihr die Laune. Niemals wollte sie das Porzellan und die Gläser auf Borden zu ebener Erde abstellen, wie es die Chilenen taten, und als der Geschirrschrank im Speisezimmer so schwankte, daß alle Teller herunterkrachten, verfluchte sie das Land aus vollem Halse. Im unteren Stockwerk befand sich der Aufbewahrungsraum, wo auf dem dicken Packen Vorhänge aus geblümter Cretonne, die im Sommer die schweren grünen Samtvorhänge des Salons ersetzten, Eliza und Joaquín sich liebten. Sie liebten sich umgeben von strengen Schränken, Schachteln mit Hüten und Koffern mit Miss Roses

Frühlingskleidern. Weder die Kälte noch der Naphthalingeruch ernüchterten sie, denn sie waren weit jenseits aller praktischen Unzulänglichkeiten, weit jenseits der Angst vor den Folgen und weit hinaus über ihre eigene Welpenunbeholfenheit. Sie wußten nicht, wie man es tat, aber sie erfanden es im Tun, betäubt und verwirrt, in tiefem Schweigen führten sie sich gegenseitig ohne große Fertigkeit. Mit seinen einundzwanzig Jahren war er ebenso jungfräulich wie sie. Mit vierzehn hatte er es sich zum Ziel gesetzt, seiner Mutter zu Gefallen Priester zu werden, aber mit sechzehn machte er sich mit aufklärerischer Lektüre vertraut, erklärte sich zum Feind aller Pfaffen, wenn auch nicht der Religion, und beschloß, keusch zu bleiben, bis er seinen Vorsatz ausgeführt hatte, seine Mutter aus der Wohnkaserne herauszuholen. Das schien ihm eine geringe Wiedergutmachung für die zahllosen Opfer, die sie um seinetwillen gebracht hatte. Trotz der Jungfräulichkeit und der schrecklichen Angst, überrascht zu werden, gelang es den jungen Leuten doch, in der Dunkelheit zu finden, was sie suchten. Sie öffneten Knöpfe, wo Knöpfe waren, lösten Bänder, legten die Scham ab und entdeckten sich nackt, eins den Atem und den Speichel des andern trinkend. Sie sogen wilde Gerüche ein, taten fiebrig dieses hierhin und jenes dorthin in dem ehrlichen Bemühen, die Rätsel zu entziffern, den tiefsten Grund des andern zu erreichen und sich zu zweit im selben Abgrund zu verlieren. Die Sommervorhänge wurden befleckt mit heißem Schweiß, jungfräulichem Blut und männlichem Samen, aber keiner der beiden nahm diese Liebeszeichen wahr. In der Dunkelheit konnten sie kaum den Umriß des andern erkennen oder den Raum, der ihnen blieb, ohne im Aufruhr der Umarmungen die Stapel der Schachteln umzustürzen und die schweren Kleiderschränke zum Wanken zu bringen. Sie segneten den Wind und den Regen, der auf das Dach prasselte, weil er das Knarren des Fußbodens übertönte, aber so laut dröhnte der Galopp ihrer Herzen und ihr verzücktes Keuchen und ihre Liebesseufzer, daß man sich nur verwundern konnte, wieso nicht das ganze Haus davon geweckt wurde.

Im Morgengrauen verschwand Joaquín durch dasselbe Fenster der Bibliothek, und Eliza ging völlig erschöpft zu Bett. Während sie unter mehreren Zudecken schlief, brauchte er den Hügel hinab in dem Sturm zwei Stunden. Er durchquerte die Stadt, immer auf der Hut, daß die Wachen ihn nicht bemerkten, und kam zu Hause an, als eben die Kirchenglokken zu läuten anhoben und zur ersten Messe riefen. Er hatte vor, ganz leise einzutreten, sich zu waschen, den Hemdkragen zu wechseln und zur Arbeit zu gehen, in dem nassen Anzug, denn er hatte keinen anderen, aber seine Mutter war wach und erwartete ihn mit heißem Wasser für den Mate und geröstetem Brot, wie jeden Morgen.

»Wo bist du gewesen, Junge?« fragte sie ihn so traurig, daß er sie nicht belügen konnte.

»Die Liebe entdecken, Mama«, antwortete er und umarmte sie strahlend.

Joaquín Andieta hatte sich einer politischen Idee verschrieben, die kein Echo fand in diesem Land der praktischen und vernünftigen Leute. Er war ein fanatischer Verfechter der Theorien von Lamennais geworden, den er ebenso wie die Enzyklopädisten in ziemlich dürftigen und konfusen Übersetzungen aus dem Französischen las. Wie sein Lehrer trat er für katholischen Liberalismus in der Politik und für die Trennung von Staat und Kirche ein. Er nannte sich einen Urchristen, wie es die Apostel und die Märtyrer gewesen seien, aber einen Feind der Priester, der Verräter Jesu und seiner wahren Lehre, wie er sagte, und verglich sie mit Blutegeln, die sich von der Leichtgläubigkeit der Frommen ernährten. Er hütete sich jedoch, solcherlei Ideen vor seiner Mutter auszusprechen, die der Kummer darüber getötet hätte. Er betrachtete sich auch als Feind der Oligarchie, weil sie wertlos und dekadent sei, und der Regierung, weil sie nicht die Interessen des Volkes vertrete, sondern die der Reichen, wie seine politischen Freunde bei den Zusammenkünften in der Buchhandlung Santos Tornero mit zahllosen Beispielen beweisen konnten und wie er Eliza geduldig erklärte, die ihm kaum zuhörte, weil ihr mehr an seinem Geruch als an seinen Reden lag. Der Junge war bereit, sein Leben aufs Spiel zu setzen für die nutzlose Glorie eines flüchtig aufstrahlenden Heldentums, aber er hatte eine tiefsitzende Angst davor, Eliza in die Augen zu sehen und von seinen Gefühlen zu sprechen. Sie machten es zur Gewohnheit, sich in demselben Raum mit den Schränken, der nun ihr Nest war, mindestens einmal in der Woche zu lieben. Sie hatten so wenig kostbare gemeinsame Stunden für sich, daß Eliza es einfach unsinnig fand, sie mit Philosophieren zu vergeuden; wenn geredet werden sollte, dann wollte sie lieber etwas über seine Vorlieben, seine Mutter oder seine Vergangenheit hören und über seine Pläne, sie eines Tages zu heiraten. Sie hätte alles dafür gegeben, wenn er ihr von Angesicht zu Angesicht die wundervollen Sätze gesagt hätte, die er in seinen Briefen schrieb. Zum

Beispiel, daß es leichter sei, die Absichten des Windes oder die Sanftmut der Wellen am Strand zu messen als die Stärke seiner Liebe; daß keine noch so eisige Winternacht das immerwährende Feuer seiner Leidenschaft abzukühlen vermöchte; daß er die Tage träumend und die Nächte schlaflos verbringe, unablässig heimgesucht vom Wahnsinn der Erinnerungen und mit der Angst eines Verurteilten die Stunden zählend, die ihn noch von ihrer erneuten Umarmung trennten; »Du bist mein Engel und mein Verderben, bist Du bei mir, erlange ich göttliche Ekstase, und bist Du fern, steige ich in die Hölle hinab – worin besteht diese Macht, die Du über mich ausübst, Eliza? Sprich mir nicht von morgen oder gestern, ich lebe nur für heute, für diesen Augenblick, in dem ich wieder in die unendliche Nacht Deiner dunklen Augen eintauche.« Genährt von Miss Roses Romanen und den Dichtern der Romantik, deren Verse sie auswendig kannte, verlor das Mädchen sich in dem berauschenden Entzücken, sich wie eine Göttin angebetet zu fühlen, und erkannte nicht die Unstimmigkeit zwischen diesen flammenden Erklärungen und der realen Person Joaquín Andieta. In den Briefen verwandelte er sich in den vollkommenen Geliebten, der fähig war, seine Leidenschaft mit so engelhaftem Atem zu beschreiben, daß Schuld und Furcht dahinschwanden und dem schrankenlosen Überschwang der Sinne Platz machten. Niemand hatte jemals so geliebt, unter allen Sterblichen waren sie auserwählt für eine einzigartige Leidenschaft, schrieb Joaquín in seinen Briefen, und Eliza glaubte ihm. Und dennoch war seine Liebe hastig, hungrig, er liebte, ohne es zu genießen, als wäre er einem Laster verfallen und von Schuldgefühl verzehrt. Er nahm sich nicht die Zeit, ihren Körper kennenzulernen oder den eigenen zu entdecken, die Macht des Verlangens und der Verheimlichung überwältigten ihn. Ihm schien, als reichte ihnen nie die Zeit, obwohl Eliza ihn beruhigte und ihm erklärte, daß bei Nacht nie jemand in diesen Raum komme, daß die Sommers ihren Betäubungsschlaf schliefen, Mama Fresia desgleichen in ihrer Hütte im Patio, und daß die Zimmer der übrigen Dienstboten außer Hörweite lägen. Der Instinkt schürte die Kühnheit des Mädchens und stachelte sie an, die vielfachen Möglichkeiten der Lust zu erforschen, aber sie lernte bald sich zurückzuhalten. Ihre Initiativen im Liebesspiel versetzten Joaquín in die Defensive, er fühlte sich kritisiert, verletzt und in seiner Männlichkeit bedroht. Die bösesten Vermutungen peinigten ihn, denn er konnte sich soviel natürliche Sinnlichkeit in einem Kind von sechzehn Jahren nicht vorstellen, dessen einziger Horizont die Wände seines Hauses waren. Die Furcht vor einer Schwangerschaft verschlimmerte alles, denn keiner der beiden wußte, wie man sie verhinderte. Joaquín hatte eine vage Vorstellung davon, wie die Befruchtung vor sich ging, und nahm an, wenn er sich rechtzeitig zurückziehe, seien sie sicher, aber das gelang ihm nicht immer. Er bemerkte sehr wohl Elizas Enttäuschung, aber er wußte nicht, wie er sie trösten sollte, und statt es zu versuchen, flüchtete er sich in seine Rolle als intellektueller Mentor, wo er sich sicher fühlte. Während sie sich danach sehnte, liebkost zu werden oder wenigstens an der Schulter des Geliebten auszuruhen, löste er sich von ihr, zog sich hastig an und vergeudete die kostbare Zeit, die ihnen noch verblieb, indem er immer neue Argumente für dieselben hundertmal wiederholten politischen Ideen vom Stapel ließ. Diese mißratenen Umarmungen beunruhigten Eliza sehr, aber sie wagte nicht, es zuzugeben, nicht einmal in der tiefsten Tiefe ihres Bewußtseins, denn das hieße ja, die Bedeutung der Liebe in Frage zu stellen. Worauf sie in die Falle geriet: sie bemitleidete und entschuldigte ihren Liebsten und dachte, wenn sie mehr Zeit hätten und einen sicheren Ort, dann würden sie sich richtig gut lieben. Viel schöner als der Liebesakt waren die Stunden danach, wenn sie erfand, was nicht gewesen war, und in den Nächten träumte, was vielleicht das nächste Mal im Zimmer der Schränke geschehen würde.

Mit demselben Ernst, mit dem sie all ihre Handlungen betrieb, machte sie sich nun an die Aufgabe, ihren Geliebten zu idealisieren, bis er ihr zur Besessenheit wurde. Sie wünschte sonst nichts, als ihm bedingungslos zu dienen bis ans Ende ihrer Tage, sich zu opfern und zu leiden, um ihre Selbstverleugnung zu beweisen, für ihn zu sterben, wenn es nötig sein sollte. Geblendet durch den Zauber dieser ersten Leidenschaft, merkte sie nicht, daß diese nicht mit gleicher Intensität erwidert wurde. Ihr Liebhaber war niemals ganz gegenwärtig. Noch in den wildesten Umarmungen auf dem Vorhängelager war sein Geist nicht beteiligt, sondern bereit, sich anderweitig zu ergehen, oder schon fort. Er gab sich nur halb, flüchtig, in einem entnervenden chinesischen Schattenspiel, aber beim Abschied, wenn Eliza ganz nahe daran war, in Tränen auszubrechen, überreichte er ihr einen seiner wundervollen Briefe. Dann verwandelte sich für Eliza das ganze Universum in einen Spiegel, dessen einziger Zweck es war, ihre Gefühle zurückzustrahlen. Der mühseligen Aufgabe der absoluten Verliebtheit unterworfen, zweifelte sie nicht an Joaquíns Fähigkeit der vorbehaltlosen Hingabe und wollte sein doppeltes Gesicht nicht sehen. Sie hatte einen vollkommenen Geliebten erfunden und fütterte diese Schimäre mit Hartnäckigkeit. Ihre Einbildungskraft entschädigte sie für die unergiebigen Umarmungen ihres Geliebten, die sie in dem dunklen Limbus des unbefriedigten Verlangens verloren zurückließen.

ZWEITER TEIL

1848-1849

Die Nachricht

Am 21. September, dem Tag des Frühlingsanfangs nach Miss Roses Kalender, wurden die Räume gelüftet, die Betten und Decken in die Sonne gelegt, die Möbel gewachst und die Fenstervorhänge des Salons ausgewechselt. Mama Fresia wusch die geblümten Cretonnegardinen ohne Kommentar, sie war überzeugt, daß die getrockneten Flecken von Ratten stammten. Im Patio bereitete sie große Tongefäße mit heißer Waschlauge und Panamarinde vor und weichte die Vorhänge einen ganzen Tag darin ein, stärkte sie nach dem Waschen in Reiswasser und ließ sie in der Sonne trocknen; dann wurden sie von zwei Frauen gebügelt, und als sie wieder wie neu waren, wurden sie aufgehängt, um die junge Jahreszeit zu begrüßen. Eliza und Joaquín, gleichgültig gegenüber Miss Roses Frühlingsturbulenzen, liebten sich nunmehr auf den grünen Samtvorhängen, die weicher waren als die aus Cretonne. Es war nicht mehr kalt, und die Nächte waren klar. Sie liebten sich nun schon seit drei Monaten, und Joaquíns Briefe, gewürzt mit poetischen Wendungen und flammensprühenden Liebeserklärungen, waren erheblich seltener geworden. Eliza litt, wenn ihr Geliebter wieder so abwesend war, manchmal umarmte sie ein Phantom. Sosehr das unbefriedigte Verlangen sie auch schmerzte und die ständigen Heimlichkeiten sie belasteten, hatte das Mädchen doch nach außenhin ihre Ruhe wiedererlangt. Sie verbrachte die Stunden des Tages mit denselben Beschäftigungen wie vorher, unterhielt sich mit ihren Büchern und Klavierübungen oder betätigte sich eifrig in der Küche und im Nähstübchen, ohne die geringste Lust zu bezeigen, aus dem Haus zu gehen, aber wenn Miss Rose sie um ihre Begleitung bat, folgte sie ihr bereitwillig wie jemand, der nichts Besseres zu tun hat. Sie ging früh schlafen und stand früh auf wie immer, sie hatte guten Appetit und sah gesund aus, aber Miss Rose und Mama Fresia waren nicht so leicht zu täuschen. Sie ließen sie nicht aus den Augen. Sie bezweifelten, daß der Liebesrausch so plötzlich verpufft sein sollte, aber als Wochen vergingen und Eliza noch immer keine Spur von Verstörtheit zeigte, legte sich ihre Wachsamkeit allmählich. Vielleicht waren die Kerzen für den heiligen Antonius doch etwas nütze gewesen, überlegte die India; vielleicht war es ja gar keine Liebe gewesen, dachte Miss Rose ohne viel Überzeugung.

Die Nachricht von den Goldfunden in Kalifornien hatte Chile im August erreicht. Anfangs war es nur ein verrücktes Gerede von betrunkenen Seeleuten in den Bordellen von El Almendral gewesen, aber ein paar Tage später meldete der Kapitän des Schoners »Adelaida«, daß die Hälfte seiner Matrosen in San Francisco desertiert sei.

»Das Gold ist überall, du kannst es mit der Schaufel einsacken! Man hat Klumpen so groß wie Orangen gesehn! Jeder, der ein bißchen Mumm hat, kann da glatt Millionär werden!« erzählte er, keuchend vor Begeisterung.

Zu Beginn dieses Jahres hatte nahe der Mühle eines Schweizer Farmers am Ufer des American River ein gewisser Marshall im Wasser ein Plättchen Gold gefunden. Dieses gelbe Partikelchen, das den Wahnsinn entfesselte, wurde entdeckt neun Tage nachdem der Krieg zwischen Mexiko und den Vereinigten Staaten mit der Unterzeichnung des Vertrages von Guadalupe Hidalgo beendet worden war. Als sich die Neuigkeit verbreitete, gehörte Kalifornien nicht mehr zu Mexiko. Bevor bekannt wurde, daß dieses Land auf einem unerschöpflichen Schatz saß, war niemandem viel daran gelegen gewesen; für die Amerikaner war es Indianergebiet, und die Pioniere zogen es vor, Oregon zu erobern, wo sich, wie sie glaubten, die Landwirtschaft besser betreiben lasse. Mexiko betrachtete es als eine Ansammlung von Spielhöllen und Gaunern und ließ sich nicht herab, seine Truppen hinzuschicken, um es während des Krieges zu verteidigen. Bald nach dem Fund verkündete Sam Brannan, Herausgeber einer Zeitung und Mormonenprediger, der entsandt worden war, um seinen Glauben zu verbreiten, die Neuigkeit auf den Straßen von San Francisco. Vielleicht hätten sie ihm nicht geglaubt, sein Ruf war ein wenig zwielichtig – es ging das Gerücht, er habe schlechten Gebrauch von dem Geld Gottes gemacht, und als die Mormonenkirche verlangte, er solle es zurückgeben, habe er erwidert, das werde er gern tun, gegen eine von Gott unterschriebene Quittung –, aber er stützte seine Worte mit einer Flasche voller Goldstaub, die von Hand zu Hand ging und die Menge aufpeitschte. Bei dem Schrei Gold! Gold! ließ jeder zweite alles stehen und liegen und machte sich auf zu den Goldfeldern. Die einzige Schule mußte geschlossen werden, weil nicht einmal die Kinder blieben. In Chile hatte die Neuigkeit die gleiche durchschlagende Wirkung. Der Durchschnittslohn betrug zwanzig Centavos am Tag, und die Zeitungen redeten davon, endlich sei El Dorado entdeckt, die Stadt, von der die Conquistadoren geträumt hätten, die Stadt, deren Straßen mit dem kostbaren Metall gepflastert seien: »Der Reichtum der Minen ist so groß wie der, von dem die Geschichten Sindbads erzählen oder das Märchen von Aladins Wunderlampe; stellen Sie sich ohne Angst vor Übertreibung vor, daß der Gewinn sich auf eine Unze pures Gold pro Tag beläuft«, berichteten die Blätter und fügten hinzu, es sei genügend da, um Tausende Männer Jahrzehnte hindurch reich zu machen. Das Feuer der Habsucht breitete sich sofort auch unter den Chilenen aus, die Bergmannsseelen hatten, und im Monat darauf setzte sich die Stampede Richtung Kalifornien in Bewegung. Verglichen mit jedem Abenteurer, der vom Atlantik angesegelt kam, hatten die Chilenen nur den halben Weg zurückzulegen. Die Reise von Europa nach Valparaíso dauerte drei Monate und von dort nach San Francisco weitere zwei. Die Entfernung zwischen Valparaíso und San Francisco betrug keine siebentausend Meilen, während zwischen der Ostküste Nordamerikas und den Fundorten um Kap Horn herum fast zwanzigtausend Meilen lagen. Das war, wie Joaquín Andieta überlegte, ein beachtlicher Vorsprung für die Chilenen, weil sich die zuerst Gekommenen natürlich die besten Goldadern sichern würden.

Feliciano Rodríguez de Santa Cruz stellte die gleiche Rechnung an und beschloß, sich sofort mit fünf seiner besten und verläßlichsten Bergarbeiter einzuschiffen, denen er eine gute Belohnung versprach als Ansporn und als Entschädigung dafür, daß sie ihre Familien verlassen und sich in diese gefahrvolle Unternehmung stürzen sollten. Es nahm drei Wochen in Anspruch, bis Gepäck und Ausrüstung beisammen waren für einen mehrere Monate dauernden Aufenthalt in jenem Land im Norden, das er sich öde und wild vorstellte. Er war erheblich im Vorteil gegenüber der Mehrzahl der Ahnungslosen, die blindlings und ohne die nötigen Mittel loszogen, getrieben von der Lockung eines leicht errungenen Vermögens, aber ohne die geringste Vorstellung von den Gefahren und Mühen des Vorhabens. Er war nicht bereit, wie ein Bauernknecht zu schuften und sich den Rücken krumm zu machen, er wollte mit allem wohlversorgt sein und auch zuverlässige Diener mitnehmen, wie er seiner Frau erklärte, die ihr zweites Kind erwartete, aber darauf bestand, ihn zu begleiten. Paulina gedachte mit zwei Kindermädchen und ihrem Koch zu reisen, dazu mit einer Kuh und Hühnern, um auf See Milch und Eier für die Kleinen zu haben, aber ihr Mann widersetzte sich dem energisch. Der Einfall, mit der Familie auf dem Buckel auf eine solche ungewisse Fahrt zu gehen, war der schiere Wahnsinn. Seine Frau hatte den Verstand verloren.

»Wie hieß noch dieser Kapitän, der, der mit Mr. Todd befreundet war?« unterbrach ihn Paulina mitten in seiner Predigt, während sie, eine Tasse Schokolade auf dem stattlichen Bauch balancierend, an einem Blätterteigküchlein mit Karamel knabberte – das Rezept stammte von den Klarissinnen.

»John Sommers vielleicht?«

»Ich meine den, der das Segeln satt hatte und über Dampfschiffe redete.«

»Genau der ist es.«

Paulina dachte eine Weile nach, dabei futterte sie fleißig ihre Küchlein und überhörte freundlich die Liste der Gefahren, die ihr Mann aufzählte. Sie war runder geworden und glich kaum noch dem grazilen Mädchen, das mit geschorenem Kopf aus einem Kloster geflohen war.

»Wieviel habe ich auf meinem Londoner Konto?« fragte sie schließlich.

»Fünfzigtausend Pfund. Du bist eine sehr reiche Frau.«

»Das reicht nicht. Kannst du mir das Doppelte leihen zu zehn Prozent Zinsen, zahlbar in drei Jahren?«

»Was dir für Sachen einfallen, mein Gott, Frau! Wofür zum Teufel brauchst du so viel?«

»Für ein Dampfschiff. Das große Geschäft ist

nicht das Gold, Feliciano, das ist im Grunde nur Flitterkram. Das große Geschäft sind die Bergleute. Sie brauchen alles in Kalifornien und werden bar bezahlen. Es heißt, die Dampfer können geraden Kurs fahren und sind nicht von den Launen des Windes abhängig, sie sind größer und schneller. Die Segelschiffe gehören der Vergangenheit an.«

Feliciano verfolgte seine Pläne weiter, aber die Erfahrung hatte ihn gelehrt, die finanziellen Vorahnungen seiner Frau nicht zu mißachten. Mehrere Nächte hindurch konnte er nicht schlafen. Er wanderte durch die protzigen Salons seines großen Hauses, vorbei an Säcken mit Proviant, Kisten mit Werkzeugen, Fässern mit Pulver und Stapeln von Waffen, und maß und wog Paulinas Worte ab. Je mehr er darüber nachdachte, um so richtiger erschien ihm die Idee, in Transport zu investieren, aber bevor er irgendeinen Beschluß faßte, besprach er sich mit seinem Bruder, der sein Partner bei allen Geschäften war. Der hörte ihm mit offenem Munde zu, und als Feliciano mit seinen Erklärungen am Ende war, schlug er sich mit der Hand vor die Stirn.

»Verdammt, Bruder! Wieso ist uns das nicht früher eingefallen?«

Inzwischen träumte Joaquín Andieta wie Tausende anderer Chilenen seines Alters und jeglicher Herkunft von Säcken voller Goldstaub und über den Erdboden verstreuten Goldbrocken. Verschiedene seiner Bekannten waren schon abgereist, darunter auch einer seiner Freunde aus der Buchhandlung Santos Tornero, ein junger Freiheitlicher, der gegen die Reichen wetterte und der erste war, wenn es darum ging, die verderbliche Wirkung des Geldes anzuprangern, aber er hatte seinem Ruf nicht widerstehen können und war aufgebrochen, ohne sich zu verabschieden. Kalifornien war für Joaquín die einzige Möglichkeit, aus der Misere herauszukommen, seine Mutter aus der Wohnkaserne zu holen und ihre kranken Lungen behandeln zu lassen; die einzige Möglichkeit, sich mit hocherhobenem Haupt und gefüllten Taschen vor Jeremy Sommers hinzustellen und um Elizas Hand zu bitten. Gold... Gold, für ihn erreichbar... Er konnte sie sehen, die Säcke voll Goldstaub, die Körbe mit riesigen Goldbrocken, die Geldscheine in seinen Taschen, den Palast, den er sich bauen lassen würde, stabiler und mit mehr Marmor als der *Club de la Unión*, um den Verwandten, die seine Mutter gedemütigt hatten, das Maul zu stopfen. Er sah sich auch aus der Kathedrale treten mit Eliza Sommers am Arm, das glücklichste Brautpaar der Welt. Es war nur eine Frage des Mutes. Was für eine Zukunft bot ihm Chile? Bestenfalls würde er mit dem Zählen der Produkte alt werden, die durch das Kontor der *British Trading Company* gingen. Verlieren konnte er nichts, er besaß ja nichts. Das Goldfieber warf ihn völlig aus dem Gleis, er mochte nicht essen, er konnte nicht schlafen, er ging wie auf glühenden Kohlen und spähte mit irren Augen auf das Meer. Sein Buchhändlerfreund lieh ihm Landkarten und Bücher über Kalifornien und eine Broschüre über das Waschen des Metalls, die er begierig durchlas, wobei er verzweifelt Berechnungen anstellte, wie er die Reise finanzieren könnte. Die Berichte in den Zeitungen lasen sich immer verführerischer: »In einem Teil der Gruben, genannt *dry diggings*, braucht man weiter kein Werkzeug als ein gewöhnliches Messer, um das Metall von den Felsen zu kratzen. In anderen Teilen ist es bereits herausgebrochen, und man verwendet nur eine ganz einfache Maschinerie, die aus einer simplen Mulde besteht mit einem ovalen Boden von ungefähr zehn Fuß Länge und im oberen Teil zwei Fuß Breite. Da kein Kapital nötig ist, ist die Konkurrenz groß, und Männer, die kaum imstande waren, sich für einen Monatslohn mit dem Allernötigsten zu versorgen, besitzen jetzt Tausende Pesos des edlen Metalls.«

Als Andieta die Möglichkeit erwähnte, sich nach

Kalifornien einzuschiffen, reagierte seine Mutter ebenso unwillig wie Eliza. Ohne sich je gesehen zu haben, sagten beide Frauen genau das gleiche: wenn du gehst, Joaquín, dann sterbe ich. Beide versuchten ihm die unzähligen Gefahren eines solchen Wagnisses klarzumachen und schworen ihm, daß sie unabwendbare Armut an seiner Seite einem illusorischen Reichtum vorzögen, der das Risiko barg, ihren Joaquín für immer zu verlieren. Seine Mutter versicherte ihm, sie würde nie aus der Wohnkaserne ausziehen, nicht einmal, wenn sie Millionärin wäre, hier lebten ihre Freunde und sie habe sonst keinen Ort auf der Welt, wohin sie gehen könne. Und ihre Lungen – da sei ohnehin nichts zu machen, man könne nur hoffen, daß sie aufhörten zu rumoren. Und Eliza bot ihm verzweifelt an, mit ihm zu fliehen, falls die Sommers sie nicht heiraten ließen. Aber er hörte weder auf die eine noch auf die andere, in seinen Wahn verloren, war er sicher, daß er nie wieder eine ähnliche Gelegenheit haben würde, und sie vorbeigehen zu lassen wäre unverzeihliche Feigheit. Er diente seiner Besessenheit mit der gleichen Inbrunst, mit der er früher die freiheitlichen Ideen verbreitet hatte, aber ihm fehlten die Mittel, seine Pläne zu verwirklichen. Er konnte sein Ziel nicht erreichen ohne eine gewisse Summe für die Fahrt und die Ausrüstung.

Er ging zur Bank, um sich nach einem Darlehen zu erkundigen, aber er hatte nichts, womit er es hätte decken können, und da er nun einmal wie ein armer Teufel aussah, wurde er eisig abgewiesen. Zum erstenmal dachte er daran, sich an die Verwandten seiner Mutter zu wenden, mit denen er bislang kein Wort gewechselt hatte, aber er verwarf den Gedanken augenblicklich, dazu war er doch zu stolz. Die Vision einer strahlenden Zukunft ließ ihm keine Ruhe, nur unter großer Anstrengung schaffte er seine Arbeit, die langen Stunden im Kontor wurden zur Strafe. Er saß da, die Feder in der Luft, starrte, ohne es zu sehen, auf das weiße Blatt Papier und sagte sich aus dem Gedächtnis die Namen der Schiffe vor, die ihn in den Norden bringen konnten. In seinen Nächten wechselten stürmisch bewegte Träume mit aufgeregten schlaflosen Phasen, morgens erwachte er erschöpft und zugleich aufgewühlt, und bei der Arbeit machte er Anfängerfehler. Rings um ihn erreichte die wilde Erregung hysterische Grade, alle wollten aufbrechen, und wer es nicht selber konnte, beauftragte Unternehmen, investierte in eilig gegründete Kompanien oder schickte einen vertrauenswürdigen Vertreter mit der Vereinbarung, sich die Gewinne zu teilen. Die ledigen Männer waren die ersten, die in See stachen; bald folgten ihnen die verheirateten, ließen ihre Kinder im Stich und schifften sich ein, ohne zurückzublicken, trotz der schaurigen Geschichten über unbekannte Krankheiten, verheerende Unfälle und brutale Verbrechen. Die friedlichsten Männer waren bereit, den Gefahren von Pistolenschüssen und Messerstichen zu trotzen, die vernünftigsten gaben die in mühevollen Jahren gewonnene Sicherheit auf und stürzten sich mit kaum mehr Gepäck als ihre fiebernde Begeisterung in das Abenteuer. Die einen gaben ihr Erspartes für die Fahrt aus, andere arbeiteten die Reisekosten als Matrosen ab oder verpfändeten ihre zukünftige Arbeit, aber es gab so viele Bewerber, daß Joaquín Andieta auf keinem Schiff einen Platz für sich finden konnte, obwohl er Tag für Tag am Kai nachfragte.

Im Dezember hielt er es nicht mehr aus. Als er die Einzelaufführung einer im Hafen eingelaufenen Fracht kopierte, wie er es täglich gewissenhaft tat, änderte er die Ziffern im Registerbuch und zerstörte dann die originalen Löschdokumente. Durch diesen Buchhaltertrick ließ er mehrere aus New York eingetroffene Kisten mit Revolvern und dazu passender Munition verschwinden. In drei aufeinanderfolgenden Nächten gelang es ihm, die Wachen zu umgehen, in den Speichern der *British Trading Company* einzubrechen und den Inhalt der Kisten zu stehlen. Dazu mußte er mehrmals gehen, denn es war eine schwere Last. Zuerst steckte er die Waffen in die Taschen oder band sie unter dem Anzug an Armen und Beinen fest; danach trug er die Munition in Beuteln fort. Fast wäre er dabei von den Wachen gesehen worden, die nachts ihre Runden gingen, aber das Glück war auf seiner Seite, und er konnte jedesmal rechtzeitig entwischen. Er wußte, es würden ein paar Wochen vergehen, ehe jemand die Kisten anfordern und der Raub entdeckt werden würde; er nahm aber auch an, daß es sehr leicht sein würde, der Spur von den verschwundenen Dokumenten und den geänderten Ziffern bis zum Schuldigen zu folgen, doch bis dahin, hoffte er, würde er längst auf hoher See sein. Und wenn er erst seinen eigenen Schatz besaß, würde er alles bis zum letzten Centavo mit Zinsen zurückzahlen, denn der einzige Grund, eine solche Schandtat zu begehen, das wiederholte er sich tausendmal, war die Verzweiflung gewesen. Es war eine Frage von Leben oder Tod: das Leben, wie er es verstand, war in Kalifornien; an Chile gefesselt zu bleiben glich einem langsamen Tod. Er verkaufte einen Teil seiner Beute billig in den Hafenvierteln und den anderen unter seinen Freunden von der Buchhandlung Santos Tornero, nachdem er sie hatte schwören lassen, daß sie nichts verraten würden. Diese glühenden Idealisten hatten noch nie eine Waffe in der Hand gehabt, bereiteten sich aber schon seit Jahren mit Worten auf eine utopische Revolution gegen die konservative Regierung vor. Es wäre Verrat an den eigenen Vorsätzen gewesen, die Revolver aus der Hehlerware nicht zu kaufen, vor allem, wenn man den günstigen Preis bedachte. Joaquín Andieta behielt zwei Revolver für sich, und er war entschlossen, sie auch zu gebrauchen, falls er sich den Weg freischießen mußte, aber er erzählte den Kameraden nichts von seinen Plänen, nach Kalifornien zu gehen. In dieser Nacht mit ihnen im Hinterzimmer der Buchhandlung hob auch er die rechte Hand zum Herzen und schwor im Namen des Vaterlandes, er würde für Demokratie und Gerechtigkeit sein Leben hingeben. Am folgenden Morgen kaufte er eine Schiffskarte dritter Klasse auf dem ersten Schoner, der demnächst auslaufen würde, und erstand einige Beutel mit geröstetem Mehl, Bohnen, Reis, Zucker, gedörrtem Pferdefleisch und Speckstreifen, ein Vorrat, der, sparsamst verteilt, ihn während der Überfahrt mit knapper Not bei Kräften erhalten würde. Die wenigen Reales, die er übrigbehielt, versteckte er in einer engen Binde um den Leib.

In der Nacht des 22. Dezember verabschiedete er

sich von Eliza und seiner Mutter, und am Tag darauf reiste er ab in Richtung Kalifornien.

Mama Fresia entdeckte die Liebesbriefe durch puren Zufall, als sie in ihrem kleinen Gemüsegarten Zwiebeln ausgrub und ihre Hacke auf die Blechdose stieß. Sie konnte nicht lesen, aber ihr genügte ein Blick hinein, um zu begreifen, was das für Briefe waren. Sie war versucht, sie Miss Rose zu übergeben, denn sie brauchte sie nur in der Hand zu halten, um die Drohung zu spüren – sie hätte geschworen, daß das mit einer Schleife zusammengebundene Päckchen pulsierte wie ein lebendes Herz –, aber ihre Liebe zu Eliza war stärker als die Vernunft, und statt zu ihrer Herrschaft zu laufen, legte sie das Päckchen zurück in die Keksdose, versteckte sie unter ihrem weiten schwarzen Rock und ging seufzend zu dem Zimmer des Mädchens. Sie fand Eliza auf einem Stuhl sitzend, mit geradem Rücken und die Hände im Schoß, als säße sie in der Messe, und durch das Fenster aufs Meer blickend, so niedergeschlagen, daß der India die Luft ringsum wie verdichtet und voller Vorahnungen erschien. Sie legte dem Mädchen die Dose auf die Knie und wartete vergebens auf eine Erklärung.

»Dieser Mann ist ein Teufel. Er wird dir nur Unglück bringen«, sagte sie schließlich.

»Das Unglück hat schon angefangen. Er ist vor sechs Wochen nach Kalifornien gegangen, und mir ist die Regel ausgeblieben.«

Mama Fresia setzte sich mit gekreuzten Beinen auf den Boden, wie sie es immer tat, wenn sie nicht weiterwußte, und begann leise wimmernd den Oberkörper vor und zurück zu wiegen.

»Sei doch still, Mamita, Miss Rose könnte uns hören«, flehte Eliza.

»Ein Kind aus der Gosse, ein uneheliches Kind, ein Bastard! Was sollen wir nur tun, meine Kleine, was sollen wir nur tun?« jammerte die India weiter.

»Ich werde ihn heiraten.«

»Und wie, wenn der Mann verschwunden ist?«

»Ich werde ihn suchen müssen.«

»Ach du ahnungsloses Kind Gottes! Bist du verrückt geworden? Ich werde dir ein Mittel machen, damit bist du in ein paar Tagen wieder wie neu.«

Die India bereitete einen Aufguß aus Borretsch zu und einen Trank aus Hühnerkot in Schwarzbier, das gab sie Eliza dreimal am Tag zu trinken, außerdem ließ sie sie Schwefelsitzbäder nehmen und legte ihr Senfkompressen auf den Bauch. Die Folge war, daß Eliza gelb wurde und ständig einen klebrigen Schweiß absonderte, der nach verwelkten Gardenien roch, aber nach einer Woche gab es noch immer kein Zeichen für einen Abort. Mama Fresia entschied, daß das Ungeborene männlich und zweifellos verflucht sei, deshalb klammere es sich so an die Eingeweide seiner Mutter. Diese Schlappe war zuviel für sie, das Ungeborene war ein Werk des Teufels, und nur seine Meisterin, die Machi, würde ein so gewaltiges Unglück besiegen können. Noch am selben Nachmittag erbat sie sich Urlaub von ihrer Herrschaft und ging noch einmal zu Fuß den beschwerlichen Weg zu der Schlucht, um niedergeschlagen vor die blinde alte Zauberin zu treten. Als Geschenk brachte sie ihr zwei Formen mit Quittengeleekuchen und eine mit Estragon geschmorte Ente.

Die Machi hörte sie an und nickte mit grämlicher Miene, als hätte sie von Anfang an gewußt, was nun eingetreten war.

»Ich habe es ja gesagt, Versessenheit ist ein starkes Leiden: es befällt das Gehirn und zerreißt das Herz. Versessenheiten gibt es viele, aber die schlimmste ist die in der Liebe.«

»Können Sie etwas für meine Kleine tun, damit der Bastard abgeht?«

»Können könnte ich schon. Aber das wird sie nicht heilen. Sie wird ihrem Mann trotzdem folgen müssen.«

»Der ist weit weg, Gold suchen gegangen.«

»Nach der Versessenheit der Liebe ist die auf das Gold die zweitschlimmste«, stellte die Machi fest.

Mama Fresia begriff, daß es unmöglich sein würde, Eliza aus dem Haus und zur Schlucht der Machi zu bringen, dort die Abtreibung vorzunehmen und mit ihr heimzukehren, ohne daß Miss Rose es merkte. Die Zauberin war hundert Jahre alt und war fünfzig Jahre nicht aus ihrer elenden Bleibe herausgekommen, sie würde auch jetzt nicht in das Haus der Sommers gehen, um das junge Mädchen zu behandeln. Ihr blieb keine andere Lösung als die, es selbst zu tun. Die Machi gab ihr ein feines Rohr aus Colihuebambus und eine schwärzliche, übelriechende Salbe und erklärte ihr genau, wie sie dieses Rohr mit der Schmiere bestreichen und in Elizas Körper einführen sollte. Dann lehrte sie sie die Zauberworte, die das Kind des Teufels ausstoßen und gleichzeitig das Leben der Mutter beschützen würden. Dieser Eingriff mußte in der Freitagnacht vorgenommen werden, dem einzigen Tag der Woche, der dafür zugelassen sei, ermahnte die Machi sie. Mama Fresia kehrte sehr spät und sehr erschöpft heim, das Bambusröhrchen und die Salbe unter dem Umhang.

»Bete, Kind, denn in zwei Nächten werde ich dir helfen«, erklärte sie Eliza, als sie ihr die heiße Frühstücksschokolade ans Bett brachte.

Kapitän John Sommers landete in Valparaíso an dem von der Machi festgesetzten Tag. Es war der zweite Freitag im Februar eines verschwenderisch reichen Sommers. Die Bucht kochte vor Betriebsamkeit, ein halbes Hundert Schiffe lag hier verankert, während draußen auf See weitere darauf warteten, einlaufen zu können. Wie immer empfingen Jeremy, Rose und Eliza auf dem Kai diesen wunderbaren Seefahrer, der wieder mit Neuigkeiten und Geschenken beladen ankam. Die Bürger von Valparaíso, die sich hier trafen, um die Schiffe zu besichtigen und Schmuggelware zu kaufen, mischten sich mit Seeleuten, Reisenden, Stauern und Zollbeamten, während die in einer gewissen Entfernung postierten Prostituierten ihre Chancen ausrechneten. In den letzten Monaten, seit die Goldmeldung die Gier der Menschen an jedem Ufer der Erde anstachelte, kamen und gingen die Schiffe in einem aberwitzigen Tempo, und die Bordelle hatten alle Hände voll zu tun. Die verwegeneren Frauen jedoch gaben sich nicht zufrieden mit dem glänzend laufenden

Geschäft in Valparaíso, sie bedachten, wieviel mehr sie in Kalifornien verdienen könnten, wo auf eine Frau zweihundert Männer kamen, wie man hörte. Im Hafen drängten sich die Menschen, stießen gegen Karren, Zugtiere und Frachtballen; man hörte Sprachen aus vieler Herren Länder, die Sirenen der Schiffe gellten, dazwischen schrillten die Pfeifen der Wachen. Miss Rose, ein mit Vanille parfümiertes Tüchlein vor der Nase, musterte die ankommenden Passagiere auf der Suche nach ihrem Lieblingsbruder, während Eliza sich eifrig schnüffelnd bemühte, die Gerüche zu trennen und zu erkennen. Der strenge Geruch der frisch angelandeten Fische mischte sich mit dem Gestank vom Kot der Lasttiere und dem Odeur von menschlichem Schweiß. Eliza war die erste, die Kapitän Sommers entdeckte, und ihre Erleichterung war so groß, daß sie nahe daran war, in Tränen auszubrechen. Monatelang hatte sie auf ihn gewartet, denn sie war sicher, daß nur er den Kummer ihrer gefährdeten Liebe verstehen könne. Sie hatte zu Miss Rose oder gar zu Jeremy kein Wort über Joaquín Andieta gesagt, aber sie glaubte fest daran, daß ihr seefahrender Onkel, den nichts überraschen oder erschrecken konnte, ihr helfen werde.

Kaum hatte der Kapitän den Fuß auf festen Boden gesetzt, als Eliza und Miss Rose sich auf ihn stürzten; mit seinen kräftigen Korsarenarmen fing er beide um die Taille auf, hob sie gleichzeitig hoch und drehte sich mit ihnen wie ein Kreisel unter dem Jubelgekreisch von Miss Rose und dem Protestgeschrei von Eliza, die drauf und dran war, sich zu übergeben. Jeremy Sommers begrüßte ihn mit einem Händedruck und fragte sich, wie es nur möglich war, daß sein Bruder sich in den letzten zwanzig Jahren überhaupt nicht verändert hatte, er war und blieb immer der gleiche Possenreißer.

»Was ist mit dir, Kind? Du siehst gar nicht gut aus«, sagte der Kapitän und betrachtete Eliza prüfend.

»Ich habe unreifes Obst gegessen«, sagte sie und hielt sich an ihm fest, um nicht vor Übelkeit umzufallen.

»Ich weiß, warum ihr an den Hafen gekommen seid, mich abholen. Ihr wollt Parfüms kaufen, stimmt's? Ich werde euch sagen, wer die besten hat, geradewegs aus dem Herzen von Paris mitgebracht.«

In diesem Augenblick ging ein Fremder an ihm vorbei und stieß ihn unabsichtlich mit dem Koffer an, den er auf der Schulter trug. John Sommers drehte sich entrüstet um, aber als er den Mann erkannte, stieß er einen seiner scherzhaft gemeinten Flüche aus und hielt ihn am Arm fest.

»He, Chinese, komm, laß dich meiner Familie vorstellen«, rief er herzlich.

Eliza musterte den Fremden ungeniert, sie hatte noch nie einen Asiaten von nahem gesehen, und nun hatte sie einen Menschen aus China vor sich, jenem märchenhaften Land, das in vielen Geschichten ihres Onkels eine Rolle spielte. Er war ein Mann unbestimmbaren Alters und verglichen mit den Chilenen eher groß, aber neben dem wuchtigen Kapitän wirkte er schmal wie ein Kind. Sein Gang war ohne Anmut, sein Gesicht war glatt und flach, und seine schrägen Augen hatten einen uralten Ausdruck. Seiner würdevollen Bedachtsamkeit widersprach das kindliche Gelächter, in das er ausbrach, als Sommers ihn ansprach. Seine Hose endete über den Waden, er trug einen lockeren Kittel aus rauhem Stoff und um die Taille eine breite Binde, in der ein Messer steckte, an den Füßen hatte er schmale Sandalen, auf seinem Kopf prangte ein recht schäbiger Strohhut, und ein langer Zopf hing ihm auf den Rücken. Er grüßte, indem er mehrmals den Kopf neigte, ohne seinen Koffer loszulassen und ohne jemandem ins Gesicht zu sehen. Miss Rose und Jeremy Sommers, verblüfft über die Vertraulichkeit, mit der ihr Bruder eine dem Rang nach zweifellos niedriger stehende Person behandelte, wußten nicht, wie sie sich verhalten sollten, und erwiderten den Gruß mit einem kurzen, trockenen Nicken. Zu Miss Roses Entsetzen streckte Eliza dem Fremden die Hand hin, aber er tat, als sähe er sie nicht.

»Das ist Tao Chi'en, der schlechteste Koch, den ich jemals hatte, aber er kann fast alle Krankheiten heilen, deshalb habe ich ihn noch nicht über Bord geworfen«, sagte der Kapitän lachend.

Tao Chi'en antwortete mit einer neuen Serie von Verneigungen, lachte noch einmal fröhlich ohne ersichtlichen Grund und entfernte sich dann rückwärtsgehend. Eliza fragte sich, ob er wohl Englisch verstünde. Im Rücken der beiden Frauen flüsterte John Sommers seinem Bruder zu, der Chinese könne ihm Opium erster Qualität verkaufen und Pulver aus dem Horn des Nashorns gegen die Impotenz, falls er sich eines Tages entschließen sollte, mit der schlechten Gewohnheit des Zölibats aufzuhören. Hinter ihrem Fächer versteckt lauschte Eliza hingerissen.

Am Nachmittag zu Hause verteilte der Kapitän zur Teestunde die Geschenke, die er mitgebracht hatte: englische Rasiercreme, einen Satz Toledaner Scheren und Havannas für seinen Bruder, Schildpattkämme und einen bestickten Seidenschal aus

Manila für seine Schwester und, wie immer, ein Schmuckstück für Elizas Aussteuer. Diesmal war es eine Perlenkette, und das Mädchen bedankte sich artig und legte sie in ihre Schmuckschatulle, neben die anderen Schätze, die sie bislang schon erhalten hatte. Durch Miss Roses Hartnäckigkeit und Onkel Johns Großzügigkeit füllte die Hochzeitstruhe sich mit Kostbarkeiten.

»Die Sitte mit der Aussteuer finde ich blödsinnig, vor allem, wenn man noch gar keinen Bräutigam an der Hand hat«, sagte der Kapitän lächelnd. »Oder ist etwa schon einer am Horizont aufgetaucht?«

Das Mädchen wechselte einen erschrockenen Blick mit Mama Fresia, die eben mit dem Teetablett hereingekommen war. Der Kapitän sagte weiter nichts, aber er fragte sich, wieso seine Schwester die Veränderungen nicht bemerkt hatte, die ihm sofort an Eliza aufgefallen waren. Mit der weiblichen Intuition war es nicht weit her, wie man sah.

Der Abend verging mit den erstaunlichen Geschichten des Kapitäns über Kalifornien, wo er allerdings nach der unglaublichen Entdeckung noch nicht wieder gewesen war und über San Francisco nur sagen konnte, es sei ein eher elender Häuserhaufen, liege aber an der schönsten Bucht der Welt. Der Rummel um das Gold sei das einzige Thema in Europa und den Vereinigten Staaten und sogar bis an die fernen Ufer Asiens sei die Nachricht geschwappt. Sein Schiff war voll von Reisenden mit dem Ziel Kalifornien, die meisten ohne die elementarsten Kenntnisse vom Bergbau, viele, ohne je Gold gesehen zu haben, und sei es auch nur in einem Zahn. Es gab keine bequeme oder schnelle Art, nach San Francisco zu gelangen, die Schiffsreise dauerte Monate unter den mißlichsten Bedingungen, erklärte der Kapitän, aber quer durch den amerikanischen Kontinent, sofern man die unermeßliche Weite der Landschaft und die angriffslustigen Indianer nicht scheute, dauerte die Reise noch länger, und die Möglichkeiten, lebend durchzukommen, waren geringer. Die sich zu Schiff bis Panama wagten, überquerten die Landenge auf Kanus durch die von Ungeziefer verseuchten Flüsse und auf Maultieren durch den Urwald, und wenn sie an der Pazifikküste ankamen, nahmen sie ein Schiff hinauf zum Norden. Sie mußten teuflische Hitze, giftiges Gewürm, Moskitos, Cholera und Gelbfieber ertragen, abgesehen von der durch nichts zu übertreffenden menschlichen Schlechtigkeit. Die Reisenden, die mit heiler Haut davonkamen, den Absturz ihres Reittiers in eine Schlucht und die Gefahren der Sümpfe überlebten, sahen sich auf der anderen Seite als Opfer von Banditen, die sie restlos ausplünderten, oder von Schleppern, die ihnen ein Vermögen abverlangten, um sie wie Vieh zusammengepfercht auf halb verrotteten ausrangierten Schiffen nach San Francisco zu bringen.

»Ist Kalifornien sehr groß?« fragte Eliza, darauf bedacht, daß ihre Stimme nicht die Angst ihres Herzens verriet.

»Bring mir die Karte her, dann zeige ich es dir. Es ist viel größer als Chile.«

»Und wie kommt man zu dem Gold?«

»Es heißt ja, das Gold ist überall ...«

»Aber wenn man, nur so zum Beispiel, eine bestimmte Person in Kalifornien finden will ...«

»Das wäre ziemlich schwierig«, erwiderte der Kapitän und beobachtete neugierig Elizas Gesichtsausdruck.

»Segelst du auf deiner nächsten Reise da hinauf, Onkel?«

»Ich habe ein sehr verlockendes Angebot, und ich denke, ich werde es annehmen. Ein paar chilenische Investoren wollen einen regelmäßigen Fracht- und Passagierdienst nach Kalifornien einrichten. Sie brauchen einen Kapitän für ihr Dampfschiff.«

»Dann werden wir dich ja öfter sehen, John!« rief Rose aus.

»Du hast keinerlei Erfahrung mit Dampfschiffen«, bemerkte Jeremy.

»Nein, aber ich kenne das Meer besser als irgend jemand sonst.«

In der Nacht des festgesetzten Freitag wartete Eliza, bis im Haus alles zur Ruhe war, um in die Hütte im letzten Patio zu ihrer Verabredung mit Mama Fresia zu gehen. Sie stand aus dem Bett auf und ging barfuß und nur mit einem Batistnachthemd bekleidet die Treppe hinunter. Sie ahnte nicht, welches Mittel sie bekommen würde, aber sie war sicher, daß ihr etwas sehr Unerfreuliches bevorstand; in ihrer Erfahrung waren alle Medikamente unangenehm, aber die der India waren außerdem noch widerwärtig. »Keine Angst, Kindchen, ich werde dir so viel Schnaps einflößen, daß du dich gar nicht mehr an den Schmerz erinnern wirst, wenn du aus deinem Rausch aufwachst. Allerdings werden wir eine Menge Tücher brauchen, um mit dem Blut fertig zu werden«, hatte sie zu ihr gesagt. Eliza hatte den Weg im Dunkeln durch das Haus oft genug gemacht, um ihren Geliebten einzulassen, und brauchte sich nicht besonders vorzusehen, aber in dieser Nacht ging sie sehr langsam, blieb oft stehen, wünschte sich, daß eins jener chilenischen Erdbeben ausbrechen möge, die alles um und um schütteln, damit sie einen guten Grund hätte, Mama Fresia zu versetzen. Ihre Füße waren eiskalt, und ein Schauder lief ihr den Rücken hinunter. Sie wußte nicht, war es die Kälte oder die Angst vor dem, was da auf sie zukam, oder die letzte Mahnung ihres Gewissens. Schon als zum erstenmal der Verdacht sie aufgestört hatte, schwanger zu sein, und seither immer wieder hatte sie die Stimme rufen hören. Sie war sicher, es war die Stimme des Kindes tief in ihrem Leib, das um sein Recht auf Leben flehte. Sie bemühte sich, sie nicht zu hören und nicht nachzudenken, aber sie saß in der Falle, und wenn ihr Zustand erst einmal offenkundig war, würde es weder Hoffnung noch Verzeihung mehr für sie geben. Niemand würde ihren Fehltritt verstehen können; es gab keinen Weg, die verlorene Ehre zurückzugewinnen. Weder die Gebete noch die Kerzen Mama Fresias würden die Schande verhindern; ihr Geliebter würde nicht auf halbem Wege kehrtmachen und zu ihr zurückkommen, um sie zu heiraten, ehe die Schwangerschaft sichtbar wurde. Dazu war es schon zu spät. Die Vorstellung entsetzte sie, sie könnte enden wie Joaquíns Mutter, von einem schimpflichen Brandmal gezeichnet, ausgestoßen aus der Familie und mit einem unehelichen Sohn in Armut und Einsamkeit lebend; sie würde es nicht ertragen, eine Verstoßene zu sein, lieber würde sie sterben. Und sterben konnte sie noch in dieser Nacht in den Händen der guten Frau, die sie aufgezogen hatte und mehr liebte als sonst jemanden auf dieser Welt.

Jeremy hatte sich frühzeitig zurückgezogen, aber der Kapitän und Miss Rose saßen noch im Nähstübchen hinter verschlossener Tür und steckten seit Stunden die Köpfe zusammen. Von jeder Reise brachte John Sommers Bücher für seine Schwester mit, und wenn er wieder abreiste, hatte er geheimnisvolle Päckchen dabei, die, wie Eliza vermutete, Miss Roses Geschriebenes enthielten. Sie hatte gesehen, wie Miss Rose sorgfältig ihre Hefte einwickelte, eben die Hefte, die sie in ihren müßigen Abendstunden mit ihrer gedrängten Schönschrift füllte. Aus Respekt oder aus einer seltsamen Scham heraus erwähnte nie jemand die Hefte, ebenso wie keiner über Miss Roses blasse Aquarelle sprach. Das Schreiben und die Malerei wurden als Spleen behandelt, nichts, wessen man sich wirklich schämen müßte, aber auch nichts, womit man großtun sollte. Elizas Kochkünste wurden von den Sommers mit derselben Gleichgültigkeit aufgenommen, sie genossen ihre Gerichte schweigend und wechselten das Thema, wenn die Gäste sie lobten, dagegen erhielt sie unverdienten Beifall für ihre wackeren Bemühungen auf dem Klavier, obwohl sie kaum ausreichten, im Takt zu bleiben, wenn sie Gesangsstücke begleitete, die ihr neu waren. Ihr Leben lang hatte Eliza Miss Rose schreiben sehen und sie nie gefragt, was sie da schrieb, sie hatte auch nie gehört, daß Jeremy oder John das getan hätten. Sie hätte brennend gern gewußt, warum Onkel John ihr wie ein Verschwörer vorkam, wenn er stillschweigend Miss Roses Hefte mitnahm, aber ohne daß jemand es ihr gesagt hätte, wußte sie, daß dieses eines der grundlegenden Geheimnisse des Hauses Sommers war, und es verletzen könnte bedeuten, das Kartenhaus zum Einsturz zu bringen, in dem sie alle lebten.

Inzwischen hatte sich auch Miss Rose in ihr Zimmer und ihr Bett begeben, und Onkel John hatte sich ein Pferd genommen und war noch einmal ausgeritten. Eliza stellte sich vor, wie der Kapitän mit seinen liederlichen Freundinnen herumzog, denselben, die ihn auf der Straße grüßten, wenn Miss Rose nicht dabei war. Sie nahm an, sie tanzten und tranken zusammen, und da sie kaum je von Prostituierten hatte reden hören, kam sie gar nicht auf den Gedanken, sie könnten etwas Häßliches treiben. Die Möglichkeit, für Geld oder aus Sport zu tun, was sie mit Joaquín aus Liebe getan hatte, war jenseits ihrer Vorstellungen. Nach ihrer Berechnung würde ihr Onkel nicht vor dem kommenden Morgen zurück sein, deshalb erschrak sie fürchterlich, als im Erdgeschoß jemand sie im Dunkeln am Arm packte. Sie spürte die Wärme eines großen Körpers neben dem ihren, den Atem nach Alkohol und Tabak in ihrem Gesicht und erkannte sofort ihren Onkel. Sie versuchte sich loszumachen und bastelte hastig an einer Erklärung, was sie um diese Zeit im Nachthemd hier unten zu suchen haben könnte, aber der Kapitän zog sie unnachgiebig in die Bibliothek, die von dem spärlich durchs Fenster einfallenden Mondlicht nur schwach erhellt wurde. Er nötigte sie, sich in Jeremys englischen Ledersessel zu setzen, und suchte nach Wachshölzern, um die Lampe anzuzünden.

»Also, Eliza, jetzt wirst du mir erzählen, was zum Teufel mit dir los ist!« befahl er in einem Ton, den er ihr gegenüber bisher nie angeschlagen hatte.

In plötzlich aufblitzender Klarheit erkannte Eliza, daß der Kapitän nicht ihr Verbündeter sein würde, wie sie doch gehofft hatte. Die Duldsamkeit, deren er sich gern rühmte, würde in diesem Fall gewiß nicht bemüht werden: wenn es um den guten Namen der Familie ging, würde seine Loyalität den Geschwistern gehören. Stumm, trotzig hielt das Mädchen seinem Blick stand.

»Rose sagt, du hast dich in einen Schwachkopf mit kaputten Schuhen verliebt, stimmt das?«

»Ich habe ihn zweimal gesehen, Onkel John. Und das ist Monate her. Ich weiß nicht einmal, wie er heißt.«

»Aber du hast ihn nicht vergessen, oder? Die erste Liebe ist wie die Pocken, sie hinterläßt unauslöschliche Narben. Hast du ihn allein getroffen?«

»Nein.«

»Ich glaube dir nicht. Denkst du, ich bin blöde? Jeder kann sehen, wie sehr du dich verändert hast, Eliza.«

»Ich bin krank, Onkel. Ich habe unreifes Obst gegessen, und jetzt habe ich Bauchschmerzen, das ist alles. Ich wollte eben gerade aufs Klosett gehen.«

»Du hast Augen wie eine läufige Hündin!«

»Warum beleidigst du mich, Onkel!«

»Entschuldige, Kind. Siehst du nicht, daß ich dich sehr liebhabe und mir Sorgen mache? Ich kann nicht zulassen, daß du dir dein Leben ruinierst. Rose und ich haben einen großartigen Plan ... Würdest du gern nach England gehen? Ich kann alles regeln, daß ihr beide euch in einem Monat einschifft, da habt ihr noch genug Zeit, alles zu kaufen, was ihr für die Reise braucht.«

»England?«

»Ihr werdet erster Klasse reisen wie Königinnen, und in London werdet ihr in einer bezaubernden Pension wohnen nur wenige Straßen vom Buckingham Palace entfernt.«

Eliza begriff, daß die Geschwister bereits über ihr Schicksal entschieden hatten. Das war nun allerdings das letzte, was sie wollte – nach Osten statt nach Norden zu reisen und so zwei Ozeane zwischen sich und Joaquín zu legen.

»Danke, Onkel. Es würde mich glücklich machen, England kennenzulernen«, sagte sie mit so viel Süßigkeit in der Stimme, wie sie nur aufbringen konnte.

Der Kapitän zündete seine Pfeife an und schenkte sich einen Brandy nach dem andern ein, während er die beiden folgenden Stunden damit verbrachte, ihr die Vorteile des Lebens in London aufzuzählen, wo eine junge Dame wie sie in der besten Gesellschaft verkehren, Bälle, Theater und Konzerte besuchen, die hübschesten Kleider kaufen und eine gute Ehe eingehen konnte. Sie war doch schon im passenden Alter dafür. Würde sie nicht auch gern nach Paris oder nach Italien fahren? Niemand dürfe sterben, ohne Venedig oder Florenz gesehen zu haben. Er werde es gern auf sich nehmen, ihr bei allen Einfallen entgegenzukommen, hatte er das nicht immer getan? Die Welt war voll von feschen, interessanten und wohlsituierten Männern, das würde sie selbst feststellen können, wenn sie sich erst einmal aus dieser Gruft, diesem gottvergessenen Hafen gelöst hatte. Valparaíso war kein Ort für ein so hübsches und guterzogenes junges Mädchen wie sie. Es war nicht ihre Schuld, wenn sie sich in den erstbesten verliebt hatte, der ihr über den Weg lief, so eingeschlossen, wie sie lebte ... Und was diesen Burschen anging – wie hieß er doch noch, ein Angestellter von Jeremy, nicht wahr? –, den würde sie bald vergessen haben. Die Liebe, versicherte er ihr, stirbt unausweichlich an ihrem eigenen Feuer oder weil die Entfernung ihr die Wurzeln ausreißt. Niemand könne sie besser beraten als er, leider, der er ein Experte in Sachen Entfernung und zu Asche gewordener Liebe sei.

»Ich weiß nicht, wovon du sprichst, Onkel. Miss Rose hat sich da eine romantische Geschichte ausgedacht, nur wegen ein bißchen Orangensaft. Da kam ein Bursche, um Frachtstücke abzuliefern, ich bot ihm ein Glas zur Erfrischung an, er trank es aus, und dann ging er. Das ist alles. Es ist nichts passiert, und ich habe ihn nicht wiedergesehen.«

»Wenn es so ist, wie du sagst, hast du Glück: dann brauchst du dir diese Phantasterei erst gar nicht aus dem Kopf zu schlagen.«

John Sommers trank Brandy und redete bis zum Morgengrauen, während Eliza sich im Ledersessel zusammenkauerte, und bevor sie sich dem Schlaf überließ, dachte sie noch, ihre Bitten seien letztlich doch im Himmel erhört worden. Es war kein Erdbeben zur rechten Zeit gewesen, das sie vor Mama Fresias gräßlichem Mittel gerettet hatte, sondern ihr Onkel. In der Hütte im Patio wartete die India die ganze Nacht.

Der Abschied

Am Sonnabendnachmittag lud John Sommers seine Schwester ein, mit ihm das Schiff der Rodríguez de Santa Cruz anzusehen. Wenn mit den Geschäften in diesen Tagen alles gutging, würde er Kapitän darauf werden und sich endlich seinen Traum erfüllen, einen Dampfer zu führen. Später empfing Paulina sie beide im Salon des Hotel Inglés, wo sie abgestiegen war. Sie war aus dem Norden des Landes herabgekommen, um ihren Plan in Gang zu bringen; ihr Mann war schon seit mehreren Monaten in Kalifornien. Sie nutzten den ununterbrochenen Schiffsverkehr hin und zurück, um sich einander mitzuteilen in einem lebhaften Briefwechsel, in dem die Erklärungen ehelicher Zuneigung verflochten waren mit geschäftlichen Plänen. Paulina hatte John Sommers aus reiner Intuition ausgewählt und in ihr Unternehmen eingebaut. Sie erinnerte sich dunkel, daß er der Bruder von Jeremy und Rose Sommers war, zwei Gringos, die ihr Vater einige Male auf seine Hazienda eingeladen hatte, aber ihn hatte sie nur ein einziges Mal gesehen und kaum mehr als ein paar Höflichkeitsfloskeln mit ihm gewechselt. Seine einzige Empfehlung war die gemeinsame Freundschaft mit Jacob Todd gewesen, aber in den letzten Wochen hatte sie sich seinetwegen umgehört und war sehr zufrieden mit dem, was sie erfahren hatte. Der Kapitän genoß einen soliden Ruf unter den Seeleuten wie in Geschäftskreisen. Sie konnte auf seine Erfahrung und auf sein Wort vertrauen, und das ging weit über das Übliche hinaus in diesen Tagen des kollektiven Wahnsinns, in denen jeder ein Schiff mieten, einen Trupp Abenteurer zusammenstellen und lossegeln konnte. Im allgemeinen waren das ahnungslose Tröpfe, und die Schiffe fielen schon halb auseinander, aber das war nicht weiter wichtig, denn sowie sie in Kalifornien ankamen, zerbrachen diese Zweckbündnisse auf Zeit, die Schiffe wurden aufgegeben, und alle rannten davon zu den Goldlagerstätten. Paulinas Vision jedoch umfaßte größere Zeiträume. Zum ersten war sie nicht gezwungen, Forderungen von Fremden zu beachten, denn ihre einzigen Partner waren ihr Mann und ihr Schwager, zudem gehörte ihr der größte Teil des Kapitals, weshalb sie ihre Entschlüsse völlig frei fassen konnte. Ihr Dampfschiff, das sie »Fortuna« getauft hatte, war zwar eher klein und dampfte schon ein paar Jährchen übers Meer, befand sich aber in tadellosem Zustand. Sie war bereit, die Mannschaft gut zu bezahlen, damit sie wegen des glitzernden Goldes nicht desertierte, aber sie vermutete, daß ohne die eiserne Hand eines guten Kapitäns keine Heuer der Welt imstande sein würde, die Disziplin an Bord aufrechtzuerhalten. Der Plan ihres Mannes und ihres Schwagers bestand darin, Bergbauwerkzeuge, Holz für Unterkünfte, Arbeitskleidung, Haushaltsgeräte, Dörrfleisch, Getreide, Bohnen und andere nicht verderbliche Lebensmittel nach Kalifornien zu exportieren, aber kaum hatte sie in Valparaíso den Fuß auf den Boden gesetzt, begriff sie, daß vielen der gleiche Gedanke gekommen war und die Konkurrenz scharf sein würde. Sie blickte sich um und sah das unbändige Überquellen von Gemüsen und Früchten allüberall, das dieser großzügige Sommer beschert hatte. Es gab so viel von allem, daß es nicht verkauft werden konnte. Das Grünzeug wucherte in den Patios, und die Bäume drohten unter der Last der Früchte zu brechen; nur wenige Leute waren bereit, für etwas zu bezahlen, das sie umsonst bekommen konnten. Sie dachte an das Gut ihres Vaters, wo die Feldfrüchte im Boden verfaulten, weil keinem daran gelegen war, sie zu ernten. Man könnte sie nach Kalifornien schaffen, sie wären wertvoller als selbst das Gold, überlegte sie. Frische Lebensmittel, chilenischer Wein, Medikamente, Eier, gute Kleidung, Musikinstrumente und – warum nicht – Theateraufführungen, Operetten, Zarzuelas. San Francisco nahm täglich Hunderte Einwanderer auf. Gegenwärtig waren das Abenteurer und Banditen, aber sicherlich würden von der anderen Seite der Vereinigten Staaten auch Siedler kommen, ehrbare Farmer, Anwälte, Ärzte, Lehrer und alle möglichen anständigen Menschen, die bereit waren, sich mit ihren Familien hier niederzulassen. Wo Frauen sind, ist Zivilisation, und wenn die in San Francisco beginnt, wird mein Dampfer zur Stelle sein mit allem, was nötig ist, beschloß sie.

Paulina empfing den Kapitän John Sommers und seine Schwester Rose zur Teestunde, als sich die Mittagshitze schon etwas gelegt hatte und eine frische Brise vom Meer wehte. Für die nüchterne Gesellschaft Valparaísos war sie mit äußerstem Luxus gekleidet, von Kopf bis Fuß in butterfarbenen Musselin mit Spitzen, eine kunstvolle Kräuselfrisur über den Ohren und mehr Geschmeide, als um diese Tageszeit vertretbar. Ihr zweijähriger Sohn strampelte auf dem Arm eines Kindermädchens in Schwesterntracht, und ein wolliges Hündchen zu ihren Füßen wurde von ihr mit Kuchenbrocken gefüttert. Die erste halbe Stunde verging mit höflichen Präliminarien, mit Teetrinken und Erinnerungen an Jacob Todd.

»Was ist aus unserem guten Freund geworden?« wollte Paulina wissen, die niemals das Eingreifen des wunderlichen Engländers in ihre Liebesgeschichte mit Feliciano vergessen würde.

»Ich habe eine ganze Zeit nichts von ihm gehört«, erklärte der Kapitän. »Vor ein paar Jahren ist er mit mir nach England abgereist. Er war sehr niedergeschlagen, aber die Seeluft tat ihm gut, und als wir in London ankamen, hatte er seine gute Laune wiedergefunden. Als letzte Neuigkeit erfuhr ich, daß er vorhatte, eine utopische Kolonie zu gründen.«

»Eine was?« riefen Paulina und Miss Rose einstimmig aus.

»Eine Gruppe, um außerhalb der Gesellschaft zu leben, mit eigenen Gesetzen und mit eigener Regierung, geleitet von den Prinzipien der Gleichheit, der freien Liebe und gemeinnütziger Arbeit, glaube ich. Jedenfalls hat er es mir während der Fahrt tausendmal so erklärt.«

»Er ist noch verrückter, als wir alle dachten«, stellte Miss Rose fest mit ein wenig Bedauern um ihren treuen Verehrer.

»Leute mit originellen Ideen geraten letztlich immer in den Ruf, verrückt zu sein«, bemerkte Paulina.

»Da brauchen wir gar nicht weit zu gehen. Ich zum Beispiel habe eine Idee, über die ich gern mit

Ihnen reden würde, Kapitän Sommers. Sie haben ja die ›Fortuna‹ schon kennengelernt. Wie lange würde sie mit Volldampf von Valparaíso bis zum Golfo de Penas brauchen?«

»Golfo de Penas? Das ist ja der südlichste Süden!«

»Sicher. Noch südlicher als Puerto Aisén.«

»Und was wollen Sie da? Da gibt's nur Inseln, Wald und Regen, Señora.«

»Kennen Sie sich in der Gegend aus?«

»Schon, aber ich dachte, es sollte nach San Francisco gehen ...«

»Probieren Sie diese Blätterteigküchlein, sie sind köstlich«, sagte sie und streichelte ihren Hund.

Während John und Rose Sommers sich im Salon des Hotel Inglés mit Paulina unterhielten, ging Eliza mit Mama Fresia durch das Vergnügungsviertel El Almendral. Um diese Stunde lud die Tanzschule Schüler und Gäste zum Tanztee ein, und Miss Rose hatte ihr ausnahmsweise gestattet, mit ihrer Kinderfrau als Schutz und Schirm für ein paar Stunden daran teilzunehmen. Gewöhnlich begleitete sie das Mädchen selbst, aber der Tanzlehrer bot alkoholische Getränke erst nach Sonnenuntergang an, das hielt in den Nachmittagsstunden allzu draufgängerische Jugendliche fern. Eliza war entschlossen, diese einzige Gelegenheit, bei der sie ohne Miss Rose auf die Straße durfte, zu nutzen, und überredete die India, ihr bei ihren Plänen zu helfen.

»Gib mir deinen Segen, Mamita. Ich muß nach Kalifornien, Joaquín suchen«, bat sie.

»Aber wie willst du da hinkommen, allein und schwanger noch dazu!« rief Mama Fresia entsetzt aus.

»Wenn du mir nicht hilfst, mache ich es trotzdem.«

»Ich werde alles Miss Rose sagen!«

»Wenn du das tust, bringe ich mich um. Und danach werde ich jede Nacht deines Lebens kommen und dich bestrafen. Das schwöre ich dir!« erwiderte das Mädchen mit wütender Bestimmtheit.

Am Tag davor, als sie Onkel John abholten, hatte sie am Hafen eine Gruppe Frauen gesehen, die offenbar verhandelten und sich einschiffen wollten. Weil sie so ganz anders aussahen als die Frauen, die man gewöhnlich auf der Straße traf und die sommers wie winters in schwarze Umhänge gehüllt waren, hatte sie angenommen, das seien die gleichen Herumtreiberinnen, mit denen Onkel John sich zu amüsieren pflegte. »Das sind schlechte Weiber, sie legen sich für Geld hin und werden alle in die Hölle kommen«, hatte Mama Fresia ihr einmal erklärt. Sie hatte ein paar Sätze des Kapitäns aufgeschnappt, als er Jeremy von den Chileninnen und Peruanerinnen erzählte, die sich nach Kalifornien aufmachten, um den Goldgräbern das Gold abzuknöpfen, aber sie konnte sich nicht denken, wie sie das wohl anstellten. Wenn diese Frauen es schafften, ganz allein die Fahrt zu machen und ohne Hilfe zu überleben, dann konnte sie das auch, entschied sie. Jetzt ging sie rasch, mit wild pochendem Herzen, vor Mama Fresia her, das Gesicht halb hinter dem Fächer verborgen, schwitzend in der Sommerhitze. Die Juwelen aus der Aussteuer trug sie in einem kleinen Samtbeutel bei sich. Ihre neuen Schuhe bereiteten ihr wahre Qualen, und das Korsett preßte ihr die Taille zusammen; der Gestank aus den offenen Abflußgräben, die die Abwässer der Stadt aufnahmen, verschlimmerte ihre Übelkeit, aber sie ging so gerade, wie sie es gelernt hatte in den Jahren, als sie ein Buch auf dem Kopf balancierte und mit einem am Rücken befestigten Eisenstab Klavier spielte. Mama Fresia, keuchend und Bittgebete in ihrer Sprache wimmernd, konnte ihr kaum folgen mit ihren Krampfadern und ihrer Beleibtheit. »Wohin gehen wir, Kind, um Gottes willen«, aber Eliza konnte nicht antworten, weil sie es selbst nicht wußte. Nur eines war ihr ganz klar: Es kam nicht in Frage, ihre Juwelen zu verpfänden und eine Fahrt nach Kalifornien zu bezahlen, weil es keine Möglichkeit gab, es zu tun, ohne daß Onkel John es erfuhr. Obwohl täglich Dutzende von Schiffen Valparaíso anliefen, war es doch eine kleine Stadt, und im Hafen kannte jeder den Kapitän John Sommers. Sie konnte auch keinesfalls damit rechnen, einen Paß zu bekommen, denn dieser Tage war das Konsulat der Vereinigten Staaten in Chile wegen eines Falles von unschicklicher Liebe des nordamerikanischen Diplomaten mit einer chilenischen Dame geschlossen worden. Eliza kam zu dem Schluß, die einzige Form, Joaquín Andieta nach Kalifornien zu folgen, wäre, als blinder Passagier zu reisen. Onkel John hatte ihr erzählt, daß sich manchmal Fremde mit Hilfe eines Eingeweihten aus der Mannschaft heimlich an Bord schlichen. Vielleicht gelang es einigen, die ganze Fahrt hindurch unentdeckt zu bleiben, andere starben, und ihre Leichen wurden ins Meer geworfen, ohne daß er etwas erfuhr, aber wenn er einen blinden Passagier entdeckte, strafte er ihn genauso wie die, die ihm geholfen hatten. Dies war einer der Fälle, hatte er gesagt, in denen er mit äußerster Strenge seine unanfechtbare Autorität als Kapitän ausübte: auf hoher See galten kein Gesetz und kein Gericht außer dem seinen.

Die meisten illegalen Geschäfte im Hafen wurden, wie ihr Onkel sagte, in den Kneipen abgeschlossen. Eliza hatte noch nie einen derartigen Ort betreten, aber nun sah sie eine Frau in ein nahes Lokal gehen und erkannte sie als eine derjenigen wieder, die sich am Tag zuvor auf dem Kai nach Fahrtmöglichkeiten umgetan hatten. Sie war fast noch ein Mädchen, jung und rundlich, der das schwarze Haar in zwei Zöpfen auf dem Rücken hing, sie trug einen Baumwollrock, eine bestickte Bluse und ein kleines Dreieckstuch über den Schultern. Eliza folgte ihr, ohne nachzudenken, während Mama Fresia auf der Straße stehenblieb und Warnungen herunterbetete: »Hier gehen nur Huren rein, Kind, es ist Todsünde!« Sie stieß die Tür auf und brauchte einige Sekunden, um sich an die Dunkelheit und den Tabakqualm und den Geruch von verschüttetem Bier zu gewöhnen. Der Raum war gestopft voll von Männern, und aller Augen wandten sich den beiden Frauen zu. Einen Augenblick herrschte erwartungsvolle Stille, und dann setzte ein Chor von Pfiffen und anzüglichen Zurufen ein. Die andere Frau ging mit festem Schritt und offensichtlich gegen derlei abgehärtet zu einem Tisch im Hintergrund, wobei sie rechts und links kräftig zuschlug, wenn jemand sie anfassen wollte, aber Eliza wich entsetzt zurück, ohne zu begreifen, was eigentlich vor sich ging und weshalb diese Männer sie anschrien. Rücklings stieß sie mit einem eben eingetretenen Mann zusammen. Er rief etwas in einer fremden Sprache und konnte sie gerade noch auffangen, als sie auf dem rutschigen Boden ausglitt. Ihre Erscheinung verblüffte ihn: Eliza in ihrem mädchenhaften Kleid und mit dem Fächer in der Hand war hier völlig fehl am Platze. Sie sah ihn an und erkannte sofort den chinesischen Koch, den am Tag zuvor ihr Onkel ihnen vorgestellt hatte.

»Tao Chi'en?« fragte sie, dankbar für ihr gutes Gedächtnis.

Der Mann begrüßte sie, indem er die Hände vor dem Gesicht zusammenlegte und sich mehrmals verneigte, während in der Kneipe das Gepfeife weiterging. Zwei Matrosen standen auf und näherten sich schwankend. Tao Chi'en wies auf die Tür, und Eliza und er gingen hinaus.

»Miss Sommers?« fragte er draußen.

Eliza bejahte, aber weiter kam sie nicht, weil sie von den beiden Matrosen unterbrochen wurde, die jetzt in der Tür auftauchten, ganz augenscheinlich betrunken und auf Streit aus.

»Wie kannst du dich unterstehen, diese schnuckelige Señorita zu belästigen, Scheißchinese?« fragte der eine drohend.

Tao Chi'en beugte den Kopf, wandte sich um und schien gehen zu wollen, aber einer der beiden fing ihn beim Zopf und zerrte daran, während der andere schmierige Komplimente brabbelte und Eliza dabei seinen ekligen Bieratem ins Gesicht blies. Der Chinese drehte sich mit katzenhafter Schnelligkeit zu dem Angreifer um. Er hielt ein enormes Messer in der Hand, und die Klinge funkelte wie ein Spiegel in der Nachmittagssonne. Mama Fresia stieß einen Schrei aus, und ohne weiter nachzudenken, verpaßte sie dem Matrosen, der ihr am nächsten stand, einen Hieb so wuchtig wie ein Pferdetritt, griff Eliza beim Arm und setzte sich in Trab die Straße hinunter, und das mit einer Behendigkeit, wie man sie bei jemandem von ihrem Gewicht nie vermutet hätte. Sie rannten mehrere Häuserblocks weit, bis sie das Rotlichtviertel hinter sich hatten und auf dem kleinen San-Agustín-Platz ankamen, wo Mama Fresia zitternd auf die erste erreichbare Bank sank.

»O Kind! Wenn das die Herrschaften erfahren, bringen sie mich um! Komm, wir gehen jetzt sofort nach Hause ...«

»Ich habe noch nicht getan, was ich tun wollte, Mamita. Ich muß wieder zurück in diese Kneipe.«

Mama Fresia kreuzte die Arme vor der Brust und weigerte sich mit eiserner Stirn, sich von hier fortzurühren, während Eliza mit großen Schritten auf und ab marschierte und sich bemühte, in ihrer Verwirrung einen Plan zu fassen. Sie hatte nicht mehr viel Zeit. Miss Roses Anweisungen waren ganz klar gewesen: Punkt sechs würde die Kutsche sie vor der Tanzschule aufnehmen und nach Hause bringen. Sie mußte sofort handeln, entschied sie, eine andere Gelegenheit würde sich nicht bieten. Und da erblickte sie den Chinesen, der mit seinem schaukelnden Schritt und dem unerschütterlichen Lächeln gelassen auf sie zukam. Er wiederholte die schon vertrauten Verneigungen zur Begrüßung und wandte sich dann an Eliza, um sie in gutem Englisch zu fragen, ob die ehrenwerte Tochter des Kapitäns John Sommers Hilfe brauche. Sie erklärte, daß sie nicht seine Tochter, sondern seine Nichte sei, und in plötzlich gefaßtem Vertrauen – und auch aus Verzweiflung – gestand sie ihm, daß sie tatsächlich seine Hilfe brauche, aber es sei eine sehr persönliche Angelegenheit.

»Etwas, was der Kapitän nicht wissen darf?«

»Niemand darf es wissen.«

Tao Chi'en bat um Verzeihung. Der Kapitän sei ein guter Mann, sagte er, gewiß, er habe ihn auf unfeine Art entführt, um ihn auf sein Schiff zu holen, das schon, aber er habe sich immer freundlich gegen ihn gezeigt und er, Tao Chi'en, denke nicht daran, ihn zu betrügen. Mutlos ließ Eliza sich auf die Bank sinken und verbarg das Gesicht in den Händen, während Mama Fresia sie beide beobachtete, zwar ohne ein Wort Englisch zu verstehen, aber sie erriet, worum es ging. Schließlich rückte sie an Eliza heran und zupfte ein paarmal an dem Samtbeutel mit den Juwelen.

»Glaubst du, daß auf dieser Welt irgend jemand etwas umsonst tut, Kind?« sagte sie.

Eliza begriff sofort. Sie trocknete sich die Tränen ab und lud den Mann mit einem Wink zur Bank ein, sich neben sie zu setzen. Sie griff in den Beutel, holte die Perlenkette heraus, die Onkel John ihr am Tag zuvor geschenkt hatte, und legte sie Tao Chi'en auf die Knie.

»Können Sie mich auf einem Schiff verstecken? Ich muß nach Kalifornien«, erklärte sie.

»Warum? Das ist kein Ort für Frauen, nur für Banditen.«

»Was ich suche, ist dort.«

»Gold?«

»Kostbarer als Gold.«

Tao Chi'en saß mit offenem Mund – eine Frau, die imstande war, derart bis zum Äußersten zu gehen, hatte er noch nie gesehen, nicht im wirklichen Leben, so etwas kannte er nur aus Romanen, wo die Heldinnen zum Schluß immer sterben.

»Mit dieser Kette können Sie sich eine Passage kaufen. Sie brauchen nicht im Versteck zu reisen«, sagte Tao Chi'en, der nicht daran dachte, sein Leben durcheinanderzubringen, indem er gegen das Gesetz verstieß.

»Kein Kapitän wird mich mitnehmen, ohne vorher meine Familie zu benachrichtigen.«

Tao Chi'ens anfängliche Verwunderung verwandelte sich in schieres Entsetzen: diese Frau hatte nichts weniger vor, als ihre Familie zu entehren, und hoffte, er werde ihr dabei helfen! Ihr war ein Dämon in den Leib gefahren, ohne jeden Zweifel. Eliza griff abermals in den Beutel, holte eine goldene, mit Türkisen besetzte Brosche heraus und legte sie dem Mann zu der Kette auf die Knie.

»Haben Sie jemals einen Menschen mehr geliebt als Ihr eigenes Leben, Mister?« fragte sie.

Tao Chi'en sah ihr zum erstenmal, seit sie sich kannten, in die Augen, und er muß wohl etwas darin gelesen haben, denn er nahm die Kette und versteckte sie unter seinem Hemd, die Brosche gab er ihr zurück. Er stand auf, rückte die Baumwollhose und das lange Messer in der Leibbinde zurecht und verneigte sich förmlich.

»Ich arbeite nicht mehr für Kapitän Sommers. Übermorgen läuft die Brigg ›Emilia‹ nach Kalifornien aus. Kommen Sie morgen abend um zehn Uhr, und ich bringe Sie an Bord.«

»Und wie?«

»Das weiß ich noch nicht. Wir werden sehen.«

Tao Chi'en verneigte sich noch einmal höflich zum Abschied und ging so geheimnisvoll schnell davon, als hätte er sich in Luft aufgelöst. Eliza und Mama Fresia eilten zur Tanzschule, wo sie den Kutscher gerade noch rechtzeitig antrafen, der seit einer halben Stunde auf sie wartete und sich mit häufigen Zügen aus seiner Flasche die Zeit vertrieb.

Die »Emilia« war ein Schiff französischer Herkunft, das einst schlank und flink gewesen war, aber sie hatte viele Meere durchpflügt und schon vor Ewigkeiten das Ungestüm der Jugend eingebüßt. Sie war narbenübersät, trug eine Last Mollusken inkrustiert an ihren Matronenhüften, ihre erschöpften Gelenke ächzten unter den Schlägen der Wellen, und ihr Segelwerk, fleckig und tausendmal ausgebessert, sah aus wie das Gespenst eines alten Unterrocks. Sie verließ Valparaíso am 18. Februar 1849, einem strahlend schönen Morgen, mit siebenundachtzig männlichen Passagieren, fünf Frauen, sechs Kühen, acht Schweinen, drei Katzen, achtzehn Matrosen, einem holländischen Kapitän, einem chilenischen Steuermann und einem chinesischen Koch an Bord. Auch Eliza fuhr mit, aber der einzige Mensch, der davon wußte, war Tao Chi'en.

Die besseren Passagiere drängten sich in den Kabinen des Vorschiffs zusammen, aber sie hatten es doch wesentlich bequemer als die übrigen Reisenden, die in winzigkleinen Kajüten mit jeweils vier Kojen untergebracht waren oder einfach auf dem Boden der Decks lagerten, nachdem sie um den besten Platz für ihre Bündel gewürfelt hatten. Eine Kabine unter der Wasserlinie war den fünf Chileninnen zugewiesen worden, die in Kalifornien ihr Glück versuchen wollten. Im Hafen von Callao würden zwei Peruanerinnen zusteigen, die sich mit ihnen ohne große Umstände jeweils zu zweit eine Koje teilen würden. Kapitän Vincent Katz trichterte der Mannschaft wie den männlichen Reisenden ein, sie dürften nicht den geringsten Umgang mit den Damen haben, denn er war nicht bereit, unanständigen Verkehr auf seinem Schiff zu dulden, und in seinen Augen war es offensichtlich, daß diese Passagierinnen nicht zu den tugendhaftesten gehörten, aber natürlich wurden seine Befehle während der Fahrt ein übers andere Mal mißachtet. Die Männer verlangte es nach weiblicher Gesellschaft, und die Frauen, bescheidene Prostituierte, die sich ins Abenteuer stürzen wollten, hatten keinen Peso in der Tasche. Die Kühe und Schweine, in kleinen Gehegen auf dem zweiten Deck fest vertäut, mußten frische Milch und ab und an Fleisch für die Seefahrenden liefern, deren tägliche Nahrung hauptsächlich aus Bohnen, trockenem, schwarzem Schiffszwieback, gesalzenem Dörrfleisch und dem bestehen würde, was sie fischen konnten. Um solchem Mangel abzuhelfen, brachten die bessergestellten Passagiere ihren eigenen Proviant mit, vor allem Wein und Tabak, aber die meisten litten Hunger. Zwei der Katzen liefen frei herum, um die Ratten im Zaum zu halten, die sich sonst in der zwei Monate währenden Fahrt gewaltig vermehren würden. Die dritte Katze reiste mit Eliza.

Im Bauch der »Emilia« stapelte sich das vielfältige Gepäck der Reisenden und die für den Handel in Kalifornien bestimmte Fracht, alles so aufgebaut und geordnet, daß der enge Raum am besten genutzt werden konnte. Nichts von alldem wurde vor der Ankunft am Zielort angerührt, und niemand kam hier herunter außer dem Koch, der als einziger mit Genehmigung von oben Zugang zu den streng rationierten Trockenlebensmitteln hatte. Tao Chi'en trug die sorgsam gehüteten Schlüssel am Gürtel und war dem Kapitän persönlich für den Inhalt der Vorratsräume verantwortlich. Dort, im tiefsten, dunkelsten Winkel des Kielraums, in einem Loch von zwei mal zwei Metern, hauste Eliza. Die Wände und die Decke wurden von Koffern und Kisten gebildet, ihr Bett war ein Sack, und nur eine Kerze spendete ihr Licht. Sie verfügte über einen Napf für das Essen, einen Wasserkrug und einen Nachttopf. Sie konnte ein paar Schritte gehen, sich zwischen den Gepäckwänden strecken und konnte weinen und schreien, soviel sie mochte, denn der Schlag der Wellen gegen das Schiff verschluckte ihre Stimme. Ihre einzige Berührung mit der Außenwelt war Tao Chi'en, der unter allen möglichen Vorwänden zu ihr herunterkam, wenn er irgend konnte, um ihr Essen zu bringen und den Nachttopf zu leeren. Gesellschaft leistete ihr nur eine Katze, die hier eingeschlossen war, um die Ratten zu fangen, aber in den schrecklichen langen Wochen auf engem, schwankendem Raum wurde das arme Tier verrückt, und schließlich mußte Tao

Chi'en ihm aus Mitleid mit seinem Messer die Kehle durchschneiden.

Eliza gelangte auf das Schiff in einem Sack auf dem Rücken eines Stauers, eines der vielen, die im Hafen von Valparaíso Fracht und Gepäck schleppten. Sie erfuhr nie, wie Tao Chi'en es angestellt hatte, sich den Mann zum Komplizen zu machen sowie die Wachsamkeit des Kapitäns und des Steuermanns zu täuschen, die beide an der Gangway standen und in einem Buch alles notierten, was an Bord kam. Sie war wenige Stunden zuvor entwischt mit Hilfe einer komplizierten List, die das Fälschen einer schriftlichen Einladung der Familie del Valle einschloß, sie für einige Tage auf ihrer Hazienda zu besuchen. Das war keine abwegige Idee, schon mehrmals zuvor hatten die Töchter von Agustín del Valle sie aufs Land eingeladen, und Miss Rose hatte ihr erlaubt zu gehen, aber immer in Begleitung von Mama Fresia. Sie verabschiedete sich von Jeremy, Miss Rose und Onkel John mit gespielter Fröhlichkeit, aber in ihrer Brust lastete ein Felsblock. Sie sah sie am Frühstückstisch sitzen, sie lasen englische Zeitungen und waren gänzlich ahnungslos, und eine peinigende Unschlüssigkeit überkam sie und drohte sie von ihrem Plan abzubringen. Dies war ihre einzige Familie, diese drei verkörperten Sicherheit und

Wohlergehen, aber sie hatte die Linie des Anstands überschritten, und es gab kein Zurück. Die Sommers hatten sie nach den strikten Regeln guten Betragens erzogen, und ein Fehltritt wie der ihre beschmutzte ihrer aller Ansehen. Mit ihrer Flucht bekam der Ruf der Familie zwar auch Flecke, aber zumindest würde es den Zweifel geben: sie konnten immer noch sagen, sie sei gestorben. Welche Erklärung auch immer sie vor der Welt abgaben, sie würde nicht dasein, um sie unter der Schande leiden zu sehen. Auf eine Irrfahrt zu gehen, um ihren Geliebten zu suchen, schien ihr immer noch der einzig mögliche Weg, aber im Augenblick des schweigenden Abschieds stieg so viel Traurigkeit in ihr auf, daß sie am liebsten in Tränen ausgebrochen wäre und alles gestanden hätte. Da überfiel sie das Gesicht Joaquíns in der Nacht seines Abschieds mit grausamer Klarheit und erinnerte sie an ihre Liebespflicht. Sie ordnete ein paar lose Haarsträhnen, setzte den italienischen Strohhut auf, sagte mit einem leichten Winken Lebwohl und ging.

Sie trug den Koffer, den Miss Rose mit ihren besten Sommerkleidern gepackt hatte, außerdem nahm sie ihre Juwelen mit und einige aus Jeremys Zimmer stibitzte Reales. Sie war versucht gewesen, sich auch Miss Roses Schmuck anzueignen, aber im letzten

Augenblick siegte die Achtung vor dieser Frau, die ihr immer eine Mutter gewesen war. In ihrem eigenen Zimmer hinterließ sie in der leeren Schatulle ein kurzes Briefchen, in dem sie für alles dankte, was sie empfangen hatte, und mehrmals wiederholte, wie sehr sie sie alle liebte. Sie gestand, was sie an sich genommen hatte, um die Dienstboten vor Verdacht zu schützen. Mama Fresia hatte ihr noch ihre haltbarsten Stiefel in den Koffer gepackt, ebenso ihre Hefte und das Bündel Liebesbriefe von Joaquín. Außerdem nahm sie eine schwere Decke aus spanischer Wolle mit, die Onkel John ihr geschenkt hatte. Sie verließen das Haus, ohne Argwohn zu erregen. Der Kutscher setzte sie in der Straße ab, in der die Familie del Valle lebte, wartete aber nicht, bis ihnen die Tür geöffnet wurde, sondern fuhr davon. Mama Fresia und Eliza machten sich auf zum Hafen, um sich mit Tao Chi'en zur verabredeten Zeit am verabredeten Ort zu treffen.

Der Chinese erwartete sie. Er nahm Mama Fresia den Koffer aus der Hand und bedeutete Eliza, ihm zu folgen. Das Mädchen und ihre Kinderfrau umarmten sich lange. Sie wußten mit Sicherheit, daß sie sich nie wiedersehen würden, aber keine der beiden vergoß eine Träne.

»Was wirst du Miss Rose sagen, Mamita?«

»Nichts. Ich gehe auf der Stelle zu meinen Leuten im Süden, wo mich nie jemand finden wird.«

»Danke, Mamita. Ich werde mich immer an dich erinnern ...«

»Und ich werde für dich beten, daß es dir wohl ergehen wird, meine Kleine«, war das letzte, was sie von Mama Fresia hörte, bevor sie hinter dem chinesischen Koch eine Fischerhütte betrat.

In dem dunklen, fensterlosen Raum, der nach nassen Netzen roch und nur durch die Tür Luft bekam, reichte Tao Chi'en ihr eine Hose und einen sehr abgetragenen Kittel und bedeutete ihr, sie anzuziehen. Er machte keine Anstalten, anstandshalber hinauszugehen oder sich wenigstens umzudrehen. Eliza schwankte, sie hatte sich noch nie vor einem Mann außer Joaquín ausgezogen, aber Tao Chi'en bemerkte ihre Verwirrung gar nicht, der Körper und seine Funktionen waren für ihn etwas Natürliches, und Schamhaftigkeit betrachtete er eher als Hindernis denn als eine Tugend. Sie begriff, daß dies kein guter Augenblick für Skrupel war, das Schiff würde in Kürze auslaufen, und die letzten Boote brachten bereits das Gepäck der Nachzügler zum Schiff. Sie nahm ihr Strohhütchen ab, knöpfte ihre korduanledernen Stiefelchen und das Kleid auf, löste die Bänder des Unterrocks und bat den Chinesen, rot vor Scham, ihr beim Ablegen des Korsetts zu helfen. Während das Häufchen ihrer englischen Jungmädchenkleidung auf dem Fußboden wuchs, verlor sie nach und nach jede Verbindung zu der Wirklichkeit, wie sie sie kannte, und geriet unwiderruflich in die seltsame Eigenwelt, die in den folgenden Jahren ihr Leben sein würde. Sie hatte ganz deutlich das Empfinden, eine neue Geschichte zu beginnen, in der sie Hauptdarstellerin und Erzählerin zugleich war.

Vierter Sohn

Tao Chi'en hatte nicht immer diesen Namen geführt. Tatsächlich hatte er bis zu seinem elften Lebensjahr überhaupt keinen Namen gehabt, seine Eltern waren zu arm, um sich mit derartigen Kleinigkeiten abzugeben: er hieß einfach Vierter Sohn. Er war neun Jahre früher als Eliza geboren in einem Dorf der Provinz Kuangtung anderthalb Tage Fußmarsch von der Stadt Kanton entfernt. Er stammte aus einer Familie von Heilern. Unzählige Generationen hindurch gaben die Männer seiner Familie vom Vater auf den Sohn ihr Wissen weiter: die Kenntnis von heilkräftigen Pflanzen, die Kunst, schlechte Säfte aus dem Körper abzuziehen, den Zauber, Dämonen zu vertreiben, und die Fähigkeit, die Energie, das *Qi*, zu regulieren. In dem Jahr, in dem Vierter Sohn geboren wurde, lebte seine Familie im tiefsten Elend, sie hatten nach und nach all ihr Land an Geldverleiher und Falschspieler verloren. Die Beamten des Kaiserreiches trieben Steuern ein, behielten das Geld für sich und erlegten dann neue Abgaben auf, um ihren Raub zu decken, außerdem bezogen sie Bestechungsgelder für dies und das. Die Familie des Vierten Sohnes konnte sie, wie die meisten Bauern, nicht bezahlen und mußte ein weiteres Stückchen Ackerland abgeben. Wenn sie ein paar Münzen von ihren mageren Einkünften vor den Mandarinen retten konnten, verloren sie umgehend beim Spiel, einer der wenigen Zerstreuungen, die sich den Armen boten. Man konnte bei Kröten- oder Heuschreckenrennen wetten, bei Kakerlakenkämpfen oder beim *fan tan*, dem Höhepunkt unter vielen anderen beliebten Spielen.

Vierter Sohn war ein fröhliches Kind, das über alles und nichts lachen konnte, aber er besaß auch eine beachtliche Auffassungsgabe und unerschöfliche Wißbegierde. Mit sieben Jahren wußte er, daß die Begabung eines guten Heilers darin besteht, das Gleichgewicht zwischen dem *Yin* und dem *Yang* zu halten; mit neun kannte er die Eigenschaften der Pflanzen, die in der Gegend wuchsen, und konnte seinem Vater und den älteren Brüdern helfen bei der verwickelten Zubereitung der Pflaster, Salben, Toniken, Balsamen, Sirupe, Pulver und Pillen der bäuerlichen Arzneimittelkunde. Sein Vater und Erster Sohn wanderten von Dorf zu Dorf und boten Heilungen und Arzneien an, während Zweiter und Dritter Sohn ein kümmerliches Stück Land bearbeiteten, das einzige Kapital der Familie. Vierter Sohn hatte die Aufgabe, Pflanzen zu sammeln, und er tat es gern, denn es erlaubte ihm, ohne Aufsicht durch die Umgebung zu streifen, Spiele zu erfinden und die Stimmen der Vögel nachzuahmen. Manchmal begleitete ihn seine Mutter, wenn sie nach den nie enden wollenden häuslichen Mühen noch die Kraft dazu fand. Die Familie hatte, immer tiefer verschuldet, mit knapper Not überlebt bis zu dem Unglücksjahr 1834, als die schlimmsten Dämonen sich auf sie stürzten. Als erstes kippte ein Topf voll heißem Wasser seinen Inhalt auf die jüngste, knapp zweijährige Tochter und verbrühte sie vom Kopf bis zu den Füßen. Sie strichen Eiweiß auf die Verbrennungen und behandelten sie mit den dafür geeigneten Kräutern, aber in weniger als drei Tagen war die Leidensfähigkeit des Kindes erschöpft, und es starb. Die Mutter erholte sich nicht von dem Schlag. Sie hatte schon andere Kinder früh verloren, und jeder Tod hinterließ eine Wunde in ihrem Herzen, aber der Unfall der Kleinen war wie der letzte Tropfen, der den Krug zum Überlaufen bringt. Sie begann zusehends zu verfallen, wurde täglich matter, die Haut färbte sich grünlich, die Beine trugen sie kaum mehr, und alle Tränke, die ihr Mann für sie bereitete, konnten die unerbittlich fortschreitende Krankheit nicht aufhalten, bis sie sie eines Morgens fanden, mit einem Lächeln der Erleichterung auf den

Zügen und Augen voller Frieden, denn endlich würde sie sich mit ihren toten Kindern wieder vereinen. Die Trauerriten waren sehr einfach, da es sich um eine Frau handelte. Sie konnten keinen Mönch bezahlen und hatten auch keinen Reis, den sie den Verwandten und den Nachbarn während der Zeremonie hätten anbieten können, aber wenigstens vergewisserten sie sich, daß ihr Geist nicht in das Dach, den Brunnen oder die Rattenhöhlen geflohen war, woher er später kommen könnte, um sie heimzusuchen. Ohne die Mutter, die mit ihrer Kraft und ihrer Geduld die Familie zusammengehalten hatte, war dem Unheil nicht mehr zu wehren. Es war ein Jahr der Taifune, der Mißernten und der Hungersnot, weite Gebiete Chinas waren von Bettlern und von Banditen überzogen. Die letzte Tochter der Familie wurde mit sieben Jahren an einen Vermittler verkauft, und man hörte nie wieder von ihr. Erster Sohn, dazu bestimmt, den Vater in seinem Amt als Wanderheiler zu ersetzen, wurde von einem kranken Hund gebissen und starb wenig später, den Körper gespannt wie ein Bogen, während ihm Schaum aus dem Munde quoll. Zweiter und Dritter Sohn waren schon im arbeitsfähigen Alter, und ihnen fiel die Aufgabe zu, für den Vater im Leben zu sorgen und bei seinem Hinscheiden die Totenriten zu vollziehen und sein Andenken und das ihrer männlichen Ahnen durch fünf Generationen aufwärts zu ehren. Vierter Sohn war zu nichts besonders nütze, und da ohnedies nicht genug Nahrung da war, verkaufte ihn sein Vater als Diener für zehn Jahre an Händler, die mit ihrer Karawane in der Nähe des Dorfes gelagert hatten. Der Junge war elf Jahre alt.

Es war ein Aufbruch in die Sklaverei, aber für den Jungen würde es eine Schule werden, wie er sie zu Hause nie hätte besuchen können. Zwei Maultiere zogen einen Karren, der mit der schwersten Fracht der Karawane beladen war. Ein ohrenbetäubendes Kreischen begleitete jede Umdrehung der Räder, die absichtlich nicht geschmiert wurden, um die Dämonen abzuschrecken. Damit Vierter Sohn, der untröstlich weinte, seit er von Vater und Brüdern getrennt worden war, nicht ausreißen konnte, wurde er mit einem Seil an eines der Tiere gebunden. Barfuß und durstig, den Beutel mit seiner spärlichen Habe auf dem Rücken, sah er die Dächer seines Dorfes und die gewohnte Umgebung verschwinden. Das Leben in jener Hütte war das einzige, das er kannte, und es war nicht schlecht gewesen, seine Eltern waren sanft mit ihm umgegangen, seine Mutter hatte ihm Geschichten erzählt, und es hatte immer einen

Vorwand gegeben, zu lachen und zu feiern, selbst in den Zeiten der größten Armut. Er trottete hinter dem Maultier her und war überzeugt, daß jeder Schritt ihn immer tiefer in das Gebiet der bösen Geister führte, und fürchtete, daß das Quietschen der Räder und die am Wagen hängenden Glöckchen nicht ausreichen würden, ihn zu beschützen. Er konnte den Dialekt der Händler kaum verstehen, aber ein paar aufgeschnappte Worte jagten ihm schreckliche Angst ein. Sie redeten über die vielen unzufriedenen Geister, die sich in der Gegend herumtrieben, verlorene Seelen von Toten, die keine angemessene Bestattung erhalten hatten. Hungersnot, Typhus und Cholera hatten das Land mit Leichen übersät, und die Lebenden reichten nicht aus, um all die vielen Verstorbenen zu ehren. Zum Glück standen die Geister und die Dämonen in dem Ruf, schwerfällig zu sein: sie schafften es nicht, um eine Ecke zu biegen, und sie ließen sich auch leicht mit angebotenen Speisen oder Geschenken aus Papier ablenken. Manchmal jedoch konnte nichts sie fernhalten, und sie nahmen Gestalt an, indem sie jemanden umbrachten, um so frei zu werden, oder sie drangen in die Körper von Fremden ein, um sie zu zwingen, unvorstellbare Greueltaten zu begehen. Inzwischen waren mehrere Stunden vergangen; die Hitze und der

Durst waren überwältigend, das Kind stolperte alle zwei Schritte, und seine neuen Herren trieben es ungeduldig, wenn auch ohne wirkliche Bosheit mit Rutenstreichen um die Beine an. Als die Sonne unterging, beschlossen sie, zu rasten und ein Lager aufzuschlagen, machten Feuer, bereiteten Tee und teilten sich in kleine Gruppen, um *fan tan* oder Mah-Jongg zu spielen. Endlich erinnerte sich einer an Vierten Sohn und reichte ihm einen Napf mit Reis und einen Becher Tee, über die er mit der in monatelangem Hungern gewachsenen Gier sofort herfiel. Plötzlich wurden sie von wüstem Geheul aufgeschreckt und sahen sich von einer Staubwolke umgeben. Das Gebrüll der Angreifer mischte sich mit dem der Händler, und der Junge kroch unter den Karren, so weit das Seil reichte, mit dem er angebunden war. Es war keine höllische Schar, wie man sehr schnell erkannte, sondern eine Bande von Wegelagerern, eine der vielen, die in diesen Zeiten so großer Verzweiflung die Straßen unsicher machten und die unfähigen kaiserlichen Soldaten verlachten. Kaum waren die Händler nach dem ersten Schreck wieder zu sich gekommen, griffen sie zu den Waffen und stellten sich den Räubern in einem Getöse von Schreien, Drohungen und Schüssen, das nur wenige Minuten dauerte. Als sich Rauch und Staub legten, war einer der Banditen geflohen, und die anderen beiden lagen schlimm verwundet auf der Erde. Sie rissen ihnen die Lappen vom Gesicht und sahen, daß es zwei Jugendliche waren, in Lumpen gehüllt und mit Knüppeln und primitiven Lanzen bewaffnet. Darauf köpften sie sie schleunigst, damit sie die Demütigung erfuhren, diese Welt in Stücken zu verlassen und nicht vollständig, wie sie gekommen waren, und steckten die Köpfe auf Pfähle zu beiden Seiten des Weges. Als sich die Gemüter beruhigt hatten, sahen sie, daß ein Mitglied der Karawane sich mit einer ziemlich schweren Lanzenwunde am Oberschenkel auf dem Boden wälzte. Vierter Sohn, der gelähmt vor Entsetzen unter dem Karren gelegen hatte, kam aus seinem Versteck hervorgekrochen und bat die ehrenwerten Kaufleute, den Verletzten behandeln zu dürfen, und da es sonst niemand gekonnt hätte, erlaubten sie es ihm. Er bat um Tee, um das Blut abzuwaschen, dann öffnete er seinen Beutel und zog eine Dose mit *bai yao* heraus. Diese weiße Paste strich er auf die Wunde, verband das Bein so fest es ging und verkündete ohne zu zögern, daß die Wunde sich in weniger als drei Tagen geschlossen haben werde. Und so geschah es. Dieser Zwischenfall rettete ihn davor, die nächsten zehn Jahre als Sklave zu arbeiten und schlimmer als ein Hund behandelt zu werden, denn seiner Geschicklichkeit wegen verkauften ihn die Händler in Kanton an einen berühmten Arzt der traditionellen Medizin und zugleich Meister der Akupunktur – einen *zhong yi* –, der einen Gehilfen suchte. Bei diesem Weisen erwarb Vierter Sohn die Kenntnisse, die er bei seinem bäuerlichen Vater nie gefunden hätte.

Der alte Meister war ein sanfter Mann mit einem Gesicht so rund wie der Mond, langsamer Sprache und kräftigen, empfindsamen Händen, seinen besten Instrumenten. Als erstes gab er seinem Diener einen Namen. Er befragte astrologische Bücher und solche von Wahrsagern, um den für den Jungen passenden Namen herauszufinden: Tao. Das Wort hatte mehrere Bedeutungen, wie Weg, Richtung, Sinn und Harmonie, vor allem aber bedeutete es die Reise des Lebens. Als Nachnamen gab der Meister ihm seinen eigenen.

»Du wirst Tao Chi'en heißen. Dieser Name führt dich auf den Weg der Heilkunst. Dein Schicksal wird es sein, fremden Schmerz zu lindern und Weisheit zu erlangen. Du wirst ein *zhong yi* sein wie ich.«

Tao Chi'en. Der junge Gehilfe nahm seinen Namen dankbar entgegen. Er küßte seinem Herrn die Hände und lächelte zum erstenmal, seit er sein Zuhause verlassen hatte. Die Fröhlichkeit, mit der er früher ohne jeden Anlaß vergnügt herumgetanzt war, kehrte zurück und pochte wieder in seiner Brust, und das Lächeln verwischte sich wochenlang nicht. Er hüpfte durchs Haus und genoß seinen Namen, ließ ihn wie ein Bonbon auf der Zunge zergehen, wiederholte ihn laut und träumte ihn, bis er ganz mit ihm eins geworden war. Sein Meister, ein Anhänger des Konfuzius in praktischen Dingen und Buddhas auf geistigem Gebiet, unterrichtete ihn mit fester Hand, aber mit großer Sanftmut in der Wissenschaft, die aus ihm einen guten Arzt machen sollte.

»Wenn es mir gelingt, dich all das zu lehren, was ich vorhabe, wirst du eines Tages ein berühmter Mann sein«, sagte er zu ihm.

Er betonte, die Riten und Zeremonien seien so notwendig wie die Regeln einer guten Erziehung und der Respekt vor der Rangordnung. Er sagte, Kenntnis ohne Weisheit sei nur wenig nütze, es gebe keine Weisheit ohne Geistigkeit und die wahre Geistigkeit schließe immer den Dienst am Nächsten ein. Das Wesen eines guten Arztes bestehe in der Fähigkeit zum Mitleiden und dem Sinn für Ethik, ohne diese beiden entarte die heilige Kunst des Heilens zu simpler Scharlatanerie. Er mochte das schnelle Lächeln seines Schülers.

»Du bist schon ein gutes Stück voran auf dem Wege zur Weisheit, Tao. Der Weise ist immer fröhlich«, sagte er.

Das ganze Jahr hindurch stand Tao Chi'en im Morgengrauen auf wie jeder Schüler der Weisheit, um eine Stunde mit Meditation, Gesängen und Gebeten zu verbringen. Ihm war nur zur Feier des neuen Jahres ein Tag Ruhe beschieden, sonst waren Arbeit und Studium seine einzigen Beschäftigungen. Vor allem mußte er das Mandarin in Wort und Schrift vollendet beherrschen, das einzige allgemeine Verständigungsmittel in diesem riesigen Gebiet mit all seinen Völkern und Sprachen. Sein Lehrer war unerbittlich, was Schönheit und Genauigkeit der Schrift anging, erst dann unterscheide sie den gebildeten Mann vom Betrüger. Er bestand auch darauf, in Tao Chi'en künstlerische Empfindungsfähigkeit zu entwickeln, die, so sagte er, das höhere Wesen kennzeichne. Wie jeder kultivierte Chinese empfand er tiefe Verachtung für den Krieg; was ihn anzog, waren die Künste, sei es die Musik, die Malerei oder die Literatur. An seiner Seite lernte Tao Chi'en das feine Gewebe eines Spinnennetzes erfassen, auf dem im Licht der Morgensonne Tautropfen perlten, und sein Entzücken in begeisterten, in eleganter Schönschrift verfaßten Versen auszudrücken. Nach Meinung des Meisters war schlechte Poesie das einzige, was schlimmer war, als keine Poesie zu verfassen. In seinem Hause nahm der Junge an häufigen Zusammenkünften teil, auf denen die Gäste in der Inspiration des Augenblicks Verse schufen und den Garten bewunderten, während er Tee herumreichte und staunend lauschte. Man konnte die Unsterblichkeit gewinnen, wenn man ein Buch schrieb, vor allem wenn es Poesie war, sagte der Meister, der mehrere geschrieben hatte. Den praktischen bäuerlichen Heilkenntnissen, die Tao Chi'en sich angeeignet hatte, während er seinem Vater bei der Arbeit zuschaute, fügte er nun die Erkenntnisse aus dem dicken Buch über alte chinesische Medizin hinzu. Der Junge lernte, daß der menschliche Körper sich aus fünf Elementen zusammensetzt, Holz, Feuer, Erde, Metall und Wasser, die verbunden sind mit fünf Planeten, fünf atmosphärischen Zuständen, fünf Farben und fünf Noten. Durch die angemessene Anwendung der Heilpflanzen, der Akupunktur und der Schröpfkunst konnte ein guter Arzt etliche Krankheiten verhindern und heilen und die männliche helle Energie wie die weibliche passive, dunkle Energie – das *Yin* und das *Yang* – überwachen. Jedoch das Ziel dieser Kunst war es nicht so sehr, Krankheiten zu beheben, als vielmehr die Harmonie aufrechtzuerhalten. »Du mußt deine Nahrung auswählen, dein Bett aufstellen und deine Meditation halten nach der Jahreszeit und der Richtung des Windes. So wirst du immer im Einklang mit dem Universum sein«, belehrte ihn der Meister.

Der *zhong yi* war zufrieden mit seinem Schicksal, wenn auch das Fehlen von Nachkommen wie ein Schatten auf der heiteren Gelassenheit seines Geistes lag. Er hatte keine Kinder gehabt trotz der Wunderkräuter, die er ein ganzes Leben lang regelmäßig eingenommen hatte, um das Blut zu reinigen und das Glied zu stärken, und trotz der Tränke und Mittel, die er seinen beiden jung verstorbenen Ehefrauen ebenso verabfolgt hatte wie den zahlreichen Konkubinen, die ihnen folgten. Er hatte demütig hinnehmen müssen, daß nicht diese selbstlosen Frauen schuld waren, sondern die Trägheit seiner Samenflüssigkeit. Keines der fruchtbarkeitsfördernden Mittel, mit denen er andern helfen konnte, hatte bei ihm angeschlagen, und schließlich hatte er sich in die unleugbare Tatsache gefügt, daß seine Lenden trocken waren. Er plagte die Frauen nicht mehr mit nutzlosen Forderungen, er hatte sie ausgiebig genossen, nach den Geboten der schönen *Kopfkissenbücher* aus seiner Sammlung. Inzwischen aber war er alt geworden, Vergnügungen dieser Art lagen ihm seit langem fern, es fesselte ihn mehr, neue Kenntnisse zu erlangen und den schmalen Weg der Weisheit zu erforschen, er hatte auch eine Konkubine nach der anderen fortgeschickt, weil ihre Gegenwart ihn bei seinen geistigen Bemühungen störte. Er brauchte kein Mädchen vor sich zu haben, um es in feinziselierten Versen zu beschreiben, ihm genügte die Erinnerung. Wenn er keine eigenen Kinder haben konnte, so mußte er sich doch um die Zukunft Gedanken machen. Wer würde ihm auf der letzten Wegstrecke und in der Stunde seines Todes beistehen? Wer würde seine Grabstätte reinigen und sein Andenken verehren? Er hatte schon vorher Schüler gehabt und bei jedem den heimlichen Wunsch genährt, ihn zu adoptieren, aber keiner war der Ehre würdig gewesen. Tao Chi'en war weder klüger noch einfühlsamer als die andern, aber er trug in sich eine Lernbesessenheit, die der Meister sofort erkannte, denn sie glich seiner eigenen. Außerdem war er ein freundliches, lustiges Kind, das liebzugewinnen leichtfiel. In den Jahren des Zusammenlebens hatte er ihn so sehr schätzen gelernt, daß er sich oft fragte, wie es nur sein konnte, daß er kein Sohn aus seinem Blute war.

Dennoch machte die Zuneigung zu seinem Schüler ihn nicht blind, seiner Erfahrung nach reichten die Veränderungen in der Reifezeit sehr tief, und er konnte nicht vorhersagen, was für ein Mann er sein würde. Wie das chinesische Sprichwort sagt: »Helles Köpfchen in der Kindheit schützt nicht vor späterer Dumm- und Blindheit.« Er fürchtete, sich erneut zu irren, wie es ihm schon früher geschehen war, und er wollte lieber geduldig abwarten, bis die wahre Natur des Jungen zutage trat. Inzwischen würde er ihn erziehen, wie er die jungen Bäume in seinem Garten zog, um ihm zu helfen, gerade zu wachsen. Wenigstens denkt dieser schnell, dachte der alte Arzt und schätzte ab, wie viele Lebensjahre ihm noch blieben. Den Sternzeichen zufolge und dem, was die sorgfältige Beobachtung seines Körpers ihm sagte, würde er nicht die Zeit haben, einen weiteren Schüler anzulernen.

Tao Chi'en verstand sich bald darauf, auf dem Markt und in den Läden – tüchtig feilschend, wie es sich gehörte – die nötigen Substanzen auszuwählen und die Heilmittel ohne Hilfe zuzubereiten. Er hatte dem Arzt lange genug bei der Arbeit zugesehen und kannte inzwischen die verwickelten Wirkweisen des menschlichen Körpers, wußte, wie man die Fiebernden erfrischt und hitzige Temperamente abkühlt, wie man die an vorzeitiger Todeskälte Leidenden wärmt, wie man bei den Unfruchtbaren die Säfte in Bewegung bringt und wie man Ausflüsse oder Blutungen stillt. Er unternahm lange Ausflüge über Land und sammelte zum Zeitpunkt ihrer höchsten Wirksamkeit allerlei Pflanzen, die er in feuchte Tücher hüllte, damit sie auf dem Rückweg in die Stadt frisch blieben. Als er vierzehn wurde, hielt sein Lehrer ihn für reif genug, selbst zu praktizieren, und beauftragte ihn unverzüglich, Prostituierte zu betreuen, mit dem nachdrücklichen Gebot, sich jeden Verkehrs mit ihnen zu enthalten, denn Tao Chi'en werde selbst feststellen, wenn er sie untersuchte, daß sie den Tod in sich trugen.

»Die Krankheiten der Bordelle töten mehr Menschen als das Opium und der Typhus. Aber wenn du deine Pflichten erfüllst und gleichzeitig gut lernst, werde ich dir, wenn es soweit ist, ein jungfräuliches Mädchen kaufen«, versprach ihm der Meister.

Tao Chi'en hatte als Kind gehungert, aber sein Körper streckte sich, bis er größer war als irgendein anderes Mitglied seiner Familie. Mit vierzehn reizten ihn die käuflichen Mädchen nicht, sie erregten nur seine wissenschaftliche Neugier. Sie waren so verschieden von dem, was er kannte, lebten in einer so sonderbaren, geheimen Welt, daß er sie nicht als wirklich menschlich ansehen konnte. Später, als der plötzliche Ansturm der Natur ihn aus dem Gleichgewicht warf und er wie ein Betrunkener gegen seinen eigenen Schatten stolperte, beklagte es sein Lehrmeister, daß er sich von seinen Konkubinen getrennt hatte. Nichts zog einen guten Schüler so von seinen Pflichten ab wie der Ausbruch der Manneskraft. Eine Frau würde ihn beruhigen und ihm dazu noch praktische Kenntnisse beibringen, aber da der Gedanke, ihm eine zu kaufen, doch recht viel Lästiges mit sich brachte – es lebte sich so bequem in seinem ausschließlich männlichen Universum –, nötigte er Tao Tränke auf, die die Glut besänftigen sollten. Der *zhong yi* unterschätzte den längst vergessenen Orkan, den die fleischlichen Leidenschaften entfachen konnten, und gab seinem Schüler als theoretischen Teil der Erziehung die *Kopfkissenbücher* aus seiner Bibliothek zu lesen, ohne die erregende Wirkung abzuwägen, die sie auf den armen Jungen haben würden. Er ließ ihn jede einzelne der zweihundertzweiundzwanzig Stellungen der Liebe bei ihren poetischen Namen brav auswendig lernen, und er mußte sie ohne Zögern in den erlesenen Illustrationen der Bücher erkennen, was beträchtlich zur Zerstreuung des Jungen beitrug.

Tao Chi'en war mit Kanton schon so vertraut, wie

er früher sein kleines Dorf gekannt hatte. Ihm gefiel diese alte ummauerte, chaotische Stadt mit ihren gewundenen Straßen und Kanälen, wo Paläste und Hütten sich in unübersehbarem Durcheinander mischten und wo es Menschen gab, die in Booten auf dem Fluß lebten und starben, ohne je einen Fuß auf festes Land gesetzt zu haben. Er hatte sich an das Klima gewöhnt, in dem langen Sommer war es heiß und feucht in der von Taifunen heimgesuchten Stadt, aber im Winter, der von Oktober bis März dauerte, lebte es sich angenehm. Kanton war den Fremden verschlossen, was Piraten nicht davon abhielt, gelegentlich in die Stadt einzufallen. Es gab einige Handelsposten, wo die Ausländer von November bis Mai Tauschhandel betreiben konnten, aber der Gebühren, Regelungen und Behinderungen waren so viele, daß internationale Kaufleute es vorzogen, sich in Makao niederzulassen. Wenn Tao früh am Morgen zum Markt ging, fand er immer wieder neugeborene Mädchen auf der Straße liegend oder in den Kanälen schwimmend, häufig von Hunden oder Ratten angefressen. Niemand wollte sie, also weg mit ihnen. Wozu eine Tochter großfüttern, die nichts wert war und doch nur als Dienstmagd in der Familie eines künftigen Ehemanns enden würde? »Lieber ein mißgebildeter Sohn als ein Dutzend

Töchter, mögen sie auch so klug wie Buddha sein«, lautete die Redensart. Ohnehin gab es viel zu viele Kinder, und immer neue wurden geboren.

Kanton war eine dicht bevölkerte, reiche und muntere Stadt voller Tempel, Speise- und Spielhäuser, Bordelle und Opiumhöhlen wuchsen überall aus dem Boden, die Festtage des Kalenders wurden geräuschvoll gefeiert. Auch Züchtigungen und Hinrichtungen boten Anlaß zum Feiern. Die Massen strömten zusammen, um den Henkern zuzujubeln mit ihren blutigen Schürzen und der Sammlung von scharfgeschliffenen Messern, die den Kopf mit einem einzigen sicheren Hieb vom Körper trennten. Justiz wurde in ebenso schneller wie einfacher Form gehandhabt, ohne Berufungsmöglichkeit und ohne unnötige Grausamkeit, außer es handelte sich um Verrat am Kaiser, das schlimmste denkbare Verbrechen, das mit einem langsamen Tod geahndet wurde und der Verbannung sämtlicher Verwandten in die Leibeigenschaft. Die kleineren Vergehen wurden mit Auspeitschung bestraft, oder die Schuldigen mußten mehrere Tage lang ein Brett um den Hals tragen, mit dem sie weder schlafen noch die Hände zum Gesicht führen konnten, um zu essen oder sich zu kratzen. Auf Plätzen und Märkten traten Geschichtenerzähler auf, die wie die Bettelmönche durch das Land wanderten und eine jahrtausendealte mündliche Tradition bewahrten. Jongleure, Akrobaten, Schlangenbeschwörer, Transvestiten, wandernde Musiker, Zauberer und Schlangenmenschen gaben sich in den Straßen ein Stelldichein, während es um sie herum brodelte: da gab es Läden mit Seide, Tee, Jade, Gewürzen, Gold, Schildkrötenschalen, Porzellan, Elfenbein und Edelsteinen. Gemüse, Obst und Fleisch boten sich in buntem Mischmasch an: Kohlköpfe und zarte Bambussprossen neben Käfigen mit Katzen, Hunden und Waschbären, die der Metzger auf Bitten der Kunden mit einer einzigen Bewegung tötete und rasch abhäutete. Es gab lange Gassen nur mit Vögeln, die in keinem Haus fehlen durften, und mit Vogelkäfigen, von den einfachsten angefangen bis zu solchen aus feinem Holz, die mit Silber und Perlmutt eingelegt waren. Andere Passagen des Marktes waren bestimmten Fischen gewidmet, die das Glück anziehen. Der immer neugierige Tao Chi'en trieb sich dazwischen herum, beobachtete, schloß Freundschaften, und dann mußte er rennen, um seinen Auftrag in der Straße zu erfüllen, wo verkauft wurde, was er für seine Arbeit brauchte. Er konnte mit geschlossenen Augen den durchdringenden Geruch der Gewürze, Pflanzen und Heilrinden auseinanderhalten. Die getrockneten Schlangen stapelten sich zusammengerollt wie staubige Wollknäuel; Kröten, Salamander und fremdartiges Meergetier hingen an Schnüren aufgereiht wie Halsketten; Grillen und große Käfer mit harten, phosphoreszierenden Flügeldecken kümmerten in Kästen dahin; Affen verschiedener Arten warteten auf ihren Tod; Tatzen von Bären und Orang-Utans, Hörner von Antilopen und Nashörnern, Tigeraugen, Haifischflossen und Krallen von geheimnisvollen Nachtvögeln wurden nach Gewicht verkauft.

Für Tao Chi'en vergingen die ersten Jahre in Kanton mit Studium, Arbeit und Dienst für seinen alten Lehrmeister, den er wie einen Großvater achten lernte. Es waren glückliche Jahre. Die Erinnerung an seine eigene Familie verwischte sich, und schließlich vergaß er die Gesichter seines Vaters und seiner Bruder, aber nicht das seiner Mutter, denn sie erschien ihm oft. Das Studium war irgendwann keine Arbeit mehr, es war eine Leidenschaft geworden. Jedesmal, wenn er etwas Neues gelernt hatte, flog er zu seinem Lehrer und erzählte es ihm übersprudelnd. »Je mehr du lernst, um so eher wirst du wissen, wie wenig du weißt«, sagte der Alte lachend. Aus eigenem Antrieb beschloß Tao, das Kantonesische besser beherrschen zu lernen, denn mit dem Dialekt seines Heimatdorfes wurde er immer wieder belächelt. Er nahm die

Kenntnisse seines Lehrers mit solcher Geschwindigkeit in sich auf, daß der Alte ihm scherzhaft vorwarf, er raube ihm sogar noch seine Träume, aber seine eigene Leidenschaft für das Unterrichten machte ihn großzügig. Gutherzig von Natur, war er dennoch streng in der Kritik und fordernd, wo es um Anstrengung ging, denn wie er sagte: »Mir bleibt nicht mehr viel Zeit, und in die andere Welt kann ich nicht mitnehmen, was ich weiß, jemand muß es nach meinem Tod anzuwenden wissen.« Dennoch warnte er Tao auch davor, Kenntnisse in Massen herunterzuschlingen, eine solche Gefräßigkeit könne einen Mann in stärkere Fesseln legen als Völlerei oder Unzucht. »Der Weise verlangt nichts, richtet nicht, macht keine Pläne, er hält seinen Geist offen und sein Herz in Frieden«, sagte er. Er rügte Tao, wenn er einen Fehler gemacht hatte, mit so viel Traurigkeit, daß diesem eine kräftige Tracht Prügel lieber gewesen wäre, aber dieses Verfahren lief dem Temperament des *zhong yi* zuwider, der niemals zugelassen hatte, daß die Wut seine Handlungen bestimmte. Die einzigen Male, wo er ihn ganz förmlich mit einer Bambusrute schlug, ohne Unwillen, aber mit fester didaktischer Absicht, waren die, als er ohne jeden Zweifel feststellen mußte, daß sein Schüler der Versuchung des Spiels nachgegeben oder eine Frau bezahlt hatte. Tao Chi'en mogelte bei den Rechnungen vom Markt, um in den Spielhäusern, deren Anziehungskraft zu widerstehen ihm unmöglich schien, zu wetten oder um einen kurzen Trost mit Studentenrabatt in den Armen einer seiner Patientinnen in den Bordellen bezahlen zu können. Sein Herr merkte es nur zu bald, denn wenn er beim Spiel verlor, konnte er nicht erklären, wo das Wechselgeld geblieben war, und wenn er gewonnen hatte, war er außerstande, seine Freude zu verbergen. Die Frauen roch er an der Haut des Jungen.

»Zieh dein Hemd aus, ich muß dir ein paar Rutenschläge geben, vielleicht verstehst du dann endlich, Sohn. Wie oft habe ich dir gesagt, die schlimmsten Übel Chinas sind das Spiel und das Bordell? Im Spiel verlieren die Männer das Ergebnis ihrer Arbeit, und im Bordell verlieren sie Gesundheit und Leben. Mit diesen Lastern wirst du weder ein guter Arzt noch ein guter Dichter werden.«

Tao Chi'en war sechzehn Jahre alt, als 1839 der Opiumkrieg zwischen China und Großbritannien ausbrach. Zu jener Zeit war das Land von Bettlern überschwemmt. In Massen verließen die Menschen die allzu kargen Felder und erschienen mit ihren Lumpen und ihren Pusteln in den Städten, aus denen sie gewaltsam vertrieben wurden, worauf sie wie Rudel hungriger Hunde über die Straßen des Kaiserreiches irrten. Räuberbanden und Aufständische kämpften gegen die Regierungstruppen in einem nie endenden Heckenschützenkrieg. Es war eine Zeit der Zerstörung und der Plünderungen. Die geschwächten kaiserlichen Truppen, die unter der Führung korrupter Offiziere standen und aus Peking widersprüchliche Befehle bekamen, konnten der mächtigen, disziplinierten englischen Flotte keinen Widerstand entgegensetzen. Mit der Unterstützung durch die Bevölkerung war nicht zu rechnen, denn die Bauern hatten es satt, ihre Saaten vernichtet, ihre Dörfer in Flammen und ihre Töchter von der Soldateska vergewaltigt zu sehen. Nach fast vier Jahren Krieg mußte China eine demütigende Niederlage hinnehmen und den Gegenwert von einundzwanzig Millionen Dollar an die Sieger bezahlen, ihnen Hongkong überlassen und ihnen das Recht einräumen, »Konzessionen« einzurichten – Wohnviertel, die durch extraterritoriale Gesetze geschützt waren. Hier wohnten die Ausländer mit ihrer Polizei, ihren Dienststellen, ihrer Verwaltung und ihren Gesetzen, geschützt von ihren eigenen Truppen; es waren richtige fremde Nationen auf dem chinesischen Territorium, von denen aus die Europäer den Handel kontrollierten, vor allem den Opiumhandel. In Kanton zogen sie erst fünf Jahre später ein, aber Tao Chi'ens Lehrmeister, der die entwürdigende Niederlage seines verehrten Kaisers miterlebt hatte und mit ansehen mußte, wie Wirtschaft und Moral seines Vaterlandes zusammenbrachen, entschied, daß es keinen Grund für ihn gab weiterzuleben.

In den Kriegsjahren hatte der Geist des alten *zhong yi* Schaden gelitten, zudem hatte er die heitere Gelassenheit verloren, die er im Laufe seines Lebens mühsam genug erlangt hatte. Seine Zerfahrenheit und Zerstreutheit, was materielle Dinge anging, verschlimmerten sich so sehr, daß Tao Chi'en ihn füttern mußte, wenn er tagelang nichts gegessen hatte. Seine Abrechnungen gerieten völlig durcheinander, und die Gläubiger klopften schon an die Tür, aber er schenkte ihnen keine sonderliche Beachtung, denn alles, was mit Geld zu tun hatte, schien ihm eine schändliche Belastung, von der Weise ihrer Natur nach befreit waren. In der senilen Verwirrung dieser letzten Jahre vergaß er seine Absichten, seinen Schüler zu adoptieren und ihm eine Frau zu kaufen; tatsächlich war sein Sinn so getrübt, daß er Tao Chi'en häufig fassungslos ansah, weil er sich weder an seinen Namen erinnern konnte noch wußte, wo er ihn unterbringen sollte in dem Labyrinth von Gesichtern und Geschehnissen, die seine geschwächte Erinnerung so ungeordnet wie zusammenhanglos bedrängten. Aber sein Verstand genügte ihm doch, um die Einzelheiten seiner Bestattung festzulegen, denn für einen vornehmen Chinesen war sein eigenes Leichenbegängnis das wichtigste Ereignis seines Lebens. Der Gedanke, mit Hilfe eines eleganten Todes seiner Mutlosigkeit ein Ende zu machen, beschäftigte ihn schon seit langem, aber er hatte bis zum Ende des Krieges gewartet in der heimlichen, irrationalen Hoffnung, die Heere des Himmlischen Kaiserreiches triumphieren zu sehen. Der Dünkel der Fremden war ihm unerträglich, er empfand tiefe Verachtung für diese *brutalen fan gui*, weiße Phantome, die sich nicht wuschen, Milch und Alkohol tranken, die Grundregeln der guten Erziehung nicht kannten und unfähig waren, ihre Vorfahren in gebührender Form zu ehren. Die Handelsvereinbarungen hielt er für eine diesen unverschämten Barbaren vom Kaiser gewährte Gunst, aber anstatt sich lobpreisend und dankbar tief zu verneigen, forderten sie immer noch mehr. Die Unterzeichnung des Friedensvertrages von Nanking war der letzte Schlag für den *zhong yi*. Der Kaiser und mit ihm jeder Einwohner Chinas bis zum allergeringsten hatten die Ehre verloren. Wie sollte man nach einer solchen Schande je die Würde zurückgewinnen können?

Der alte Weise vergiftete sich, indem er Gold schluckte. Als sein Schüler von einem seiner Ausflüge aufs Land zurückkam, wo er Pflanzen gesammelt hatte, fand er ihn im Garten, in Seidenkissen lehnend und weiß gekleidet als Zeichen seiner eigenen Trauer. Neben ihm stand der noch warme Tee, und die Tusche im Pinsel war noch feucht. Auf seinem kleinen Schreibpult lag ein unvollendetes Gedicht, und eine Libelle zeichnete sich zart auf dem weichen Reispapier ab. Tao Chi'en küßte die Hände dieses Mannes, der ihm so viel gegeben hatte, dann blieb er einen Augenblick stehen, um die Zeichnung der durchsichtigen Flügel des Insekts im Licht des Sonnenuntergangs zu würdigen, wie sein Lehrer es gewünscht hätte.

Zur Bestattung des Weisen strömte eine große Menschenmenge herbei, denn in seinem langen Leben hatte er Tausenden Menschen geholfen, in Gesundheit zu leben und ohne Furcht zu sterben. Vertreter der Behörden und andere Würdenträger statteten ihren offiziellen Besuch ab, die Dichterkollegen rezitierten ihre feierlichsten Verse, und die Konkubinen präsentierten sich ganz in Seide. Ein Seher bestimmte den für die Beisetzung geeigneten

Tag, und ein Künstler für Bestattungsgegenstände ging durch das Haus des Verstorbenen, um seine Besitztümer zu kopieren. Er betrachtete alles in Ruhe, ohne Maß zu nehmen oder Notizen zu machen, aber unter seinen weiten Ärmeln ritzte er mit dem Fingernagel Zeichen in eine Wachstafel; dann faltete er von dem Haus und seinen Räumen und Möbeln sowie von den Lieblingsgegenständen des Toten Miniaturen aus Papier, die alle zusammen mit ebenfalls papiernen Bündeln Geld verbrannt werden würden. Ihm sollte in der anderen Welt nichts von dem fehlen, woran er sich in dieser erfreut hatte. Der Sarg, riesig und geschmückt wie eine kaiserliche Kutsche, wurde durch die Straßen der Stadt gefahren zwischen zwei Reihen von Soldaten in Uniform, vor ihnen Berittene in strahlenden Farben und eine Musikkapelle mit Zimbeln, Trommeln, Flöten, Glocken, Triangeln und einer Reihe von Saiteninstrumenten. Das Getöse war unerträglich, wie es der Bedeutung des Dahingegangenen zukam. An der Grabstelle waren Blumen, Kleidung und Speisen angehäuft; Kerzen und Weihrauch wurden angezündet, und zum Schluß wurden das Papiergeld und die feingearbeiteten Gegenstände aus Papier verbrannt. In die vergoldete Ahnentafel aus Holz war der Name des Meisters eingraviert, und sie wurde nun auf das Grab gelegt, um den Geist aufzunehmen, während der Körper zur Erde zurückkehrte. Dem ältesten Sohn kam es zu, die Tafel in Empfang zu nehmen und ihr in seinem Heim einen Ehrenplatz zu geben neben denen seiner anderen männlichen Vorfahren, aber der Arzt hatte niemanden, der diese Pflicht erfüllen konnte. Tao Chi'en war nur ein Diener, und es wäre ein schlimmer Verstoß gegen die Etikette gewesen, wenn er sich dazu angeboten hätte. Er war ehrlich betrübt, in der Menge war sicherlich er der einzige, dessen Tränen und Seufzer einem echten Schmerz entsprachen, aber die Ahnentafel wurde einem entfernten Neffen des Toten überreicht, der die moralische Pflicht haben würde, alle zwei Wochen und an jedem Festtag des Jahres ihm Geschenke darzubringen und davor zu beten.

Als die feierlichen Bestattungsriten vorüber waren, fielen die Gläubiger wie Schakale über die Besitztümer des Meisters her. Sie schändeten die ehrwürdigen Schriften, wühlten in den Kräutern, verdarben die Präparate, zerstörten die sorgfältig gemalten Gedichte, nahmen die Möbel und Kunstgegenstände mit, zertrampelten den wunderschönen Garten und versteigerten das alte Haus. Kurz zuvor hatte Tao Chi'en die goldenen Nadeln für die Akupunktur, eine Kiste mit ärztlichen Instrumenten und einige wichtige Medikamente in Sicherheit gebracht, dazu etwas Geld, das er in den vergangenen drei Jahren nach und nach beiseite geschafft hatte, seit sein Herr begann, sich auf den verschlungenen Pfaden der Altersdemenz zu verirren. Dabei war es nicht seine Absicht gewesen, den verehrungswürdigen *zhong yi*, den er wie einen Großvater achtete, zu bestehlen, vielmehr wollte er ihn mit Hilfe dieses Geldes ernähren, denn Angst vor der Zukunft bewegte ihn, wenn er sah, wie sich die Schulden häuften. Der Freitod des Meisters veränderte alles, und Tao Chi'en sah sich nun im Besitz unerwarteter Mittel. Wenn er sich dieses Geld aneignete, konnte das den Kopf kosten, denn es wäre das Verbrechen eines Untergebenen an einem Höherstehenden, aber er war sicher, daß niemand es erfahren würde außer dem Geist des Verstorbenen, und der würde sein Handeln zweifellos billigen. Würde er nicht lieber seinen treuen Diener und Schüler belohnen, statt eine der zahlreichen Schulden an seine grausamen Gläubiger zu bezahlen? Mit diesem bescheidenen Schatz im Beutel und einem Satz sauberer Wäsche zum Wechseln machte Tao Chi'en sich davon, fort aus der Stadt. Flüchtig kam ihm der Gedanke, in sein Heimatdorf zurückzukehren, aber er verwarf ihn sofort wieder.

Für seine Familie würde er immer Vierter Sohn sein und seinen älteren Brüdern Unterwerfung und Gehorsam schulden. Er würde für sie arbeiten müssen, die Frau annehmen, die sie für ihn aussuchten, und sich ins Elend ergeben. Nichts zog ihn in diese Gegend, nicht einmal die seinem Vater und seinen Vorfahren geschuldete Sohnespflicht. Er mußte weit fortgehen, so weit, daß ihn der lange Arm der chinesischen Justiz nicht mehr erreichen konnte. Er war zwanzig Jahre alt, eines fehlte ihm, um die zehn Dienstjahre zu vollenden, und jeder der Gläubiger konnte sich auf das Recht berufen, ihn für dieses eine Jahr als Sklaven zu verwenden.

Tao Chi'en nahm einen Sampan nach Hongkong, um sein neues Leben zu beginnen. Nun war er ein *zhong yi*, in der traditionellen chinesischen Medizin geschult von dem besten Meister Kantons. Er schuldete den Geistern seiner verehrten Ahnen ewigen Dank, daß sie sein Karma so ruhmvoll gelenkt hatten. Das erste, entschied er, war, eine Frau zu finden, denn er war schon weit im heiratsfähigen Alter, und die Enthaltsamkeit drückte ihn gehörig. Die fehlende Ehefrau war ein eindeutiges Zeichen für Armut. Er hegte den sehnlichen Wunsch, ein liebliches junges Mädchen mit schönen Füßen zu erwerben. Ihre *goldenen Lilien* durften nicht mehr als drei, vier Daumenbreit in der Länge messen und mußten rundlich und zart anzufühlen sein wie bei einem wenige Monate alten Kind. Ihn begeisterte der Gang einer jungen Frau auf ihren winzigen Füßen, die sehr kurzen, schwankenden Schritte, als wäre sie ständig im Begriff, zu fallen, die Hüften, nach hinten geschoben, die sich wiegten wie die Binsen am Rand des Teiches im Garten seines Meisters. Er haßte die großen, muskulösen, kalten Füße, wie sie die Bäuerinnen hatten. Im Dorf hatte er von weitem ein paar Mädchen mit verbundenen Füßen gesehen, der Stolz ihrer Familien, die sie sicherlich gut verheiraten würden, aber erst als er in Kanton mit den Prostituierten in Berührung kam, hatte er ein Paar jener *goldenen Lilien* in den Händen gehalten und war in Entzücken geraten über die kleinen bestickten Pantöffelchen, die sie immer bedeckten, denn die verkrüppelten Knochen sonderten jahrelang eine übelriechende Substanz ab. Seit er sie berührt hatte, begriff er, daß ihre Eleganz die Frucht ständiger Schmerzen war, und das machte sie um so kostbarer. Danach wußte er die den weiblichen Füßen gewidmeten Bücher gebührend zu würdigen, die sein Meister sammelte und in denen fünf Klassen und achtzehn verschiedene Stile von *goldenen Lilien* aufgeführt wurden. Seine Frau mußte auch sehr jung sein, denn Schönheit ist von kurzer Dauer, sie beginnt etwa im zwölften Lebensjahr und endet kurz nach dem zwanzigsten. So hatte sein Meister erklärt. Es hatte schon seinen Grund, daß die gefeiertsten Heldinnen der chinesischen Literatur immer genau zur Zeit ihres größten Liebreizes starben; glücklich jene, die dahingingen, bevor sie sich vom Alter zerstört sehen mußten, und so in voller Jugendfrische in Erinnerung blieben. Außerdem gab es praktische Gründe, eine ganz Junge zu heiraten:

sie würde ihm Söhne schenken und es würde leicht sein, ihren Charakter zu zähmen, um sie wirklich gehorsam zu machen. Nichts ist so unangenehm wie eine keifende Frau, er hatte welche gesehen, die vor ihrem Mann und ihren Söhnen ausspuckten und ihnen kräftige Ohrfeigen verpaßten, und das sogar auf der Straße vor den Nachbarn. Ein solcher von den Händen einer Frau zugefügter Schimpf war die schlimmste Entehrung für einen Mann. Auf dem Sampan, der ihn langsam die neunzig Seemeilen von Kanton nach Hongkong trug und ihn jede Minute mehr von seinem vergangenen Leben entfernte, träumte Tao Chi'en von dem schönen Mädchen und von der Lust und den Söhnen, die sie ihm schenken würde. Ein ums andere Mal zählte er das Geld in seiner Tasche, als könnte er es durch Nachrechnen vermehren, aber es ergab sich eindeutig, daß es für eine Ehefrau dieser Güte nicht reichen würde. Dennoch, mochte sein Bedürfnis auch noch so dringend sein, er dachte nicht daran, sich mit weniger zu begnügen und vielleicht für den Rest seiner Tage als Ehemann einer Frau mit großen Füßen und starkem Charakter zu leben.

Die Insel Hongkong tauchte vor seinen Augen auf, mit ihrem bergigen Profil und in der Schönheit ihrer grünen Natur stieg sie wie eine Sirene aus den indigoblauen Wassern des chinesischen Meeres. Kaum hatte das leichte Boot, das ihn trug, im Hafen festgemacht, als ihm die Gegenwart der verhaßten Fremden bewußt wurde. Er hatte vorher schon einige von weitem gesehen, aber nun waren sie ihm so nah, daß er sie am liebsten angefaßt hätte, um zu ergründen, ob diese großen, so ganz anmutlosen Geschöpfe wirklich Menschen waren. Verblüfft stellte er fest, daß viele *fan gui* rote oder gelbe Haare und farblose Augen hatten und daß ihre Haut rosarot war wie gekochte Langusten. Die Frauen, die er sehr häßlich fand, trugen große Hüte mit Blumen und Federn darauf, vielleicht, um so ihre teuflischen Haare zu verstecken. Sie waren sehr merkwürdig angezogen, sie trugen steife, am Oberkörper eng anliegende Kleider; er nahm an, daß sie sich deshalb wie Automaten bewegten und sich nicht liebenswürdig verneigten, wenn sie grüßten, sie gingen hölzern, ohne jemanden anzusehen, und erduldeten schweigend die Sommerhitze in ihrer unbequemen Gewandung. Wohl ein Dutzend europäische Schiffe lagen im Hafen inmitten von Tausenden asiatischer Boote aller Größen und Farben. In den Straßen sah er einige Pferdekutschen, die von Männern in Uniform gelenkt wurden, sie gingen fast unter in der Masse der zum Menschentransport bestimmten Vehikel wie Sänften, Palankins, Rikschas und schlicht Männern, die ihre Kunden auf dem Rücken trugen. Der Fischgeruch schlug Tao Chi'en ins Gesicht wie ein Backenstreich und erinnerte ihn an seinen Hunger. Als erstes mußte er ein Speisehaus finden, was wegen der langen gelben Stoffstreifen, die vor diesen Lokalen hingen, nicht schwierig war.

Tao Chi'en aß wie ein Fürst in einem Restaurant, das gedrängt voll war mit laut redenden und schallend lachenden Leuten, ein unfehlbares Zeichen für Zufriedenheit und gute Verdauung, und er genoß die delikaten Gerichte, die im Haus seines Meisters in Vergessenheit geraten waren. Der *zhong yi* war sein Leben lang ein großer Feinschmecker gewesen und rühmte sich, die besten Köche Kantons in seinen Diensten gehabt zu haben, aber in seinen letzten Jahren hatte er sich von grünem Tee und Reis mit ein paar Fasern Grünzeug ernährt. Um die Zeit, als Tao Chi'en sich den Gläubigern seines Herrn entzog, war er so dünn wie einer der vielen Tuberkulosekranken in Hongkong. Dies war sein erstes anständiges Essen seit langem, und der Ansturm der Geschmäcke und Düfte begeisterte ihn bis zur Ekstase. Um das Festmahl zu beschließen, zündete er sich genußvoll eine Pfeife an. Er schwebte hinaus auf die Straße und lachte vor sich hin wie ein Narr: so voller

Schwung und Glückseligkeit hatte er sich in seinem ganzen Leben noch nicht gefühlt. Er sog die Luft ein, die der in Kanton so ähnlich war, und entschied, es würde leicht sein, sich diese Stadt zu erobern, so wie er in neun Jahren die andere sich zu eigen gemacht hatte. Zuerst würde er den Markt und das Viertel der Heiler und Kräutersammler ausfindig machen, wo er Herberge finden und seine beruflichen Dienste anbieten würde. Dann würde er über die Angelegenheit mit der Frau mit den kleinen Füßen nachdenken …

Noch am gleichen Nachmittag fand Tao Chi'en Unterkunft im Dachgeschoß eines riesigen Hauses, das in jedem Raum eine Familie beherbergte, ein wahrer Ameisenhaufen. Seine Bleibe, ein finsterer Tunnel von ein Meter Breite und drei Metern Länge, fensterlos, dunkel und heiß, zog die Essensdünste anderer Mieter an, vermischt mit dem unverwechselbaren Geruch von Nachttöpfen. Verglichen mit dem vornehmen Haus seines Meisters kam dies dem Leben in einem Rattenloch gleich, aber er erinnerte sich, daß die Hütte seines Vaters ärmlicher gewesen war. Als alleinstehender Mann, entschied er, brauchte er weder mehr Platz noch Luxus, nur einen Winkel, wo er seine Schlafmatte hinlegen und sein bißchen Habe aufbewahren konnte. Später, wenn er heiratete, würde er eine angemessene Wohnung suchen, wo er seine Arzneien zubereiten, seine Patienten behandeln und sich von seiner Frau in gebührender Form bedienen lassen konnte. Im Augenblick, während er sich um ein paar für seine Arbeit wichtige Bekanntschaften bemühen mußte, bot dieser Raum ihm wenigstens ein Dach und ein bißchen Fürsichsein. Er ließ seine Sachen zurück und ging, sich ein gutes Bad zu gönnen, sich die Stirn bis zum Hinterkopf rasieren und den Zopf neu flechten zu lassen. Kaum war er anständig hergerichtet, machte er sich sofort auf die Suche nach einem Spielhaus, denn er war entschlossen, sein schmales Kapital in der kürzestmöglichen Zeit zu verdoppeln und damit den Weg zum Erfolg zu beschreiten.

In weniger als zwei Stunden hatte er *beim fan tan* alles Geld verloren und behielt nur deshalb seine ärztlichen Instrumente, weil er sie nicht mitgenommen hatte. Das Geschrei in dem Spielsaal war so ohrenbetäubend, daß die Wetten nur mit Zeichen signalisiert werden konnten, und das durch dicken Tabaksqualm hindurch. Das *fan tan* war sehr simpel, es gehörte weiter nichts dazu als eine Handvoll Knöpfe und ein Becher. Die Wetten wurden gemacht, die Knöpfe wurden zu je vier auf einmal gezählt, und wer erriet, wie viele übrigblieben, einer, zwei, drei oder keiner, hatte gewonnen. Tao Chi'en konnte kaum den Händen des Mannes folgen, der die Knöpfe warf und zählte. Ihm schien, da war Schwindel im Spiel, aber den Kerl öffentlich zu beschuldigen wäre eine so ungeheure Beleidigung gewesen, daß er sie, falls er sich irrte, vielleicht mit dem Leben bezahlen mußte. In Kanton wurden im Umkreis der Spielhäuser täglich die Leichen von vorwitzigen Verlierern eingesammelt, das würde in Hongkong nicht viel anders sein. Er kehrte in seinen Dachbodentunnel zurück, warf sich auf seine Matte, weinte wie ein Kind und dachte an die Rutenschläge, die sein alter Meister ihm verabfolgt hatte. Die Verzweiflung dauerte an bis zum folgenden Tag, als er mit blendender Klarheit seine Ungeduld und seinen Hochmut erkannte. Da lachte er lange und herzlich über die Lektion und war überzeugt, daß der mutwillige Geist seines Meisters sich eingemischt hatte, um ihm noch einmal eine Lehre zu erteilen. Er war in tiefer Dunkelheit von dem Krach im Haus und auf der Straße aufgewacht. Draußen war heller Vormittag, aber kein natürliches Licht drang in sein elendes Gelaß. Tastend zog er die einzige saubere Wäsche an, die er zum Wechseln mitgenommen hatte, und lachte dabei immer noch vor sich hin, nahm seine Arzttasche und machte sich auf zum Markt. In dem Teil, wo sich die engen Verschläge der Tätowierer aneinanderreihten, von oben bis unten behängt mit Skizzen auf Lappen und Zetteln, konnte man unter Tausenden Zeichnungen wählen, von zarten Blumen in blauer Tusche bis zu phantastischen Drachen in fünf Farben, die mit ihren ausgebreiteten Flügeln und ihrem Feueratem den ganzen Rücken eines kräftigen Mannes zieren konnten. Eine halbe Stunde brachte er mit Feilschen zu, und schließlich einigte er sich mit einem Künstler, der dringend wünschte, eine bescheidene Tätowierung gegen ein Tonikum zum Reinigen der Leber zu tauschen. In weniger als fünf Minuten ritzte er ihm auf den Rükken der rechten Hand, der, mit der man wettet, in einfachen, eleganten Strichen das Schriftzeichen *bu* – nein.

»Wenn Ihnen der Sirup gut bekommt, empfehlen Sie meine Dienste Ihren Freunden«, bat Tao Chi'en ihn. »Wenn Ihnen meine Tätowierung gut bekommt, tun Sie das gleiche«, antwortete der Künstler.

Tao Chi'en behauptete immer, diese Tätowierung habe ihm Glück gebracht. Er trat aus dem Laden in das Marktgewimmel und bahnte sich mit Püffen und Stößen einen Weg durch die engen, von

Menschheit verstopften Gassen. Er sah nicht einen einzigen Ausländer, und der Markt glich aufs Haar dem in Kanton. Der Lärm toste wie ein Wasserfall, die Händler priesen die fabelhafte Güte ihrer Waren an, und die Kunden feilschten mit lautem Geschrei mitten in dem markerschütternden Gekreisch der Vögel in den Käfigen und dem Heulen der Tiere, die auf das Messer warteten. So dicht war der Gestank nach Schweiß, lebenden und toten Tieren, Kot und Unrat, Gewürzen, Opium, Garküchen und jeder Art von Erzeugnissen und Geschöpfen der Erde, des Wassers und der Luft, daß man glaubte, ihn mit den Händen berühren zu können. Er sah eine Frau, die Krebse anbot. Sie zog sie lebend aus einem Sack, kochte sie einige Minuten in einer Brühe, die wohl seit Wochen stets dieselbe gewesen war, zog sie mit einem Sieb heraus, tauchte sie in Sojasauce und servierte sie den Passanten auf einem Stück Papier. Ihre Hände waren voller Warzen. Tao Chi'en handelte mit ihr das Frühstück eines Monats im Tausch gegen die Behandlung ihres Übels aus.

»Ah! Ich sehe, Sie mögen Krebse«, sagte sie.

»Ich hasse sie, aber ich werde sie als Buße essen, damit ich eine Lektion nicht vergesse, an die ich mich immer erinnern muß.«

»Und wenn ich in einem Monat meine Warzen

nicht los bin, wer bezahlt mir dann die Krebse, die Sie gegessen haben?«

»Wenn Sie in einem Monat noch Warzen haben, schädigt das meinen Ruf. Wer würde dann wohl meine Medizin kaufen wollen?« fragte er lächelnd.

»Also gut.«

So begann sein neues Leben in Hongkong. Eine leichte Entzündung seiner Hand ging nach zwei, drei Tagen zurück, und die Tätowierung erschien als sauber gezeichnete blaue Adern. Während er den ganzen Monat die Marktstände einen nach dem andern aufsuchte und seine Dienste als Arzt anbot, aß er nur einmal am Tag und immer gekochte Krebse und fiel so vom Fleisch, daß man eine Münze in die Rillen zwischen den Rippen hätte schieben können. Bei jedem Tierchen, das er sich, seinen Ekel bezwingend, in den Mund stopfte, mußte er lächeln und an seinen Meister denken, der auch keine Krebse gemocht hatte. Die Warzen der Frau waren nach sechsundzwanzig Tagen verschwunden, und dankbar verbreitete sie die gute Neuigkeit in der Nachbarschaft. Sie bot ihm noch einen weiteren Monat Krebse an, wenn er ihre Augen vom grauen Star heilte, aber Tao fand, daß seine Strafe ausreichend gewesen sei und daß er sich den Luxus leisten könne, diese Tiere für den Rest seines Lebens nie wieder zu essen. Abends kehrte er erschöpft in seine Bleibe zurück, zählte im Licht der Kerze seine Münzen, versteckte sie unter einem Brett des Fußbodens und machte sich dann in der Gemeinschaftsküche Wasser heiß, um mit Tee den Hunger zu dämpfen. Von Zeit zu Zeit, wenn seine Beine oder sein Wille nachzugeben drohten, kaufte er sich einen Napf Reis, ein bißchen Zucker oder eine Pfeife Opium, was er langsam genoß, dankbar, daß es auf der Welt so herrliche Geschenke wie den tröstlichen Reis, den süßen Zukker und die vollkommenen Träume des Opiums gab. Sonst verbrauchte er Geld nur für seine Miete, Unterricht im Englischen, den Barbier und für das Waschen seiner Wäsche, denn er konnte nicht herumlaufen wie ein Bettler. Sein Meister hatte sich gekleidet wie ein Mandarin. »Die gute Erscheinung ist ein Zeichen von Bildung, ein *zhong yi* ist nicht dasselbe wie ein Heiler vom Lande. Je ärmer der Kranke, um so reicher muß deine Kleidung sein, aus Respekt«, hatte er ihn gelehrt. Allmählich breitete sein Ruf sich aus, zuerst unter den Marktleuten und ihren Familien, dann bis ins Hafenviertel, wo er die Seeleute behandelte, sei es gegen Wunden, die sie sich bei Prügeleien zugezogen hatten, sei es gegen Skorbut, venerische Pusteln oder Vergiftung.

Nach sechs Monaten erfreute Tao Chi'en sich einer treuen Patientenschar und hatte es zu einem bescheidenen Wohlstand gebracht. Er zog um in ein Zimmer mit Fenster und stattete es mit einem großen Bett aus, das ihm zupaß kommen würde, wenn er heiratete, ferner mit einem Lehnstuhl und einem englischen Schreibtisch. Er kaufte auch einige Kleidungsstücke, schon seit Jahren hatte er den Wunsch gehabt, sich gut anzuziehen. Er war auch bestrebt, Englisch zu lernen, denn er hatte bald erkannt, wo die Macht lag. Eine Handvoll Briten kontrollierte Hongkong, machte die Gesetze und sprach Recht, dirigierte das Geschäftsleben und die Politik. Die *fan gui* lebten in exklusiven Stadtvierteln und standen nur mit reichen Chinesen in Verbindung, um Geschäfte zu machen, und das immer in englischer Sprache. Die riesige Menschenmenge der Chinesen lebte im gleichen Raum und zur gleichen Zeit, aber es war, als existierte sie gar nicht. Aus Hongkong gingen die raffiniertesten Erzeugnisse in die Salons eines Europa, das fasziniert war von dieser fernen, jahrtausendealten Kultur. China war Mode beim aufsteigenden Bürgertum. Seide machte in der Kleidung Furore; graziös geschwungene Brücken mit Lampions und Trauerweiden ahmten die wundervollen geheimen Gärten Pekings nach; die Dächer der Pagode fanden sich auf Gartenhäuschen wieder, und die Motive von Drachen und Kirschblüten wurden bis zum Erbrechen in Dekorationen wiederholt. Kein englisches Haus, das etwas auf sich hielt, kam aus ohne einen orientalischen Salon mit einem Wandschirm, einer Sammlung von Gegenständen aus Porzellan und Elfenbein, von kindlichen Händen mit den *verbotenen Stichen* bestickten Fächern und kaiserlichen Singvögeln in geschnitzten Käfigen. Die Schiffe, die diese Schätze nach Europa trugen, kehrten nicht leer zurück, sie brachten Opium aus Indien, das als Schmuggelware verkauft wurde, und mancherlei billig hergestellte Waren, womit sie die kleinen örtlichen Betriebe ruinierten. Die Chinesen mußten mit Engländern, Holländern, Franzosen und Nordamerikanern konkurrieren, um in ihrem eigenen Land Handel treiben zu können. Aber das große Unglück war das Opium. Seit Jahrhunderten hatte es in China zum Zeitvertreib und zu medizinischen Zwecken gedient, aber als die Engländer den Markt damit überschwemmten, verwandelte es sich in ein schlimmes, unkontrollierbares Übel. Es befiel alle Schichten der Gesellschaft, schwächte sie und zersetzte sie.

Anfangs hatten die Chinesen die Fremden mit Verachtung, Widerwillen und der ungeheuren Überlegenheit eines Volkes angesehen, das sich als das einzig zivilisierte des Universums fühlt, aber in wenigen Jahren lernten sie sie respektieren und fürchten. Die Europäer ihrerseits waren in ihren Handlungen durchdrungen von der gleichen Vorstellung rassischer Überlegenheit und betrachteten sich als Herolde der Zivilisation in einem Land von schmutzigen, häßlichen, schwächlichen, lärmenden, verdorbenen und wilden Menschen, die Katzen und Schlangen aßen und ihre eigenen Töchter bei der Geburt töteten. Nur wenige wußten, daß die Chinesen die Schrift schon tausend Jahre länger in Gebrauch hatten als europäische Völker. Während die Kaufleute die Droge und die Gewalt einführten, versuchten Missionare zu evangelisieren. Das Christentum mußte verbreitet werden, um jeden Preis, es war der einzige wahre Glaube, und Konfuzius hielten sie für einen alten verstockten Heiden. Sie betrachteten die Chinesen kaum als menschliche Wesen, aber sie versuchten, ihre Seelen zu retten, und vergüteten ihnen die erfolgte Bekehrung mit Reis. Die neuen Christen verzehrten ihre Portion göttliche Bestechung und gingen dann zu einer anderen Mission, um sich von neuem bekehren zu lassen, höchlich belustigt über diese Verrücktheit der *fan gui*, ihre Religion zu predigen, als wäre sie die einzige auf der Welt. Für die Chinesen, die praktisch und tolerant waren, stand Spiritualität der Philosophie näher als der Religion; es war eine Frage der Ethik, niemals eines Dogmas.

Tao Chi'en nahm Unterricht bei einem Landsmann, der das Englische mit viel Gallert und wenig Konsonanten sprach, aber er schrieb es unbedingt korrekt. Das europäische Alphabet war verglichen mit den chinesischen Schriftzeichen von köstlicher Einfachheit, und nach fünf Wochen konnte Tao die britischen Zeitungen lesen, ohne sich in den Buchstaben zu verheddern, auch wenn er jedes fünfte Wort nachschlagen mußte. Nachts saß er stundenlang und lernte. Er vermißte seinen verehrten Meister, der ihn für immer mit dem Durst nach Wissen gezeichnet hatte, und der ist genauso beharrlich wie der Durst nach Alkohol beim Trinker oder der Durst nach Macht beim Herrschsüchtigen. Ihm stand nicht mehr die Bibliothek des Alten zur Verfügung noch seine unerschöpfliche Quelle der Erfahrung, er konnte nicht mehr zu ihm gehen, um seinen Rat zu erbitten oder mit ihm über die Symptome bei einem Kranken zu sprechen – ihm fehlte ein Führer, er fühlte sich verwaist. Seit dem Tod seines Lehrers hatte er kein Gedicht mehr geschrieben oder gelesen, er nahm sich nicht mehr die Zeit, die Natur zu bewundern, zu meditieren oder die täglichen Riten und Zeremonien zu beachten, die früher sein Leben bereichert hatten. Er fühlte sich so voller Lärm inwendig, er sehnte sich nach der Leere des Schweigens und der Einsamkeit, die als das kostbarste Gut zu pflegen sein Meister ihn gelehrt hatte. In seinem Beruf lernte er vieles über die verwickelte Natur des Menschen, die emotionalen Unterschiede zwischen Männern und Frauen, die Krankheiten, die nur mit Medikamenten zu behandeln waren, und diejenigen, die dazu auch den Zauber des rechten Wortes verlangten, aber er hatte niemanden, mit dem er seine Erfahrungen austauschen konnte. Der Traum, eine Frau zu kaufen und eine Familie zu gründen, war immer in seinem Sinn, aber verwischt und zart wie eine schöne, auf Seide gemalte Landschaft, der Wunsch dagegen, sich Bücher anzuschaffen, zu studieren und andere Meister für sich zu gewinnen, die bereit wären, ihm auf dem Weg zum Wissen behilflich zu sein, wurde mehr und mehr zur Besessenheit.

So standen die Dinge, als Tao Chi'en den Arzt Ebanizer Hobbs kennenlernte, einen englischen Gentleman, der ganz frei von Überheblichkeit war und sich im Gegensatz zu anderen Europäern für das Lokalkolorit der Stadt interessierte. Er sah ihn zum erstenmal auf dem Markt, wo er zwischen den Kräutern und Tränken in einem Laden für Heiler herumsuchte. Er sprach nur ein paar Worte Mandarin, aber er wiederholte sie mit einer solchen Stentorstimme und so viel unumstößlicher Überzeugung, daß sich um ihn eine kleine teils spöttelnde, teils ängstliche Gruppe von Neugierigen angesammelt hatte. Er war von weitem leicht zu sehen, weil sein Kopf die chinesischen Köpfe ringsum überragte. Tao Chi'en hatte in dieser Gegend noch nie einen Ausländer gesehen, so weit entfernt von den Vierteln, in denen sie sich sonst zu bewegen pflegten, und er ging näher heran, um ihn sich genau zu betrachten. Es war ein noch junger Mann, hochgewachsen und schlank, er hatte feine Gesichtszüge und große blaue Augen. Tao Chi'en stellte entzückt fest, daß er das seltsam ausgesprochene Mandarin des *fan gui* verstehen konnte und selbst mindestens ebensogut auf englisch radebrechen konnte, da würde es vielleicht möglich sein, sich gegenseitig zu verständigen. Er grüßte den Fremden mit höflichen Verneigungen, die der andere in recht linkischer Nachahmung erwiderte. Die zwei lächelten sich an und brachen dann in helles Lachen aus, in das die Zuschauer begeistert einstimmten. Nun begann ein eifriger Dialog mit zwanzig schlecht ausgesprochenen Wörtern vom einen zum andern und einer drolligen

Pantomime, die die Fröhlichkeit der wohl an Gaukler erinnerten Zuschauer noch steigerte. Bald hatte sich eine beträchtliche Menschenmenge angesammelt, alle wollten sich schier totlachen und behinderten bereits den Verkehr, was einen berittenen britischen Polizisten anlockte, der befahl, die Zusammenrottung augenblicklich aufzulösen. Die komische Szene knüpfte eine feste Verbindung zwischen den beiden Männern.

Ebanizer Hobbs war sich der Grenzen in seiner Arbeit ebenso bewußt, wie Tao Chi'en es in der seinen war. Der Engländer wünschte in die Geheimnisse der östlichen Medizin einzudringen, in die er auf seinen Reisen durch Asien nur flüchtige Einblicke bekommen hatte, vor allem wollte er etwas über die Beherrschung des Schmerzes durch Nadeln erfahren, die in die Nervenenden gesetzt werden, und über die Verwendung von Pflanzenverbindungen zur Behandlung verschiedener Krankheiten, die in Europa als tödlich galten. Den Chinesen faszinierte die westliche Medizin mit ihren aggressiven Heilmethoden, die seine war eine subtile Kunst von Gleichgewicht und Harmonie, ein langsam voranschreitendes Bemühen, die irregeleitete Kraft wieder zu richten, Krankheiten zu verhüten und die Gründe der Symptome zu suchen. Tao Chi'en hatte niemals Chirurgie praktiziert, und seine Kenntnisse von Anatomie, so genau sie waren, was die verschiedenen Pulse und die Akupunkturpunkte anging, beschränkten sich auf das, was er sehen und fühlen konnte. Die anatomischen Zeichnungen aus der Bibliothek seines alten Lehrers kannte er auswendig, aber er war nie auf den Gedanken gekommen, einen Leichnam zu öffnen. Der Brauch war in der chinesischen Medizin unbekannt; sein weiser Meister hatte die Kunst des Heilens sein Leben lang betrieben, aber er hatte selten ein inneres Organ gesehen und war außerstande, eine Diagnose zu stellen, wenn er auf Symptome stieß, die nicht in das Register der bekannten Krankheiten paßten. Ebanizer Hobbs dagegen öffnete Leichen und suchte die Ursache, so lernte er. Tao Chi'en tat es zum erstenmal im Keller des Krankenhauses der Engländer in einer Taifunnacht als Gehilfe von Doktor Hobbs, der früh am Morgen desselben Tages seine ersten Akupunkturnadeln gesetzt hatte, um eine Migräne zu lindern, und zwar in dem Sprechzimmer, in dem Tao Chi'en sonst seine Patienten behandelte. In Hongkong gab es einige Missionare, denen ebenso daran gelegen war, den Körper zu heilen wie die Seele zu bekehren, und Doktor Hobbs hatte ausgezeichnete Beziehungen zu ihnen. Sie hatten viel mehr Berührung mit der örtlichen Bevölkerung als die britischen Ärzte der Kolonie und bewunderten die Methoden der östlichen Medizin. Sie öffneten dem *zhong yi* die Türen ihrer kleinen Hospitäler. Tao Chi'ens und Ebanizer Hobbs' Begeisterung für das Studium und das Experimentieren führte unvermeidbar zu gegenseitiger Zuneigung. Sie trafen sich nahezu heimlich, denn wäre ihre Freundschaft bekannt geworden, hätte das ihren Ruf gefährdet. Weder die europäischen noch die chinesischen Patienten akzeptierten, daß die andere Rasse sie etwas lehren könnte.

Das Verlangen, eine Frau zu kaufen, beschäftigte Tao Chi'ens Träume wieder stärker, nachdem sich seine Finanzen gerade halbwegs geordnet hatten. Als er zweiundzwanzig wurde, zählte er wieder einmal wie so oft seine Ersparnisse und stellte entzückt fest, daß sie ausreichten für eine Frau mit kleinen Füßen und sanftem Charakter. Da er keine Eltern hatte, die ihm bei der Suche hätten helfen können, wie es der Brauch verlangte, mußte er sich an einen Heiratsvermittler wenden. Ihm wurden Bilder von verschiedenen Kandidatinnen gezeigt, aber für ihn sahen sie alle gleich aus; es war ihm unmöglich, nach diesen bescheidenen Tuschezeichnungen das

Aussehen eines Mädchens zu erkennen oder gar ihre Persönlichkeit. Ihm war nicht gestattet, die vorläufig Erwählte mit eigenen Augen zu sehen oder ihre Stimme zu hören, wie er gewünscht hätte, und es gab auch kein weibliches Mitglied seiner Familie, das es für ihn hätte tun können. Allerdings durfte er ihre unter einem Vorhang hervorschauenden Füße sehen, aber man hatte ihm erzählt, daß nicht einmal das sicher war, denn die Heiratsvermittler betrogen gern und zeigten die *goldenen Lilien* einer heimlich untergeschobenen Frau. Er mußte dem Schicksal vertrauen. Er war drauf und dran, die Entscheidung den Würfeln zu überlassen, aber die Tätowierung auf seiner rechten Hand erinnerte ihn an sein Pech bei Glücksspielen, und er zog es vor, die Aufgabe den Geistern seiner Mutter und seines alten Akupunkturmeisters zu überlassen. Nachdem er in fünf Tempeln Opfergaben gespendet hatte, warf er das Los mit den *I Ging*-Stäbchen, und daraus las er, daß der Augenblick günstig war und die dritte von unten rechts die richtige war, und so wählte er die Braut. Die Methode versagte nicht. Als er das rotseidene Tuch vom Haupt seiner nagelneuen Ehefrau hob – nachdem er die geringstmöglichen Zeremonien vollzogen hatte, denn für eine glanzvollere Heirat hatte er kein Geld –, sah er vor sich ein wohlgeformtes Gesicht, dessen Augenpaar hartnäckig zu Boden gerichtet war. Er wiederholte dreimal ihren Namen, bis sie sich endlich getraute, ihn anzublikken, zitternd vor Furcht und die Augen voller Tränen.

»Ich werde gut zu dir sein«, versprach er, genauso gerührt wie sie.

Von dem Augenblick an, als er jenes rote Tuch gehoben hatte, betete Tao die junge Frau an, die ihm das Schicksal zugedacht hatte. Diese Liebe überraschte ihn völlig: er hatte nicht einmal geahnt, daß es solche Gefühle zwischen einem Mann und einer Frau geben könnte. Niemals hatte er über diese Form der Liebe reden gehört, er hatte nur vage Andeutungen in der klassischen Literatur gelesen, wo die Jungfrauen wie die Landschaften oder der Mond Pflichtthemen der poetischen Inspiration waren. Er hatte geglaubt, Frauen seien nur zur Arbeit und zur Fortpflanzung bestimmte Wesen wie die Bäuerinnen, unter denen er aufgewachsen war, oder teure Dekorationsgegenstände. Lin entsprach keiner dieser beiden Klassen, sie war für ihn eine geheimnisvolle, komplizierte Persönlichkeit, die fähig war, ihn mit ihrer Ironie zu entwaffnen und mit ihren Fragen anzustacheln. Sie brachte ihn wie niemand sonst zum Lachen, erfand unmögliche Geschichten, forderte ihn mit Wortspielen heraus. In Lins Gegenwart schien alles in unwiderstehlichem Glanz zu erstrahlen. Die wunderbare Entdeckung der Liebesvereinigung mit einem anderen Menschen war die tiefgreifendste Erfahrung seines Lebens. Mit Prostituierten hatte er schnelle Aufhupfer gehabt, aber ihm hatte es immer an Zeit und an Liebe gefehlt, um eine gründlich kennenzulernen. Wenn er morgens aufwachte und Lin neben sich schlafen sah, lachte er vor Glück, und einen Augenblick später zitterte er vor Angst. Und wenn sie eines Morgens nicht wieder aufwachte? Der süße Geruch ihres Schweißes in den Liebesnächten, die feine Zeichnung ihrer wie in ständiger Verwunderung gehobenen Augenbrauen, die unglaubliche Schlankheit ihrer Taille, ihre ganze Person erfüllte ihn mit Zärtlichkeit. Ah, und wie sie gemeinsam lachten! Das war das Beste von allem, die ausgelassene Fröhlichkeit dieser Liebe. Die *Kopfkissenbücher* seines alten Meisters, die dem Heranwachsenden soviel nutzlose Erregung eingebracht hatten, erwiesen sich als höchst brauchbar in der Stunde der Lust. Wie es sich für eine wohlerzogene junge Frau gehörte, war Lins Betragen für gewöhnlich sittsam und zurückhaltend, aber kaum hatte sie die Angst vor ihrem Ehemann verloren, kam ihre spontane und leidenschaftliche Natur zum Vorschein. In kurzer Zeit lernte diese eifrige Schülerin die zweihundertzweiundzwanzig Arten des Liebens, und immer bereit, Tao auf dieser verrückten Bahn zu folgen, spornte sie ihn an, neue zu erfinden. Zum Glück für Tao Chi'en enthielten die in der Bibliothek seines Lehrers theoretisch erworbenen Kenntnisse unzählige Möglichkeiten, eine Frau zu befriedigen, und er wußte auch, daß Kraft sehr viel weniger zählt als Geduld. Seine Finger waren geübt, die verschiedenen Pulse des Körpers zu fühlen und mit geschlossenen Augen die empfindlichsten Punkte zu finden; seine warmen, festen Hände, darin erfahren, die Schmerzen seiner Patienten zu lindern, verwandelten sich in Instrumente unendlichen Genusses für Lin. Außerdem hatte er etwas entdeckt, was sein ehrenwerter *zhong yi* vergessen hatte ihn zu lehren: daß das beste Aphrodisiakum die Liebe ist. Im Bett konnten sie so glücklich sein, daß die Widrigkeiten des Lebens während der Nacht ausgelöscht waren. Aber dieser Widrigkeiten waren viele, wie schon bald offenbar wurde.

Die Geister, die Tao Chi'en angerufen hatte, um ihm bei seiner Entscheidung für eine Frau zu helfen, hatten ihre Aufgabe hervorragend erfüllt: Lin hatte eingebundene Füße und war scheu und sanft wie ein Eichhörnchen. Aber Tao Chi'en war nicht auf den Gedanken gekommen, die *I Ging*-Stäbchen zu bereden, seine Frau möge kräftig und gesund sein. Die Lin, die in den Nächten anscheinend durch nichts zu erschöpfen war, verwandelte sich am Tag in ein schwaches Pflänzchen. Mit ihren Schrittchen einer Verkrüppelten konnte sie kaum ein paar Häuserblocks weit gehen. Gewiß bewegte sie sich dabei mit der zarten Anmut einer der Brise preisgegebenen Binse, wie der alte Meister der Akupunktur in einigen seiner Gedichte geschrieben hätte, aber ebenso gewiß war ein kurzer Gang zum Markt, um einen Kohlkopf zum Abendessen zu kaufen, eine Marter für ihre *goldenen Lilien.* Sie klagte niemals laut, aber man brauchte nur zu sehen, wie sie schwitzte und sich auf die Lippen biß, um zu erkennen, wieviel Anstrengung jeder Schritt sie kostete. Sie hatte auch keine kräftigen Lungen. Sie atmete mit einem leisen Pfeifton, verbrachte die lange Regenzeit mit Dauerschnupfen, und in der trockenen Zeit fiel ihr das Atmen schwer, weil die heiße Luft ihr zwischen den Zähnen steckenblieb. Weder die Kräuter ihres Mannes noch die Tränke seines Freundes, des englischen Arztes, konnten ihr Erleichterung verschaffen. Als sie schwanger wurde, verschlimmerten sich ihre Leiden, denn ihr schwacher Knochenbau konnte das Gewicht des Kindes kaum tragen. Ab dem sechsten

Monat ging sie überhaupt nicht mehr aus dem Haus und saß matt am Fenster, um das Leben auf der Straße vorüberziehen zu sehen. Tao Chi'en stellte zwei Dienstmädchen ein, die die häuslichen Aufgaben erledigen und ihr Gesellschaft leisten sollten, weil er fürchtete, Lin, ganz allein gelassen, könnte in seiner Abwesenheit sterben. Er verdoppelte seine Arbeitsstunden, und zum erstenmal bedrängte er seine Patienten mit Zahlungsforderungen, was ihn mit tiefer Scham erfüllte. Er spürte den mißbilligenden Blick seines Lehrers, der ihn an die Pflicht erinnerte, zu dienen, ohne Lohn zu erwarten, denn »je mehr man weiß, um so mehr Pflichten hat man gegenüber der Gesellschaft«. Dennoch, er konnte niemanden mehr umsonst oder für eine Gefälligkeit behandeln, wie er es früher getan hatte, denn er brauchte jede kleinste Münze, um es Lin behaglich machen zu können. Damals bewohnten sie das Obergeschoß eines alten Hauses, das er für seine Frau mit schönen Möbeln und allerlei Bequemlichkeiten ausgestattet hatte, wie sie beide sie früher nie gekannt hatten, aber er war nicht zufrieden. Er setzte es sich in den Kopf, eine Wohnung mit Garten zu suchen, so würde sie Schönheit und reine Luft haben. Sein Freund Ebanizer Hobbs erklärte ihm – weil er selbst sich weigerte, das Augenscheinliche zu sehen –, daß Lins

Tuberkulose bereits weit fortgeschritten sei und daß kein Garten der Welt sie heilen könne.

»Statt vom Morgengrauen bis Mitternacht zu arbeiten, um ihr Seidengewänder und Luxusmöbel zu kaufen, sollten Sie lieber so viel wie möglich bei ihr bleiben, Doktor Chi'en. Sie sollten sich an ihr erfreuen, solange Sie sie haben«, riet ihm Hobbs.

Die beiden Ärzte waren sich einig, jeder aus der Sicht seiner eigenen Erfahrung, daß die Niederkunft für Lin eine Feuerprobe sein würde. Keiner von beiden war firm auf diesem Gebiet, denn in Europa wie in China lag eine Geburt noch vorwiegend in den Händen von Hebammen, aber sie nahmen sich vor, Studien darüber nachzuholen. Sie hatten kein Vertrauen zu der Sachkenntnis eines groben Mannweibes, wie sie alle mit diesem Beruf Befaßten einschätzten. Sie hatten sie arbeiten sehen mit ihren derb roten Händen, ihren Kurpfuscherkünsten und ihren brutalen Methoden, das Kind von der Mutter zu trennen, und beschlossen, Lin vor einer so schrecklichen Erfahrung zu bewahren. Die junge Frau jedoch wollte nicht vor zwei Männern gebären, schon gar nicht, wenn einer davon ein *fan gui* war mit farblosen Augen, der nicht einmal die Sprache der Menschen sprechen konnte. Sie bat ihren Mann, die Hebamme des Viertels zu holen, weil der einfachste Anstand ihr verbot, vor einem fremden Teufel die Beine zu spreizen, aber Tao Chi'en, der sonst immer bereit war, ihr gefällig zu sein, zeigte sich diesmal unnachgiebig. Zuletzt kam er ihr so weit entgegen, daß er allein sie entbinden wollte, während Ebanizer Hobbs im Nebenzimmer blieb, um ihm verbalen Rat zu geben, falls er ihn brauchen sollte.

Das erste Vorzeichen der Niederkunft war ein Asthmaanfall, der Lin fast das Leben kostete. Die Anstrengungen beim Atemholen verbanden sich mit der Mühsal, das Kind ans Licht zu befördern, und sowohl Tao Chi'en mit all seiner Liebe und seinem Wissen wie Ebanizer Hobbs mit seinen medizinischen Büchern waren machtlos und konnten ihr nicht helfen. Zehn Stunden später, als das Stöhnen der Mutter in das rauhe Gurgeln einer Ertrinkenden übergegangen war und kein Anzeichen darauf hindeutete, daß das Kind bald geboren würde, rannte Tao Chi'en fort, die Hebamme zu holen, und trotz ihrer Weigerung zerrte er sie buchstäblich hinter sich her. Wie Tao und Hobbs befürchtet hatten, erwies sie sich als übelriechende Alte, mit der man keinerlei ärztliche Kenntnisse austauschen konnte, denn ihre Sache war nicht die Wissenschaft, sondern lange Erfahrung und uralter Instinkt. Als erstes jagte sie die beiden Männer mit Püffen hinaus und verbot ihnen, durch den Vorhang zu schauen, der die beiden Räume trennte. Tao Chi'en erfuhr nie, was sich hinter jenem Vorhang abspielte, aber er beruhigte sich, als er Lin ohne Röcheln atmen und kräftig schreien hörte. Nach einigen Stunden, in denen Ebanizer Hobbs erschöpft in einem Sessel schlief und Tao Chi'en verzweifelt den Geist seines Meisters befragte, brachte Lin ein lebloses kleines Mädchen zur Welt. Da es sich um ein Kind weiblichen Geschlechts handelte, machten sich weder die Hebamme noch der Vater die Mühe, es wiederzubeleben, dafür setzten sie alles daran, die Mutter zu retten, die ihre spärlichen Kräfte mehr und mehr verlor mit dem Blut, das zwischen ihren Beinen floß.

Lin beklagte den Tod des kleinen Mädchens kaum, als ahnte sie, daß sie nicht lange genug leben würde, um es aufzuziehen. Sie erholte sich langsam von der schweren Geburt, und eine Zeitlang versuchte sie sogar, wieder die fröhliche Gefährtin der nächtlichen Spiele zu sein. Mit der gleichen Disziplin, mit der sie den Schmerz in den Füßen verheimlichte, täuschte sie Entzücken über die leidenschaftlichen Umarmungen ihres Mannes vor.

»Die Vereinigung von Mann und Frau ist eine

Reise, eine heilige Reise«, hatte er oft zu ihr gesagt, nur drängte es sie jetzt nicht mehr, ihn zu begleiten. Tao Chi'en wünschte diese Liebe so sehr, daß er es fertigbrachte, die verräterischen Zeichen zu übersehen, und bis zum Ende glaubte, Lin sei dieselbe wie vorher. Er hatte jahrelang von Söhnen geträumt, aber nun war er nur noch bestrebt, seine Frau vor einer weiteren Schwangerschaft zu bewahren. Seine Gefühle für Lin hatten sich zur Verehrung gewandelt, die er nur ihr gestehen konnte; er dachte, niemand könnte diese überwältigende Liebe zu einer Frau verstehen, niemand kannte Lin so gut wie er, niemand wußte von dem Licht, das sie in sein Leben gebracht hatte. Ich bin glücklich, ich bin glücklich, wiederholte er immer wieder, um die unheilvollen Vorahnungen beiseite zu schieben, die ihn überfielen, sowie er nicht auf sich achtgab. Aber er war nicht glücklich. Er lachte nicht mehr mit der gleichen Leichtherzigkeit wie früher, und wenn er mit ihr zusammen war, hatte er kaum Freude daran außer in einigen flüchtigen Augenblicken fleischlicher Lust, denn er beobachtete sie ständig besorgt, ihrer Zerbrechlichkeit bewußt, den Rhythmus ihres Atems messend. Es kam so weit, daß er die *goldenen Lilien* haßte, die er am Anfang ihrer Ehe so inbrünstig geküßt hatte, vom Rausch des Verlangens hingerissen. Ebanizer Hobbs stimmte dafür, daß Lin lange Spaziergänge in der frischen Luft machen sollte, um die Lungen zu festigen und den Appetit zu wekken, aber sie konnte kaum zehn Schritte gehen, dann verließen sie die Kräfte. Tao konnte nicht die ganze Zeit bei seiner Frau bleiben, wie Hobbs ihm geraten hatte, weil er für sie beide sorgen mußte. Jeder Augenblick, den er fern von ihr verbrachte, erschien ihm als treulos vergeudetes Leben, der Liebe geraubte Zeit. Sein ganzes Wissen über Heilmittel und die in vielen Jahren gewonnenen medizinischen Kenntnisse stellte er in den Dienst an seiner Geliebten, aber ein Jahr nach der Niederkunft war Lin nur noch der Schatten des fröhlichen Mädchens von einst. Er versuchte sie zum Lachen zu bringen, aber ihrer beider Lachen klang falsch.

Eines Tages konnte Lin nicht mehr aufstehen. Sie drohte zu ersticken, sie spuckte Blut und rang um Luft, während ihre Kräfte schwanden. Sie weigerte sich zu essen und nahm nur ein paar Löffel magere Brühe zu sich, weil die Anstrengung sie erschöpfte. Sie schlief unruhig, wenn der Husten für kurze Zeit Frieden gab, und fuhr dann gequält wieder hoch. Tao Chi'en rechnete nach, daß sie seit sechs Wochen mit einem gurgelnden Schnarchton atmete, als läge sie unter Wasser. Wenn er sie auf den Armen hochhob, merkte er, daß sie immer leichter wurde, und sein Herz krampfte sich zusammen vor Entsetzen. Er sah, wie sehr sie litt und daß der Tod als Erleichterung zu ihr kommen würde, aber an dem unseligen Morgen, als er mit Lins eiskaltem Leichnam im Arm erwachte, glaubte auch er zu sterben. Ein langer, schrecklicher Schrei, aus den tiefsten Tiefen aufsteigend wie die Klage eines Vulkans, erschütterte das Haus. Die Nachbarn kamen gelaufen, brachen die Tür auf und fanden ihn nackt und heulend mitten im Zimmer stehen, seine Frau in den Armen. Sie mußten ihn mit Gewalt von dem Leichnam lösen und festhalten, bis Ebanizer Hobbs kam und ihm ein kräftiges Quantum Laudanum aufzwang.

Tao Chi'en versank in grenzenloser Verzweiflung. Aus einem Bild von Lin und einigen Dingen, die ihr gehört hatten, machte er einen Altar und verbrachte ganze Stunden davor in untröstlicher Traurigkeit. Er hörte auf, nach seinen Patienten zu sehen, und ging auch nicht mehr in das zum Labor erweiterte Arbeitszimmer seines Freundes Ebanizer Hobbs. Ihn stießen die Ratschläge des Engländers ab, der behauptete, man müsse den Teufel mit Beelzebub austreiben, und das beste, um sich vom Schmerz zu erholen, sei, die Bordelle im Hafen zu besuchen, da könne er so viele Frauen haben, wie er wolle, und alle mit *goldenen Lilien*, wie er die verkrüppelten Füße nenne. Wie konnte er ihm eine solche Verirrung vorschlagen? Es gab auf der Welt keine Frau, die Lin ersetzen könnte, niemals würde er eine andere lieben, dessen war er sicher. Von Hobbs nahm er in dieser Zeit nur die großzügig gespendeten Flaschen Whisky an. Wochenlang betäubte er sich mit Alkohol, bis ihm das Geld ausging und er nach und nach das eine oder andere verkaufen oder versetzen mußte, und eines Tages konnte er die Miete nicht mehr bezahlen und mußte in eine ziemlich miserable Absteige umziehen. Da erinnerte er sich endlich, daß er ein *zhong yi* war, und fing wieder an zu arbeiten, freilich in recht übler Verfassung – unrasiert, in schmutziger Wäsche, mit verfilztem Zopf. Da er einen guten Ruf hatte, duldeten die Patienten seinen abstoßenden Anblick und seine im Alkoholrausch begangenen Fehler mit der Resignation der Armen, hörten aber doch bald auf, ihn zu konsultieren. Auch Ebanizer Hobbs rief ihn nicht mehr zur Behandlung schwieriger Fälle, weil er seiner Urteilsfähigkeit nicht länger traute. Bisher hatten beide sich erfolgreich ergänzt: der Engländer konnte zum erstenmal gewagte Operationen durchführen dank der starken betäubenden Drogen und der goldenen Nadeln, die den Schmerz linderten, er konnte Blutungen einschränken und die Zeit der Wundheilung verkürzen, und der Chinese lernte das Skalpell gebrauchen und andere Methoden der europäischen Wissenschaft. Aber mit zitternden Händen und mit Augen, die von Alkohol und Tränen getrübt waren, stellte Tao Chi'en eine Gefahr dar und keine Hilfe.

Im Frühjahr des Jahres 1847 wendete sich Tao Chi'ens Schicksal jäh, wie es schon einige Male in seinem Leben geschehen war. Weil er immer mehr Patienten verlor und sich das Gerede von seiner Untauglichkeit als Arzt verbreitete, mußte er sich auf die trostlosesten Viertel des Hafens beschränken, wo niemand nach Referenzen fragte. Es waren Routinefälle, mit denen er zu tun bekam: Quetschungen, Messerstiche, Schußwunden. Eines Abends wurde er dringend zu einer Kneipe gerufen, um einen Matrosen nach einer gewaltigen Prügelei zu nähen. Er wurde in den hinteren Raum des Lokals geführt, wo der Mann lag, bewußtlos, der Schädel gespalten wie eine Melone. Sein Widersacher, ein riesiger Norweger, hatte einen schweren Tisch hochgehoben und als Schlagwerkzeug benutzt, um sich gegen seine Angreifer zu verteidigen, eine Gruppe Chinesen, die beschlossen hatten, ihm eine denkwürdige Abreibung zu verpassen. Sie warfen sich in Masse auf den Norweger und hätten Hackfleisch aus ihm gemacht, wären ihm nicht mehrere nordeuropäische Seeleute zu Hilfe gekommen, die im selben Lokal munter beim Trinken waren, und was als Streit zwischen betrunkenen Spielern angefangen hatte, gedieh zur Rassenschlacht. Als Tao Chi'en kam, waren diejenigen, die noch laufen konnten, längst verschwunden. Der Norweger war unversehrt auf sein Schiff zurückgekehrt, von zwei englischen Polizisten eskortiert, und die einzigen auf der Bühne Verbliebenen waren der Wirt, das sterbende Opfer und sein Steuermann, der es fertiggebracht hatte, die Polizisten wegzuschicken. Wäre der Verletzte ein Europäer gewesen, wäre er sicherlich im britischen Krankenhaus gelandet, aber da es sich um einen Asiaten handelte, regten die Hafenbehörden sich nicht weiter auf.

Tao Chi'en genügte ein Blick, um zu erkennen, daß er für den armen Teufel mit der zertrümmerten Schädeldecke und dem herausgetretenen Gehirn nichts tun konnte. So erklärte er es dem Steuermann, einem bärtigen, groben Engländer.

»Verdammter Chinese! Kannst du nicht das Blut abwischen und ihm den Kopf zusammennähen?« verlangte er.

»Sein Schädel ist gespalten, wozu ihn nähen? Er hat das Recht, in Frieden zu sterben.«

»Er darf nicht sterben! Mein Schiff läuft in aller Frühe aus, und ich brauche diesen Mann an Bord! Er ist der Koch!«

»Das tut mir leid«, erwiderte Tao Chi'en mit einer respektvollen Verneigung und suchte seinen Ärger über diesen unvernünftigen *fan gui* zu verbergen.

Der Steuermann bestellte eine Flasche Gin und lud Tao Chi'en ein, mit ihm zu trinken. Wenn dem Koch sowieso nicht mehr zu helfen sei, könnten sie auch ein Glas auf ihn trinken, damit später sein beschissener Geist, verflucht soll er sein, nicht nachts käme und ihnen die Beine langzöge. Sie machten es sich wenige Schritte von dem Sterbenden bequem und betranken sich in aller Ruhe. Von Zeit zu Zeit beugte Tao Chi'en sich zu dem Mann hinab und fühlte ihm den Puls, denn er schätzte, der arme Kerl könne nur noch für wenige Minuten Leben in sich haben, aber er erwies sich als unerwartet widerstandsfähig. Der *zhong yi* merkte gar nicht, daß der Engländer ihm ein Glas nach dem andern eingoß und selbst an dem seinen nur nippte. Schon bald wurde ihm schwindlig, und er konnte sich nicht mehr erinnern, weshalb er eigentlich hier war. Eine

Stunde später, als der Sterbende nach ein paar letzten Zuckungen verschied, erfuhr Tao Chi'en nichts davon, denn er war besinnungslos vom Stuhl auf den Boden gerutscht.

Er erwachte im Licht einer strahlenden Mittagssonne, öffnete unter großer Schwierigkeit die Augen, und als er ein wenig zu sich gekommen war, sah er ringsum nur Himmel und Wasser. Er brauchte eine ganze Zeit, bis er begriff, daß er auf einer dikken Taurolle an Deck eines Schiffes lag. Die Schläge der Wellen gegen die Bordwand hallten in seinem Kopf wie gewaltiges Glockengeläut. Er glaubte Stimmen zu hören, aber er war sich keiner Sache mehr sicher, vielleicht war er ja sogar im Reich der bösen Geister. Er schaffte es, sich hinzuknien und auf allen vieren einige Meter zu kriechen, als ihm todübel wurde und er wieder der Länge nach hinfiel. Nach ein paar Minuten traf ein kräftiger Guß kalten Wassers seinen Kopf wie ein Knüppelhieb, und eine Stimme redete ihn auf kantonesisch an. Er blickte hoch und sah in ein bartloses, freundliches Gesicht, das ihn mit einem breiten, zur Hälfte zahnlosen Lächeln begrüßte. Ein zweiter Eimer Seewasser trieb die Betäubung aus. Der junge Chinese, der ihn mit soviel Eifer eingeweicht hatte, hockte sich wiehernd vor Lachen neben ihn und schlug sich begeistert auf die Schenkel, als wäre Taos betrüblicher Zustand von unwiderstehlicher Komik.

»Wo bin ich?« stammelte Tao Chi'en mit einiger Mühe. »Willkommen an Bord der ›Liberty‹! Wir segeln Kurs West, wie's scheint.«

»Aber ich will nirgendwo hin! Ich muß sofort aussteigen!«

Diese Absichtsäußerung bewirkte einen neuen Lachanfall. Als der junge Mann seiner Heiterkeit endlich Herr wurde, erklärte er Tao, er sei »angeheuert«, wie er selber auch vor ein paar Monaten. Tao Chi'en glaubte ohnmächtig zu werden. Er kannte die Methode. Wenn eine Schiffsmannschaft nicht genug Männer hatte, griff man zu der Schnellpraxis, einen Ahnungslosen betrunken zu machen oder mit einem Schlag auf den Kopf zu betäuben, um ihn gegen seinen Willen zu kapern. Das Leben auf dem Meer war rauh und schlecht bezahlt, Unfälle, minderwertige Ernährung und Krankheiten forderten Opfer, auf jeder Reise starb mehr als ein Matrose, die Leichen wurden auf den Grund des Ozeans geschickt, und keiner erinnerte sich mehr an sie. Die Kapitäne waren meistens uneingeschränkte Alleinherrscher, die niemandem Rechenschaft abzulegen brauchten und jeden Fehler mit der Peitsche bestraften. In Shanghai war man notgedrungen zu einem

Kavaliersabkommen unter den Kapitänen gelangt, um die Entführungen auf freie Männer zu beschränken und sich nicht gegenseitig die Matrosen wegzufangen. Vor dieser Vereinbarung riskierte jeder, der im Hafen an Land ging, um sich ein paar Schlukke einzuverleiben, daß er auf einem fremden Schiff erwachte. Der Steuermann der »Liberty« hatte beschlossen, den toten Koch durch Tao Chi'en zu ersetzen – in seinen Augen waren alle »Gelben« gleich und der eine so gut wie der andere –, und nachdem er ihn betrunken gemacht hatte, ließ er ihn an Bord bringen. Bevor der Entführte aufwachte, wurde sein Daumen statt Unterschrift auf einen Heuervertrag gedrückt, und damit war er für zwei Jahre gebunden. Langsam zeichnete sich das Ungeheuerliche seiner Lage in Tao Chi'ens benommenem Gehirn ab. Der Gedanke, sich aufzulehnen, stellte sich ihm gar nicht erst, das wäre einem Selbstmord gleichgekommen, aber er nahm sich vor, zu desertieren, sobald sie einen Hafen anliefen, an welchem Punkt der Erde das auch sein mochte.

Der junge Matrose half ihm, aufzustehen und sich zu waschen, dann führte er ihn in den Kielraum des Schiffes, wo die Kojen und Hängematten sich reihten. Er wies ihm seinen Platz an und gab ihm eine Kiste, in der er seine Habe aufbewahren konnte.

Tao Chi'en glaubte, alles verloren zu haben, aber er sah seine Tasche mit den Instrumenten auf der hölzernen Pritsche stehen, die sein Bett sein sollte. Der Steuermann hatte den guten Einfall gehabt, sie zu retten. Lins Bild jedoch war auf dem Altar geblieben. Er begriff entsetzt, daß der Geist seiner Frau ihn womöglich nicht finden würde mitten im Ozean.

Die ersten Tage auf See waren eine Marter, weil ihm ständig todübel war, bisweilen war er versucht, über Bord zu springen und so seinen Leiden ein für allemal ein Ende zu machen. Kaum daß er sich auf den Beinen halten konnte, wurde er angewiesen, in die jämmerlich ausgestattete Küche zu gehen, wo die Geräte an Haken hingen und bei jedem Schlingern mit ohrenbetäubendem Krachen gegeneinander schlugen. Die in Hongkong frisch beschafften Vorräte gingen rasch zu Ende, und bald gab es nur noch Fisch und Pökelfleisch, Bohnen, Schmalz, wurmiges Mehl und Zwieback, der so alt war, daß man ihn oft mit dem Hammer zerteilen mußte. Alles, was man aß, wurde mit Sojasauce übergossen. Jeder Matrose bekam eine Pinte Schnaps am Tag, um seinen Kummer zu vergessen und den Mund zu spülen, denn entzündetes Zahnfleisch war eines der Probleme des Seemannslebens. Für den Kapitänstisch verfügte Tao Chi'en über Eier und englische Marmelade, die er mit seinem eigenen Leben zu verteidigen hatte, wie ihm klargemacht wurde. Die Rationen waren für die Dauer der Reise berechnet, wobei natürliche Hemmnisse wie Stürme, die sie vom Kurs abbrachten, oder Flauten, die sie lahmlegten, nicht berücksichtigt waren, und dann wurde das Fehlende durch frisch in Netzen gefangene Fische ergänzt. Kulinarische Talente wurden von Tao Chi'en nicht erwartet, sein wichtigstes Amt war es, die Lebensmittel zu überwachen, dazu den Schnaps und das Süßwasser, die jedem Mann zustanden, und den Verderb und die Ratten zu bekämpfen. Nebenbei oblagen ihm Reinigungsarbeiten, und er mußte soviel vom Segeln verstehen wie jeder Matrose auch.

Nach einer Woche begann er die frische Luft zu genießen, die harte Arbeit machte ihm nicht mehr viel aus, und er fühlte sich schon recht wohl in der Gesellschaft dieser Männer, die aus allen vier Himmelsrichtungen kamen, jeder mit seinen Geschichten, seinem Heimweh und seinen Fähigkeiten. In den raren Ruhepausen spielte der eine oder andre ein Instrument, und sie erzählten Geschichten von Seegespenstern oder von exotischen Frauen in fernen Häfen. Die Matrosen sprachen verschiedene Sprachen, hatten unterschiedliche Bräuche, aber sie waren durch etwas verbunden, was der Freundschaft nahekam. Das Abgeschiedensein von der übrigen Welt und die Gewißheit, daß sie einander brauchten, machten Kameraden aus Menschen, die sich auf festem Land nicht einmal angesehen hätten. Tao Chi'en fand sein Lachen wieder, das ihm seit Lins Erkrankung verlorengegangen war. Eines Morgens rief ihn der Steuermann, um ihn dem Kapitän John Sommers vorzustellen, den er bisher nur von weitem in der Befehlsluke gesehen hatte. Er stand vor einem hochgewachsenen, von den Winden vieler Breiten gegerbten Mann mit einem dunklen Bart und Augen aus Stahl. Er redete ihn über den Steuermann an, der ein wenig Kantonesisch konnte, aber Tao antwortete in seinem Buchenglisch mit dem ein wenig gekünstelten aristokratischen Akzent, den er von Ebanizer Hobbs gelernt hatte.

»Mister Oglesby sagte mir, du bist so was wie ein Heiler?«

»Ich bin ein *zhong yi*, ein Arzt.«

»Arzt? Was denn für ein Arzt?«

»Die chinesische Medizin ist mehrere Jahrhunderte älter als die englische, Kapitän«, sagte Tao sanft lächelnd mit genau den Worten seines Freundes Ebanizer Hobbs.

Kapitän Sommers schob zornig die Brauen hoch

angesichts der Unverschämtheit dieses merkwürdigen Kerls in der Kochschürze, aber die Wahrheit entwaffnete ihn dann doch, und er mußte lachen.

»Los, Mister Oglesby, bringen Sie uns drei Gläser Brandy. Stoßen wir an mit dem Doktor. Der Mann ist ein seltener Luxus. Zum erstenmal haben wir einen Arzt an Bord!«

Tao Chi'en führte seinen Vorsatz nicht aus, im ersten Hafen, den das Schiff anlief, zu desertieren, weil er nicht wußte, wohin er gehen sollte. Zu seinem verzweifelten Witwerdasein in Hongkong zurückzukehren war genauso sinnlos, wie weiter übers Meer zu segeln. Hier oder da, es war alles gleich, und als Seemann konnte er wenigstens Reisen machen und die in anderen Teilen der Welt gebräuchlichen Heilmethoden kennenlernen. Das einzige, was ihn wirklich peinigte, war Lin, die ihn bei diesem rastlosen Wellenreiten vielleicht nicht finden würde, sosehr er auch ihren Namen in alle Winde rief. Im ersten Hafen ging er an Land, wie die andern mit der Erlaubnis, sechs Stunden fortzubleiben, aber statt die Zeit in Kneipen zu nutzen, streifte er über den Markt, um sich im Auftrag des Kapitäns nach Gewürzen und Heilkräutern umzuschauen. »Wenn wir nun schon einen Doktor an Bord haben, brauchen wir auch Medizin«, hatte er gesagt. Er gab ihm eine Börse mit abgezähltem Geld und warnte ihn, falls er daran dächte, abzuhauen oder ihn zu betrügen, würde er ihn suchen, bis er ihn fände, und ihm mit seiner eigenen Hand die Kehle durchschneiden, denn der Mann sei noch nicht geboren, der ihn ungestraft begaunern könne.

»Ist das klar, Chinese?«

»Ganz klar, Engländer.«

»Mich hast du mit Sir anzureden!«

»Jawohl, Sir«, antwortete Tao Chi'en und senkte den Blick, denn er lernte gerade, den Weißen nicht ins Gesicht zu sehen.

Seine erste Überraschung war die Entdeckung, daß China nicht der absolute Mittelpunkt des Universums war. Es gab andere Kulturen, barbarischer zwar, das gewiß, aber viel mächtiger. Er hatte ja nicht geahnt, daß die Briten ein gut Teil des Erdballs beherrschten, wie er auch nicht gewußt hatte, daß andere *fan gui* die Herren ausgedehnter Kolonien in fernen, auf vier Kontinente verteilten Ländern waren, was Kapitän John Sommers ihm zu erklären sich herabließ an dem Tag, an dem er ihm vor den Küsten Afrikas einen entzündeten Backenzahn zog. Tao erledigte die Operation sauber und fast schmerzlos dank der Verbindung seiner an die Schläfen gesetzten goldenen Nadeln mit einer auf das Zahnfleisch aufgetragenen Paste aus Nelken und Eukalyptus. Als er fertig war und der Patient dankbar und erleichtert seine Flasche Brandy zu Ende trinken konnte, wagte Tao Chi'en ihn zu fragen, wohin sie eigentlich unterwegs waren. Es verwirrte ihn, so blindlings draufloszufahren, mit der zarten Linie des Horizonts, die ein endloses Meer und einen unendlichen Himmel teilte, als einzigem Anhaltspunkt.

»Wir segeln nach Europa, aber für uns ändert das nichts. Wir sind Menschen des Meeres, immer auf See. Willst du zurück nach Hause?«

»Nein, Sir.«

»Hast du irgendwo Familie?«

»Nein, Sir.«

»Dann kann es dir doch egal sein, ob wir nach Norden oder Süden, nach Osten oder Westen segeln, stimmt's nicht?«

»Doch, aber ich möchte gern wissen, wo ich bin.«

»Warum?«

»Falls ich ertrinke oder wir untergehen. Mein Geist muß sich zurechtfinden können, um nach China zurückzukehren, sonst müßte er ziellos umherirren. Die Tür zum Himmel ist in China.«

»Was dir für Dinger einfallen!« Der Kapitän lachte schallend. »Also um ins Paradies zu kommen, muß man in China sterben? Hier, guck mal auf die Karte, Mann. Dein Land ist das größte, das schon, aber es gibt noch eine ganze Menge Welt außerhalb von China. Das hier ist England, es ist nur eine kleine Insel, aber wenn du unsere Kolonien zusammenzählst, wirst du sehen, daß auf fast der Hälfte des Globus wir die Herren sind.«

»Wie ist das geschehen?«

»Genauso, wie wir's in Hongkong gemacht haben: mit Krieg und mit Betrug. Sagen wir, es ist eine Mischung aus Seemacht, Habsucht und Disziplin. Wir sind nicht besser als andere, aber grausamer und entschlossener. Ich bin nicht besonders stolz darauf, Engländer zu sein, und wenn du soviel herumgesegelt wärst wie ich, würdest du auch nicht mehr stolz darauf sein, daß du Chinese bist.«

In den folgenden zwei Jahren setzte Tao Chi'en dreimal den Fuß auf festes Land, das eine Mal davon in London. Er flüchtete aus der grobschlächtigen Menge des Hafens und ging auf die Innenstadt zu, mit den staunenden Augen eines Kindes all das Neue in sich aufnehmend. Die *fan gui* steckten voller Überraschungen, auf der einen Seite ging ihnen auch die geringste Feinheit ab und sie benahmen sich wie die Wilden, aber auf der anderen Seite waren sie offenbar großartiger Erfindungen fähig, wie er bei seinem Gang durch die Straßen Londons bemerkte. Er mußte auch feststellen, daß die Engländer in ihrem eigenen Land an der gleichen Arroganz und schlechten Erziehung litten, wie sie sie in Hongkong vorführten: sie behandelten ihn ohne Achtung, wußten nichts von Höflichkeit oder sonstigen Umgangsformen. Er wollte ein Bier trinken, aber er wurde mit Püffen aus der Kneipe gestoßen: hier haben gelbe Hunde nichts zu suchen, wurde er beschieden. Danach tat er sich mit anderen asiatischen Seeleuten zusammen, und sie fanden das Lokal eines alten Chinesen, wo sie in Frieden essen, trinken und rauchen konnten. Während er den Geschichten der anderen Männer zuhörte, bedachte er, wieviel er noch lernen mußte, und entschied, das dringendste sei der Gebrauch der Fäuste und des Messers. Was nützen alle Kenntnisse, wenn man unfähig ist, sich zu wehren; auch der weise Akupunkturmeister hatte vergessen, ihn dieses grundlegende Gesetz zu lehren.

Im Februar 1849 legte die »Liberty« in Valparaíso an. Am Tag darauf rief der Kapitän ihn in seine Kabine und überreichte ihm einen Brief. »Den haben sie mir im Hafen gegeben, er ist für dich und kommt aus England.«

Tao Chi'en nahm den Brief, wurde rot, und das breiteste Lächeln erstrahlte auf seinem Gesicht.

»Nun sag mir bloß nicht, das ist ein Liebesbrief!« spaßte der Kapitän.

»O nein, etwas viel Besseres«, erwiderte er und verwahrte den Brief zwischen Brust und Hemd. Der konnte nur von seinem Freund Ebanizer Hobbs stammen, und es war der erste, den er in den zwei Jahren auf See bekam.

»Du hast gute Arbeit geleistet, Chi'en.«

»Ich dachte, Ihnen schmeckt mein Essen nicht, Sir«, erwiderte Tao lächelnd.

»Als Koch bist du eine Katastrophe, aber du verstehst was von Medizin. In zwei Jahren ist mir nicht ein einziger Mann weggestorben, und keiner hat Skorbut gekriegt. Weißt du, was das bedeutet?«

»Glück gehabt.«

»Dein Vertrag läuft heute ab. Ich nehme an, ich könnte dich betrunken machen und eine Verlängerung unterschreiben lassen. Mit einem anderen würde ich das vielleicht tun, aber ich schulde dir einige gute Dienste, und ich pflege meine Schulden zu bezahlen. Willst du weiter mit mir fahren? Ich erhöhe dir auch die Heuer.«

»Wohin?«

»Nach Kalifornien. Aber ich verlasse dieses Schiff, mir haben sie gerade einen Dampfer angeboten, das ist eine Gelegenheit, auf die ich seit Jahren warte. Es würde mich freuen, wenn du mitkämst.«

Tao Chi'en hatte viel von den Dampfschiffen reden gehört, und ihm graute vor ihnen. Der Einfall, riesige Kessel mit Wasser zu füllen, es zum Kochen zu bringen und mit dem Dampf eine Höllenmaschinerie in Gang zu setzen, konnte nur sehr eiligen Leuten gekommen sein. War es nicht besser, im Rhythmus der Winde und der Strömungen zu reisen? Warum der Natur trotzen? Es gingen Gerüchte um über Kessel, die auf hoher See platzten und die Mannschaft bei lebendigem Leibe brühten, soweit sie nicht gleich zerfetzt worden waren. Die Stücke Menschenfleisch wurden in alle Richtungen verstreut und dienten den Fischen als Futter, während die Seelen der Unglücklichen, auseinandergerissen im Blitz der Explosion und im wirbelnden Dampf verloren, sich nie mehr mit ihren Ahnen vereinigen konnten. Tao Chi'en erinnerte sich noch deutlich daran, wie seine kleine Schwester ausgesehen hatte, nachdem der Topf mit kochendem Wasser über sie gekippt war, wie er sich auch an ihre schrecklichen Schmerzensschreie und ihre Todeszuckungen erinnerte. Er war nicht bereit, eine solche Gefahr auf sich zu ziehen. Das Gold Kaliforniens, das angeblich auf der Erde verstreut lag wie Kieselsteine, verlockte ihn auch nicht sonderlich. Er war John Sommers nichts schuldig. Der Kapitän war etwas toleranter als die meisten *fan gui* und behandelte die Besatzung mit einer gewissen Gelassenheit, aber er war nicht sein Freund und würde es niemals sein.

»Nein danke, Sir.«

»Möchtest du nicht Kalifornien kennenlernen? Du kannst in kurzer Zeit reich werden und als großer Mann nach China zurückkehren.«

»Ja, aber auf einem Segelschiff.«

»Warum? Die Dampfer sind moderner und schneller.«

Tao Chi'en hatte nicht vor, seine Gründe zu erklären. Er blickte schweigend zu Boden, die Mütze in der Hand, während der Kapitän seinen Brandy trank.

»Ich kann dich nicht zwingen«, sagte Sommers schließlich. »Ich gebe dir einen Empfehlungsbrief an meinen Freund Vincent Katz von der Brigg ›Emilia‹ mit, die läuft auch in den nächsten Tagen nach Kalifornien aus. Er ist Holländer, ein bißchen komisch, sehr fromm und streng, aber er ist ein guter Mensch und guter Seemann. Deine Reise wird länger dauern als meine, aber vielleicht sehen wir uns in San Francisco wieder, und wenn du inzwischen deine Entscheidung bereust, kannst du immer zu uns zurückkommen.«

Der Kapitän John Sommers und Tao Chi'en reichten sich zum erstenmal die Hände.

Eingesperrt in ihren Schlupfwinkel im Laderaum, begann Eliza zu sterben. Zur Dunkelheit und dem Gefühl, lebend eingemauert zu sein, kam der Geruch hinzu, ein Gemisch aus dem Inhalt der Ballen und Kisten, dem Salzfisch in Fässern und den Saugfischen und Mollusken, die sich in die alten Holzwände des Schiffes eingefressen hatten. Ihre gute Nase, die ihr so dienlich war, mit geschlossenen Augen durch die Welt zu gehen, war zum Folterinstrument geworden. Ihre einzige Gesellschaft war eine dreifarbige Katze, die mit ihr im Schiffsbauch begraben war, um sie vor Ratten zu schützen. Tao Chi'en hatte ihr versichert, sie werde sich an den Geruch und das Eingeschlossensein gewöhnen, weil der Körper sich in Notzeiten an fast alles gewöhnt, und hatte hinzugefügt, die Reise werde lange dauern und sie werde sich nie an der frischen Luft zeigen können, deshalb sei es besser für sie, sich nicht durch Grübeleien verrückt zu machen. Sie werde Wasser und Essen bekommen, das verspreche er ihr, er werde sich darum kümmern, wann immer er in den Laderaum hinabsteigen könne, ohne Verdacht zu erregen. Die Brigg sei klein, aber mit Menschen vollgestopft, da werde es leicht sein, sich unter einem Vorwand zu verdrücken.

»Danke. Wenn wir in Kalifornien ankommen, gebe ich Ihnen die Brosche mit den Türkisen ...«

»Die behalten Sie, Sie haben mich schon bezahlt. Sie werden sie brauchen. Weshalb wollen Sie eigentlich nach Kalifornien?«

»Um zu heiraten. Mein Verlobter heißt Joaquín. Ihn hat das Goldfieber gepackt, und er ist gegangen. Er sagte, er würde zurückkommen, aber ich kann nicht auf ihn warten.«

Kaum hatte das Schiff die Bucht von Valparaíso verlassen und das offene Meer gewonnen, begann Eliza zu fiebern. Stundenlang lag sie im Dunkeln wie ein Tier in ihrem eigenen Erbrochenen, so krank, daß sie sich nicht erinnerte, wo sie war noch weshalb sie hier war, bis endlich sich das Luk des Laderaums öffnete und Tao Chi'en mit einer brennenden Kerze erschien und ihr einen Teller mit Essen brachte. Ein Blick genügte ihm, um zu sehen, daß das Mädchen nichts zu sich nehmen konnte. Er setzte der Katze den Teller hin, ging, einen Eimer mit Wasser zu holen, und kam zurück, um Eliza zu säubern. Als erstes gab er ihr einen starken Ingweraufguß zu trinken und setzte ihr ein Dutzend seiner goldenen Nadeln, bis ihr Magen sich beruhigt hatte. Eliza merkte nichts, als er sie völlig entkleidete, sie behutsam mit Seewasser wusch, ihr mit einem Becher Süßwasser den Mund spülte und sie von den Füßen bis zum Kopf massierte mit demselben Balsam, der gegen Schüttelfrost bei Malaria empfohlen wird. Minuten später schlief sie, in ihre Wolldecke gehüllt, die Katze zu ihren Füßen, während Tao Chi'en ihre Kleidung an Deck in einem Eimer mit Meerwasser wusch, ängstlich darauf bedacht, nicht aufzufallen. Die frisch eingeschifften Passagiere waren genauso seekrank wie Eliza, was aber diejenigen, die von Europa kommend schon drei Monate Fahrt hinter sich hatten und durch dieselbe Prüfung gegangen waren, ziemlich kaltließ.

Während in den drei folgenden Tagen auch die neuen Passagiere der »Emilia« sich an den Wellengang gewöhnten und sich für den Rest der Reise auf den unerläßlichen Trott einstellten, lag Eliza in der Tiefe des Kielraums und wurde immer kränker. Tao Chi'en stieg, sooft er konnte, zu ihr hinunter, um ihr Wasser zu bringen und ihr Leiden zu lindern, und es befremdete ihn, daß die Übelkeit, statt abzuflauen, immer noch stärker wurde. Er versuchte ihr mit den für solche Fälle bekannten Mitteln Erleichterung zu verschaffen, improvisierte verzweifelt mit anderen, aber Eliza konnte kaum etwas im

Magen behalten und trocknete innerlich allmählich aus. Mit unendlicher Geduld flößte er ihr teelöffelweise Wasser mit Salz und Zucker ein, aber zwei Wochen vergingen, ohne daß eine Besserung eintrat, und es kam ein Tag, an dem die Haut des jungen Mädchens zerknittert aussah wie Pergament und sie sich nicht mehr erheben konnte, um die Übungen zu machen, die er ihr auferlegt hatte. »Wenn du dich nicht bewegst, wird der Körper steif, und die Gedanken umnebeln sich«, sagte er immer wieder. Die Brigg berührte kurz die Häfen von Coquimbo, Caldera, Antofagasta, Iquique und Arica, und jedesmal versuchte er sie zu überreden, sie solle doch von Bord gehen und eine Möglichkeit suchen, nach Hause zurückzukehren, denn er sah, wie sie zusehends schwächer wurde, und ängstigte sich mehr und mehr um sie.

Sie hatten den Hafen von Callao verlassen, als Elizas bedenklicher Zustand nachgerade lebensbedrohlich wurde. Tao Chi'en hatte auf dem Markt einen Vorrat an Cocablättern erstanden, die ihm als hochgeschätzte Medizin bekannt waren, sowie drei lebende Hühner, die er gut zu verstecken gedachte, um sie eins nach dem andern Eliza zu opfern, denn die Kranke brauchte etwas Nahrhafteres als die mageren Schiffsrationen. Er kochte das erste in einer mit frischem Ingwer gesättigten Brühe und stieg mit dem festen Entschluß hinunter, Eliza die Suppe notfalls mit Gewalt einzuflößen. Er entzündete eine mit Waltran gefüllte Laterne, bahnte sich einen Weg durch Ballen und Kisten und kam zu dem Verschlag des Mädchens, das mit geschlossenen Augen dalag und seine Anwesenheit nicht zu bemerken schien. Unter ihrem Körper breitete sich eine Blutlache aus. Der *zhong yi* schrie in jähem Schreck laut auf und beugte sich über sie, er fürchtete, die Unglückliche habe Selbstmord begangen. Er konnte sie nicht schuldig sprechen, er dachte, unter diesen Umständen hätte er das gleiche getan. Er hob ihr Hemd hoch, aber da war keine Wunde zu sehen, und als er sie berührte, begriff er, daß sie noch lebte. Er schüttelte sie, bis sie die Augen aufschlug.

»Ich bin schwanger«, bekannte sie endlich mit fadendünner Stimme.

Tao Chi'en umklammerte seinen Kopf mit beiden Händen und verfiel in ein längeres Lamento im Dialekt seines Heimatdorfes, den er schon fünfzehn Jahre nicht mehr gesprochen hatte: hätte er das gewußt, dann hätte er ihr niemals geholfen, wie konnte sie sich nur einfallen lassen, schwanger nach Kalifornien zu reisen, sie mußte wahnsinnig sein, eine Fehlgeburt, das fehlte gerade noch, wenn sie starb, war er verloren, ihm eine solche Suppe einzubrokken, für wie blöd halte sie ihn eigentlich, wieso hatte er nicht geahnt, weshalb sie es so eilig hatte, aus Chile zu verschwinden! Er fügte noch einige Flüche und Verwünschungen auf englisch hinzu, aber sie war wieder ohnmächtig geworden und befand sich jenseits von jeglichem Vorwurf. Er hielt sie in den Armen und wiegte sie wie ein Kind, während seine Wut sich in unendliches Mitleid verwandelte. Einen Augenblick kam ihm der Gedanke, zu Kapitän Katz zu laufen und ihm die ganze Sache zu beichten, aber wie würde der reagieren? Dieser holländische Lutheraner, der die Frauen an Bord behandelte, als hätten sie die Pest, würde sicherlich wütend werden, wenn er hörte, daß da auch noch eine versteckte an Bord war, und zu allem Überfluß eine schwangere und sterbende. Und welche Strafe würde er ihm, Tao, zudiktieren? Nein, er konnte es niemandem sagen. Ihm blieb nur eines zu tun übrig – warten, daß Eliza starb, wenn das ihr Karma war, und dann den Leichnam zusammen mit den Küchenabfällen ins Meer zu werfen. Das äußerste, was er für sie tun konnte, wenn er sie zu sehr leiden sah – er konnte ihr helfen, mit Würde aus dem Leben zu scheiden.

Er ging zum Ausgangsluk, als seine Haut ihm eine fremde Gegenwart meldete. Erschrocken hob er die Laterne und erblickte im Kreis des zitternden Lichtscheins in vollkommener Klarheit seine angebetete Lin, die ihn ganz aus der Nähe beobachtete mit jenem neckenden Ausdruck im durchscheinenden Gesicht, das einst sein größtes Entzücken gewesen war. Sie trug ihr Kleid aus grüner Seide, das mit Goldfäden bestickt war und das sie nur bei großen Gelegenheiten anzog, das Haar war zu einem schlichten, mit Elfenbeinstäbchen gehaltenen Knoten zurückgenommen und über den Ohren mit zwei frischen Päonien geschmückt. Genau so hatte er sie zum letztenmal gesehen, als die Nachbarinnen sie vor der Trauerzeremonie angekleidet hatten. So wirklich war die Erscheinung seiner Frau hier im Schiffsbauch, daß ihn Panik packte: die Geister, mochten sie einst auch gute Menschen gewesen sein, waren oft grausam zu den Lebenden. Er versuchte zum Luk zu flüchten, aber sie versperrte ihm den Weg. Tao Chi'en sank zitternd in die Knie, ohne seine Laterne loszulassen, seine einzige Verbindung mit der handfesten Wirklichkeit. Er wollte ein Gebet zur Teufelsaustreibung sprechen, falls sie Lins Gestalt angenommen hätten, um ihn zu verwirren, aber er konnte sich nicht an die Worte erinnern, und nur ein langer Klageton, Klage um seine Liebe zu ihr und aus Sehnsucht nach dem Vergangenen, kam von seinen Lippen. Da beugte Lin sich über ihn in ihrer unvergeßlichen Lieblichkeit, so nah, daß er sie hätte küssen können, wenn er es gewagt hätte, und flüsterte, sie sei nicht von so weit hergekommen, um ihm angst zu machen, sondern um ihn an die Pflichten eines ehrbaren Arztes zu erinnern. Auch sie war kurz davor gewesen, zu verbluten wie dieses Mädchen, als sie ihre Tochter geboren hatte, und da sei er fähig gewesen, sie zu retten. Weshalb tat er nicht das gleiche für dieses junge Wesen? Was ging vor in ihrem geliebten Tao? Hatte er etwa sein gutes Herz verloren und sich in eine Küchenschabe verwandelt? Ein frühzeitiger Tod sei nicht Elizas Karma, versicherte sie ihm. Wenn eine Frau bereit sei, in einem elenden Loch begraben durch die Welt zu reisen, um ihren Mann zu finden, dann heiße das, daß sie viel *Qi* besitze.

»Du mußt ihr helfen, Tao, wenn sie stirbt, ohne ihren Geliebten wiederzusehen, wird sie nie Frieden finden, und ihr Geist wird dich auf ewig verfolgen«, warnte ihn Lin, ehe sie verschwand.

»Warte!« flehte der Mann und streckte eine Hand aus, um sie zu halten, aber seine Finger schlossen sich um Leere.

Tao Chi'en lag lange Zeit auf dem Boden und versuchte seiner Erschütterung Herr zu werden, bis sein verrücktes Herz ruhiger schlug und Lins zarter Duft sich verflüchtigt hatte. »Geh nicht fort, geh nicht fort!« wiederholte er unzählige Male, von Liebe übermannt. Schließlich schaffte er es, aufzustehen, die Luke zu öffnen und hinauf ins Freie zu treten.

Es war eine laue Nacht. Der Ozean schimmerte wie Silber im Widerschein des Mondes, und eine leichte Brise blähte die Segel der »Emilia«. Viele Passagiere hatten sich zurückgezogen oder spielten Karten in den Kabinen, andere hatten ihre Hängematten aufgespannt, um die Nacht in dem Durcheinander von Gerätschaften, Pferdesätteln und Kisten zu verbringen, mit denen die Decks vollgepackt waren, und einige unterhielten sich damit, im Heck den Delphinen zuzuschauen, die im schäumenden Kielwasser des Schiffes ihre Spiele trieben. Tao Chi'en hob die Augen zum Himmelsgewölbe und dankte. Zum erstenmal seit ihrem Tod hatte Lin ihn ohne Scheu besucht. Bevor sein Seemannsleben begann, hatte er sie bei verschiedenen Gelegenheiten gespürt, vor allem, wenn er sich in tiefe Meditation versenkte, aber damals war es leicht gewesen, die zarte Anwesenheit ihres Geistes als Sehnsucht des Witwers zu deuten. Lin war neben ihm gewesen, ihre feinen Finger hatten ihn gestreift, aber ihm blieb der Zweifel, ob sie es wirklich war oder nur eine Schöpfung seiner verstörten Seele. Soeben im Laderaum jedoch hatte er nicht gezweifelt: Lins Gesicht war ihm so strahlend und deutlich erschienen wie dieser Mond auf dem Meer. Er fühlte sich mit ihr verbunden und froh wie in den lange vergangenen Nächten, wenn sie zusammengerollt in seinen Armen schlief, nachdem sie sich geliebt hatten.

Tao Chi'en wandte sich zum Schlafraum der Mannschaft, wo er über eine schmale Holzkoje verfügte, weit entfernt von dem einzigen bißchen Luft, das durch die Tür strich und von dem üblen Geruch der Männer noch überlagert wurde. Es war Tao unmöglich, hier zu schlafen, aber das hatte er seit der Ausfahrt aus Valparaíso auch nicht tun müssen, denn der Sommer erlaubte, sich auf das nackte Deck zu packen. Er nahm seinen Schlüssel vom Hals, schloß den Koffer auf, der wegen des Schlingerns am Boden festgemacht war, und zog seine Arzttasche und eine Flasche Laudanum heraus. Dann ließ er heimlich eine doppelte Ration Süßwasser mitgehen und holte ein paar Tücher aus der Küche.

Er wollte zurück in den Laderaum, als er eine Hand auf seinem Arm spürte. Zusammenschrekkend wandte er sich um und sah eine der Chileninnen, die entgegen dem ausdrücklichen Befehl des

Kapitäns, die Frauen hätten sich nach Sonnuntergang zurückzuziehen, auf Freiersuche ausgegangen war. Tao erkannte sie sofort. Von allen Frauen an Bord war Azucena Placeres die netteste und die keckste. In den ersten Tagen hatte sie als einzige den seekranken Passagieren beigestanden, und sie hatte sich auch fürsorglich um einen jungen Matrosen gekümmert, der vom Mast gefallen war und sich einen Arm gebrochen hatte. Damit hatte sie sich die Achtung selbst des strengen Kapitäns erworben, der seither ein Auge zudrückte vor ihrem Ungehorsam. Azucena leistete ihre Krankenpflegedienste gratis, aber wer es wagte, eine Hand auf ihr festes Fleisch zu legen, mußte in klingender Münze bezahlen, denn man solle doch ein gutes Herz gefälligst nicht mit Dämlichkeit verwechseln, wie sie sagte. Dies ist mein Kapital, und wenn ich nicht acht drauf gebe, bin ich verratzt, erklärte sie und klatschte sich fröhlich auf die Hinterbacken. Azucena Placeres sagte zu Tao vier Wörter, die in jeder Sprache verständlich sind: Schokolade, Kaffee, Tabak, Brandy. Wie immer, wenn er ihr begegnete, machte sie ihm mit unzweideutigen Bewegungen ihren Wunsch klar, ihre Gunst gegen irgendeines dieser Luxusdinge zu tauschen, aber der *zhong yi* schob sie schroff beiseite und ging weiter.

Ein gut Teil der Nacht verbrachte Tao Chi'en an der Seite der fiebernden Eliza. Er mühte sich um diesen erschöpften Körper mit den beschränkten Mitteln aus seiner Arzttasche, mit all seiner Erfahrung und seiner nur aus Zartgefühl weniger festen Hand, bis sie eine blutige Molluske ausstieß. Tao Chi'en untersuchte das Etwas im Schein seiner Laterne und konnte ohne jeden Zweifel feststellen, daß es sich um einen mehrere Wochen alten Fötus handelte und daß er vollständig war. Um ihren Leib innen gründlich zu reinigen, setzte er seine Nadeln in die Arme und Beine der jungen Frau, was starke Kontraktionen bewirkte. Als er des Erfolges sicher war, seufzte er erleichtert auf: jetzt mußte er nur noch Lin bitten, mitzuhelfen, daß keine Infektion hinzukam. Bislang war seine Beziehung zu Eliza rein geschäftlicher Natur gewesen, und auf dem Grund seines Koffers lag als Beweis ihre Perlenkette. Sie war nur ein unbekanntes Mädchen gewesen, dem er keine persönliche Anteilnahme entgegenzubringen glaubte, eine *fan gui* mit großen Füßen und kriegerischem Temperament, der es sehr schwerfallen würde, einen Ehemann zu bekommen, denn sie zeigte keinerlei Neigung, einem Mann gefallen oder dienen zu wollen, das konnte man sehen. Nun, nach einem Abort, würde sie niemals heiraten können.

Nicht einmal ihr Liebhaber, der sie ja ohnedies schon einmal verlassen hatte, würde sie zur Frau haben wollen, gesetzt den unwahrscheinlichen Fall, sie würde ihn eines Tages finden. Er gestand ihr zu, daß Eliza für eine Ausländerin gar nicht so häßlich war, wenigstens hatten ihre länglichen Augen einen leichten orientalischen Anflug, und ihr Haar war lang, schwarz und schimmernd wie der stolze Schweif eines kaiserlichen Pferdes. Wenn sie eine teuflische gelbe oder rote Mähne gehabt hätte wie so viele, die er seit seiner Verschleppung aus China gesehen hatte, wäre er vielleicht gar nicht auf ihre Bitte eingegangen; nur leider würden weder ihr gutes Aussehen noch ihr starker Charakter ihr helfen, die Würfel über ihr Schicksal waren gefallen, und es gab für sie keine Hoffnung: sie würde in Kalifornien als Prostituierte enden. Er hatte in Kanton und in Hongkong viele dieser Frauen gesehen, ein Großteil seiner medizinischen Kenntnisse verdankte er den Jahren, in denen er die von Prügeln, Krankheiten und Drogen mißhandelten Körper jener Unglücklichen behandelt hatte. Mehrmals in dieser langen Nacht dachte er, ob es nicht großherziger wäre, sie entgegen Lins Gebot sterben zu lassen und so vor einem schrecklichen Schicksal zu bewahren, aber sie hatte ihn im voraus bezahlt, und er mußte seinen Teil des

Vertrages erfüllen, sagte er sich. Nein, das war nicht der einzige Grund, gestand er sich ein, denn von Anfang an hatte er sich nach seinen eigenen Beweggründen gefragt, weshalb er dieses Mädchen als blinden Passagier auf das Schiff zu schmuggeln bereit gewesen war. Das Risiko war groß, und er war nicht sicher, daß er etwas derartig Unvernünftiges nur der wertvollen Perlen wegen getan hatte. Etwas in der beherzten Entschlossenheit Elizas hatte ihn angerührt, etwas in ihrer Zartheit und in ihrer tapferen Liebe ihn an Lin erinnert ...

Am frühen Morgen endlich ließ das Bluten nach. Elizas Körper flog im Fieber, und sie zitterte trotz der unerträglichen Hitze im Laderaum, doch ihr Puls war besser, und sie atmete ruhig im Schlaf. Aber noch war sie nicht außer Gefahr. Tao Chi'en wünschte, er könnte hierbleiben und bei ihr wachen, nur leider war ihm klar, daß es bald hell werden und die Glocke ihn zur Arbeit rufen werde. Er schleppte sich erschöpft an Deck, ließ sich auf die nackten Bretter fallen und schlief wie ein Säugling, bis ein freundschaftlicher Fußtritt von einem Matrosen ihn weckte, um ihn an seine Pflichten zu erinnern. Er steckte den Kopf in einen Eimer mit Seewasser, um wach zu werden, und schwankte immer noch halb betäubt in die Küche, um den Haferbrei zu kochen, der das Frühstück an Bord darstellte. Alle aßen ihn ohne Murren einschließlich des enthaltsamen Kapitäns, nur die Chilenen protestierten im Chor, obwohl sie doch als zuletzt Eingeschiffte noch die eine oder andere Leckerei bei sich hatten. Die übrigen hatten ihre Vorräte an Tabak, Alkohol und Süßigkeiten ganz und gar aufgebraucht in den harten Monaten auf See, die sie schon vor dem Einlaufen in Valparaíso hatten durchstehen müssen. Das Gerede hatte sich verbreitet, einige der Chilenen seien Aristokraten, deshalb verstünden sie nicht, ihre eigenen Socken zu waschen oder Wasser für Tee zu kochen. Diejenigen, die erster Klasse reisten, hatten Diener mitgenommen, die sie in die Goldminen schicken wollten, denn der Gedanke, sich persönlich die Hände schmutzig zu machen, kam ihnen gar nicht erst in den Sinn. Andere bezahlten lieber Matrosen dafür, daß sie sie bedienten, weil die Frauen sich geschlossen weigerten, es zu tun; sie konnten zehnmal mehr einnehmen, wenn sie sie für zehn Minuten in der Abgeschiedenheit ihrer Kabine empfingen, statt zwei Stunden damit zu verbringen, ihnen die Wäsche zu waschen. Die ganze Mannschaft und die übrigen Passagiere machten sich lustig über diese verwöhnten Herrchen, aber niemals in ihrer Gegenwart. Die Chilenen hatten gute Manieren, schienen schüchtern zu sein und taten sich groß mit Höflichkeit und Ritterlichkeit, aber der kleinste Funke genügte, um ihren Hochmut zu entflammen. Tao Chi'en war bestrebt, ihnen nicht ins Gehege zu kommen. Diese Männer zeigten ihm offen ihre Verachtung, ihm und zwei schwarzen Passagieren, die in Brasilien an Bord gekommen waren, ihre Reise vollständig bezahlt hatten, aber die einzigen waren, die über keine eigene Koje verfügten und den gemeinsamen Tisch nicht mit den anderen teilen durften. Er zog die fünf bescheidenen Chileninnen vor mit ihrem soliden praktischen Verstand, ihrer kaum zu trübenden guten Laune und ihrer Mütterlichkeit, die in Notlagen zutage trat.

Er brachte sein Tagewerk wie ein Schlafwandler hinter sich, seine Gedanken waren bei Eliza, aber er konnte sich bis zum Abend nicht einen Augenblick freimachen, um nach ihr zu sehen. Am Vormittag hatten die Matrosen einen riesigen Hai gefangen, der im Todeskampf mit wütenden Schwanzschlägen das Deck peitschte, und keiner wagte sich an ihn heran, um ihm mit einem Knüppel den Garaus zu machen. Als er nicht mehr zuckte, hatte Tao Chi'en in seiner Eigenschaft als Koch die Plackerei des Abhäutens zu überwachen, das Tier in Stücke zu schneiden, einen Teil des Fleisches zu kochen und den Rest einzusalzen, während die Matrosen mit Schrubbern das Blut vom Deck scheuerten und die Passagiere das scheußliche Schauspiel mit den letzten Flaschen Sekt feierten und so den abendlichen Festschmaus vorwegnahmen. Er hob das Herz für Elizas Suppe auf und behielt die Flossen für sich, um sie zu trocknen, denn auf dem Markt der Aphrodisiaka waren sie ein Vermögen wert. Während all der Stunden, in denen Tao Chi'en mit dem Hai beschäftigt war, stellte er sich immer wieder vor, wie Eliza tot im Kielraum des Schiffes lag. Er war überglücklich, als er endlich zu ihr hinunter konnte und festellte, daß sie noch lebte und daß es ihr anscheinend sogar besserging. Die Blutung hatte nachgelassen und verlief normal, der Wasserbecher war leer, und alles deutete darauf hin, daß sie an diesem langen Tag lichte Augenblicke gehabt hatte. Kurz dankte er Lin für ihre Hilfe. Das junge Mädchen öffnete mühsam die Augen, ihre Lippen waren trocken und das Gesicht vom Fieber gerötet. Er half ihr, sich aufzusetzen, und flößte ihr einen starken Aufguß von *tangkuei* ein, um die Blutbildung anzuregen. Als er sicher war, daß sie den Tee im Magen behielt, gab er ihr ein paar Schlucke frische Milch, die sie gierig trank. Neu belebt zeigte sie an, daß sie Hunger hatte, und bat um mehr Milch. Die Kühe, die sie an Bord hatten, produzierten nur wenig Milch, des Lebens auf schlingerndem Schiff ungewohnt, und waren knochendürr, so daß schon davon gesprochen wurde, sie zu schlachten. Tao Chi'en war die Vorstellung, Milch zu trinken, widerwärtig, aber sein Freund Ebanizer Hobbs hatte ihn auf ihre Eigenschaft aufmerksam gemacht, verlorenes Blut zu ersetzen. Wenn Hobbs sie bei schweren Wunden als Kur anwendete, mußte sie in diesem Fall die gleiche Wirkung haben, entschied er.

»Muß ich sterben, Tao?«

»Noch nicht«, sagte er lächelnd und strich ihr über den Kopf.

»Wie weit ist es noch bis Kalifornien?«

»Noch weit. Denk nicht daran. Jetzt mußt du Wasser lassen.«

»Nein, bitte nicht!« sagte sie abwehrend.

»Was heißt nicht? Du mußt es tun!«

»Vor dir?«

»Ich bin ein *zhong yi.* Du brauchst dich vor mir nicht zu schämen. Ich habe schon alles gesehen, was es an deinem Körper zu sehen gibt.«

»Ich kann mich kaum bewegen, ich werde die Reise nicht durchstehen können, Tao, ich möchte sterben«, schluchzte sie, während sie sich auf ihn stützte, um sich auf den Nachttopf zu setzen.

»Mut, Kind! Lin sagt, du hast viel *Qi* und bist nicht so weit gekommen, um auf halbem Wege zu sterben.«

»Wer?«

»Nicht wichtig.«

In dieser Nacht begriff Tao Chi'en, daß er sie nicht alleine pflegen konnte, er brauchte Hilfe. Am Tag darauf, als die Frauen gerade aus ihrer Kabine herausgekommen waren und sich am Heck häuslich einrichteten, um wie immer ihre Wäsche zu waschen, sich das Haar zu flechten und die Federn und Glasperlen auf ihre Berufskleidung zu nähen, machte er Azucena Placeres Zeichen, daß er sie sprechen wolle. Während der Fahrt hatte keine von ihnen ihre Kampfgewandung angezogen, sie trugen dicke dunkle Röcke, schmucklose Blusen und Hausschuhe, nachmittags hüllten sie sich in ihre Umhänge, ihr Haar flochten sie in zwei Zöpfe, die ihnen über die Schultern hingen, und verzichteten auf Schminke. So sahen sie aus wie eine Gruppe einfacher Bäuerinnen, die ganz in ihrer Hausarbeit aufgingen. Azucena zwinkerte ihren Gefährtinnen fröhlich verschwörerisch zu und folgte Tao in die Küche. Er gab ihr ein großes Stück Schokolade, das er aus der Reserve für den Kapitänstisch abgezweigt hatte, und versuchte ihr das Problem in seinem noch sehr unvollkommenen Spanisch zu erklären, aber sie verstand ihn nicht, genausowenig wie sein Englisch, und er begann die Geduld zu verlieren. Azucena Placeres schnupperte an der Schokolade, und ihr rundes Indiagesicht strahlte auf in einem kindlichen Lächeln. Sie nahm die Hand des Kochs, legte sie sich auf eine Brust und deutete zur Kabine der Frauen, die um diese Zeit unbenutzt war, aber er zog seine Hand zurück, nahm dafür die ihre und führte sie zu dem Luk, das hinab in den Kielraum führte. Azucena, halb verwundert, halb neugierig, wehrte sich nur schwach, aber er gab ihr keine Gelegenheit, sich zu weigern, er öffnete das Luk, immerfort lächelnd, um sie zu beruhigen, und nötigte sie die enge Stiege hinunter. Ein paar Augenblicke standen sie in der Dunkelheit, bis er die an einem Balken hängende Laterne fand und entzündete. Azucena mußte lachen: endlich hatte dieser komische Chinese die Bedingungen des Vertrages begriffen. Mit einem Asiaten hatte sie es noch nie gemacht und war sehr neugierig, ob sein Gerät genauso war wie das von anderen Männern, aber der Koch machte keine Anstalten, die Abgeschiedenheit zu nutzen, sondern zog sie durch das Labyrinth aus Ballen und Kisten am Arm hinter sich her. Sie bekam schon Angst, der Mann wäre vielleicht verrückt, und versuchte sich zu befreien, aber er ließ sie nicht los und zwang sie, weiterzugehen, bis die Laterne den Verschlag beleuchtete, in dem Eliza lag.

»Jesus, Maria und Josef!« rief Azucena aus und bekreuzigte sich entsetzt.

»Sag ihr, daß sie uns helfen soll«, bat Tao Eliza auf englisch und schüttelte sie, damit sie zu sich kam.

Eliza brauchte eine gute Viertelstunde, um stammelnd die kurzen Anweisungen Tao Chi'ens zu übersetzen, der inzwischen die Türkisbrosche aus dem Schmucktäschchen gezogen hatte und vor den Augen der zitternden Azucena drehte und wendete. Der Vertrag, sagte er ihr, laute so, daß sie zweimal am Tag hier herunterstieg, um Eliza zu waschen und ihr Essen zu bringen, ohne daß irgend jemand etwas davon erfuhr. Wenn sie das brav erledigte, würde die Brosche in San Francisco ihr gehören, aber wenn sie auch nur ein Wort gegen jemand anderen verlauten ließe, würde er ihr die Kehle durchschneiden. Tao hatte sein Messer aus dem Gürtel gezogen und hielt es ihr vor die Nase, während er mit der anderen Hand die Brosche zwischen den Fingern kreisen ließ, damit die Botschaft auch ganz klar sei.

»Hast du verstanden?«

»Sag diesem elenden Chinesen, ich habe verstanden, und er soll dieses Messer wegstecken, damit er mich nicht noch aus Versehen umbringt.«

Eine Zeitlang, die endlos schien, kämpfte Eliza mit quälenden Fieberphantasien und wurde nachts von Tao Chi'en und am Tag von Azucena Placeres betreut. Die Frau nutzte die frühe Morgenstunde, wenn die meisten Passagiere noch schliefen, und die Siesta, wenn sie dösten, um sich in die Küche zu stehlen, wo Tao ihr den Schlüssel gab. Anfangs stieg sie halbtot vor Angst in den Schiffsbauch hinab, aber bald siegten ihr gesundes Naturell und die Brosche über die Angst. Sie fing an, Eliza täglich mit einem eingeseiften Lappen den Schweiß abzureiben, dann nötigte sie sie, den Milchbrei zu essen und die Hühnerbrühe mit Reis, die Tao Chi'en mit *tangkuei* anreicherte, sie verabfolgte ihr die Kräuter, wie Tao es angeordnet hatte, und gab ihr dazu aus eigenem Antrieb jedesmal eine Tasse Borretschaufguß. Diesem Mittel vertraute sie blind, wenn der Leib nach einer Schwangerschaft gereinigt werden mußte; Borretsch und ein Bild der Jungfrau von Carmel waren das erste, was sie und ihre Gefährtinnen im Abenteuer in ihre Koffer gepackt hatten, denn ohne diesen doppelten Schutz würden die Wege Kaliforniens wohl sehr schwer zu gehen sein. Die Kranke irrte in den Zwischenräumen des Todes umher bis zu dem Morgen, an dem sie im Hafen von Guayaquil Anker warfen, einer kümmerlichen Ansammlung von Häusern, die die wuchernde äquatoriale Vegetation schon zur Hälfte verschlungen hatte. Hier legten selten Schiffe an, allenfalls, um tropische Früchte oder Kaffee einzuhandeln, aber Kapitän Katz hatte versprochen, einer Familie von holländischen Missionaren einige Briefe zu überbringen. Diese Korrespondenz zu befördern hatte er vor über sechs Monaten übernommen, und er war nicht der Mann, sich einer eingegangenen Verpflichtung zu entziehen. In der Nacht davor hatte Eliza in einer Backofenhitze ihr Fieber bis zum letzten Tropfen ausgeschwitzt, hatte geträumt, sie klettere barfuß den gleißenden Abhang eines ausbrechenden Vulkans hinauf, und erwachte patschnaß, aber mit klarem Kopf und kühler Stirn. Alle Passagiere einschließlich der Frauen und ein gut Teil der Besatzung gingen für ein paar Stunden von Bord, um die Beine zu betätigen, im Fluß zu baden und sich mit frischem Obst vollzustopfen, aber Tao Chi'en blieb auf dem Schiff, denn er wollte Eliza beibringen, die Pfeife anzuzünden und zu rauchen, die er im Koffer mit sich führte. Er war sich nicht sicher, wie er das Mädchen weiter behandeln sollte, dies war einer der Fälle, bei denen er für den Rat seines weisen Meisters alles mögliche hingegeben hätte. Er begriff zwar, daß es richtig war, sie etwas ruhigzustellen, damit sie die Zeit in dem Gefängnis des Kielraums leichter hinter sich brächte, aber sie hatte viel Blut verloren, und er fürchtete, daß die Droge ihr das wenige, das ihr verblieben war, ausdünnen könnte. Er entschloß sich nur zögernd dazu, nachdem er Lin angefleht hatte, über Elizas Schlaf zu wachen.

»Opium. Es wird dir schlafen helfen, so wird die Zeit schneller vergehen.«

»Opium! Davon wird man verrückt!«

»Du bist sowieso verrückt, da hast du nicht viel zu verlieren«, sagte er lächelnd.

»Du willst mich umbringen, nicht wahr?«

»Aber sicher. Es ist mir nicht geglückt, als du am Verbluten warst, und jetzt mache ich es halt mit Opium.«

»Ach, Tao, ich habe Angst ...«

»Viel Opium ist schlecht. Wenig ist ein Trost, und ich werde dir sehr wenig geben.«

Das junge Mädchen wußte nicht, wieviel viel oder wenig war. Tao Chi'en verabreichte ihr seine Aufgüsse aus gestoßenen Drachenfischgräten und Austernschalen und teilte ihr das Opium so ein, daß es ihr ein paar Stunden barmherziges Dahindämmern schenkte, ohne daß sie sich völlig in einem Paradies ohne Wiederkehr verlor. In den folgenden Wochen flog sie durch andere Weltenräume, weit fort von der jämmerlichen Höhle, in der ihr Körper lag, und erwachte nur, wenn sie herunterkamen, um ihr zu essen zu geben, sie zu waschen und sie zu zwingen, ein paar Schritte zu gehen. Sie spürte nicht die Plage der Läuse und Flöhe und auch nicht den übelkeiterregenden Gestank, den sie zu Anfang kaum hatte ertragen können, denn die Droge betäubte ihren hervorragenden Geruchssinn. Sie glitt regellos in ihre Träume hinein und wieder hinaus und konnte sich auch nicht an sie erinnern, aber Tao Chi'en hatte recht: die Zeit verging schnell. Azucena Placeres konnte nicht begreifen, weshalb Eliza unter diesen Bedingungen reiste. Keine von ihnen hatte die Passage bezahlt; als sie sich einschifften, hatten sie mit dem frommen Kapitän die Abmachung getroffen, daß er den Betrag für die Fahrt gleich nach ihrem ersten Arbeitstag in San Francisco bekommen werde.

»Wenn die Gerüchte stimmen, kannst du dir an einem einzigen Tag fünfhundert Dollar in die Tasche stecken. Die Goldgräber bezahlen in purem Gold! Die haben monatelang keine Frau mehr gesehen, die sind ausgehungert. Sprich mit dem Kapitän und bezahl ihn, wenn wir ankommen«, drängte Azucena, sooft Eliza zu sich kam.

»Ich bin keine von euch«, erwiderte Eliza, vom süßen Nebel der Droge betäubt.

Endlich erreichte es Azucena, daß Eliza ihr in einem klaren Augenblick einen Teil ihrer Geschichte beichtete. Sofort eroberte der Gedanke, einer aus Liebe Flüchtenden zu helfen, Azucenas Einbildungskraft, und von nun an pflegte sie die Kranke mit der größten Hingabe. Sie hielt nicht nur die Abmachung ein, sie zu füttern und zu waschen, sie blieb auch bei ihr, nur weil sie Freude daran hatte, sie schlafen zu sehen. Wenn Eliza wach war, erzählte Azucena ihr aus ihrem eigenen Leben und lehrte sie, den Rosenkranz zu beten, was, wie sie sagte, die beste Art war, die Stunden ohne Grübeln zu verbringen und gleichzeitig ohne große Anstrengung den Himmel zu gewinnen. Für eine Frau wie sie, erklärte sie, sei das ein hervorragendes Hilfsmittel. Sie sparte eisern einen Teil ihrer Einnahmen, um Ablässe von der Kirche zu kaufen und so die Zeit zu verringern, die sie im anderen Leben im Purgatorium würde verbringen müssen, obwohl sie nach ihren Berechnungen nie ausreichen würden, um all ihre Sünden abzudecken. Wochen vergingen, ohne daß Eliza wußte, ob es Tag oder Nacht war. Sie hatte das vage Empfinden, bisweilen sei ein weibliches Wesen bei ihr, aber dann schlief sie wieder ein, und wenn sie erwachte, war sie verwirrt und wußte nicht, ob sie von Azucena Placeres nur geträumt hatte oder ob es in der Wirklichkeit eine kleine Frau mit schwarzen Zöpfen, Stupsnase und hohen Wangenknochen gab, die aussah wie eine junge Mama Fresia.

Das Klima wurde etwas kühler, als sie Panama hinter sich ließen, wo der Kapitän wegen der Gefahr einer Ansteckung mit Gelbfieber jeden Landgang verboten hatte, er schickte nur einen Trupp Matrosen mit dem Boot hinüber, um Süßwasser zu beschaffen, denn das wenige, was sie noch hatten, war faulig geworden. Sie segelten an Mexiko vorbei, und als die »Emilia« die kalifornischen Gewässer erreichte, gerieten sie in ein ausgesprochen kaltes Frühjahr des nördlichen Kontinents. Aus den Koffern kamen Pelzmützen, warme Stiefel, Handschuhe und allerlei Wollsachen ans Licht. Bei jedem Gottesdienst, den der Kapitän abhielt, dankte er dem Himmel für die günstigen Winde, denn er wußte von Schiffen, die bis Hawaii abgetrieben waren oder noch weiter. Zu den verspielten Delphinen gesellten sich große würdevolle Wale, die das Schiff über lange Strecken begleiteten. Gegen Abend, wenn das Wasser sich rot färbte im Widerschein der untergehenden Sonne, liebten sich die riesigen Tiere in einem Geprassel goldenen Schaums und riefen einander mit tiefem, unterseeischem Brüllen. Und manchmal, in der Stille der Nacht, kamen sie dem Schiff so nahe, daß man ganz klar das schwere, geheimnisvolle Rumoren ihrer Gegenwart spüren konnte.

Die frischen Lebensmittel waren aufgezehrt, und die Trockenrationen wurden knapp; außer Kartenspiel und Angeln gab es keinerlei Ablenkungen. Die Passagiere verbrachten Stunden damit, die Einzelheiten der Kompanien zu besprechen, die sich für das Abenteuer gebildet hatten, einige mit striktem, militärischem Reglement bis hin zu Uniformen, andere gaben sich lockerer. Alle waren grundsätzlich übereingekommen, sich zusammenzutun, um die Reise zu finanzieren, die Minen auszubeuten, das Gold zu transportieren und sich den Gewinn gleichmäßig zu teilen. Sie wußten nichts über das fragliche Terrain und ahnten nichts von den Entfernungen. Eine der Gesellschaften legte fest, daß die Mitglieder jeden Abend zum Schiff zurückkehrten, wo sie die nächsten Monate zu wohnen gedachten, und das Gold des Tages in einem Tresor verwahrten. Kapitän

Katz erklärte ihnen, die »Emilia« sei nicht als Hotel zu vermieten, denn er gedenke so bald als möglich nach Europa zurückzusegeln, und die Minen seien Hunderte von Meilen vom Hafen entfernt, aber sie hörten ihm gar nicht zu. Sie hatten seit Valparaíso zweiundfünfzig Tage auf See hinter sich, die Eintönigkeit des unendlichen Meeres hatte den Nerven zugesetzt, und die Streitereien brachen beim geringsten Vorwand aus. Als ein chilenischer Passagier seine Pistole auf einen Yankee-Matrosen anlegte und drauf und dran war, abzudrücken, weil Azucena Placeres mit dem Seemann zu heftig geschäkert hatte, konfiszierte Kapitän Katz alle Waffen einschließlich der Rasiermesser, versprach aber, sie zurückzugeben, wenn San Francisco in Sicht kam. Der einzige, dem gestattet war, mit Messern umzugehen, war der Koch, der die unerfreuliche Aufgabe hatte, die Haustiere eins nach dem andern zu schlachten. Als die letzte Kuh in den Garkesseln verschwand, improvisierte Tao Chi'en eine Zeremonie, um die Verzeihung der geopferten Tiere zu erlangen und sich von dem vergossenen Blut zu reinigen, dann reinigte er auch sein Messer, indem er es mehrmals durch die Flamme einer Fackel führte.

Sobald das Schiff die kalifornischen Gewässer erreicht hatte, verringerte Tao Chi'en nach und nach die Beruhigungstees und setzte das Opium ab, bemühte sich, Eliza aufzupäppeln, und zwang sie, gymnastische Übungen zu machen, damit sie auf eigenen Beinen ihre Gruft verlassen konnte. Azucena Placeres seifte sie geduldig ab und schaffte es sogar, ihr mit wenigen Tassen Wasser die Haare zu waschen, während sie aus ihrem tristen Hurenleben erzählte und ihren fröhlichen Traum ausmalte, wie sie in Kalifornien reich werden und als Dame nach Chile zurückkehren würde mit sechs Koffern voller königlicher Gewänder und einem Goldzahn. Tao Chi'en war unschlüssig, auf welche Weise er Eliza vom Schiff bringen sollte, aber wenn er sie in einem Sack hatte hineinschaffen können, würde er sie doch sicherlich mit der gleichen Methode hinausbekommen. Und war das Mädchen einmal auf festem Land, war er nicht mehr für sie verantwortlich. Bei dem Gedanken, sich endgültig von ihr zu trennen, empfand er neben riesiger Erleichterung ebensoviel unverständlichen Kummer.

Als nur noch wenige Seemeilen bis zu ihrem Bestimmungsort fehlten, hatte die »Emilia« zum erstenmal die Küste Nordkaliforniens in Sichtweite. Nach Azucena Placeres sah sie genauso aus wie die chilenische, bestimmt waren sie im Kreis gefahren wie die Langusten und kamen nun wieder nach Valparaíso. Tausende Robben sprangen vom Felsen und klatschten ins Wasser unter dem schrillen Geschrei von Möwen und Meerespelikanen. Nicht eine Menschenseele war zu sehen in dem felsigen Gelände, keine Spur einer Ansiedlung, kein Schatten der Indianer, die angeblich diese verzauberten Regionen seit Jahrhunderten bewohnten. Endlich erreichten sie die Klippen, die die Nähe des Goldenen Tors anzeigten, des berühmten Golden Gate, der Schwelle zur Bucht von San Francisco. Unversehens hüllte dichter Nebel das Schiff ein wie eine Decke, man sah keinen halben Meter weit voraus, und der Kapitän befahl, sofort zu stoppen und Anker zu werfen, um nicht an den Klippen zu zerschellen. Sie waren jetzt ihrem Ziel sehr nahe, und die Ungeduld der Passagiere nahm lärmende, fast aufrührerische Formen an. Alle redeten gleichzeitig, alle trafen Vorbereitungen, den Fuß auf das Festland zu setzen und augenblicklich zur Schatzsuche aufzubrechen. Die meisten Kompanien hatten sich in den letzten Tagen wieder aufgelöst, im Überdruß der langen Fahrt waren aus ehemaligen Partnern Feinde geworden, und jeder dachte nur noch an sich selbst, versunken in Vorstellungen von unermeßlichem Reichtum. Es fehlte auch nicht an Männern, die den Prostituierten jetzt Liebeserklärungen machten und den

Kapitän bitten wollten, sie zu trauen, bevor sie von Bord gingen, weil sie gehört hatten, das, was wirklich knapp war in jener barbarischen Gegend, seien die Frauen. Eine der Peruanerinnen nahm den Antrag eines Franzosen an, der so viel Zeit auf dem Meer zugebracht hatte, daß er seinen eigenen Namen nicht mehr wußte, aber Kapitän Vincent Katz lehnte es ab, sie zu verheiraten, als er erfuhr, daß der Mann eine Frau und vier Kinder in Avignon hatte. Die anderen Frauen wiesen die Bewerber rundweg ab, sie hatten diese beschwerliche Reise gemacht, um frei und reich zu sein, sagten sie, aber nicht, um als unbezahltes Dienstmädchen des erstbesten Hungerleiders zu enden, der ihnen die Ehe antrug.

Die Begeisterung der Passagiere ließ nach, je mehr Stunden in Unbeweglichkeit verrannen, je länger sie in der milchigen Unwirklichkeit dieses Nebels steckten. Am zweiten Tag endlich klarte der Himmel auf, sie konnten die Anker lichten und mit vollen Segeln die letzte Etappe dieser langen Reise erstürmen. Passagiere und Matrosen kamen an Deck, um die enge Einfahrt des Golden Gate zu bestaunen, noch sechs Meilen zu segeln, vom Aprilwind getrieben unter einem klaren Himmel. Zu beiden Seiten erhoben sich Felsen, schroff aufragend, von Wäldern gekrönt, zurück blieb der Pazifische Ozean, und voran erstreckte sich die silbern strahlende Bucht. Eine Salve von Ausrufen begrüßte das Ende der mühseligen Reise und den Beginn des Goldabenteuers für diese Männer und Frauen und genauso für die zwanzig Seeleute, die sich in ebendiesem Augenblick entschlossen, das Schiff zu verlassen und sich auch auf die Minen zu stürzen. Die einzigen, die gleichmütig blieben, waren der Kapitän Vincent Katz, der auf seinem Posten neben dem Ruder stand, ohne die mindeste Regung zu zeigen, denn das Gold berührte ihn nicht, er wollte nur rechtzeitig wieder in Amsterdam sein, um mit seiner Familie Weihnachten zu feiern, und Eliza Sommers im Bauch des Schiffes, die erst mehrere Stunden später erfuhr, daß sie angekommen waren.

Das erste, was Tao Chi'en bei der Einfahrt in die Bucht überraschte, war ein Wald von Masten zu seiner Rechten. Sie zu zählen war unmöglich, aber er schätzte sie auf mehr als hundert Schiffe, die in heller Unordnung wie nach einer Schlacht verlassen worden waren. Jeder Arbeiter auf dem Festland verdiente an einem Tag mehr als ein Matrose in einem Monat auf See; die Männer desertierten nicht nur des Goldes wegen, es lockte sie auch, mit Säcketragen, Brotbacken oder Hufebeschlagen Geld zu machen. Einige Schiffe wurden als Speicher oder als improvisierte Hotels vermietet, andere verrotteten, von Seetang und Möwennestern übersät. Bei einem zweiten Blick entdeckte Tao Chi'en die Stadt, die ausgebreitet wie ein Fächer an den Abhängen lag, ein Durcheinander von Zelten, Hütten aus Brettern oder Pappe und einigen einfachen, aber solide aussehenden Häusern, den ersten in dieser eben erst entstehenden Stadt. Nachdem sie Anker geworfen hatten, empfingen sie das erste Boot, es war aber nicht das der Hafenbehörde, wie sie vermutet hatten, sondern das eines Chilenen, der es eilig hatte, seine Landsleute zu begrüßen und Post entgegenzunehmen. Es war Feliciano Rodríguez de Santa Cruz, der seinen wohltönenden Namen in Felix Cross abgewandelt hatte, damit die Yankees ihn aussprechen konnten. Obwohl er mit verschiedenen Passagieren befreundet war, erkannte ihn keiner, denn von dem Geck im Gehrock mit dem pomadisierten Schnurrbart, wie sie ihn zuletzt in Valparaíso gesehen hatten, war nichts übriggeblieben; vor ihnen erschien ein struppiger Gebirgler, die Haut gebräunt wie ein Indio, Russenstiefel bis zum halben Oberschenkel und zwei Pistolen am Gürtel, begleitet wurde er von einem genauso wild aussehenden Neger, der ebenfalls bewaffnet war wie ein Straßenräuber. Er war ein entflohener Sklave, der, als er den Boden Kaliforniens betrat, ein freier Mann geworden war, aber da er die Schufterei in den Minen nicht aushielt, sich sein Brot lieber als bezahlter Leibwächter verdiente. Als Feliciano sich zu erkennen gab, wurde er mit begeistertem Geschrei begrüßt und praktisch im Fluge zur Kabine der ersten Klasse gebracht, wo die Passagiere ihn nach Neuigkeiten bestürmten. Ihr einziges Interesse galt der Frage, ob das begehrte Mineral so reichlich vorhanden war, wie behauptet wurde, worauf er antwortete, es gebe noch viel mehr, und eine gelbe Substanz aus der Tasche zog, die aussah wie plattgedrückter Hundekot, und verkündete, dies sei ein Nugget von einem halben Kilo Gewicht und er sei bereit, ihn gegen allen Alkohol zu tauschen, der an Bord sei, aber es gab dann doch keinen Handel, weil nur noch drei Flaschen vorhanden waren. Das Nugget sei von den wackeren Bergleuten gefunden worden, die er aus Chile mitgebracht habe, sagte er, und die jetzt an den Ufern des American River für ihn arbeiteten. Als sie dann mit der letzten Alkoholreserve anstießen und der Chilene die Briefe seiner Frau in Empfang genommen hatte, klärte er sie darüber auf, wie man in dieser Gegend überlebte.

»Bis vor ein paar Monaten hatten wir hier einen Ehrenkodex, und selbst die schlimmsten Strolche benahmen sich anständig. Man konnte das Gold unbewacht im Zelt liegenlassen, keiner rührte es an. Aber inzwischen hat sich alles geändert. Jetzt herrscht das Gesetz des Dschungels, das einzige Credo ist die Habgier. Trennen Sie sich nicht von Ihren Waffen, und gehen Sie paarweise oder in Gruppen, dies ist Banditenland«, erklärte er.

Mehrere Boote umkreisten inzwischen das Schiff, besetzt und gerudert von Männern, die mit Geschrei allen möglichen Handel anboten und kaufen wollten, was zu kaufen war, denn auf dem Festland konnten sie es um den fünffachen Preis wieder verkaufen. Die leichtgläubigen Reisenden würden bald genug entdecken, auf welch niederträchtige Spekulation sie hereingefallen waren. Am Nachmittag erschien der Hafenmeister, begleitet von einem Zollbeamten, ihm folgten zwei Boote mit mehreren Mexikanern und ein paar Chinesen, die sich anboten, die Fracht des Schiffes auf den Kai zu schaffen. Sie verlangten ein Vermögen, aber es gab keinen anderen Weg. Der Hafenmeister zeigte keinerlei Neigung, Pässe zu überprüfen oder die Identität der Passagiere festzustellen.

»Dokumente? Wozu denn! Sie sind im Paradies

der Freiheit angekommen. Gestempeltes Papier gibt's hier nicht«, verkündete er.

Die Frauen dagegen interessierten ihn lebhaft. Er prahlte damit, der erste zu sein, der sie alle durchprobierte, jede einzelne, die in San Francisco an Land ging, leider seien es nicht so viele, wie er gewünscht hätte. Er erzählte, als die ersten Frauen hier in der Stadt auftauchten, das war schon mehrere Monate her, da wurden sie von einer Unmenge wild begeisterter Männer empfangen, die stundenlang Schlange standen, bis sie drankamen, und in Gold bezahlten – Gold als Staub, in Nuggets, als Münzen oder sogar in Barren. Das waren zwei beherzte Yankeemädchen gewesen, die von Boston über die Landenge von Panama bis zum Pazifik gereist waren. Sie versteigerten ihre Dienste an den jeweils besten Bieter und nahmen an einem Tag soviel ein wie normalerweise im ganzen Jahr. Seither waren mehr als fünfhundert Frauen angekommen, fast alle Mexikanerinnen, Chileninnen und Peruanerinnen, dazu ein paar Nordamerikanerinnen und Französinnen, aber ihre Anzahl war unzureichend verglichen mit der zunehmenden Invasion alleinstehender junger Männer.

Azucena Placeres hörte nichts von den Geschichten des Yankees, weil Tao Chi'en sie mit hinunter in den Kielraum genommen hatte, als er hörte, daß der Zollbeamte an Bord gekommen war. Er würde das Mädchen nicht im Sack auf dem Rücken eines Stauers vom Schiff hinunterschaffen können, denn sicherlich würden alle Säcke überprüft werden. Eliza war verdutzt, als sie die beiden sah, die kaum wiederzuerkennen waren: sein Kittel nebst Hose waren frischgewaschen, sein straff geflochtener Zopf glänzte wie geölt, dazu hatte er sich Stirn und Gesicht sorgfältig rasiert bis aufs letzte Härchen, während Azucena Placeres die Bäuerinnentracht gegen ihren Paradestaat vertauscht hatte, sie trug ein blaues Kleid mit Federn im Ausschnitt, ihr hochfrisiertes Haar hatte sie mit einem Hut gekrönt, Lippen und Wangen waren karminrot geschminkt.

»Die Reise ist zu Ende, und du lebst noch, Mädchen«, verkündete sie fröhlich.

Sie wollte Eliza eines ihrer auffallenden Kleider leihen und sie mit von Bord nehmen, als wäre sie eine von ihrer Gruppe, ein gar nicht so unsinniger Gedanke, denn sicherlich würde ihr auf dem Festland gar nichts anderes übrigbleiben, wie sie erklärte.

»Ich werde meinen Bräutigam heiraten«, entgegnete Eliza zum hundertsten Mal.

»Wie die Dinge hier stehen, ist kein Bräutigam etwas nütze. Wenn du, um essen zu können, deinen Hintern verkaufen mußt, dann verkaufst du ihn. In dieser Gegend kannst du nicht auf Kleinigkeiten achtgeben, Kind.«

Tao Chi'en unterbrach sie. Wenn zwei Monate lang sieben Frauen auf dem Schiff gewesen waren, konnten nicht acht von Bord gehen, das war ja wohl klar. Die Gruppe Mexikaner und Chinesen, die zum Ausladen gekommen waren und jetzt an Deck auf die Befehle des Kapitäns und des Zollbeamten warteten, hatten ihn auf einen Gedanken gebracht. Er wies Azucena an, sie solle Elizas langes Haar zu einem Zopf flechten, wie er ihn trug, dann ging er, um etwas von seinen eigenen Sachen zu holen. Sie zogen dem Mädchen Hosen an und einen Kittel, der mit einem Strick gegürtet wurde, und setzten ihr einen schirmförmigen Strohhut auf. In diesen zwei höllischen Monaten hatte Eliza Gewicht verloren, war erschreckend mager geworden und so blaß wie Reispapier. In Tao Chi'ens Sachen, die um einiges zu groß für sie waren, sah sie aus wie ein unterernährter chinesischer Waisenknabe. Azucena Placeres schloß sie in ihre robusten Wäscherinnenarme und drückte ihr gerührt einen Kuß auf die Stirn. Sie hatte Eliza liebgewonnen und freute sich innerlich, daß sie einen Bräutigam hatte, der sie erwartete, denn sie mochte sich nicht vorstellen, daß sie den Brutalitäten eines Lebens ausgesetzt wäre, wie sie selbst es ertragen mußte.

»Du siehst aus wie ein Erdmännchen«, sagte sie lachend. »Und wenn sie mich entdecken?«

»Was könnte als Schlimmstes passieren? Daß Katz von dir verlangt, die Reise zu bezahlen. Das kannst du mit deinem Schmuck tun, hast du ihn nicht deshalb mitgenommen?« entgegnete Azucena.

»Keiner darf wissen, daß du hier bist. Dann wird Kapitän Sommers dich nicht in Kalifornien suchen«, sagte Tao Chi'en, dessen Spanisch sich in diesen Wochen ganz erstaunlich verbessert hatte.

»Wenn er mich findet, bringt er mich zurück nach Chile.«

»Wieso? Du bist auf jeden Fall entehrt. Die Reichen schlucken so was nicht. Deine Familie muß sehr zufrieden sein, daß du verschwunden bist, so brauchen sie dich nicht auf die Straße zu jagen.«

»Bloß das? In China würden sie dich töten für das, was du getan hast.«

»Schon gut, Chinese, wir sind hier nicht in China. Jag dem Mädchen keine Angst ein. Du kannst ganz ruhig von Bord gehen, Eliza. Keiner wird auf dich achten. Sie werden damit beschäftigt sein, mich anzustarren«, versicherte ihr Azucena Placeres und verabschiedete sich in einem Wirbel von blauen Federn, die Türkisbrosche am Ausschnitt.

Und so geschah es. Die fünf Chileninnen und die zwei Peruanerinnen in ihrem üppigsten Eroberungsputz waren das Spektakel des Tages. Sie kletterten auf Strickleitern in die Boote, ihnen voran sieben vom Glück begünstigte Matrosen, die um das Privileg gelost hatten, die Hinterteile der Frauen mit den Köpfen zu stützen inmitten eines Chors von Pfiffen und Beifallsklatschen Hunderter Neugieriger, die im Hafen zusammengelaufen waren, um sie in Empfang zu nehmen. Niemand beachtete die Ameisenkette der Mexikaner und Chinesen, die sich die Bündel von Hand zu Hand zureichten. Eliza saß in einem der letzten Boote neben Tao Chi'en, der seinen Landsleuten erklärte, der Junge sei taubstumm und ein wenig schwachsinnig, also würde es nichts bringen, wenn sie ihn anzusprechen versuchten.

Argonauten

Tao Chi'en und Eliza betraten den Boden von San Francisco um zwei Uhr nachmittags an einem Apriltag des Jahres 1849. Bisher waren Tausende Abenteurer hier kurz durchgekommen auf dem Weg zu den Fundstätten. Ein hartnäckiger Wind erschwerte das Gehen in den weiten Hosen, aber der Tag war heiter, und sie konnten das Panorama der Bucht in seiner strahlenden Schönheit bewundern. Tao Chi'en bot einen recht seltsamen Anblick mit dem Koffer auf dem Rücken und seiner Arzttasche, von der er sich nie trennte, dazu trug er einen Strohhut und einen Sarape aus vielfarbiger Wolle, den er einem der mexikanischen Lastträger abgekauft hatte. In dieser Stadt jedoch kam es auf das Äußere nicht an. Eliza zitterten die Beine, die sie zwei Monate lang so gut wie nicht gebraucht hatte, und anfangs wurde ihr auf festem Land so übel wie vorher auf dem Meer, aber die Männerkleider gaben ihr eine unbekannte Freiheit. Als sie den Eindruck, nackt zu sein, überwunden hatte, tat ihr die freundliche Brise wohl, die ihr durch die Ärmel des Kittels und die Hosenbeine fuhr. Der einengenden Unterröcke ledig, atmete sie jetzt in vollen Zügen. Freilich hatte sie große Mühe, den Koffer mit den schönen Kleidern zu tragen, den Miss Rose mit den besten Absichten gepackt hatte, und als Tao Chi'en sie wanken sah, nahm er ihn ihr ab und setzte ihn sich auf die Schulter. Die Wolldecke, die sie eingerollt unterm Arm trug, war ihr genauso schwer wie der Koffer, aber sie wußte, daß sie sie nicht zurücklassen konnte, sie würde in der Nacht ihr kostbarster Besitz sein. Mit gesenktem Kopf, unter ihrem Strohhut versteckt, stolperte sie durch die fürchterliche Anarchie des Hafens. Das kümmerliche Nest Yerba Buena, von einer spanischen Expedition 1769 gegründet und später von den Franziskanern, die hier eine Mission errichteten, in San Francisco umbenannt, zählte weniger als fünfhundert Einwohner, aber kaum war der Ruf des Goldes erschallt, kamen die Abenteurer. Nach wenigen Monaten erwachte das unschuldige Dörfchen, und sein Ruhm reichte bis in den letzten Erdenwinkel. Noch war es keine richtige Stadt, sondern nur ein gigantisches Feldlager für Männer auf der Durchreise.

Das Goldfieber ließ niemanden gleichgültig: Schmiede, Zimmerleute, Maurermeister, Ärzte, Soldaten, flüchtige Straftäter, Prediger, Bäcker, Revolutionäre und harmlose Irre verschiedenster Herkunft hatten Familie und Besitz zurückgelassen und die halbe Welt durchquert, dem Abenteuer hinterher. »Sie suchen Gold, und unterwegs verlieren sie die Seele«, hatte Kapitän Katz auf jedem der kurzen Gottesdienste gesagt, die er an den Sonntagen den Passagieren und der Besatzung der »Emilia« auferlegte. Zum erstenmal in der Geschichte des Goldes lag es herrenlos, gratis und überreichlich auf dem Boden, erreichbar für jeden, der entschlossen war, es aufzuheben. Von den fernsten Ufern kamen die Argonauten: Europäer, die vor Kriegen, Seuchen und Unterdrückung flohen, begehrliche und verwegene Yankees, Neger auf der Suche nach Freiheit, Oregonesen und Russen, in Felle gekleidet wie die Indianer, Mexikaner, Chilenen und Peruaner, australische Banditen, hungrige chinesische Bauern, die ihren Kopf riskierten, weil sie das kaiserliche Verbot, ihr Vaterland zu verlassen, verletzt hatten. In den schmutzigen Gassen von San Francisco mischten sich alle Sprachen und Rassen.

Die Hauptstraßen, die sich in weitem Bogen zogen und deren Enden auf das Ufer stießen, waren von geraden Straßen durchschnitten, die von den Hängen herunterführten und am Hafen endeten, einige waren so abschüssig und dazu so schlammig, daß nicht einmal die Maultiere sie hochklettern konnten. Häufig wehte ein stürmischer Wind und wirbelte Sand und Staub auf, aber nach kurzer Zeit war die Luft wieder still und der Himmel strahlend rein. Es gab bereits verschiedene solide Häuser, und Dutzende waren im Bau, darunter einige, die sich als zukünftige Luxushotels ankündigten, aber der Rest war ein Mischmasch von provisorischen Unterkünften, Baracken, Hütten aus Wellblech, Holzbrettern oder Pappe, Leinwandzelten und Strohschuppen. Die Regen des letzten Winters hatten den Hafen in einen Sumpf verwandelt, die wenigen Fahrzeuge blieben im Morast stecken und brauchten Planken, um die mit Dreck, Scherben von Tausenden Flaschen und anderem Unrat gefüllten Gräben zu überqueren. Es gab weder Abflußrinnen noch Abwasserkanäle, und die Brunnen waren verseucht; Cholera und Ruhr forderten viele Todesopfer außer unter den Chinesen, die wie gewöhnlich Tee tranken, und den Chilenen, die mit dem verunreinigten Wasser ihres Landes aufgewachsen und deshalb immun gegen geringere Bakterien waren. Die ungleichartige Menge wimmelte durcheinander, von frenetischem Tätigkeitsdrang getrieben, stoßend und stolpernd mit Baumaterial, Fässern, Kisten zwischen Eseln und Karren. Die chinesischen Träger balancierten ihre Last am Ende einer Tragstange, ohne achtzugeben, wen sie im Vorbeigehen stießen; die Mexikaner, kräftig und geduldig, luden sich eine Last, die ihrem eigenen Gewicht entsprach, auf den Rücken und erklommen die Abhänge im Trab; die Malaien und Hawaiianer ließen keine Gelegenheit aus, eine Prügelei anzufangen; die Yankees ritten zu Pferde in die behelfsmäßigen Läden und quetschten jeden platt, der sich ihnen in den Weg stellte; die echten Kalifornier stellten stolz schön bestickte Jacken zur Schau, dazu silberne Sporen und Hosen, die an den Seiten geschlitzt und vom Gürtel bis zu den Schuhen mit einer doppelten Reihe goldener Knöpfe besetzt waren. Das Geschrei von Streitereien oder Unfällen verband sich mit dem Lärm von Hammerschlägen, Sägen und Spitzhacken. Mit erschreckender Häufigkeit waren Schüsse zu hören, aber niemand regte sich über einen Toten mehr oder weniger auf, der Diebstahl einer Kiste Nägel dagegen zog sofort eine Gruppe entrüsteter Zeitgenossen herbei, die bereit waren, mit eigener Hand Gerechtigkeit zu üben. Eigentum war sehr viel wertvoller als Leben, jeder Raub, der über hundert Dollar hinausging, wurde am Galgen gesühnt. Reichlich vorhanden waren Spiellokale, Bars und Saloons, dekoriert mit Bildern nackter Weiblichkeiten aus Mangel an wirklichen Frauen. In den Zelten gab es von allem etwas, vor allem Alkohol und Waffen, und das zu stattlichen Preisen, weil niemand sich die Zeit nahm zu feilschen. Die Kunden zahlten fast immer in Gold, ohne sich lange damit aufzuhalten, den Goldstaub abzustreifen, der an den Waagen hängenblieb. Tao Chi'en entschied, daß der berühmte *Gum San*, der Goldene Berg, von dem er soviel hatte reden hören, eine Hölle war, und er brauchte nicht lange zu rechnen, um zu erkennen, daß bei den Preisen seine Ersparnisse nicht weit reichen würden. Elizas Schmuckbeutelchen würde nichts bringen, weil die einzig anerkannte Währung das pure Metall war.

Eliza drängte sich hinter Tao durch die Menge, so gut sie konnte, und hielt sich mit einer Hand an seinem Kittel fest. Sie war dankbar für ihre Männerkleider, denn Frauen waren nirgends zu sehen. Die sieben Passagierinnen der »Emilia« waren augenblicklich in einen der vielen Saloons geführt worden, wo sie zweifellos schon angefangen hatten, die zweihundertsiebzig Dollar zu verdienen, die sie Kapitän Katz für die Fahrt schuldeten. Tao Chi'en hatte von den Lastträgern erfahren, daß die Stadt in Sektoren aufgeteilt war, jede Nation hatte ihren eigenen. Sie warnten ihn, sich nur nicht in die Nähe der australischen Strolche zu verirren, die aus schlichtem Zeitvertreib über ihn herfallen konnten, und zeigten ihm die Richtung zu einer Anhäufung von Zelten und Hütten, wo die Chinesen lebten. Dorthin machte er sich jetzt auf.

»Wie soll ich Joaquín in diesem Tumult bloß finden?« fragte Eliza, die sich ganz verloren und ohnmächtig fühlte.

»Wenn es ein Chinesenviertel gibt, muß es auch ein Chilenenviertel geben. Such es.«

»Ich will mich nicht von dir trennen, Tao.«

»Heute abend muß ich zurück zum Schiff.«

»Warum? Liegt dir nichts am Gold?«

Tao Chi'en beschleunigte den Schritt, und sie paßte den ihren an, um ihn nicht aus den Augen zu verlieren. So kamen sie ins Chinesenviertel – Little Canton, wie es genannt wurde –, ein paar überfüllte Straßen, wo er sich sofort wie zu Hause fühlte, denn er sah nicht ein einziges *fan gui*-Gesicht, die Luft war gesättigt von den köstlichen Düften seiner heimischen Gerichte, und man hörte verschiedene Dialekte, vor allem Kantonesisch. Für Eliza dagegen war es, als wäre sie auf einen fremden Planeten geraten, sie verstand nicht ein Wort, und ihr schien, alle Welt müsse furchtbar wütend sein, weil sie unter viel Geschrei so wild gestikulierten. Auch hier sah sie keine Frauen, aber Tao zeigte ihr ein paar winzige vergitterte Fenster, hinter denen verzweifelte Gesichter zu erkennen waren. Er war seit zwei Monaten mit keiner Frau zusammengewesen, und diese riefen ihn, aber er kannte die Verheerungen zu gut, die Geschlechtskrankheiten anrichteten, als daß er es mit einer von so armseliger Sorte riskiert hätte. Es waren Bauernmädchen, für ein paar Münzen gekauft und aus den entferntesten Provinzen Chinas hierher verschleppt. Er dachte an seine Schwester, die sein Vater verkauft hatte, und er krümmte sich unter einer Woge der Übelkeit.

»Was hast du, Tao?«

»Schlechte Erinnerungen . . . Diese Mädchen sind Sklavinnen.«

»Ich denke, in Kalifornien gibt es keine Sklaven?«

Sie betraten ein Speisehaus, das sich durch die traditionellen gelben Bänder auswies. Innen gab es einen langen Tisch, an dem dicht an dicht Männer saßen und hastig schlangen. Der Klang der Stäbchen gegen die Eßnäpfe und die lautstarke Unterhaltung waren Musik in Taos Ohren. Sie warteten stehend in Doppelreihe, bis sie sich setzen konnten. Lange auswählen galt nicht, jeder nahm, was ihm erreichbar war. Man brauchte einige Geschicklichkeit, um den Napf im Fluge zu erwischen, bevor ein Flinkerer ihn wegschnappte, aber Tao Chi'en gelang es, einen für Eliza und einen für sich zu erbeuten. Sie betrachtete mißtrauisch eine grünliche Flüssigkeit, in der bleiche Fasern und gallertartige Mollusken schwammen. Sie war stolz darauf, jede Zutat am Geruch zu erkennen, aber dies da schien ihr nicht einmal eßbar zu sein, es sah aus wie Sumpfwasser mit Kaulquappen. Immerhin bot es den Vorteil, keine Stäbchen zu benötigen, man schlürfte es einfach aus dem Napf. Der Hunger war stärker als ihr Ekelgefühl, und sie getraute sich, es zu probieren, während hinter ihr eine Reihe von ungeduldigen Gästen sie mit Geschrei zur Eile drängten. Das Gericht erwies sich als köstlich, und sie hätte gern mehr davon gegessen, aber Tao ließ ihr keine Zeit und zog sie am Arm nach draußen. Sie folgte ihm zuerst durch die Läden des Viertels, wo er die Bestände in seiner Arzttasche auffüllte und mit den wenigen chinesischen Kräuterkundigen sprach, die in der Stadt tätig waren, und dann zu einer Spielhölle, einer der vielen, die es alle naslang gab. Diese war ein Holz haus mit Luxusanspruch und dekoriert mit Bildern von halbbekleideten üppigen Frauen. Der Goldstaub wurde gewogen und gegen Münzen getauscht, sechzehn Dollar per Unze, oder man setzte einfach den vollen Beutel auf den Tisch. Nordamerikaner, Franzosen und Mexikaner bildeten die Mehrheit der Gäste, aber es gab auch Abenteurer aus Hawaii, Chile,

Australien und Rußland. Die beliebtesten Spiele waren das Monte mexikanischer Herkunft, Lansquenet und Vingt-et-un. Da die Chinesen ihr *fan tan* bevorzugten und nur ein paar Cents riskierten, waren sie an den Tischen mit den hohen Einsätzen nicht eben willkommen. Man sah nicht einen einzigen Neger spielen, obwohl einige Musik machten oder Getränke servierten; wie Tao und Eliza später erfuhren, bekamen Neger, wenn sie eine Bar oder eine Spielhölle betraten, einen Schluck gratis und mußten dann gehen, oder sie wurden mit Schüssen hinausgejagt. Drei Frauen waren in dem Salon, zwei Mexikanerinnen mit großen glänzenden Augen und ganz in Weiß gekleidet, die eine Zigarette nach der andern rauchten, und eine Französin in engem Korsett, stark geschminkt, hübsch und ein wenig reif. Sie gingen von Tisch zu Tisch, animierten zum Spielen und zum Trinken und verschwanden häufig am Arm eines Gastes hinter einem Vorhang aus schwerem, rotem Brokat. Tao Chi'en erfuhr, daß sie eine Unze Gold für eine Stunde ihrer Gesellschaft in der Bar berechneten und mehrere hundert Dollar für die ganze Nacht mit einem einsamen Mann, aber die Französin war teurer und gab sich mit Chinesen oder Negern gar nicht erst ab.

Eliza, unauffällig in ihrer Verkleidung eines chinesischen Jungen, setzte sich erschöpft in eine Ecke, während er sich mit dem einen oder anderen unterhielt und so Einzelheiten über das Gold und das Leben in Kalifornien erfuhr. Für Tao Chi'en, den die Erinnerung an Lin schützte, war die Verlockung durch die Frauen leichter zu ertragen als die durch das Spiel. Der Klang der Jetons beim *fan tan* und der Würfel, wenn sie über den Tisch klapperten, rief ihn mit Sirenenstimme. Mit anzusehen, wie die Männer die Karten mischten, brachte ihn ins Schwitzen, aber er bezwang sich, gestärkt durch die Überzeugung, daß das Glück ihn für immer verlassen würde, wenn er sein Gelübde bräche. Jahre später, nach zahlreichen Abenteuern fragte Eliza ihn, welches Glück er damals gemeint habe, und ohne zweimal nachzudenken, antwortete er, das Glück, zu leben und sie kennengelernt zu haben. An diesem Nachmittag hörte er, daß die Lagerstätten sich an den Flüssen Sacramento, American, San Joaquín und ihren Hunderten von Seitenarmen befänden, aber den Karten sei nicht zu trauen, und die Entfernungen seien beträchtlich. Das leicht gefundene Oberflächengold werde allmählich spärlich. Gewiß, es gab immer noch glückliche Goldsucher, die auf einen Klumpen so groß wie ein Stiefel stießen, aber die meisten fanden sich mit einer Handvoll Staub ab, die mühselig genug zu gewinnen war. Viel wurde vom Gold geredet, sagten sie, aber wenig von dem Opfer, das es kostete, es zu erlangen. Man brauchte eine Unze täglich, um einen Gewinn zu verbuchen, sofern man bereit war, zu leben wie ein Hund, denn die Preise waren unmäßig, und das Gold ging im Nu dahin. Die Händler und Geldverleiher dagegen wurden reich, wie zum Beispiel ein Landsmann, der sich auf Wäschewaschen verlegt hatte und schon nach wenigen Monaten ein Haus aus solidem Material bauen konnte und bereits daran dachte, nach China zurückzukehren, mehrere Ehefrauen zu kaufen und sich der Erzeugung von Söhnen zu widmen, oder jener andere, der in einer Spielhölle Geld verlieh zu zehn Prozent Zinsen pro Stunde, das heißt, zu mehr als siebenundachtzigtausend pro Jahr. Tao hörte märchenhafte Geschichten über riesige Goldklumpen, über Staub in Hülle und Fülle, mit Sand vermischt, über Goldadern in Quarzgestein, über Maultiere, die mit den Hufen einen Felsbrocken wegscharrten, und darunter erschien ein Schatz, aber um reich zu werden, brauchte es Arbeit und Glück. Den Yankees fehlte die Geduld, sie konnten nicht in der Gruppe arbeiten, wurden von Unordnung und Gier besiegt. Mexikaner und Chilenen verstanden etwas von Grubenarbeit, gaben aber alles wieder aus; Oregonesen und Russen verschwendeten ihre Zeit mit Prügeleien und Saufen. Die Chinesen dagegen machten guten Profit, so ärmlich auch ihre Gerätschaft war, weil sie genügsam waren, sich nicht betranken und achtzehn Stunden am Tag arbeiteten wie die Ameisen, ohne zu ermüden oder sich zu beklagen. Die *fan gui* waren wütend über den Erfolg der Chinesen, wurde Tao gewarnt, deshalb sei es nötig, Gewinne zu verheimlichen, den Dummen zu spielen, sie nicht zu provozieren, damit es ihnen nicht so übel ergehe wie den stolzen Mexikanern, denen die Yankees halb Kalifornien abgenommen hatten. Ja, erklärten sie ihm, es gebe ein Chilenencamp; es liege etwas abseits vom Stadtzentrum, auf der schmalen Landspitze zur Rechten, und nenne sich Chilecito, aber es sei schon reichlich spät, sich dorthin zu wagen ohne mehr Begleitung als seinen zurückgebliebenen Bruder.

»Ich gehe zurück zum Schiff«, verkündete Tao, als sie endlich die Spielhölle verlassen hatten.

»Mir ist so schlecht, als würde ich gleich hinfallen.«

»Du bist sehr krank gewesen, du mußt tüchtig essen und dich ausruhen.«

»Ich kann das nicht allein, Tao. Bitte, verlaß mich noch nicht ...«

»Ich habe einen Vertrag, der Kapitän wird mich suchen lassen.«

»Und wer soll den Befehl ausführen? Alle Schiffe sind ohne Besatzung. Niemand ist an Bord geblieben. Der Kapitän kann sich heiser schreien, keiner von seinen Matrosen wird zurückkommen.«

Was soll ich bloß mit ihr machen? fragte sich Tao laut auf kantonesisch. Seine Vereinbarung mit ihr endete in San Francisco, aber er fühlte sich nicht fähig, sie an diesem Ort im Stich zu lassen. Er war gefangen, zumindest bis sie kräftiger wurde, sich an andere Chilenen anschloß oder den Aufenthaltsort ihres entlaufenen Liebsten ausfindig machte. Das würde nicht schwierig sein, schätzte er. So chaotisch San Francisco auch anmutete, für einen Chinesen gab es nirgends undurchdringliche Geheimnisse, er konnte gut bis zum nächsten Tag warten und sie nach Chilecito begleiten. Die Dunkelheit war hereingebrochen, und der Ort wirkte wie ein Trugbild. Die Behausungen waren fast alle aus Segeltuch, und die Lampen im Innern machten es durchsichtig, daß es schwach schimmerte wie polierter Bernstein. Die Fackeln und die offenen Feuer auf den Straßen und die Musik aus den Spielhöllen trugen ihren Teil bei zu der Unwirklichkeit der Szenerie. Tao Chi'en suchte einen Unterschlupf, in dem sie die Nacht verbringen konnten, und stieß auf einen großen Schuppen von etwa fünfundzwanzig Metern Länge und acht Metern Breite, gefertigt aus Planken und Metallplatten, die aus den aufgegebenen Schiffen losgebrochen worden waren, und gekrönt von einem Schild mit der Aufschrift »Hotel«. Innen gab es zweistöckige Schlafkojen, einfache Holzgestelle, auf denen ein Mann zusammengerollt liegen konnte, und im Hintergrund einen Tresen, an dem Alkohol verkauft wurde. Fenster fehlten völlig, das bißchen Luft zum Atmen kam durch die Ritzen zwischen den Wandplatten. Für einen Dollar erwarb man das Recht, zu übernachten, mußte aber sein Bettzeug selber mitbringen. Die zuerst Gekommenen belegten die Kojen mit Beschlag, die übrigen würden auf dem Fußboden schlafen müssen, aber obwohl noch Kojen frei waren, wurde ihnen keine zugewiesen, weil sie Chinesen waren. Sie legten sich auf die nackte Erde mit dem Kleiderbündel als Kopfkissen, dem Sarape und der Wolldecke als einzigem Deckbett. Bald füllte sich der Schuppen mit Männern jeglichen Schlages, die sich in dichtgedrängten Reihen nebeneinander ausstreckten, in ihren Kleidern und die Waffen griffbereit. Der Gestank von

Schmutz, Tabakrauch und menschlichen Ausdünstungen, dazu noch das Schnarchen und die rauhen Stimmen derer, die sich in ihren Albträumen verirrten, erschwerten das Schlafen, aber Eliza war so müde, daß sie nicht merkte, wie die Stunden vergingen. Sie erwachte in der Nacht, zitternd vor Kälte an Taos Rücken gekauert, und da entdeckte sie seinen Meeresgeruch. Auf dem Schiff war er mit dem des unendlichen Wassers ringsum eins gewesen, aber in dieser Nacht erfuhr sie, daß es der besondere Körpergeruch dieses Mannes war. Sie schloß die Augen, drückte sich fester an ihn und schlief gleich wieder ein.

Am folgenden Tag machten sie sich auf die Suche nach Chilecito, das Eliza sofort erkannte, weil eine chilenische Fahne stolz auf einem hohen Pfahl flatterte und weil die meisten Männer die typischen kegelförmigen Maulinos-Hüte trugen. Es bestand aus acht bis zehn Häuserblocks, vollgestopft mit Menschen, darunter einige Frauen und Kinder, die zusammen mit den Männern gereist waren, und alle waren emsig beschäftigt. Die Wohnstätten waren Zelte, Hütten und Bretterbaracken, umgeben von wirren Haufen aus Gerätschaften und Unrat, es gab auch Speisehäuser, behelfsmäßige Hotels und Bordelle. Sie schätzten die Chilenen, die in dem Viertel untergekommen waren, auf einige tausend, aber niemand hatte sie gezählt, und im Grunde war dies ja nur ein Durchgangsort für Neuankömmlinge. Eliza war glücklich, als sie die Sprache ihres Landes hörte und ein Schild an einer schäbigen Segeltuchbude entdeckte, das Pequenes und Chunchules anbot. Sie trat heran und verlangte eine Portion Chunchules, wobei sie darauf bedacht war, die Wörter nicht allzu echt auszusprechen. Tao Chi'en betrachtete das sonderbare Futter, das mangels Teller auf einem Stück Zeitungspapier serviert wurde, und konnte nicht ergründen, was zum Teufel das war. Eliza erklärte ihm, es seien in Fett gebratene Schweinekaldaunen.

»Gestern habe ich deine chinesische Suppe gegessen, heute wirst du meine chilenischen Chunchules essen«, befahl sie.

»Woher könnt ihr Chinos Spanisch?« fragte der Verkäufer freundlich.

»Mein Freund spricht es kaum, und ich nur, weil ich eine Weile in Peru gewesen bin«, antwortete Eliza.

»Und was sucht ihr hier?«

»Einen Chilenen, er heißt Joaquín Andieta.«

»Warum sucht ihr ihn?«

»Wir haben eine Nachricht für ihn. Kennen Sie ihn?«

»Hier sind in den letzten Monaten so viele Leute durchgekommen. Keiner bleibt länger als ein paar Tage, wie der Wind sind sie weg zu den Fundstätten. Einige kommen zurück, andere nicht.«

»Und Joaquín Andieta?«

»Ich kann mich nicht erinnern, aber ich werde mal rumfragen.«

Eliza und Tao Chi'en setzten sich zum Essen in den Schatten einer Pinie. Zwanzig Minuten später kam der Verkäufer mit einem Mann zurück, der wie ein nordchilenischer Indio aussah, kurzbeinig und breitschultrig, und der sagte, Joaquín Andieta sei vor mindestens zwei Monaten zu den Lagerstätten am Sacramento aufgebrochen, allerdings achte hier niemand auf den Kalender oder kümmere sich darum, wer wohin verschwindet.

»Wir gehen zum Sacramento, Tao«, entschied Eliza, als sie Chilecito verlassen hatten.

»Du kannst noch nicht herumreisen. Du mußt dich eine Zeitlang ausruhen.«

»Ich werde mich dort ausruhen, wenn ich ihn gefunden habe.«

»Ich fahre lieber mit Kapitän Katz zurück. Kalifornien ist kein Ort für mich.«

»Was ist los mit dir? Hast du Limonade in den Adern? Auf dem Schiff ist kein Mensch außer dem

Kapitän mit seiner Bibel. Alle Welt geht Gold suchen, und du willst weiter Koch bleiben, für einen jämmerlichen Lohn!«

»Ich glaube nicht an das schnelle Glück. Ich möchte ein ruhiges Leben.«

»Nun gut, wenn es das Gold nicht ist, dann gibt es bestimmt etwas anderes, was dich interessiert ...«

»Lernen.«

»Was lernen? Du weißt doch schon soviel. Du hast ja selbst Spanisch in ein paar Wochen gelernt.«

»Ich muß noch soviel lernen!«

»Dann bist du genau an der richtigen Stelle. Du weißt nichts von diesem Land. Hier werden Ärzte gebraucht. Was glaubst du, wie viele Männer es in den Minen gibt? Tausende! Und die brauchen ab und an einen Arzt. Hier hast du alle Möglichkeiten der Welt, Tao! Komm mit mir nach Sacramento. Überhaupt, wenn du nicht mit mir kommst, werde ich es nicht sehr weit schaffen ...«

Auf einem nicht eben Vertrauen erweckenden Schiff machten Tao Chi'en und Eliza sich auf gen Norden durch die weit gedehnte Bucht von San Francisco. Das Schiff war voll von Reisenden mit ihren sperrigen Bergbauausrüstungen, keiner konnte sich rühren in dem beschränkten Raum, der verstopft war von Kisten, Werkzeugen, Körben und Säcken mit Vorräten, Pulver und Waffen. Der Kapitän und sein erster Offzier waren zwei ungemein häßliche Yankees, aber sie waren scheint's gute Seefahrer und knauserten nicht mit dem Alkohol. Tao Chi'en handelte mit ihnen Elizas Überfahrt aus, und ihm erlaubten sie, die Reisekosten mit Matrosendiensten abzuarbeiten. Die Passagiere, alle mit der Pistole neben dem Messer im Gürtel, sprachen während des ersten Tages selten miteinander, außer wenn sie sich wegen eines Rippenstoßes oder Fußtritts, unvermeidbar in der Enge, Beleidigungen an den Kopf warfen. Im Morgengrauen des zweiten Tages, nach einer langen kaltfeuchten Nacht, in der sie nahe dem Ufer geankert hatten, weil das Segeln im Dunkeln nicht möglich war, fühlte sich jeder von Feinden umgeben. Der Nachtschweiß, die Bartstoppeln, der Schmutz, das abscheuliche Essen, die Flöhe und der Wind, alles trug dazu bei, die Gemüter zu erbittern. Tao Chi'en, der einzige, der weder Pläne noch Ziele hatte, war heiter und gelassen, und wenn er nicht mit dem Segel kämpfte, bewunderte er das großartige Panorama. Eliza dagegen war recht verzweifelt in ihrer Rolle als taubstummer und beschränkter Junge. Tao Chi'en hatte sie kurz als seinen kleinen

Bruder vorgestellt und sie dann in einem einigermaßen windgeschützten Winkel unterbringen können, wo sie so still und lautlos saß, daß sich schon bald niemand mehr an sie erinnerte. Ihre Wolldecke war klamm vor Feuchtigkeit, sie zitterte in der Kälte, die Füße waren ihr eingeschlafen, aber der Gedanke, daß jede Minute sie Joaquín näher brachte, stärkte sie. Sie berührte ihre Brust, wo Joaquíns Liebesbriefe ruhten, und sagte sie sich stumm aus dem Gedächtnis auf. Am dritten Tag hatten die Passagiere ein gut Teil ihrer Angriffslust verloren und lagen in ihren nassen Sachen nur kraftlos da, ein bißchen betrunken und ziemlich mutlos.

Die Bucht dehnte sich soviel weiter aus, als sie angenommen hatten, die auf ihren lächerlichen Karten angegebenen Entfernungen stimmten in nichts mit den wirklichen Meilen überein, und als sie glaubten, am Ziel zu sein, stellte sich heraus, daß sie noch eine zweite Bucht durchqueren mußten, die San Rafael Bay. An den Ufern konnte man mehrere Camps ausmachen und Boote voller Menschen und Waren, dahinter grünten dichte Wälder. Auch hier endete die Reise noch nicht, sie mußten durch eine Art Wildwasserkanal und gelangten in eine dritte Bucht, die Suisun Bay, wo das Segeln noch langsamer und schwieriger wurde, und dann in einen schmalen, tiefen Fluß, der sie nach Sacramento brachte. Endlich waren sie dem Stück Erde nahe, wo die erste Goldschuppe gefunden worden war. Dieses unbedeutende bißchen Metall, nicht größer als der Fingernagel einer Frau, hatte eine nicht mehr zu kontrollierende Invasion hervorgerufen, hatte das Gesicht Kaliforniens und die Seele der nordamerikanischen Nation verändert, wie wenige Jahre später Jacob Todd sich ereifern sollte, der Journalist geworden war. »Die Vereinigten Staaten wurden von Pilgern, Pionieren und bescheidenen Einwanderern gegründet, mit der Ethik schwerer Arbeit und Tapferkeit im Unglück. Das Gold hat das Schlimmste des amerikanischen Charakters ans Licht gebracht: die Gier und die Gewalt.«

Der Kapitän des Schiffes erzählte ihnen, die Stadt Sacramento sei innerhalb des letzten Jahres aus dem Boden geschossen. Der Hafen lag voller Schiffe verschiedenster Herkunft, hatte gut trassierte Straßen, Häuser und sonstige Gebäude aus Holz, Geschäfte, eine Kirche und eine nicht geringe Anzahl Spielhöllen, Bars und Bordelle, dennoch glich sie der Szene eines Schiffbruchs, denn der Boden war übersät mit Säcken, Ausrüstungen, Werkzeugen und jeder Art Unrat, den die Goldsucher in ihrer Hast, zu den Fundorten aufzubrechen, hinterlassen hatten. Große, häßliche schwarze Vögel kreisten über dem Müll, und die Fliegen saßen als dicke Schicht darauf. Eliza rechnete sich aus, daß sie in zwei Tagen den Ort Haus für Haus abgehen konnte: es würde nicht sehr schwierig sein, Joaquín Andieta zu finden. Die Passagiere des Schiffes, jetzt angeregt und freundschaftlich angesichts des endlich erreichten Hafens, teilten die letzten Schlucke Alkohol, verabschiedeten sich mit kräftigem Händedruck voneinander und sangen im Chor etwas über eine gewisse Susanna, zu Tao Chi'ens Verblüffung, der eine so schnelle Verwandlung nicht begreifen konnte. Er ging mit Eliza vor den anderen von Bord, weil sie wenig Gepäck hatten, und wandte sich ohne Zögern dem chinesischen Viertel zu, wo sie etwas zu essen bekamen und Obdach unter einem Zelt aus gewachster Leinwand. Eliza konnte den auf kantonesich geführten Unterhaltungen nicht folgen, sie wollte einzig etwas über ihren Liebsten erfahren, aber Tao erinnerte sie daran, daß sie sich still verhalten müsse, und bat sie um Ruhe und Geduld. In derselben Nacht noch mußte der *zhong yi* sich mit der verrenkten Schulter eines Landsmannes befassen, er rückte den Knochen wieder an seinen gewohnten Platz und gewann damit sofort die Achtung der Umstehenden.

Am folgenden Morgen gingen die beiden auf die

Suche nach Joaquín Andieta. Sie stellten fest, daß ihre Reisegefährten schon aufbruchsbereit waren; einige hatten sich Maultiere zum Transport ihrer Ausrüstung gekauft, aber die meisten gingen zu Fuß und ließen einen guten Teil ihrer Besitztümer zurück. Tao und Eliza fragten sich durch den ganzen Ort, ohne eine Spur von dem Gesuchten zu finden, nur ein paar Chilenen glaubten sich an jemanden dieses Namens zu erinnern, aber der sei schon vor ein, zwei Monaten hier durchgekommen. Sie rieten ihnen, dem Fluß aufwärts zu folgen, vielleicht würden sie so auf ihn stoßen, es sei eben alles Glückssache. Ein Monat war eine Ewigkeit. Niemand führte Buch darüber, wer am Tag zuvor hiergewesen war, fremde Namen oder Schicksale bedeuteten nichts, Gold allein bewegte die Gemüter bis zur Besessenheit.

»Was machen wir jetzt, Tao?«

»Arbeiten. Ohne Geld kann man gar nichts machen«, erwiderte er und warf sich einige Streifen Segeltuch über die Schulter, die er unter den aufgegebenen Resten gefunden hatte.

»Ich kann nicht warten! Ich muß Joaquín finden! Ich habe ein bißchen Geld ...«

»Chilenische Reales? Die werden nicht viel nützen.«

»Und die Schmuckstücke, die ich noch habe? Etwas müssen sie doch wert sein …«

»Behalt sie, hier sind sie wenig wert. Ich muß arbeiten, um ein Maultier kaufen zu können. Mein Vater ging als Heiler von Dorf zu Dorf. Ich kann das gleiche machen, aber hier sind die Entfernungen zu groß, ich brauche ein Maultier.«

»Ein Maultier? Wir haben doch schon eins: dich! Was bist du für ein Dickkopf!«

»Nicht so dickköpfig wie du.«

Sie liehen sich Werkzeuge, verbanden Pfähle mit ein paar Brettern und bauten sich eine Bleibe mit den Segeltuchstreifen als Dach, ein ziemlich schwächliches Gebilde, das beim ersten Sturm zusammenfallen würde, aber es schützte sie wenigstens vor dem Nachttau und dem Frühlingsregen. Tao Chi'ens medizinische Kenntnisse hatten sich herumgesprochen, und bald schon kamen chinesische Patienten, die die außerordentliche Begabung dieses *zhong yi* bezeugten, danach Mexikaner und Chilenen und schließlich auch einige Nordamerikaner und Europäer. Als bekannt wurde, daß Tao Chi'en so kompetent war wie jeder der drei weißen Ärzte und weniger berechnete, besiegten viele ihren Widerwillen gegenüber den »Söhnen des Himmels« und entschlossen sich, die asiatische Heilkunst auszuprobieren. An einigen Tagen war Tao dermaßen in Anspruch genommen, daß Eliza ihm helfen mußte. Sie war fasziniert von seinen feinen, geschickten Händen, wie sie die verschiedenen Pulse in Armen und Beinen erfühlten, den Körper des Kranken abtasteten, als streichelten sie ihn, die Nadeln in geheimnisvolle Punkte setzten, die nur er zu kennen schien. Wie alt war dieser Mann? Sie fragte ihn einmal, und er antwortete, alle seine Reinkarnationen zusammengezählt, sei er sicherlich zwischen siebentausend und achttausend Jahre alt. Dem Aussehen nach schätzte sie ihn auf etwa dreißig, aber manchmal, wenn er lachte, kam er ihr jünger vor, als sie selbst es war. Wenn er sich jedoch in äußerster Konzentration über einen Kranken beugte, wirkte er uralt wie eine Schildkröte; dann konnte man ohne weiteres glauben, daß er viele Jahrhunderte auf dem Buckel hatte. Sie beobachtete ihn bewundernd, während er den Urin eines Patienten untersuchte und nach Geruch und Farbe verborgene Leiden feststellte oder wenn er die Augen mit einem Vergrößerungsglas prüfte, um daraus zu folgern, was im Organismus fehlte oder überschüssig war. Bisweilen legte er nur die Hände auf den Bauch oder den Kopf des Patienten, schloß die Augen und sah aus, als hätte er sich in einem langen Traum verloren.

»Was hast du gemacht?« fragte sie ihn später.
»Ich habe seine Schmerzen gefühlt und ihm Energie übertragen. Die negative Energie verursacht Leiden und Krankheiten, die positive Energie kann heilen.«
»Und wie ist diese positive Energie, Tao?«
»Sie ist wie die Liebe: heiß und leuchtend.«

Pistolenkugeln entfernen und Stichwunden behandeln waren Routineeingriffe, und Eliza verlor das Schaudern vor dem Blut und lernte menschliches Fleisch nähen mit derselben Ruhe, mit der sie früher die Laken ihrer Aussteuer umsäumt hatte. Die chirurgische Fertigkeit, die er sich in Zusammenarbeit mit Ebanizer Hobbs angeeignet hatte, erwies sich als sehr nützlich für Tao Chi'en. In diesem von Giftschlangen wimmelnden Land fehlte es auch nicht an gebissenen Opfern, die ihm blau verschwollen auf den Schultern ihrer Kameraden angeschleppt wurden. Das verseuchte Wasser verteilte unparteiisch die Cholera, gegen die keiner ein Mittel wußte, und andere Leiden mit beunruhigendem, aber nicht immer tödlichem Verlauf. Tao Chi'en verlangte wenig, aber stets im voraus, denn seiner Erfahrung nach bezahlt ein verängstigter Mann, ohne zu mucken, ein erleichterter dagegen feilscht. Wenn Tao das tat, erschien ihm immer sein alter Lehrer mit vorwurfsvoller Miene, aber er wies das zurück.

»Ich kann mir den Luxus nicht leisten, unter diesen Umständen großzügig zu sein, Meister«, murmelte er. Seine Honorarforderungen schlossen keine Betäubung ein, wer den Trost der Drogen oder die goldenen Nadeln wünschte, mußte extra bezahlen. Eine Ausnahme machte er bei den Dieben, die nach einer oberflächlichen Verhandlung ausgepeitscht wurden oder beide Ohren einbüßten: die Goldsucher rühmten sich ihrer Schnelljustiz, und keiner war bereit, ein Gefängnis zu finanzieren und zu bewachen.

»Warum nimmst du den Spitzbuben kein Geld ab?« fragte Eliza.

»Weil es mir lieber ist, wenn sie mir einen Gefallen schulden«, erwiderte er.

Tao Chi'en schien entschlossen, sich in Sacramento niederzulassen. Er sagte es seiner Freundin nicht, aber er wollte sich nicht fortrühren, damit Lin Zeit hatte, ihn zu finden. Seine Frau hatte sich schon mehrere Wochen nicht bei ihm sehen lassen. Eliza dagegen zählte die Stunden, sie brannte darauf, die Suche fortzusetzen, und je mehr Tage vergingen, um so zwiespältiger wurden ihre Gefühle für ihren Gefährten im Abenteuer. Sie war ihm dankbar für seinen Schutz und für die Art, in der er für sie sorgte, darauf achtete, daß sie sich richtig ernährte, daß sie nachts gut zugedeckt war, ihr seine Kräuter verabreichte und seine Nadeln setzte, um das *Qi* zu stärken, wie er sagte, aber sie ärgerte sich über seine Ruhe, die sie mit Mangel an Schneid verwechselte. Tao Chi'ens heiter gelassene Miene und sein schnelles Lächeln entzückten sie oft genug, und ebenso oft war sie darüber verdrossen. Sie begriff nicht, wieso ihn der Gedanke völlig kaltließ, sein Glück in den Goldgruben zu suchen, während alle in seiner Umgebung, besonders seine chinesischen Landsleute, an nichts anderes dachten.

»Dich interessiert das Gold doch auch nicht«, entgegnete er unerschütterlich, wenn sie es ihm vorwarf.

»Ich bin wegen einer anderen Sache hier! Weshalb bist du hergekommen?«

»Weil ich Matrose war. Ich dachte gar nicht daran, zu bleiben, bis du mich darum gebeten hast.«

»Du bist kein Matrose, du bist Arzt.«

»Hier kann ich wieder Arzt sein, wenigstens eine Zeitlang. Du hattest recht, hier gibt es viel zu lernen.«

Und darum bemühte er sich in diesen Tagen. Er nahm Verbindung zu Indianern auf, um etwas über die Heilkunst ihrer Medizinmänner zu erfahren. Es waren heruntergekommene Gruppen umherwandernder Indianer in schmutzigen Kojotenfellen und Fetzen europäischer Kleidung, die durch den Goldrausch alles verloren hatten. Sie zogen hierhin und dorthin mit ihren erschöpften Frauen und ihren hungernden Kindern, versuchten mit feingeflochtenen Weidenkörben Gold aus den Flüssen zu waschen, aber kaum hatten sie eine günstig erscheinende Fundstelle entdeckt, wurden sie mit Schüssen verjagt. Wenn sie in Ruhe gelassen wurden, bauten sie sich mit Hütten und Zelten ein kleines Dorf und ließen sich nieder, bis sie erneut gezwungen wurden weiterzuziehen. Sie wurden mit dem Chinesen vertraut, empfingen ihn achtungsvoll, weil er ein Medizinmann und also ein Weiser war, und teilten gern mit ihm ihr Wissen. Eliza und Tao setzten sich mit ihnen im Kreis um eine kleine Grube, in der sie auf heißen Steinen einen Brei aus Eicheln zubereiteten oder Knollen und Sämereien des Waldes und Heuschrecken rösteten, die Eliza köstlich fand. Danach rauchten sie und unterhielten sich in einer Mischung aus Englisch und ein paar Brocken Eingeborenensprache, und wo gar nichts half, mit Händen und Füßen. In jenen Tagen verschwanden, man wußte nicht wie, einige Yankeegoldgräber, und obwohl keine Leichen gefunden wurden, beschuldigten ihre Kameraden die Indianer, sie ermordet zu haben, überfielen zur Vergeltung ein Dorf, nahmen vierzig Frauen und Kinder gefangen und erschossen zur Abschreckung sieben Männer.

»Wenn sie so mit den Indianern umgehen, denen immerhin dieses Land gehört, dann werden sie die Chinesen bestimmt noch schlimmer behandeln, Tao. Du mußt dich unsichtbar machen wie ich«, sagte Eliza entsetzt, als sie erfuhr, was geschehen war.

Aber Tao Chi'en hatte keine Zeit, Tricks zum Unsichtbarwerden zu lernen, er war damit beschäftigt, die Pflanzen zu studieren. Er unternahm lange Ausflüge, um sie zu sammeln, und verglich sie mit den in China verwendeten. Er mietete zwei Pferde oder wanderte meilenweit zu Fuß unter einer erbarmungslosen Sonne, und er nahm Eliza gern mit, wenn er die Ranchos der Mexikaner aufsuchte, die seit Generationen hier lebten und die Natur der Gegend kannten. Sie hatten erst vor kurzem Kalifornien im Krieg gegen die Vereinigten Staaten verloren, und die großen Ranchos, die früher Hunderte Landarbeiter in einer Gemeinschaftsordnung beherbergt hatten, begannen auseinanderzubrechen. Anfangs hatten die Mexikaner, die etwas von Bergbau verstanden, den Neuankömmlingen die Verfahren beigebracht, das Gold abzubauen, aber täglich trafen mehr Fremde ein und überschwemmten das Land, das die hier Lebenden als das ihre empfanden. In Wahrheit verachteten die Gringos sie genauso wie jeden Angehörigen einer anderen Hautfarbe. Eine unablässige Verfolgung der Hispanos begann, ihnen wurde das Recht verweigert, die Minen auszubeuten, weil sie keine Nordamerikaner seien, aber die australischen Sträflinge und die europäischen Abenteurer wurden als solche akzeptiert. Tausende beschäftigungsloser Landarbeiter versuchten ihr Glück in den Minen, aber als die Diskriminierung durch die Gringos unerträglich wurde, wanderten sie in den Süden aus oder wurden kriminell. In einigen der bäuerlichen Familien, die zurückgeblieben waren, konnte Eliza ab und zu ein paar Stunden in weiblicher Gesellschaft verbringen, ein seltener Luxus, der ihr für eine kleine Weile das friedliche Glück in Mama Fresias Küche zurückbrachte. Das waren die einzigen Gelegenheiten, wo sie aus ihrem erzwungenen Schweigen heraustrat und in ihrer Sprache redete. Diese kleinen, aber starken, großmütigen Frauen, die Schulter an Schulter mit ihren Männern die schwersten Aufgaben bewältigen mußten und abgehärtet waren durch Mühsal und Mangel, waren gerührt von diesem so zart aussehenden chinesischen

Jungen und staunten, daß er spanisch sprach wie eine von ihnen. Sie vertrauten Eliza bereitwillig die Geheimnisse der Natur an, die seit Jahrhunderten genutzt wurden, um verschiedenerlei Krankheiten zu lindern, und verrieten ihr nebenbei die Rezepte ihrer schmackhaften Gerichte, die sie in ihre Hefte eintrug, weil sie sicher war, daß sie ihr früher oder später von Wert sein würden. Inzwischen bestellte der *zhong yi* in San Francisco westliche Medikamente, deren Anwendung sein Freund Ebanizer Hobbs ihn in Hongkong gelehrt hatte. Außerdem säuberte er ein Stück Erdreich neben seiner Hütte, zäunte es ein, um es vor Wild zu schützen, und pflanzte darin die für seinen Beruf unentbehrlichsten Kräuter.

»Lieber Himmel, Tao! Willst du etwa hierbleiben, bis dieses kümmerliche Grünzeug zu gebrauchen ist?« rief Eliza empört aus, als sie die kraftlosen Stengel und gelben Blätter sah, ohne mehr als eine vage Handbewegung zur Antwort zu erhalten.

Sie hatte das Gefühl, daß jeder Tag, der verrann, sie weiter von ihrem Ziel entfernte, daß Joaquín Andieta immer tiefer eindrang in jenes unbekannte Gebiet, vielleicht auf die Berge zu, während sie in Sacramento ihre Zeit vertat und den schwachsinnigen Bruder eines chinesischen Heilers spielte. Sie überschüttete Tao mit den schlimmsten Ausdrükken, war aber klug genug, es auf spanisch zu tun, weil ihm da solcherlei Finessen doch noch nicht geläufig waren, und wenn er Kantonesisch mit ihr redete, hatte das bestimmt den gleichen Grund. Sie hatten die Zeichensprache, mit der sie sich in Gegenwart anderer verständigten, zur Vollkommenheit entwickelt, und vom vielen Zusammensein glichen sie sich allmählich so sehr, daß niemand an ihrer Verwandtschaft zweifelte. Wenn sie nicht mit einem Patienten beschäftigt waren, gingen sie durch den Hafen und die Läden, schlossen Bekanntschaften und fragten nach Joaquín Andieta. Eliza kochte, und bald gewöhnte sich Tao an ihre Gerichte, wenn er auch von Zeit zu Zeit zu den chinesischen Speiselokalen der Stadt ausriß, wo er schlingen konnte, soviel der Magen aufnahm, und das für zwei Dollar, eine lächerliche Summe, wenn man bedachte, daß schon eine Zwiebel einen Dollar kostete. Vor anderen verständigten sie sich durch Gesten, aber wenn sie allein waren, sprachen sie Englisch miteinander. Trotz der gelegentlichen zweisprachigen Beschimpfungen arbeiteten sie die meiste Zeit Seite an Seite wie gute Kameraden und fanden immer wieder Gelegenheit zum Lachen. Tao war oft erstaunt, wie gut er mit Eliza Fröhlichkeit und gute Laune teilen konnte, auch wenn hin und wieder Schwierigkeiten auftraten, seien sie nun sprachlich oder durch die Verschiedenheiten zweier Kulturen bedingt. Dabei waren es gerade diese Schwierigkeiten, die ihn oft zu schallendem Gelächter reizten: er konnte es nicht glauben, daß eine Frau solche unglaublichen Dinge tat und sagte. Er beobachtete sie neugierig und mit uneingestandener Zärtlichkeit; oft genug verstummte er vor Bewunderung und schrieb ihr die Tapferkeit eines Kriegers zu, aber wenn er sie verzagen sah, erschien sie ihm wie ein Kind, und ihn überkam der Wunsch, sie zu beschützen. Obwohl sie ein wenig zugenommen und eine bessere Farbe bekommen hatte, war sie offensichtlich noch recht schwach. Sobald die Sonne untergegangen war, wurde sie müde, wickelte sich in ihre Decke und schlief ein; er legte sich neben sie. Sie gewöhnten sich so sehr an diese Stunden der Vertrautheit, in denen ihr Atem im gleichen Takt ging, daß ihre Körper sich ganz von selbst anpaßten, und wenn der eine sich umdrehte, tat es der andere auch. Bisweilen erwachten sie in den Decken verheddert und liebevoll umarmt. Wenn er als erster aufwachte, genoß er diese Augenblicke, die ihn an die glücklichen Stunden mit Lin erinnerten, und lag unbeweglich, damit sie sein Verlangen nicht bemerkte. Er ahnte nicht, daß Eliza das gleiche tat, dankbar für die Gegenwart des Mannes, die ihr erlaubte, sich ihr Leben mit Joaquín vorzustellen, wenn sie mehr Glück gehabt hätten. Keiner der beiden erwähnte je, was in den Nächten vor sich ging, als gehörte das zu einem nebenher verlaufenden Leben, von dem sie nichts wußten. Kaum hatten sie sich angezogen, verschwand der heimliche Zauber dieser Umarmungen völlig, und sie waren wieder zwei Geschwister. Manchmal, eher selten, ging Tao Chi'en allein zu irgendwelchen nächtlichen Unternehmungen aus, von denen er still und verstohlen heimkehrte. Eliza versagte es sich, zu fragen, weil sie es riechen konnte: er war bei einer Frau gewesen, sie konnte sogar die süßlichen Parfüms der Mexikanerinnen erkennen. Sie vergrub sich, während er fort war, unter ihrer Decke, zitterte in der Dunkelheit, erschrak beim kleinsten Geräusch, umklammerte voller Angst ein Messer und rief in Gedanken nach ihm. Sie konnte sich diesen Wunsch, zu weinen, nicht recht erklären, der sie übermannte, als wäre sie verraten worden. Sie ahnte dunkel, daß es bei Männern vielleicht anders war als bei Frauen; sie selbst fühlte kein Bedürfnis nach Sex. Die keuschen nächtlichen Umarmungen genügten ihr, um die Sehnsucht nach Zusammensein und Zärtlichkeit zu befriedigen, aber nicht einmal wenn sie an ihren verschollenen Geliebten dachte, empfand sie die Sehnsucht jener Nächte im Zimmer der Schränke. Sie wußte nicht, ob in ihr Liebe und Verlangen ein und dasselbe waren und ob, wenn das erste fehlte, das zweite ganz natürlich nicht aufkam oder ob die lange Krankheit auf dem Schiff etwas Wesentliches in ihrem Körper zerstört hatte. Einmal getraute sie sich, Tao zu fragen, ob sie wohl noch Kinder bekommen könne, weil sie noch immer ihre Regel nicht wieder gehabt habe, und er hatte ihr versichert, wenn sie nur erst Kraft und Gesundheit zurückgewonnen hätte, würde alles wieder normal verlaufen, deshalb setze er ihr ja regelmäßig seine Akupunkturnadeln. Wenn ihr Freund sich nach seinen Eskapaden behutsam an ihre Seite schob, täuschte sie tiefen Schlaf vor, obwohl sie noch stundenlang wach lag, gekränkt über den Geruch einer anderen Frau zwischen ihnen beiden. Seit sie in San Francisco an Land gegangen waren, war sie zu der Scheu zurückgekehrt, zu der Miss Rose sie erzogen hatte. Tao Chi'en hatte sie nackt gesehen während der langen Seefahrt und kannte sie innen und außen, aber er erriet, was in ihr vorging, und stellte auch keine Fragen außer nach ihrem Befinden. Auch wenn er ihr die Nadeln setzte, gab er acht, ihr Schamgefühl nicht zu verletzen. Sie zogen sich nicht in Gegenwart des andern aus und hielten ein stillschweigendes Abkommen ein, den vertraulichen Bereich der Grube zu respektieren, die ihnen hinter der Hütte als Abtritt diente, aber alles übrige wurde geteilt, vom Geld bis zur Kleidung. Viele Jahre später, als Eliza die Aufzeichnungen in ihrem Tagebuch durchsah, die aus dieser Zeit stammten, fragte sie sich verwundert, weshalb keiner von ihnen beiden die unleugbare Anziehung erkannt und zugegeben hatte, die sie füreinander empfanden, weshalb sie sich in den Vorwand des Schlafes geflüchtet hatten, um einander zu berühren, und tagsüber Kühle vortäuschten. Sie kam zu dem Schluß, daß die Liebe zu einem Menschen von anderer Rasse ihnen unmöglich erschienen war, sie hatten geglaubt, es gebe auf der Welt keinen Ort für ein Paar, wie sie es waren.

»Du hast nur an deinen Liebsten gedacht«, erklärte ihr Tao Chi'en, dessen Haar inzwischen grau geworden war.

»Und du an Lin.«

»In China kann man mehrere Frauen haben, und Lin war immer tolerant.«

»Dich haben auch meine großen Füße abgestoßen«, sagte sie lachend.

»Natürlich«, erwiderte er mit der größten Ernsthaftigkeit.

Im Juni brach ein gnadenloser Sommer an, die Fliegen waren plötzlich überall, die Schlangen kamen aus ihren Schlupflöchern und spazierten straflos über Weg und Steg, und Tao Chi'ens Pflanzen trieben so kräftig wie in China. Die Argonautenhorden trafen immer schneller und immer zahlreicher ein. Da Sacramento der Anlaufhafen war, teilte es nicht das Schicksal anderer Dörfer, die rund um die Goldlager wie die Pilze aus dem Boden schossen, eine Zeitlang prächtig gediehen und rasch wieder verschwanden, sobald das leicht gewonnene Gold versiegte. Die Stadt Sacramento wuchs in Minutenschnelle, neue Warenhäuser wurden eröffnet, und der Boden wurde nicht mehr verschenkt wie zu Anfang, sondern genauso teuer verkauft wie in San Francisco. Es gab sogar den Ansatz einer Verwaltung und häufige Versammlungen, in denen über Belange der Allgemeinheit entschieden wurde. Spekulanten, Winkeladvokaten, Evangelisten, Berufsspieler, Banditen tauchten auf sowie Madames mit ihren Mädchen und andere Herolde des Fortschritts und der Zivilisation. Hunderte von Hoffnung und Ehrgeiz glühende Männer brachen von hier aus auf zu den Goldminen, und andere kamen erschöpft und krank nach Monaten harter Arbeit zurück, bereit, ihren Gewinn zu verschwenden. Die Anzahl der Chinesen nahm täglich zu, und bald gab es zwei rivalisierende Banden. Diese Tongs waren nach außen abgeschottete Clans, deren Mitglieder einander halfen wie Brüder in den Schwierigkeiten des täglichen Lebens und der Arbeit, aber mit ihnen wuchsen Korruption und Verbrechen. Unter den frisch eingetroffenen Chinesen war auch ein *zhong yi*, mit dem Tao Chi'en Stunden vollkommenen Glückes verbrachte, in denen sie Behandlungsmethoden verglichen und Konfuzius zitierten. Der Mann erinnerte ihn an Ebanizer Hobbs, auch er gab sich nicht damit zufrieden, die traditionellen Wege zu gehen, auch er suchte nach Neuerungen.

»Wir müssen die Medizin der *fan gui* studieren, die unsere ist unzureichend«, sagte er, und Tao war unbedingt einverstanden, denn je mehr er lernte, um so stärker wurde das Gefühl, daß er nichts wußte und daß sein Leben nicht ausreichen würde, alles zu studieren, was ihm fehlte.

Eliza richtete einen Handel mit Empanadas ein, die sie gegen Gold verkaufte, anfangs an die Chilenen und dann auch an die Yankees, die sich rasch an die leckeren Pasteten gewöhnten. Zuerst bereitete sie sie aus Rindfleisch zu, wenn sie es von den mexikanischen Rancheros kaufen konnte, die Vieh von Sonora heraufttrieben, aber weil es immer wieder knapp wurde, experimentierte sie mit Wild, Hase, Wildgans, Schildkröte, Lachs und sogar mit Bärenfleisch. Alles verzehrten ihre treuen Kunden dankbar, denn anderwärts gab es nur Dosenbohnen und gepökeltes Schweinefleisch, die unveränderliche Diät der Minenarbeiter. Keiner hatte Zeit, zu jagen, zu fischen oder zu kochen; weder Gemüse noch Früchte waren zu bekommen, und Milch war ein Luxus rarer als Champagner, doch es fehlte nicht an Mehl, Fett und Zucker, und es gab auch Nüsse, Schokolade, einige Gewürze, Pfirsiche und getrocknete Pflaumen. Eliza backte Torten und Kuchen, die den gleichen Erfolg hatten wie ihre Empanadas, sie backte auch Brot in einem Lehmofen, den sie in Erinnerung an den von Mama Fresia behelfsmäßig zusammenbastelte. Wenn sie Eier und Speck ergattern konnte, hängte sie ein Schild aus, auf dem sie Frühstück anbot, und dann standen die Männer Schlange, um in der prallen Sonne an einem langen wackligen Tisch sitzen zu dürfen. Dieses schmackhafte Essen, von einem taubstummen Chinesenjungen zubereitet, erinnerte sie an die Familiensonntage im weit entfernten Zuhause. Das reichhaltige Frühstück – in Speck gebratene Eier, frisch gebackenes Brot, echte *fruit pie* und unbegrenzt Kaffee – kostete drei Dollar. Einige Kunden, die seit vielen Monaten nichts Ähnliches zu kosten bekommen hatten, steckten gerührt und dankbar einen weiteren Dollar in die Trinkgeldbüchse. Eines Mittsommertages trat Eliza vor Tao hin, ihre Ersparnisse in der Hand.

»Damit können wir Pferde kaufen und aufbrechen«, verkündete sie.

»Wohin?«

»Joaquín suchen.«

»Ich bin nicht darauf aus, ihn zu finden. Ich bleibe.«

»Möchtest du denn dieses Land nicht kennenlernen? Hier gibt es soviel zu sehen und zu lernen, Tao. Während ich Joaquín suche, kannst du dein berühmtes Wissen erweitern.«

»Meine Pflanzen gedeihen, und ich habe keine Lust, von einem Ort zum andern zu ziehen.«

»Na schön. Ich gehe.«

»Allein wirst du nicht weit kommen.«

»Wir werden sehen.«

In dieser Nacht schlief jeder in einer anderen Ecke der Hütte, ohne ein Wort zu sprechen. Am Tag darauf ging Eliza früh aus, um alles Nötige für die Reise zu kaufen, keine leichte Aufgabe für einen vorgeblich Taubstummen, aber um vier Uhr nachmittags kehrte sie zurück und führte ein mexikanisches Pferd am Halfter, es war häßlich und sein

Fell voller kahler Stellen, aber es sah kräftig aus. Sie hatte auch Stiefel gekauft, zwei Hemden, Hosen aus grobem Stoff, Lederhandschuhe, einen Sombrero mit breiter Krempe, zwei Beutel mit Trockennahrung, einen Teller, eine Tasse und einen Löffel aus Blech, ein Messer aus gutem Stahl, eine Feldflasche für Wasser sowie eine Pistole und ein Gewehr, die sie weder zu laden noch gar abzuschießen verstand. Den Rest des Tages verbrachte sie damit, ihre Bündel zu packen und ihren Schmuck und das ihr verbliebene Geld in eine baumwollene Leibbinde einzunähen, dieselbe, mit der sie ihre Brust einzuzwängen pflegte und unter der sie ständig das Päckchen Liebesbriefe trug. Sie fand sich damit ab, daß sie den Koffer mit den Kleidern, den Unterröcken und den Halbstiefeln, den sie so lange aufbewahrt hatte, zurücklassen mußte. Aus ihrer Wolldecke stichelte sie sich eine Montur zusammen, wie sie sie in Chile bei ihren Ausflügen aufs Land so oft gesehen hatte; sie zog Tao Chi'ens Sachen aus, die sie monatelang getragen hatte, und probierte die neuerworbenen an. Dann schärfte sie das Messer an einem Lederstreifen und schnitt sich das Haar bis zum Nacken ab. Ihr langer schwarzer Zopf lag auf dem Boden wie eine tote Schlange. Sie betrachtete sich in einer Spiegelscherbe und war zufrieden: mit schmutzigem

Gesicht und die Augenbrauen mit einem Stück Kohle nachgezogen würde die Täuschung perfekt sein. In diesem Augenblick kam Tao Chi'en von einer seiner Abendunterhaltungen mit dem anderen *zhong yi* zurück und erkannte im ersten Augenblick diesen bewaffneten Cowboy nicht, der da in seine Hütte eingedrungen war.

»Morgen gehe ich, Tao. Dank für alles, du bist mehr als ein Freund, du bist mein Bruder. Du wirst mir sehr fehlen …«

Tao Chi'en erwiderte nichts. Als die Nacht kam, legte sie sich angekleidet in eine Ecke, und er setzte sich draußen in die sommerliche Brise und zählte die Sterne.

An dem Nachmittag, an dem Eliza im Bauch der »Emilia« Valparaíso verließ, aßen die drei Geschwister Sommers im Hotel Inglés zu Abend als Gäste Paulinas, der Frau von Feliciano Rodríguez de Santa Cruz, und kehrten erst spät in ihr Haus auf dem Cerro Alegre zurück. Daß das Mädchen verschwunden war, erfuhren sie erst eine Woche später, weil sie sie, von Mama Fresia begleitet, auf der Hazienda von Agustín del Valle glaubten.

Am folgenden Tag unterschrieb John Sommers seinen Vertrag als Kapitän der »Fortuna«, Paulinas nagelneuem Dampfschiff. Ein einfaches Dokument mit den einzelnen Abmachungen bildete den Vertrag. Ihnen beiden hatte eine erste Begegnung genügt, um Vertrauen zueinander zu fassen, und sie hatten nicht die Zeit, sie mit juristischen Lappalien zu vergeuden, das wütende Bestreben, nach Kalifornien zu gelangen, ging allem andern vor. Ganz Chile war in den gleichen Wahn verstrickt, soviel auch die Zeitungen zur Vernunft aufriefen und von den Kanzeln der Kirchen die Apokalypse beschworen wurde. Der Kapitän benötigte nur wenige Stunden, um seinen Dampfer zu bemannen, die langen Reihen der in der Goldseuche fiebernden Bewerber wälzten sich über die Kais. Viele verbrachten dort auf dem Boden schlafend die Nacht, um ihren Platz in der Schlange nicht zu verlieren. Zur Verblüffung anderer Kapitäne, die sich seine Gründe dafür nicht vorstellen konnten, weigerte John Sommers sich, Passagiere mitzunehmen, wodurch sein Schiff praktisch leer fuhr. Er gab keine Erklärungen ab. Er hatte einen Seeräuberplan entworfen, mit dem er zu verhindern gedachte, daß seine Matrosen in San Francisco desertierten, aber den hielt er geheim, denn wäre der ruchbar geworden, hätte er nicht einen auf sein Schiff gekriegt. Er teilte der Mannschaft auch nicht mit, daß sie, bevor sie Kurs nach Norden aufnahmen, einen ungewöhnlichen Umweg gen Süden machen würden, damit wartete er ab, bis sie auf dem offenen Meer waren.

»Sie fühlen sich also fähig, mein Dampfschiff zu führen und die Mannschaft unter Kontrolle zu halten, so ist es doch, nicht wahr, Kapitän?« hatte Paulina ihn noch einmal gefragt, als sie ihm den Vertrag zur Unterschrift reichte.

»Jawohl, Señora, deswegen brauchen Sie keine Angst zu haben. Ich kann in drei Tagen in See stechen.«

»Sehr gut. Wissen Sie, woran es in Kalifornien

fehlt? An frischen Lebensmitteln: Früchte, Gemüse, Eier, guter Käse, Wurstwaren. Das werden wir dort verkaufen.«

»Wie denn? Alles wird verdorben ankommen . . .«

»Wir werden es in Eis packen«, sagte sie milde.

»In was?«

»In Eis. Sie dampfen zuerst nach Süden, um Eis zu holen. Wissen Sie, wo die Lagune San Rafael liegt?«

»Nahe bei Puerto Aisén.«

»Ich freue mich, daß Sie diese Gegend kennen. Man hat mir erzählt, da gebe es einen wunderschönen blauen Gletscher. Ich möchte, daß Sie mir die ›Fortuna‹ mit Eisbrocken füllen. Wie finden Sie das?«

»Verzeihen Sie, Señora, aber das finde ich wahnsinnig.«

»Genau. Deshalb ist es auch noch niemandem eingefallen. Nehmen Sie Fässer voll grobem Salz mit, einen guten Vorrat an Säcken, und packen Sie schön große Brocken ein! Ach ja, ich denke, Sie werden Ihre Männer warm anziehen müssen, damit sie nicht erfrieren. Und, Kapitän, tun Sie mir den Gefallen, dies mit niemandem zu besprechen, damit uns nicht einer die Idee klaut.«

John Sommers verabschiedete sich einigermaßen verstört von ihr. Zuerst glaubte er, diese Frau sei übergeschnappt, aber je länger er darüber nachdachte, um so mehr Gefallen fand er an dem Abenteuer. Sie riskierte den Ruin, er dagegen bekam sein Geld, selbst wenn das Eis unterwegs zu Wasser würde. Und wenn dieser Wahnwitz Erfolg haben sollte, würde er laut Vertrag einen nicht zu verachtenden Bonus einstreichen. In der Woche, in der die Nachricht von Elizas Verschwinden hochkochte, war er mit schnaufenden Dampfkesseln auf dem Weg zum Gletscher und erfuhr davon erst, als er wieder in Valparaíso anlegte, um die Lebensmittel zu laden, die Paulina vorbereitet hatte, damit sie in einem Nest aus prähistorischem Schnee nach Kalifornien geschifft wurden, wo ihr Mann und ihr Schwager sie um ein Vielfaches ihres Einkaufspreises loswerden würden. Wenn alles so lief, wie sie es geplant hatte, würde sie nach drei, vier Fahrten der »Fortuna« mehr Geld haben, als sie sich jemals erträumt hätte; sie hatte überschlagen, wie lange andere Unternehmer brauchen würden, um ihren Unternehmungsgeist nachzuahmen und ihr mit Konkurrenz lästig zu fallen. Aber was das anging, so würde das Schiff eine Ware tragen, die dem besten Bieter zugeschlagen werden sollte: Bücher.

Als Eliza und Mama Fresia am festgesetzten Tag

nicht heimkamen, schickte Miss Rose den Kutscher mit einem Briefchen zum Stadthaus der del Valles, um zu erfragen, ob die Familie noch auf der Hazienda sei und ob es Eliza gutgehe. Eine Stunde später stand die Frau Agustín del Valles aufgeregt vor ihrer Tür. Sie wisse nichts von Eliza, sagte sie. Die Familie habe sich aus Valparaíso nicht weggerührt, weil ihr Mann mit einer Gichtattacke das Bett hüte. Sie habe Eliza seit Monaten nicht gesehen. Miss Rose brachte genügend Selbstbeherrschung auf, um sich rasch einen Schwindel auszudenken: sie habe sich da geirrt, entschuldigte sie sich. Eliza sei bei einer anderen Freundin, sie habe das verwechselt, sie danke ihr sehr, daß sie es auf sich genommen habe, persönlich zu kommen ... Señora del Valle glaubte ihr kein Wort, wie zu erwarten war, und noch bevor Miss Rose ihren Bruder Jeremy in seinem Kontor hatte benachrichtigen können, wurde Eliza Sommers' Flucht in ganz Valparaíso genüßlich herumgereicht.

Den Rest des Tages verbrachte Miss Rose mit Schluchzen und Jeremy mit Verdächtigungen. Als sie Elizas Zimmer inspizierten, fanden sie ihren Abschiedsbrief und lasen ihn immer wieder, suchten darin vergeblich nach einem Anhaltspunkt. Sie wußten auch nicht, wo Mama Fresia sein könnte, und da wurde ihnen klar, daß die Frau achtzehn Jahre für sie gearbeitet hatte und sie nicht einmal ihren Nachnamen kannten. Sie hatten sie nie gefragt, woher sie stammte oder ob sie Familie hatte. Mama Fresia gehörte wie die übrigen Dienstboten ins unbestimmte Reich der nützlichen Geister.

»Valparaíso ist nicht London, Jeremy. Sie können nicht sehr weit gegangen sein. Wir müssen sie suchen.«

»Ist dir klar, was das für einen Skandal gibt, wenn wir anfangen, bei den Freunden herumzufragen?«

»Was schert uns, was die Leute sagen! Das einzig Wichtige ist, Eliza bald zu finden, ehe sie in irgendwelche Geschichten hineingerät.«

»Offen gesagt, Rose, wenn sie uns auf diese Weise verlassen hat, nach allem, was wir für sie getan haben, dann hat sie bereits Probleme am Hals.«

»Was meinst du damit? Was für Probleme?«

»Ein Mann, Rose. Das ist der einzige Grund, weshalb ein Mädchen eine Dummheit von solcher Größenordnung begeht. Du weißt das besser als irgend jemand sonst. Bei wem könnte Eliza sein?«

»Ich habe keine Ahnung.«

Miss Rose hatte sehr wohl eine Ahnung. Sie wußte, wer verantwortlich war für diese schreckliche Kopflosigkeit: jener Bursche mit dem finsteren Blick, der vor Monaten ein paar Frachtstücke ins Haus gebracht hatte, Jeremys Angestellter. Sie kannte seinen Namen nicht, aber sie würde ihn herausbekommen. Sie sagte jedoch ihrem Bruder nichts davon, denn sie glaubte, noch sei es Zeit, das Mädchen aus den Fallen ihrer unmöglichen Liebe zu retten. Mit peinlichster Genauigkeit erinnerte sie sich an jede Einzelheit ihres eigenen Erlebnisses mit dem Wiener Tenor, der Kummer darüber war noch immer nicht ganz ausgestanden. Sie liebte ihn nicht mehr, das gewißlich nicht, sie hatte ihn sich vor Jahrhunderten aus dem Herzen gerissen, aber es genügte, seinen Namen zu flüstern, und schon schlug in ihrer Brust eine Sturmglocke an. Karl Bretzner war der Schlüssel zu ihrer Vergangenheit und zu ihrer Persönlichkeit, die kurze Begegnung mit ihm hatte ihr Schicksal bestimmt und die Frau aus ihr gemacht, die sie heute war. Wenn sie sich jemals wieder so verlieben sollte wie damals, dachte sie, würde sie genau das gleiche tun, auch wenn sie wußte, wie sehr diese Leidenschaft ihr Leben verbogen hatte. Vielleicht würde Eliza mehr Glück haben und die Liebe für sie gut ausgehen; vielleicht war ihr Geliebter frei und hatte keine Kinder und keine verlassene Ehefrau. Sie mußte das Mädchen finden, den verdammten Verführer stellen, die beiden zwingen, zu heiraten, und dann

Jeremy die vollendeten Tatsachen präsentieren, die er schließlich hinnehmen würde. Es würde schwierig sein bei der starren Haltung ihres Bruders, wenn es um die Ehre ging, aber da er ihr verziehen hatte, würde er auch Eliza verzeihen können. Ihn zu überreden würde ihre Aufgabe sein. Sie hatte nicht so viele Jahre die Rolle der Mutter gespielt, daß sie jetzt müßig bleiben sollte, wenn ihre einzige Tochter einen Fehler beging, entschied sie.

Während Jeremy sich hinter einem so eigensinnigen wie würdevollen Schweigen verschanzte, das ihn freilich nicht vor dem einmal entfesselten Klatsch schützte, schritt Miss Rose zur Tat. Schon nach wenigen Tagen hatte sie Joaquín Andietas Namen herausgefunden und erfuhr entsetzt, daß es sich um nichts weniger als einen Flüchtling vor der Justiz handelte. Er wurde beschuldigt, die Buchhaltung der *British Trading Company* gefälscht und ihr Ware gestohlen zu haben. Sie begriff, um wie vieles ernster, als sie gedacht hatte, die Dinge lagen: Jeremy würde ein solches Individuum niemals im Schoß seiner Familie dulden. Schlimmer noch, sobald er seinen ehemaligen Angestellten erwischen konnte, würde er ihn ganz sicher ins Gefängnis schicken, selbst wenn der Unglücksmensch dann bereits mit Eliza verheiratet sein sollte. Es sei denn, ich finde die Form, in der ich ihn zwingen kann, die Beschuldigungen gegen diesen Mistkerl zurückzuziehen und seinen Namen reinzuwaschen, zu unser aller Wohl, zischte Miss Rose wütend. Zuerst mußte sie die Liebenden finden, danach würde sie dann sehen, wie sie das übrige in Ordnung bringen konnte. Sie hütete sich, etwas von ihrer Entdeckung verlauten zu lassen, und in den folgenden Tagen fragte sie hier und forschte da, bis in der Buchhandlung Santos Tornero die Mutter von Joaquín Andieta erwähnt wurde. Sie bekam ihre Adresse ganz einfach, indem sie in den Kirchen nachfragte; wie sie vermutet hatte, kannten die katholischen Priester ihre Schäfchen.

Am Freitagmittag suchte sie die Frau auf. Sie war von Hochmut erfüllt, von gerechter Entrüstung beseelt und entschlossen, dieser Person ein paar Wahrheiten zu sagen, aber ihr Schwung fiel mehr und mehr in sich zusammen, je weiter sie in die krummen Gäßchen dieses Viertels vordrang, in die sie vorher nie einen Fuß gesetzt hatte. Sie bereute, daß sie gerade dieses elegante Kleid gewählt hatte, bedauerte, den allzu üppig geschmückten Hut aufgesetzt und die weißen Halbstiefel angezogen zu haben, und fand sich zum Schluß gar lächerlich. Sie klopfte an die Tür, von einem Gefühl der Scham verwirrt, das zu schlichter Demut schrumpfte, als sie Andietas Mutter sah. Ein so krasses Bild der Verwüstung hatte sie sich nicht vorgestellt. Das war ja ein Nichts von einem Frauchen mit fiebrigen Augen und traurigem Gesicht. Sie kam ihr vor wie eine Greisin, aber als sie sie genauer ansah, begriff sie, daß diese arme Person noch jung und einmal schön gewesen war, und ganz ohne Zweifel war sie krank. Die Frau war über ihr Erscheinen nicht erstaunt, sie war es gewohnt, daß reiche Damen zu ihr kamen und ihr Näharbeiten oder Stickereien auftrugen. Sie gaben ihre Adresse untereinander weiter, deshalb war es nicht außergewöhnlich, daß eine unbekannte Dame vor ihrer Tür stand. Diesmal war es eine Ausländerin, das konnte man an diesem schmetterlingsbunten Kleid sehen, keine Chilenin würde es wagen, sich so anzuziehen. Sie begrüßte sie ohne Lächeln und bat sie herein.

»Nehmen Sie doch bitte Platz, Señora. Was kann ich für Sie tun?«

Miss Rose setzte sich auf die Kante des angebotenen Stuhls und brachte kein Wort heraus. Alles, was zu sagen sie sich vorgenommen hatte, verpuffte und machte einem bedingungslosen Mitleid Platz mit dieser Frau, mit Eliza und mit sich selbst, während ihr die Tränen über die Wangen flössen und ihre

Seele reinwuschen. Joaquín Andietas Mutter nahm bestürzt ihre Hand in ihre eigenen.

»Was haben Sie, Señora? Kann ich Ihnen helfen?«

Da erzählte Miss Rose ihr stockend in ihrem Gringospanisch, daß ihre einzige Tochter vor über einer Woche verschwunden sei, sie sei in Joaquín verliebt, sie hätten sich vor Monaten kennengelernt, und seither sei das Kind nicht mehr es selbst, es brenne vor Liebe, jeder könne es sehen, während sie, egoistisch und anderweitig abgelenkt, sich nicht rechtzeitig darum gekümmert habe, und jetzt sei es zu spät, die beiden seien geflohen, Eliza habe sich ihr Leben zerstört, wie sie selbst sich einst ihr eigenes zerstört habe. Und so reihte sie eins ans andere, konnte nicht an sich halten, bis sie dieser Fremden erzählte, was sie niemandem sonst je offenbart hatte, sie erzählte ihr von Karl Bretzner und ihrer verwaisten Liebe und von den seither mit schlafendem Herzen und nutzlosem Leib verbrachten zwanzig Jahren. Sie beweinte in Tränenströmen die ihr Leben lang verschwiegenen Verluste, die unter Wohlerzogenheit verborgene Wut, die Geheimnisse, die sie wie Eisenfesseln stumm getragen hatte, um den Anschein zu wahren, und die leidenschaftliche Jugend, die vergeudet wurde, weil man ganz simpel das Pech hatte, als Frau geboren zu sein. Und als sie endlich vor Schluchzen nach Luft ringen mußte, saß sie nur da, ohne zu begreifen, was mit ihr geschehen war und woher ihr diese so ungewohnte Erleichterung kam, die sie jetzt ganz durchdrang.

»Trinken Sie ein wenig Tee«, sagte Joaquín Andietas Mutter nach einem langen Schweigen und gab ihr eine angeschlagene Tasse in die Hand.

»Bitte, ich bitte Sie sehr, sagen Sie mir, ob Eliza und Ihr Sohn ein Liebespaar sind. Ich bilde mir da doch nichts ein«, murmelte Miss Rose.

»Es ist möglich, Señora. Auch Joaquín war aus dem Gleichgewicht, aber er hat mir nie den Namen des Mädchens genannt.«

»Helfen Sie mir, ich muß Eliza finden ...«

»Ich versichere Ihnen, sie ist nicht mit Joaquín zusammen.«

»Wie können Sie das wissen?«

»Sagten Sie nicht, das Mädchen verschwand erst vor einer Woche? Mein Sohn ist im Dezember gegangen.«

»Er ist gegangen, sagen Sie? Wohin?«

»Ich weiß es nicht.«

»Ich kann Sie ja verstehen, Señora. An Ihrer Stelle würde ich auch versuchen, ihn zu beschützen. Ich weiß, daß Ihr Sohn Probleme mit der Justiz hat. Ich gebe Ihnen mein Ehrenwort, daß ich ihm helfen werde, mein Bruder ist der Direktor der *British Trading Company* und wird tun, worum ich ihn bitte. Ich sage keinem Menschen, wo Ihr Sohn sich aufhält, ich will nur mit Eliza sprechen.«

»Ihre Tochter und Joaquín sind nicht zusammen, glauben Sie mir!«

»Ich weiß, daß Eliza ihm gefolgt ist.«

»Sie kann ihm nicht gefolgt sein, Señora. Mein Sohn ist nach Kalifornien gegangen.«

An dem Tag, als John Sommers auf der mit blauem Eis vollgeladenen »Fortuna« nach Valparaíso zurückkam, erwarteten ihn seine Geschwister wie immer auf dem Kai, aber als er ihre Gesichter sah, wußte er, daß etwas sehr Schwerwiegendes geschehen war. Rose schien abgemagert, und als sie ihn umarmte, brach sie unbeherrscht in Tränen aus.

»Eliza ist verschwunden«, erklärte ihm Jeremy mit so viel Zorn, daß er kaum die Zähne auseinanderbrachte.

Sobald Rose mit John allein war, erzählte sie ihm, was sie von Joaquín Andietas Mutter erfahren hatte. In diesen endlos langen Tagen, in denen sie auf ihren Lieblingsbruder gewartet und versucht hatte, sich die Dinge zusammenzureimen, war sie zu der Überzeugung gekommen, daß das Mädchen ihrem Liebsten nach Kalifornien gefolgt war, denn sie selbst hätte todsicher ebendas getan. John Sommers verbrachte den folgenden Tag damit, im Hafen nachzuforschen, und erfuhr so, daß Eliza keine Passage auf irgendeinem Schiff bezahlt hatte und ihr Name auch nicht auf der Liste der Reisenden auftauchte, wogegen ein Joaquín Andieta als im Dezember eingeschifft verbucht war. John nahm an, Eliza könnte ihren Namen geändert haben, und machte sich noch einmal auf den gleichen Rundgang, diesmal mit einer genauen Beschreibung, aber niemand hatte sie gesehen. Ein junges Mädchen, fast noch ein Kind, das allein reiste oder nur von einer India begleitet, hätte sofort die Aufmerksamkeit auf sich gezogen, wurde ihm versichert, aber nur wenige Frauen gingen nach San Francisco, einzig die leichten Mädchen und ab und zu die Frau eines Kapitäns oder eines Kaufmanns.

»Sie kann sich nicht eingeschifft haben, ohne eine Spur zu hinterlassen, Rose«, schloß der Kapitän nach einem minutiösen Bericht seiner Nachforschungen.

»Und Andieta?«

»Seine Mutter hat dich nicht belogen. Sein Name steht auf einer Liste.«

»Er hat sich ein paar Waren der *British Trading*

Company angeeignet. Ich bin sicher, er hat das nur getan, weil er seine Reise anders nicht finanzieren konnte. Jeremy ahnt nicht, daß der Dieb, den er verfolgen läßt, Elizas Liebster ist, und ich hoffe, er erfährt es nie.«

»Hast du all die Geheimnisse nicht satt, Rose?«

»Und was soll ich deiner Meinung nach tun? Mein Leben besteht aus Scheinbarkeiten, nicht aus Wahrheiten. Jeremy ist wie ein Stein, du kennst ihn so gut wie ich. Was wollen wir wegen des Kindes also machen?«

»Ich fahre morgen ab nach Kalifornien, das Schiff ist schon beladen. Wenn es dort so wenige Frauen gibt, wie alle sagen, wird es einfach sein, sie zu finden.«

»Das reicht nicht, John!«

»Fällt dir was Besseres ein?«

Beim Abendessen an diesem Tag bestand Miss Rose erneut darauf, daß alle verfügbaren Mittel in Bewegung gesetzt werden müßten, um das Mädchen zu finden. Jeremy, der sich aus dem frenetischen Betätigungsdrang seiner Schwester herausgehalten hatte, ohne einen Rat anzubieten oder ein Gefühl zu äußern, erklärte, Eliza verdiene den ganzen Aufruhr nicht.

»Dieses hysterische Klima ist höchst unangenehm.

Ich schlage vor, daß ihr euch beruhigt. Wozu wollt ihr sie suchen? Auch wenn ihr sie findet, wird sie dieses Haus nicht wieder betreten«, verkündete er.

»Bedeutet Eliza dir denn gar nichts?« fuhr Rose ihn an.

»Das ist nicht der Punkt. Sie hat einen nicht wiedergutzumachenden Fehler begangen und muß für die Folgen bezahlen.«

»Wie ich fast zwanzig Jahre für sie bezahlt habe?«

Ein eisiges Schweigen senkte sich über den Tisch. Sie hatten niemals offen über das Vergangene gesprochen, und Jeremy wußte nicht einmal, ob John auch nur ahnte, was damals zwischen seiner Schwester und dem Wiener Tenor geschehen war, er jedenfalls hatte sich gehütet, es ihm zu erzählen.

»Inwiefern bezahlt, Rose? Dir wurde vergeben, und du wurdest wieder aufgenommen. Du kannst mir nichts vorwerfen.«

»Warum warst du so großzügig zu mir und kannst es nicht zu Eliza auch sein?«

»Weil du meine Schwester bist und weil es meine Pflicht ist, dich zu beschützen.«

»Eliza ist mir wie eine Tochter, Jeremy!«

»Aber sie ist es nicht. Wir haben keinerlei Verpflichtung ihr gegenüber: sie gehört nicht in unsere Familie.«

»Gehört sie doch!« schrie Miss Rose.

»Schluß!« unterbrach der Kapitän und schlug mit der Faust auf den Tisch, daß die Teller und Gläser tanzten.

»Gehört sie doch, Jeremy. Eliza gehört zu unserer Familie«, wiederholte Miss Rose schluchzend, das Gesicht zwischen den Händen. »Sie ist Johns Tochter ...«

Und dann erfuhr Jeremy von seinen Geschwistern das Geheimnis, das sie siebzehn Jahre gehütet hatten. Dieser eher wortkarge Mann, so selbstbeherrscht, daß er gefeit schien gegen menschliche Gemütsbewegungen, explodierte zum erstenmal, und alles, was er in Jahrzehnten vollendeter britischer Gelassenheit verschwiegen hatte, brach überhastet aus ihm hervor, erstickte ihn fast in einem Sturzbach von Vorwürfen, Wut und Demütigung, »es ist einfach nicht zu fassen, wie dumm ich gewesen bin, mein Gott, daß ich unter demselben Dach lebe in einem Nest von Lügen, ohne etwas zu ahnen, überzeugt davon, daß meine Geschwister anständige Menschen sind und zwischen uns Vertrauen herrscht, und dabei gibt es ringsum nichts als gewohnheitsmäßige Schwindelei, ausgemachte Falschheit, wer weiß, wieviel sie mir systematisch verschwiegen haben, aber dies ist der Gipfel, warum zum Teufel haben sie es mir nicht gesagt, was habe ich getan, daß sie mich behandeln wie ein Monster, wie habe ich es verdient, daß sie mich auf diese Art hinters Licht führen, warum nützen sie meine Großzügigkeit aus und verachten mich dabei, wie soll man das anders nennen als Verachtung, wenn sie mich in Betrug verwickeln und mich gleichzeitig ausschließen, sie brauchen mich nur, um die Rechnungen zu bezahlen, das ganze Leben ist es so gewesen, seit wir Kinder waren, habt ihr euch hinter meinem Rücken über mich lustig gemacht ...«

Stumm, ohne ein Wort zur Rechtfertigung zu finden, ließen Rose und John die eiskalte Dusche über sich ergehen, und als Jeremys Ausbruch versiegte, herrschte ein langes Schweigen im Speisezimmer. Alle drei waren erschöpft. Zum erstenmal im Leben sahen sie sich ohne die Maske der guten Manieren ins Gesicht. Etwas Grundlegendes in ihrem Verhältnis, mit dem heiklen Gleichgewicht eines dreibeinigen Tisches, schien rettungslos zerbrochen; jedoch als Jeremy wieder zu Atem kam, nahmen seine Züge nach und nach die gewohnte undurchdringliche und hochmütige Miene an, während er eine Haarsträhne zurückstrich, die ihm in die Stirn gefallen war, und die verrutschte Krawatte richtete. Da stand Miss Rose auf, ging zu seinem Stuhl und legte ihm von hinten eine Hand auf die Schulter, die einzige Geste der Vertrautheit, die sie zu tun wagte, während ihr Herz schmerzte vor zärtlicher Zuneigung zu diesem einsamen Bruder, diesem schweigsamen, melancholischen Mann, der wie ein Vater zu ihr gewesen war und dem in die Augen zu sehen sie sich nie wirklich getraut hatte. Sie erkannte, daß sie nichts von ihm wußte und daß sie ihn in ihrem ganzen Leben noch nie berührt hatte.

Vor siebzehn Jahren, am Morgen des 15. März 1832, wollte Mama Fresia in den Garten gehen und stieß auf einen gewöhnlichen offenen Seifenkarton aus Marseille, der mit Zeitungspapier zugedeckt war. Neugierig hob sie das Zeitungspapier hoch und entdeckte darunter einen neugeborenen Säugling. Sie lief schreiend ins Haus, und einen Augenblick später beugte Miss Rose sich über das Baby. Sie war damals zwanzig Jahre alt, war frisch und schön wie ein Pfirsich, trug ein topasfarbenes Kleid, und der Wind wehte ihre losen Haare hoch, wie Eliza sich erinnerte oder vorstellte. Die beiden Frauen nahmen den Karton auf und trugen ihn ins Nähstübchen, wo sie das Kind heraushoben, das schlecht und recht in eine wollene Weste gewickelt war. Es konnte nicht lange in der Kälte gestanden haben, schlossen sie, denn obwohl an diesem Morgen ein steifer Wind wehte, war der winzige Körper warm, und es schlief friedlich. Miss Rose schickte Mama Fresia, eine saubere Decke, Laken und eine Schere zu holen, um behelfsmäßige Windeln zurechtzuschneiden. Als Mama Fresia zurückkam, war die Weste verschwunden, und das nackte Neugeborene schrie in Miss Roses Armen.

»Ich habe die Weste sofort erkannt. Ich hatte sie im Jahr davor für John selbst gestrickt. Ich versteckte sie, weil du sie auch wiedererkannt hättest«, erklärte sie Jeremy.

»Wer ist Elizas Mutter, John?«

»Ich erinnere mich nicht an ihren Namen ...«

»Du weißt nicht, wie sie heißt? Wie viele Bastarde hast du rund um die Erde ausgesät?« rief Jeremy aus.

»Sie war ein Mädchen vom Hafen, eine junge Chilenin, sehr hübsch, wie ich mich erinnere. Ich habe sie nie wiedergesehen und wußte nicht, daß sie schwanger wurde. Als Rose mir später die Weste zeigte, erinnerte ich mich, daß ich sie dem jungen Mädchen am Strand umgehängt hatte, weil es kalt war, und dann vergaß, sie zurückzunehmen. Du mußt verstehen, Jeremy, so ist das Seemannsleben. Ich bin kein Unmensch ...«

»Du warst betrunken.«

»Das ist möglich. Als ich begriff, daß Eliza meine Tochter ist, habe ich versucht, die Mutter ausfindig zu machen, aber sie war verschwunden. Vielleicht ist sie tot, ich weiß es nicht.«

»Aus irgendeinem Grund wollte diese Frau damals unbedingt, daß wir das Kind aufziehen, Jeremy, und ich habe nie bereut, daß ich es tat. Wir haben ihr Liebe, ein gutes Leben, eine Erziehung gegeben. Vielleicht konnte die Mutter ihr nichts mitgeben, deshalb brachte sie uns Eliza in die Weste gewickelt, damit wir wüßten, wer der Vater ist.«

»Das ist alles? Eine schmuddlige Weste? Das beweist absolut nichts! Jeder kann der Vater gewesen sein. Diese Frau hat sich das Kind mit kluger Berechnung vom Halse geschafft.«

»Ich hatte gefürchtet, daß du so reagieren würdest, Jeremy. Ebendeshalb habe ich dir damals nichts gesagt«, erwiderte seine Schwester.

Drei Wochen nachdem Eliza sich von Tao Chi'en verabschiedet hatte, war sie mit fünf Miners dabei, an den Ufern des American River Gold zu waschen. Sie war nicht alleine geritten. An dem Tag, an dem sie Sacramento verließ, schloß sie sich einer Gruppe Chilenen an, die auf dem Weg zu den Fundstätten waren. Sie hatten Reittiere gekauft, aber keiner verstand etwas von dieser Art Geschöpfe, und die mexikanischen Rancheros wußten das Alter und die Mängel der Pferde und Maultiere geschickt zu kaschieren, etwa indem sie kahle Stellen übermalten und Mittel ins Futter mischten, die kurzzeitig munter machten. Es waren recht jämmerliche Tiere, die schon nach wenigen Stunden den Schwung verloren und sich lahmend weiterschleppten. Jedes trug eine Ladung Handwerkszeug, Waffen und Blechtöpfe, und so trottete die Karawane unter lärmendem Metallgerassel langsam voran. Unterwegs entledigte sich dieser oder jener eines Teils der Last, der dann verstreut neben den für die Toten errichteten Kreuzen liegenblieb, die hier und da die Landschaft sprenkelten. Sie stellte sich als Elias Andieta vor, kürzlich aus Chile eingetroffen mit dem Auftrag seiner Mutter, seinen Bruder Joaquín zu suchen, und entschlossen, ganz Kalifornien von oben nach unten abzuklappern, bis er seine Pflicht erfüllt habe.

»Wie alt bist du, Rotznase?« fragten sie.

»Achtzehn.«

»Du siehst aus wie vierzehn. Bist du nicht ein bißchen zu jung zum Goldsuchen?«

»Ich bin achtzehn, und ich suche kein Gold, sondern meinen Bruder Joaquín«, wiederholte sie.

Die Chilenen waren jung und fröhlich und hielten noch an ihrer Begeisterung fest, die sie getrieben hatte, ihr Land zu verlassen und sich in so weiter Ferne an das Abenteuer zu wagen, wenn sie auch allmählich feststellten, daß die Straßen nicht mit Schätzen gepflastert waren, wie man ihnen erzählt hatte. Anfangs drückte Eliza sich den Hut immer tief in die Stirn und zeigte keinem ihr Gesicht, aber sie merkte bald, daß die Männer einander selten ansahen. Sie hatten es als selbstverständlich hingenommen, daß sie ein Junge war, und wunderten sich nicht über ihre Körperformen, ihre Stimme und ihre Gewohnheiten. Da jeder mit sich selbst beschäftigt war, beachteten sie es nicht, daß sie nicht in ihrer Gegenwart pinkelte, und als sie auf einen Tümpel stießen, in dem sie sich erfrischen konnten, und alle sich nackt auszogen, tauchte sie bekleidet und sogar mit dem Hut auf dem Kopf hinein und behauptete, so könne sie gleich ihr Zeug im selben Bad waschen. Da lachten sie und sagten, du mit deiner Sauberkeit. Und tatsächlich war sie nach wenigen Tagen genauso schmutzig und verschwitzt wie ihre Gefährten. Sie entdeckte, daß Dreck alle gleich macht, alle gleich verkommen; ihre Spürhundnase unterschied kaum noch ihren eigenen Körpergeruch von dem der übrigen. Der grobe Stoff der Hose kratzte an ihren Beinen, sie war nicht gewohnt, lange Strecken zu reiten, und am zweiten Tag konnte sie wegen der wundgeriebenen Hinterbacken kaum einen Schritt gehen, aber die anderen waren auch Stadtmenschen und hatten dieselben Schmerzen wie sie. Das heiße, trokkene Klima, der Durst, die Müdigkeit und die ständigen Angriffe der Moskitos nahmen ihnen bald die Lust an jederlei Übermut. Sie zogen schweigend dahin unter dem Geschepper ihrer Gerätschaften und wären am liebsten umgekehrt. Wochenlang suchten sie nach einer günstigen Stelle, wo sie sich zum Goldsuchen niederlassen konnten, während Eliza die Zeit nutzte, nach Joaquín Andieta zu forschen. Weder die winzigen Hinweise noch die schlecht gezeichneten Karten brachten etwas, und wenn sie an einen guten Goldwaschplatz gelangten, trafen sie schon Hunderte früher gekommener Miners an. Jeder von ihnen war berechtigt, hundert Quadratfuß zu beanspruchen, er markierte seinen Platz, indem er tagsüber dort arbeitete und nachts sein Werkzeug an der Stelle liegenließ, falls er sich entfernte, aber wenn er länger als zehn Tage fortblieb, konnten andere seinen Claim besetzen und unter ihrem Namen registrieren lassen. Das schlimmste Verbrechen war es, in das Eigentum eines anderen vor Ablauf der Frist einzufallen und es zu berauben. Das wurde nach einem Standgericht, bei dem die Miners Richter, Geschworene und Henker zugleich waren, mit Hängen oder Auspeitschen bestraft. Überall trafen Eliza und ihre Gefährten auf Trupps von Chilenen. Sie erkannten sich an der Kleidung und am Akzent und begrüßten sich stürmisch, teilten den Mate, den Schnaps und das Dörrfleisch, erzählten einander in lebhaften Farben von ihren jeweiligen Mißgeschikken und sangen ihre sehnsuchtsvollen Lieder unter den Sternen. Aber am nächsten Tag verabschiedeten sie sich – keine Zeit für ausufernde Gastfreundschaft. Aus dem blasierten Tonfall und der Unterhaltung einiger der Männer schloß Eliza, daß es junge Herren aus Santiago waren, halbaristokratische Bübchen, die vor ein paar Monaten noch Gehrock, Lackschuhe und Glacehandschuhe zu pomadisierten Haaren getragen hatten, aber an den Fundstellen konnte man sie kaum von den handfesteren Gestalten aus dem Volk unterscheiden, mit denen sie als Gleiche mit Gleichen zusammenarbeiteten. Das Getue und die Klassenvorurteile verflogen in der Berührung mit der brutalen Wirklichkeit der Minen, nicht aber der Haß auf die Fremden, der beim geringsten Anlaß in Schlägereien zum Ausbruch kam. Die Chilenen, zahlreicher und unternehmungslustiger als andere Hispanos, zogen die Wut der Gringos auf sich.

Eliza erfuhr, daß in San Francisco eine Gruppe betrunkener Australier Chilecito angegriffen und eine Riesenschlägerei entfesselt hatte. Auf den Fundstätten operierten verschiedene chilenische Gesellschaften, die sich ihre Arbeiter mitgebracht hatten, Abhängige, die seit Generationen unter einem Feudalsystem gelebt hatten und hier für einen kärglichen Lohn arbeiteten, ohne sich zu wundern, daß das Gold nicht dem gehörte, der es fand, sondern dem Patron. In den Augen der Yankees war das schlicht Sklaverei. Die amerikanischen Gesetze begünstigten die Einzelperson: jedes Claim war auf den Raum beschränkt, den ein Mann alleine ausbeuten konnte. Die chilenischen Gesellschaften spotteten dem Gesetz und ließen Schürfrechte auf den Namen jedes einzelnen ihrer Arbeiter registrieren, um über mehr Terrain zu verfügen.

Es gab Weiße in Flanellhemden, die Hosenbeine in die Stiefel gesteckt und zwei Revolver im Gürtel; Chinesen in ihren gesteppten Jacken und weiten Hosen; Indianer in schäbigen Uniformröcken und mit nacktem Hintern; Mexikaner in weißer Baumwolle und mit riesigen Sombreros; Südamerikaner mit kurzen Ponchos und breiten Ledergürteln, in denen sie ihr Messer, den Tabak, das Pulver und das Geld trugen; Männer von den Sandwichinseln, barfuß und mit Schärpen aus glänzender Seide; eine Mischung aus Farben, Kulturen, Religionen und Sprachen mit einem gemeinsamen Ziel. Eliza fragte jeden von ihnen nach Joaquín Andieta und bat sie, überall zu verbreiten, daß sein Bruder Elias ihn suche. Aber während sie tiefer und tiefer in dieses Land eindrang, begriff sie allmählich, wie riesig es war und wie schwierig es sein würde, ihren Liebsten zu finden unter fünfzigtausend Fremden, die allenthalben herumwimmelten.

Elizas Trupp beschloß, sich endlich niederzulassen. Sie waren in einer mörderischen Hitze ins Tal des American River gelangt, mit nur noch zwei Maultieren und Elizas Pferd, die anderen Tiere waren unterwegs verendet. Die Erde war trocken und rissig, und außer Kiefern und Eichen wuchs hier nichts, aber ein ungebändigter Fluß kam von den Bergen über die Steine herab gesprungen und durchschnitt das Tal wie ein Messer. Auf beiden Ufern waren Reihen über Reihen von Männern dabei, zu graben und Eimer mit der Erde zu füllen, die sie dann durch ein Gerät siebten, das aussah wie eine Kinderwiege. Sie arbeiteten in der brennenden Sonne, die Füße im eiskalten Wasser, die Kleidung durchweicht; sie schliefen auf der Erde, ohne ihre Waffen loszulassen, aßen hartes Brot und Pökelfleisch, tranken Wasser, das von den Hunderten Grabungen flußaufwärts verschmutzt war, und derartig verfälschten Schnaps, daß vielen die Leber schwer geschädigt wurde, andere wurden davon verrückt. Eliza sah in wenigen Tagen zwei Männer sterben, die sich wälzten vor Schmerzen, vom schaumigen Schweiß der Cholera bedeckt, und sie dankte Tao Chi'ens Klugheit, der ihr verboten hatte, Wasser zu trinken, ohne es vorher abzukochen. So groß auch der Durst sein mochte, sie wartete bis zum Abend, wenn sie lagerten, um Tee oder Mate zu kochen. Von Zeit zu Zeit hörte man Jubelschreie: jemand hatte ein Nugget gefunden, aber die meisten mußten sich zufriedengeben, wenn sie Tonnen von unbrauchbarer Erde ein paar kostbare Gramm abgewonnen hatten. Monate zuvor hatte man die goldenen Schuppen noch auf dem Boden des damals noch klaren Wassers blinken sehen, aber jetzt hatte menschliche Gier die Natur umgestürzt, die Landschaft war entstellt durch Haufen von Erde und Steinen und riesige Gruben, Flüsse und Bäche waren aus ihren Betten gedrängt und ihr Wasser auf zahllose Tümpel und Lachen verteilt, und Tausende und Abertausende Baumstümpfe zeigten an, wo früher Wälder gestanden hatten. Um an das Metall zu kommen, schienen sie wie Titanen gewütet zu haben.

Eliza wollte eigentlich nicht bleiben, aber sie war erschöpft und fühlte sich außerstande, allein und aufs Geratewohl weiterzureiten. Ihre Gefährten besetzten ein Stück Land am Ende einer Reihe von Miners und ziemlich weit entfernt von dem kleinen Zeltdorf, das eben aus dem Nichts zu wachsen begann mit seiner Kneipe und seinem Laden, wo die dringendsten Bedürfnisse befriedigt werden konnten. Ihre Nachbarn waren drei Oregonesen, die gleichermaßen widerstandsfähig beim Arbeiten wie beim Alkoholtrinken waren und keine Zeit damit verloren, die Neuankömmlinge zu begrüßen, sondern sie sofort wissen ließen, daß sie den *greasers*, den Ölköpfen, das Recht, amerikanischen Boden auszubeuten, nicht zuerkannten. Einer der Chilenen entgegnete ihnen, daß auch sie hier nichts zu suchen hätten, das Land gehöre den Indianern, und daraus hätte sich eine handfeste Keilerei entwickelt, hätten die übrigen sich nicht eingemischt und die Gemüter beruhigt. Ringsum herrschte ein ständiger Lärm von Schaufeln, Hacken, rauschendem Wasser, herunterrollenden Felssteinen und Flüchen, aber der Himmel war klar, und die Luft roch nach Lorbeerblättern. Die Chilenen ließen sich todmüde auf die Erde fallen, während der falsche Elias Andieta ein kleines Lagerfeuer machte, um Kaffee zu kochen, und seinem Pferd Wasser gab. Aus Mitleid gab sie auch den armen Maultieren etwas und schnallte ihre Lasten ab, damit sie sich ausruhen konnten. Die Müdigkeit umnebelte ihren Blick, und die Knie zitterten ihr so sehr, daß sie kaum stehen konnte, und ihr wurde klar, daß Tao Chi'en recht gehabt hatte, als er sie warnte, sie müsse erst zu Kräften kommen, ehe sie sich in dieses Abenteuer stürzte. Sie dachte an die Hütte aus Brettern und Segeltuch, wo er zu dieser Stunde meditieren oder mit einem Pinsel und chinesischer Tusche in seiner schönen Schrift etwas aufzeichnen würde. Sie lächelte und wunderte sich zur gleichen Zeit, daß ihr Heimweh nicht das stille Nähstübchen von Miss Rose oder die warme Küche von Mama Fresia heraufbeschworen hatte. Wie sehr ich mich verändert habe, seufzte sie und betrachtete ihre Hände, die von der unbarmherzigen Sonne verbrannt und voller Blasen waren.

Am nächsten Tag schickten ihre Kameraden sie zu dem Laden im Dorf, wo sie das zum Überleben Nötigste kaufen sollte und eine jener Schwingtröge zum Goldwaschen, denn sie sahen, um wieviel wirksamer die waren als ihre bescheidenen Bottiche. Die einzige Straße des Dorfes, falls man diese Ansammlung von Hütten so nennen konnte, war ein mit Abfällen übersäter Morast. Der Laden, ein aus

Baumstämmen und Brettern zusammengezimmerter Schuppen, war der Mittelpunkt des gesellschaftlichen Lebens in dieser Gemeinschaft einsamer Männer. Hier konnte man alles mögliche kaufen, Alkohol wurde unbegrenzt ausgeschenkt, und es gab auch Essen; abends, wenn die Miners zum Trinken zusammenkamen, belebte ein Fiedler die Umgebung mit seiner Musik, und dann hängten sich einige der Männer ein Tuch in den Gürtel zum Zeichen, daß sie die Rolle der Damen übernahmen, während die anderen sich abwechselten, um sie zum Tanz aufzufordern. Viele Meilen in der Runde gab es nicht eine einzige Frau, aber von Zeit zu Zeit kam ein von Maultieren gezogener Wagen, der mit Prostituierten beladen war. Sie erwarteten sie sehnsüchtig und bezahlten sie großzügig. Der Inhaber des Ladens war ein geschwätziger, gutmütiger Mormone, der in Utah drei Frauen hatte und jedem Kredit anbot, der sich zu seinem Glauben bekehren würde. Er war Abstinenzler, und wenn er Alkohol verkaufte, predigte er über das Laster der Trunksucht. Er habe einen Joaquín kennengelernt und der Name habe ihm auch wie Andieta geklungen, erzählte er Eliza, als sie ihn befragte, aber das sei schon eine ganze Zeit her, daß der hier durchgekommen sei, und er könne nicht sagen, in welche Richtung er gegangen sei. Er erinnere sich an ihn, weil er in eine Schlägerei zwischen Nordamerikanern und Spaniern wegen einer Schürfstelle verwickelt gewesen sei. Chilenen? Vielleicht, er sei nur sicher, daß er spanisch gesprochen habe, könnte auch Mexikaner gewesen sein, für ihn sähen alle *greasers* gleich aus.

»Und was ist schließlich passiert?«

»Die Amerikaner behielten das Stück Boden, und die anderen mußten sich scheren. Was sollte sonst passiert sein? Joaquín und ein anderer Mann blieben zwei oder drei Tage hier im Laden. Ich habe ihnen ein paar Decken da in die Ecke gelegt, damit sie sich ausruhen konnten, bis sie sich ein bißchen erholt hatten, denn sie hatten eine Menge Prügel abgekriegt. Sie waren keine schlechten Leute. Ich erinnere mich gut an deinen Bruder, er war ein Bursche mit schwarzem Haar und großen Augen, ziemlich hübsch.«

»Dann war er's«, sagte Eliza, und ihr Herz lief Galopp.

DRITTER TEIL

1850-1853

Vier Mann brachten den Bären herein, zwei an jeder Seite, zogen sie ihn an dicken Seilen vor eine aufgeheizte Menge. Sie zerrten ihn in die Mitte der Arena und fesselten ihn an einem Bein mit einer zwanzig Fuß langen Kette an einen Pfosten, und dann brauchten sie fünfzehn Minuten, um ihn vorsichtig von den Seilen loszubinden, während er mit einer höllischen Wut um sich schlug und um sich biß. Er wog über vierhundert Kilo, eins seiner Augen war blind, sein Fell war dunkelbraun und wies auf dem Rücken mehrere kahle Stellen auf und Narben aus ehemaligen Kämpfen, aber er war noch jung. Schaumiger Geifer bedeckte seine Schnauze mit den riesigen gelben Zähnen. Auf den Hinterbeinen stehend, hieb er mit den gewaltigen Pranken sinnlos in die Luft, musterte die Menge mit seinem guten Auge und riß verzweifelt an der Kette.

Es war ein elendes kleines Nest, in wenigen Monaten aus dem Nichts aufgetaucht, von Rast machenden Goldsuchern hastig zusammengehauen und ohne den Ehrgeiz, zu dauern. Da es an einer Stierkampfarena fehlte, wie es sie in allen mexikanischen Dörfern Kaliforniens gab, benutzten sie einen kreisrunden freien Platz, auf dem sonst Pferde zugeritten und Maultiere eingehegt wurden, verstärkten ihn mit Brettern und versahen ihn mit hölzernen Sitzreihen für das Publikum. An diesem Novembernachmittag drohte der stahlgraue Himmel mit Regen, aber es war nicht kalt, und die Erde war trocken. Hinter der Umzäunung antworteten die Hunderte von Zuschauern auf jedes Brüllen des Tieres mit höhnischem Gelächter. Die einzigen Frauen, ein halbes Dutzend junge Mexikanerinnen in bestickten weißen Kleidern, die ihre ewigen Zigaretten rauchten, stachen ebenso ins Auge wie der Bär, und auch sie wurden von den Männern mit Olé-Rufen gegrüßt, während die Schnapsflaschen und die Beutel mit Gold für die Wetten von Hand zu Hand gingen. Die Berufsspieler in ihren städtischen Anzügen, den modischen Westen, breiten Krawatten und Zylinderhüten hoben sich deutlich aus der bäurisch derben, struppigen Masse hervor. Drei Musiker spielten auf ihren Fiedeln alle Lieblingslieder, und als sie eben mit Schwung »Oh Susanna«, die Goldgräberhymne, anstimmten, sprangen zwei bärtige Komiker, als Frauen verkleidet, in das Rund und vollführten unter Obszönitäten und Beifallklatschen einen Wirbel von Überschlägen, wobei sie unter den Rökken behaarte Beine und Spitzenhöschen zeigten. Das

Publikum bedachte sie mit einem großzügigen Münzenregen, tosendem Applaus und wieherndem Gelächter. Als sie abtraten, verkündete ein Hornsignal und ein Trommelwirbel den Beginn des Stierkampfes, gefolgt vom Aufschrei der elektrisierten Menge.

In der Masse verloren, folgte Eliza dem Spektakel mit Faszination und Grausen. Sie hatte mit dem bißchen Geld, das ihr noch verblieben war, eine Wette abgeschlossen in der Hoffnung, es in den nächsten Minuten vervielfacht zu sehen. Beim dritten Hornsignal wurde ein Gatter hochgezogen, und ein junger Stier, schwarz und glänzend, betrat schnaubend die Arena. Einen Augenblick herrschte staunende Stille auf den Bänken, und dann empfing ein aus voller Kehle gebrülltes »Olé« das Tier. Der Stier blieb verdutzt stehen, den von großen, ungefeilten Hörnern gekrönten Kopf erhoben, die wachsamen Augen maßen die Entfernungen, die Vorderhufe scharrten im Sand, bis ein Brummen des Bären ihn aufmerksam machte. Sein Gegner hatte ihn gesehen und grub in Windeseile wenige Schritte von dem Pfahl entfernt eine Grube, in die er sich legte und eng an den Boden drückte. Auf das Geschrei des Publikums hin beugte der Stier den Kopf, spannte die Muskeln und rannte los, eine Sandwolke aufwirbelnd, blind vor Wut, schnaufend, Dampf aus der Nase ausstoßend und Schaum vorm Maul. Der Bär erwartete ihn. Der erste Hornstoß traf ihn im Rücken und riß eine blutige Furche in sein dickes Fell, vermochte ihn jedoch nicht einen Zoll zu bewegen. Der Stier trabte verwirrt einmal um das Rund, während die Menge ihn mit Beleidigungen reizte, dann griff er wieder an und versuchte, den Bären mit den Hörnern hochzuheben, aber der blieb in seine Grube gekauert und nahm die Verwundung ungerührt hin, bis er seine Gelegenheit gekommen sah und ihm mit einem sicheren Prankenhieb die Nase zertrümmerte. Stark blutend, vor Schmerzen betäubt und außer Fassung begann der Stier seinen Gegner blindlings mit Kopfstößen zu attackieren, wobei er ihn ein ums andere Mal verwundete, aber er kriegte ihn nicht aus der Grube. Plötzlich aber erhob sich der Bär zu voller Größe auf die Hinterbeine, packte ihn in einer furchtbaren Umarmung um den Hals und biß ihm in den Nacken. Einige Minuten tanzten sie so zusammengeklammert durch den Kreis, den die Kette zuließ, während der Sand mit Blut getränkt wurde und von den Bänken das Johlen der Männer dröhnte. Endlich konnte der Stier sich losmachen, entfernte sich schwankend ein paar kraftlose Schritte, sein glänzendes obsidianschwarzes Fell rot gefärbt, bis ihm endlich die Beine einknickten und er zu Boden stürzte. Da feierte ein ungeheurer Schrei den Sieg des Bären. Zwei Reiter kamen auf den Kampfplatz, schossen dem Besiegten eine Kugel zwischen die Augen, banden ihm ein Lasso um die Hinterbeine und schleppten ihn hinter ihren Pferden hinaus. Eliza bahnte sich angeekelt einen Weg zum Ausgang. Sie hatte ihre letzten vierzig Dollar verloren.

In den Sommermonaten und im Herbst 1849 war Eliza die Mutterader abgeritten, von Süden nach Norden, von Mariposa bis Downieville und wieder zurück auf der sich immer mehr verwischenden Spur von Joaquín Andieta, der sie über steile Anhöhen, zu den Betten der Flüsse und bis zu den Flanken der Sierra Nevada folgte. Wenn sie nach ihm fragte, hatten sich zu Anfang nur wenige Leute an einen jungen Mann dieses Namens oder dieses Aussehens erinnert, aber gegen Ende des Jahres nahm seine Gestalt wirkliche Konturen an, und das gab ihr die Kraft, weiterzumachen. Sie hatte die Nachricht in Umlauf gebracht, daß sein Bruder Elias ihn suche, und mehrmals während dieser Monate gab ihr das Echo ihre eigene Stimme zurück. Verschiedentlich wurde sie, wenn sie nach Joaquín fragte, als sein Bruder erkannt, noch ehe sie sich vorstellen konnte. In dieser Wildnis kam die Post aus San Francisco meist mit monatelanger Verspätung an, und auch die Zeitungen brauchten Wochen, aber die von Mund zu Mund weitergegebene Nachricht fand überraschend schnell ihr Ziel. Wieso hatte Joaquín nicht gehört, daß sie ihn suchte? Da er keine Brüder hatte, mußte er sich doch fragen, wer dieser Elias sein mochte, und wenn er nur ein Fetzchen Intuition hatte, mußte er diesen Namen mit dem ihren verbinden, dachte sie; aber selbst wenn er nicht sie dahinter vermutete, dürfte er doch zumindest neugierig sein, wer sich da für seinen Verwandten ausgab. In den Nächten schlief sie kaum, schlug sich mit Vermutungen herum und mit dem hartnäckigen Verdacht, das Schweigen ihres Liebsten könne nur bedeuten, daß er tot war oder nicht gefunden werden wollte. Und wenn er tatsächlich vor ihr flüchtete, wie Tao Chi'en angedeutet hatte? Am Tage ritt sie und legte sich dann irgendwo auf dem nackten Boden unter ihrer Wolldecke mit den Stiefeln als Kopfkissen zum Schlafen. Schmutz und Schweiß waren ihr schon lange nicht mehr lästig, sie aß, wann sie konnte, ihre einzigen Vorsichtsmaßregeln bestanden darin, das Trinkwasser abzukochen und den Gringos nicht in die Augen zu sehen.

Inzwischen gab es schon über hunderttausend Glücksritter, und es kamen immer noch mehr; sie breiteten sich längs der Mutterader aus, stellten die Welt auf den Kopf, bewegten Berge, leiteten Flüsse ab, zerstörten Wälder, pulverisierten Felsen, verlagerten Tonnen von Sand und gruben riesige Löcher. An den Punkten, wo es Gold gab, wurde die idyllische Gegend, die seit ewigen Zeiten unberührt geblieben war, in eine Mondlandschaft verwandelt. Eliza führte ein anstrengendes Leben, aber sie hatte ihre Kräfte zurückgewonnen und die Angst verloren. Sie bekam auch wieder die Regel, als es ihr am wenigsten paßte, denn es war schwierig, es in der Gesellschaft von Männern zu verbergen, aber sie war doch dankbar dafür, weil es zeigte, daß ihr Körper endlich wieder gesund war. »Deine Akupunkturnadeln haben sich gut bewährt, Tao. Ich hoffe, in Zukunft Kinder zu bekommen«, schrieb sie ihrem Freund und war sicher, daß er ohne weitere Erklärungen verstehen würde. Von ihren Waffen trennte sie sich nie, auch wenn sie nicht recht damit umgehen konnte, und hoffte, sie würde nie in die Verlegenheit kommen, sie benutzen zu müssen. Nur einmal schoß sie in die Luft, um ein paar Indianerjungen zu verjagen, die allzu nahe herankamen und bedrohlich auf sie wirkten, aber wenn sie sich ernstlich mit ihnen angelegt hätte, wäre sie ziemlich böse zugerichtet worden, da sie nicht imstande war, auf fünf Fuß Entfernung einen Esel zu treffen. Aber wenn sie auch im Zielen kein Meister war, hatte sie doch ihre Fähigkeit, sich unsichtbar zu machen, noch verfeinert. Sie konnte in die Dörfer reiten, ohne Aufmerksamkeit zu erregen, und sich unter die Gruppen der Hispanos mischen, wo ein Junge ihres Aussehens unbeachtet blieb, sie hatte den peruanischen und mexikanischen Tonfall bis zur Perfektion nachzuahmen gelernt und konnte so als einer der Ihren durchgehen, wenn sie gastliche Aufnahme suchte. Sie vertauschte auch ihr britisches Englisch gegen das amerikanische und eignete sich bestimmte Schimpfworte an, die unerläßlich waren, wenn sie von den Gringos akzeptiert werden wollte, denn sie hatte gemerkt, daß sie respektiert wurde, wenn sie so sprach wie sie; das Wichtigste war: keine Erklärungen abgeben, so wenig wie möglich reden, um nichts bitten, für ihr Essen arbeiten, Provokationen überhören und sich an eine kleine Bibel klammern, die sie in Sonora gekauft hatte. Selbst die Rüdesten hegten eine abergläubische Ehrfurcht vor diesem Buch. Sie staunten über diesen bartlosen Jungen mit der Mädchenstimme, der abends in der Heiligen Schrift las, aber sie machten sich nicht offen darüber lustig, im Gegenteil, einige schwangen sich zu seinen Beschützern auf und waren bereit, sich mit jedem zu prügeln, der es gewagt hätte, ihn auszulachen. In diesen einsamen und vielfach brutalen Männern, die auf die Suche nach dem Glück ausgezogen waren wie die mythischen Helden des alten Griechenland und sich jetzt auf das Allernotwendigste beschränkt sahen, in diesen häufig kranken, zur Gewalt neigenden und dem Alkohol verfallenen Männern lebte noch eine uneingestandene Sehnsucht nach Zärtlichkeit und Ordnung. Bei romantischen Liedern wurden ihnen die Augen feucht, für ein Stück Apfeltorte zahlten sie jeden Preis, weil es ihnen einen kurzen Trost gegen das Heimweh schenkte; sie machten lange Umwege, um zu einem Haus zu kommen, in dem es ein Kind gab, und beobachteten es schweigend, als wäre es ein Wunder.

»Hab keine Angst, ich reite nicht allein, das wäre Wahnsinn«, schrieb Eliza an ihren Freund. »Man muß sich an große Gruppen halten, die gut bewaffnet und wachsam sind, denn in den letzten Monaten haben sich die Banden der Straßenräuber vervielfacht. Die Indianer sind eher friedlich, auch wenn sie zum Fürchten aussehen, aber wenn sie einen schutzlosen Reiter vor sich haben, kann es schon passieren, daß sie ihm seinen begehrenswertesten Besitz wegnehmen: Pferde, Waffen und Stiefel. Ich schließe mich anderen Reisenden an: Händlern, die mit ihren Waren von einem Ort zum andern ziehen, Goldgräbern auf der Suche nach neuen Adern, Farmerfamilien, Jägern, Unternehmern und Grundstücksmaklern, die neuerdings Kalifornien heimsuchen, Spielern, Revolverhelden, Advokaten und anderen Gaunern, die im allgemeinen die unterhaltsamsten und großzügigsten Reisegefährten sind. Hier wandern auch Prediger herum, sie sind meistens jung und kommen einem vor wie erleuchtete Verrückte. Denk dir doch nur mal, wie groß der Glaube sein muß, wenn einer dreitausend Meilen durch unberührte Prärien reist, nur um gegen die Laster fremder Menschen anzukämpfen. Sie verlassen ihre Dörfer voller Kraft und Leidenschaft, weil sie beschlossen haben, das Wort Christi in diese entlegene Gegend zu bringen, ohne sich um die Hindernisse und Unglücksfälle zu kümmern auf ihrem Weg, weil Gott an ihrer Seite ist. Sie nennen die Goldsucher ›Anbeter des goldenen Kalbes‹. Du mußt die Bibel lesen, Tao, sonst wirst du die Christen nie verstehen. Diese Prediger werden nicht von materiellen Schicksalsschlägen besiegt, aber viele unterliegen mit gebrochenem Herzen, weil sie hilflos sind gegenüber der alles überwältigenden Macht der Gier. Es ist ermutigend, sie zu sehen, wenn sie gerade ankommen und noch ganz unschuldig sind, und es ist traurig, ihnen zu begegnen, wenn sie, von Gott verlassen, mühsam von einem Lager zum anderen ziehen, durstig unter einer fürchterlichen Sonne, auf Plätzen und in Kneipen vor einem gleichgültigen Haufen predigen, der ihnen zuhört, ohne den Hut abzunehmen, und sich fünf Minuten später mit Huren besäuft. Ich habe eine Gruppe wandernder Schauspieler kennengelernt, Tao, ein paar arme Teufel, die in den Dörfern die Leute mit Pantomimen, anzüglichen Liedern und derben Schwanken erheitern. Ich bin mit ihnen mehrere Wochen herumgezogen, und sie haben mich in ihre Vorstellungen einbezogen. Wenn wir ein Klavier zur Verfügung hatten, habe ich gespielt, sonst war ich die jugendliche Heldin der Truppe, und alle Welt wunderte sich, wie gut ich die Frauenrolle mimte. Ich mußte sie verlassen, weil mich diese ständige Konfusion verrückt machte, ich wußte nicht mehr, bin ich eine als Mann verkleidete Frau oder ein als Frau verkleideter Mann oder eine Verirrung der Natur.«

Sie freundete sich mit dem Postreiter an, und wenn es möglich war, begleitete sie ihn, denn er kam rasch voran und kannte viele Leute; wenn irgend jemand Joaquín Andieta finden konnte, dann war er es, dachte sie. Der Mann brachte die Post zu den Goldgräbern und kehrte mit den Goldbeuteln zurück, um sie den Banken zur Aufbewahrung zu übergeben. Er war einer der Weitsichtigen, die am Goldfieber reich wurden, ohne je einen Spaten oder eine Spitzhacke in die Hände zu nehmen. Er berechnete zweieinhalb Dollar, um einen Brief nach San Francisco zu bringen, und andererseits machte er sich das Verlangen der Miners, Nachrichten von zu Hause zu erhalten, zunutze und verlangte eine Unze Gold, damit er ihnen die Briefe überbrachte. Mit diesem Geschäft verdiente er ein Vermögen, Kunden hatte er übergenug, und keiner beschwerte sich über die Preise, weil es keine andere Möglichkeit gab, sie konnten nicht gut die Mine verlassen eines Briefwechsels wegen oder um ihre Gewinne hundert Meilen weit zur Bank zu bringen. Auch Eliza suchte Charleys Gesellschaft, er war ein Bürschchen, das voller Geschichten steckte und mit den mexikanischen Viehtreibern wetteiferte, die auf Maultieren Waren heranschafften. Zwar fürchtete er selbst den Teufel nicht, aber er war immer dankbar für Begleitung, weil er für seine Geschichten Zuhörer brauchte. Je länger Eliza ihn beobachtete, um so sicherer wurde sie, daß er eine verkleidete Frau war, wie sie. Charleys Haut war von der Sonne verbrannt, er kaute Tabak, fluchte wie ein Straßenräuber, trennte sich nie von seinen Pistolen und behielt immer die Handschuhe an, aber einmal konnte sie doch seine bloßen Hände sehen – und sie waren klein und weiß wie die einer jungen Dame.

Sie verliebte sich in die Freiheit. Bei den Sommers hatte sie zwischen vier Wänden gelebt, in einer ewig gleichbleibenden Umwelt, wo die Zeit sich in Kreisen drehte und die Linie des Horizonts nur verschwommen durch sturmgepeitschte Fenster zu sehen war; sie war aufgewachsen in dem Korsett der guten Manieren und der Konventionen, von Anfang an trainiert, zu gefallen und nützlich zu sein, eingeschnürt von gesellschaftlichen Normen und der Angst. Angst hatte regiert in diesem Haus: Angst vor Gott und seinem nicht vorhersehbaren Gericht, vor der Obrigkeit, vor ihren Adoptiveltern, vor Krankheit und übler Nachrede, vor dem Unbekannten und dem Abweichenden, Angst, den Schutz des Hauses zu verlassen und sich den Gefahren der Straße zu stellen; Angst vor der Entehrung und der Wahrheit. Und auch Angst vor ihren Adoptiveltern. Es war eine gezuckerte Wirklichkeit gewesen, aus lauter Vertuschen, höflichem Verschweigen, gut gehüteten Geheimnissen, Ordnung und Disziplin. Immer hatte sie alles »richtig« machen sollen und wollen, aber jetzt zweifelte sie am Sinn dieses Wortes. Als sie sich im Zimmer der Schränke Joaquín Andieta hingab, hatte sie in den Augen der Welt einen nicht wiedergutzumachenden Fehler begangen, aber in ihren eigenen rechtfertigte die Liebe alles. Sie hatte Chile mit dem Vorsatz verlassen, ihren Liebsten zu finden und für immer seine Sklavin zu werden, weil sie geglaubt hatte, damit das geheime Verlangen nach Unterwerfung und Genommenwerden zu stillen, aber nun fühlte sie sich außerstande, auf diese neuen Flügel zu verzichten, die ihr zu wachsen begannen. Weder klagte sie um das, was sie mit ihrem Geliebten geteilt hatte, noch schämte sie sich des Feuers, das sie so verwandelt hatte, im Gegenteil, sie spürte, daß es sie ein für allemal stark gemacht hatte, ihr Stolz gegeben hatte, um Entscheidungen zu treffen und die Folgen zu tragen. Sie schuldete niemandem Erklärungen, wenn sie Fehler begangen hatte, war sie mehr als genug bestraft durch die abrupte Trennung von ihrer Familie, die Folter jener Gruft im Schiffsbauch, ihr totes Kind und die völlige Ungewißheit der Zukunft. Als sie schwanger wurde und sich gefangen sah, schrieb sie in ihr Tagebuch, sie habe das Recht auf Glück verwirkt, dennoch hatte sie in diesen letzten Monaten, in denen sie durch die Goldlandschaft von Kalifornien ritt, das Gefühl gehabt, zu fliegen wie ein Kondor. Sie erwachte eines Morgens vom Wiehern ihres Pferdes und dem Licht des Sonnenaufgangs im Gesicht, sah sich umgeben von stolzen Sequoias, die als vielhundertjährige Wächter ihren Schlaf behütet hatten, sie erblickte sanfte Hügel und in der Ferne hohe dunkelviolette Gipfel; da durchströmte sie ein atavistisches Glücksgefühl, wie sie es nie zuvor empfunden hatte. Sie merkte, daß sie nicht mehr diese Panik verspürte, die ihr immer am Mageneingang gesessen hatte wie eine Ratte, die bereit ist zuzubeißen. Die Ängste hatten sich aufgelöst in der überwältigenden Großartigkeit dieses Landes. Je mehr Gefahren sie die Stirn bot, um so mehr Verwegenheit flog ihr zu: sie hatte die Angst vor der Angst verloren. »Ich entdecke neue Kräfte in mir, die ich vielleicht immer besaß, aber nicht kannte, weil ich sie nie hatte beweisen müssen. Ich weiß nicht, an welcher Wegbiegung mir die Person verlorenging, die ich früher war, Tao. Jetzt bin ich einer mehr unter den unzählbaren Abenteurern, die über die Ufer dieser klaren Flüsse und die Hänge dieser ewigen Berge verstreut sind. Es sind stolze Männer mit nichts als dem Himmel über sich, die sich vor niemandem beugen, weil sie dabei sind, die Gleichheit zu erfinden. Und ich will einer der Ihren sein. Einige schreiten siegreich daher mit einem Beutel voll Gold auf dem Rücken, andere, Besiegte, schleppen an ihren verlorenen Illusionen und ihren Schulden, aber alle fühlen sich als Herren ihres Schicksals, Herren der Erde, über die sie gehen, Herren der Zukunft und ihrer eigenen unverlierbaren Würde. Nachdem ich sie kennengelernt habe, kann ich nie wieder eine junge Dame sein, wie Miss Rose es verlangte. Endlich verstehe ich Joaquín, wenn er unserer Liebe kostbare Stunden raubte, um zu mir von Freiheit zu sprechen. Das war es also ... Es war diese Euphorie, dieses Licht, dieses Glück, das so stark war wie das der knapp bemessenen Augenblicke unserer Liebe, an die ich mich erinnere. Ich vermisse Dich, Tao. Ich habe niemanden, mit dem ich reden kann über das, was ich sehe, über das, was ich fühle. Ich habe keinen Freund in dieser Einsamkeit, und in meiner Männerrolle muß ich sehr genau aufpassen, was ich sage. Ich runzle schon immer die Stirn, damit sie mich für mächtig männlich halten. Es ist sehr lästig, ein Mann zu sein, aber eine Frau zu sein ist noch viel lästiger.«

Beim Umherstreifen durch das unwegsame Gelände lernte sie es so gut kennen, als wäre sie hier geboren, lernte sich zurechtfinden und Entfernungen abschätzen, die Giftschlangen von den harmlosen unterscheiden und feindselige Gruppen von freundlich gesinnten, konnte nach der Form der Wolken das Wetter von morgen vorhersagen und die Stunde des Tages nach dem Winkel ihres Schattens bestimmen, wußte, was man machte, wenn einem ein Bär über den Weg trottete, und wie man sich einer einsamen Hütte näherte, wenn man nicht mit Schüssen empfangen werden wollte. Bisweilen traf sie auf frisch angekommene junge Leute, die komplizierte Bergbaumaschinen hügelaufwärts zerrten, um sie später als unbrauchbar irgendwo liegenzulassen; hin und wieder kreuzten auch Gruppen fieberkranker Männer ihren Weg, die von den Bergen herabkamen nach Monaten fruchtloser Arbeit. Ein Bild konnte sie nicht vergessen: jenen von den Vögeln zerhackten Leichnam, der an einer Eiche hing mit einem warnenden Schild auf der Brust ... Auf ihrem endlosen Erkundungsritt sah sie Nordamerikaner, Europäer, Südseeinsulaner, Mexikaner, Chilenen, Peruaner, auch lange Züge von schweigenden Chinesen unter dem Befehl eines Aufsehers, der, obwohl derselben Rasse zugehörig, sie wie Sklaven behandelte und mit Brosamen bezahlte. Sie trugen ein Bündel auf dem Rücken und Stiefel in der Hand, weil sie immer in Pantoffeln gegangen waren und das Gewicht an den Füßen nicht aushielten. Es waren sparsame Leute, sie lebten von so gut wie nichts und gaben so wenig wie möglich aus, sie hatten die Stiefel recht groß gekauft, weil sie glaubten, die wären wertvoller, und staunten über die Maßen, als sie erfuhren, daß der Preis für die kleineren der gleiche war.

Eliza lernte in den Tag hinein zu leben, ohne Pläne zu machen, wie Tao ihr geraten hatte. Sie dachte oft an ihn und schrieb ihm fortlaufend, aber sie konnte die Briefe nur abschicken, wenn sie in ein Dorf kam, wo es einen Postdienst nach Sacramento gab. Es war, als würfe man eine Flaschenpost ins Meer, denn sie wußte ja nicht, ob er noch dort lebte, und die einzige sichere Adresse, die sie hatte, war die des chinesischen Restaurants. Wenn ihre Briefe es bis dahin schafften, dann würde er sie auch bestimmt erhalten.

Sie erzählte ihm von dem wundervollen Land, von der Hitze und dem Durst, von den sanft geschwungenen Hügeln, von den starken Eichen und den schlanken Pinien, den eisigen Flüssen mit so klarem Wasser, daß man das Gold auf ihrem Grund funkeln sah, den Wildgänsen, die mit hartem Schrei über ihr dahinzogen, den Hirschen und den großen

Bären, von dem rauhen Leben der Goldsucher und vom Blendwerk des leichten Glücks. Sie schrieb, was sie beide schon wußten: daß es nicht lohnte, das Leben mit der Jagd nach gelbem Staub zu vergeuden. Und sie ahnte, was Tao antworten würde: daß es ebensowenig Sinn habe, es mit der Jagd nach einer illusorischen Liebe zu verschwenden, aber sie setzte ihren Weg fort, weil sie nicht stehenbleiben konnte. Joaquín Andieta begann in der Ferne zu verschwinden, selbst ihr gutes Gedächtnis konnte seine Züge nicht mehr in aller Klarheit herbeirufen. Sie mußte wieder seine Liebesbriefe lesen, um sicher zu sein, daß es ihn wirklich gegeben hatte und daß die Nächte im Zimmer der Schränke keine lügnerische Erfindung ihrer Einbildungskraft waren. So erneuerte sie die süße Qual der einsamen Liebe. Sie beschrieb Tao Chi'en die Menschen, die sie unterwegs kennenlernte, die Massen von mexikanischen Einwanderern, die in Sonora untergebracht waren, dem einzigen Ort, wo Kinder über die Straßen rannten, beschrieb die bescheidenen Frauen, die sie in ihren aus Luftziegeln gebauten Häusern freundlich aufnahmen, ohne zu ahnen, daß sie eine von ihnen war, die jungen Nordamerikaner, die sich in diesem Herbst auf den Fundstätten einstellten, nachdem sie den Kontinent von den Küsten des Atlantik bis zu den Küsten des Pazifik durchquert hatten. Die Neuankömmlinge wurden auf vierzigtausend geschätzt, jeder von ihnen entschlossen, in Windeseile reich zu werden und triumphierend heimzukehren. Sie nannten sich »forty-niner«, ein Name, der populär wurde und auch auf diejenigen angewandt, die früher gekommen waren oder später eintrafen. Im Osten verblieben ganze Dörfer ohne Männer und wurden nur noch von Frauen und Kindern und Sträflingen bewohnt.

»Ich sehe sehr wenige Frauen bei den Minen, aber einige haben doch genug Schneid, ihre Männer in dieses Hundeleben zu begleiten. Die Kinder sterben an Epidemien oder durch Unfälle, die Frauen begraben sie, beweinen sie und arbeiten weiter von morgens bis abends, damit nicht alles, was ihnen lieb ist, in Barbarei versinkt. Sie schürzen ihre Röcke und steigen ins Wasser, um Gold zu suchen, aber einige haben entdeckt, daß fremde Wäsche waschen oder Kuchen backen und verkaufen einträglicher ist, so machen sie in einer Woche mehr Gewinn als ihre Männer, die sich in den Minen das Kreuz verbiegen, in einem Monat. Ein alleinstehender Mann zahlt gerne für ein von weiblichen Händen gebackenes Brot das Zehnfache seines Wertes, aber wenn ich als Elias Andieta das gleiche versuchte, würden sie mir nur ein paar Cents geben, Tao. Die Männer sind imstande, viele Meilen zu laufen, bloß um eine Frau von nahem zu sehen. Ein Mädchen, das sich vor einer Kneipe sonnt, wird in wenigen Minuten eine ganze Sammlung von Goldbeutelchen auf dem Schoß haben, Geschenke der Männer, die vor dem erinnerungsträchtigen Anblick eines Rockes in Verzückung geraten. – Und die Preise steigen, die Goldgräber werden immer ärmer und die Händler immer reicher. In einem Augenblick der Verzweiflung habe ich einen Dollar für ein Ei bezahlt und es roh mit einem Schuß Brandy, Salz und Pfeffer gegessen, wie Mama Fresia es mir beigebracht hat: ein unfehlbares Mittel gegen die Trostlosigkeit. Ich habe einen Jungen aus Georgia kennengelernt, einen armen Irren, aber wie mir erzählt wurde, ist er nicht immer so gewesen. Anfang des Jahres stieß er auf eine Goldader und schabte mit einem Löffel neuntausend Dollar von den Felsen, aber er verlor sie wieder an einem einzigen Abend beim Montespiel. Ach Tao, Du kannst Dir nicht vorstellen, wie sehr es mich danach verlangt, ein Bad zu nehmen, Tee zu kochen und mich mit Dir hinzusetzen und zu schwatzen! Ich würde mir so gern ein sauberes Kleid anziehen und mich mit den Ohrringen schmücken, die Miss Rose mir geschenkt hat, damit Du mich doch einmal als hübsche Frau siehst und nicht glaubst, ich bin ein Mannweib. Ich schreibe alles in mein Tagebuch, was mir begegnet, so werde ich Dir die Einzelheiten erzählen können, wenn wir uns wiedersehen, denn wenigstens das weiß ich sicher, wir werden eines Tages wieder zusammensein. Ich denke an Miss Rose, wie böse sie mit mir sein muß, aber ich kann ihr nicht schreiben, ehe ich Joaquín nicht gefunden habe, bis dahin darf niemand wissen, wo ich bin. Wenn Miss Rose wüßte, was für Dinge ich gesehen und gehört habe, würde sie tot umfallen. Dies ist das Land der Sünde, würde Mister Sommers sagen, hier gibt es weder Gesetz noch Moral, hier herrschen die Laster des Spiels, des Alkohols und der Bordelle, aber für mich ist dieses Land ein weißes Blatt, hier kann ich mein neues Leben schreiben, kann ich die werden, die ich sein möchte, niemand kennt mich außer dir, niemand kennt meine Vergangenheit, ich kann neu geboren werden. Hier gibt es nicht Herren und Diener, nur Menschen, die arbeiten. Ich habe ehemalige Sklaven gesehen, die genug Gold zusammengebracht haben, um Zeitungen, Schulen und Kirchen für die Menschen ihrer Rasse zu finanzieren, sie bekämpfen die Sklaverei von Kalifornien aus. Ich kannte einen, der hat seine Mutter freigekauft; die arme Frau kam krank und altersschwach hier an, aber jetzt verdient sie, was sie will, mit einer Garküche, hat sich einen Rancho gekauft und fährt sonntags ganz in Seide im Vierspänner zur Kirche. Weißt Du, daß viele schwarze Matrosen nicht nur des Goldes wegen von den Schiffen desertiert sind, sondern weil sie hier eine einzigartige Form der Freiheit vorfinden? Ich erinnere mich an die chinesischen Sklavinnen hinter vergitterten Fenstern, die Du mir in San Francisco gezeigt hast, ich kann sie nicht vergessen, sie tun mir in der Seele weh. Hier ist das Leben der Prostituierten auch grausam, manche begehen Selbstmord. Die Männer warten stundenlang, um die neue Lehrerin respektvoll zu begrüßen, aber die Mädchen in den Saloons behandeln sie schlecht. Weißt Du, wie sie sie nennen? Soiled doves, besudelte Täubchen. Und auch die Indianer begehen Selbstmord, Tao. Sie werden überall vertrieben, sind hungrig und verzweifelt. Keiner will sie anstellen, und dann werden sie Vagabunden geschimpft und zu Zwangsarbeiten gepreßt. Die Sheriffs bezahlen fünf Dollar für einen toten Indianer, sie bringen sie aus Sport um, und manchmal reißen sie ihnen die Kopfhaut ab. Es gibt Gringos, die diese Trophäen sammeln und zur Schau an ihre Montur hängen. Es wird Dich freuen, zu hören, daß viele Chinesen zu den Indianern gegangen sind, um mit ihnen zu leben. Sie ziehen weit fort zu den Wäldern im Norden, wo es noch eine Jagd gibt. Auf den Prärien sind nur sehr wenige Büffel übriggeblieben, wie man erzählt.«

Eliza verließ den Bärenkampf ohne Geld und sehr hungrig, sie hatte seit dem Tag zuvor nichts gegessen und schwor sich, daß sie niemals wieder mit leerem Magen ihre Ersparnisse verwetten würde. Als sie vor einiger Zeit nichts mehr gehabt hatte, was man verkaufen könnte, hatte sie zwei Tage lang nicht gewußt, wie sie überleben sollte, bis sie loszog, eine Arbeit zu suchen, und entdeckte, sich sein Brot zu verdienen war leichter, als sie gedacht hatte, auf jeden Fall der Aufgabe vorzuziehen, einen anderen dazu zu bringen, die Rechnungen zu bezahlen. »Ohne einen Mann, der sie beschützt und unterhält, ist eine Frau verloren«, hatte Miss Rose ihr eingehämmert, aber sie entdeckte, daß dem nicht immer so war. In ihrer Rolle als Elias Andieta bekam sie Arbeiten aufgetragen, die sie auch in Frauenkleidern hätte übernehmen können. Sich als Arbeiter oder Cowboy zu verdingen war unmöglich, sie verstand nicht mit einem Werkzeug oder einem Lasso umzugehen, und ihre Kräfte reichten nicht aus, Stunden um Stunden Schaufeln voller Erde zu schwingen oder einen Jungstier zu bändigen, aber es gab andere Beschäftigungen, die ihr zugänglich waren. Sie griff zur Feder, wie sie es früher so oft getan hatte. Die Idee, Briefe zu schreiben, war ein guter Rat ihres Freundes, des Postreiters. Wenn sie es nicht in einer Kneipe tun konnte, breitete sie ihre Wolldecke mitten auf einem Platz aus, stellte Tinte und Papier darauf und bot mit Ausruferstimme ihre Dienste an. Viele Goldgräber konnten kaum fließend lesen oder ihren Namen schreiben, sie hatten in ihrem Leben nicht einen Brief zustande gebracht, aber alle warteten mit stürmischer Ungeduld auf die Post, sie war schließlich die einzige Verbindung zu ihren fernen Familien. Die Dampfschiffe der *Pacific Mail* legten alle zwei Wochen mit Säcken voller Briefe in San Francisco an, und sobald sie am Horizont sichtbar wurden, liefen die Leute herbei und bauten sich in Schlangenreihe vor dem Postbüro auf. Die Angestellten brauchten zehn bis zwölf Stunden, um den Inhalt der Säcke zu sortieren, aber niemandem machte es etwas aus, den ganzen Tag zu warten. Von hier bis zu den Minen brauchten die Briefe viele weitere Wochen. Eliza bot ihre Dienste auf englisch und auf spanisch an, las die Briefe vor und beantwortete sie. Wenn dem Kunden nur zwei lakonische Sätze einfielen des Inhalts, daß er noch am Leben sei, und Grüße an die Seinen, dann fragte sie ihn geduldig aus und hängte eine blumige Geschichte dran, bis sie mindestens eine Seite voll hatte. Sie nahm zwei Dollar pro Brief unabhängig von der Länge, aber wenn sie dann gefühlvolle Sätze einflocht, die dem Mann nie im Leben eingefallen wären, bekam sie gewöhnlich noch ein gutes Trinkgeld. Manche brachten ihr Briefe, damit sie sie ihnen vorlas, und auch die schmückte sie ein wenig aus, so erhielt der arme Teufel doch den Trost einiger liebevoller Worte. Die Frauen, die des Wartens am anderen Ende des Kontinents müde waren, schrieben gewöhnlich nur Klagen, Vorwürfe oder eine Serie christlicher Ermahnungen, ohne zu bedenken, daß ihre Männer krank waren vor Einsamkeit. An einem düsteren Montag suchte der Sheriff sie auf mit dem Ansuchen, die letzten Worte eines zum Tode Verurteilten zu schreiben, eines jungen Burschen aus Wisconsin, der an diesem Morgen angeklagt worden war, ein Pferd gestohlen zu haben. Unbewegt trotz seiner knapp neunzehn Jahre diktierte er Eliza: »Liebe Mama, ich hoffe, es geht Dir gut, wenn Du diese Nachricht bekommst, und sag Bob und James, daß ich heute gehängt werde. Grüße, Theodore.« Eliza versuchte, die Botschaft ein wenig sanfter zu verpacken, um der unglücklichen Mutter einen Schlaganfall zu ersparen, aber der Sheriff sagte, für langes Gesäusel sei keine Zeit. Minuten später führten mehrere entschlossene Mitmenschen den Schuldigen auf einen freien Platz mitten im Dorf, hoben ihn mit einem Strick um den Hals auf ein Pferd, banden das andere Ende des Stricks um den Ast einer Eiche, dann gaben sie dem Pferd einen Schlag auf das Hinterteil, und Theodore hing, ohne weitere Zeremonie. Er war nicht der erste Gehängte, den Eliza sah. Diese Strafe wurde wenigstens rasch durchgezogen, aber wenn der Angeklagte von anderer Rasse war, wurde er vor der Hinrichtung gewöhnlich erst ausgepeitscht, und obwohl Eliza weit fortritt, verfolgten die Schreie des Verurteilten und das Gebrüll der Zuschauer sie noch wochenlang.

Am Tag des Bärenkampfes wollte sie eben in die Kneipe gehen und fragen, ob sie dort ihr Schreibgeschäft einrichten könne, als ein ungewöhnlicher Aufzug sie ablenkte. Gerade als das Publikum die Arena verließ, kamen durch die einzige Straße des Dorfs einige von Maultieren gezogene Wagen herauf, denen ein indianischer Junge, eine Trommel schlagend, voranging. Es waren keine gewöhnlichen Fahrzeuge, das Segeltuch der Seitenwände war kunterbunt bemalt, von der Bedachung hingen Troddeln, Pompons und chinesische Lampions, die Maultiere gingen geschmückt wie Zirkuspferde und begleitet von dem unerträglichen Gebimmel von Kupferglöckchen. Auf dem Bock des ersten Wagens saß ein massiges Weib mit gewaltigen Brüsten, in Männerkleidung und mit einer Seeräuberpfeife zwischen den Zähnen. Den zweiten Wagen lenkte ein riesiger Kerl in verschlissenen Wolfsfellen, Kopf rasiert, Ringe in den Ohrläppchen und bewaffnet, als wollte er in den Krieg ziehen. Jeder Wagen hatte noch einen zweiten im Schlepptau, in dem der Rest der Truppe saß, vier junge Frauen, aufgeputzt in grellem Samt und glitzerndem Brokat, die den verblüfft Gaffenden Kußhände zuwarfen. Aber das sprachlose Staunen dauerte nur einen Augenblick, sobald sie die Wagen erkannten, belebte eine Salve von Schreien und in die Luft abgefeuerten Schüssen den Abend.

Bisher hatten die Täubchen der Saloons unangefochten geherrscht, aber die Lage änderte sich, als sich in den neuen Dörfern die ersten Familien niederließen und die Prediger die Gewissen mit der Androhung der ewigen Verdammnis aufrüttelten. Da es an Kirchen fehlte, hielten sie ihren Gottesdienst in ebenden Saloons ab, in denen die Laster blühten.

Dann wurde für eine Stunde der Alkoholausschank eingestellt, Spielkarten wurden weggesteckt, und die unanständigen Bilder wurden umgedreht, während die Männer die Ermahnungen des Seelenhirten wegen ihrer Sünden und Ausschweifungen zu hören bekamen. An der Brüstung der Galerie darüber standen die zur Zeit unbeschäftigten Mädchen und hielten der Kopfwäsche in stoischer Ruhe stand, sie hatten ja den Trost, daß in einer Stunde alles wieder seinen normalen Lauf nehmen würde. Solange es mit dem Geschäft nicht bergab ging, machte es ihnen nicht viel aus, wenn diejenigen, die sie fürs Huren bezahlten, sie hinterher beschuldigten, daß sie Geld dafür genommen hatten, als wäre das Laster nicht auf seiten der Männer, sondern auf seiten der Versucherinnen. Zwischen den anständigen Frauen und denen vom liederlichen Leben war eine klare Grenze gezogen. Einige Täubchen, die es satt hatten, den Sheriff zu bestechen und Demütigungen hinzunehmen, packten ihre Koffer und zogen woandershin, wo sich früher oder später der ganze Ablauf wiederholte. Der Einfall, einen wandernden Dienst einzurichten, bot den Vorteil, der Verfolgung durch die Ehefrauen und die Seelsorger auszuweichen, außerdem erstreckte sich der Horizont bis in die fernsten Gegenden, wo man das Doppelte berechnen konnte. Das Geschäft gedieh bei gutem Wetter, aber nun stand der Winter vor der Tür, bald würde es schneien und die Wege würden nicht mehr zu befahren sein; dies war eine der letzten Touren der Karawane in diesem Jahr.

Die Wagen zockelten die Straße hinunter und hielten am Dorfausgang an, begleitet von einer Prozession Männer, die sich nach genossenem Alkohol plus Bärenkampf höchst draufgängerisch fühlten. Eliza ging hinterher, um diese neue Erscheinung von nahem zu sehen. Sie begriff, daß es ihr heute an Kunden für ihr Briefschreibegeschäft fehlen werde, sie mußte eine andere Form finden, um sich ihr Essen zu verdienen. Unter dem wolkenlosen Himmel boten sich mehrere Freiwillige an, die Maultiere auszuspannen und ein jämmerlich verschrammtes Klavier herunterzuheben, das sie auf dem Gras abstellten nach den Anweisungen von Madame, die alle unter dem sinnreichen Namen Joe Bonecrusher kannten. Im Nu räumten sie ein Stück Erdboden frei, stellten Tische auf, und da erschienen auch schon wie von Zauberhand Flaschen mit Rum und Bilder von nackten Frauen, dazu zwei Kisten mit Büchern in billigen Ausgaben, angekündigt als »Schlafzimmerromane mit den heißesten Szenen aus Frankreich«. Sie wurden zu zehn Dollar das Stück verkauft, ein lächerlicher Preis, denn mit ihnen konnten sie sich erregen, sooft sie wollten, und sie auch noch ihren Freunden leihen, sie waren viel rentabler als eine wirkliche Frau, erklärte die Bonecrusher, und zum Beweis las sie einen Abschnitt vor, dem das Publikum in Totenstille lauschte, als wäre es eine prophetische Offenbarung. Erst nach einer Andachtspause brach ein Chor von Gelächter und dreckigen Witzen los, und nach wenigen Minuten war kein einziges Buch in den Kisten zurückgeblieben. Inzwischen war der Abend gekommen, und sie mußten das Fest mit Fackeln beleuchten. Die Madame gab den exorbitanten Preis der Flaschen Rum bekannt, aber mit den Mädchen tanzen kostete ein Viertel davon. »Gibt's hier einen, der auf dem verdammten Klavier spielen kann?« fragte sie. Da ging Eliza, der der Magen knurrte, ohne zweimal nachzudenken zu dem verstimmten Klavier, setzte sich davor und rief Miss Rose an. Sie hatte seit zehn Monaten nicht mehr gespielt, und ein gutes Gehör hatte sie auch nicht, aber das jahrelange Üben mit dem Metallstab am Rükken und die Rutenstreiche ihres belgischen Lehrers auf die Hand kamen ihr zur Hilfe. Sie begann mit einem der pikanten Lieder, die Miss Rose und ihr Bruder, der Kapitän, im Duett gesungen hatten in jenen unschuldigen Zeiten der musikalischen Abendgesellschaften, bevor das Schicksal zugeschlagen und ihr Leben auf den Kopf gestellt hatte. Erstaunt merkte sie, wie gut ihr unbeholfenes Spiel aufgenommen wurde. In weniger als drei Minuten war eine Fiedel zur Hand, um sie zu begleiten, und nun ging der Tanz richtig los, und die Männer rissen sich um die vier Frauen, um mit ihnen auf dem improvisierten Tanzboden herumzuschieben und zu hopsen. Der Riese mit den Wolfsfellen nahm Eliza den Sombrero ab und stellte ihn umgekehrt auf das Klavier mit einer so entschlossenen Bewegung, daß keiner wagte, ihn zu übersehen, und er sich bald mit Trinkgeld füllte.

Einer der Wagen diente als Büro und Schlafzimmer von Madame und ihrem Adoptivsohn, dem Kind mit der Trommel, in dem andern reisten zusammengepfercht die jungen Frauen, und die Anhänger waren in je zwei Schlafzimmer verwandelt worden. Jedes war mit bunten Tüchern ausgekleidet und enthielt ein Feldbett mit vier Pfosten und einem Baldachin, an dem ein Moskitonetz hing, ferner einen Spiegel mit vergoldetem Rahmen, eine Waschvorrichtung und ein Becken aus Steingut, persische Läufer, verblichen und mit ein paar Mottenlöchern verziert, aber immer noch ansehnlich, und gut bestückte Kerzenhalter zur Beleuchtung. Diese

Theaterdekoration animierte die Kunden, verdeckte den Reisestaub und den Lärm bei Benutzung. Während zwei der Frauen zur Musik tanzten, betrieben die beiden anderen in aller Eile ihr Geschäft in den Anhängern. Die Madame, die die Karten mit Hexenfingern handhabte, vernachlässigte weder die Spieltische noch die Pflicht, den Preis für die Dienste ihrer Täubchen im voraus zu kassieren, Rum zu verkaufen und die Festivität anzuheizen, und immer mit der Pfeife zwischen den Zähnen. Eliza spielte die Lieder, die sie in Erinnerung hatte, und als ihr das Repertoire ausging, fing sie mit dem ersten wieder an, ohne daß einer die Wiederholung bemerkte, bis sich ihre Augen vor Erschöpfung trübten. Als der Koloß sie schwanken sah, kündigte er eine Pause an, sammelte das Geld aus dem Sombrero und steckte es ihr in die Taschen, dann nahm er sie unter den Arm und trug sie praktisch zu dem ersten Wagen, wo er ihr ein Glas Rum in die Hand drücken wollte. Sie wehrte mit einer kraftlosen Bewegung ab, Rum auf nüchternen Magen wäre einem Knüppelhieb direkt ins Genick gleichgekommen; da kramte er in dem Durcheinander von Kisten und Töpfen und förderte ein Brot mit ein paar Zwiebelringen zutage, auf das sie sich zitternd stürzte. Als sie es verschlungen hatte, hob sie den Blick und sah den Riesen mit den Wolfsfellen an, der sie aus furchterregender Höhe herab musterte. Ein kindliches Lächeln mit den weißesten und ebenmäßigsten Zähnen der Welt erhellte sein Gesicht.

»Du hast ein Gesicht wie eine Frau«, sagte er, und sie zuckte zusammen.

»Ich heiße Elias Andieta«, entgegnete sie und hob die Hand zu ihrer Pistole, als wäre sie bereit, ihren Namen auf Männerart mit Schüssen zu verteidigen.

»Ich bin Babalú, der Böse.«

»Gibt's auch einen guten Babalú?«

»Gab es.«

»Was ist mit ihm passiert?«

»Er ist mit mir zusammengetroffen. Woher kommst du, Junge?«

»Aus Chile. Ich suche meinen Bruder. Haben Sie vielleicht etwas von einem Joaquín Andieta gehört?«

»Ich hab von niemandem gehört. Aber wenn dein Bruder die Eier am rechten Fleck hat, wird er uns früher oder später besuchen. Jeder kennt die Mädchen von Joe Bonecrusher.«

Geschäfte

Kapitän John Sommers ankerte die »Fortuna« in der Bucht von San Francisco in ausreichender Entfernung vom Ufer, damit nicht einmal ein Wagehals auf den kühnen Gedanken kam, ins Wasser zu springen und an Land zu schwimmen. Er hatte die Mannschaft gewarnt, das kalte Wasser und die Strömungen würden jeden in weniger als zwanzig Minuten erledigen, wenn es nicht die Haie schon früher besorgten. Es war seine zweite Reise mit dem Eis, und er fühlte sich jetzt sicherer. Bevor sie in den engen Golden-Gate-Kanal einfuhren, ließ er mehrere Fässer mit Rum öffnen, verteilte ihn großzügig unter den Matrosen, und als sie betrunken waren, zog er zwei Pistolen und befahl ihnen, sich mit dem Gesicht nach unten aufs Deck zu legen. Der Erste Offizier fesselte sie mit Fußeisen zur Bestürzung der Passagiere, die in Valparaíso an Bord gekommen waren und die Szene vom Oberdeck aus mit ansahen und sich fragten, was zum Teufel da vor sich ging.

Inzwischen hatten die Brüder Rodríguez de Santa Cruz eine Bootsflottille vom Kai losgeschickt, um die Passagiere und die kostbare Fracht des Dampfschiffes an Land zu schaffen. Die Matrosen würden befreit werden, sobald sie zur Heimfahrt den Anker einholen mußten und nachdem sie noch mehr Alkohol bekommen hätten und einen Bonus in echten Gold- und Silbermünzen, der das Doppelte ihrer Heuer betragen würde. Das entschädigte sie zwar nicht dafür, daß sie nun nicht landeinwärts auf Goldsuche verschwinden konnten, wie die meisten geplant hatten, aber es war doch ein kleiner Trost. Die gleiche Methode hatte John Sommers auf der ersten Reise angewandt, und mit glänzendem Resultat; er konnte sich rühmen, eines der wenigen Handelsschiffe zu führen, die nicht im Goldrausch verlassen worden waren. Keiner wagte es, diesem englischen Piraten Trotz zu bieten, diesem Sohn einer Hure und Francis Drakes, wie sie ihn nannten, denn keiner hatte den geringsten Zweifel, daß er imstande wäre, seine Pistolen gegen jeden abzufeuern, der sich gegen ihn erhob.

Auf den Kais von San Francisco stapelten sich die Waren, die Paulina aus Valparaíso geliefert hatte: frische Eier und frischer Käse, Gemüse und Früchte vom chilenischen Sommer, Butter, Apfelwein, Fische und Meeresfrüchte, Wurst von bester Qualität, Rindfleisch und alle Arten Geflügel, kochfertig gefüllt und gewürzt. Paulina hatte bei den Nonnen ländliche Karamel- und Blätterteigkuchen bestellt sowie die beliebtesten Gerichte der einheimischen Küche, die gefroren in ihren Höhlen aus blauem Eis reisten. Die erste Sendung wurde in weniger als drei Tagen mit so unglaublichem Nutzen losgeschlagen, daß die Brüder ihre übrigen Geschäfte aufschoben, um sich auf das Eiswunder zu konzentrieren. Die äußere Abdeckung war während der Fahrt langsam geschmolzen, aber es war noch viel Eis übriggeblieben, und der Kapitän gedachte es auf dem Rückweg zu Wucherpreisen in Panama zu verkaufen. Den alles übertreffenden Erfolg der ersten Reise zu verheimlichen war unmöglich, und die Nachricht, daß da ein paar Chilenen mit Brocken von einem Gletscher an Bord übers Meer fuhren, breitete sich aus wie ein Lauffeuer, und sehr schnell bildeten sich Handelsgesellschaften, die das gleiche mit den Eisbergen von Alaska machen wollten. Aber das war schwerer als gedacht, es stellte sich nämlich als unmöglich heraus, dafür eine Mannschaft zusammenzubekommen noch gar frische Waren, die mit den aus Chile günstig herbeigeschafften wetteifern konnten, und Paulina konnte ihr Geschäft ohne Rivalen im großen Stil weiter betreiben, wozu sie bereits ein zweites Dampfschiff gekauft hatte, um das Unternehmen auszuweiten.

Auch Kapitän Sommers' Kisten mit erotischen

Büchern leerten sich im Handumdrehen, aber unter dem Mantel der Diskretion und ohne durch die Hände der Brüder Rodríguez de Santa Cruz zu gehen. Der Kapitän mußte um jeden Preis verhindern, daß sich tugendhafte Stimmen erhoben, wie es in so manchen Städten geschehen war, wo die Zensurbehörde sie als unmoralisch beschlagnahmt hatte oder sogar auf öffentlichen Scheiterhaufen verbrennen ließ. In Europa waren sie heimlich in Luxusausgaben unter Sammlern und Herren der besten Kreise in Umlauf, aber die größten Gewinne erzielte man mit Billigausgaben für den allgemeinen Bedarf. Die Bücher wurden in England gedruckt, wo sie unter der Hand für ein paar Shilling verkauft wurden, aber in Kalifornien brachten sie dem Kapitän das Fünfzigfache. Als er merkte, daß die Bände mit den suggestivsten Umschlagbildern Anklang auch bei den Goldgräbern fanden, die sonst nichts Gedrucktes außer Zeitungsüberschriften zur Kenntnis nahmen, ließ er in London Ausgaben mit vulgären, aber eindeutigen Illustrationen drucken.

An diesem Abend saß John Sommers im Salon des besten Hotels von San Francisco und speiste mit den Brüdern Rodríguez de Santa Cruz, die in kurzer Zeit ihr Aussehen als Angehörige der guten Gesellschaft wieder angenommen hatten. Nichts war geblieben von den zottigen Gebirglern, die vor Monaten Gold suchten. Das Glück lag genau hier, in sauberen Geschäften, die sie in den weichen Sesseln des Hotels mit einem Glas Whisky in der Hand abschließen konnten wie zivilisierte Menschen und nicht wie grobe Lümmel, sagten sie. Zu den fünf chilenischen Bergleuten, die sie Ende 1848 mitgebracht hatten, waren achtzig Landarbeiter hinzugekommen, bescheidene, unterwürfige Leute, die nichts von Bergbau verstanden, aber schnell lernten, Anweisungen befolgten und nicht meuterten. Die Brüder ließen sie an den Ufern des American River unter loyalen Aufsehern arbeiten, während sie selbst sich mit dem Transport und dem Geschäft befaßten. Sie hatten zwei Flußschiffe für die Überfahrt von San Francisco nach Sacramento gekauft und zweihundert Maultiere, die die Ware zu den Fundstätten brachten, wo sie direkt verkauft wurde, ohne erst durch die Läden zu gehen. Der entflohene Sklave, der früher den Leibwächter gespielt hatte, war, wie sich herausstellte, ein Zahlen-As und machte jetzt die Buchführung, ging, auch er, gekleidet wie ein richtiger Herr, ein Glas und eine Zigarre in der Hand, zum Mißvergnügen der Gringos, die seine Farbe kaum ertragen konnten, denen aber nichts anderes übrigblieb, als mit ihm zu verhandeln.

»Ihre Gattin läßt Ihnen sagen, daß sie auf der nächsten Fahrt der ›Fortuna‹ mitkommt einschließlich der Kinder, der Dienstmädchen und des Hundes. Sie sagt, Sie möchten sich schon mal Gedanken machen, wo sie sich einrichten kann, denn sie denke nicht daran, in einem Hotel zu wohnen«, teilte der Kapitän Feliciano Rodríguez de Santa Cruz mit.

»Was für eine wahnwitzige Idee! Das Goldfieber wird schon bald ein Ende haben, und dann wird diese Stadt wieder das jämmerliche Nest sein, das es vor zwei Jahren war. Es gibt bereits Anzeichen, daß die Adern allmählich erschöpft sind, mit diesen Funden von Nuggets groß wie Felsbrocken ist Schluß. Und wen wird Kalifornien noch interessieren, wenn alles vorbei ist?«

»Als ich das erste Mal herkam, glich das hier einem Räuberlager, aber es hat sich zu einer richtigen Stadt gemausert. Offen gesagt, ich glaube nicht, daß sie so einfach wieder verschwindet, sie ist die Tür des Westens zum Pazifik.«

»Das sagt Paulina in ihrem Brief auch ...«

»Folg dem Rat deiner Frau, Feliciano, denk dran, sie hat den rechten Spürsinn«, unterbrach ihn sein Bruder.

»Außerdem gibt es nichts, was sie aufhalten könnte. Bei meiner nächsten Fahrt wird sie dabeisein.

Wir sollten nicht vergessen, daß sie die Besitzerin der ›Fortuna‹ ist«, fügte der Kapitän lächelnd hinzu.

Sie aßen frische Pazifikaustern, eine der wenigen gastronomischen Luxusleckerbissen von San Francisco, mit Mandeln gefüllte Täubchen und kandierte Birnen aus Paulinas Sendung, die das Hotel sofort aufgekauft hatte. Auch der Rotwein kam aus Chile und der Champagner aus Frankreich. Die Nachricht von der Ankunft der Chilenen mit dem Eis hatte sich herumgesprochen, und alle Restaurants und Hotels der Stadt füllten sich mit Gästen, die begierig waren, sich an den frischen Delikatessen gütlich zu tun, solange es noch davon gab. Die drei Herren zündeten sich gerade die Zigarren zum Kaffee und zum Brandy an, als jemand John Sommers so kräftig auf die Schulter klopfte, daß ihm fast das Glas aus der Hand gerutscht wäre. Er drehte sich um, und da stand vor ihm Jacob Todd, den er über drei Jahre nicht mehr gesehen hatte, seit er ihn in England ausgeschifft hatte. Todd war der letzte, den zu sehen er erwartet hätte, und im ersten Augenblick erkannte er ihn nicht, denn der falsche Missionar von damals sah aus wie die Karikatur eines Yankees. Er hatte Gewicht und Haare verloren, ein langer Backenbart rahmte sein Gesicht ein, er trug einen karierten, für seinen Umfang ein wenig zu engen Anzug, Stiefel aus Schlangenleder und einen unpassenden weißen Virginiahut, und aus den vier Taschen seines Jacketts guckten Bleistifte, Notizbücher und Zeitungsblätter. Sie umarmten sich wie alte Kameraden. Jacob Todd lebte seit fünf Monaten in San Francisco und schrieb Presseartikel über das Goldfieber, die regelmäßig in England und auch in Boston und New York gedruckt wurden. Er war hier gelandet dank der großzügigen Vermittlung durch Feliciano Rodríguez de Santa Cruz, der fühlte, daß er dem Engländer noch etwas schuldig war. Als guter Chilene vergaß er nie eine Gefälligkeit – eine Beleidigung auch nicht –, und als er von Todds Nöten in England erfuhr, schickte er ihm Geld, die Passage und ein paar Zeilen, die besagten, bis Kalifornien sei die weiteste Strecke, die man fortgehen könne, bevor man anfange, auf der anderen Seite zurückzukommen. 1846 war Jacob Todd von Kapitän John Sommers' Schiff gestiegen als mittelloser Mann, aber mit neugewonnener Gesundheit und voller Energie, entschlossen, den peinlichen Vorfall in Valparaíso zu vergessen und sich mit Leib und Seele der Aufgabe zu widmen, in seinem Land die utopische Gemeinschaft zu gründen, von der er schon so lange träumte. Sein dickes Notizbuch voller Aufzeichnungen, das schon ganz abgeschabt war vom vielen Gebrauch und vergilbt von der Seeluft, trug er immer bei sich. Er hatte noch die kleinste Einzelheit dieser Gemeinschaft gründlich durchdacht und geplant und war sicher, daß viele junge Leute – die alten interessierten ihn nicht – ihre öden Existenzen aufgeben würden, um sich der idealen Bruderschaft freier Männer und Frauen anzuschließen in einem System absoluter Gleichheit, ohne Obrigkeit, Polizisten und Religion. Die möglichen Kandidaten für das Experiment erwiesen sich als sehr viel begriffsstutziger, als er sich vorgestellt hatte, aber nach ein paar Monaten hatte er doch zwei oder drei so weit überzeugt, daß sie bereit waren, es zu versuchen. Nun fehlte nur noch ein Mäzen, der das kostspielige Projekt finanzieren würde, sie brauchten ein weitläufiges Stück Land, denn die Gemeinschaft wollte fern von den Verirrungen der Welt leben, deshalb mußten die Mitglieder alle Bedürfnisse selbst befriedigen können. Todd hatte gerade Gespräche mit einem etwas spleenigen Lord eingefädelt, der in Irland über riesigen Grundbesitz verfügte, als das Gerücht von dem Skandal in Valparaíso ihn in London einholte und ihn verfolgte wie ein Bluthund, ohne Atempause. Auch dort schlossen sich vor ihm die Türen, er verlor seine Freunde, von seinen Jüngern und dem Lord wurde er abgewiesen, und sein Traum von Utopia war beim Teufel. Einmal mehr versuchte Jacob Todd Trost im Alkohol zu finden, und wieder versank er in bösen Erinnerungen. Er lebte wie eine Ratte in einer erbärmlichen Pension, als die rettende Botschaft seines Freundes ihn erreichte. Er überlegte nicht zweimal. Er änderte seinen Nachnamen und schiffte sich ein mit Richtung auf die Vereinigten Staaten, wo er ein funkelnagelneues Leben beginnen würde. Sein einziges Ziel war es jetzt, anonym zu bleiben und Gras über die Sache wachsen zu lassen, bis sich die Möglichkeit ergab, seinen idyllischen Plan wieder aufleben zu lassen. Das Vordringlichste würde sein, eine Anstellung zu finden; seine Einkünfte aus Familienvermögen waren beträchtlich zurückgegangen, und die glorreichen Zeiten des Müßiggangs näherten sich ihrem Ende. Als er in New York ankam, bot er sich bei zwei Zeitungen als Kalifornienkorrespondent an, und dann machte er die Reise in den Westen über den Isthmus von Panama, weil er nicht den Mut hatte, durch die Magalhãesstraße zu fahren und wieder den Boden von Valparaíso zu betreten, wo seine Schmach ihm ins Gesicht blicken und die schöne Miss Rose wieder seinen befleckten Namen hören würde. In Kalifornien half ihm sein Freund Feliciano Rodríguez de Santa Cruz unterzukommen und verschaffte ihm eine Anstellung bei der seriösesten Zeitung San Franciscos. Jacob Todd, nun Jacob Freemont, begann das erste Mal in seinem Leben zu arbeiten und entdeckte fast ungläubig, daß es ihm Spaß machte. Er bereiste die Region und schrieb über alles, was seine Aufmerksamkeit fesselte, über die aus allen Ecken und Winkeln des Planeten kommenden Einwanderer, über die hemmungslose Geschäftemacherei der Händler, über die Schnelljustiz der Goldgräber und über die Massaker an den Indianern. Eine seiner Reportagen hätte ihn fast das Leben gekostet. Er schilderte mit einigen euphemistischen Umschreibungen, aber doch in aller Deutlichkeit, wie manche Spielhöllen mit markierten Würfeln, gezinkten Karten, verfälschtem Alkohol, Drogen, Prostitution arbeiteten, und berichtete über die Praxis, Frauen mit Alkohol zu betäuben, bis sie ohnmächtig waren, und dann für einen Dollar das Recht zu verkaufen, sie von so vielen Männern zu vergewaltigen, wie an dem Vergnügen teilnehmen mochten. »Das alles wird von ebenden Behörden geschützt, die solche Laster bekämpfen sollen«, schrieb er zum Schluß. Die Gangster, der Polizeichef und die politische Spitze von San Francisco fielen wie ein Mann über ihn her, und er mußte sich für zwei Monate in Luft auflösen, bis die Gemüter wieder abgekühlt waren. Trotz dieses Zwischenfalls erschienen seine Artikel regelmäßig, und seine Stimme wurde mehr und mehr respektiert. Wie er zu seinem Freund John Sommers sagte: »Such die Anonymität, und du findest die Berühmtheit.«

Am Ende der Mahlzeit lud Jacob Freemont seine Freunde zur Vorstellung des Tages ein: eine Chinesin, die man ansehen, aber nicht anrühren durfte. Sie hieß Ah Toy und hatte sich mit ihrem Mann auf einem Klipper eingeschifft; der Mann, ein Kaufmann vorgeschrittenen Alters aus Hongkong, starb geschmackvollerweise auf hoher See und ließ sie frei. Sie verlor keine Zeit mit Witwenklagen, und um den Rest der Fahrt etwas zu beleben, wurde sie die Geliebte des Kapitäns, der sich als großzügiger Mann erwies. Als sie in San Francisco an Land ging, die Nase hoch in der Luft, bemerkte sie die lüsternen Blicke, die ihr folgten, und hatte den glänzenden Einfall, dafür zu kassieren. Sie mietete zwei Zimmer, ließ Löcher in die Verbindungswand bohren und verkaufte gegen eine Unze Gold das Vorrecht, sie anzuschauen. Die Freunde folgten Jacob Freemont gutgelaunt, und für ein paar Dollar Schmiergeld durften sie aus der Schlange ausscheren und unter den ersten eintreten. Sie gelangten in ein schmales Zimmer voller Tabakrauch, in dem sich ein Dutzend Männer drängte, die Nasen an die Wand geklebt. Das Freundesquartett blickte durch die unbequemen Gucklöcher, wobei sie sich wie Schuljungen vorkamen, und sahen im anderen Zimmer eine schöne junge Frau in einem Kimono aus Seide, der von der Taille bis zu den Füßen offenstand. Darunter war sie nackt. Die Zuschauer stöhnten bei jeder ihrer schmachtenden Bewegungen, die immer einen anderen Teil ihres lieblichen Körpers enthüllte. John Sommers und die Brüder Rodríguez de Santa Cruz bogen sich vor Lachen, sie konnten einfach nicht glauben, daß das Bedürfnis nach Frauen solche Blüten trieb. Darauf trennten sie sich, und der Kapitän trank mit dem Zeitungsmann noch ein letztes Glas. Nachdem er Jacobs Geschichten von Reisen und Abenteuern zugehört hatte, beschloß er, sich ihm anzuvertrauen.

»Erinnern Sie sich an Eliza, das Mädchen, das bei meinen Geschwistern in Valparaíso lebte?«

»Sehr gut sogar.«

»Sie ist vor nun fast einem Jahr ausgerissen, und ich habe gute Gründe anzunehmen, daß sie in Kalifornien ist. Ich habe gesucht, aber niemand hat von ihr gehört oder von jemandem, auf den die Beschreibung paßt.«

»Die einzigen Frauen, die allein hier ankommen, sind Prostituierte.«

»Ich weiß nicht, wie sie hergekommen ist, falls sie es denn getan hat. Sicher wissen wir jedenfalls, daß sie auf der Suche nach ihrem Liebsten ist, einem jungen Chilenen namens Joaquín Andieta ...«

»Joaquín Andieta! Den kenne ich, er war mein Freund in Chile.«

»Er ist ein Flüchtling vor der Justiz. Er ist des Diebstahls angeklagt.«

»Das glaube ich nicht. Andieta ist ein sehr edel denkender junger Mann. In Wirklichkeit hat er soviel Stolz und Ehrgefühl, daß es schwierig für mich war, ihm näherzukommen. Und Sie sagen mir, Eliza und er sind ein Liebespaar?«

»Ich weiß nur, daß er sich im Dezember 1848 nach Kalifornien eingeschifft hat. Zwei Monate später verschwand das Mädchen. Meine Schwester glaubt, sie ist Andieta gefolgt, obwohl ich mir nicht vorstellen kann, wie sie das angestellt hat, ohne eine Spur zu hinterlassen. Wenn Sie durch die Camps und Dörfer im Norden kommen, vielleicht finden Sie etwas heraus ...«

»Ich werde tun, was ich kann, Kapitän.«

»Meine Geschwister und ich werden Ihnen ewig dankbar sein, Jacob.«

Eliza blieb bei der Karawane von Joe Bonecrusher, wo sie Klavier spielte und sich das Trinkgeld zur Hälfte mit Madame teilte. Sie kaufte ein Liederbuch mit populären amerikanischen und eins mit lateinamerikanischen Weisen, um die abendlichen Tanzvergnügen zu bereichern, und in den Stunden, in denen sie nicht am Klavier saß, lehrte sie den Indianerjungen lesen, half bei den vielfältigen täglichen Arbeiten und kochte. Und wie jeder aus der Truppe sagte: so gut hatten sie noch nie gegessen. Aus altgewohntem Trockenfleisch, Bohnen und Speck bereitete sie schmackhafte Gerichte zu, wie sie ihr der Augenblick eingab; sie kaufte mexikanische Gewürze und fügte sie den chilenischen Rezepten Mama Fresias hinzu, mit köstlichen Ergebnissen; sie backte Torten ohne mehr Zutaten als Zucker, Fett, Mehl und eingemachte Früchte, aber wenn sie Eier und Milch ergattern konnte, erhob sich ihre Inspiration zu himmlischen gastronomischen Gipfeln. Babalú der Böse hielt gar nichts davon, daß Männer kochten, aber er war der erste, der die Festmahle des jungen Klavierspielers hinunterschlang, wobei er sich entschlossen jeder sarkastischen Bemerkung enthielt. Der Riese war es gewohnt, die Nacht hindurch Wache zu halten, und schlief sich dafür tagsüber gründlich aus, aber kaum erreichte der prickelnde Geruch aus den Kasserollen seinen Nasenkolben, wachte er sofort auf und postierte sich in der Nähe der Küche, um ja nichts zu verpassen. Er war mit einem unstillbaren Appetit geschlagen, und jede Haushaltskasse wäre überfordert gewesen, seinen eindrucksvollen Bauch zu füllen. Bevor der Chilenito kam, wie sie den falschen Elias Andieta nannten, hatte seine Hauptnahrung aus Tieren bestanden, die er erlegte, der Länge nach aufschnitt, mit einer Handvoll grobem Salz würzte und auf die Glut packte, bis sie fast verkohlt waren. So konnte er einen Hirsch binnen zwei Tagen vertilgen. Seit er die Küche des Klavierspielers kannte, verfeinerte sich sein Geschmack, er ging jeden Tag auf die Jagd, wählte die schmackhafteste Beute aus und lieferte sie gesäubert und gehäutet ab.

Wenn sie unterwegs waren, ritt Eliza auf ihrem robusten Gaul, der trotz seines kläglichen Aussehens soviel Feuer hatte wie ein Vollbluthengst, an der Spitze der Karawane, das nutzlose Gewehr quer in das Geschirr gesteckt und den Trommelknaben hinter sich auf der Kruppe des Pferdes. Sie fühlte sich so wohl in Männersachen, daß sie sich fragte, ob sie je wohl wieder Lust haben würde, sich als Frau zu kleiden. Eins aber wußte sie genau: sie würde nie wieder ein Korsett anziehen, nicht einmal am Tag ihrer Hochzeit mit Joaquín. Wenn sie an einen Fluß kamen, nutzten die Frauen das aus, um Trinkwasser in Fäßchen abzufüllen, Wäsche zu waschen und zu baden; dies waren für Eliza die schwierigsten Zeiten, sie mußte jedesmal weiter hergeholte Ausreden erfinden, um sich ohne Zeugen zu säubern.

Joe Bonecrusher war eine stämmige Holländerin aus Pennsylvania, die ihre Bestimmung in den Weiten des Westens gefunden hatte. Sie hatte Talent für Zauberkunststückchen mit Karten und Würfeln, Mogelei beim Spiel begeisterte sie. So hatte sie sich den Unterhalt mit Wetten verdient, bis sie auf den Einfall kam, das Geschäft mit den Mädchen aufzuziehen und die Mutterader mit ihren »Goldeselchen abzugrasen«, wie sie diese praktische Form der Mineralgewinnung nannte. Sie war sicher, daß der junge Klavierspieler homosexuell war, und deswegen brachte sie ihm eine Zuneigung entgegen ähnlich der, die sie für den kleinen Indianer fühlte. Sie erlaubte nicht, daß die Mädchen ihn verspotteten oder Babalú ihn mit einschlägigen Spitznamen bedachte: der arme Junge konnte doch nichts dafür, daß er ohne Barthaare und mit diesem zarten Äußeren geboren war, genauso wie es nicht ihre Schuld war, als Mann im – allerdings mächtigen – Körper einer Frau zur Welt gekommen zu sein. Das waren so Späße, wie sie dem lieben Gott einfielen, bloß um einen zu plagen. Den Jungen hatte sie für dreißig Dollar ein paar herumziehenden Yankees abgekauft, die den übrigen Stamm zusammengeschossen hatten. Er war damals vier oder fünf Jahre alt und nur noch ein Skelett mit dem Bauch voller Würmer, aber nach wenigen Monaten, in denen sie ihn mit Gewalt gefüttert und seine Wutanfälle gebändigt hatte, damit er nicht alles zerstörte, was ihm in die Hände fiel, oder den Kopf gegen die Wagenräder schlug, da war der Kleine schon eine Handbreit größer geworden, und seine Kriegernatur kam zum Vorschein: er war standhaft, verschlossen und geduldig. Sie nannte ihn Tom No Tribe, damit er seine Pflicht zur Rache nicht vergaß. »Der Name ist mit dem Sein untrennbar verbunden«, sagten die Indianer, und Joe dachte ebenso, deshalb hatte sie auch ihren eigenen Nachnamen erfunden.

Die Täubchen der Karawane waren: zwei Schwestern aus Missouri, die die lange Reise über Land gemacht und unterwegs ihre Familien verloren hatten; Esther, eine Achtzehnjährige, die ihrem Vater ausgerissen war, einem religiösen Fanatiker, von dem sie ständig Prügel bezogen hatte; und eine schöne Mexikanerin, Tochter eines Gringos und einer Indianerin, die als Weiße galt und vier französische Sätze gelernt hatte, um die Ahnungslosen zu täuschen, denn dem Volksmythos zufolge waren die Französinnen die erfahrensten Liebhaberinnen. Die vier Frauen dankten dem Schicksal, daß es sie mit Joe Bonecrusher zusammengeführt hatte. Esther war die einzige ohne jede Erfahrung, die drei andern hatten schon in San Francisco gearbeitet und kannten das harte Prostituiertenleben. Sie waren nicht in die Salons der besseren Klasse gelangt, sie kannten Schläge, Krankheiten, Drogen und die Bösartigkeit der Zuhälter, hatten sich zahlreiche Infektionen zugezogen, Roßkuren ertragen und so viel Aborte gehabt, daß sie unfruchtbar geworden waren, was sie aber keineswegs beklagten, sie betrachteten es als Segen. Aus dieser Welt voller Gemeinheiten hatte Joe sie gerettet und mitgenommen, weit fort von San Francisco. Dann hatte sie ihnen in der langen Qual der Enthaltsamkeit beigestanden, um ihnen die Sucht nach Opium und Alkohol zu nehmen. Die Frauen vergalten es ihr mit töchterlicher Anhänglichkeit, weil sie sie gerecht behandelte und sie nicht ausplünderte. Die furchteinflößende Gegenwart Babalús entmutigte gewalttätige Kunden und hielt ihnen widerliche Betrunkene vom Hals, sie bekamen gut zu essen, und die fahrenden Wagen empfanden sie als anregend für Gesundheit und Gemüt. In diesen unendlichen Bergen und Wäldern fühlten sie sich frei. Nichts war leicht oder romantisch in ihrem Leben, aber sie hatten ein wenig Geld gespart und hätten gehen können, wenn sie das wollten, dennoch blieben sie, weil sie mit dieser kleinen Gruppe Menschen etwas hatten, was einer Familie am nächsten kam.

Auch Joe Bonecrushers Mädchen waren überzeugt, daß der junge Elias Andieta mit dieser schmächtigen Figur und der Flötenstimme ein warmer Bruder war. Deshalb konnten sie sich vor ihm in aller Ruhe ausziehen, sich waschen und über alles reden, als gehörte er zu ihnen. Sie akzeptierten Eliza so selbstverständlich, daß sie oft ihre Männerrolle vergaß, auch wenn Babalú es übernommen hatte, sie daran zu erinnern. Er hatte es sich zur Aufgabe gesetzt, aus diesem Angsthasen einen richtigen Kerl zu machen, beobachtete ihn ständig und war immer darauf aus, ihn zurechtzuweisen, etwa, wenn er sich mit geschlossenen Beinen hinsetzte oder mit einer ganz und gar nicht männlichen Bewegung die kurze Mähne schüttelte. Er lehrte ihn, seine Waffen zu reinigen und einzufetten, verlor aber die Geduld, als er versuchte, ihm das Zielen beizubringen: jedesmal, wenn sein Schüler den Hahn durchzog, machte er die Augen zu. Elias Andietas Bibel beeindruckte ihn nicht, im Gegenteil, er argwöhnte, der Junge benutze sie, um seine Zimperlichkeit zu rechtfertigen, und er fand, wenn der Bengel kein verdammter Prediger werden wollte, warum zum Teufel mußte er dann so dämliches Zeug lesen, er sollte sich lieber mit den schweinischen Büchern befassen, da würden ihm schon ein paar Männergedanken kommen. Er selbst konnte gerade mal eben seinen Namen schreiben, und lesen machte ihm gräßliche Mühe, aber das hätte er nicht ums Verrecken zugegeben. Er sagte, seine Augen seien so schlecht geworden und er könne die Buchstaben nicht richtig sehen, dabei konnte er einem verängstigten Hasen aus hundert Meter Entfernung genau zwischen die Augen schießen. Er gewöhnte sich an, den Chilenito zu bitten, ihm die veralteten Zeitungen und Bonecrushers erotische Bücher vorzulesen, nicht so sehr der unanständigen Stellen halber, als vielmehr wegen der Liebesromanze, die ihn immer mächtig rührte. Es handelte sich immer und unabänderlich um glühende Liebe zwischen einem Angehörigen des europäischen Adels und einer Plebejerin oder manchmal umgekehrt um eine aristokratische Dame, die den Verstand verlor um eines ungebildeten, aber ehrenhaften und stolzen Mannes willen. In diesen Erzählungen waren die Frauen immer bildschön und die

Liebhaber unermüdlich in ihrer Glut. Zwar gab es auch hier eine ununterbrochene Folge von Orgien, aber im Unterschied zu anderen pornographischen Geschichtchen zu zehn Cents, die hier und dort verkauft wurden, hatten diese einen Inhalt. Eliza las sie laut vor, ohne Überraschung zu zeigen, als käme sie gerade aus den schlimmsten Lasterhöhlen zurück, während um sie herum Babalú und drei der Täubchen atemlos staunend zuhörten. Esther nahm an diesen Sitzungen nicht teil, denn sie hielt es für eine größere Sünde, diese Handlungen zu beschreiben, als sie zu begehen. Elizas Ohren brannten, aber sie mußte doch die unerwartete Eleganz anerkennen, mit der diese Schweinereien geschrieben waren: einige Sätze erinnerten sie an den makellosen Stil von Miss Rose. Joe Bonecrusher, die die fleischliche Leidenschaft in keiner ihrer Formen auch nur im geringsten interessierte, weshalb diese Lesungen sie auch nur langweilten, achtete vor allem darauf, daß nicht ein Wort von alldem die unschuldigen Ohren von Tom No Tribe verletzte. »Ich erziehe ihn zum Indianerhäuptling, nicht zum Zuhälter«, sagte sie, und in ihrem Bestreben, einen Mann aus ihm zu machen, erlaubte sie auch nicht, daß der Junge sie Großmutter nannte.

»Ich bin von niemandem die Großmutter, verflucht noch mal! Ich bin die Bonecrusher, hast du das verstanden, verdammte Rotznase?«

»Ja, Großmutter.«

Babalú der Böse, ein Exsträfling aus Chicago, hatte lange vor dem Ausbruch des Goldfiebers zu Fuß den Kontinent durchquert. Er konnte Indianersprachen und hatte alles mögliche gemacht, um sich sein Brot zu verdienen, vom Phänomen in einem Wanderzirkus, wo er sich ein Pferd über den Kopf hob, wie er auch mit den Zähnen einen mit Sand beladenen Wagen zog, bis zum Stauer auf den Kais von San Francisco. Hier wurde er von Bonecrusher entdeckt, die ihn für ihre Karawane vereinnahmte. Er konnte die Arbeit von mehreren Männern allein verrichten, und wenn sie ihn hatte, brauchte sie keinen weiteren Schutz. Gemeinsam schreckten sie jede beliebige Anzahl von Gegnern ab, wie sie bei mehr als einer Gelegenheit bewiesen hatten.

»Du mußt stark sein, oder sie erledigen dich, Chilenito«, riet er Eliza. »Glaub nicht, daß ich immer so war, wie du mich jetzt siehst. Früher war ich wie du, schwächlich und ein bißchen dußlig, aber dann habe ich angefangen, Gewichte zu heben, und nun guck dir meine Muskeln an. Heute wagt sich keiner mehr an mich ran.«

»Babalú, du bist über zwei Meter groß und wiegst

soviel wie eine Kuh. Ich werde nie so sein wie du!«

»Die Größe hat nichts zu sagen, Mann. Was zählt, das sind die Eier. Groß war ich immer, aber gelacht haben sie doch über mich.«

»Wer hat über dich gelacht?«

»Alle Welt, sogar meine Mutter, sie ruhe in Frieden. Ich werde dir was sagen, was keiner weiß ...«

»Ja?«

»Erinnerst du dich an Babalú den Guten? ... Der war ich früher. Aber seit zwanzig Jahren bin ich Babalú der Böse, und es geht mir viel besser.«

Die Täubchen

Im Dezember brach der Winter plötzlich über die Berglehnen der Sierra Nevada herein, und die Goldgräber mußten zu Tausenden ihre Claims verlassen und sich in die Dörfer verziehen, um dort auf den Frühling zu warten. Der Schnee hüllte mitleidig das weite, von jenen gierigen Ameisen durchlöcherte und zerfressene Gebiet ein, und das Gold, soweit noch vorhanden, ruhte wieder still im Schweigen der Natur. Joe Bonecrusher führte ihre Karawane nach High Gallows, einem der kleinen kürzlich an der Mutterader entstandenen Dörfer, wo sie zum Überwintern einen Schuppen mietete. Sie verkaufte die Maultiere und kaufte einen großen hölzernen Zuber zum Baden, einen Kochherd, zwei Öfen, einige Meter gewöhnlichen Stoff und Russenstiefel für ihre Leute, bei dem Regen und der Kälte waren sie unentbehrlich. Sie stellte alle an, den Dreck von Boden und Wänden zu kratzen und Vorhänge zum Abteilen der Zimmer zuzuschneiden und zu nähen, und ließ sie die Betten mit den Baldachinen, die Spiegel im Goldrahmen und das Klavier aufbauen. Dann ging sie, Höflichkeitsbesuche machen in den Saloons, dem Laden und der Schmiede, den Mittelpunkten allen gesellschaftlichen Lebens. Das Dorf verfügte über ein Nachrichtenblatt nach Art einer Zeitung, es wurde in einer uralten Druckpresse hergestellt, die über den Kontinent mühsam hierher geschleppt worden war und deren sich Joe bediente, um diskret ihr Geschäft anzuzeigen. Außer ihren Mädchen bot sie Flaschen mit Rum aus Kuba und Jamaika an, wie sie ihn nannte – in Wirklichkeit war es ein kannibalisches Gesöff, das einem die Seele aus dem Leib ziehen konnte –, dazu »heiße« Bücher und zwei Spieltische. Die Kunden kamen schon sehr bald und im Geschwindschritt. Es gab noch ein anderes Bordell, aber eine Neuheit ist immer willkommen. Die Madame des anderen Etablissements eröffnete gegen ihre Rivalin einen hinterhältigen Verleumdungskrieg, hütete sich aber, dem fürchterlichen Duo Bonecrusher und Babalú offen gegenüberzutreten. Im Schuppen wurden hinter den behelfsmäßigen Vorhangwänden muntere Scherze getrieben, in dem größeren Hauptraum wurde zu den Klängen des Klaviers getanzt, an den beiden Tischen wurde um beachtliche Summen gespielt, natürlich unter dem wachsamen Auge der Hausherrin, die unter ihrem Dach keine Streitereien duldete und keine anderen Kunstkniffe als ihre eigenen. Eliza sah Männer in zwei Tagen den Gewinn von Monaten titanischer Anstrengung verlieren und sich an der Brust der Mädchen ausweinen, die geholfen hatten, sie zu schröpfen.

Nach kurzer Zeit hatte Joe die Zuneigung der Goldgräber gewonnen. Obwohl sie grimmig aussah wie ein Korsar, hatte sie doch ein mütterliches Herz, und in diesem Winter wurde sie von den Umständen auf die Probe gestellt. Eine Ruhrepidemie brach aus, die die Hälfte der Bevölkerung niederwarf und an der mehrere Leute starben. Wenn Joe erfuhr, daß jemand mit dem Tode rang, und sei es in einer noch so entfernten Hütte, lieh sie sich zwei Pferde in der Schmiede und ritt mit Babalú dorthin, um dem Unglücklichen beizustehen. Meistens wurden sie von dem Schmied begleitet, einem eingefleischten Quäker, der das Geschäft dieser Weibsperson mißbilligte, aber immer bereit war, seinem Nächsten zu helfen. Joe machte für den Kranken etwas zu essen, wusch ihn und seine Wäsche, tröstete ihn und las ihm zum hundertsten Mal die Briefe seiner fernen Familie vor, während Babalú und der Schmied Schnee fegten, Wasser holten und Holz hackten, das sie neben dem Ofen stapelten. Wenn es dem Mann sehr schlecht ging, wickelte Joe ihn in Decken, legte ihn quer wie einen Sack vor sich auf ihr Pferd und nahm ihn mit zu sich nach Hause, wo die Frauen ihn wie richtige Krankenschwestern pflegten und froh waren über die Gelegenheit, sich einmal tugendhaft fühlen zu können. Viel konnten sie nicht tun, außer die Kranken zu zwingen, literweise gezuckerten Tee zu trinken, damit sie nicht völlig austrockneten, sie sauber, zugedeckt und ruhig zu halten in der Hoffnung, daß der Durchfall ihnen nicht die Seele leerte und das Fieber nicht die Sinne zerkochte. Einige starben, und die übrigen brauchten Wochen, um in die Welt zurückzukehren. Joe war die einzige, die eifrig und geschickt dem Winter trotzte und noch die einsamsten Hütten aufsuchte, wobei sie oft Leichen entdekken mußte, die zu Kristallfiguren gefroren waren. Nicht alle waren Opfer der Krankheit, bisweilen hatte der Mann sich schlicht in den Mund geschossen, weil er die Krämpfe in seinem Bauch, die Einsamkeit und den Fieberwahnsinn nicht durchhielt. Zweimal mußte Joe ihr Geschäft schließen, weil der Fußboden in ihrem Schuppen vollgepackt war mit Schlafsäcken und sonstigem Bettzeug und ihre Täubchen mit der Pflege der Patienten nicht nachkamen. Der Sheriff von High Gallows wurde bleich, wenn sie mit ihrer holländischen Pfeife erschien und mit ihrer drängenden rauhen Prophetenstimme um Unterstützung ersuchte. Keiner konnte sich ihr verweigern. Dieselben Männer, die mit ihren Gewalttätigkeiten das Dorf in Verruf gebracht hatten, ließen sich ganz zahm von ihr zu allem möglichen anstellen. Mit etwas Ähnlichem wie einem Krankenhaus konnten sie nicht rechnen, der einzige Arzt war überfordert, und sie übernahm ganz selbstverständlich die Aufgabe, Hilfskräfte zu mobilisieren, wenn es sich um einen dringenden Fall handelte. Die Glücklichen, denen sie das Leben rettete, wurden ihre ergebenen Schuldner, und so knüpfte sie in diesem Winter das Netz, das sie später bei dem Brand tatsächlich auffangen würde.

Der Schmied hieß James Morton und war auch eines dieser seltenen Exemplare der Art guter Mensch. Er empfand eine nicht zu erschütternde Liebe für die gesamte Menschheit einschließlich seiner weltanschaulichen Gegner, die er als Irrende aus Unwissenheit und nicht aus innerer Schlechtigkeit ansah. Da er selber einer Gemeinheit nicht fähig war, konnte er sie sich auch in seinem Nächsten nicht recht vorstellen, er glaubte lieber, die Verderbtheit anderer sei eine Verkrümmung des Charakters, die durch das Licht der Frömmigkeit und der Zuneigung geheilt werden könne. Er entstammte einer weitverzweigten Sippe von Quäkern aus Ohio, wo er zusammen mit seinen Brüdern in einer geheimen Kette der Solidarität mit geflohenen Sklaven mitgearbeitet hatte, um sie zu verstecken und in die Nordstaaten und nach Kanada zu schaffen. Ihre Unternehmungen zogen den Zorn der Sklavenhalter auf sich, und eines Nachts fiel ein Pöbelhaufen über die Farm her und steckte sie in Brand, während die Familie unbeweglich zusah, weil sie ihrem Glauben getreu keine Waffen gegen ihresgleichen erheben durften. Die Mortons mußten ihr Land aufgeben und zerstreuten sich, hielten aber immer enge Verbindung, weil sie dem menschenfreundlichen Netz der Abolitionisten angehörten. James hielt Goldsuchen für keinen ehrenhaften Weg, seinen Lebensunterhalt zu bestreiten, es stellte nichts her und leistete auch keine Dienste. Reichtum erniedrigt die Seele, verwirrt das Leben und erzeugt Unglück, daran hielt er fest. Außerdem war das Gold ein weiches Metall und ungeeignet, Werkzeuge daraus herzustellen; er konnte die Faszination nicht begreifen, die es auf andere ausübte. Hochgewachsen, kräftig, mit einem dichten haselnußbraunen Bart, himmelblauen Augen und starken, von unzähligen Brandnarben gezeichneten Armen war er der wiedergeborene Gott Vulkan, angestrahlt von der Glut seines Schmiedefeuers. In High Gallows gab es nur drei Quäker, arbeitsame Familienmenschen, immer zufrieden mit ihrem Schicksal, die einzigen, die nicht fluchten, keinen Alkohol tranken und die Bordelle mieden. Sie trafen sich regelmäßig, um ohne viel Getue ihren Glauben auszuüben, sie gingen mit gutem Beispiel voran, während sie geduldig auf die Ankunft einer Gruppe von Freunden warteten, die aus dem Osten kommen sollte, um ihre Gemeinde zu vergrößern.

James Morton hatte bei der Krankenpflege im Schuppen der Bonecrusher die freundliche Esther kennengelernt. Er kam sie besuchen und bezahlte für die vollständige Dienstleistung, aber er setzte sich nur neben sie, um sich mit ihr zu unterhalten. Er konnte nicht verstehen, weshalb sie diese Lebensweise gewählt hatte.

»Wenn ich zwischen den Prügeln meines Vaters und diesem hier wählen soll, dann ziehe ich tausendmal das Leben vor, das ich jetzt führe.«

»Warum hat er dich geschlagen?«

»Er glaubt, Adam wäre heute noch im Paradies, wenn Eva ihn nicht in Versuchung geführt hätte. Er hat mir vorgeworfen, ich reize zur Wollust und verleite zur Sünde. Vielleicht hatte er recht, du siehst ja, womit ich mir mein Brot verdiene ...«

»Es gibt auch andere Arbeiten, Esther.«

»So schlimm ist diese auch nicht, James. Ich mache die Augen zu und denke an nichts. Es sind ja nur ein paar Minuten, und die vergehn schnell.«

Trotz des ständigen Auf und Ab in ihrem Beruf hatte sich die junge Frau die Frische ihrer zwanzig Jahre bewahrt, und es lag ein gewisser Zauber in ihrem zurückhaltenden, schweigsamen Betragen, das sich sehr von dem ihrer Gefährtinnen unterschied. Sie hatte nichts Kokettes an sich, war ein wenig rundlich und hatte ein liebes Kälbchengesicht und feste Bäuerinnenhände. Verglichen mit den anderen Täubchen, war sie die am wenigsten anmutige, aber ihre Haut schimmerte, und ihr Blick war sanft. Der Schmied wußte nicht, wann er angefangen hatte, von ihr zu träumen, sie in den Funken der Esse, im Glühen des heißen Metalls und am klaren Himmel zu sehen, aber schließlich konnte er nicht länger über dieses wattige Etwas hinweggehen, das sich um sein Herz wickelte und ihn zu ersticken drohte. Ein schlimmeres Unglück, als sich in eine Hure zu verlieben, konnte ihm kaum zustoßen, das würde vor den Augen Gottes und seiner Gemeinde nicht zu rechtfertigen sein. Er beschloß, diese Versuchung mit Schweiß zu besiegen, riegelte sich in seiner Schmiede ein und arbeitete wie ein Besessener. In manchen Nächten hörte man die wütenden Hammerschläge bis zum frühen Morgen.

Kaum hatte Eliza eine feste Adresse, schrieb sie Tao Chi'en über das chinesische Restaurant in Sacramento, teilte ihm ihren neuen Namen Elias Andieta mit und bat ihn um Rat, wie sie die Ruhr bekämpfen könnten, denn das einzige Mittel gegen Anstekkung, das sie kannte, war ein Stück rohes Fleisch auf dem Bauchnabel und eine rote Wollbinde darüber gewickelt, wie es Mama Fresia in Chile machte, aber das ergab nicht den gewünschten Erfolg. Sie vermißte ihn schmerzlich; bisweilen wachte sie mit Tom No Tribe im Arm auf und meinte im ersten Augenblick schlaftrunken, es sei Tao Chi'en, aber der Rauchgeruch des Kindes holte sie zurück in die Wirklichkeit. Niemand hatte diesen frischen Meeresgeruch ihres Freundes. Die Entfernung, die sie trennte, war nach Meilen gerechnet nicht groß, aber das strenge Winterwetter machte den Weg schwierig und gefährlich. Sie kam auf den Gedanken, den Postreiter zu begleiten, um wieder nach Joaquín Andieta zu suchen, wie sie es früher getan hatte, aber beim Warten auf eine günstige Gelegenheit vergingen Wochen. Nicht nur der Winter durchkreuzte ihre Pläne. In diesen Tagen hatten die Spannungen zwischen den Yankees und den Chilenen im Süden der Mutterader ihren Höhepunkt erreicht. Die Yankees, der Anwesenheit der Fremden endgültig überdrüssig, taten sich zusammen, um sie zu vertreiben, aber die Chilenen leisteten Widerstand, zuerst mit Waffen und dann vor einem Richter, der ihre Rechte anerkannte. Dieses Urteil, weit entfernt davon, die Angreifer einzuschüchtern, heizte sie nur noch mehr auf, und mehrere Chilenen wurden aufgeknüpft oder eine Felswand hinuntergestürzt, die Überlebenden mußten fliehen. Als Antwort darauf schlossen die Verfolgten sich zu angriffsbereiten Banden zusammen, wie es auch viele Mexikaner taten. Eliza begriff, daß sie sich in Gefahr begeben würde, wenn sie sich jetzt auf den Weg machte, ihre Verkleidung als Latinojunge würde schon genügen, sie irgendeines erfundenen Verbrechens zu bezichtigen.

Ende Februar 1850 hatte einer der schlimmsten Fröste eingesetzt, die man in diesen Breiten je erlebt hatte. Keiner wagte sich aus dem Haus, High Gallows lag wie tot da, und über zehn Tage ließ sich kein Kunde im Schuppen sehen. Es war so kalt, daß das Wasser in den Waschschüsseln fror und fest blieb, obwohl die Öfen immer geheizt wurden, und in einigen Nächten mußten sie Elizas Pferd ins Haus holen, um es vor dem Schicksal anderer Tiere zu bewahren, die in Eisblöcken gefangen waren. Die Frauen schliefen zu zweit in einem Bett und Eliza zusammen mit dem Jungen, für den sie eine eifersüchtige, heftige

Zärtlichkeit entwickelt hatte, die er mit zäher Beständigkeit erwiderte. Die einzige Person aus der Truppe, die mit Eliza um die Liebe des Jungen hätte wetteifern können, war die Bonecrusher. »Eines Tages werde ich einen Sohn so stark und tapfer wie Tom No Tribe haben, aber er muß viel fröhlicher sein. Dieses Kind lacht nie«, schrieb Eliza an Tao Chi'en.

Babalú der Böse konnte nachts nicht schlafen und verbrachte die dunklen Stunden damit, in seinen Russenstiefeln und seinem schäbigen Wolfspelz, eine Decke um die Schultern, im Schuppen immer von einem Ende zum andern zu wandern. Er hatte aufgehört, sich zu rasieren, und trug kurze Borsten zur Schau, die seiner abgewetzten Felljacke ähnelten. Esther hatte ihm eine gelbe Wollmütze gestrickt, die ihm bis über die Ohren reichte und in der er aussah wie ein Monsterbaby. Er war es, der an jenem Morgen das schwache Klopfen hörte, das er mit seinen guten Ohren deutlich vom Heulen des Sturmes unterschied. Er öffnete die Tür einen Spalt, die Pistole in der Hand, und stieß auf ein Bündel, das da vor ihm im Schnee lag. Alarmiert rief er Joe heraus, und gegen den Sturm ankämpfend, damit er nicht die Tür aus den Angeln riß, gelang es beiden, den unhandlichen Fund ins Innere zu ziehen. Es war ein halb erfrorener Mann.

Es war nicht leicht, den frühen Gast aufzutauen. Während Babalú ihn abrieb und versuchte, ihm Brandy einzuflößen, weckte Joe die Frauen. Sie fachten die Glut in den Öfen an und legten Holz nach, machten Wasser heiß für den Badezuber und hoben ihn hinein, und nach und nach lebte er auf, verlor die Blaufärbung und konnte ein paar Worte sprechen. Seine Nase, die Füße und die Hände waren erfroren. Er war ein Bauer aus dem mexikanischen Bundesstaat Sonora, der wie Tausende seiner Landsleute zu den Goldlagern in Kalifornien gekommen war, sagte er. Er nannte sich Jack, ein Gringoname, der mit Sicherheit nicht sein eigener war, aber auch die übrigen in diesem Haus benutzten nicht ihre wirklichen Namen. In den folgenden Stunden stand er mehrmals an der Schwelle des Todes, aber wenn es so aussah, als könnte man nun gar nichts mehr für ihn tun, kehrte er zurück aus der anderen Welt und trank ein paar Schluck Alkohol. Gegen acht Uhr früh, als der Sturm endlich nachließ, beauftragte Joe Babalú, den Arzt zu holen. Als das der Mexikaner hörte, der unbeweglich dalag und nach Luft schnappte wie ein Fisch an Land, öffnete er die Augen und stieß ein so lautes »Nein!« aus, daß alle zusammenschraken. Niemand dürfe wissen, daß er hier sei, verlangte er mit solcher Wildheit, daß sie nicht wagten, ihm zu widersprechen. Viele Erklärungen waren nicht nötig: es war offensichtlich, daß er Schwierigkeiten mit der Justiz hatte, und dieses Dorf mit dem Galgen auf dem Marktplatz war der letzte Ort auf der Welt, in dem ein Flüchtling wagen würde, Asyl zu suchen. Nur der grausame Sturm konnte ihn dazu gezwungen haben. Eliza sagte nichts, aber für sie kam die Reaktion des Mannes nicht überraschend: er roch nach Schlechtigkeit.

Um drei Uhr am Nachmittag hatte Jack seine Kräfte halbwegs wieder beisammen, aber da fiel ihm die Nasenspitze ab, und zwei Finger einer Hand begannen abzusterben. Aber auch da konnten sie ihn nicht davon überzeugen, daß er einen Arzt brauchte; er wolle lieber allmählich verfaulen, als am Galgen zu enden. Joe Bonecrusher rief ihre Leute am andern Ende des Schuppens zusammen, wo sie flüsternd berieten und zu dem Schluß kamen: sie mußten ihm die Finger abschneiden. Alle Augen wandten sich auf Babalú den Bösen.

»Ich? Kommt nicht in die Tüte!«

»Babalú, verdammter Hundesohn, stell dich nicht an wie ein Schlappschwanz!« rief Joe wütend.

»Mach du's, Joe, ich tauge nicht für so was.«

»Wenn du einen Hirsch zerlegen kannst, dann

kannst du dies hier auch machen. Was sind schon zwei lausige Finger?«

»Ein Tier ist eine Sache und ein Christenmensch eine ganz andere.«

»Nein, ich kann das nicht glauben! Dieser Hurensohn – wenn ihr gestattet, Kinder –, dieser Hurensohn ist nicht imstande, mir das bißchen Gefälligkeit zu leisten! Nach allem, was ich für dich getan habe, du undankbarer Schuft!«

»Entschuldige, Joe. Ich habe noch nie einem menschlichen Wesen einen Schaden zugefügt ...«

»Wovon redest du eigentlich? Bist du vielleicht kein Mörder? Hast du etwa nicht im Gefängnis gesessen?«

»Das war, weil ich Vieh gestohlen hatte«, gestand der Riese und war drauf und dran, vor Demütigung zu weinen.

»Ich werde es tun«, unterbrach Eliza, bleich, aber fest.

Alle starrten sie ungläubig an. Selbst Tom No Tribe schien ihnen geeigneter zu sein, die Operation durchzuführen, als der zarte Chilenito.

»Ich brauche ein gut geschärftes Messer, einen Hammer, Nadel, Faden und ein paar saubere Lappen.«

Babalú setzte sich in hellem Entsetzen platt auf

die Erde, den Schädel zwischen den Fäusten, während die Frauen in achtungsvollem Schweigen das Nötige vorbereiteten. Eliza ging in Gedanken durch, was sie von Tao Chi'en gelernt hatte, wenn sie in Sacramento gemeinsam Kugeln entfernt und Wunden genäht hatten. Wenn sie es damals gemacht hatte, ohne mit der Wimper zu zucken, dann würde sie es auch heute können, entschied sie. Das Wichtigste, hatte ihr Freund gesagt, war es, Blutungen und Infektionen zu verhindern. Sie hatte ihn zwar keine Amputationen machen sehen, aber wenn sie die unglücklichen Kleinganoven behandelt hatten, die ohne Ohren zu ihnen kamen, hatte er ihr erzählt, in anderen Breiten würden für das gleiche Vergehen Hände oder Füße abgehackt. »Das Beil des Henkers ist schnell, aber es läßt kein Gewebe übrig, mit dem man den Knochenstumpf abdecken kann«, hatte Tao Chi'en gesagt. Er erklärte ihr, was er von Ebanizer Hobbs gelernt hatte, der Erfahrung mit Kriegswunden hatte und ihm beibrachte, wie man dabei vorgeht. In diesem Fall sind es wenigstens nur Finger, dachte Eliza.

Die Bonecrusher füllte den Patienten mit Alkohol ab, bis er bewußtlos war, während Eliza das Messer desinfizierte, indem sie es bis zur Rotglut in eine Flamme hielt. Sie ließ Jack auf einen Stuhl setzen, tauchte seine Hand in eine Schüssel mit Whisky und legte sie dann auf den Tischrand, die kranken Finger abgespreizt. Sie murmelte eine der magischen Gebete Mama Fresias, und als sie soweit war, bedeutete sie den Frauen mit einem Zeichen, sie sollten den Patienten festhalten. Sie drückte das Messer auf die beiden Finger und schlug schnell und sicher mit dem Hammer darauf, die Klinge drang ein, durchschnitt sauber die Knochen und blieb in der Tischplatte stecken. Jack stieß einen markerschütternden Schrei aus, aber er war so betrunken, daß er es nicht merkte, als sie die Wunden nähte und Esther sie verband. In wenigen Minuten war die Qual überstanden. Eliza betrachtete die beiden amputierten Finger und bemühte sich, den Brechreiz zu unterdrücken, während die Frauen Jack auf eine der Schlafmatten betteten. Babalú der Böse, der sich so weit weg wie möglich von dem Schauspiel gehalten hatte, näherte sich ihr schüchtern, die Babymütze in der Hand.

»Du bist ein richtiger Mann, Chilenito«, murmelte er bewundernd.

Im März hatte Jack der Mexikaner sich erholt und begann recht lästig zu werden, denn er war ein finsterer Kerl, der keine Sympathien weckte. Er redete wenig, schien immer unter Hochdruck zu stehen, benahm sich oft herausfordernd und war stets bereit, beim kleinsten Schatten einer eingebildeten Provokation aggressiv zu werden. Von Dankbarkeit für die geleistete Hilfe hielt er offensichtlich nichts, im Gegenteil, als er aus seinem Rausch zu sich kam und feststellte, daß sie ihm die Finger amputiert hatten, warf er mit Flüchen und Drohungen um sich und schwor, der Hundesohn, der ihm die Hand verstümmelt hatte, würde das mit seinem Leben bezahlen. Da riß Babalú die Geduld. Er packte ihn wie eine Puppe, hob ihn hoch, blickte ihm starr ins Gesicht und sagte ganz leise: »Das war ich, Babalú der Böse. Gibt's ein Problem?«

Kaum war sein Fieber abgeklungen, wollte Jack mit den Täubchen seinen Spaß haben, aber sie wiesen ihn im Chor zurück, gratis gab's nichts, und seine Taschen waren leer, wie sie festgestellt hatten, als sie ihn an jenem Frostmorgen auszogen und in die Badewanne setzten. Joe Bonecrusher machte sich die Mühe, ihm zu erklären, daß er seinen Arm oder sogar das Leben verloren hätte, wenn sie ihm nicht die Finger abgeschnitten hätten, also würde es ihm besser anstehen, dem Himmel zu danken, daß er unter ihr Dach geraten sei. Eliza erlaubte Tom No Tribe nicht, zu dem Kerl zu gehen, und sie selbst tat es nur, um ihm das Essen zu bringen und den Verband zu wechseln, denn sein Geruch nach Schlechtigkeit beunruhigte sie wie etwas Greifbares. Babalú konnte ihn schon gar nicht ausstehen und redete ihn gar nicht erst an. Für ihn waren diese Frauen wie seine Schwestern, und er wurde fuchsteufelswild, wenn Jack mit obszönen Bemerkungen schlau tun wollte. Nicht einmal bei äußerster Bedürftigkeit wäre es ihm eingefallen, die professionellen Dienste seiner Gefährtinnen in Anspruch zu nehmen, für ihn wäre das einer Blutschande gleichgekommen, und wenn seine Natur ihn allzusehr bedrängte, ging er zur Konkurrenz, und er hatte dem Chilenito geraten, das gleiche zu tun in dem unwahrscheinlichen Fall, daß er von seinen schlechten Mädchengewohnheiten geheilt würde.

Während sie Jack einen Teller Suppe hinstellte, wagte Eliza endlich, ihn nach Joaquín Andieta zu fragen.

»Murieta?« sagte er mißtrauisch.

»Andieta.«

»Kenne ich nicht.«

»Vielleicht ist es derselbe«, schlug Eliza vor.

»Was willst du von ihm?«

»Er ist mein Bruder. Ich bin aus Chile hergekommen, um ihn zu treffen.«

»Wie sieht dein Bruder aus?«

»Nicht sehr groß, Haar und Augen schwarz, weiße Haut wie ich, aber wir sehen uns nicht ähnlich. Er ist schlank, muskulös, tapfer und leidenschaftlich. Wenn er spricht, schweigen alle andern.«

»Genau so ist Joaquín Murieta, aber er ist kein Chilene, er ist Mexikaner.«

»Sind Sie sicher?«

»Sicher bin ich mir über gar nichts, aber wenn ich Murieta sehe, werde ich ihm sagen, daß du ihn suchst.«

In der folgenden Nacht war er verschwunden, und sie hörten nichts mehr von ihm, aber zwei Wochen später fanden sie vor der Schuppentür eine Tüte mit zwei Pfund Kaffee. Kurz darauf öffnete Eliza die Tüte, weil sie Frühstück machen wollte, und sah, daß darin kein Kaffee war, sondern Goldstaub. Nach Joe Bonecrusher konnte es von jedem beliebigen der Goldgräber kommen, die sie während dieser Zeit gepflegt hatten, aber Eliza wußte instinktiv, daß Jack es als Bezahlung da hingelegt hatte. Dieser Mann war nicht gesonnen, irgend jemandem einen Gefallen zu schulden. Am Sonntag erfuhren sie, daß der Sheriff einen Trupp Hilfssheriffs zusammenstellte, um den Mörder eines Goldgräbers zu suchen; sie hatten den Toten in seiner Hütte gefunden, wo er allein den Winter verbrachte: er hatte neun Dolchstiche in der Brust, seine Augen waren ausgestochen. Von seinem Gold fand sich keine Spur, und wegen der Brutalität des Verbrechens schoben sie die Schuld auf die Indianer, die für solche Fälle nun einmal herhalten mußten. Joe Bonecrusher hatte keine Lust, in Schwierigkeiten zu geraten, sie vergrub die zwei Pfund Gold unter einer Eiche und wies ihre Leute streng an, den Mund zu halten und nicht einmal aus Spaß den Mexikaner mit den abgehackten Fingern oder die Kaffeetüte zu erwähnen. In den folgenden zwei Monaten töteten die Hilfssheriffs ein halbes Dutzend Indianer und vergaßen die ganze Sache, weil sie andere, dringlichere Probleme am Hals hatten, und als der Stammeshäuptling würdevoll erschien und Erklärungen verlangte, erledigten sie auch ihn.

Es war der 15. März, und niemand wußte, daß Eliza Geburtstag hatte, weil sie es lieber verschwieg und weswegen er natürlich auch nicht gefeiert wurde, aber dieses Datum würde ihnen allen trotzdem unvergeßlich bleiben. Die Kunden kamen nun wieder in den Schuppen, die Täubchen waren ständig beschäftigt, der Chilenito bearbeitete das Klavier mit wahrer Inbrunst, und Joe stellte optimistische Berechnungen an. Der Winter war letztlich doch nicht so schlimm gewesen, die Epidemie war weitgehend überstanden, und es lagen keine Kranken mehr auf den Schlafmatten. In dieser Nacht saß ein Dutzend Goldgräber im Schuppen und betrank sich gewissenhaft, während draußen der Wind die Äste von den Bäumen riß. Gegen elf Uhr brach die Hölle los. Keiner konnte sich erklären, wie das Feuer entstanden war, und Joe würde immer die andere Madame verdächtigen. Plötzlich brannte das Holz lichterloh, und in Sekundenschnelle griffen die Flammen auf die Vorhänge über, die ebenso wie die Seidenschals und Bettbehänge augenblicklich Feuer fingen. Alle konnten unverletzt fliehen und sich sogar noch ein paar Decken umhängen, und Eliza griff sich schnell ihre Blechschachtel, in der sie die kostbaren Briefe aufbewahrte. Flammen und Rauch hüllten den Schuppen ein, und in weniger als zehn Minuten brannte er wie eine Fackel, während die nur halb angezogenen Frauen und ihre benommenen Kunden in hoffnungsloser Ohnmacht dem Schauspiel zuschauten.

Da warf Eliza einen prüfenden Blick über die Umstehenden und sah plötzlich entsetzt, daß Tom No Tribe fehlte. Das Kind hatte schlafend in dem Bett gelegen, das sie beide teilten. Sie riß Esther den Umhang von den Schultern, ohne recht zu wissen, was sie tat, bedeckte ihren Kopf, rannte los und durchbrach die dünne Trennwand aus brennendem Holz, gefolgt von Babalú, der sie schreiend zurückzuhalten suchte und nicht begriff, weshalb sie sich ins Feuer stürzte. Sie fand den Jungen, der mit erschrockenen Augen, aber völlig gelassen in dem dichten Rauch stand. Sie warf ihm die Decke über und versuchte, ihn hochzuheben, aber er war ihr zu schwer, zudem krümmte sie sich unter einem Hustenanfall. Sie fiel auf die Knie und stieß Tom von sich, damit er hinauslief, aber er rührte sich nicht von ihrer Seite, und beide wären zu Asche verbrannt, wäre nicht Babalú in diesem Augenblick aufgetaucht, der sich unter jeden Arm einen klemmte, als wären sie Pakete, und mit ihnen nach draußen rannte, wo ihn die Wartenden mit Beifall empfingen.

»Verdammter Bengel! Was hattest du da drin zu suchen!« schalt Joe den kleinen Indianer, während sie ihn umarmte und küßte und zwischendurch ohrfeigte, damit er tüchtig atmete.

Da zum Glück der Schuppen abseits stand, brannte wenigstens nicht das halbe Dorf ab, worauf der Sheriff später hinwies, der Erfahrung mit Bränden hatte, weil sie hierorts nur allzu häufig vorkamen. Auf den Feuerschein hin kam ein Dutzend Freiwillige herbeigeeilt, vom Schmied angeführt, um die Flammen zu bekämpfen, aber es war bereits zu spät, und sie konnten nur noch Elizas Pferd retten, an das in der Aufregung der ersten Minuten keiner gedacht hatte und das in seinem Verschlag wahnsinnig vor Angst wild um sich trat. Joe Bonecrusher verlor in dieser Nacht alles, was sie auf der Welt besaß, und zum erstenmal sahen sie sie schwach werden. Den Jungen im Arm, erlebte sie die Zerstörung mit und konnte die Tränen nicht zurückhalten, und als nur noch rauchende Trümmer übrig waren, versteckte sie ihr Gesicht an Babalús breiter Brust, dem Brauen und Wimpern versengt waren. Angesichts der Schwäche dieser Übermutter, die sie für unverwundbar gehalten hatten, brachen die vier Frauen im Chor in Schluchzen aus, eine traurige Schar in Unterröcken, mit zerzausten Haaren und bebenden Schultern. Aber das Netz des Zusammengehörigkeitsgefühls wurde wirksam, noch ehe die Flammen erloschen, und in weniger als einer Stunde hatten alle in verschiedenen Häusern des Dorfes Unterkunft gefunden, und einer der Goldgräber, den Joe während der Ruhrepidemie gepflegt und gerettet hatte, veranstaltete eine Sammlung. Der Chilenito, Babalú und der Junge, die drei Männer der Truppe, verbrachten die Nacht in der Schmiede. James Morton legte zwei Matratzen mit dicken Zudecken neben die immer heiße Esse und setzte seinen Gästen am Morgen ein großartiges Frühstück vor, das die Frau des Pastors sorgfältig zubereitet hatte, desselben Pastors, der an den Sonntagen mit dröhnender Stimme die schamlose Ausübung des Lasters anprangerte, wie er das Treiben in den beiden Bordellen nannte.

»Dies ist nicht der Augenblick für Zimperlichkeiten, diese armen Christenmenschen zittern vor Jammer«, sagte sie, als sie mit ihrem Hasenklein, einer Kanne Schokolade und Zimtkuchen erschien.

Dieselbe Dame marschierte durch High Gallows und bat um Kleidung für die Täubchen, die immer noch in Unterröcken dasaßen, und die Antwort der anderen Frauen war großzügig. Sie vermieden es zwar, an dem Lokal der anderen Madame vorüberzugehen, aber mit Joe Bonecrusher hatten sie sich während der Epidemie verbünden müssen und sie achten gelernt. So kam es, daß die vier Straßenmädchen eine ganze Zeit lang als sittsame junge Damen auftraten, von Kopf bis Fuß brav bedeckt, bis sie die züchtige wieder gegen freigebigere Gewandung eintauschen konnten. In der Brandnacht hatte die Frau Pastor den kleinen Tom mit sich nach Hause nehmen wollen, aber der klammerte sich an Babalús

Hals, und keine menschliche Macht wäre imstande gewesen, ihn von dort wegzureißen. Der Riese hatte schlaflose Stunden verbracht, den Chilenito in einem Arm und den Jungen im andern, und war ziemlich gereizt über die verwunderten Blicke des Schmiedes.

»Schlagen Sie sich die Idee aus dem Kopf, Mann. Ich bin kein warmer Bruder«, stotterte er beleidigt, aber ohne einen der beiden Schläfer loszulassen.

Die Spendensammlung der Goldgräber und die unter der Eiche vergrabene Kaffeetüte genügten, damit die Abgebrannten in ein so bequemes und solides Haus ziehen konnten, daß Joe Bonecrusher schon daran dachte, ihrer fahrenden Gesellschaft aufzukündigen und sich hier niederzulassen. Während andere Dörfer wieder verschwanden, wenn die Goldgräber zu neuen Goldwaschplätzen aufbrachen, wuchs dieses, festigte sich, und die Einwohner dachten schon daran, den Namen gegen einen würdigeren zu vertauschen. Wenn der Winter vorbei war, würden neue Abenteurerwellen wieder zu den Berglehnen der Sierra aufsteigen, und die andere Madame bereitete sich darauf vor. Joe Bonecrusher rechnete nur noch mit drei Mädchen, denn es war offenkundig, daß der Schmied ihr Esther wegzunehmen gedachte, aber sie würde sich schon zu helfen wissen. Mit ihrem barmherzigen Wirken hatte sie sich ein gewisses Ansehen erworben und wollte es nicht wieder verlieren: zum erstenmal in ihrem bewegten Leben fühlte sie sich in einer größeren Gemeinschaft anerkannt. Das war sehr viel mehr, als sie in Pennsylvania unter Holländern erfahren hatte, und der Gedanke, Wurzeln zu schlagen, war in ihrem Alter gar nicht so übel. Als Eliza von diesen Plänen hörte, entschied sie, wenn Joaquín Andieta – oder Murieta – im Frühling nicht auftauchte, würde sie sich von ihren Freunden verabschieden und weiter nach ihm suchen müssen.

Enttäuschungen

Im ausgehenden Herbst erhielt Tao Chi'en Elizas Brief aus dem Frühjahr, der mehrere Monate von Hand zu Hand gewandert und seiner Spur bis San Francisco gefolgt war. Er hatte Sacramento im April verlassen. Der Winter hatte ewig gedauert in dieser Stadt, und nur die sporadisch eintreffenden Briefe Elizas, die Hoffnung, daß Lins Geist ihn fand, und die Freundschaft mit dem anderen *zhong yi* hatten ihn aufrechtgehalten. Er hatte Bücher über westliche Medizin gekauft und begeistert die Aufgabe übernommen, sie geduldig Zeile für Zeile seinem Freund zu übersetzen, so konnten beide gleichzeitig diese von den ihren so verschiedenen Kenntnisse in sich aufnehmen. Sie stellten fest, daß man im Westen wenig wußte von der Heilkraft der Pflanzen, vom Verhüten von Krankheiten oder vom *Qi* – die Energie des Körpers wurde in diesen Büchern gar nicht erwähnt, aber in anderen Punkten war man dort wesentlich weiter fortgeschritten. Mit seinem Freund verbrachte er ganze Tage damit, zu vergleichen und zu erörtern, aber das Studium war doch kein ausreichender Trost; ihn bedrückte die Einsamkeit so sehr, daß er seine Bretterhütte und den Garten mit den Heilpflanzen verließ und in ein chinesisches Hotel umzog, wo er wenigstens seine eigene Sprache hörte und aß, was ihm schmeckte. Obwohl seine Patienten sehr arm waren und er sie oft umsonst behandelte, hatte er Geld gespart. Wenn Eliza zurückkehrte, würden sie sich in einem richtigen Haus einrichten, dachte er, aber solange er allein war, genügte das Hotel. Der andere *zhong yi* hatte vor, sich in China eine junge Ehefrau zu bestellen und sich endgültig in den Vereinigten Staaten niederzulassen, denn obwohl er ein Fremder war, konnte er hier doch ein besseres Leben führen als in seiner Heimat. Tao Chi'en warnte ihn vor der Eitelkeit der *goldenen Lilien*, besonders in Amerika seien sie unangebracht, wo man soviel zu Fuß ging und die *fan gui* sich über eine Frau mit Puppenfüßen lustig machen würden. »Schreiben Sie dem Heiratsvermittler, er soll Ihnen eine lächelnde und gesunde Frau schicken, alles übrige ist unwichtig«, riet er ihm und dachte an den kurzen Gang seiner unvergeßlichen Lin durch diese Welt, und wieviel glücklicher sie mit Elizas kräftigen Füßen und gesunden Lungen gewesen wäre. Seine Frau hatte sich verirrt, sie konnte ihn in diesem fremden Land nicht finden. Er rief sie an in seinen Meditationsstunden und in seinen Gedichten, aber sie erschien nicht wieder, nicht einmal in seinen Träumen. Zum letzten Mal war er an jenem Tag im Laderaum des Schiffes mit ihr zusammengewesen, als sie ihn besuchte in ihrem grünen Seidenkleid und mit den Päonien im Haar, um ihn zu bitten, er möge Eliza retten, aber das war auf der Höhe von Peru, und seither hatte er so viel Wasser, Land und Zeit hinter sich gelassen, daß Lin sicherlich verwirrt umherirrte. Er stellte sich vor, wie ihr lieblicher Geist ihn auf diesem weiten Kontinent suchte und doch nicht finden konnte. Auf Anregung des *zhong yi* ließ er von einem kürzlich aus Shanghai eingetroffenen Künstler ein Bild von ihr malen, aber obwohl der, ein wahres Genie der Tätowierung und der Porträtzeichnung, genau seiner eingehenden Beschreibung folgte, wurde das Ergebnis doch Lins transparenter Schönheit nicht gerecht. Tao Chi'en baute mit dem Bild einen kleinen Altar auf und setzte sich davor, um sie zu rufen. Er konnte nicht begreifen, wieso die Einsamkeit, die er früher als Segen und Luxus empfunden hatte, ihm nun unerträglich wurde. Das schlimmste Übel in seiner Matrosenzeit war es gewesen, daß er über keinen eigenen Raum für Frieden und Stille verfügt hatte, aber jetzt, wo er ihn hatte, wünschte er sich Gesellschaft. Dennoch erschien ihm der Gedanke, sich eine Braut schicken zu lassen, unsinnig.

Einst hatten die Geister seiner Vorfahren ihm eine vollkommene Ehefrau besorgt, aber hinter diesem scheinbaren Glück war ein Fluch verborgen gewesen. Er hatte die gleichgestimmte Liebe kennengelernt, und nie würden die Zeiten der Unschuld wiederkehren, als ihm jede Frau mit kleinen Füßen und gutem Charakter ausreichend schien. Er glaubte, er sei verdammt, allein und nur mit der Erinnerung an Lin zu leben, denn keine andere könnte ihren Platz würdig ausfüllen. Er wollte weder eine Dienerin noch eine Konkubine. Nicht einmal die Notwendigkeit, Söhne zu haben, damit sie seinen Namen ehrten und sein Grab pflegten, spornte ihn an. Er versuchte es seinem Freund zu erklären, aber seine Zunge geriet ins Stolpern, er fand in seinem Vokabular keine Worte, um diesen Kummer auszudrükken. Die Frau ist ein nützliches Wesen für die Arbeit, die Mutterschaft und das Vergnügen, aber keinem intelligenten, kultivierten Mann würde es einfallen, sie zu seiner Gefährtin zu machen, hatte sein Freund gesagt, das einzige Mal, als er ihm seine Gefühle anvertraute. In China genügte ein Blick auf die allgemeinen Verhältnisse, um solchen Gedankengang zu verstehen, aber in Amerika schienen die Beziehungen zwischen Eheleuten anders zu sein. Vor allem hatte kein Mann Nebenfrauen, zumindest nicht öffentlich. Die wenigen *fan gui*-Familien, die Tao Chi'en in diesem Land der alleinstehenden Männer kennengelernt hatte, waren für ihn undurchschaubar. Er konnte sich ihr häusliches Miteinander nicht vorstellen, da doch die Männer offensichtlich die Frauen als ihresgleichen ansahen. Es war ein Geheimnis, das zu enträtseln ihn sehr interessiert hätte wie so viele andere in diesem außergewöhnlichen Land.

Die ersten Briefe Elizas kamen in dem Restaurant an, und da man Tao Chi'en in der chinesischen Gemeinde kannte, wurden sie ihm schnellstens ausgehändigt. Diese mit vielen Schilderungen gespickten Schreiben waren seine beste Gesellschaft. Er war verblüfft über die Zärtlichkeit, mit der er an Eliza dachte, denn er hätte nie geglaubt, daß Freundschaft mit einer Frau möglich sei und schon gar nicht mit einer, die einer anderen Kultur angehörte. Er hatte sie fast immer in Männerkleidern gesehen, aber sie war ihm ausgesprochen weiblich erschienen, und es wunderte ihn, daß alle ihr jetziges Aussehen hinnahmen, ohne Fragen zu stellen. »Die Männer schauen sich Männer nicht groß an, und die Frauen halten mich für einen verweichlichten Jungen«, hatte sie ihm in einem Brief geschrieben. Für ihn dagegen war sie das weißgekleidete Mädchen, dem er in einer

Fischerhütte in Valparaíso beim Ablegen des Korsetts geholfen hatte, die Kranke, die sich im Laderaum des Schiffes vorbehaltlos seiner Behandlung überlassen hatte, der warme Körper, in eisigen Nächten unter einem Segeltuchdach an den seinen geschmiegt, die fröhliche Stimme, die beim Kochen vor sich hin sang, und die ernste Miene, wenn sie ihm half, die Verletzten zu versorgen. Er sah sie nicht mehr als Mädchen, sondern als Frau trotz ihres mageren Körpers und ihres Kindergesichts. Er dachte daran, wie verändert sie aussah, als sie sich die Haare abgeschnitten hatte, und er bereute, daß er ihren Zopf nicht aufgehoben hatte, wenigstens könnte er ihn jetzt in den Händen halten, um die Gegenwart dieser ungewöhnlichen Freundin heraufzubeschwören. Aber diesen Gedanken schob er schleunigst beiseite als eine beschämende Bekundung von Sentimentalität. Wenn er meditierte, unterließ er es nie, ihr schützende Energie zu senden, die ihr helfen sollte, die tausend möglichen Tode und Mißgeschicke zu überleben, die auszusprechen er sich hütete, denn er wußte, wer Gefallen daran findet, an das Böse zu denken, der ruft es schließlich herbei. Manchmal träumte er von ihr und wachte schweißgebadet auf, dann warf er das Los mit seinen *I Ging*-Stäbchen, um das Unsichtbare zu sehen. In den doppelsinnigen Botschaften schien Eliza immer unterwegs zum Gebirge zu sein, das beruhigte ihn ein wenig, wenn er auch nicht wußte, warum.

Im September 1850 hatte er an einer geräuschvollen patriotischen Festlichkeit teilgenommen, als Kalifornien ein weiterer Staat der Union wurde. Die amerikanische Nation beherrschte nun den ganzen nördlichen Kontinent vom Atlantik bis zum Pazifik. Um dieselbe Zeit aber begann das Goldfieber sich in eine allgemeine Enttäuschung zu verwandeln, und Tao sah Massen ermatteter, verarmter Goldsucher durch San Francisco ziehen, die auf ein Schiff warteten, das sie zurück in ihre Heimat brachte. Die Zeitungen schätzten mehr als neunzigtausend Heimkehrer. Die Matrosen desertierten nicht mehr, im Gegenteil, die Schiffe reichten nicht aus, um alle mitzunehmen, die fortwollten. Jeder fünfte Goldsucher war tot, in einem Fluß ertrunken, an Krankheit gestorben oder erfroren, viele waren ermordet worden oder hatten sich selbst eine Kugel in den Kopf geschossen. Dennoch kamen noch immer Ausländer an, die sich Monate vorher eingeschifft hatten, aber das Gold war nicht mehr für jeden Wagehals mit einem Waschtrog, einem Spaten und einem Paar Stiefel erreichbar, die Zeit der einsamen Helden ging zu Ende, und statt dessen ließen sich mächtige Gesellschaften nieder mit Maschinen, die Berge mit Wasserdruck aufreißen konnten. Die Goldgräber arbeiteten gegen Lohn, und wer reich wurde, das waren die Unternehmer, die genauso begierig auf schnelles Glück waren wie die Abenteurer von 49, aber wesentlich gewitzter, wie jener Schneider Levi, der Hosen aus festem Stoff herstellte mit Doppelnaht und Metallnieten, die unerläßliche Uniform der Arbeiter. Während so viele das Land verließen, rückten dagegen die Chinesen weiterhin in Scharen an wie schweigende Ameisen. Tao Chi'en hatte die amerikanischen Zeitungen häufig für seinen Freund, den *zhong yi*, übersetzt, dem besonders die Artikel eines gewissen Jacob Freemont gefielen, weil sie sich mit seiner eigenen Meinung deckten:

»Tausende Argonauten kehren geschlagen heim, denn sie haben das Goldene Vlies nicht errungen, und aus ihrer frohgemuten Entdeckungsfahrt ist eine Tragödie geworden, aber viele andere bleiben, arm wie sie sind, weil sie nirgendwo anders mehr leben können. Zwei Jahre in diesem wilden, wunderschönen Land formen die Menschen um. Die Gefahren, das Abenteuer, die Gesundheit und die Lebenskraft, die Kalifornien ihnen schenkt, finden sie an keinem anderen Ort. Das Gold hat seine Aufgabe erfüllt: es hat die Männer herbeigezogen, die dieses Gebiet erobern, um es in das ›gelobte Land‹ zu verwandeln. Das ist unwiderruflich ...«, schrieb Freemont.

Für Tao Chi'en jedoch lebten sie in einem Paradies der Gierigen. Es gab keine Nahrung für den Geist, statt dessen gediehen Gewalt und Unwissenheit. Von diesen Übeln leiteten sich alle anderen her, davon war er überzeugt. Er hatte in den siebenundzwanzig Jahren seines Lebens vieles gesehen und hielt sich nicht für einen Mucker, aber ihn schreckte der Verfall der Sitten und die Straflosigkeit des Verbrechens. Einem solchen Ort war es bestimmt, in dem Sumpf seiner eigenen Laster unterzugehen, behauptete er. Er hatte die Hoffnung verloren, in Amerika den so sehr ersehnten Frieden zu finden, dies war wirklich keine Stätte für einen, der ein Weiser werden wollte. Weshalb zog sie ihn dann so stark an? Er mußte verhindern, daß dieses Land ihn verhexte wie so viele andere, die es betraten; er wollte lieber nach Hongkong zurückkehren oder seinen Freund Ebanizer Hobbs in England aufsuchen und mit ihm gemeinsam studieren und praktizieren. In den zurückliegenden Jahren, seit er auf der »Liberty« entführt worden war, hatte er mehrmals an den englischen Arzt geschrieben, aber da er dauernd ohne feste Adresse umhergesegelt war, hatte er lange keine Antwort erhalten, bis ihn endlich im Februar

1849 in Valparaíso über Kapitän John Sommers ein Brief des Freundes erreichte. Darin schrieb Hobbs, er habe sich in London der Chirurgie verschrieben, obwohl sein eigenes Anliegen den Geisteskrankheiten galt, ein von der wissenschaftlichen Wißbegier noch kaum erkundetes Gebiet.

Tao hatte vor, in *Dai Fao*, der »großen Stadt«, wie die Chinesen San Francisco nannten, eine Zeitlang zu arbeiten und sich dann nach China einzuschiffen, falls Ebanizer Hobbs nicht bald seinen letzten Brief beantwortete. Er war erstaunt, wie sehr San Francisco sich in wenig mehr als einem Jahr verwandelt hatte. Statt des geräuschvollen Feldlagers aus Bretterhütten und Marktbuden, wie er es gekannt hatte, empfing ihn eine Stadt mit gut trassierten Straßen und mehrstöckigen Gebäuden, wohlorganisiert und aufblühend, und überall erhoben sich neue Wohnhäuser. Ein verheerendes Feuer hatte drei Monate zuvor mehrere Häuserblocks vernichtet, von denen man immer noch verkohlte Reste sehen konnte, aber kaum war die glühende Asche abgekühlt, waren schon alle mit dem Hammer dabei, das Zerstörte neu aufzubauen. Es gab Luxushotels mit Veranden und Balkonen, Kasinos, Bars und Restaurants, elegante Kutschen und Menschen aus aller Herren Ländern, schlecht gekleidet und häßlich anzusehen, unter denen die Zylinderhüte einiger weniger Dandys hervorstachen. Der Rest waren bärtige, ungewaschene Burschen, die wie Gauner aussahen, aber hier war keiner das, was er zu sein schien, der Stauer am Kai mochte ein lateinamerikanischer Aristokrat sein und der Kutscher ein Anwalt aus New York. Sprach man mit einem dieser Galgenvogeltypen, konnte man sehr bald einen gebildeten, wohlerzogenen Mann hinter der groben Fassade entdecken, der beim geringsten Anlaß einen zerknitterten Brief seiner Frau aus der Tasche zog, um ihn mit Tränen in den Augen zu zeigen. Und auch das Gegenteil kam vor: unter dem gut geschnittenen Anzug des herausgeputzten Stutzers verbarg sich ein Schuft. Schulen fand Tao nicht auf seinem Weg durch das Stadtzentrum, statt dessen sah er Kinder, die wie Erwachsene arbeiteten, Gruben aushoben, Ziegelsteine schleppten, Maultiere trieben und Schuhe putzten, aber kaum blies eine kräftige Brise vom Meer herüber, rannten sie davon, um Drachen steigen zu lassen. Später erfuhr er, daß viele Waisen waren, in Banden durch die Straßen zogen und alles Eßbare stahlen, um zu überleben. Frauen waren noch immer spärlich gesät, und wenn eine anmutig über die Straße schritt, blieb der Verkehr stehen, um sie vorbeizulassen. Am Fuß des Telegraph Hill, auf dem ein

Signalmast stand, von dem aus mit Fahnen die Herkunft des in die Bucht einlaufenden Schiffes signalisiert wurde, erstreckte sich ein aus mehreren Häuserblocks bestehender Stadtteil, in dem es nicht an Frauen fehlte: das war das Rotlicht-Viertel, das von Zuhältern aus Australien, Tasmanien und Neuseeland beherrscht wurde. Tao Chi'en hatte von ihnen gehört und wußte, daß das keine Gegend war, in die sich ein Chinese nach Sonnenuntergang allein hineinwagen durfte. Als er die Läden durchstöberte, stellte er fest, daß der Handel die gleichen Waren anbot, wie er sie in London gesehen hatte. Alles kam übers Meer, auch eine Ladung Katzen, die den Ratten den Garaus machen sollten und die eine nach der andern wie Luxusartikel verkauft wurden. Der Mastenwald von den aufgegebenen Schiffen in der Bucht war auf ein Zehntel zusammengeschrumpft, weil viele versenkt worden waren, um ihren Liegeplatz mit Erdreich aufzufüllen und darauf zu bauen, andere waren in Hotels, Lagerschuppen oder Gefängnisse umfunktioniert worden, eines sogar zu einer Anstalt für Geisteskranke, wo die Unglücklichen zum Sterben hingebracht wurden, die sich in den unheilbaren Delirien des Alkohols verloren hatten. Sie wurde auch dringend benötigt, früher hatte man die Rasenden an die Bäume gebunden.

Tao Chi'en wandte sich zum Chinesenviertel und stellte fest, daß die Gerüchte stimmten: Seine Landsleute hatten mitten in San Francisco eine vollständige Stadt aufgebaut, wo man Mandarin und Kantonesisch sprach, die Schilder chinesisch geschrieben waren und man allenthalben nur auf Chinesen traf: die Illusion, sich im Reich der Mitte zu befinden, war vollkommen. Er stieg in einem anständigen Hotel ab und bereitete sich darauf vor, hier in San Francisco so lange als Arzt zu praktizieren, wie nötig war, um zu ein wenig mehr Geld zu kommen, denn er hatte eine lange Reise vor sich. Jedoch etwas geschah, was seine Pläne über den Haufen werfen und ihn in dieser Stadt festhalten sollte. »Es war nicht mein Karma, in einem Kloster in den Bergen meinen Frieden zu finden, wie ich es mir manchmal erträumte – ich sollte einen Krieg führen ohne Waffenruhe und ohne Ende«, schloß er viele Jahre später, als er seine Vergangenheit überblickte und klar die zurückgelegten Wege sehen konnte und die noch zurückzulegenden.

Paulina Rodríguez de Santa Cruz entstieg der »Fortuna« wie eine Königin, umgeben von ihrem Gefolge und mit einem Gepäck von dreiundneunzig Koffern. Kapitän John Sommers' dritte Reise mit Eis war eine rechte Qual für ihn, die übrigen Reisenden und die Mannschaft gewesen. Paulina ließ alle Welt wissen, daß ihr das Schiff gehörte, und um das zu beweisen, widersprach sie dem Kapitän, sooft es ihr paßte, und gab den Matrosen eigenmächtige Befehle. Ihnen war nicht einmal die Erleichterung vergönnt, sie seekrank zu sehen, denn ihr Elefantenmagen widerstand jedem Schlingern, jedem Sturm ohne weitere Folgen als einem gesteigerten Appetit. Ihre Kinder verirrten sich regelmäßig in dem labyrinthischen Eingeweide des Schiffes, obwohl die Nanas sie nicht aus den Augen lassen sollten, und wenn das wieder einmal geschah, gellten die Alarmglocken an Bord, und sie mußten die »Fortuna« stoppen, weil die verzweifelte Mutter schrie, sie seien ins Wasser gefallen. Der Kapitän versuchte ihr so rücksichtsvoll wie irgend möglich klarzumachen, wenn das der Fall wäre, müsse sie sich abfinden, denn dann hätte der Pazifik sie verschlungen, aber sie befahl, die Rettungsboote auszusetzen. Die Kinder tauchten früher oder später wieder auf, und sie konnten die Reise beruhigt fortsetzen. Dafür rutschte ihr unausstehliches Schoßhündchen eines Tages aus und fiel vor den Augen mehrerer Zeugen in den Ozean, aber keiner sagte ein Wort. Auf dem Kai von San Francisco erwarteten sie ihr Mann und sein Bruder sowie eine Reihe Kutschen und Karren zum Transport der Familie und des Gepäcks. Die eigens für sie errichtete Residenz, ein elegantes viktorianisches Haus, war in Kisten aus England hergeschafft worden, alle Teile numeriert und mit einem Plan für ihre Zusammensetzung versehen; sie hatten auch die Tapeten, Möbel, Harfe, Klavier, Lampen, Porzellanfiguren und Bilder mit idyllischen Szenen importiert. Paulina gefiel es nicht. Verglichen mit ihrem Marmorwohnsitz in Chile war dies ein Puppenhaus, das umzufallen drohte, wenn man sich an die Wand lehnte, aber für den Augenblick gab es keine andere Lösung. Im übrigen genügte Paulina ein Blick auf die geschäftige, lebensvolle Stadt, um ihre Möglichkeiten zu erkennen.

»Hier werden wir uns niederlassen, Feliciano. Wer hier Pionier ist, wird später die Aristokratie darstellen.«

»Deinen Adelstitel hast du doch schon in Chile, Weib.«

»Ich ja, aber du nicht. Glaub mir, dies wird die wichtigste Stadt am ganzen Pazifischen Ozean sein.«

»Von Schurken und Huren gegründet!«

»Genau. Die sind am meisten auf gutes Ansehen erpicht. Es wird nichts Angeseheneres geben als die

Familie Cross. Ein Jammer, daß die Gringos deinen wirklichen Namen nicht aussprechen können. Cross ist ein Name für Käsehersteller. Aber schließlich – man kann nicht alles haben …«

Kapitän John Sommers machte sich auf zum besten Restaurant der Stadt, um so gut und viel wie möglich zu essen und zu trinken und die fünf Wochen zu vergessen, die er in der Gesellschaft dieser Frau verbracht hatte. Er hatte mehrere Kisten mit den neuen illustrierten Ausgaben erotischer Bücher mitgebracht. Der Erfolg der vorigen war unglaublich gewesen, und er hoffte, seine Schwester werde bald wieder Lust zum Schreiben bekommen. Seit Elizas Verschwinden hatte sie sich in ihrer Traurigkeit vergraben und die Feder noch nicht wieder angerührt. Auch ihm hatte es die gute Laune verschlagen. Ich werde alt, verdammt, dachte er, als er sich ertappte, wie er in nutzloser Wehmut vor sich hin grübelte. Er hatte keine Zeit gehabt, sich an seiner Tochter zu erfreuen, sie nach England mitzunehmen, wie er es vorgehabt hatte; er hatte es auch nicht geschafft, ihr zu sagen, daß er ihr Vater war. Diese ganze Geheimniskrämerei hatte er gründlich satt. Das Geschäft mit den Büchern war ein weiteres Familiengeheimnis. Vor fünfzehn Jahren, als seine Schwester ihm gestand, daß sie hinter Jeremys Rücken schamlose Geschichten schrieb, um nicht vor Langeweile umzukommen, hatte er sich überlegt, daß man sie in London veröffentlichen könnte, wo der Markt für Erotika aufgeblüht war ebenso wie die Prostitution und die Flagellantenclubs, je strenger die viktorianische Moral sich durchsetzte. In einer fernen Provinz Chiles vor einem eleganten Schreibtisch aus hellem Holz sitzend, ohne weitere Inspirationsquelle als die immer weiter perfektionierten und tausendfach übertriebenen Erinnerungen an eine einzigartige Liebe, hatte seine Schwester Roman auf Roman produziert, gezeichnet »eine anonyme Dame«. Niemand glaubte, daß diese heißen Geschichten, von denen einige an die einschlägigen und schon klassischen des Marquis de Sade erinnerten, von einer Frau geschrieben wurden. Ihm fiel die Aufgabe zu, die Manuskripte zum Drucker zu bringen, die Abrechnungen zu überwachen, die Einnahmen zu kassieren und auf einer Londoner Bank für seine Schwester einzuzahlen. Das war seine Art, ihr für die große Freundlichkeit zu danken, mit der sie seine Tochter aufnahm und den Mund hielt. Eliza ... Er konnte sich nicht an die Mutter erinnern, obwohl sie von ihr doch das Aussehen geerbt haben mußte, den Hang zum Abenteuer hatte sie zweifellos von ihm. Wo mochte sie sein? Bei wem? Rose hatte sich darauf versteift, sie sei einem Liebhaber nach Kalifornien gefolgt, aber je mehr Zeit verstrich, um so weniger glaubte er daran. Sein Freund Jacob Todd-Freemont, der die Suche nach Eliza zu seiner persönlichen Mission gemacht hatte, versicherte, sie habe San Francisco nie betreten.

Der Kapitän traf sich mit Freemont zum Abendessen, danach lud der Reporter ihn zu einem frivolen Spektakel in einem der Tanzschuppen im Rotlichtviertel ein. Er erzählte ihm, daß Ah Toy, die Chinesin, die sie durch ein paar Löcher in der Wand bestaunt hatten, jetzt eine Kette von Bordellen betrieb sowie einen sehr eleganten »Salon«, in dem die besten fernöstlichen Mädchen, einige knapp elf Jahre alt, sich anboten und darin geübt waren, jede Laune zu befriedigen; aber nicht dort wollte er mit ihm hingehen, sondern um sich die Tänzerinnen aus einem türkischen Harem anzusehen. Bald darauf rauchten und tranken sie in einem zweistökkigen Gebäude, das mit Marmortischen, polierten Bronzen und Bildern von Faunen verfolgter Nymphen ausgestattet war. Frauen verschiedener Rassen bedienten die Gäste, servierten Alkohol und arbeiteten an den Spieltischen unter den wachsamen Blikken bewaffneter und mit schriller Eleganz gekleideter Zuhälter. Beiderseits des Hauptsalons wurde in geschlossenen Räumen mit hohem Einsatz gespielt. Hier trafen sie sich, um in einer Nacht Tausende zu riskieren: Lokalmatadore, Richter, Kaufleute, Anwälte und Kriminelle, gleichgemacht durch die gemeinsame Sucht. Das orientalische Spektakel erwies sich als Reinfall, der Kapitän hatte in Konstantinopel den echten Bauchtanz gesehen und nahm an, daß diese ungelenken Mädchen vermutlich zu der letzten Gruppe Straßenmädchen aus Chicago gehörten, die gerade in der Stadt angekommen war. Die Zuschauer, in der Hauptsache grobe Goldgräber, die außerstande gewesen wären, die Türkei auf einer Karte zu finden, wurden schier verrückt vor Begeisterung über diese nur spärlich mit Glasperlenröckchen bekleideten Odalisken. Gelangweilt wandte der Kapitän sich einem der Spieltische zu, wo eine Frau mit unglaublicher Geschicklichkeit die Karten für das Monte austeilte. Eine andere trat an ihn heran, faßte ihn am Arm und flüsterte ihm eine Einladung ins Ohr. Er drehte sich um und sah sie an. Es war eine rundliche, gewöhnliche Südamerikanerin, aber ihr Gesicht strahlte Fröhlichkeit aus. Er wollte sie fortschicken, weil er den Rest der Nacht in einem der teuren Salons zu verbringen gedachte, die er schon bei jedem seiner früheren Aufenthalte in San Francisco besucht hatte, als sein Blick auf ihren Ausschnitt fiel. Zwischen den Brüsten trug sie eine goldene Brosche mit Türkisen.

»Wo hast du das her?« schrie er und packte ihre Schultern mit zwei Pranken.

»Das ist meins! Hab ich gekauft!« stotterte sie erschrocken.

»Wo?« Und er schüttelte sie, daß einer der Rausschmeißer näher kam.

»Ist was, Mister?« fragte er drohend.

Der Kapitän machte ein Zeichen, daß er die Frau wolle, und schleppte sie, trug sie fast zu einer der Nischen im zweiten Stock. Er zog den Vorhang zu und warf sie mit einer Ohrfeige rücklings aufs Bett.

»Du wirst mir jetzt sagen, wo du diese Brosche her hast, oder ich schlag dir sämtliche Zähne ein, ist das klar?«

»Ich hab sie nicht gestohlen, Señor, das schwöre ich. Man hat sie mir gegeben!«

»Wer hat sie dir gegeben?«

»Sie werden mir nicht glauben, wenn ich es sage . . .«

»Wer!«

»Ein Mädchen, vor einiger Zeit, auf einem Schiff.«

Und Azucena Placeres blieb nichts anderes übrig, als diesem Wahnsinnigen zu erzählen, wie ein chinesischer Koch ihr die Brosche gegeben habe als

Bezahlung, weil sie einem armen Ding beigestanden hatte, das im Kielraum eines Schiffes mitten im Pazifischen Ozean nach einer Fehlgeburt im Sterben lag. Während sie sprach, verwandelte sich die Wut des Kapitäns in blankes Entsetzen.

»Was ist aus ihr geworden?« fragte er niedergeschmettert, den Kopf zwischen den Händen.

»Ich weiß nicht, Señor.«

»Bei dem, was du am meisten liebst, Frau, sag mir, was aus ihr geworden ist«, flehte er und warf ihr ein Bündel Geldscheine in den Schoß.

»Wer sind Sie?«

»Ich bin ihr Vater.«

»Sie ist verblutet, und wir haben die Leiche ins Meer geworfen. Ich schwöre, das ist die Wahrheit«, antwortete Azucena Placeres, ohne zu zögern, denn sie dachte, wenn diese Unglückliche in einem Loch versteckt wie eine Ratte um die halbe Welt gereist war, würde es eine unverzeihliche Gemeinheit von ihr sein, den Vater auf ihre Spur zu setzen.

Eliza verbrachte den Sommer in High Gallows, denn ein Ereignis löste das andere ab, und dabei vergingen die Tage. Zuerst bekam Babalú der Böse einen fulminanten Ruhranfall, der Panik hervorrief, denn sie hatten angenommen, die Epidemie wäre besiegt. Seit zwei Monaten waren keine Fälle mehr zu beklagen gewesen außer dem Tod eines zweijährigen Kindes, des ersten Menschen, der in diesem Ort des Durchgangs für Fremde und Abenteurer geboren und gestorben war. Dieses kleine Geschöpf drückte dem Dorf den Stempel der Echtheit auf, es war nicht länger ein verrücktes Camp mit einem Galgen als einziger Berechtigung, auf Karten vermerkt zu werden, jetzt hatte es einen christlichen Friedhof aufzuweisen und das kleine Grab von einem Menschen, dessen Leben hier verlaufen war. Während der Schuppen als Hospital gedient hatte, waren wunderbarerweise alle von der Seuche verschont geblieben, denn Joe glaubte nicht an Ansteckung und sagte, alles sei Glückssache, die Welt ist voll von Seuchen, den einen befallen sie und den andern nicht. Deshalb sah sie sich auch nicht vor und gönnte sich den Luxus, die vernünftigen Warnungen des Arztes zu überhören, und nur widerwillig kochte sie manchmal das Trinkwasser ab. Als sie in ein richtiges, ordentliches Haus umzogen, fühlten sich alle sicher; wenn sie vorher nicht krank geworden waren, würden sie es jetzt ganz bestimmt nicht mehr. Wenige Tage nachdem es Babalú erwischt hatte, traf es die Bonecrusher, die beiden Mädchen aus Missouri und die schöne Mexikanerin. Sie quälten sich mit einem abscheulichen Durchfall, hohem Fieber und nicht beherrschbarem Schüttelfrost, der im Fall Babalú das Haus erschütterte. Und da erschien James Morton im Sonntagsanzug und bat in aller Form um Esthers Hand.

»Ach Junge, du hättest dir keinen schlechteren Augenblick aussuchen können«, stöhnte Joe Bonecrusher, aber sie war zu krank, um sich zu widersetzen, und gab wehklagend ihre Einwilligung.

Esther verteilte ihre Habe unter ihren Gefährtinnen, weil sie nichts davon in ihr neues Leben mitnehmen wollte, und heiratete noch am selben Tag ohne große Formalitäten, geleitet von Tom No Tribe und Eliza, den außer ihr selbst einzigen Gesunden der Truppe. Ihre alten Kunden bildeten eine doppelte Reihe zu beiden Seiten der Straße, als das Paar erschien, feuerten Schüsse in die Luft und ließen sie hochleben. Esther richtete sich in der Schmiede ein und war entschlossen, ein Heim daraus zu machen und die Vergangenheit zu vergessen, aber sie brachte es geschickt fertig, täglich Joes Haus zu besuchen, ihnen warmes Essen zu bringen und saubere Wäsche für die Kranken. Eliza und Tom No Tribe fiel die nicht eben einfache Aufgabe zu, die übrigen Bewohner des Hauses zu pflegen. Der Arzt des Dorfes, ein junger Mann aus Philadelphia, der seit Monaten warnte, daß das Wasser von den Abfällen der Goldgräber flußaufwärts verseucht sei, ohne daß jemand auf ihn gehört hätte, stellte Joes Haus unter Quarantäne. Mit den ausbleibenden Freiern gingen die Finanzen zum Teufel, aber sie litten keinen Hunger dank Esther und den anonymen Gaben, die still und heimlich vor der Tür erschienen: ein Sack Bohnen, mehrere Pfund Zucker, Tabak, Beutelchen mit Goldstaub, einige Silberdollar. Um ihren Freunden zu helfen, besann sich Eliza auf das, was sie als Kind von Mama Fresia und in Sacramento von Tao Chi'en gelernt hatte, bis endlich einer nach dem andern sich erholte, obwohl sie noch eine gute Weile taumelig und ein wenig wirr im Kopf waren. Babalú der Böse hatte am schlimmsten leiden müssen, sein gewaltiger Zyklopenkörper war nicht an Krankheit gewöhnt, er magerte ab, und das Fleisch hing ihm so traurig herab, daß sogar seine Tätowierungen aus der Form kamen.

In diesen Tagen erschien in der Lokalzeitung eine kurze Notiz über einen Banditen namens Joaquín Murieta, ob Chilene oder Mexikaner sei nicht sicher, der entlang der Mutterader eine gewisse Berühmtheit erlangt hatte. Zu der Zeit herrschte die nackte Gewalt in der Goldregion. Als die Nordamerikaner enttäuscht begriffen, daß das schnelle Glück wie ein zum Spott gewordenes Wunder nur sehr wenigen gelächelt hatte, klagten sie die Ausländer an, sie bereicherten sich aus purer Gier, ohne zur Wohlfahrt des Landes beizutragen. Der Alkohol heizte ihnen ein, und die Tatsache, daß sie keine Folgen zu fürchten hatten, wenn sie nach ihrem Belieben Strafen austeilten, gab ihnen ein irrationales Gefühl der Macht. Nie wurde ein Yankee wegen Verbrechens gegen Andersfarbige verurteilt, schlimmer noch, häufig konnte ein Weißer sich seine eigenen Geschworenen aussuchen. Aus der Fremdenfeindschaft wurde blinder Haß. Die Mexikaner wollten es nicht hinnehmen, daß sie durch den Krieg ihr Territorium verloren hatten und daß sie von ihren Ranchos und aus den Minen vertrieben wurden. Die Chinesen ertrugen schweigend die Mißachtung, gingen nicht fort und bauten weiter Gold ab mit winzigen Erträgen, aber mit so unendlicher Zähigkeit, daß sie Gramm um Gramm Reichtum anhäuften. Tausende Chilenen und Peruaner, die als erste herbeigeeilt waren, als das Goldfieber ausbrach, beschlossen heimzukehren, denn ihrem Traum unter solchen Bedingungen weiter zu folgen lohnte die Mühe nicht. Im Jahre 1850 hatte die Regierung Kaliforniens eine Steuer auf den Bergbau eingeführt, um die Interessen der Weißen zu schützen. Neger und Indianer blieben draußen, sofern sie nicht als Sklaven arbeiteten, und die Ausländer mußten monatlich zwanzig Dollar zahlen und ihren Claim neu registrieren lassen, was sich praktisch nicht durchführen ließ. Sie konnten die Fundstätten nicht verlassen und wochenlang zu den Städten und wieder zurück wandern, um dem Gesetz Genüge zu tun, taten sie es aber nicht, beschlagnahmte der Sheriff die Mine und übergab sie einem Nordamerikaner. Diejenigen, die die Maßnahmen durchzusetzen hatten, waren vom Gouverneur beauftragt und bezogen ihre Entlohnung von der Steuer und den Geldstrafen, eine perfekte Methode, die Korruption zu fördern. Das Gesetz wurde nur gegen Ausländer mit dunklerer Hautfarbe angewandt, obwohl die Mexikaner nach dem Friedensvertrag von 1848 ein Recht auf die nordamerikanische Staatsbürgerschaft hatten. Eine weitere Verfügung richtete sie endgültig zugrunde: Der Besitz ihrer Ranchos, auf denen sie seit Generationen gelebt hatten, mußte von einem Gericht in San Francisco bestätigt werden. Das Verfahren zog sich über Jahre hin und kostete ein Vermögen, außerdem waren die Richter und die Gerichtsvollzieher häufig ebendiejenigen, die sich ihrer Grundstücke bemächtigt hatten. Da die Justiz sie nicht schützte, schlossen sich einige außerhalb des Gesetzes zusammen und übernahmen, wenn schon, denn schon, die Rolle der Rechtsbrecher. Die früher sich damit begnügt hatten, Vieh zu stehlen, griffen jetzt Goldgräber und Alleinreisende an. Bestimmte Banden wurden berühmt durch ihre Grausamkeit, sie raubten ihre Opfer nicht nur aus, sondern hatten auch ihren Spaß daran, sie zu quälen, bevor sie sie umbrachten. Die Rede ging von einem besonders blutgierigen Banditen, dem man unter anderen Verbrechen den entsetzlichen Tod zweier junger Nordamerikaner anlastete. Man fand ihre Leichen an einen Baum gebunden, mit Wunden, die darauf hindeuteten, daß sie als Ziele für Messerwürfe gedient hatten; außerdem war ihnen die Zunge herausgeschnitten, die Augen ausgestochen und die Haut abgezogen worden, bevor sie noch lebend zurückgelassen wurden, damit sie langsam starben. Der vermutliche Täter wurde Drei-Finger-Jack genannt und war, wie es hieß, die rechte Hand von Joaquín Murieta.

Jedoch es gab nicht nur Wildheit und Grausamkeit; die Städte entwickelten sich, neue Dörfer entstanden, Familien ließen sich nieder, Zeitungen, Theatertruppen und Orchester wurden gegründet, Banken, Schulen und Kirchen gebaut, Straßen trassiert und Verkehrsverbindungen verbessert. Es gab Eilpostkutschen, und die Briefe wurden regelmäßig zugestellt. Frauen kamen, eine neue Gesellschaft bildete sich heraus, die nach Recht und Ordnung strebte, vorbei war es mit dem Chaos der einsamen Männer und der Prostituierten des Anfangs, Gesetze wurden erlassen, und das Bemühen wurde spürbar, zu der im Rausch des leichten Goldes verlorengegangenen Zivilisiertheit zurückzukehren. High Gallows bekam einen ehrbaren Namen und wurde in einer feierlichen Zeremonie mit Musikkapelle und Parade zu Dusty Springs. Auch Joe Bonecrusher nahm daran teil, zum erstenmal als Frau gekleidet und von ihrer ganzen Truppe geleitet. Die frisch angelangten Ehefrauen rückten ab von den »angemalten Gesichtern«, aber weil Joe und ihre Mädchen so vielen das Leben gerettet hatten, sahen sie über ihr Treiben hinweg. Gegen das andere Bordell jedoch entfesselten sie einen Krieg, der ziemlich nutzlos war, denn noch immer kam auf neun Männer eine Frau. Am Jahresende hieß James Morton fünf Quäkerfamilien willkommen, die in Ochsenkarren den Kontinent durchquert hatten und nicht des Goldes wegen kamen, sondern weil die ungeheure Weite dieses jungfräulichen Landes sie herbeigezogen hatte.

Eliza wußte nicht, welcher Fährte sie folgen sollte. Joaquín Andieta war verlorengegangen in den

Wirrnissen dieser Zeit, und an seiner Stelle begann sich ein Bandit abzuzeichnen mit den der Beschreibung nach passenden körperlichen Merkmalen und einem ähnlichen Namen, den sie aber unmöglich mit dem jungen Mann gleichsetzen konnte, den sie liebte. Der Verfasser der leidenschaftlichen Briefe, die sie als einzigen Schatz aufbewahrte, konnte nicht derselbe sein, dem so grausame Verbrechen zugeschrieben wurden. Der Mann ihrer Liebe würde sich niemals mit einem Schurken wie Drei-Finger-Jack zusammengetan haben, glaubte sie, aber ihre Sicherheit wurde zu Wasser in den Nächten, wenn Joaquín ihr unter tausend verschiedenen Masken erschien und ihr widersprüchliche Botschaften brachte. Sie erwachte zitternd, von den wahnsinnigen Gespenstern ihrer Albträume gepeinigt. Sie konnte nicht mehr beliebig in ihre Träume eintreten und sie wieder verlassen, wie Mama Fresia es sie in ihrer Kindheit gelehrt hatte, konnte nicht die Visionen und Symbole entziffern, die sich in ihrem Kopf wälzten, polternd wie Steine, die der Fluß mit sich fortreißt. Sie schrieb unermüdlich in ihr Tagebuch in der Hoffnung, daß dadurch die Bilder irgendeine Bedeutung erhielten; sie las die Liebesbriefe Wort für Wort und suchte nach erhellenden Zeichen, aber das Ergebnis war nur größere Ratlosigkeit. Diese

Briefe waren der einzige Beweis, daß ihr Geliebter existierte, und sie klammerte sich daran, um nicht völlig verrückt zu werden. Kaum konnte sie der Versuchung widerstehen, sich in Apathie sinken zu lassen, um dem Schrecken des ständigen Suchens zu entfliehen. Sie zweifelte an allem: an den Umarmungen im Zimmer der Schränke, an dem monatelangen Begrabensein im Bauch des Schiffes, an dem Kind, das blutig von ihr ging.

So überwältigend waren die finanziellen Probleme, die sich nicht nur durch Esthers Heirat mit dem Schmied ergaben, wodurch die Truppe auf einen Schlag ein Viertel ihrer Einkünfte einbüßte, sondern auch durch die wochenlange Krankheit der übrigen Mädchen, daß Joe fast ihr Häuschen hätte aufgeben müssen, aber die Vorstellung, ihre Täubchen für die Konkurrenz arbeiten zu sehen, weckte ihren Ehrgeiz und half ihr, gegen das Mißgeschick anzukämpfen. Die Mädchen waren durch die Hölle gegangen, und sie konnte sie nicht wieder ins Ungewisse zurückstoßen, denn ganz ohne es zu wollen, hatte sie sie ins Herz geschlossen. Sie hatte sich immer als schweren Irrtum Gottes betrachtet, als einen mit Gewalt in einen Frauenkörper gezwängten

Mann, deshalb verstand sie diesen mütterlichen Instinkt nicht, der plötzlich in ihr Blüten trieb, als es am wenigsten angebracht war. Sie betreute Tom No Tribe pflichteifrig, aber sie gab gern zu verstehen, daß sie es tat »wie ein Sergeant«. Verhätscheln gab's nicht, das lag nicht in ihrem Charakter, und außerdem mußte das Kind stark werden wie seine Vorfahren; »Zimperlichkeit versaut bloß die Männlichkeit«, warnte sie Eliza, als sie sie mit dem Jungen im Arm ertappte, wie sie ihm chilenische Märchen erzählte. Diese neue Zärtlichkeit für ihre Täubchen war höchst unpassend, und zu allem Überfluß hatten sie sie auch noch bemerkt und fingen an, sie »Mutter« zu nennen. Der Titel machte sie wütend, sie hatte ihn ihnen verboten, aber sie scherten sich nicht darum. »Wir haben eine rein geschäftliche Beziehung, verdammt! Damit das klar ist: Solange ihr arbeitet, habt ihr Einnahmen, Dach, Essen und Schutz, aber sobald ihr krank werdet, fallt ihr vom Fleisch oder kriegt Falten und graue Haare, und dann adiós! Nichts ist einfacher, als euch zu ersetzen, die Welt ist voll von Nutten«, knurrte sie. Und nun mit einemmal mußte dieses widerlich süße Gefühl, das sich keine Madame mit gesundem Menschenverstand leisten konnte, ihre ganze Existenz durcheinanderbringen. »In diesen Schlamassel bist du reingerutscht, weil du ein guter Mensch bist«, frotzelte Babalú der Böse. Und so war es ja auch: während sie kostbare Zeit damit verschwendet hatte, Kranke zu pflegen, die sie nicht einmal dem Namen nach kannte, hatte die andere Puffmutter des Dorfes niemanden mit der Seuche in die Nähe ihres Lokals kommen lassen. Joe mußte immer tiefer in ihren Sparstrumpf gucken, während die andere fett geworden war, sich die Haare rot färbte und sich einen um zehn Jahre jüngeren russischen Geliebten genommen hatte mit Athletenmuskeln und einem Diamanten, der in einen Zahn eingelegt war; sie hatte ihr Geschäft erweitert, und an den Wochenenden standen die Goldgräber Schlange vor ihrer Tür, das Geld in der einen Hand und den Hut in der andern, denn keine Frau, so tief sie auch gefallen sein mochte, duldete einen Hut auf einem Männerkopf. Ein für allemal: es gab keine Zukunft in diesem Beruf, behauptete Joe: das Gesetz schützte sie nicht, Gott hatte sie vergessen, und vor sich sah sie nur Alter, Armut und Einsamkeit. Ihr kam der Gedanke, sich der Wäscherei und dem Kuchenbacken zuzuwenden, dabei aber das Geschäft mit den Spieltischen und den unanständigen Büchern nicht aufzugeben, aber ihre Mädchen waren nicht bereit, sich ihr Brot mit so grober Handarbeit zu verdienen.

»Dies ist ein Scheißgeschäft, Kinder. Heiratet, studiert, macht was aus eurem Leben und laßt mich in Frieden«, seufzte sie betrübt.

Auch Babalú hatte es satt, den Zuhälter und Leibwächter zu spielen. Das seßhafte Leben langweilte ihn, und die Bonecrusher hatte sich so verändert, daß es wenig Sinn hatte, weiter mit ihr zusammenzuarbeiten. Wenn sie die Lust an dem Beruf verlor en hatte, was blieb dann für ihn? In verdrossenen Augenblicken vertraute er sich dem Chilenito an, und die beiden unterhielten sich damit, phantastische Pläne zu entwerfen, wie sie sich selbständig machen könnten: sie würden eine Wanderschau auf die Beine stellen, sich einen Bären kaufen, ihn im Boxen trainieren und dann von Dorf zu Dorf ziehen und die Großmäuler herausfordern, einen Faust kampf mit dem Tier auszutragen. Babalú war auf das Abenteuer aus, und Eliza dachte, das wäre ein guter Vorwand, um in Begleitung auf die Suche nach Joaquín zu gehen. Außer Kochen und Klavierspielen hatte sie nicht viel zu tun bei der Bonecrusher, der Müßiggang machte auch sie übellaunig. Sie wollte die unendliche Freiheit der Straße wieder erleben, aber sie hatte diese Menschen liebgewonnen, und die Vorstellung, sich von Tom No Tribe zu trennen, brach ihr fast das Herz. Der Junge las bereits fließend und übte fleißig schreiben, denn Eliza hatte ihn überzeugt, wenn er erwachsen sein würde, müsse er studieren und Anwalt werden, um die Rechte der Indianer zu verteidigen, statt die Toten mit Kugeln zu rächen, wie Joe es vorhatte. »So wirst du ein viel mächtigerer Krieger sein, und die Gringos werden Angst vor dir haben«, sagte Eliza. Lachen konnte er noch nicht, aber ein paarmal, wenn er sich neben sie setzte, damit sie ihm den Kopf kraulte, malte sich der Anflug eines Lächelns auf seinem zornigen Indianergesicht.

Tao Chi'en erschien an einem Mittwoch im Dezember um drei Uhr nachmittags in Joe Bonecrushers Haus. Tom No Tribe öffnete ihm die Tür, ließ ihn in das Spielzimmer treten, das um diese Zeit leer war, und ging die Täubchen rufen. Kurz darauf kam die schöne Mexikanerin in die Küche, wo der Chilenito beim Brotbacken war, und verkündete, ein Chinese habe nach Elias Andieta gefragt, aber Eliza war so in ihre Arbeit und in die Träume der vergangenen Nacht vertieft, in denen sich Spieltische mit ausgestochenen Augen mischten, daß sie nicht hinhörte.

»Ich sag dir doch, ein Chinese wartet auf dich«,

wiederholte die Mexikanerin, und da tat Elizas Herz einen Maultiertritt in ihrer Brust.

»Tao!« schrie sie und rannte hinaus.

Aber als sie in das Zimmer trat, sah sie einen so veränderten Mann vor sich, daß sie einige Sekunden zögerte, bis sie ihren Freund erkannte. Er hatte seinen Zopf nicht mehr, seine Haare waren kurz geschnitten, pomadisiert und nach hinten gekämmt, er trug eine Brille mit runden Gläsern und Metallrahmen, einen dunklen Gehrock, eine Weste mit drei Knöpfen und enge Hosen. Über dem einen Arm hing ihm ein Mantel und ein Regenschirm, in der anderen Hand hielt er einen Zylinderhut.

»Mein Gott, Tao! Was ist denn mit dir passiert?«

»In Amerika kleide dich wie die Amerikaner«, sagte er lächelnd.

In San Francisco hatten ihn drei Schlägertypen überfallen, und ehe er sein Messer aus dem Gürtel ziehen konnte, hatten sie ihn mit einem Knüppelhieb betäubt aus purem Spaß, sich auf Kosten eines »Gelben« zu vergnügen. Als er wieder zu sich kam, fand er sich in der Gosse liegend, mit Unrat beschmiert, sein Zopf war roh abgeschnitten und ihm um den Hals geschlungen. Worauf er beschloß, das Haar künftig kurz zu tragen und sich zu kleiden wie *die fan gui.* Seine neue Erscheinung fiel auf in der Menge im Chinesenviertel, aber außerhalb wurde er nun wesentlich freundlicher aufgenommen, und ihm öffneten sich Türen zu Orten, die zu betreten ihm früher verwehrt war. Er war in der Stadt vielleicht der einzige Chinese mit diesem Aussehen. Der Zopf wurde als unantastbar angesehen, und der Entschluß, ihn abzuschneiden, bewies den Vorsatz, nicht nach China zurückzukehren, sondern sich fest in Amerika niederzulassen, ein unverzeihlicher Verrat am Kaiser, dem Vaterland und den Ahnen. Doch seine Kleidung und seine Frisur erregten auch eine gewisse Verwunderung, denn sie deuteten an, daß er Zugang zur Welt der Amerikaner hatte. Eliza konnte die Augen nicht von ihm lassen: er war ein Unbekannter, mit dem sie sich erst wieder gründlich vertraut machen mußte. Tao Chi'en verneigte sich mehrmals zu seinem gewohnten Gruß, und sie traute sich nicht, dem Impuls zu folgen, der ihr auf der Haut brannte, und ihn zu umarmen. Sie hatte viele Male Seite an Seite mit ihm geschlafen, aber niemals hatten sie sich berührt ohne den Schlaf als Entschuldigung.

»Ich glaube, du hast mir besser gefallen, als du noch von oben bis unten Chinese warst, Tao. Laß mich dich riechen«, bat sie.

Betroffen hielt er still, während sie an ihm schnupperte wie ein Hund an seiner Beute und endlich den zarten Hauch nach Meer wiedererkannte, diesen tröstlichen Geruch aus der Vergangenheit. Mit dem kurzen Haar und dem strengen Anzug sah er größer aus und hatte die jugendlich schlaksige Haltung verloren. Er war dünner geworden und erschien jetzt größer, und in seinem glatten Gesicht zeichneten sich die Backenknochen ab. Eliza betrachtete mit Vergnügen seinen Mund, sie erinnerte sich genau an sein ansteckendes Lächeln und seine tadellosen Zähne, aber nicht an die sinnliche Form seiner Lippen. Sie bemerkte etwas Schwermütiges in seinem Blick, aber sie dachte, das sei die Wirkung der Brille.

»Wie gut das tut, dich zu sehen, Tao!«, und ihre Augen füllten sich mit Tränen.

»Ich konnte nicht früher kommen, ich wußte ja nicht, wo du steckst.«

»Besser spät als nie. Du siehst aus wie ein Totengräber, aber wie ein hübscher.«

»Damit befasse ich mich jetzt auch, mit Totengräberei«, sagte er lächelnd. »Als ich erfuhr, daß du an diesem Ort lebst, dachte ich, Azucena Placeres' Voraussagen hätten sich erfüllt. Sie hat immer gesagt, früher oder später würdest du enden wie sie.«

»Ich habe dir doch in dem Brief erklärt, daß ich mir mit Klavierspielen mein Brot verdiene!«

»Unglaublich!«

»Warum? Du hast mich nie spielen hören, so schlecht spiele ich nicht. Und wenn ich als taubstummer Chinese durchgehen kann, kann ich es auch als chilenischer Pianist.«

Tao Chi'en lachte zu seiner eigenen Verwunderung, es war das erste Mal seit Monaten, daß ihm froh zumute war.

»Hast du deinen Liebsten gefunden?«

»Nein. Ich weiß schon nicht mehr, wo ich ihn suchen soll.«

»Vielleicht verdient er es gar nicht, daß du ihn findest. Komm mit mir nach San Francisco.«

»Ich wüßte nicht, was ich in San Francisco tun sollte ...«

»Und hier? Der Winter ist schon da, in ein paar Wochen werden die Wege unpassierbar sein und dieses Dorf von allem abgeschnitten.«

»Es ist ziemlich langweilig, dein dämliches Brüderchen zu spielen, Tao.«

»Es gibt viel zu tun in San Francisco, du wirst schon sehen, und du brauchst dich auch nicht als Mann zu verkleiden, jetzt sieht man überall Frauen, da fällst du nicht weiter auf.«

»Was ist aus deinen Plänen geworden, nach China zurückzukehren?«

»Aufgeschoben. Ich kann noch nicht fort.«

Sing Song Girls

Im Sommer 1851 beschloß Jacob Freemont, Joaquín Murieta zu interviewen. Banditen und Brände waren die beherrschenden Themen in Kalifornien, sie hielten die Menschen in Schrecken und die Presse in Atem. Das Verbrechen war entfesselt, und jeder wußte von der Korruption bei der Polizei und daß sie in der Mehrheit aus Kriminellen zusammengesetzt war, denen mehr daran lag, ihre Kumpane zu schützen als die Bevölkerung. Nach einem weiteren furchtbaren Brand, der einen großen Teil San Franciscos zerstörte, wurde ein Selbstschutzkomitee gegründet, dem aufgebrachte Bürger angehörten und dem der zwielichtige Sam Brannan vorstand, jener Mormone, der 1848 die Nachricht von dem ersten Goldfund verbreitet hatte. Die Feuerwehrmänner rannten, die Wasserkarren an Stricken hinter sich her ziehend, hügelan und hügelab, aber ehe sie ein Gebäude erreichten, hatte der Wind die Flammen schon zu dem danebenstehenden getrieben. Das Feuer war ausgebrochen, als australische Gangster das Geschäft eines Kaufmanns mit Kerosin getränkt hatten, weil er sich weigerte, ihnen Schutzgelder zu zahlen, und dann eine brennende Fackel hineinwarfen. Angesichts der Gleichgültigkeit der Behörden hatte das Komitee beschlossen, auf eigene Faust vorzugehen. Die Zeitungen jammerten: »Wie viele Verbrechen sind in dieser Stadt in einem Jahr begangen worden! Und wer ist dafür gehängt oder überhaupt bestraft worden? Niemand! Wie viele Männer sind erschossen oder erstochen oder zusammengeschlagen worden, und wen hat man deshalb verurteilt? Wir reden nicht der Lynchjustiz das Wort, aber wer kann wissen, was die empörte Bevölkerung tun wird, um sich zu schützen?« Lynchjustiz, genau das war die Lösung, auf die die Bevölkerung kam. Die Bürgerwehr wuchs von Tag zu Tag, und sie ging mit so rasendem Enthusiasmus zu Werk, daß die Banditen sich zum erstenmal hüteten, am hellichten Tag tätig zu werden. In diesem Klima von Gewalttat und Rache war die Gestalt Joaquín Murietas auf dem besten Wege, zum Symbol zu werden. Jacob Freemont übernahm es, das Feuer seiner Berühmtheit zu schüren; seine sensationslüsternen Artikel hatten für die Hispanos einen Helden und für die Yankees einen Teufel geschaffen. Er gab ihm eine vielköpfige Bande bei und schrieb ihm das Können eines militärischen Genies zu und behauptete, er führe einen Guerrillakrieg, gegen den die Behörden machtlos seien. Er greife mit List und Schnelligkeit an, falle über seine Opfer her wie ein Fluch und verschwinde sofort wieder, ohne eine Spur zu hinterlassen, um kurz darauf hundert Meilen entfernt einen neuen Schlag von so ungewöhnlicher Kühnheit zu führen, daß man ihn sich nur mit Zauberei erklären könne. Freemont nahm zwar an, daß die geschilderten Untaten von verschiedenen Männern begangen worden waren, aber er hütete sich, es auszusprechen, das hätte der Legende geschadet. Dagegen kam ihm der Einfall, ihn den »Robin Hood Kaliforniens« zu nennen, womit er das Ressentiment gegen die *greasers* weiter schürte. Die Yankees nahmen an, daß die Mexikaner Murieta versteckten und ihm Waffen und Proviant lieferten, weil er die Yankees beraubte, um den Menschen seiner Hautfarbe zu helfen. Im Krieg hatten sie die Gebiete von Texas, Arizona, Neumexiko, Nevada, Utah, halb Colorado und Kalifornien verloren, für sie war jedes Attentat auf die Gringos eine patriotische Tat. Der Gouverneur verwarnte die Zeitung wegen der Unbesonnenheit, einen Verbrecher in einen Helden zu verwandeln, aber der Name hatte die Phantasie der Leute bereits entflammt. Freemont erhielt Dutzende von Briefen, darunter den einer jungen Frau aus Washington, die bereit war, um die halbe Welt zu segeln, um den Banditen zu heiraten, und die Leute hielten ihn auf der Straße an, um ihn nach dem berühmten Joaquín Murieta auszufragen. Ohne ihn, wie er glaubte, je gesehen zu haben, beschrieb er ihn als einen Jüngling von männlichem Gepräge mit den Zügen eines spanischen Edelmannes und dem Mut eines Stierkämpfers. Ganz ohne vorherige Absicht war er mit seinen Artikeln auf eine Goldgrube gestoßen, die einträglicher war als viele entlang der Mutterader. Da kam ihm der Gedanke, jenen Joaquín zu interviewen, falls der Bursche wirklich existierte, um seine Biographie zu schreiben, und falls er eine Erfindung war, reichte das Thema für einen Roman. Seine Arbeit als Autor würde ganz einfach darin bestehen, einen heroischen Ton anzuschlagen, um den Geschmack der breiten Masse zu treffen. Kalifornien brauchte seine eigenen Mythen und Legenden, befand Freemont, es war ein neugeborener Staat für die Nordamerikaner, die mit einem Federstrich die vorherige Geschichte der Indianer, Mexikaner und ursprünglichen Kalifornier auslöschen wollten. Für dieses Land mit den endlosen Weiten und den einsamen Männern, offenes Land für Eroberung und Vergewaltigung, was für einen besseren Helden als einen Banditen konnte es da geben? Er packte alles Nötige in einen Koffer, versah sich mit ausreichend Heften und Bleistiften und machte sich auf, seinen Mann zu suchen. Die Gefahren kamen ihm gar nicht erst in den Sinn, mit der doppelten Arroganz des Engländers und des Zeitungsmenschen glaubte er sich vor jedem Übel geschützt. Im übrigen konnte man bereits mit einer gewissen Bequemlichkeit reisen, es gab Straßen und einen regulären Kutschendienst, der die Ortschaften miteinander verband, in denen er seine Nachforschungen zu betreiben gedachte, es war nicht mehr wie früher, als er gerade mit seiner Reporterarbeit begonnen hatte und auf einem Maultierrücken sich den Weg durch die Ungewißheit von Bergen und Wäldern bahnen mußte ohne besseren Führer als ein paar schwachsinnige Karten, mit denen man ewig im Kreis laufen konnte. Wärend der Fahrt konnte er sehen, wieviel sich in der Region verändert hatte. Nur wenige waren durch das Gold reich geworden, aber dank der vielen tausend zugereisten Abenteurer war Kalifornien nun ein zivilisiertes Land. Ohne den Goldrausch hätte die Eroberung des Westens noch zwei Jahrhunderte auf sich warten lassen, schrieb Freemont in sein Heft.

An Stoff fehlte es ihm nicht. Da war die Geschichte jenes Goldgräbers, eines achtzehnjährigen Burschen, dem es nach einem langen, entbehrungsreichen Jahr gelang, zehntausend Dollar zusammenzubringen, die er brauchte, um nach Oklahoma zurückzukehren und für seine Eltern eine Farm zu kaufen. An einem strahlend schönen Tag stieg er von den Höhen der Sierra Nevada hinab auf Sacramento zu, den Beutel mit seinem Schatz auf dem Rücken, als ein Haufen Banditen über ihn herfielen, ob Mexikaner oder sonstige Südamerikaner, war unklar. Es stand nur mit Sicherheit fest, daß sie spanisch sprachen, denn sie hatten die Dreistigkeit besessen, einen Zettel zu hinterlassen – mit einem Messer auf ein Stück Holz gespießt –, auf dem in dieser Sprache stand: »Tod den Yanquis!« Sie hatten sich nicht damit begnügt, ihn zu verprügeln und zu berauben, sie hatten ihn nackt an einen Baum gebunden und mit Honig bestrichen. Zwei Tage später, als eine Patrouille ihn fand, halluzinierte er. Die Moskitos hatten ihm die Haut so zerstochen, daß sie am ganzen Körper aufgequollen und gerissen war.

Freemont bewies sein Talent für abartige Journalistik mit dem Bericht über das tragische Ende Josefas, einer schönen Mexikanerin, die in einem Tanzsalon angestellt war. Er gelangte am Unabhängigkeitstag in das Dorf Downieville und geriet mitten hinein in die Festlichkeiten, die ein Anwärter auf den Senatorentitel leitete und durch die ein Strom von Alkohol floß. Ein Goldgräber war mit Gewalt in Josefas Zimmer eingedrungen, und sie hatte sich gegen ihn gewehrt und ihm ein Jagdmesser tief ins Herz gestoßen. Als Freemont ankam, lag die Leiche auf einem Tisch, von einer amerikanischen Fahne bedeckt, und eine von Fanatikern aufgepeitschte Menge von zweitausend Männern verlangte den Galgen für Josefa. Unbewegt in ihrer blutbefleckten weißen Bluse rauchte die Frau ihre Zigarette, als ginge das ganze Geschrei sie nichts an, und musterte die Gesichter der Männer mit abgrundtiefer Verachtung. Sie war sich der aufreizenden Mischung von Aggression und sexueller Begierde, die sie in ihnen erregte, vollauf bewußt. Ein Arzt wagte sie zu verteidigen, sie habe in Notwehr gehandelt, und wenn sie sie hinrichteten, würden sie auch das Kind in ihrem Leib töten, aber die Menge brachte ihn zum Schweigen und drohte, ihn auch zu hängen. Zwei weitere verschreckte Ärzte wurden gezwungen, Josefa zu untersuchen, und beide meinten, sie sei nicht schwanger, woraufhin das improvisierte Gericht sie innerhalb weniger Minuten verurteilte. »Diese *greasers* zu erschießen ist nicht das richtige, man muß ihnen einen gerechten Prozeß machen und sie mit der ganzen Majestät des Gesetzes hängen«, befand einer der Geschworenen. Freemont hatte noch nie einen Lynchmord von nahem gesehen und konnte nun in hochtönenden Sätzen beschreiben, wie sie um vier Uhr nachmittags Josefa zu der Brücke zerren wollten, wo das Ritual der Hinrichtung vorbereitet war, wie aber sie ihre Henkersknechte hochmütig abschüttelte und allein zur Richtstätte schritt. Die Schöne stieg ohne Hilfe die Leiter hinauf, band ihre Röcke um die Knöchel fest, legte sich den Strick um den Hals, ordnete ihre Zöpfe und verabschiedete sich mit einem tapferen »Adiós, Señores«, was den Journalisten verblüffte und die andern beschämte. »Josefa ist nicht gestorben, weil sie schuldig, sondern weil sie Mexikanerin war. Das ist das erste Mal, daß eine Frau in Kalifornien gelyncht wurde. Welche Vergeudung, wo es so wenige gibt!« endete Freemont seinen erhitzten Artikel.

Den Spuren Joaquín Murietas folgend, entdeckte er Ortschaften mit Schule, Bibliothek, Kirche und Friedhof, andere wieder konnten nur ein Bordell und ein Gefängnis aufweisen. Saloons gab es in jedem Ort, sie waren der Mittelpunkt des gesellschaftlichen Lebens. In ihnen ließ Jacob Freemont sich nieder und stellte seine Fragen, und so konstruierte er mit einigen Wahrheiten und einem Berg von Lügen den Lebensweg – oder die Legende – Joaquín Murietas. Die Kneipenwirte beschrieben ihn als einen verdammten Spanier, in Leder und schwarzen

Samt gekleidet, mit großen silbernen Sporen, einem Dolch im Gürtel und den feurigsten Rotfuchs reitend, den sie je gesehen hätten. Sie erzählten, er trete sporenklirrend mit seinem Gefolge von Banditen ein, werfe seine Silberdollars auf die Theke und bestelle eine Runde für alle Anwesenden. Keiner wage den Schnaps zurückzuweisen, selbst die verwegensten Männer tränken schweigend unter dem funkelnden Blick des Schurken. Für die Sheriffs dagegen gab es nichts Prächtiges an seiner Person, das war bloß ein gemeiner Mörder, der zu den schlimmsten Grausamkeiten fähig war und der es nur deshalb immer wieder schaffte, der Gerechtigkeit zu entgehen, weil die *greasers* ihn schützten. Die Chilenen glaubten, er sei einer der Ihren und in einem Ort namens Quillota geboren, zu seinen Freunden sei er loyal und vergesse nie, erwiesene Gefälligkeiten zu vergelten, deshalb sei es gute Politik, ihm zu helfen; aber die Mexikaner schworen, er komme aus dem Staat Sonora, sei ein gebildeter junger Mann aus einer alten Adelsfamilie und sei der Rache halber Bandit geworden. Die Berufsspieler betrachteten ihn als Experten im Montespiel, aber sie mieden ihn, weil er ein irrsinniges Glück mit den Würfeln hatte und einen locker sitzenden Dolch, der bei der geringsten Herausforderung in seiner Hand erschien.

Die weißen Prostituierten starben fast vor Neugier, weil gemunkelt wurde, dieser schöne, großzügige Bursche verfüge über den nimmermüden Schwanz eines Junghengstes, aber die Hispanomädchen glaubten das nicht: Joaquín Murieta pflege ihnen unverdient hohe Trinkgelder zu geben, falls er je ihre Dienste in Anspruch nehme, er sei seiner Braut treu, versicherten sie. Sie beschrieben ihn als mittelgroß, schwarzhaarig, Augen strahlend wie Feuer, angebetet von seiner Bande, unbeugsam im Unglück, fürchterlich zu seinen Feinden und freundlich zu den Frauen. Andere behaupteten, er habe das ungehobelte Aussehen eines geborenen Verbrechers und eine schreckliche Narbe ziehe sich quer über sein Gesicht, von einem gut aussehenden Jungen, Edelmann oder Schönling habe er aber wirklich gar nichts. Jacob Freemont suchte sich die Meinungen heraus, die sich am besten zu dem Bild fügten, das er von dem Banditen hatte, und so spiegelte er ihn in seinen Artikeln wider, wohlweislich immer ein wenig doppelsinnig, damit er einen Rückzieher machen konnte, falls er einmal von Angesicht zu Angesicht auf seinen Champion treffen sollte. Während der vier Sommermonate fuhr er kreuz und quer durchs Land, ohne ihn zu finden, aber aus den verschiedenen Lesarten, die er hörte, stellte er die phantastische Biographie eines Helden zusammen. Weil er nicht zugeben wollte, daß er ergebnislos zurückgekehrt war, erfand er in seinen Artikeln mitternächtliche Begegnungen in Felsenhöhlen oder auf Waldlichtungen. Schließlich – wer sollte ihm widersprechen? Maskierte Männer hatten ihn geführt, zu Pferde und mit verbundenen Augen, identifizieren konnte er sie nicht, aber sie hatten spanisch gesprochen. Dieselbe eifrige Beredsamkeit, mit der er vor Jahren in Chile das Leben patagonischer Indios auf Feuerland schilderte, wohin er nie den Fuß gesetzt hatte, diente ihm jetzt dazu, einen imaginären Banditen aus dem Ärmel zu schütteln. Er hatte sich in den Kerl verliebt und war schließlich überzeugt, daß er ihn kannte, daß die heimlichen Treffen in den Felsenhöhlen Wirklichkeit waren und daß der Flüchtige ihm persönlich die Mission aufgetragen hatte, über seine Großtaten zu berichten, denn Murieta betrachte sich als Rächer der unterdrückten Hispanos, und jemand müsse die Aufgabe übernehmen, ihm und seiner Sache in der sich entwickelnden Geschichte Kaliforniens den gebührenden Platz zuzuweisen. Von ordentlichem Journalismus hatte das wenig, aber von Literatur genug für den Roman, den Jacob Freemont in diesem Winter zu schreiben gedachte.

Als Tao Chi'en ein Jahr zuvor nach San Francisco zurückgekehrt war, hatte er sich bemüht, die nötigen Verbindungen herzustellen, um ein paar Monate seinen Beruf als *zhong yi* ausüben zu können. Er hatte ein wenig Geld, aber er gedachte es rasch zu verdreifachen. In Sacramento zählte die chinesische Gemeinde etwa siebenhundert Männer und neun oder zehn Prostituierte, hier dagegen gab es Tausende möglicher Patienten. Außerdem überquerten so viele Schiffe ständig den Ozean, daß er seine Kräuter und Medikamente ohne Schwierigkeit in Kanton bestellen konnte. Hier in San Francisco würde er nicht so abgeschnitten sein wie in Sacramento, hier praktizierten mehrere chinesische Ärzte, mit denen er Patienten und Kenntnisse austauschen konnte. Er hatte nicht vor, eine eigene Praxis aufzumachen, denn es galt ja zu sparen, aber er konnte sich mit einem anderen, bereits niedergelassenen *zhong yi* zusammentun. Als er in einem Hotel abgestiegen war, ging er aus, sich das Viertel anzusehen, das nach allen Richtungen gewachsen war wie ein Krake, der seine Tentakel ausstreckt. Jetzt war es eine richtige kleine Stadt mit festen Häusern, Hotels, Restaurants, Wäschereien, Opiumhöhlen, Bordellen, Märkten und Fabriken. Wo früher nur Ramschware verhökert worden war, standen jetzt

Geschäfte mit orientalischen Antiquitäten, Porzellangegenständen, Emaillearbeiten, Schmuck, Seiden und Elfenbeinschnitzereien. Hierher kamen die reichen Kaufleute, nicht nur die chinesischen, auch Amerikaner, die kauften, um in anderen Städten wieder zu verkaufen. Die Waren wurden in buntem Durcheinander ausgestellt, aber die besten Stücke, jene, die eines Kenners und Sammlers würdig waren, wurden nicht jedem Blick preisgegeben, die sahen nur die seriösen Kunden. In geheimen Hinterzimmern einiger Lokale waren Spielhöllen eingerichtet, wo wagemutige Glücksspieler sich ein Stelldichein gaben. An diesen Tischen fern von der Neugier des Publikums und dem Auge der Obrigkeit wurde um ungeheure Summen gewettet, wurden schmutzige Geschäfte abgewickelt und wurde Macht ausgeübt. Die amerikanischen Behörden überwachten die Chinesen nicht systematisch, da sie in ihrer eigenen Welt lebten, mit ihrer Sprache, ihren Sitten und ihren uralten Gesetzen. Die »Gelben« waren nirgends gern gesehen, die Gringos betrachteten sie als die niederträchtigsten unter den unerwünschten Fremden, die Kalifornien überfluteten, und verziehen ihnen nicht, daß sie gut vorankamen. Sie beuteten sie aus, soviel sie konnten, überfielen sie auf der Straße, raubten sie aus, zündeten ihre Geschäfte und Häuser an, ermordeten sie, ohne Strafe fürchten zu müssen, aber nichts konnte diese Asiaten einschüchtern. Es gab fünf Tongs, die sich auf die Bevölkerung verteilten; jeder Chinese, der einreiste, ließ sich in eine dieser Bruderschaften aufnehmen, die einzige Gewähr, daß er eine Arbeit erhielt und daß bei seinem Tod sein Leichnam nach China heimgebracht wurde. Tao Chi'en, der es bisher vermieden hatte, sich einem Tong anzuschließen, mußte es jetzt tun, und er wählte den mitgliederstärksten, dem die Mehrheit der Kantonesen angehörte. Die brachten ihn bald in Kontakt mit anderen *zhong yi* und enthüllten ihm die Regeln des Spiels. Allem voran standen Schweigen und Loyalität: was im Viertel geschah, blieb auf seine Straßen beschränkt. Keinesfalls wurde die Polizei in Anspruch genommen, nicht einmal, wenn es um Leben oder Tod ging; Konflikte wurden innerhalb der Gemeinde gelöst, dafür waren die Tongs da. Der gemeinsame Feind war immer *der fan gui.* Tao Chi'en sah sich wieder wie in Kanton als Gefangener der Sitten, der Hierarchien und der Restriktionen. Nach zwei Tagen gab es niemanden mehr, der seinen Namen nicht kannte, und es kamen mehr Patienten, als er behandeln konnte. Er mußte sich keinem anderen *zhong y i* anschließen, entschied er da, er konnte seine eigene Praxis aufmachen und in weniger Zeit mehr Geld einnehmen, als er sich vorgestellt hatte. Er mietete zwei Zimmer über einem Restaurant, eins zum Wohnen und das andere zum Arbeiten, hängte ein Schild ans Fenster und stellte einen jungen Gehilfen an, der seine Dienste mit einem Handzettel öffentlich bekanntmachen und die Patienten empfangen sollte. Zum erstenmal wendete er die Methode von Doktor Ebanizer Hobbs an, den Krankengeschichten der Patienten nachzuspüren. Bisher hatte er sich auf sein Gedächtnis und seine Intuition verlassen, aber angesichts der wachsenden Patientenzahl legte er eine Kartei an, um die Behandlung jedes einzelnen festzuhalten.

An einem Nachmittag im Spätsommer kam sein Gehilfe mit einem Blatt Papier herein, auf dem eine Adresse angegeben war mit der Bitte, so bald als möglich dorthin zu kommen. Er schickte seine Patienten für diesen Tag nach Hause und machte sich auf den Weg. Das zweistöckige hölzerne Gebäude, das mit Papierdrachen und Lampions geschmückt war, stand mitten im Viertel. Ohne zweimal hinzusehen, erkannte er, daß es ein Bordell war. Zu beiden Seiten der Tür waren vergitterte Fenster, hinter denen sich kindliche Gesichter zeigten, Mädchen, die auf kantonesisch riefen: »Kommen Sie herein und tun Sie, was Sie wollen mit sehr hübschen kleinen Chinesenmädchen.« Und dann wiederholten sie es in einem unmöglichen Englisch für weiße Besucher und Matrosen aller Rassen: »Zwei für Sehen, vier für Anfassen, sechs für Machen«, worauf sie ein paar kümmerliche Brüstchen vorzeigten und die Passanten mit obszönen Bewegungen anzulocken versuchten, die bei diesen jungen Geschöpfen nur eine tragische Pantomime waren. Tao Chi'en hatte sie schon viele Male gesehen, er ging täglich durch diese Straße, und der Singsang der »Sing Song Girls« verfolgte ihn und erinnerte ihn an seine Schwester. Was mochte aus ihr geworden sein? Sie wäre jetzt dreiundzwanzig, gesetzt den unwahrscheinlichen Fall, daß sie noch am Leben war. Die ärmsten unter den armen Prostituierten fingen frühzeitig an und erreichten selten das achtzehnte Lebensjahr; mit zwanzig, wenn sie das Pech gehabt hatten zu überleben, waren sie schon alte Frauen. Die Erinnerung an diese verlorengegangene Schwester hinderte ihn, die chinesischen Bordelle aufzusuchen; wenn das Verlangen ihm keine Ruhe ließ, nahm er sich Frauen von anderer Rasse. Eine finstere Alte mit schwarzgefärbten Haaren und zwei Kohlestrichen auf den Augenbrauen öffnete ihm die Tür und begrüßte ihn auf kantonesisch. Als geklärt war, daß er der Arzt war, führte sie ihn ins Innere. Den übelriechenden Gang entlang sah er die offenen Kammern der Mädchen, einige waren mit Ketten um die Knöchel ans Bett gefesselt. Im Halbdunkel begegnete er zwei Männern, die ihn grüßten, während sie sich die Hosen zuknöpften. Die Frau führte ihn durch ein Labyrinth von Korridoren, Treppen und Hinterhöfen, es schien, als wanderten sie durch den ganzen Häuserblock, schließlich stiegen sie einige morsche Stufen hinab in die Dunkelheit. Sie bedeutete ihm, zu warten, und eine ganze Weile, die ihm unendlich lange vorkam, stand er in der Schwärze dieses Loches und lauschte auf die gedämpften Geräusche der nahen Straße. Er hörte ein schwaches Pfeifen, und etwas streifte seinen Knöchel, er trat zu und glaubte, ein Tier getroffen zu haben, wahrscheinlich eine Ratte. Die Alte kam mit einer Kerze zurück und führte ihn durch weitere verwinkelte Gänge bis zu einer Tür, die mit einem Vorhängeschloß versehen war. Sie zog den Schlüssel aus der Tasche und kämpfte mit dem Schloß, bis sie es geöffnet hatte. Eine Welle von Gestank schlug ihnen entgegen, sie mußten sich Nase und Mund zuhalten, um eintreten zu können. Auf der Pritsche lag ein kleiner zusammengekrümmter Körper neben einem leeren Becher und einer erloschenen Öllampe.

»Untersuchen Sie sie«, befahl die Frau.

Tao Chi'en drehte den Körper herum und stellte fest, daß er bereits erstarrt war. Es war ein Mädchen von etwa dreizehn Jahren mit Rougeflecken auf den Wangen, Arme und Beine zeigten zahllose Narben. Als einzige Bekleidung trug sie ein dünnes Hemd. Sie war nur noch Haut und Knochen, aber sie war weder vor Hunger noch an einer Krankheit gestorben.

»Gift«, entschied er ohne Zögern.

»Reden Sie doch nicht so was!« entgegnete die Frau herzhaft lachend, als hätte sie gerade den komischsten Witz gehört.

Tao Chi'en mußte ein Papier unterschreiben, in dem erklärt wurde, der Tod sei aus natürlichen Ursachen erfolgt. Die Alte ging auf den Gang hinaus, schlug zweimal auf einen kleinen Gong, und sogleich erschien ein Mann, steckte den Leichnam in einen Sack, warf ihn sich über die Schulter und verschwand ohne ein Wort, während die Kupplerin dem *zhong yi* zwanzig Dollar in die Hand zählte. Dann führte sie ihn durch weitere Labyrinthe zu einem Ausgang. Tao Chi'en stand auf einer anderen Straße und brauchte eine ganze Zeit, um sich zurechtzufinden und in seine Wohnung zurückzukehren.

Am Tag darauf ging er wieder zu dem Haus. Da

waren die kleinen Mädchen mit ihren bemalten Gesichtern und ihren wahnsinnigen Augen, die die Passanten in zwei Sprachen anriefen. Vor zehn Jahren in Kanton hatte er mit Prostituierten zu praktizieren begonnen, er hatte sie benutzt als Fleisch zum Mieten und zum Experimentieren mit den goldenen Nadeln seines Akupunkturlehrers, aber nie hatte er sich damit aufgehalten, über ihre Seelen nachzudenken. Er hatte sie betrachtet als einen der unvermeidlichen Mängel des Universums, einen weiteren Irrtum der Schöpfung, als schmachbeladene Wesen, die litten, um die Verfehlungen vorheriger Leben abzubüßen und ihr Karma zu läutern. Sie hatten ihm leid getan, aber er war nicht auf den Gedanken gekommen, daß an ihrem Los etwas zu ändern sein könnte. Ohne Alternative warteten sie in ihren Gelassen auf das Unglück wie auf dem Markt die Hühner in ihren Käfigen, das war ihr Schicksal. So lief es nun einmal in der unordentlichen Welt. Wie oft war er schon durch diese Straße in San Francisco gegangen, ohne auf diese Fenster zu schauen oder auf die Gesichter hinter den Gittern oder die herausgestreckten Hände. Er hatte eine vage Vorstellung von ihrem Stand als Sklavinnen, aber in China waren das die Frauen mehr oder weniger alle – wenn sie Glück hatten, bei ihren Vätern, Ehemännern oder Geliebten, andere dienten ihrem Herrn von morgens bis in die Nacht, und viele waren so jung wie diese kleinen Mädchen. An diesem Morgen jedoch sah er sie anders, etwas in ihm hatte sich gewandelt.

Am Abend zuvor hatte er sich ganz bewußt nicht schlafen gelegt. Als er aus dem Bordell gekommen war, hatte er ein öffentliches Bad aufgesucht, wo er sich lange einweichte, um sich der dunklen Energie seiner Kranken zu entledigen und des Kummers, der ihn niederdrückte. Wieder in seiner Wohnung, schickte er den Gehilfen nach Hause und machte sich einen Jasmintee, um sich zu reinigen. Er hatte seit vielen Stunden nichts gegessen, aber dies war nicht der Augenblick dafür. Er entkleidete sich, entzündete Weihrauch und eine Kerze, kniete nieder, die Stirn auf dem Boden, und sagte ein Gebet für die Seele des toten Mädchens. Dann setzte er sich hin und meditierte stundenlang in völliger Bewegungslosigkeit, bis es ihm gelang, sich ganz zu lösen vom Lärm der Straße und von den Gerüchen, die aus dem Restaurant aufstiegen, und sich in die Leere und Stille seines eigenen Geistes zu versenken. Er wußte nicht, wie lange er so entrückt gesessen und wieder und wieder nach Lin gerufen hatte, als endlich das zarte Phantom ihn hörte in der geheimnisvollen Unendlichkeit, in der sie wohnte, und langsam den Weg fand, sich mit der Leichtigkeit eines Seufzers näherte, anfangs fast unmerklich und nach und nach immer deutlicher, bis er klar ihre Gegenwart spürte. Er gewahrte Lin nicht zwischen den Wänden des Zimmers, sondern in seiner eigenen Brust, wo sie sich mitten in seinem Herzen ruhig niedergelassen hatte. Tao Chi'en öffnete nicht die Augen und bewegte sich nicht. Stunden verharrte er in derselben Haltung, von seinem Körper getrennt, schwebend in einem leuchtenden Raum in vollkommener Verbindung mit ihr. Im Morgengrauen, als beide sicher waren, daß sie sich nicht wieder verlieren würden, verabschiedete Lin sich sanft. Dann kam der Meister der Akupunktur, lächelnd und ironisch wie in seinen besten Zeiten, bevor die Wahnvorstellungen der Senilität ihn niederzwangen. Und er blieb bei ihm, begleitete ihn und beantwortete seine Fragen, bis die Sonne aufging, das Stadtviertel erwachte und er das leise Klopfen des Gehilfen hörte, der vor der Tür stand. Tao Chi'en erhob sich, frisch und neu belebt wie nach einem geruhsamen Schlaf, zog sich etwas über und öffnete dem Jungen.

»Schließ das Sprechzimmer. Ich werde heute keine Patienten empfangen, ich habe andere Dinge zu tun«, sagte er.

An diesem Tag veränderten die Nachforschungen, die Tao Chi'en anstellte, den Lauf seines Schicksals. Die kleinen Mädchen hinter den Gittern kamen aus China, auf der Straße eingefangen oder von ihren Eltern verkauft mit dem Versprechen, sie würden am »Goldenen Berg« verheiratet werden. Die Agenten wählten sie unter den kräftigsten und billigsten aus, nicht unter den schönsten, es sei denn, es handelte sich um eine besondere Bestellung von reichen Kunden, die sie als Konkubinen haben wollten. Ah Toy, die gewitzte chinesische Witwe, die das Spektakel mit den Gucklöchern in der Wand erfunden hatte, war in der Stadt die größte Importkauffrau von jungem Fleisch geworden. Für ihre Kette von Etablissements kaufte sie Mädchen in der Pubertät, weil die leichter zu zähmen waren und ohnehin nicht lange durchhielten. Sie wurde berühmt und sehr reich, ihre Geldschränke barsten, und sie hatte in China einen kleinen Palast erworben, in den sie sich im Alter zurückziehen wollte. Sie brüstete sich, die asiatische Madame mit den besten Verbindungen zu sein, nicht nur unter Chinesen, sondern auch unter einflußreichen Nordamerikanern. Sie brachte ihren Mädchen bei, den Kunden Informationen zu entlocken, und erfuhr so außer persönlichen Geheimnissen auch dies und das über politische Manöver und über die dunklen Punkte der Männer an der Macht. Wenn ihre Bestechungsversuche fehlschlugen, griff sie zur Erpressung. Niemand wagte sich ihr entgegenzustellen, denn vom Gouverneur abwärts saßen alle selbst im Glashaus. Die Sklavinnenfracht kam über den Kai von San Francisco in die Stadt im hellen Mittagslicht und ohne vom Zoll behelligt zu werden. Ah Toy war jedoch nicht die einzige Mädchenhändlerin, das Laster war neben den Goldminen eines der einträglichsten und sichersten Geschäfte Kaliforniens. Die Ausgaben wurden auf das Allernötigste beschränkt, die Mädchen waren billig und reisten im Laderaum des Schiffes in großen gepolsterten Kisten. So lebten sie viele Wochen lang, ohne zu wissen, wohin sie fuhren, das Sonnenlicht sahen sie nur, wenn sie Unterricht in ihrem zukünftigen Gewerbe erhielten. Während der Überfahrt nahmen die Matrosen es auf sich, sie zu schulen, und wenn sie in San Francisco an Land gebracht wurden, hatten sie auch das letzte bißchen Unschuld verloren. Einige starben unterwegs an Ruhr, Cholera und Wasserentzug, anderen gelang es, über Bord zu springen, wenn sie an Deck geholt wurden, damit sie sich mit Seewasser wuschen. Die übrigen waren in der Falle gefangen, sie sprachen kein Englisch, kannten dieses neue Land nicht, hatten niemanden, bei dem sie hätten Zuflucht suchen können. Die Einwanderungsbeamten waren bestochen, sie drückten beide Augen zu, wenn die Mädchen kamen, und stempelten die gefälschten Adoptionsbescheinigungen oder Heiratspapiere ab, ohne sie zu lesen. Auf dem Kai empfing sie eine alte Prostituierte, deren Herz das Gewerbe mit einem schwarzen Stein vertauscht hatte. Sie trieb die Mädchen mit einer Gerte wie Vieh mitten durch die Stadt, wo jeder, der wollte, sie sich anschauen konnte. Hatten sie erst die Schwelle zum Chinesenviertel überschritten, verschwanden sie für immer in dem unterirdischen Labyrinth dunkler Räume, falscher Gänge, gewundener Treppen, versteckter Türen und doppelter Wände, in das die Polizei niemals eindrang, denn was hier vor sich ging, war »Sache der Gelben«, einer degenerierten Rasse, und es bestand keine Notwendigkeit, sich mit denen einzulassen, fanden sie.

In einem riesigen Raum unter der Erde, ironisch »Saal der Königin« genannt, standen die Mädchen ihrem Schicksal gegenüber. Sie durften eine Nacht ausruhen, baden, bekamen zu essen, und manchmal zwangen ihre Aufseherinnen sie auch, ein Glas Alkohol zu trinken, um sie ein wenig zu betäuben. Zur Stunde der Versteigerung wurden sie nackt in jenen »Saal« geführt, der gedrängt voll war von Käufern aller vorstellbaren Erscheinungsarten, die sie befühlten, die Zähne untersuchten, ihnen die Finger hinsteckten, wohin sie Lust hatten, und schließlich ihre Angebote machten. Einige wurden an die Bordelle besserer Kategorie oder an die Harems der Reichen verkauft; die Kräftigsten pflegten in den Besitz von chinesischen Fabrikanten, Goldgräbern oder Wäschereibesitzern zu gelangen, für die sie den Rest ihres kurzen Lebens arbeiten würden; die meisten blieben in den Gelassen des chinesischen Viertels. Die Aufseherinnen brachten ihnen die Regeln des Gewerbes bei: Sie mußten lernen, Gold von Bronze zu unterscheiden, damit sie beim Kassieren nicht betrogen wurden, sie mußten die Kunden anlocken und ihnen zu Willen sein, ohne sich zu beklagen, so demütigend oder schmerzhaft auch ihre Forderungen sein mochten. Um dem Kauf einen Anschein von Legalität zu geben, mußten sie einen Vertrag unterschreiben, den sie nicht lesen konnten und nach dem sie sich für fünf Jahre verkauften, aber er war so schlau durchdacht, daß sie nie frei werden konnten. Für jeden Tag Krankheit wurden ihnen zwei Wochen auf ihre Dienstzeit aufgeschlagen, und wenn sie zu fliehen versuchten, wurden sie für immer Sklavinnen. Sie lebten eingepfercht in Verschlägen ohne Lüftung, die durch dicke Vorhänge abgeteilt waren, und plagten sich ab wie Galeerensträflinge, bis sie starben.

An jenem Morgen ging Tao Chi'en, begleitet von den Geistern Lins und seines Akupunkturmeisters, zu dem Bordell, das er am Tag zuvor kennengelernt hatte. Ein junges Mädchen, nur mit einem Hemd bekleidet, führte ihn durch einen Vorhang in ein Gelaß, in dem ein schmutziger Bettsack lag, streckte die Hand aus und sagte, erst müsse er bezahlen. Sie bekam ihre sechs Dollar, legte sich auf den Rücken und spreizte die Beine, den Blick auf die Zimmerdecke gerichtet. Sie hatte tote Augen und atmete mühsam; er begriff, daß sie unter Drogen stand. Er setzte sich neben sie, zog ihr das Hemd glatt und wollte ihr den Kopf streicheln, aber sie stieß einen Schrei aus, krümmte sich zusammen und zeigte die Zähne, als wolle sie ihn beißen. Tao Chi'en wich zurück, dann sprach er lange auf kantonesisch zu ihr, ohne sie zu berühren, bis der gleichmäßige Klang seiner Stimme sie beruhigte, während er die neuesten Quetschungen an ihrem Körper untersuchte. Endlich begann sie auf seine Fragen zu antworten, freilich mit mehr Gesten als Worten, als hätte sie den Gebrauch der Sprache verlernt, und dadurch erfuhr er einige Einzelheiten ihrer Gefangenschaft. Sie konnte ihm nicht sagen, seit wann sie schon hier war, und es zu schätzen wäre sinnlose Mühe gewesen, aber lange war es wohl nicht, denn sie erinnerte sich noch an ihre Familie in China mit kläglicher, mitleiderregender Genauigkeit.

Als Tao Chi'en annahm, daß die ihm hinter dem Vorhang zustehenden Minuten verstrichen waren, zog er sich zurück. An der Tür wartete dieselbe Alte, die ihn am Abend zuvor eingelassen hatte, aber sie gab durch nichts zu verstehen, daß sie ihn erkannte. Von dort wanderte er durch Kneipen, Spielsäle und Opiumhöhlen und stellte Fragen, und zuletzt suchte er andere Ärzte des Viertels auf, bis er nach und nach die Stücke dieses Puzzles zusammensetzen konnte. Wenn die kleinen Sing Song Girls zu krank waren, ihren Dienst zu versehen, brachte man sie ins »Hospital«, wie sie die geheimen Kammern nannten, von denen er eine in der vergangenen Nacht kennengelernt hatte, und hier ließen sie sie allein mit einem Glas Wasser, ein wenig Reis und einer Lampe, deren Öl für ein paar Stunden reichte. Die Tür öffnete sich einige Tage später, wenn sie hereinkamen und den Tod feststellten. Fanden sie sie lebend, halfen sie mit Gift nach: keine sah das Sonnenlicht wieder. Sie hatten Tao Chi'en gerufen, weil sie den *zhong yi*, der für gewöhnlich den Totenschein ausstellte, nicht angetroffen hatten.

Den Gedanken, den Mädchen zu helfen, habe nicht er gehabt, wie er einige Monate später Eliza erklärte, sondern Lin und sein Akupunkturlehrer.

»Kalifornien ist ein freier Staat, Tao, hier gibt es keine Sklaven. Wende dich an die amerikanischen Behörden.«

»Die Freiheit gilt nicht für alle. Die Amerikaner sind blind und taub, Eliza. Diese Kinder beachtet niemand weiter, wie die Irren, die Bettler und die Hunde.«

»Und die Chinesen kümmert es auch nicht?«

»Einige ja, zum Beispiel mich, aber keiner ist bereit, sein Leben zu riskieren und die Verbrecherorganisationen herauszufordern. Die Mehrheit sieht das so: Wenn das jahrhundertelang in China praktiziert worden ist, gibt es keinen Grund, zu kritisieren, was hier geschieht.«

»Was für grausame Menschen!«

»Das ist keine Grausamkeit. Das menschliche Leben ist nur einfach nicht viel wert in meinem Land. China hat viele Menschen, und immer werden noch mehr Kinder geboren, mehr, als ernährt werden können.«

»Aber für dich sind diese kleinen Mädchen kein nutzloser Abfall, Tao ...«

»Nein. Lin und du, ihr habt mich viel über die Frauen gelehrt.«

»Was wirst du tun?«

»Ich hätte auf dich hören sollen, als du sagtest, ich würde auch besser Gold suchen, erinnerst du dich? Wenn ich reich wäre, würde ich sie kaufen.«

»Aber du bist es nicht. Außerdem würde das ganze Gold Kaliforniens nicht ausreichen, um alle zu kaufen. Man muß diesen Handel unterbinden.«

»Das ist unmöglich, aber ein paar der Kinder kann ich retten, wenn du mir hilfst ...«

Er erzählte ihr, daß es ihm gelungen sei, elf Mädchen herauszuholen, aber nur zwei hätten überlebt. Seine Methode war riskant und wenig wirksam, aber ihm war keine bessere eingefallen. Er bot sich an, die Mädchen umsonst zu behandeln, wenn sie krank oder schwanger waren, im Tausch dafür überließen sie ihm die Sterbenden. Er bestach die Aufpasserinnen, damit sie ihn riefen, wenn wieder ein Sing Song Girl ins »Hospital« gebracht wurde, dann kam er mit seinem Gehilfen, sie packten sie auf eine Tragbahre und nahmen sie mit fort. »Für Experimente«, erklärte Tao Chi'en, aber er wurde nur selten gefragt. Das Mädchen war nichts mehr wert, und die wunderliche Perversion dieses Doktors löste für sie das Problem, es beiseite zu schaffen. Das Übereinkommen nützte beiden Seiten. Bevor Tao Chi'en die Kranke fortbrachte, fertigte er einen Totenschein aus und verlangte dafür den von dem Mädchen unterschriebenen Arbeitsvertrag, um zu verhindern, daß irgendwelche Ansprüche erhoben würden. In neun Fällen waren die Todkranken schon jenseits jeder Linderung, und seine Aufgabe war es lediglich gewesen, ihnen in ihren letzten Stunden beizustehen, aber zwei hatten überlebt.

»Was hast du mit ihnen gemacht?« fragte Eliza.

»Ich habe sie in meiner Wohnung. Sie sind noch sehr schwach, und die eine scheint halb verrückt zu sein, aber sie werden sich erholen. Mein Gehilfe ist bei ihnen geblieben, um sie zu pflegen, während ich dich holen ging.«

»Ich verstehe.«

»Ich kann sie nicht ewig hinter Schloß und Riegel halten.«

»Vielleicht könnten wir sie zu ihren Familien in China zurückschicken ...«

»Nein! Sie würden nur wieder in Sklaverei geraten. Hier in diesem Land können sie gerettet werden, bloß weiß ich noch nicht, wie.«

»Wenn die Behörden nicht helfen, werden gute Menschen es tun. Wenden wir uns also an die Kirchen und die Missionare.«

»Ich glaube nicht, daß den Christen etwas an diesen chinesischen Mädchen liegt.«

»Wie wenig Vertrauen zum menschlichen Herzen du hast, Tao!«

Eliza ließ ihren Freund mit Joe Bonecrusher Tee trinken, wickelte eines ihrer frisch gebackenen Brote ein und ging den Schmied besuchen. Sie traf James Morton mit nacktem Oberkörper an, eine Lederschürze um den Leib und einen Lappen um den Kopf gebunden, schwitzte er vor der Esse. Die Hitze hier drinnen war unerträglich, es roch nach Rauch und heißem Metall. Der hölzerne Schuppen stand auf dem nackten Erdboden und hatte eine einfache Flügeltür, die winters wie sommers während der Arbeitsstunden offenstand. Vorne an einem großen Tisch wurden die Kunden bedient, weiter hinten war die Esse. Von den Wänden und den Deckenbalken hingen Hämmer und Zangen in vielerlei Formen und Größen sowie von Morton geschmiedete Hufeisen herab. Im hinteren Teil führte eine Leiter zu einer Art Obergeschoß, das als Schlafstelle diente und vor den Augen der Kunden durch einen Vorhang aus gewachstem Tuch geschützt war. Unter dem Schlafgeschoß war die Wohnstube mit einem irdenen Bottich zum Baden und einem Tisch mit zwei Stühlen; der einzige Schmuck bestand aus einer amerikanischen Fahne an der Wand und darunter auf einer Kommode drei Wildblumen in einer

Vase. Esther bügelte einen Berg Wäsche, dabei schob sie einen beachtlichen Bauch vor sich her und war in Schweiß gebadet, aber sie sang, während sie das schwere Kohlebügeleisen handhabte. Die Liebe und die Schwangerschaft hatten sie verschönt, sie strahlte einen tiefen Frieden aus. Sie wusch fremde Wäsche, eine ebenso mühsame Arbeit wie die ihres Mannes mit Hammer und Amboß. Dreimal in der Woche belud sie einen Karren mit schmutziger Wäsche, zog ihn zum Fluß und verbrachte einen guten Teil des Tages damit, auf den Knien mit Seife und Bürste zu reiben und zu schrubben. Wenn die Sonne schien, ließ sie die Wäsche auf den Steinen trocknen, aber oft mußte sie auch das nasse Zeug zurückkarren, und dann kam die Plackerei mit dem Stärken und Bügeln. James Morton hatte es nicht geschafft, sie von dem aufreibenden Unternehmen abzubringen, sie wollte nicht, daß ihr Kind in diesem Schuppen geboren würde, und sparte jeden Cent, um mit ihrer Familie in ein Haus des Dorfes ziehen zu können.

»Chilenito!« rief sie aus und empfing Eliza mit einer festen Umarmung. »Du hast mich schon so lange nicht mehr besucht!«

»Wie hübsch du aussiehst, Esther! Aber eigentlich bin ich gekommen, um mit James etwas zu besprechen.«

Morton legte sein Werkzeug beiseite, trocknete sich den Schweiß mit einem Handtuch ab und führte Eliza in den Hof, wo Esther sich mit drei Gläsern Limonade zu ihnen gesellte. Der Nachmittag war kühl und der Himmel bewölkt, aber noch kündigte der Winter sich nicht an. Die Luft roch nach frisch geschnittenem Heu und feuchter Erde.

Joaquín

Im Winter 1852 aßen die Bewohner Nordkaliforniens Pfirsiche, Aprikosen, Weintrauben, zarten Mais und Melonen, während in New York, Washington, Boston und anderen bedeutenden amerikanischen Städten die Leute sich mit der jahreszeitlich bedingten Knappheit abfanden. Paulinas Schiffe brachten aus Chile die Köstlichkeiten des südamerikanischen Sommers, die in ihren eisigen Betten wohlbehalten ankamen. Dieses Geschäft war sehr viel einträglicher als die Goldgräberei ihres Mannes und ihres Schwagers, auch wenn niemand mehr drei Dollar für einen Pfirsich oder zehn für ein Dutzend Eier bezahlte. Die chilenischen Arbeiter, die von den Brüdern Rodríguez de Santa Cruz auf den Fundstätten eingesetzt wurden, waren von den Gringos dezimiert worden. Sie hatten ihnen den Gewinn aus monatelanger Arbeit geraubt, ihre Vorarbeiter gehängt, die einen ausgepeitscht und den andern die Ohren abgeschnitten und den Rest von den Waschplätzen verjagt. Die Geschichte war in den Zeitungen erschienen, aber sie druckten gar nicht die gräßlichen Einzelheiten, die ein achtjähriger Junge berichtete, Sohn eines der Vorarbeiter, der die Folterung und den Tod seines Vaters hatte mit ansehen müssen.

Paulinas Schiffe brachten auch eine Theatergesellschaft aus London, ein Opernensemble aus Mailand und eine Zarzuelatruppe aus Madrid, die sich kurz in Valparaíso vorstellten und dann nach Norden weiterreisten. Die Eintrittskarten wurden schon Monate vorher verkauft, und an den Tagen der Vorstellung traf sich die beste Gesellschaft San Franciscos in festlicher Gewandung im Theater, wo die Herrschaften dann Ellbogen an Ellbogen neben grobschlächtigen Goldgräbern in Arbeitskluft sitzen mußten. Die Schiffe kehrten nicht leer zurück: sie brachten nordamerikanisches Mehl nach Chile und Passagiere, die vom Goldfieber geheilt waren und so arm heimkehrten, wie sie fortgezogen waren.

In San Francisco sah man alles, nur keine alten Leute; die Bevölkerung war jung, kräftig, lärmend und gesund. Das Gold hatte eine Legion von zwanzigjährigen Abenteurern herbeigezogen, aber das Fieber war vorbei, und die Stadt war, wie Paulina vorhergesagt hatte, nicht in ihren vorherigen Zustand als elendes kleines Nest zurückgesunken, im Gegenteil, sie wuchs, und mit ihr das Streben nach etwas kulturellem Gepränge. Paulina war in dieser Atmosphäre ganz in ihrem Element, ihr gefiel die Ungezwungenheit, die Freiheit und die prahlerische Zurschaustellung dieser neugeborenen Gesellschaft, die der duckmäuserischen chilenischen genau entgegengesetzt war. Sie dachte entzückt an den Wutanfall, der ihren Vater packen würde, wenn er sich mit einem korrupten Emporkömmling, der nun Richter geworden war, zu Tisch setzen müßte oder mit einer Französin zweifelhafter Herkunft, die sich wie eine Königin aufgedonnert hatte. Paulina war hinter den dicken Adobemauern und vergitterten Fenstern ihres Elternhauses aufgewachsen, wo der Blick in die Vergangenheit gerichtet war, wo man abhängig war von der Meinung anderer und der Strafe Gottes stets eingedenk; in Kalifornien zählten weder Vergangenheit noch Skrupel, das Ungewöhnliche war willkommen, und Schuld gab es nicht, wenn man die Verfehlung geheimhalten konnte. Sie schrieb Briefe an ihre Schwestern – ohne viel Hoffnung, daß sie die väterliche Zensur passierten –, um ihnen von diesem außerordentlichen Land zu erzählen, wo es möglich war, sich ein neues Leben zu erfinden und im Handumdrehen Millionär oder Bettler zu werden. Es sei das Land der tausend Möglichkeiten, aufgeschlossen und großzügig. Durch das Golden Gate kämen Massen von Menschen herein, die vor Not oder Gewalt geflohen seien und sich entschlossen hätten, die

Vergangenheit zu begraben und ganz neu anzufangen. Das sei nicht einfach, aber ihre Nachkommen würden Amerikaner sein. Das Wunderbare an diesem Land sei, daß alle glaubten, ihre Kinder würden ein besseres Leben haben. »Die Landwirtschaft ist das wahre Gold Kaliforniens, der Blick verliert sich über den unendlichen Getreidefeldern, alles wächst ungestüm auf diesem gesegneten Boden. San Francisco hat sich in eine prächtige Stadt verwandelt, aber es hat den Charakter eines Grenzpostens nicht verloren, der mich begeistert. Es ist immer noch die Wiege von Freidenkern, Visionären, Helden und Schurken. Menschen von den fernsten Ufern gehen hier an Land, auf den Straßen hörst du hundert verschiedene Sprachen, riechst du Speisen von fünf Kontinenten, siehst du alle Rassen«, schrieb sie. Dies war nicht mehr ein Heerlager einsamer Männer, Frauen waren gekommen, und mit ihnen hatte die Gesellschaft sich verändert. Diese Frauen waren so unbezähmbar wie die goldsuchenden Abenteurer; um den Kontinent in Ochsenkarren zu durchqueren, bedurfte es einer robusten Lebenskraft, und den besaßen die weiblichen Pioniere. Das waren keine zimperlichen Damen wie ihre Mutter und ihre Schwestern, hier herrschten Amazonen wie sie, Paulina. Tag für Tag bewiesen sie ihre Härte, wetteiferten zäh und unermüdlich mit den Tüchtigsten; niemand bezeichnete sie als schwaches Geschlecht, die Männer respektierten sie als ihresgleichen. Sie verrichteten Arbeiten, die ihnen anderswo verwehrt waren: sie suchten Gold, arbeiteten als Cowgirl, lenkten Maultiergespanne, betätigten sich als Kopfgeldjäger, leiteten Spielsalons, Restaurants, Wäschereien und Hotels. »Hier können die Frauen Grundbesitz kaufen und verkaufen, auch sich scheiden lassen, wenn sie das wirklich wollen. Feliciano muß sich sehr vorsehen, beim ersten Streich, den er mir spielt, lasse ich ihn sitzen, arm und allein«, witzelte Paulina in ihren Briefen. Und fügte hinzu, Kalifornien habe auch vom Schlimmsten das Beste: Ratten, Flöhe, Waffen und Laster.

»Man geht in den Westen, um der Vergangenheit zu entfliehen und neu anzufangen, aber unsere Obsessionen verfolgen uns wie der Wind«, schrieb Jacob Freemont in der Zeitung, und er selbst war ein gutes Beispiel, denn es hatte ihm wenig genützt, einen anderen Namen anzunehmen, Reporter zu werden und sich als Yankee zu kleiden, er war doch derselbe geblieben. Der Missionarsschwindel in Valparaíso lag hinter ihm, aber jetzt spann er an einem anderen und fühlte wie früher, daß seine Schöpfung sich seiner bemächtigt hatte und er wieder einmal dabei war, sich hoffnungslos in seinen eigenen Schwächen zu verirren. Seine Artikel über Joaquín Murieta hatten die Presse süchtig gemacht. Täglich tauchten neue Zeugenaussagen auf, die seine Worte bestätigten; zu Dutzenden kamen die Leute und versicherten, Murieta gesehen zu haben, und beschrieben ihn genau entsprechend der Person, die er erfunden hatte. Freemont war sich einfach nicht mehr sicher. Er wünschte, er hätte diese Artikel niemals geschrieben, und bisweilen fühlte er sich versucht, alles öffentlich zu widerrufen, seine Fälschungen einzugestehen und zu verschwinden, ehe die ganze Angelegenheit außer Kontrolle geriet und wie ein Sturm über ihn hereinbrach, wie es ihm in Chile passiert war, aber er hatte dann doch nicht den Mut dazu. Der Ruhm war ihm wie ein Rausch zu Kopf gestiegen.

Die Geschichte, die Jacob Freemont konstruiert hatte, enthielt alle charakteristischen Merkmale eines Schauerromans. Sie ging so: Joaquín Murieta war ein aufrechter, edel denkender junger Mann gewesen, der, von seiner Braut begleitet, redlich auf den Fundstätten am Stanislaus River arbeitete. Als seine Erfolge sich herumsprachen, wurde er von einigen Nordamerikanern überfallen, sie nahmen ihm das Gold weg, schlugen ihn nieder und vergewaltigten dann seine Braut vor seinen Augen. Dem unglücklichen Paar blieb nur die Flucht, und sie zogen nach Norden, weit fort von den Goldwaschplätzen. Sie ließen sich als Farmer nieder und bebauten ein idyllisches Stückchen Erde, das von Wäldern umgeben und von einem klaren Bach durchflossen war, aber auch hier dauerte der Frieden nicht lange, denn wieder kamen die Yankees, um ihnen ihr Eigentum zu rauben, und sie mußten eine andere Form suchen, ihr Leben zu fristen. Bald danach tauchte Joaquín Murieta als Montespieler in Calaveras auf, während seine Braut im Haus ihrer Eltern in Sonora die Hochzeit vorbereitete. Jedoch es stand geschrieben, daß der junge Mann nirgends Ruhe finden würde. Er wurde angeklagt, ein Pferd gestohlen zu haben, und eine Gruppe Gringos band ihn ohne weiteres Verfahren an einen Baum und peitschte ihn mitten auf dem Marktplatz erbarmungslos aus. Die öffentliche Schmach war mehr, als ein stolzer junger Mann ertragen kann, und ihm wollte schier das Herz brechen. Kurz darauf wurde ein Yankee gefunden, der in Stücke gehauen war wie ein Kohlkopf, und als sie die Teile zusammensetzten, erkannten sie einen der Männer, der Murieta mit der Peitsche entehrt hatte. In den folgenden Wochen traf es nacheinander die übrigen Peiniger, und jeder war gefoltert und auf eine neue Art getötet worden. Wie

Jacob Freemont in seinen Artikeln sagte: Niemals hatte man soviel Grausamkeit in diesem Land der grausamen Menschen gesehen. In den folgenden zwei Jahren tauchte der Name des Banditen überall auf. Seine Bande raubte Vieh und Pferde, überfiel die Postkutschen, griff die Goldgräber auf den Fundstätten an und die Reisenden auf den Straßen, trotzte der Polizei, mordete jeden unachtsamen Amerikaner, den sie erwischen konnte, und machte sich ungestraft über die Justiz lustig. Murieta wurden sämtliche Gewaltstreiche und Verbrechen in Kalifornien zugeschrieben. Die zerklüftete Landschaft war glänzend geeignet, sich darin zu verstecken, zum Fischen und Jagen bot sich überreichlich Gelegenheit in Wäldern und noch mehr Wäldern, es gab Berge und Schluchten, hochbewachsenes Grasland, wo ein Reiter stundenlang umherstreifen konnte, ohne Spuren zu hinterlassen, tiefe Höhlen, wohinein sie sich flüchten konnten, geheime Bergpfade, die die Verfolger irreführten. Die Trupps von Männern, die auszogen, die Übeltäter zu suchen, kehrten mit leeren Händen zurück oder büßten den Versuch mit dem Tod. All dies erzählte Jacob Freemont, in seine Rhetorik verstrickt, und keinem fiel es ein, Namen, Daten und Orte zu verlangen.

Eliza lebte schon zwei Jahre in San Francisco und arbeitete mit Tao Chi'en zusammen. Sie war abermals auf die Suche nach Joaquín gegangen, wobei sie sich wieder anderen Reisenden anschloß. Beim erstenmal hatte sie sich vorgenommen, so lange umherzuziehen, bis sie ihn gefunden hatte oder bis der Winter drohte, aber nach vier Monaten kam sie erschöpft und krank zurück. Im Sommer 1852 machte sie sich erneut auf den Weg, aber nachdem sie wie schon beim letzten Mal zuerst Joe Bonecrusher besucht hatte, die sich endgültig in ihre Rolle als Tom No Tribes Großmutter eingelebt hatte, und James und Esther, die ihr zweites Kind erwarteten, kehrte sie nach fünf Wochen zurück, weil sie es nicht aushielt, von Tao Chi'en getrennt zu sein. Sie waren in ihren Gewohnheiten so angenehm aufeinander abgestimmt, so verschwistert in der Arbeit und im Geist einander so nahe wie ein altes Ehepaar. Sie sammelte alles, was über Joaquín Murieta publiziert wurde, und lernte es auswendig, wie sie es in ihrer Kindheit mit Miss Roses Gedichten getan hatte, aber die Berichte über die Braut des Räubers wollte sie lieber nicht glauben. »Dieses Mädchen haben sie erfunden, um ihre Zeitung besser zu verkaufen, du weißt doch, wie scharf die Leser auf romantische Liebesgeschichten sind«, erklärte sie Tao Chi'en. Auf einer zerknitterten Karte verfolgte sie mit einem Stift Murietas Schritte wie ein Seefahrer den Kurs seines Schiffes, aber die Angaben, über die sie verfügte, waren unscharf und widersprüchlich, die Wege überkreuzten sich wie das Gewebe einer toll gewordenen Spinne. Obwohl sie anfangs die Möglichkeit weit von sich gewiesen hatte, ihr Joaquín könnte ebenderjenige sein, der die grauenhaften Überfälle verübte, sah sie doch bald ein, daß dessen Person mit der des jungen Mannes übereinstimmte, wie sie ihn in Erinnerung hatte. Auch er hatte sich gegen die Ausbeutung aufgelehnt und war besessen gewesen von dem Willen, den Hilflosen zu helfen. Vielleicht war es ja nicht Joaquín, der seine Opfer zu Tode quälte, sondern seine Trabanten wie jener Drei-Finger-Jack, dem jede Grausamkeit zuzutrauen war.

Sie trug noch immer Männerkleider, weil dies ihr half, sich unsichtbar zu machen, eine Notwendigkeit bei der irrwitzigen Mission, mit der Tao Chi'en sie betraut hatte. Seit dreieinhalb Jahren hatte sie kein Kleid mehr getragen, wußte sie nichts von Miss Rose, Mama Fresia oder ihrem Onkel John; sie kamen ihr vor wie tausend Jahre, in denen sie einer Schimäre nachjagte, die mehr und mehr verblaßte. Die Zeit der heimlichen Umarmungen mit ihrem Geliebten war weit, weit zurückgeblieben, sie war sich ihrer Gefühle nicht mehr sicher, sie wußte nicht, ob sie aus Liebe oder aus Stolz weiter hoffte, ihn zu finden. Bisweilen vergingen Wochen, ohne daß sie an ihn dachte, weil ihre Arbeit sie in Anspruch nahm, aber irgendwann plötzlich traf die Erinnerung sie wie ein Keulenhieb, und sie erzitterte. Dann blickte sie sich befremdet um, ohne zu begreifen, wie sie an diesen Ort geraten war. Was machte sie hier, in Hosen und von Chinesen umgeben? Es bedurfte einiger Kraftanstrengung, bis sie die Verwirrung abgeschüttelt und sich erinnert hatte, daß sie hier war der Unnachgiebigkeit der Liebe wegen. Ihre Mission war es ganz und gar nicht, Tao Chi'en an die Hand zu gehen, redete sie sich zu, sondern Joaquín zu suchen, deshalb war sie von weit her gekommen, und sie würde ihn auch finden, und sei es nur, um ihm ins Gesicht zu sagen, daß er ein verdammter Deserteur war und ihr die Jugend verdorben hatte. Deswegen war sie die drei vorigen Male aufgebrochen, trotzdem versagte ihr Wille, es noch einmal zu versuchen. Zwar pflanzte sie sich entschlossen vor Tao Chi'en auf, um ihm ihren Entschluß zu verkünden, sie wolle ihre Pilgerfahrt wiederaufnehmen, aber die Worte blieben ihr wie Sand im Halse stecken. Sie konnte diesen seltsamen Gefährten nicht verlassen, an den sie nun einmal geraten war.

»Was wirst du tun, wenn du ihn findest?« hatte Tao Chi'en sie einmal gefragt.

»Wenn ich ihn sehe, werde ich wissen, ob ich ihn noch liebe.«

»Und wenn du ihn nie findest?«

»Dann werde ich mit dem Zweifel leben, nehme ich an.«

Sie hatte ein paar vorzeitige weiße Haare an den Schläfen ihres Freundes entdeckt. Manchmal wurde die Versuchung unerträglich, die Finger in diesen kräftigen schwarzen Haaren zu vergraben und die Nase an seinem Hals, um seinen feinen ozeanischen Duft von nahem zu riechen, aber sie hatten nicht mehr die Ausrede, mit ihm in einer Decke zusammengerollt auf dem Fußboden zu schlafen, und die Gelegenheiten, sich zu berühren, kamen allzu selten. Tao arbeitete und studierte zuviel; sie konnte erraten, wie müde er sein mußte, obwohl er sich immer tadellos hielt und auch in den kritischsten Augenblicken Ruhe bewahrte. Er wankte nur, wenn er von einer Versteigerung kam und ein völlig verängstigtes Mädchen am Arm mitzog. Er untersuchte sie, um zu sehen, in welchem Zustand sie war, und übergab sie dann mit den nötigen Anweisungen an Eliza, danach schloß er sich für lange Stunden ein. Er ist mit Lin zusammen, dachte Eliza, und ein unerklärlicher Schmerz bohrte sich ihr ins Herz. Das war Tao wirklich. In der Stille der Meditation suchte er die verlorene Festigkeit wiederzugewinnen und der Versuchung des Hasses und des Zorns zu entsagen. Nach und nach machte er sich frei von Erinnerungen, Wünschen und Gedanken, bis er fühlte, daß sein Körper sich im Nichts auflöste. Eine Zeitlang hörte er auf zu existieren, bis er, in einen Adler verwandelt, wieder erschien und mühelos sehr hoch hinaus flog, getragen von einer kalten, reinen Luft, die ihn über die höchsten Berge hob. Von dort konnte er unten weite Wiesengründe, endlose Wälder und Flüsse aus purem Silber sehen. Da erreichte er die vollkommene Harmonie und tönte im Gleichklang mit Himmel und Erde wie ein feines Instrument. Er schwebte zwischen milchweißen Wolken, die prachtvollen Schwingen ausgebreitet, und plötzlich spürte er sie. Lin war neben ihm, ein zweiter herrlicher Adler hing in dem unendlichen Himmel.

»Wo ist deine Fröhlichkeit geblieben, Tao?« fragte sie ihn.

»Die Welt ist voller Leiden, Lin.«

»Das Leiden hat ein geistiges Ziel.«

»Es ist nur unnützer Schmerz.«

»Erinnere dich, daß der Weise immer heiter ist, weil er die Wirklichkeit billigt.«

»Und die Schlechtigkeit, muß ich die auch billigen?«

»Das einzige Gegengift ist die Liebe. Und übrigens, wann wirst du wieder heiraten?«

»Ich bin mit dir verheiratet.«

»Ich bin ein Geist, Tao, ich werde dich nicht dein ganzes Leben lang besuchen können. Es strengt mich an, jedesmal zu kommen, wenn du mich rufst, ich gehöre nicht mehr zu deiner Welt. Heirate, oder du wirst vor der Zeit ein alter Mann sein. Außerdem, wenn du die zweihundertzweiundzwanzig Stellungen der Liebe nicht übst, wirst du sie vergessen«, neckte sie ihn mit ihrem unvergeßlichen kristallklaren Lachen.

Die Versteigerungen waren viel schlimmer als seine Besuche im »Hospital«. Die Hoffnung, den todkranken Mädchen zu helfen, war so gering, daß er sich wunderbar beschenkt fühlte, wenn es doch geschah; kaufte er aber ein Mädchen, dann wußte er, daß dagegen Dutzende der Schändlichkeit ausgeliefert blieben. Er quälte sich mit der Vorstellung, wie viele er retten könnte, wenn er reich wäre, bis Eliza ihn erinnerte, wie viele er schon gerettet habe. Die beiden verband ein feines Geflecht aus geteilten Neigungen und Geheimnissen, aber was jeden von ihnen nicht losließ, das trennte sie auch. Das Phantom

Joaquín Andieta rückte mehr und mehr in die Ferne, Lin dagegen war spürbar wie die Brise oder das Gischten der Wellen auf dem Strand. Tao Chi'en brauchte sie nur anzurufen, und sie kam, immer lachend wie einst im Leben. Doch sie war durchaus nicht Elizas Rivalin, sie war ihre Verbündete geworden, auch wenn das Mädchen das noch nicht wußte. Lin war die erste, die begriff, daß diese Freundschaft der Liebe allzu ähnlich war, und als ihr Ehemann ihr widersprach mit dem Argument, weder in China noch in Chile, noch an irgendeinem anderen Ort gäbe es einen Platz für ein solches Paar, lachte sie nur.

»Red kein dummes Zeug, die Welt ist groß und das Leben lang. Alles hängt nur davon ab, ob man es wagt.«

»Du kannst dir nicht vorstellen, was Rassismus ist, Lin, du hast immer nur unter deinesgleichen gelebt. Hier kümmert sich niemand darum, was ich tue oder was ich weiß, für die Amerikaner bin ich nur ein widerwärtiger heidnischer Chinese, und Eliza ist eine *greaser*, ein ›Ölkopf‹. In Chinatown bin ich ohne Zopf und als Yankee gekleidet ein Vaterlandsverräter.«

»Rassismus ist nichts Neues, in China haben wir beide gedacht, die *fan gui* wären alle Wilde.«

»Hier haben sie nur Respekt vor dem Geld, und wie es aussieht, werde ich nie genügend haben.«

»Du irrst dich. Sie haben auch Respekt vor dem, der sich Respekt verschafft. Sieh ihnen in die Augen.«

»Wenn ich den Rat befolge, habe ich an der nächsten Ecke eine Kugel im Kopf.«

»Es würde sich lohnen, es auszuprobieren. Du beklagst dich zuviel, Tao, ich kenne dich gar nicht wieder. Wo ist der mutige Mann geblieben, den ich liebte?«

Tao Chi'en mußte zugeben, daß er sich an Eliza durch unzählige feine Fäden gebunden fühlte, die einzeln leicht durchzuschneiden wären, da sie jedoch miteinander verwoben waren, bildeten sie unzerreißbare Stränge. Sie kannten sich erst wenige Jahre, aber sie konnten schon auf eine gemeinsame Vergangenheit zurückblicken und auf den langen Weg voller Hindernisse, den sie miteinander gegangen waren. »Du hast das Gesicht einer hübschen Chinesin«, hatte er einmal unbedacht zu ihr gesagt. »Und du hast das Gesicht eines gutaussehenden Chilenen«, antwortete sie sofort. Sie bildeten ein wunderliches Paar im Viertel: ein hochgewachsener, eleganter Chinese mit einem unbedeutenden spanischen Jungen. Außerhalb von Chinatown jedoch gingen sie fast unbemerkt durch die vielfarbige Menge von San Francisco.

»Du kannst nicht für alle Zeiten auf diesen Mann warten, Eliza. Es ist schlicht Wahnsinn, wie das Goldfieber. Du solltest dir eine Frist setzen«, sagte Tao eines Tages.

»Und was mache ich mit meinem Leben, wenn die Frist abgelaufen ist?«

»Du kannst in deine Heimat zurückkehren.«

»In Chile ist eine Frau wie ich etwas Schlimmeres als deine Sing Song Girls. Würdest du nach China zurückgehen?«

»Das war immer mein Plan, aber Amerika fängt an, mir zu gefallen. Dort werde ich wieder Vierter Sohn sein, hier bin ich besser dran.«

»Ich auch. Wenn ich Joaquín nicht finde, bleibe ich und eröffne ein Restaurant. Ich habe alles, was man dazu braucht: ein gutes Gedächtnis für Rezepte, Sorgfalt bei den Zutaten, Geschmackssinn und Tastgefühl, Instinkt für die richtigen Gewürze ...«

»Und jede Menge Bescheidenheit«, fügte Tao Chi'en lachend hinzu.

»Warum soll ich mit meiner Begabung bescheiden umgehen? Außerdem habe ich eine Hundenase. Zu etwas muß mir diese Nase nützlich sein: ich brauche nur an einem Gericht zu riechen, um zu wissen, was drin ist, und es besser zu machen.«

»Mit dem chinesischen Essen wird dir das nicht glücken ...«

»Ihr eßt aber auch komische Sachen, Tao! Meins wird ein französisches Restaurant sein, das beste der Stadt.«

»Ich schlage dir ein Abkommen vor, Eliza. Wenn du binnen einem Jahr diesen Joaquín nicht findest, heiratest du mich«, sagte Tao Chi'en, und beide lachten.

Seit diesem Gespräch hatte sich etwas zwischen ihnen verändert. Sie fühlten sich unbehaglich, wenn sie miteinander allein waren, und obwohl sie es im Grunde wünschten, begannen sie sich aus dem Wege zu gehen. Das Verlangen, ihr zu folgen, wenn sie sich in ihr Zimmer zurückzog, quälte Tao häufig, aber eine Mischung aus Schüchternheit und Achtung hielt ihn zurück. Er nahm an, daß er, solange sie von der Erinnerung an den ehemaligen Geliebten erfüllt war, sich ihr nicht nähern durfte, aber er konnte auch nicht für unbestimmte Zeit das Gleichgewicht auf einem Schlappseil halten. Er stellte sich vor, wie sie in der erwartungsvollen Stille der Nacht die Stunden zählte, auch sie von der Liebe wach gehalten, aber der Liebe nicht zu ihm, sondern zu einem anderen. Er kannte ihren Körper so gut, daß er ihn bis zum geheimsten Muttermal hätte zeichnen können, wenn er sie auch seit der Zeit auf der »Emilia« nicht mehr nackt gesehen hatte. Er malte sich aus, wenn sie krank wäre, würde er einen Vorwand haben, sie zu berühren, aber dann schämte er sich, daß er so etwas denken konnte. Das spontane Lachen und die verhaltene Zärtlichkeit, die bisher immer wieder zwischen ihnen hervorbrachen, waren einer bedrückenden Spannung gewichen. Wenn sie sich zufällig streiften, wichen sie verlegen zurück; ständig waren sie sich der Gegenwart oder der Abwesenheit des andern bewußt; die Luft schien mit Ahnungen und Vorzeichen befrachtet. Statt sich in gelassenem Einverständnis hinzusetzen, um zu lesen oder zu schreiben, verabschiedeten sie sich voneinander, wenn kaum die Arbeit im Sprechzimmer beendet war. Tao Chi'en ging bettlägrige Patienten besuchen, traf sich mit anderen *zhong yi*, um Diagnosen und Behandlungen zu besprechen, oder er schloß sich ein und las Bücher über westliche Medizin. Er hegte den Ehrgeiz, eine Genehmigung zu erhalten, mit der er in ganz Kalifornien legal als Arzt wirken konnte, ein Plan, von dem nur Eliza und die Geister von Lin und seinem Akupunkturlehrer wußten. In China begann ein *zhong yi* als Lehrling und machte dann allein weiter, deshalb bewegte sich jahrhundertelang nichts in der Medizin, und es wurden immer dieselben Methoden und Mittel angewandt. Der Unterschied zwischen einem guten und einem mittelmäßigen Arzt lag darin, daß der erste Intuition für die Diagnose besaß und die Gabe, mit seinen Händen Linderung zu bringen. Die westlichen Ärzte dagegen hatten ein anspruchsvolles Studium hinter sich, blieben miteinander in Kontakt und waren mit neuen Erkenntnissen auf dem laufenden, verfügten über Laboratorien und Seziersäle zum Experimentieren und standen ständig im Kompetenzwettstreit. Die Wissenschaft faszinierte ihn, aber seine Begeisterung fand kein Echo in der Gemeinde, wo man der Tradition verbunden war. Er verfolgte begierig die jüngsten Fortschritte und kaufte jedes Buch und jede Zeitschrift, in denen diese Themen behandelt wurden. So groß war seine Begierde nach dem Neuen, daß er sich das Gebot seines verehrten Meisters an die Wand schreiben mußte: »Wenig nützt das Wissen ohne Weisheit, und es gibt keine Weisheit ohne Geistigkeit.« Nicht alles ist Wissenschaft, wiederholte er sich immer wieder, um es nicht zu vergessen. Auf jeden Fall brauchte er die amerikanische Staatsbürgerschaft, die für jemanden seiner Rasse sehr schwer zu bekommen war, aber nur damit würde er in diesem Land bleiben können, ohne immer bloß eine Randfigur zu sein, und nur wenn er offiziell als Arzt anerkannt würde, könnte er wirklich etwas Gutes erreichen, dachte er. Die *fan gui* wußten nichts von Akupunktur oder von den Kräutern, die seit Jahrhunderten in Asien angewandt wurden, ihn betrachteten sie als so etwas wie einen Kurpfuscher, und so stark war die Verachtung gegenüber anderen Rassen, daß die Plantagenbesitzer den Tierarzt riefen, wenn einer ihrer schwarzen Sklaven krank wurde. Ihre Ansicht über die Chinesen stammte aus derselben Schublade, aber es gab einige vorausschauende Ärzte, die auf Reisen andere Kulturen kennengelernt oder darüber gelesen hatten und sich für die Techniken und die tausend Drogen der östlichen Heilmittelherstellung interessierten. Er war immer noch in Kontakt mit Ebanizer Hobbs in England, und in ihren Briefen beklagten beide die Entfernung, die sie trennte. »Kommen Sie nach London, Doktor Chi'en, und veranstalten Sie eine Akupunkturdemonstration in der Royal Medical Society, die würden mit offenem Mund dasitzen, das versichere ich Ihnen«, schrieb Hobbs. Er sagte auch, wenn sie ihrer beider Kenntnisse zusammentäten, würden sie Tote erwecken können.

Die Winterfröste brachten mehreren Sing Song Girls den Tod durch Lungenentzündung, und Tao Chi'en gelang es nicht, sie zu retten. Zweimal war er gerufen worden, als sie noch lebten, und er konnte sie mitnehmen, aber sie starben wenige Stunden später im Fieberdelirium in seinen Armen. Inzwischen streckten sich die unauffälligen Fühler seines Mitleids kreuz und quer durch Nordamerika aus, von San Francisco bis New York, bis zum Rio Grande, bis Kanada, aber ein so riesiger Aufwand war nur ein Salzkorn im Ozean des Elends. Seine Arztpraxis lief gut, und was er sparen konnte oder der Mildtätigkeit einiger reicher Patienten verdankte, half ihm, auf den Versteigerungen die jüngsten Mädchen zu kaufen. In dieser Unterwelt kannten sie ihn bereits: er galt als abartig. Sie hatten nicht eines der Kinder, die er »für Experimente« mitnahm, lebend wiedergesehen, aber keinen kümmerte es, was hinterher mit ihnen geschah. Unter den *zhong yi* war er der beste, und solange er keinen Anstoß erregte und sich auf diese Geschöpfe beschränkte, die ohnedies nicht viel höher als Tiere standen, ließ man ihn in Frieden. Wenn jemand neugierig fragte, erklärte sein treuer Gehilfe, daß die außerordentlichen Kenntnisse seines Meisters, die für seine Patienten so hilfreich seien, aus seinen geheimnisvollen Experimenten herrührten.

Tao Chi'en war inzwischen in ein ordentliches Haus an der Grenze von Chinatown gezogen, wenige Häuserblocks vom Union Place entfernt. Darin war seine Praxis, dort verkaufte er seine Mittel und versteckte auch die Mädchen, bis sie auf die Reise gehen konnten. Eliza hatte ein paar Brocken Chinesisch gelernt, um sich auf einer wenn auch niedrigen Stufe mitteilen zu können, das übrige improvisierte sie mit Pantomime, Zeichnung und ein paar Worten Englisch. Es war die Mühe wert, dies war besser, als für den taubstummen Bruder des *zhong yi* gehalten zu werden. Sie konnte chinesisch weder schreiben noch lesen, aber sie erkannte die Medikamente am Geruch, und zur größeren Sicherheit markierte sie die Flaschen mit einem Code ihrer eigenen Erfindung. Immer wartete eine gute Anzahl Patienten auf die goldenen Nadeln, die Wunderkräuter und die tröstlichen Worte des Arztes. Mehr als einer fragte sich, wie dieser weise, freundliche Mann derselbe sein konnte, der Kadaver und kindliche Konkubinen sammelte, aber da keiner genau wußte, welcher Art seine Laster waren, respektierte ihn die Gemeinde. Gewiß, er hatte keine Freunde, aber auch keine Feinde. Sein guter Ruf drang über die Grenzen von Chinatown hinaus, und einige amerikanische Ärzte konsultierten ihn hin und wieder, wenn ihre eigenen Kenntnisse sich als nutzlos erwiesen; natürlich kamen sie so heimlich wie nur möglich, denn sie hätten eine öffentliche Demütigung auf sich gezogen, wenn sie zugegeben hätten, ein »Sohn des Himmels« könnte sie etwas lehren. So geschah es, daß er gewisse bedeutende Persönlichkeiten der Stadt behandelte und die berühmte Ah Toy kennenlernte.

Sie ließ ihn rufen, als sie erfuhr, daß er der Frau eines Richters geholfen hatte. Sie litt an einem rasselnden Geräusch in der Lunge und häufigen Erstikkungsanfällen. Tao Chi'ens erster Impuls verlangte, sich zu weigern, aber dann besiegte ihn die Neugier, sie von nahem zu sehen und für sich selbst die Legende zu überprüfen, die sie umgab. In seinen Augen war sie eine Viper, seine persönliche Feindin. Eliza, die wußte, was Ah Toy für ihn bedeutete, steckte ihm ein Fläschchen Arsen in die Arzttasche, das ausgereicht hätte, ein Gespann Ochsen ins Jenseits zu befördern.

»Für den Fall, daß ...«, erklärte sie.

»Für den Fall, daß was?«

»Stell dir vor, daß sie vielleicht sehr krank ist. Du wirst doch nicht wollen, daß sie leiden muß, oder? Manchmal muß man beim Sterben etwas nachhelfen ...«

Tao Chi'en lachte erheitert, ließ aber das Fläschchen in der Tasche. Ah Toy erwartete ihn in einem ihrer Luxus-»Pensionate«, in denen der Kunde tausend Dollar pro Sitzung zahlte, sie aber immer zufrieden verließ. Im übrigen war ihr Standpunkt: »Wenn Sie nach dem Preis fragen müssen, ist das hier nicht der richtige Ort für Sie.« Ein schwarzes Dienstmädchen in gestärkter Bluse öffnete ihm und führte ihn durch mehrere Räume, in denen schöne junge Mädchen in seidenen Kleidern umherschlenderten. Verglichen mit ihren weniger glücklichen Schwestern lebten sie wie die Prinzessinnen, aßen dreimal am Tag und badeten jeden Morgen. Das Haus, ein wahres Museum mit orientalischen Antiquitäten und technischen Spielereien der westlichen Welt, roch nach Tabak, schwerem Parfüm und Staub. Es war drei Uhr nachmittags, aber die dichten Vorhänge blieben geschlossen, in diese Zimmer drang nie ein frischer Windhauch. Ah Toy empfing ihn in einem kleinen, mit Möbeln und Vogelkäfigen vollgestopften Arbeitszimmer. Sie war kleiner, jünger und schöner, als er sich vorgestellt hatte. Sie war sorgfältig geschminkt, trug aber keinen Schmuck, war schlicht gekleidet und verzichtete auf die langen Nägel, dieses Kennzeichen für Reichtum und Müßiggang. Ihr Blick war hart und durchdringend, aber ihre Stimme war sanft und erinnerte ihn an Lin. Verflucht soll sie sein, stöhnte Tao Chi'en innerlich. Er untersuchte sie gelassen, ohne seine Abneigung und Erregung zu zeigen, ohne zu wissen, was er sagen sollte, denn ihr den Mädchenhandel vorzuwerfen wäre nicht nur sinnlos, sondern auch gefährlich gewesen und konnte die Aufmerksamkeit auf seine eigenen Aktivitäten lenken. Er verschrieb ihr *mahuang* gegen das Asthma und andere Medikamente zum Kühlen der Leber und machte sie trokken darauf aufmerksam, solange sie eingeschlossen zwischen diesen Vorhängen lebte und Tabak und Opium rauchte, würden ihre Lungen weiterhin ächzen. Die Versuchung, ihr das Gift dazulassen mit der Anweisung, täglich einen Teelöffel voll zu nehmen, streifte ihn wie ein Nachtfalter, und ihn schauderte, er war bestürzt über diesen einen Augenblick der Unschlüssigkeit, denn bisher hatte er geglaubt, daß sein Zorn ihn nicht so weit bringen könnte, einen Menschen zu töten. Er ging rasch hinaus und war sicher, daß angesichts seiner rüden Manieren diese Frau ihn nicht wieder rufen würde.

»Und?« fragte Eliza, als er ins Sprechzimmer trat.

»Nichts.«

»Was heißt nichts! Hatte sie nicht vielleicht ein kleines bißchen Tuberkulose? Wird sie nicht sterben?«

»Wir werden alle sterben. Die wird alt werden. Sie ist stark wie ein Büffel.«

»So sind nun mal die gemeinen Menschen.«

Eliza wußte, daß sie vor einem entscheidenden Kreuzweg stand; die Richtung, die sie wählte, würde über ihr weiteres Leben bestimmen. Tao Chi'en hatte recht, sie mußte sich eine Frist setzen. Sie konnte nicht länger über den Verdacht hinweggehen, sie sei in die Liebe verliebt gewesen und in die Wirrnis einer Leidenschaft aus dem Märchenbuch verwikkelt worden, die der Wirklichkeit nicht standhalten konnte. Sie versuchte sich an die Gefühle zu erinnern, die sie getrieben hatten, sich zu diesem ungeheuerlichen Abenteuer einzuschiffen, aber es gelang ihr nicht. Die Frau, die sie geworden war, hatte nichts mehr gemein mit dem verrückten Mädchen von einst. Valparaíso und das Zimmer der Schränke gehörten einer anderen Zeit an, einer Welt, die im Nebel verschwand. Sie fragte sich tausendmal, warum sie sich so danach gesehnt hatte, mit Leib und Seele Joaquín Andieta zu gehören, wenn sie sich doch in seinen Armen nie ganz glücklich gefühlt hatte, und konnte es nur damit erklären, daß er ihre erste Liebe gewesen war. Sie war dafür bereit gewesen, als er jene Fracht im Sommersschen Haus ablieferte, der Rest war eine Sache des Instinkts. Sie hatte ganz simpel dem mächtigsten und ältesten Ruf gehorcht, aber das war vor einer Ewigkeit geschehen und siebentausend Meilen von hier entfernt. Wer sie damals war und was sie in ihm gesehen hatte – sie konnte es nicht sagen, aber sie wußte, daß ihr Herz nicht mehr dieser Richtung folgte. Sie war es nicht nur müde geworden, ihn zu suchen, im Grunde wollte sie ihn lieber nicht finden, aber sie konnte sich auch nicht weiterhin von Zweifeln verstören lassen. Sie brauchte einen Abschluß dieser Lebensphase, um unbelastet eine neue Liebe zu beginnen.

Ende November ertrug sie die innere Spannung nicht mehr, und ohne Tao Chi'en ein Wort zu sagen, ging sie zu dem Zeitungshaus, um mit dem berühmten Jacob Freemont zu sprechen. Ein junger Mann führte sie in den Redaktionssaal, wo mehrere Reporter inmitten einer bemerkenswerten Unordnung an ihren Schreibtischen arbeiteten. Sie wurde zu einem kleinen Büro mit einer Glastür gewiesen, klopfte an und trat ein. Sie blieb vor dem Schreibtisch stehen und wartete, daß dieser Gringo mit dem roten Backenbart den Blick von seinen Papieren hob. Er war ein Mann mittleren Alters mit sommersprossiger Haut und einem milden Geruch, der an Kerzen erinnerte. Er schrieb mit der Linken, hielt den Kopf in die Rechte gestützt, und sie konnte sein Gesicht nicht sehen, aber plötzlich nahm sie unter dem Bienenwachsaroma einen Geruch wahr, den sie kannte und der sie an etwas Fernes, Verschwommenes aus der Kindheit erinnerte. Sie beugte sich ein wenig vor und schnupperte verstohlen, aber in dem Augenblick hob der Journalist den Kopf. Verdutzt starrten sie sich in unbequemer Haltung an, und schließlich richteten sich beide gerade auf. An seinem Geruch hatte sie ihn erkannt, trotz der verflossenen Jahre, der Brille, dem Backenbart und der Yankeekleidung. Das war Miss Roses ewiger Freier, jener Engländer, der sich in Valparaíso immer pünktlich zu den Mittwochsgesellschaften eingestellt hatte. Sie war wie gelähmt, konnte nicht fliehen.

»Was kann ich für dich tun, mein Junge?« fragte Jacob Todd und nahm die Brille ab, um sie mit seinem Taschentuch zu putzen.

Die schlaue Rede, die sie vorbereitet hatte, war weggewischt aus Elizas Kopf. Sie stand mit offenem Mund, den Hut in der Hand, und war sicher, daß er sie genauso erkannt hatte wie sie ihn. Aber Todd setzte sich nur sorgfältig die Brille wieder auf und wiederholte die Frage, ohne sie anzusehen.

»Es ist wegen Joaquín Murieta«, stotterte sie, und ihre Stimme klang mehr nach Sopran denn je.

»Weißt du etwas Neues über den Banditen?« fragte der Journalist sofort interessiert.

»Nein, nein ... Im Gegenteil, ich wollte Sie nach ihm fragen. Ich muß ihn sehen.«

»Du kommst mir bekannt vor, Junge ... Haben wir uns schon mal irgendwo getroffen?«

»Ich glaube nicht, Señor.«

»Bist du Chilene?«

»Ja.«

»Ich habe vor ein paar Jahren eine Zeitlang in Chile gelebt. Ein schönes Land. Weshalb willst du Murieta sehen?«

»Es ist sehr wichtig.«

»Ich fürchte, da kann ich dir nicht helfen. Niemand weiß, wo er sich aufhält.«

»Aber Sie haben doch mit ihm gesprochen!«

»Nur, wenn Murieta mich ruft. Er setzt sich mit mir in Verbindung, wenn er wünscht, daß eine seiner Taten in der Zeitung erscheint. Bescheiden ist er nicht, es gefällt ihm, berühmt zu sein.«

»In welcher Sprache verständigen Sie sich mit ihm?«

»Mein Spanisch ist besser als sein Englisch.«

»Sagen Sie, Señor, hat er einen chilenischen oder einen mexikanischen Akzent?«

»Das könnte ich nicht sagen. Du hörst doch, Junge, ich kann dir nicht helfen«, erwiderte der Journalist und stand auf, um diese Fragerei zu beenden, die ihm allmählich lästig wurde.

Eliza verabschiedete sich knapp, und er blieb nachdenklich stehen und sah ihr unschlüssig nach, während sie sich durch das Tohuwabohu des Redaktionssaals entfernte. Dieser Junge kam ihm bekannt vor, aber er konnte ihn nicht unterbringen. Plötzlich fiel ihm der Auftrag von Kapitän John Sommers ein, und das Bild des Mädchens Eliza schoß ihm wie ein Blitz durch den Kopf. Da verband er den Namen des Banditen mit dem Joaquín Andietas und begriff, weshalb sie ihn suchte. Er unterdrückte einen Schrei und rannte hinaus auf die Straße, aber das Mädchen war verschwunden.

Tao Chi'ens und Eliza Sommers' wichtigste Arbeit wurde nachts verrichtet. In der Dunkelheit schafften sie die Leichname der Unglücklichen beiseite, die sie nicht hatten retten können, und die übrigen brachten sie ans andere Ende der Stadt, wo eine befreundete Quäkerfamilie lebte. Eine nach der andern entkamen die Mädchen der Hölle und stürzten sich voll Vertrauen in ein neues Leben. Sie hatten die Hoffnung aufgegeben, China und ihre Familien wiederzusehen, einige würden nie mehr ihre Sprache sprechen oder ein anderes chinesisches Gesicht erblicken, sie würden einen Beruf erlernen und für den Rest ihres Daseins hart arbeiten müssen, aber alles würde ein Paradies sein, verglichen mit ihrem früheren Leben. Diejenigen, die Tao ersteigern konnte, paßten sich am besten an. Sie waren auf den Schiffen in Kisten gesperrt gewesen und der Geilheit und Brutalität der Matrosen ausgeliefert, aber sie waren noch nicht völlig gebrochen und hatten sich die Fähigkeit bewahrt, neugierig aufs Leben zu sein. Die anderen, die Tao Chi'en im letzten Augenblick vor dem Tod im »Hospital« gerettet hatte, verloren nie die Angst, die wie eine Krankheit des Blutes bis zum letzten Tag in ihnen brennen würde. Er konnte nur hoffen, daß sie mit der Zeit wenigstens lernen würden, hin und wieder zu lächeln. Kaum waren sie wieder zu Kräften gekommen und hatten begriffen, daß sie nie wieder gezwungen sein würden, sich einem Mann zu unterwerfen, aber immer Flüchtlinge sein würden, brachten Tao und Eliza sie zu ihren Freunden, den Abolitionisten. Sie gehörten zur Underground Railroad, wie die geheime Organisation genannt wurde, die es sich zur Aufgabe gemacht hatte, entflohenen Sklaven weiterzuhelfen, und der sich auch der Schmied James Morton und seine Brüder angeschlossen hatten. Sie nahmen die aus den Sklavenstaaten Geflüchteten auf und halfen ihnen, in Kalifornien unterzukommen, aber in diesem Fall mußten sie die chinesischen Mädchen aus Kalifornien hinausbringen, weit fort von den Händlern und Verbrecherbanden, mußten ihnen ein neues Heim suchen und eine Möglichkeit, wie sie sich ihr Brot verdienen konnten. Die Quäker nahmen die Gefahren mit religiösem Eifer auf sich, für sie hatte Gott ihnen diese unschuldigen, von der menschlichen Schlechtigkeit besudelten Wesen in den Weg gestellt, um sie zu prüfen. Sie bereiteten ihnen einen so herzlichen Empfang, daß die Mädchen häufig mit Gewalt oder blinder Angst reagierten, sie verstanden es nicht, Zuneigung geschenkt zu bekommen, aber die Geduld der guten Leute besiegte nach und nach ihren Widerstand. Sie brachten ihnen ein paar unerläßliche englische Sätze bei, gaben ihnen einen Begriff von amerikanischen Sitten, zeigten ihnen Kalifornien auf einer Karte, damit sie wenigstens wußten, wo sie waren, und versuchten sie mit dieser oder jener Arbeit vertraut zu machen, während sie darauf warteten, daß Babalú der Böse kam, um sie abzuholen.

Der Riese hatte endlich die Form gefunden, in der er seine Talente am besten nutzen konnte: er war ein unermüdlicher Reisender, ein großer Nachtschwärmer und verliebt in das Abenteuer. Wenn die Sing Song Girls ihn erblickten, rannten sie entsetzt davon und versteckten sich, und ihre Beschützer mußten viel Überredung aufwenden, um sie zu beruhigen. Er hatte ein chinesisches Lied gelernt und konnte ein paar Zauberkunststücke, mit denen er sie verblüffte und den Schreck der ersten Begegnung milderte, aber er hätte niemals aus welchem Grund auch immer auf seine Wolfsfelle, seine Kahlschur, seine Seeräuberohrringe und seine fürchterliche Bewaffnung verzichtet. Er blieb zwei, drei Tage, bis er seine Schützlinge überzeugt hatte, daß er kein böser Geist war und nicht die Absicht hatte, sie zu fressen, dann brach er nachts mit ihnen auf. Die Entfernungen waren so gut berechnet, daß sie beim Morgengrauen einen anderen Zufluchtsort erreichten, wo sie tagsüber ausruhten. Sie waren zu Pferde unterwegs, ein Wagen wäre nutzlos gewesen, weil sie meistens über freies Feld ritten und die Wege mieden. Er hatte festgestellt, daß es sehr viel sicherer war, im Dunkeln zu reiten, sofern man verstand, sich zurechtzufinden, denn die Bären, die Schlangen, die Straßenräuber und die Indianer schliefen dann wie alle Welt oder ließen sich jedenfalls nicht blicken. Babalú übergab die Mädchen unbeschadet in die Hände anderer Angehöriger des weitgespannten Netzes der Freiheit. Sie gelangten schließlich auf Farmen in Oregon, in Wäschereien in Kanada, Handwerksbetriebe in Mexiko, andere wurden Dienstmädchen, und es gab auch einige, die auf der Stelle geheiratet wurden. Tao Chi'en und Eliza erhielten über James Morton Nachricht von ihnen, der Schmied verfolgte die Spur jedes Flüchtlings, den seine Organisation gerettet hatte. Manchmal erreichte sie ein Umschlag aus einem weit entfernten Ort, und wenn sie ihn öffneten, fanden sie darin ein Blatt Papier mit einem ungelenk gekritzelten Namen und ein paar vertrocknete Blumen oder eine Zeichnung, dann beglückwünschten sie sich, weil wieder ein Sing Song Girl außer Gefahr war.

Bisweilen mußte Eliza ein paar Tage ihr Zimmer mit einem gerade freigekauften Mädchen teilen, aber auch ihr gab sie sich nicht als Frau zu erkennen. Sie verfügte über den besten Raum des Hauses, der hinter dem Sprechzimmer ihres Freundes lag. Er hatte zwei Fenster, die auf einen kleinen Innenhof hinausgingen, wo sie Heilpflanzen für die Praxis und aromatische Kräuter für die Küche zogen. Sie träumten oft davon, in ein größeres Haus zu ziehen und einen richtigen Garten zu haben nicht nur für praktische Zwecke, sondern auch als Erholung für die Augen und als Freude fürs Gemüt, einen Ort, wo die schönsten Pflanzen Chinas und Chiles wuchsen und wo es ein Gartenhäuschen gab, in dem man an den Abenden sitzen und Tee trinken und im Morgengrauen den Sonnenaufgang über der Bucht bewundern konnte. Tao Chi'en hatte bemerkt, mit welchem Eifer Eliza das Haus in ein Heim verwandelt hatte, mit welcher Gründlichkeit sie es putzte und in Ordnung hielt, wie beständig sie in jedem Zimmer für frische Blumen sorgte. Er hatte bisher keine Gelegenheit gehabt, solche Feinheiten zu würdigen; er war in Armut aufgewachsen, und im Haus seines Meisters der Akupunktur fehlte eine weibliche Hand, die es wohnlicher gemacht hätte, und Lin war so zart, sie hatte nicht die Kraft, sich ausgiebig mit häuslichen Arbeiten zu beschäftigen. Eliza dagegen hatte den Instinkt der Vögel, wenn sie ihr Nest bauen. Um dem Haus eine behagliche Atmosphäre zu geben, steckte sie einen Teil des Geldes hinein, das sie sich verdiente, indem sie an zwei Nächten in der Woche in einem Saloon Klavier spielte und außerdem im chilenischen Viertel Empanadas und Torten verkaufte. Auf diese Weise hatte sie Vorhänge, ein Damasttischtuch, Töpfe für die Küche und Teller und Tassen aus Porzellan kaufen können. Für sie gehörten gute Manieren, wie sie sie als Kind gelernt hatte, zum Lebensstil, und sie machte aus der einzigen gemeinsamen Mahlzeit des Tages eine Zeremonie, präsentierte die Gerichte mit vollendeter Anmut und errötete vor Befriedigung, wenn er ihre Bemühungen rühmte. Die täglichen Aufgaben schienen sich von selbst zu erledigen, als ob nachts großmütige Geister das Sprechzimmer säuberten, die Patientenakten auf den neuesten Stand brachten, behutsam Taos Zimmer betraten, um seine Wäsche zu waschen, fehlende Knöpfe anzunähen, seine Anzüge abzubürsten und den Rosen in der Vase auf seinem Tisch frisches Wasser zu geben.

»Überhäuf mich nicht mit Aufmerksamkeiten, Eliza.«

»Du hast gesagt, die Chinesen erwarten, daß die Frauen ihnen dienen.«

»Das ist in China so, aber ich habe dieses Glück sowieso nie gehabt … Du verziehst mich.«

»Darum geht es doch. Miss Rose hat gesagt, um einen Mann zu beherrschen, muß die Frau ihn an ein bequemes Leben gewöhnen, und wenn er sich schlecht benimmt, straft sie ihn damit, daß sie mit der Hätschelei Schluß macht.«

»Ist Miss Rose nicht unverheiratet geblieben?«

»Aus eigenem Entschluß, nicht aus Mangel an Gelegenheiten.«

»Ich will mich gewiß nicht schlecht benehmen, aber später – wie soll ich da allein leben?«

»Du wirst nie allein leben. Du bist nicht gerade häßlich, und es wird immer eine Frau mit großen Füßen und schlechtem Charakter geben, die bereit ist, dich zu heiraten«, erwiderte sie, und er lachte entzückt.

Er hatte ihr hübsche Möbel für ihr Zimmer gekauft, das einzige im Haus, das mit einem gewissen Luxus ausgestattet war. Wenn sie gemeinsam durch Chinatown gingen, bewunderte sie den Stil der traditionellen chinesischen Möbel. »Sie sind sehr schön, aber schwer. Der Fehler liegt darin, zu viele aufzustellen«, sagte sie. Er schenkte ihr ein Bett und einen Schrank aus geschnitztem, dunklem Holz, und danach wählte sie einen Tisch, Stühle und einen Wandschirm aus Bambus. Sie wollte keine Bettdecke aus Seide, wie sie in China gebräuchlich war, sondern eine europäisch aussehende aus besticktem, weißem Leinen mit großen Kissen aus demselben Material.

»Bist du sicher, daß du dir diese Ausgabe zumuten willst, Tao?«

»Du denkst an die Sing Song Girls …«

»Ja.«

»Du hast selbst gesagt, daß alles Gold Kaliforniens nicht ausreichen würde, jede einzelne zu kaufen. Mach dir keine Sorgen, wir haben genug.«

Eliza vergalt es ihm auf tausenderlei subtile Weise: durch Zurückhaltung, indem sie sein Schweigen und seine dem Studium gewidmeten Stunden respektierte, durch Gewissenhaftigkeit, wenn sie ihm im Sprechzimmer assistierte, durch Mut bei der Aufgabe, die Mädchen zu retten. Doch für Tao war das beste Geschenk ihr unbesiegbarer Optimismus, der ihn nötigte, ihn zu erwidern, wenn die düsteren Schatten ihn völlig einzuhüllen drohten. »Wenn du traurig bist, verlierst du Kraft und kannst niemandem helfen. Komm, machen wir einen Spaziergang, ich muß mal wieder Wald riechen. Chinatown stinkt nach Sojasauce«, und dann fuhr sie mit ihm in die Umgebung der Stadt. Sie verbrachten den Tag an der frischen Luft und tollten wie die Kinder. In der Nacht darauf schlief er wie ein Murmeltier und wachte dann neu gestärkt und fröhlich auf.

Kapitän John Sommers legte am 15. März 1853 im Hafen von Valparaíso an, erschöpft von der Reise und den Forderungen seiner Brotgeberin, deren neueste Laune verlangte, aus dem Süden Chiles einen Gletscherbrocken von der Größe eines Walfangschiffes am Schlepptau nach San Francisco zu bugsieren. Sie hatte es sich einfallen lassen, Sorbett und Speiseeis für den Verkauf herzustellen, da die Preise für Gemüse und Obst sehr gefallen waren, seit die Landwirtschaft in Kalifornien aufblühte. Das Gold hatte in vier Jahren eine Viertelmillion Einwanderer herbeigezogen, aber die reichen Erzadern versiegten. Trotzdem dachte Paulina Rodríguez de Santa Cruz nicht daran, sich jemals wieder aus San Francisco fortzurühren. Sie hatte diese Stadt der Glücksritter, in der es noch keine sozialen Klassen gab, in ihr ungestümes Herz geschlossen. Sie überwachte persönlich den Bau ihres zukünftigen Heims, eines Herrensitzes auf der Spitze eines Hügels, von dem man den besten Ausblick auf die Bucht hatte, aber sie erwartete ihr viertes Kind und wollte es in Valparaíso zur Welt bringen, wo ihre Mutter und ihre Schwestern sie verwöhnen und verhätscheln würden. Ihr Vater hatte einen sehr gelegen kommenden Schlaganfall erlitten, der ihm eine halbseitige Lähmung und eine Gehirnerweichung hinterlassen hatte. Die Krankheit hatte den Charakter Agustín del Valles nicht verändert, aber sie hatte ihm Angst vorm Sterben eingeflößt – und vor der Hölle natürlich. In die andere Welt hinüberzugehen mit einem ganzen Bündel Todsünden auf dem Buckel war keine gute Idee, hatte ihm unentwegt sein Cousin, der Bischof, gepredigt. Vom einstigen Weiberhelden und Teufelskerl war nichts übriggeblieben, aber nicht der Reue wegen, sondern weil sein ramponierter Körper zu dergleichen Anstrengungen nicht mehr fähig war. Er hörte täglich die Messe in der Kapelle seines Hauses, ertrug stoisch die Lesungen der Evangelien wie die endlosen Rosenkränze, die seine Frau herbetete. Nichts davon jedoch machte ihn gnädiger zu seinen Pächtern und Angestellten. Er führte sich weiterhin gegenüber seiner Familie und dem Rest der Welt als Despot auf, aber eine gewisse Sinnesänderung war doch zu verzeichnen, und zwar entwikkelte er plötzlich eine unerklärliche Liebe zu Paulina, der abwesenden Tochter. Er vergaß, daß er sie verstoßen hatte, weil sie aus dem Kloster ausgerissen war, um diesen Judensohn zu heiraten, an dessen Namen er sich nicht erinnerte, weil es kein zu seiner Klasse gehörender war. Er schrieb ihr und nannte sie seine Lieblingstocher, die einzige, die von seinem Holze sei und seinen visionären Blick für Geschäfte geerbt habe, und flehte sie an, heimzukommen, denn ihr armer Vater wünsche sie vor seinem Tode noch einmal zu umarmen. Geht es dem Alten wirklich so schlecht? fragte Paulina ihre Schwestern in einem Brief hoffnungsvoll. Aber das tat es nicht, und sicherlich würde er noch viele Jahre leben und von seinem Rollstuhl aus alle Welt kujonieren.

Kapitän Sommers hatte es oblegen, auf dieser Reise seine Chefin zu transportieren mit ihren ungezogenen Kindern, den ständig seekranken Dienstmädchen, der Ladung Gepäck, zwei Kühen für die Milch der Kleinen und drei Schoßhündchen, ähnlich denen der französischen Hofdamen mit Schleifen über den Ohren, die den während der ersten Reise im Pazifik ertrunkenen ersetzten. Dem Kapitän kam die Fahrt endlos vor, und ihn entsetzte die Vorstellung, daß er binnen kurzem Paulina und ihren Zirkus wieder zurück nach San Francisco bringen mußte. Zum erstenmal in seinem langen Seefahrerleben dachte er daran, sich zurückzuziehen und die Zeit, die ihm in diesem Leben noch blieb, auf dem festen Land zu verbringen. Sein Bruder Jeremy erwartete ihn auf dem Kai und fuhr mit ihm nach Hause, während er Rose entschuldigte, die an einem Migräneanfall litt.

»Du weißt schon, sie wird an Elizas Geburtstag

immer krank. Sie hat sich nach dem Tod des Mädchens noch immer nicht erholen können«, erklärte er.

»Darüber will ich mit euch reden«, erwiderte der Kapitän.

Miss Rose hatte nicht gewußt, wie sehr sie Eliza liebte, bis sie nicht mehr da war. Da hatte sie gefühlt, daß die Gewißheit der mütterlichen Liebe für sie zu spät kam. Sie klagte sich an, daß sie sie jahrelang nur halbherzig geliebt hatte, mit einer willkürlichen und chaotischen Zärtlichkeit, daß sie ihre Existenz so oft vergessen hatte, weil sie mit ihren läppischen Zerstreuungen zu sehr beschäftigt gewesen war, und wenn sie sich ihrer erinnerte, mußte sie entdecken, daß die Kleine eine ganze Woche bei den Hühnern im Patio zugebracht hatte. Eliza war einer Tochter, die sie nie haben würde, am nächsten gekommen; fast siebzehn Jahre lang war sie ihre Freundin, ihre Spielgefahrtin gewesen, der einzige Mensch auf der Welt, der sie etwas anging. Miss Rose hatte Schmerzen im ganzen Körper aus purer, schlichter Einsamkeit. Sie vermißte die Bäder mit dem kleinen Mädchen, wenn sie glücklich in dem nach Minze und Rosmarin duftenden Wasser geplanscht hatten. Sie dachte an die geschickten kleinen Hände Elizas, mit denen sie ihr die Haare wusch, den Nacken massierte, die Fingernägel mit einem Stück Wildleder polierte, ihr half, sich zu frisieren. In den Nächten wartete sie, lauschte auf die Schritte des Mädchens, das ihr ein Gläschen Anislikör brachte. Sie sehnte sich danach, noch einmal ihren Gutenachtkuß auf der Stirn zu spüren. Miss Rose schrieb nicht mehr und hatte die musikalischen Abende völlig aufgegeben, die einst die Achse ihres gesellschaftlichen Lebens gewesen waren. Auch die Koketterie war ihr vergangen, und sie hatte sich darein gefunden, ohne Anmut alt zu werden, »in meinem Alter erwartet man von einer Frau nur noch, daß sie Würde besitzt und gut riecht«, sagte sie. Kein neues Kleid ging in diesen Jahren unter ihren Händen hervor, sie trug die alten weiter und merkte gar nicht, daß sie nicht mehr modern waren. Das Nähstübchen stand verlassen, und selbst die Sammlung Barette und Hüte verkümmerte in den Schachteln, weil sie sich für den schwarzen Umhang der Chileninnen entschieden hatte, wenn sie auf die Straße ging. Sie füllte ihre Stunden damit aus, die strengen Klassiker zu lesen, die einst ihr Bruder Jeremy angehäuft hatte, und schwermütige Stücke auf dem Klavier zu spielen. Sie langweilte sich mit Entschlossenheit und Methode, als wollte sie sich bestrafen. Elizas Fehlen wurde ein guter Vorwand, Trauer zu tragen um alles Leid und die Verluste ihrer vierzig Lebensjahre, vor allem um den Mangel an Liebe. Den fühlte sie wie einen Splitter unter dem Fingernagel, einen ständigen gedämpften Schmerz. Sie bereute, daß sie Eliza mit einer Lüge aufgezogen hatte; sie konnte nicht verstehen, weshalb sie die Geschichte mit dem Körbchen und den Batistlaken, dem unwahrscheinlichen Nerzdeckchen und den Goldmünzen erfunden hatte, wenn doch die Wahrheit viel tröstlicher gewesen wäre. Eliza hatte ein Recht darauf gehabt, zu wissen, daß ihr angebeteter Onkel John in Wirklichkeit ihr Vater war, daß Jeremy und sie Onkel und Tante waren, daß sie zur Familie Sommers gehörte und nicht eine aus christlicher Nächstenliebe aufgenommene Waise. Sie erinnerte sich mit Entsetzen daran, wie sie die Kleine zu dem Waisenhaus geschleppt hatte, um ihr einen Schrecken einzujagen – wie alt war sie damals gewesen? Acht, neun Jahre, ein Kind. Wenn sie noch einmal von vorne anfangen könnte, würde sie eine ganz andere Mutter sein ... Vor allem hätte sie sie unterstützen müssen, als sie sich verliebte, statt ihr den Krieg zu erklären; hätte sie es getan, wäre Eliza am Leben, seufzte sie, es war ihre Schuld, daß sie auf der Flucht den Tod gefunden hatte. Sie hätte sich an ihren eigenen Fall erinnern müssen und begreifen, daß die erste Liebe die Frauen ihrer Familie verrückt machte. Das Traurigste war, daß sie niemanden hatte, mit dem sie darüber sprechen konnte, weil auch Mama Fresia verschwunden war, und ihr Bruder Jeremy kniff die Lippen zusammen und verließ das Zimmer, wenn sie Eliza erwähnte. Ihr Kummer steckte alles in ihrer Umgebung an, in den letzten vier Jahren war das Haus stickig geworden wie ein Mausoleum, das Essen war so miserabel, daß sie sich von Tee und englischem Kuchen ernährte. Sie hatte keine anständige Köchin gefunden, und sie hatte auch nicht mit allzuviel Eifer danach gesucht. Sauberkeit und Ordnung im Haus waren ihr gleichgültig; in den großen Vasen fehlten die Blumen, und im Garten welkten die Pflanzen, weil sie nicht gepflegt wurden. Vier Winter schon hingen die geblümten Sommervorhänge im Musiksalon, und keiner unterzog sich der Mühe, sie am Ende der Jahreszeit auszuwechseln.

Jeremy machte seiner Schwester keine Vorwürfe, er aß jeden Brei, der ihm vorgesetzt wurde, und sagte nichts, wenn seine Hemden schlecht gebügelt und seine Anzüge nicht abgebürstet waren. Er hatte irgendwo gelesen, daß unverheiratete Frauen unter gefährlichen Störungen litten. In England hatten sie ein wunderbares Heilverfahren gegen die Hysterie entwickelt, das darin bestand, mit rotglühenden

Eisen gewisse Punkte auszubrennen, aber diese Errungenschaft war nicht bis Chile gelangt, hier verwandte man noch Weihwasser für solche Leiden. Jedenfalls war es besser, dieses heikle Thema Rose gegenüber nicht anzuschneiden. Er wußte nicht, wie er sie trösten sollte, zu eingefleischt war die Gewohnheit der Diskretion und des Schweigens zwischen ihnen. Er versuchte ihr mit Geschenken eine Freude zu machen, die er als Schmuggelgut auf den Schiffen kaufte, aber da er nichts von Frauen verstand, kam er mit gräßlichen Dingen an, die bald in der Tiefe der Schränke verschwanden. Er ahnte nicht, wie oft seine Schwester herankam, wenn er rauchend in seinem Sessel saß, und wie sie drauf und dran war, zu seinen Füßen zusammenzusinken, den Kopf auf seine Knie zu stützen und zu weinen, unaufhörlich zu weinen, aber jedesmal schreckte sie im letzten Augenblick zurück, denn zwischen ihnen klang jedes Wort der Zuneigung wie Ironie oder unverzeihliche Gefühlsduselei. Starr und traurig erhielt Rose aus reiner Disziplin den Schein aufrecht und hatte das Gefühl, daß nur noch das Korsett sie stützte und daß sie, wenn sie es ablegte, in Stücke zerfallen würde. Nichts war geblieben von ihrer Fröhlichkeit und ihren kecken Streichen, nichts von ihren kühnen Ansichten, ihren kleinen Rebellionen oder ihrer dreisten Neugier. Sie war das geworden, was sie am meisten zu sein fürchtete: eine ausrangierte alte Jungfer. »Das sind die Wechseljahre, in der Zeit kommen die Frauen aus dem Gleichgewicht«, befand der deutsche Apotheker und verordnete ihr Baldrian für die Nerven und Lebertran gegen die Bleichsucht.

Kapitän John Sommers versammelte seine Geschwister in der Bibliothek, um ihnen die Neuigkeit mitzuteilen.

»Erinnert ihr euch an Jacob Todd?«

»Den Burschen, der uns mit seiner Mission auf Feuerland blauen Dunst vorgemacht hat?« fragte Jeremy.

»Genau der.«

»Er war in Rose verliebt, wenn ich mich recht erinnere«, sagte Jeremy lächelnd und dachte, daß er wenigstens davor bewahrt worden war, diesen Aufschneider als Schwager zu begrüßen.

»Er hat einen anderen Namen angenommen. Jetzt nennt er sich Jacob Freemont und schreibt für eine Zeitung in San Francisco.«

»Unglaublich! Es stimmt also, daß in den Vereinigten Staaten jeder Gauner neu anfangen kann.«

»Jacob hat für seinen Fehler gründlich bezahlt. Ich finde es großartig, daß es ein Land gibt, das eine zweite Chance bietet.«

»Und die Ehre zählt gar nicht?«

»Die Ehre ist nicht alles, Jeremy.«

»Gibt es sonst noch etwas?«

»Was kümmert uns Jacob Todd? Ich nehme an, du hast uns nicht hier zusammengerufen, um uns von ihm zu erzählen, John«, stammelte Rose hinter ihrem vanillegetränkten Taschentuch.

»Ich habe mit Jacob Todd, besser gesagt, Freemont gesprochen, bevor ich an Bord ging. Er hat mir versichert, daß er Eliza in San Francisco gesehen hat.«

Miss Rose glaubte, zum erstenmal in ihrem Leben ohnmächtig zu werden. Ihr Herz raste, der Puls schien zerspringen zu wollen, eine Blutwelle schoß ihr ins Gesicht. Sie konnte nicht ein Wort sprechen, sie erstickte fast.

»Diesem Mann kann man nichts glauben! Du hast uns erzählt, eine Frau habe geschworen, sie hätte Eliza im Jahr 49 an Bord eines Schiffes kennengelernt und hätte keinen Zweifel, daß sie tot ist«, protestierte Jeremy und marschierte mit großen Schritten durch die Bibliothek.

»Gewiß, aber das war eine Hure, und sie hatte die

Türkisbrosche an, die ich Eliza geschenkt habe. Sie kann sie ihr gestohlen haben und hat nun geschwindelt, um sich zu schützen. Was für einen Grund sollte Jacob Freemont haben, mich anzulügen?«

»Keinen, nur daß er von Natur ein Schwindler ist.«

»Hört auf, bitte!« flehte Rose mit einer gewaltigen Anstrengung, ihre Stimme zu festigen. »Das einzig Wichtige ist doch, daß jemand Eliza gesehen hat, daß sie nicht tot ist, daß wir sie finden können!«

»Mach dir keine Illusionen, liebes Kind. Siehst du nicht, daß dies ein phantastisches Märchen ist? Es wäre ein schrecklicher Schlag für dich, wenn du daran glaubtest und dann feststellen müßtest, es ist eine Falschmeldung«, warnte Jeremy sie.

John Sommers erzählte ihnen die Einzelheiten der Begegnung zwischen Jacob Freemont und Eliza und ließ auch nicht aus, daß sie als Mann gekleidet war und sich so bequem darin bewegte, daß der Reporter anfangs nicht zweifelte, einen Jungen vor sich zu haben. Er fügte hinzu, er sei mit Freemont in das chilenische Viertel gegangen, aber sie hätten nicht gewußt, welchen Namen sie benutzte, und keiner konnte oder wollte ihnen ihre Adresse geben. Zweifellos sei Eliza nach Kalifornien gegangen, um ihren Liebsten zu treffen, aber etwas sei schiefgelaufen, und sie habe ihn nicht gefunden, denn der Grund ihres Besuches bei Freemont sei gewesen, von ihm etwas über einen Banditen ähnlichen Namens zu erfahren.

»Das muß er sein. Joaquín Andieta ist ein Dieb. Aus Chile ist er vor der Justiz geflohen«, knurrte Jeremy Sommers.

Es war nicht möglich gewesen, ihm den Namen von Elizas Liebstem zu verschweigen. Miss Rose mußte ihm auch gestehen, daß sie öfter Joaquín Andietas Mutter besuchte, um Neuigkeiten zu erfahren, und daß die arme Frau, die jedesmal ärmer und kränker aussah, überzeugt war, ihr Sohn sei tot. Es gebe keine andere Erklärung für sein langes Schweigen, versicherte sie. Sie hatte aus Kalifornien einen Brief mit dem Datum vom Februar 1849 erhalten, das war eine Woche nach seiner Ankunft, und darin hatte er ihr von seinem Plan geschrieben, zu den Lagerstätten aufzubrechen, und sein Versprechen wiederholt, ihr alle vierzehn Tage zu schreiben. Dann – nichts mehr. Er war spurlos verschwunden.

»Findet ihr es nicht merkwürdig, daß Jacob Todd Eliza in Männerkleidern und ohne jeden Hinweis erkannt haben will?« fragte Jeremy. »Als er sie hier bei uns sah, war sie noch ein Kind. Wie lange ist das her? Mindestens sechs, sieben Jahre. Wie kam er überhaupt auf die Idee, Eliza sei in Kalifornien? Das ist doch absurd.«

»Vor drei Jahren habe ich ihm erzählt, was passiert ist, und er versprach mir, sie zu suchen. Ich habe sie ihm genau beschrieben, Jeremy. Außerdem hat Elizas Gesicht sich nie sehr verändert; als sie fortging, sah sie immer noch wie ein Kind aus. Jacob Freemont hat sie eine ganze Zeit lang gesucht, bis ich ihm sagte, daß sie wahrscheinlich tot ist. Jetzt hat er mir versprochen, sich wieder darum zu kümmern, er denkt sogar daran, einen Detektiv anzuheuern. Ich hoffe, nach meiner nächsten Fahrt kann ich euch genauere Nachrichten mitbringen.«

»Warum vergessen wir denn diese Sache nicht ein für allemal?« seufzte Jeremy.

»Weil sie verdammt noch mal meine Tochter ist, Mensch!« rief der Kapitän zornig.

»Ich fahre nach Kalifornien und suche Eliza!« unterbrach sie Miss Rose und stand auf.

»Du fährst nirgendwohin!« schrie ihr älterer Bruder sie an.

Aber sie war schon aus der Tür: sie würde ihre Adoptivtochter finden, und zum erstenmal seit vier Jahren gab es für sie einen Grund, weiterzuleben. Sie entdeckte staunend, daß ihre alten Kräfte ungebrochen waren und in einem geheimen Winkel des Herzens nur darauf warteten, ihr wieder zu dienen, wie sie ihr einst gedient hatten. Die Kopfschmerzen verschwanden wie durch Zauber, sie schwitzte und hatte rote Wangen vor Begeisterung, als sie die Dienstmädchen rief, die sie ins Zimmer der Schränke begleiten sollten, um passende Koffer zu suchen.

Im Mai 1853 las Eliza in der Zeitung, daß Joaquín Murieta und sein Trabant Drei-Finger-Jack ein Lager von sechs friedlichen Chinesen überfallen hatten; sie hatten sie mit den Zöpfen zusammengebunden und geköpft, dann hängten sie die Köpfe an einen Baum wie ein Büschel Melonen. Straßen und Wege waren in der Hand der Banditen, keiner war darauf mehr sicher, wer sie benutzen mußte, schloß sich an große, gut bewaffnete Gruppen an, um halbwegs sicher vor Überfällen zu sein. Sie ermordeten amerikanische Goldgräber, französische Abenteurer, jüdische Händler und Reisende aller Rassen, aber Indianer oder Mexikaner griffen sie im allgemeinen nicht an, die übernahmen die Gringos. Die verängstigten Menschen verriegelten Türen und Fenster, die Männer wachten mit geladenem Gewehr, die Frauen versteckten sich, keine wollte Drei-Finger-Jack in die Hände fallen. Von Murieta dagegen hieß es, er mißhandle nie eine Frau und bei mehr als einer Gelegenheit habe er ein junges Mädchen davor gerettet, von den wüsten Strolchen seiner Bande entehrt zu werden. Die Gasthäuser verweigerten Reisenden oft die Unterkunft, weil sie fürchteten, einer von ihnen könnte Murieta sein. Niemand hatte ihn je persönlich gesehen, und die Beschreibungen widersprachen einander, aber Freemonts Artikel hatten ein romantisches Bild des Banditen geschaffen, das die Mehrheit der Leser als wahr hinnahm. In Jackson bildete sich die erste Gruppe Freiwilliger, die Jagd auf die Bande machen wollten, und bald gab es in jedem Dorf Rächertrupps, und eine Menschenjagd ohnegleichen setzte ein, in wenigen Wochen gab es mehr Lynchmorde als in den vier Jahren davor. Wer spanisch sprach, war von vornherein verdächtig und wurde ganz schnell zum öffentlichen Feind erklärt und dem Grimm der Sheriffs und Hilfssheriffs ausgeliefert. Der Gipfel an traurigem Hohn war erreicht, als Murietas Bande auf der Flucht vor amerikanischen Soldaten, die ihnen dicht auf den Fersen waren, kurz anhielt, um ein Chinesenlager zu überfallen. Die Soldaten kamen Minuten später und fanden mehrere Tote und Sterbende. Es hieß, Joaquín Murieta lasse seine Wut so häufig an den Asiaten aus, weil sie sich selten verteidigten, obwohl sie bewaffnet waren; die »Gelben« fürchteten ihn so sehr, daß allein sein Name panisches Entsetzen bei ihnen auslöste. Das beharrlichste Gerücht jedoch wollte wissen, daß der Bandit damit befaßt sei, eine bewaffnete Armee aufzustellen, und im Einverständnis mit reichen mexikanischen Ranchern der Region plane, einen Aufstand zu entfesseln, die spanische Bevölkerung aufzuwiegeln, die Amerikaner zu massakrieren und Kalifornien an Mexiko zurückzugeben oder eine unabhängige Republik zu gründen.

Der lautstarken öffentlichen Erregung nachgebend, unterzeichnete der Gouverneur einen Erlaß, der Captain Harry Love und eine Gruppe von zwanzig Freiwilligen ermächtigte, innerhalb einer Frist von drei Monaten die Verfolgung Joaquín Murietas zu betreiben. Jedem Mann wurde ein Sold von einhundertfünfzig Dollar pro Monat zugewiesen, was nicht gerade viel war, wenn man bedachte, daß er seine Pferde, Waffen und Vorräte selbst bezahlen mußte; dessen ungeachtet war der Trupp bereit, sich in weniger als einer Woche auf den Weg zu machen. Eine Belohnung von tausend Dollar auf den Kopf Joaquín Murietas wurde ausgesetzt. Jacob Freemont wies in der Zeitung darauf hin, daß man hier einen Mann zum Tode verurteilte, ohne seine Identität zu kennen, ohne die Verbrechen, die ihm vorgeworfen wurden, zu prüfen, ohne Gericht, das heißt, die Mission Captain Loves komme einem Lynchurteil gleich. Eliza fühlte eine Mischung aus Entsetzen und Erleichterung, die sie sich nicht erklären konnte. Sie wünschte nicht, daß diese Männer Joaquín töteten, aber vielleicht waren sie die einzigen, die ihn finden konnten; sie wollte nur aus der Ungewißheit heraus, sie war es so müde, nach Schatten zu greifen. Ohnedies war es wenig wahrscheinlich, daß Captain Love dort Erfolg hatte, wo so viele andere gescheitert waren, Joaquín Murieta schien unbesiegbar zu sein. Es hieß, nur eine silberne Kugel könne ihn töten, zwei Pistolen seien aus nächster Nähe auf seine Brust leergeschossen worden und er reite noch immer durch Calaveras.

»Wenn diese Bestie dein Liebster ist, dann ist es besser, wenn du ihn nie findest«, sagte Tao Chi'en, als sie ihm die Zeitungsausschnitte zeigte, die sie seit über einem Jahr gesammelt hatte.

»Ich glaube nicht, daß er es ist ...«

»Wie willst du das wissen?«

In ihren Träumen sah sie ihren ehemaligen Geliebten in demselben abgetragenen Anzug und den fadenscheinigen Hemden, aber alles sauber und gut gebügelt, aus der Zeit, in der sie sich in Valparaíso geliebt hatten. Er stand vor ihr mit seinem tragischen Gesicht, den durchdringenden Augen und dem Geruch nach Seife und frischem Schweiß, er nahm sie bei den Händen wie damals und sprach zu ihr glühende Worte über Gerechtigkeit und Gleichheit. Bisweilen lagen sie beide auf dem Berg aus Vorhängen im Zimmer der Schränke, Seite an Seite, völlig bekleidet, während die Holzwände unter den Peitschenhieben des Seewindes knarrten. Und immer, in jedem Traum, hatte Joaquín einen leuchtenden Stern auf der Stirn.

»Und was bedeutet das?« wollte Tao Chi'en wissen.

»Kein schlechter Mensch hat ein Leuchten auf der Stirn.«

»Das ist nur ein Traum, Eliza.«

»Es ist nicht einer, Tao, es sind viele Träume ...«

»Dann suchst du den falschen Mann.«

»Vielleicht, aber es war keine verlorene Zeit«, entgegnete sie, ohne weitere Erklärungen abzugeben.

Zum erstenmal seit vier Jahren wurde sie sich ihres Körpers wieder bewußt, dem sie keinerlei eigene Bedeutung zugestanden hatte von dem Augenblick an, als Joaquín Andieta sich in Chile von ihr verabschiedete an jenem unheilvollen 22. Dezember 1848. In ihrem besessenen Eifer, diesen Mann zu finden, hatte sie auf alles verzichtet, nicht zuletzt auch auf ihre Weiblichkeit; sie fürchtete, sie habe sie unterwegs verloren im Tausch gegen ein seltsames asexuelles Etwas. Einige Male, wenn sie durch Täler und Wälder geritten war, der Gnadenlosigkeit aller Winde ausgeliefert, hatte sie sich an Miss Roses Ratschläge erinnert, die sich mit Milch wusch und keinen Sonnenstrahl auf ihrer Porzellanhaut duldete, aber mit derlei Rücksichtnahmen hatte sie sich nicht aufhalten können. Sie hatte die Mühe und die Strafe ertragen, weil sie keine andere Möglichkeit sah. Sie betrachtete ihren Körper wie ihre Gedanken, ihr Gedächtnis oder ihren Geruchssinn als untrennbaren Teil ihrer selbst. Früher hatte sie nicht verstanden, was Miss Rose meinte, wenn sie von der Seele sprach, weil sie sie nicht unterscheiden konnte von der Einheit von Körper und Geist, die sie war, aber nun begann sie ihre Natur zu ahnen. Seele war der unveränderliche Teil eines Wesens. Der Körper dagegen war diese fürchterliche Bestie, die nach jahrelangem Überwintern ungezügelt und voller Forderungen erwachte. Er erinnerte sie wieder an das glühende Verlangen, das sie im Zimmer der Schränke so kurz gekostet hatte. Seither hatte sie kein wirkliches Bedürfnis nach körperlicher Lust empfunden, als hätte dieser Teil ihrer selbst in tiefem Schlaf verharrt. Sie schrieb es dem Schmerz zu, von ihrem Geliebten verlassen worden zu sein, der Panik, sich schwanger zu wissen, dem Aufenthalt in den Labyrinthen des Todes auf jenem Schiff, dem Trauma der Fehlgeburt. Sie war so zerbrochen gewesen, daß die Angst, noch einmal solchen Umständen ausgesetzt zu sein, stärker gewesen war als das Ungestüm der Jugend. Sie hatte gedacht, für die Liebe zahle man einen zu hohen Preis und es sei besser, sie ganz zu meiden, aber etwas hatte sich während der letzten zwei Jahre mit Tao Chi'en in ihrem Innern gewendet, und plötzlich erschien ihr die Liebe wie das Verlangen unvermeidbar. Die Notwendigkeit, sich als Mann zu kleiden, begann sie zu drücken wie eine Last. Ihr fiel das Nähstübchen ein, wo Miss Rose in ebendiesem Augenblick sicherlich wieder an einem ihrer bezaubernden Kleider arbeitete, und eine Woge des Heimwehs überwältigte sie, Heimweh nach jenen köstlichen Nachmittagen ihrer Kindheit, nach dem Fünf-Uhr-Tee in den schönen Tassen, die Miss Rose von ihrer Mutter geerbt hatte, nach den lustigen Streifzügen durch den Hafen, wenn sie geschmuggelte hübsche Nichtigkeiten von den Schiffen kauften. Und was mochte aus Mama Fresia geworden sein? Sie sah sie brummelnd in der Küche, dick und warm und nach Basilikum duftend, immer mit einem Kochlöffel in der Hand und einem brodelnden Topf auf dem Herd, eine liebenswerte Hexe. Sie fühlte eine drängende Sehnsucht nach dieser weiblichen Komplizenschaft von einst, ein nicht mehr fortzuschiebendes Verlangen, sich wieder als Frau zu fühlen. In ihrem Zimmer hatte sie keinen großen Spiegel, um dieses weibliche Geschöpf zu betrachten, das darum kämpfte, sich durchzusetzen. Sie wollte sich nackt sehen. Manchmal wachte sie im Morgengrauen auf, von wilden Träumen fiebernd, in denen das Bild Joaquín Andietas mit dem Stern auf der Stirn überlagert wurde von anderen Bildern, aus den erotischen Büchern aufgestiegen, die sie früher Joe Bonecrushers Täubchen vorgelesen hatte. Sie hatte das völlig gleichmütig getan, weil diese Beschreibungen nichts in ihr wachriefen, aber nun kamen sie zurück und quälten sie im Traum wie unzüchtige Gespenster. Allein in ihrem schönen Zimmer mit den chinesischen Möbeln, nutzte sie das Frühlicht, das schwach durch die Fenster schien, um sich hingerissen einer Erforschung ihres Körpers zu widmen. Sie zog den Schlafanzug aus und betrachtete neugierig die Teile ihres Körpers, die sie sehen konnte, und betastete die anderen, wie sie es vor Jahren getan hatte, als sie die Liebe entdeckte. Sie stellte fest, daß sie sich wenig verändert hatte. Sie war schlanker geworden, aber dafür kam sie sich auch kräftiger vor. Die Hände waren von Sonne und Arbeit gebräunt, aber alles übrige war so hell und glatt, wie sie es in Erinnerung hatte. Sie fand es erstaunlich, daß ihre Brüste, die so lange Zeit unter einer Leibbinde plattgedrückt worden waren, noch dieselben waren wie früher, klein und fest, mit rosigen Erdbeeren. Sie löste ihre Mähne, die sie seit vier Monaten nicht geschnitten hatte, und kämmte sie zu einem festen Schweif im Nakken, schloß die Augen und schüttelte den Kopf und hatte ihre Freude an dem Gewicht und der animalisch lebendigen Geschmeidigkeit ihres Haares. Sie war überrascht von dieser fast unbekannten Frau mit Rundungen auf Schenkeln und Hüften, einer schmalen Taille und auf dem Schamhügel diesem krausen Dreieck, das in seiner Struppigkeit so ganz anders war als das glatte, elastische Kopfhaar. Sie hob einen Arm, um seine Länge zu messen, seine Form zu beurteilen, von weitem auf die Nägel zu schauen; mit der anderen Hand strich sie sich über die Seite, das Relief ihrer Rippen, die Achselhöhle, den Umriß des Armes. Sie verhielt an den empfindsamsten Stellen des Handgelenks und des zwiegeteilten Ellenbogens und fragte sich, ob Tao das gleiche Kitzeln an den gleichen Stellen empfand. Sie berührte ihren Hals, zeichnete die Ohren, den Bogen der Augenbrauen, die Linie ihrer Lippen nach; mit einem Finger fuhr sie sich im Mund herum und dann über die Brustwarzen, die sich bei der Berührung mit dem warmen Speichel aufrichteten. Sie strich fest mit den Händen über die Gesäßbacken, um ihre Form in sich aufzunehmen, und dann nur leicht, um die Glätte der Haut zu spüren. Sie setzte sich auf ihr Bett und betastete sich von den Füßen bis zu den Leisten und wunderte sich über den kaum wahrnehmbaren goldenen Flaum auf ihren Beinen. Sie spreizte die Schenkel und berührte die geheimnisvolle Spalte ihres Geschlechts, weich und feucht; sie suchte die Knospe der Klitoris, den Mittelpunkt ihres Verlangens und ihrer Verwirrungen, und als sie darüberstrich, erschien sofort und unerwartet das Gesicht Tao Chi'ens. Es war nicht Joaquín Andieta, an dessen Züge sie sich kaum noch erinnern konnte, sondern ihr treuer Freund, der kam, ihre fiebrigen Phantasien mit einer unwiderstehlichen Mischung aus glühenden Umarmungen, sanfter Zärtlichkeit und gemeinsamem Lachen zu nähren. Danach roch sie an ihren Händen und bewunderte den starken Geruch nach Salz und reifen Früchten, den ihr Körper ausströmte.

Drei Tage nachdem der Gouverneur einen Preis auf den Kopf Joaquín Murietas ausgesetzt hatte, ankerte im Hafen von San Francisco der Dampfer »Northerner« mit zweihundertfünfundsiebzig Sack Post und Lola Montez an Bord. Sie war die berühmteste Kurtisane Europas, aber weder Tao Chi'en noch Eliza hatten je ihren Namen gehört. Sie waren zufällig am Kai, weil sie eine Kiste mit chinesischen Arzneien abholen wollten, die ein Matrose aus Shanghai mitgebracht hatte. Sie glaubten zuerst, der Grund für den Karnevalstrubel seien die Postsäcke, niemals zuvor war eine so reichhaltige Ladung angekommen, aber das festliche Feuerwerk belehrte sie eines besseren. In dieser Stadt, die an jede Art Wunder gewöhnt war, hatte sich eine hauptsächlich aus Männern bestehende Menschenmenge versammelt, um die unvergleichliche Lola Montez zu sehen, die, vom Trommelwirbel ihres Ruhms angekündigt, über den Isthmus von Panama angereist war. Sie entstieg dem Landungsboot auf den Armen von zwei glücklichen Matrosen, die sie mit ehrfürchtigen Verbeugungen, wie sie einer Königin würdig gewesen wären, behutsam auf festem Land absetzten. Und königlich war auch die Haltung der berühmten Tänzerin, mit der sie die Hochrufe ihrer Verehrer entgegennahm. Das Spektakel verwunderte Eliza und

Tao Chi'en, die nichts über Herkunft und Ruf der Schönen wußten, aber die Zuschauer klärten sie rasch auf. Die Montez war Irin, von plebejischer wie unehelicher Geburt, die sich für eine vornehme Ballerina und spanische Schauspielerin ausgab. Sie tanzte wie ein Dorftrampel, und von einer Schauspielerin besaß sie nichts außer einer maßlosen Eitelkeit, aber ihr Name beschwor ausschweifende Bilder großer Verführerinnen herauf von Dalila bis Kleopatra, und deshalb waren wildbegeisterte Massen herbeigeeilt, um ihr zuzujubeln. Sie kamen nicht ihrer zweifelhaften künstlerischen Begabung wegen, sondern um dieses Inbild verblüffender Boshaftigkeit, legendärer Schönheit und stürmischen Talents von nahem zu erleben. Ohne weitere Talente außer Unverschämtheit und Verwegenheit füllte sie Theater, verschwendete Unsummen, sammelte Schmuck und Liebhaber, erlitt epische Wutanfälle, hatte der Prüderie den Krieg erklärt und war aus verschiedenen Städten ausgewiesen worden. Aber ihre größte Tat war es gewesen, einem König das Herz zu brechen. Ludwig I. von Bayern war ein braver Mann, sechzig Jahre lang knauserig und vernünftig, bis sie ihm in die Quere kam und ihn ein paarmal um sich selbst drehte und zu ihrem Hampelmann machte. Der Monarch verlor Verstand, Gesundheit und Ehre, während sie die königlichen Schatzkammern plünderte. Der verliebte König gab ihr alles, was sie wollte, einschließlich des Titels einer Gräfin, aber er konnte nicht erreichen, daß seine Untertanen sich mit ihr abfanden. Ihre miserablen Manieren und verrückten Launen erregten den Haß der Münchner, die schließlich in Massen auf die Straße gingen, um die Abschiebung der Geliebten des Königs zu verlangen. Statt stillschweigend zu verschwinden, trat sie der Menge mit einer Reitpeitsche entgegen und wäre sicherlich in Stücke gerissen worden, hätten nicht ihre getreuen Diener sie mit Gewalt in eine Kutsche gesetzt und über die Grenze gebracht. Verzweifelt dankte der König ab und machte sich bereit, ihr ins Exil zu folgen, aber ohne Krone, Macht und Bankkonto war der Kavalier nicht mehr viel wert, und die Schöne ließ ihn einfach sitzen.

»Das heißt, der üble Ruf ist ihr einziges Verdienst«, stellte Tao Chi'en fest.

Eine Gruppe irischer Bewunderer spannte die Pferde vor Lolas Kutsche aus und zog sie durch Straßen, die mit Blumen gepflastert waren, zu ihrem Hotel. Eliza und Tao Chi'en sahen sie in glorreichem Zug vorüberfahren.

»Das einzige, was in diesem Land der Irren noch

fehlte«, seufzte Tao Chi'en auf kantonesisch, ohne der Schönen mehr als einen Blick zu gönnen.

Eliza folgte dem Karneval ein paar Straßen weit, halb belustigt, halb bewundernd, während ringsum Pistolen und Raketen um die Wette knallten. Lola Montez hielt den Hut in der Hand, ihr schwarzes Haar war in der Mitte gescheitelt und über den Ohren zu Locken frisiert, ihre leuchtenden Augen waren nachtblau, sie trug einen Rock aus Bischofssamt, eine Bluse mit Spitzen an Kragen und Manschetten und ein mit Glasperlen besticktes Torerojäckchen. Ihre Haltung war ebenso spöttisch wie herausfordernd, sie war sich voll bewußt, daß sie die ursprünglichsten, geheimsten Wünsche der Männer verkörperte und zugleich das symbolisierte, was die Verfechter der Moral am meisten fürchteten; sie war ein verderbtes Idol, und diese Rolle entzückte sie. Vor lauter Begeisterung bewarf einer der Zuschauer sie mit einer Handvoll Goldstaub, der in ihrem Haar und auf ihrer Kleidung haften blieb wie eine Aura. Der Anblick dieser triumphierenden, furchtlosen jungen Frau erschütterte Eliza. Sie mußte an Miss Rose denken, wie sie es immer häufiger tat, und eine Woge von Mitgefühl und brennender Zärtlichkeit überkam sie. Sie sah sie vor sich in ihrem Korsett, gerader Rücken, Taille eingezwängt, schwitzend unter fünf Unterröcken, »Beine zusammen, wenn du dich hinsetzt, geh gerade, ohne Hast, sprich leise, lächle, zieh keine Grimassen, sonst kriegst du Falten im Gesicht, hör schweigend zu und tu interessiert, das schmeichelt den Männern«. Miss Rose mit ihrem Vanilleduft, immer so nachsichtig. Sie sah sie auch in der Badewanne, mit einem nassen Hemd knapp bedeckt, die Augen funkelnd vor Lachen, das Haar verstrubbelt, die Wangen rot, locker und fröhlich, wie sie ihr zuflüsterte: »Eine Frau kann tun, was sie will, Eliza, sie muß es nur gescheit tun.« Lola Montez jedoch tat es ohne jede Vernunft; sie hatte mehr Leben gelebt als der verwegenste Abenteurer, und sie hatte es getan mit dem ganzen Hochmut ihrer strahlenden Erscheinung.

An diesem Abend betrat Eliza nachdenklich ihr Zimmer und öffnete den Koffer mit ihren Kleidern, verstohlen, als beginge sie etwas Unrechtes. Sie hatte ihn seinerzeit in Sacramento stehenlassen, als sie sich das erstemal auf die Suche nach ihrem Liebsten machte, aber Tao Chi'en hatte ihn mitgenommen nach San Francisco in der Überlegung, daß ihr Inhalt ihr eines Tages nützlich sein könnte. Als sie ihn öffnete, fiel etwas zu Boden, und verdutzt sah sie, daß es ihr Perlenhalsband war, der Preis, mit dem sie damals Tao Chi'en bezahlt hatte, damit er sie auf das Schiff schmuggelte. Lange stand sie gerührt mit den Perlen in der Hand. Dann schüttelte sie die Kleider aus und legte sie auf das Bett, sie waren zerknittert und rochen muffig. Am nächsten Tag brachte sie sie in die beste Wäscherei von Chinatown.

»Ich werde Miss Rose einen Brief schreiben, Tao«, verkündete sie.

»Wozu?«

»Sie ist mir wie eine Mutter. Wenn ich sie so sehr liebe, liebt sie mich sicherlich genauso. Vier Jahre hat sie nichts von mir gehört, sie muß glauben, ich bin tot.«

»Würdest du sie gern wiedersehen?«

»Natürlich, aber das ist unmöglich. Ich werde ihr nur schreiben, um sie zu beruhigen, aber es wäre schön, wenn sie mir antworten könnte, macht es dir etwas aus, wenn ich ihr diese Adresse angebe?«

»Du willst, daß deine Familie dich findet …«, sagte er, und ihm brach die Stimme.

Sie stand da und sah ihn an und wußte, daß sie niemandem auf dieser Welt je so nah gewesen war wie in diesem Augenblick Tao Chi'en. Sie spürte diesen Mann in ihrem Blut, mit so uralter und gewaltiger Gewißheit, daß sie sich darüber wunderte, wie sie soviel Zeit an seiner Seite verbracht haben konnte, ohne es zu merken. Sie sehnte sich nach ihm, obwohl sie ihn jeden Tag sah. Sie trauerte den sorglosen Zeiten nach, in denen sie gute Freunde gewesen waren, damals war alles so einfach, aber dennoch wünschte sie sie nicht zurück. Jetzt schwebte etwas zwischen ihnen, etwas viel Umfassenderes und Bezauberndederes als die alte Freundschaft.

Ihre Kleider und Unterröcke waren von der Wäscherei zurückgekommen und lagen in Papier eingeschlagen auf dem Bett. Sie öffnete den Koffer und nahm ihre weißen Strümpfe und die Halbstiefel heraus, aber das Korsett ließ sie drin. Sie lächelte bei dem Gedanken, daß sie sich nie ohne Hilfe als Señorita angezogen hatte, dann streifte sie die Unterröcke über und probierte die Kleider eins nach dem anderen an, um das für die Gelegenheit passendste auszusuchen. Sie fühlte sich fremd in diesen Sachen, verhedderte sich mit den Gürteln, den Spitzen und Knöpfen, brauchte mehrere Minuten, um die Stiefelchen zuzuschnüren und dabei unter den vielen Unterröcken nicht das Gleichgewicht zu verlieren, aber mit jedem Stück, das sie anlegte, wurden ihre Zweifel leiser und wurde ihr Wunsch stärker, wieder eine Frau zu sein. Mama Fresia hatte sie vor dem Wagnis des Frauseins gewarnt, »dein Körper wird sich verändern, deine Gedanken werden sich vernebeln, und jeder Mann wird mit dir machen können, wozu er Lust hat«, hatte sie gesagt, aber diese Gedanken schreckten sie nicht mehr.

Tao Chi'en hatte den letzten Patienten des Tages entlassen. Er war in Hemdsärmeln, hatte Jackett und Krawatte abgelegt, die er immer aus Achtung vor den Patienten trug, wie es ihm sein Akupunkturmeister geraten hatte. Er schwitzte, denn noch war die Sonne nicht untergegangen, und dies war einer der wenigen heißen Julitage. Er würde sich nie an die Launen des Klimas von San Francisco gewöhnen, dachte er, wo der Sommer aussah wie Winter. Morgens ging strahlend die Sonne auf, und nach ein paar Stunden schob sich eine dichte Nebelwand durch das Golden Gate, oder der Wind vom Meer stürmte herein. Er war gerade dabei, die Nadeln in Alkohol zu legen und seine Medizinfläschchen zu ordnen, als Eliza eintrat. Der Gehilfe war schon gegangen, und dieser Tage hatten sie kein Sing Song Girl zu betreuten, sie waren allein im Haus.

»Ich hab was für dich, Tao«, sagte Eliza.

Da hob er den Kopf, und vor Überraschung ließ er das Fläschchen fallen, das er in der Hand hatte. Eliza trug ein elegantes dunkles Kleid mit einem weißen Spitzenkragen. Er hatte sie nur zweimal in weiblicher Kleidung gesehen, als er sie in Valparaíso kennengelernt hatte, aber er hatte den Anblick nicht vergessen.

»Gefällt es dir?«

»Du gefällst mir immer«, sagte er lächelnd und nahm die Brille ab, um sie von weitem zu bewundern.

»Das ist mein Sonntagskleid. Ich habe es angezogen, weil ich gerne ein Bild von mir machen lassen will. Hier nimm, das ist für dich«, damit reichte sie ihm einen Geldbeutel.

»Was ist das?«

»Das sind meine Ersparnisse, damit du wieder ein Mädchen kaufen kannst, Tao. Ich wollte eigentlich in diesem Sommer Joaquín suchen gehen, aber ich werde es nicht tun. Ich weiß, daß ich ihn niemals finden werde.«

»Wie es scheint, sind wir beide gekommen, um etwas zu suchen, und haben etwas anderes gefunden.«

»Was hast du gesucht?«

»Wissen, Weisheit, ich erinnere mich schon nicht mehr. Dagegen habe ich die Sing Song Girls gefunden, und nun schau dir das Schlamassel an, in dem ich stecke.«

»Himmel, wie unromantisch du bist, Mensch!

Aus purer Galanterie solltest du sagen, daß du auch mich gefunden hast!«

»Dich hätte ich sowieso gefunden, das war vorherbestimmt.«

»Komm mir nicht mit der Geschichte von der Reinkarnation . . .«

»Genau. In jeder Reinkarnation werden wir uns wiederfinden, bis wir unser Karma erfüllt haben.«

»Klingt beängstigend. Jedenfalls werde ich nicht nach Chile zurückgehen, aber ich werde mich auch nicht länger verstecken, Tao. Von jetzt an will ich ich sein.«

»Du bist immer du gewesen.«

»Mein Leben ist hier. Das heißt, wenn du willst, daß ich dir weiter helfe.«

»Und Joaquín Andieta?«

»Vielleicht bedeutet der Stern auf seiner Stirn, daß er tot ist. Stell dir vor, ich habe diese schreckliche Reise vergeblich gemacht.«

»Nichts ist vergeblich. Im Leben kommt man nirgends an, Eliza, man geht nur.«

»Wie wir zusammen gegangen sind, das war nicht übel. Begleite mich, ich will ein Bild von mir machen lassen, das ich Miss Rose schicken werde.«

»Kannst du auch eins für mich machen lassen?«

Sie gingen zu Fuß und Hand in Hand zum Union

Place, wo sich mehrere Photographengeschäfte etabliert hatten, und wählten das ansehnlichste aus. Im Fenster waren Abenteurer aus dem Jahr 49 ausgestellt: ein junger Mensch mit blondem Bart und entschlossenem Gesicht, Hacke und Schaufel in der Hand; eine Gruppe Goldgräber, sehr ernst, den Blick fest auf die Kamera gerichtet; Chinesen am Ufer eines Flusses; Indianer, mit feinmaschigen Körben beim Goldwaschen; Familien von Pionieren in Pose vor ihren Wagen. Daguerreotypien waren Mode geworden, sie waren die Verbindung zu den fernen Angehörigen, der Beweis, daß sie hier das Abenteuer des Goldes erlebten. Es hieß, in den Städten im Osten ließen sich Männer, die nie in Kalifornien gewesen waren, mit Goldgräberwerkzeug abbilden. Eliza war überzeugt, daß die großartige Erfindung der Photographie die Maler endgültig entthront hatte, die selten wirklich Ähnlichkeit erzielten.

»Miss Rose hat ein Gemälde von sich mit drei Händen, Tao. Das hat ein berühmter Künstler gemalt, aber ich erinnere mich nicht an den Namen.«

»Mit drei Händen?«

»Na ja, der Maler hat zwei gemalt, aber sie hat die dritte dazugesetzt. Ihr Bruder ist fast umgefallen, als er es sah.«

Eliza hatte vor, ihr Photo in einen feinen Rahmen

aus vergoldetem Metall und rotem Samt zu setzen, für Miss Roses Schreibtisch. Sie hatte Joaquín Andietas Briefe mitgenommen, damit sie auf der Photographie verewigt wurden, bevor sie sie zerstörte. Inwendig glich das Geschäft den Sofitten eines kleinen Theaters, es gab Vorhänge mit blumengeschmückten Gartenhäuschen und Seen mit Fischreihern, griechische Säulen aus Pappe, Rosengirlanden und sogar einen ausgestopften Bären. Der Photograph war ein flinkes Männchen, das stotterte und wie ein Frosch über die Versatzstücke in seinem Studio hüpfte. Als die Einzelheiten geklärt waren, postierte er Eliza vor einen Tisch, die Liebesbriefe in der Hand, und schob ihr einen Metallstab auf einem Ständer in den Rücken mit einer Stütze für den Hals, sehr ähnlich dem, mit dem Miss Rose sie bei den Klavierübungen geplagt hatte.

»Das ist, damit Sie sich nicht bewegen. Schauen Sie in die Kamera und atmen Sie nicht.«

Das Männchen verschwand unter einem schwarzen Tuch, einen Augenblick später blendete sie ein Blitz, und ein brenzlicher Geruch brachte sie zum Niesen. Für das zweite Photo ließ sie die Briefe beiseite und bat Tao Chi'en, ihr beim Umlegen des Perlenhalsbandes behilflich zu sein.

Am Tag darauf ging Tao frühmorgens die Zeitung kaufen, wie immer, wenn er die Praxis öffnete, und sah die Schlagzeile, die über sechs Spalten hinwegging: Joaquín Murieta war getötet worden. Er kehrte nach Hause zurück, das Blatt gegen die Brust gepreßt, und fragte sich, wie er das Eliza sagen sollte und wie sie es aufnehmen würde.

Am Morgen des 24. Juli, nachdem sie drei Monate blindlings herumtappend durch Kalifornien geritten waren, gelangten Captain Love und seine zwanzig Söldner in das Tal von Tulare. Sie waren es inzwischen reichlich satt, hinter Phantomen herzujagen und falschen Fährten zu folgen, die Hitze und die Moskitos hielten sie bei allerschlechtester Laune, und sie begannen sich allmählich gegenseitig zu hassen. Drei Sommermonate aufs Geratewohl durch diese ausgedörrten Hügel zu reiten, mit einer glühenden Sonne über den Köpfen, war reichlich viel verlangt für die paar Dollar. Sie hatten in den Dörfern die Anschläge gesehen, die 1000 Dollar Belohnung für die Gefangennahme des Banditen verhießen. Auf mehreren stand gekritzelt: »Ich zahle 5000«, unterschrieben von Joaquín Murieta. Sie fühlten sich verhöhnt und hatten nur noch drei Tage, dann lief die festgesetzte Frist ab; wenn sie mit leeren Händen zurückkehrten, würden sie nicht einen

Cent von den 1000 Dollar des Gouverneurs sehen. Aber dies sollte ihr Glückstag werden, denn als sie schon alle Hoffnung aufgegeben hatten, stießen sie auf eine Gruppe von sieben nichts Böses ahnenden Mexikanern, die unter Bäumen lagerten.

Später würde der Captain sagen, sie hätten kostspielige Anzüge getragen und die sehr edlen Pferde luxuriöse Geschirre, ein Grund mehr, seinen Argwohn zu wecken, deshalb sei er auf sie zugeritten und habe sie aufgefordert, sich auszuweisen. Statt zu gehorchen, rannten die Verdächtigen Hals über Kopf zu ihren Pferden, aber ehe sie aufsitzen konnten, waren sie von Loves Trupp umzingelt. Der einzige, der mit olympischer Ruhe die Angreifer ignorierte und auf sein Pferd zuging, als hätte er den Befehl nicht gehört, schien der Anführer zu sein. Er trug nur ein Jagdmesser im Gürtel, seine Waffen hingen am Sattel, aber er erreichte sie nicht, weil der Captain ihm die Pistole an die Stirn hielt. In wenigen Schritten Entfernung beobachteten die Mexikaner angespannt, was vor sich ging, bereit, ihrem Anführer bei der ersten Unachtsamkeit des Trupps zu Hilfe zu kommen, berichtete Love. Plötzlich machten sie einen verzweifelten Ausfall, vielleicht um die Bewacher abzulenken, während ihr Anführer mit einem gewaltigen Sprung auf seinen feurigen Fuchs aufsaß und die Reihen der Verfolger durchbrach. Er kam jedoch nicht weit, denn ein Gewehrschuß verwundete das Pferd, das Blut erbrechend niederstürzte. Der Reiter, der kein anderer als Joaquín Murieta gewesen sei, behauptete Captain Love, sei davongerannt wie ein Hirsch, und es sei ihnen nichts andres übriggeblieben, als ihre Pistolen auf den Flüchtenden zu leeren.

»Hört auf zu schießen, ihr habt eure Arbeit getan«, sagte der Bandit, bevor er zu Boden sank, vom Tode besiegt. Dies war die dramatisierte Fassung der Presse, und kein Mexikaner war am Leben geblieben, um das Geschehene aus seiner Sicht zu erzählen. Der heroische Captain Love schlug mit einem Säbelhieb dem vermutlichen Murieta den Kopf ab. Einer der Söldner bemerkte, daß ein anderes Opfer eine verkrüppelte Hand hatte, woraus sie schlossen, das müsse Drei-Finger-Jack sein, weshalb sie auch ihn köpften und nebenbei die Hand abhackten. Captain Love und seine zwanzig Mann galoppierten jetzt zum nächsten Dorf, das mehrere Meilen entfernt war, aber es herrschte eine höllische Hitze, und der Kopf von Drei-Finger-Jack war so von Schüssen durchlöchert, daß er auseinanderzufallen drohte, deshalb warfen sie ihn unterwegs weg. Von Moskitos und üblem Geruch belästigt, begriff

Captain Love, daß er seine Beute konservieren mußte, sonst würde er sie nicht heil nach San Francisco bringen, um seine wohlverdiente Belohnung zu kassieren, also steckte er sie in riesige Glasgefäße mit Gin. Er wurde empfangen wie ein Held: er hatte Kalifornien vom schlimmsten Banditen seiner Geschichte befreit. Aber so klar sei die Sache durchaus nicht, meldete Jacob Freemont sich zu Wort, die Geschichte rieche nach Verschwörung. Vor allem könne niemand beweisen, daß alles so abgelaufen sei, wie Harry Love und seine Männer berichteten, und es sei doch ein bißchen verdächtig, daß nach drei Monaten fruchtloser Suche sieben Mexikaner just zu dem Zeitpunkt auftauchten, an dem der Captain sie am dringendsten benötigte. Es gebe auch niemanden, der Joaquín Murieta hätte identifizieren können; er selbst habe sich den Kopf angesehen und könne nicht mit Sicherheit sagen, es sei der des Banditen, den er kenne, auch wenn er ihm allerdings ähnlich gesehen habe.

Wochenlang wurden in San Francisco der Kopf des mutmaßlichen Joaquín Murieta und die Hand seines verabscheuungswürdigen Anhängers Drei-Finger-Jack ausgestellt, bevor sie auf einer Triumphfahrt durch das übrige Kalifornien geführt wurden. Die Neugierigen standen Schlange um den ganzen Häuserblock, und da war keiner, der die unheimlichen Trophäen nicht von nahem gesehen hätte. Eliza war eine der ersten, die sich anstellten, und Tao Chi'en begleitete sie, er wollte nicht, daß sie sich allein einer solchen Prüfung aussetze, wenn sie auch die Nachricht mit erstaunlicher Ruhe aufgenommen hatte. Nach endlos langem Warten in der Sonne waren sie an der Reihe und betraten das Gebäude. Eliza klammerte sich an Taos Hand und ging entschlossen vorwärts und achtete nicht auf die Schweißströme, die ihr Kleid durchnäßten, und nicht auf das Zittern ihrer Knie. Sie befanden sich in einem düsteren Saal, von gelben Kerzen schwach erhellt, die Grabeshauch atmeten. Schwarze Tücher bedeckten die Wände, und in einer Ecke saß ein überforderter Pianist, der dem Instrument mit mehr Resignation als wahrem Empfinden ein paar Trauerakkorde abrang. Auf einem ebenfalls mit Katafalktüchern bedeckten Tisch waren die beiden Glasgefäße aufgestellt. Eliza schloß die Augen und ließ sich von Tao Chi'en führen und war sicher, daß die Trommelschläge ihres Herzens die Akkorde des Klaviers übertönten. Sie blieben stehen, sie fühlte den Druck der Freundeshand in der ihren, atmete tief ein und öffnete die Augen. Ein paar Sekunden betrachtete sie den Kopf und ließ sich dann hinausführen.

»War er es?« fragte Tao Chi'en.

»Jetzt bin ich frei ...«, erwiderte sie, ohne seine Hand loszulassen.

Inhalt

Erster Teil

1843-1848

Zweiter Teil

1848-1849

Dritter Teil

1850-1853